全唐詩

第 七 册

卷四二四 —— 卷四七九

中 华 书 局

全唐诗第七册目次

卷四二四

白居易

卷四二五

白居易

卷四二六

卷四二八

白居易

卷四二九

白居易

卷四三〇

白居易

卷四三三

白居易

卷四三四

白居易

卷四三五

白居易

卷四三六

白居易

卷四三七

白居易

卷四三八

白居易

卷四四〇

白居易

卷四四一

白居易

卷四四二

白居易

卷四四三

白居易

卷四四四

白居易

卷四四五

白居易

卷四四七

白居易

卷四四八

白居易

卷四四九

白居易

卷四五一

白居易

卷四五二

白居易

卷四五四

白居易

卷四五五

白居易

卷四五八

白 居 易

卷四五九

白居易

卷四六一

白 居 易

卷四六二

白 居 易

卷四六八

刘言史

卷四七一

卷四七二

段弘古

何元上

卷四七三

李逢吉

于　頔

卢景亮

李　渤

孟　简

卷四七五

李德裕

卷四七六

熊孺登

卷四七七

李　涉

卷四七八

陆 畅

卷四七九

柳公权

全唐诗卷四二四

白居易

白居易,字乐天,下邽人。贞元中,擢进士第,补校书郎。元和初,对制策,入等,调盩厔尉、集贤校理。寻召为翰林学士,左拾遗,拜赞善大夫。以言事贬江州司马,徙忠州刺史。穆宗初,征为主客郎中、知制诰。复乞外,历杭、苏二州刺史。文宗立,以秘书监召,迁刑部侍郎。俄移病,除太子宾客分司东都,拜河南尹。开成初,起为同州刺史,不拜。改太子少傅。会昌初,以刑部尚书致仕。卒赠尚书右仆射,谥曰文。自号醉吟先生,亦称香山居士。与同年元稹酬咏,号元白。与刘禹锡酬咏,号刘白。《长庆集》诗二十卷,《后集》诗十七卷,《别集补遗》二卷。今编诗三十九卷。

贺　雨

皇帝嗣宝历,元和三年冬。自冬及春暮,不雨旱爞爞。上心念下民,惧岁成灾凶。遂下罪己诏,殷勤告—作制万邦。帝曰予一人,继天承祖宗。忧勤不遑宁,夙夜心忡忡。元年诛刘辟,一举靖巴邛。二年戮李锜,不战安江东。顾惟眇眇德,遽有巍巍功。或者天降沴,无乃儆予躬。上思答天戒,下思致时邕。莫如率其身,慈和与俭恭。乃命罢进献,乃命赈饥穷。宥死降五刑,责己—作己责,责通偾。宽三农。宫女出宣徽，厩马减飞龙。庶政靡一作无不举，皆出一作由自宸衷。奔腾道路人，伛偻田野翁。欢呼相告报，感泣涕沾胸。顺人人心悦，先天天意从。诏下才七日，和气生冲融。凝为油油一作悠悠云，散作习习风。昼夜三日雨，凄凄复濛濛。万心春熙熙，百谷青芃芃。人变愁为喜，岁易俭为丰。乃知王者心，忧乐与众同。皇天与后土，所感无不通。冠珮何锵锵，将相及王公。蹈舞呼万岁，列贺明庭中。小臣诚愚陋，职忝金銮宫。稽首再三拜，一言献天聪。君以明为圣，臣以直为忠。敢贺有其始，亦愿有其终。

读张籍古乐府

张君何为者，业文三十春。尤工乐府诗，举代少其伦。为诗意如何，六义互铺陈。风雅比兴外，未尝著空文。读君学仙诗，可讽放佚君。读君董公诗，可诲贪暴臣。读君商女诗，可感悍妇仁。读君勤齐诗，可劝薄夫敦一作淳。上可裨教化，舒之济万民。下可理情性，卷之善一身。始从青衿岁，迨此白发新。日夜秉笔吟，心苦力亦勤。时无采诗官，委弃如泥尘。恐君百岁后，灭没人不闻。愿藏中秘书，百代不湮沦。愿播内乐府，时得闻至尊。言者志之苗，行者文之根。所以读君诗，亦知君为人。如何欲五十，官小身贱贫。病眼街西住，无人行到门。

哭孔戡

洛阳谁不死，戡死闻长安。我是知戡者，闻之涕泫然。戡佐山东军，非义不可干。拂衣向西来，其道直如弦。从事得如此，人人以为难。人言明明代，合置在朝端。或望居谏司，有事戡必言。或望居宪府，有邪戡必弹。惜哉两不谐，没齿为闲官。竟不得一日，謇謇立君前。形骸随众人，敛葬北邙山。平生刚肠内，直气归其间。

贤者为生民,生死悬在天。谓天不爱人,胡为生其贤。谓天果爱民,胡为夺其年。茫茫元化中,谁执如此权。

凶　宅

长安多大宅,列在街西东。往往朱门内,房廊相对空。枭鸣松桂树^{一作枝},狐藏兰菊丛。苍苔黄叶地,日暮多旋风。前主为将相,得罪窜巴庸。后主为公卿,寝疾殁其中。连延四五主,殃祸继相锺。自从十年来,不利主人翁。风雨坏檐隙,蛇鼠穿墙墉。人疑不敢买,日毁土木功。嗟嗟俗人心,甚矣其愚蒙。但恐灾将至,不思祸所从。我今题此诗,欲悟迷者胸。凡为大官人,年禄多高崇。权重持难久,位高势易穷。骄者物之盈,老者数之终。四者如寇盗,日夜来相攻。假使居吉土,孰能保其躬。因小以明大,借家可喻邦。周秦宅殽函,其宅非不同。一兴八百年,一死望夷宫。寄语家与国,人凶非宅凶。

梦　仙

人有梦仙者,梦身升上清。坐乘一白鹤,前引双红旌。羽衣忽飘飘,玉鸾俄铮铮。半空直下视,人世尘冥冥。渐失乡国处,才分山水形。东海一片白,列岳五点青。须臾群仙来,相引朝玉京。安期羡门辈,列侍如公卿。仰谒玉皇帝,稽首前致诚。帝言汝仙才,努力勿自轻。却后十五年,期汝不死庭。再拜受斯言,既寤喜且惊。秘之不敢泄,誓志居岩扃。恩爱舍骨肉,饮食断膻腥。朝餐云母散,夜吸沆瀣精。空山三十载,日望辀轩迎。前期过已久,鸾鹤无来声。齿发日衰白,耳目减聪明。一朝同物化,身与粪壤并。神仙信有之,俗力非可营。苟无金骨相,不列丹台名。徒传辟谷法,虚受烧丹经。只自取勤苦,百年终不成。悲哉梦仙人,一梦误一生。

观刈麦 时为盩厔县尉

田家少闲月,五月人倍忙。夜来南风起,小麦覆垄黄。妇姑荷箪
食,童稚携壶浆。相随饷田去,丁壮在南冈。足蒸暑土气,背灼炎
天光。力尽不知热,但惜夏日长。复有贫妇人,抱子在其傍。右手
秉遗穗,左臂悬敝筐。听其相顾言,闻者为悲伤。家田输税尽,拾
此充饥肠。今我何功德,曾不事农桑。吏禄三百石,岁晏有馀粮。
念此私自愧,尽日不能忘。

题海图屏风 元和己丑年作

海水无风时,波涛安悠悠。鳞介无小大,遂性各沉浮。突兀海底
鳌,首冠三神丘。钓网不能制,其来非一秋。或者不量力,谓兹鳌
可求。赑屃牵不动,纶绝沉其钩。一鳌既顿颔,诸鳌齐掉头。白涛
与黑浪,呼吸绕咽喉。喷风激飞廉,鼓波怒阳侯。鲸鲵得其便,张
口欲吞舟。万里无活鳞,百川多倒流。遂使江汉水,朝宗意亦休。
苍然屏风上,此画良有由。

羸　骏

骅骝失其主,羸饿无人牧。向风嘶一声,莽苍黄河曲。蹋冰水畔
立,卧雪冢间宿。岁暮田野空,寒草不满腹。岂无市骏者,尽是凡
人目。相马失于瘦,遂遗千里足。村中何扰扰,有吏征刍粟。输一
作沦彼军厩中,化作驽骀肉。

废　琴

丝桐合为琴,中有太古声。古声澹无味,不称今人一作日情。玉徽
光彩灭,朱弦尘土生。废弃来已久,遗音尚泠泠。不辞为君弹,纵

弹人不听。何物使之然,羌笛与秦筝。

李都尉古剑

古剑寒黯黯,铸来几千秋。白光纳日月,紫气排斗牛。有客借一观,爱之不敢求。湛然玉匣中,秋水澄不流。至宝有本性,精刚无与俦。可使寸寸折,不能绕指柔。愿快直士心,将断佞臣头。不愿报小怨,夜半刺私仇。劝君慎所用,无作神兵羞。

云居寺孤桐

一株青玉立,千叶绿云委。亭亭五丈馀,高意犹未已。山僧年九十,清净老不死。自云手种时,一颗青桐子。直从萌芽拔,高自毫末始。四面无附枝,中心有通理。寄言立身者,孤直当如此。

京兆府新栽莲 时为盩厔县尉趋府作

污沟贮浊水,水上叶田田。我来一长叹,知是东溪莲。下有青泥污,馨香无复全。上有红尘扑,颜色不得鲜。物性犹如此,人事亦宜然。托根非其所,不如遭弃捐。昔在溪中日,花叶媚清涟。今来不得地,憔悴府门前。

月夜登阁避暑

旱久炎气盛,中去声人若燔烧。清风隐何处,草树不动摇。何以避暑气,无如出尘嚣。行行都门外,佛阁正岧峣。清凉近高生,烦热委静销。开襟当轩坐,意一作神泰神一作意飘飘。回看归路傍,禾黍尽枯焦。独善诚有计,将何救旱苗。

初 授 拾 遗

奉诏登左掖,束带参朝议。何言初命卑,且脱风尘吏。杜甫陈子
昂,才名括天地。当时非不遇,尚无过斯位。况余蹇薄者,宠至不
自意。惊近白日光,惭非青云器。天子方从谏,朝廷无忌讳。岂不
思匪躬,适遇时无事。受命已旬月,饱食随班次。谏纸忽盈箱,对
之终自愧。

赠 元 稹

自我从宦游,七年在长安。所得惟元君,乃知定交难。岂无山上
苗,径寸无岁寒。岂无要津水,咫尺有波澜。之子异于是,久处一作
要誓不谖。无波古井水,有节秋竹竿。一为同心友,三及芳一作方
岁阑一作兰。花下鞍马游,雪中杯酒欢。衡门相逢迎,不具带与冠。
春风日高睡,秋月夜深看。不为同登科一作第,不为同署官。所合
在方寸,心源无异端。

哭 刘 敦 质

小树两株柏,新土三尺坟。苍苍白露草,此地哭刘君。哭君岂无
辞,辞云君子人。如何天不吊,穷悴至终身。愚者多贵寿,贤者独
贱迍。龙亢彼无悔,蠖屈此不伸。哭罢持此辞,吾将诘羲文。

答 友 问

大圭廉不割,利剑用不缺。当其斩马时,良玉不如铁。置铁在洪
炉,铁消易如雪。良玉同其中,三日烧不热。君疑才与德,咏此知
优劣。

杂 兴 三 首

楚王多内宠，倾国选嫔妃。又爱从禽乐，驰骋每相随。锦鞲臂花隼，罗袂控金羁。遂习宫中女，皆如马上儿。色禽合为荒，刑政两已衰。云梦春仍猎，章华夜不归。东风二月天，春雁正离离。美人挟银镝，一发叠双飞。飞鸿惊断行，敛翅避蛾眉。君王顾之笑，弓箭生光辉。回眸语君曰，昔闻庄王时。有一愚夫人，其名曰樊姬。不有此游乐，三载断鲜肥。

越国政初荒，越天旱不已。风日燥水田，水涸尘飞起。国中新下令，官渠禁流水。流水不入田，壅入王宫里。馀波养鱼鸟，倒影浮楼雉。澹滟九折池，萦回十馀里。四月芰荷发，越王日游嬉。左右好风来，香动芙蓉蕊。但爱芙蓉香，又种芙蓉子。不念阊门外，千里稻苗死。

吴王心日侈，服玩尽奇瑰。身卧翠羽帐，手持红玉杯。冠垂明月珠，带束通天犀。行动自矜顾，数步一裴回。小人知所好，怀宝四方来。奸邪得藉手，从此倖门开。古称国之宝，谷米与贤才。今看君王眼，视之如尘灰。伍员谏已死，浮尸去不回。姑苏台下草，麋鹿暗生麑。

宿紫阁山北村

晨游紫阁峰，暮宿山下村。村老见余喜，为余开一尊。举杯未及饮，暴卒来入门。紫衣挟刀斧，草草十馀人。夺我席上酒，掣我盘中飧。主人退后立，敛手反如宾。中庭有奇树，种来三十春。主人惜不得，持斧断其根。口称采造家，身属神策军。主人慎勿语，中尉正承恩。

读 汉 书

禾黍与稂莠，雨来同日滋。桃李与荆棘，霜降同夜萎。草木既区别，荣枯那等夷。茫茫天地意，无乃太无私。小人与君子，用置各有宜。奈何西汉末，忠邪并信之。不然尽信忠，早绝邪臣窥。不然尽信邪，早使忠臣知。优游两不断，盛业日已衰。痛矣萧京辈，终令陷祸机。萧望之、京房等。每读元成纪，愤愤令人悲。寄言为国者，不得学天时。寄言为臣者，可以鉴于斯。

赠 樊 著 作

阳城为谏议，以正事其君。其手如屈轶，举必指佞臣。卒使不仁者，不得秉国钧。元稹为御史，以直立其身。其心如肺石，动必达穷民。东川八十家，冤愤一言伸。刘辟肆乱心，杀人正纷纷。其嫂曰庾氏，弃绝不为亲。从史萌逆节，隐心潜负恩。其佐曰孔戡，舍去不为宾。凡此士与女，其道天下闻。常恐国史上，但记凤与麟。贤者不为名，名彰教乃敦。每惜若人辈，身死名亦沦。君为著作郎，职废志空存。虽有良史才，直笔无所申。何不自著书，实录彼善人。编为一家一作代言，以备史阙文。

蜀 路 石 妇

道傍一石妇，无记复一作亦无铭。传是此乡女，为妇孝且贞。十五嫁邑人，十六夫征行。夫行二十载，妇独守孤茕。其夫有父母，老病不安宁。其妇执妇道，一一如礼经。晨昏问起居，恭顺发心诚。药饵自调节，膳羞必甘馨。夫行竟不归，妇德转光明。后人高其节，刻石像妇形。俨然整衣巾，若立在闺庭。似见舅姑礼，如闻环珮声。至今为妇者，见此孝心生。不比山头石，空有望夫名。

折剑头

拾得折剑头，不知折之由。一握青蛇尾，数寸碧峰头。疑是斩鲸鲵，不然刺蛟虬。缺落泥土中，委弃无人收。我有鄙介性，好刚不好柔。勿轻直折剑，犹胜曲全钩。

登乐游园望

独上乐游园，四望天日曛。东北何霭霭，宫阙入烟云。爱此高处立，忽如遗垢氛。耳目暂清旷，怀抱郁不伸。下视十二街，绿树间红尘。车马徒满眼，不见心所亲。孔生死洛阳，元九谪荆门。可怜南北路，高盖者何人。

酬元九对新栽竹有怀见寄

顷有《赠元九》诗云：有节秋竹竿。故元感之，因重见寄。

昔我十年前，与君始相识。曾将秋竹竿，今本竿字以下至秋竹二十字俱脱，误作会将秋竹心，风霜侵不得。比君孤且直。中心一以合，外事纷无极。共保秋竹心，风霜侵不得。始嫌梧桐树，秋至先改色。不爱杨柳枝，春来软无力。怜君别我后，见竹长相忆。长欲在眼前，故栽庭户侧。分首今何处，君南我在北。吟我赠君诗，对之心恻恻。

感　鹤

鹤有不群者，飞飞在野田。饥不啄腐鼠，渴不饮盗泉。贞姿自耿介，杂鸟何翩翩。同游不同志，如此十馀年。一兴嗜欲念，遂为矰缴牵。委质小池内，争食群鸡前。不惟怀稻粱，兼亦竞腥膻。不惟恋主人，兼亦狎乌鸢。物心不可知，天性有时迁。一饱尚如此，况乘大夫轩。

春　雪

元和岁在卯,六年春二月。月晦寒食天,天阴夜飞雪。连宵复竟日,浩浩殊未歇。大似落鹅毛,密如飘玉屑。寒销春茫苍,气变风凛冽。上林草尽没,曲江水复结。红乾杏花死,绿冻杨枝一作柳折。所怜物性伤,非惜年芳绝。上天有时令,四序平分别。寒燠苟反常,物生一作性皆夭阏。我观圣人意,鲁史有其说。或记水不冰,或书霜不杀。上将儆政教,下以防灾孽。兹雪今如何,信美非时节。

高　仆　射

富贵人所爱,圣人去其泰。所以致仕年,著在礼经内。玄元亦有训,知止则不殆。二疏独能行,遗迹东门外。清风久销歇,追一作迨此向千载。斯人古亦稀,何况今之代。遑遑名利客,白首千百辈。惟有高仆射,七十悬车盖。我年虽未老,岁月亦云迈。预恐耄及时,贪荣不能退。中心私自儆,何以为我戒。故作仆射诗,书之于大带。

白牡丹 和钱学士作

城中看花客,且暮走营营。素华人不顾,亦占牡丹名。闭一作开在深寺中,车马无来声。唯有钱学士,尽日绕丛行。怜此皓然质,无人自芳馨。众嫌我独赏,移植在中庭。留景夜不暝,迎光曙先明。对之心亦静,虚白相向生。唐昌玉蕊花,攀玩众所争。折来比颜色,一种如瑶琼。彼因稀见贵,此以多为轻。始知无正色,爱恶随人情。岂惟花独尔,理与人事并。君看入时一作眼者,紫艳与红英。

赠　内

生为同室亲,死为同穴尘。他人尚相勉,而况我与君。黔娄固穷士,妻贤忘其贫。冀缺一农夫,妻敬俨如宾。陶潜不营生,翟氏自爨薪。梁鸿不肯仕,孟光甘布裙。君虽不读书,此事耳亦闻。至此一作于千载后,传是何如人。人生未死间,不能忘其身。所须者衣食,不过饱与温。蔬食足充饥,何必膏粱珍。缯絮足御寒,何必锦绣文。君家有贻训,清白遗子孙。我亦贞苦士,与君新结婚。庶保贫与素,偕老同欣欣。

寄　唐　生

贾谊哭时事,阮籍哭路岐。唐生今亦哭,异代同其悲。唐生者何人,五十寒且饥。不悲口无食,不悲身无衣。所悲忠与义,悲甚则哭之。太尉击贼日,段太尉以笏击朱泚。尚书叱盗时。颜尚书叱李希烈。大夫死凶寇,陆大夫为乱兵所害。谏议谪蛮夷。阳谏议左迁道州。每见如此事,声发涕辄随。往往闻其风,俗士犹或非。怜君头半白,其志竟不衰。我亦君之徒,郁郁何所为。不能发声哭,转作乐府诗。篇篇无空文,句句必尽规。功高虞人箴,痛甚骚人辞。非求宫律高,不务文字奇。惟歌生民病,愿得天子知。未得天子知,甘受时人嗤。药良气味苦,琴一作瑟澹音声稀。不惧权豪怒,亦任亲朋讥。人竟无奈何,呼作狂男儿。每逢群盗一作动息,或遇云雾披。但自高声歌,庶几天听卑。歌哭虽异名,所感则同归。寄君三十章,与君为哭词。

伤唐衢二首

自我心存道,外物少能逼。常排伤心事,不为长叹息。忽闻唐衢死，不觉动颜色。悲端从东来，触我心恻恻。伊昔未相知，偶游滑台侧。同宿李翱家，一言如旧识。酒酣出送我，风雪黄河北。日西并马头，语别至昏黑。君归向东郑，我来游上国。交心不交面，从此重相忆。怜君儒家子，不得诗书力。五十著青衫，试官无禄食。遗文仅千首，六义无差忒。散在京洛一作索间，何人为收拾一作得。忆昨元和初，忝备谏官位。是时兵革后，生民正憔悴。但伤民病痛，不识时忌讳。遂作秦中吟，一吟悲一事。贵人皆怪怒，闲人亦非訾。天高未及闻，荆棘生满地。惟有唐衢见，知我平生志。一读兴叹嗟，再吟垂涕泗。因和三十韵，手题远缄寄。致吾陈杜间，赏爱非常意。此人无复见，此诗犹可贵。今日开箧看，蠹鱼损文字。不知何处葬，欲问先歔欷。终去哭坟前，还君一掬泪。陈、杜，谓子昂与甫也。此诗犹可贵，谓唐衢诗也。

问　友

种兰不种艾，兰生艾亦生。根荄相交长，茎叶相附荣。香茎与臭叶，日夜俱长大。锄艾恐伤兰，溉兰恐滋艾。兰亦未能溉，艾亦未能除。沉吟意不决，问君合何如。

悲　哉　行

悲哉为儒者，力学不知一作能疲。读书眼欲一作前暗，秉笔手生胝。十上方一第，成名常苦迟。纵有宦达者，两鬓已成丝。可怜少壮日，适在穷贱时。丈夫老且病，焉用富贵为。沉沉朱门宅，中有乳臭儿。状貌如妇人，光明膏粱肌。手不把书卷，身不擐戎衣。二十袭封爵，门承勋戚资。春来日日出，服御何轻肥。朝从博一作薄徒饮，暮有倡楼期。平一作评封去还酒债，堆金选蛾眉。声色狗马外，其馀一无知。山苗与涧松，地势随高卑。古来无奈何，非君独一作独君伤悲。

紫　藤

藤花紫蒙茸，藤叶青扶疏。谁谓好颜色，而为害有馀。下如蛇屈
盘，上若绳萦纡。可怜中间树，束缚成枯株。柔蔓不自胜，袅袅挂
空虚。岂知缠树木，千夫力不如。先柔后为害，有似谀佞徒。附著
君权势，君迷不肯诛。又如妖妇人，绸缪蛊其夫。奇邪坏人室，夫
惑不能除。寄言邦与家，所慎在其初。毫末不早辨，滋蔓信难图。
愿以藤为戒，铭之于座隅。

放　鹰

十月鹰出笼，草枯雉兔肥。下韝随指顾，百掷无一遗。鹰翅疾如
风，鹰爪利如锥。本为鸟所设，今为人所资。孰能使之然，有术甚
易知。取其向背性，制在饥饱时。不可使长饱，不可使长饥。饥则
力不足，饱则背人飞。乘饥纵搏击，未饱须縶维。所以爪翅功，而
人坐收之。圣明驭英雄，其术亦如斯。鄙语不可弃，吾闻诸猎师。

慈乌夜啼

慈乌失其母，哑哑吐哀音。昼夜不飞去，经年守故林。夜夜夜半
啼，闻者为沾襟。声中如告诉，未尽反哺心。百鸟岂无母，尔独哀
怨深。应是母慈重，使尔悲不任。昔有吴起者，母殁丧不临。嗟哉
斯徒辈，其心不如禽。慈乌复慈乌，鸟中之曾参。

燕诗示刘叟

　　叟有爱子，背叟逃去，叟甚悲念之。叟少年时，亦尝如是，故作燕诗
以谕之。

梁上有双燕,翩翩雄与雌。衔泥两椽间,一巢生四儿。四儿日夜
长,索食声孜孜。青虫不易捕,黄口无饱期。觜爪虽欲敝,心力不
知疲。须臾十一作千来往,犹恐巢中饥。辛勤三十日,母瘦雏渐肥。
喃喃教言语,一一刷毛衣。一旦羽翼成,引上庭树枝。举翅不回
顾,随风四散飞。雌雄空中鸣,声尽呼不归。却入空巢里,啁啾终
夜悲。燕燕尔勿悲,尔当返自思。思尔为雏日,高飞背母时。当时
父母念,今日尔应知。

采 地 黄 者

麦死春不雨,禾损秋早霜。岁晏无口食,田中采地黄。采之将何
用,持以易馂粮。凌晨荷锄去,薄暮不盈筐。携来朱门家,卖与白
面郎。与君啖肥马,可使照地光。愿易马残粟,救此苦饥肠。

初入太行路

天冷日不光,太行峰苍莽上。尝闻此中险,今我方独往。马蹄冻且
滑,羊肠不可上。若比世路难,犹自平于掌。

邓鲂张彻落第

古琴无俗韵,奏罢无人听。寒松无妖花,枝下无人行。春风十二
街,轩骑不暂停。奔车看牡丹,走马听秦筝。众目悦芳艳,松独守
其贞。众耳喜郑卫,琴亦不改声。怀哉二夫子,念此无自轻。

送 王 处 士

王门岂无酒,侯门岂无肉。主人贵且骄,待客礼不足。望尘而拜
者,朝夕走碌碌。王生独拂衣,遐举如云鹄。宁归白云外,饮水卧
空谷。不能随众人,敛手低眉目。扣门与我别,酤酒留君宿。好去

采薇人,终南山正绿。

村居苦寒

八年十二月,五日雪纷纷。竹柏皆冻死,况彼无衣民。回观村闾间,十室八九贫。北风利如剑,布絮不蔽身。唯烧蒿棘火,愁坐夜待晨。乃知大寒岁一作岁寒,农者尤一作犹苦辛。顾我当此日,草堂深掩门。褐裘覆绝被,坐卧有馀温。幸免饥冻苦,又无垄亩勤。念彼深可愧,自问是何人。

纳　粟

有吏夜叩门,高声催纳粟。家人不待晓,场上张灯烛。扬簸净如珠,一车三十斛。犹忧纳不中,鞭责及僮仆。昔余谬从事,内愧才不足。连授四命官,坐尸十年禄。常闻古人语,损益周必复。今日谅甘心,还他太仓谷。

薛中丞

百人无一直,百直无一遇。借问遇者谁,正人行得路。中丞薛存诚,守直心甚固。皇明烛如日,再使秉王度。奸豪与佞巧,非不憎且惧。直道渐光明,邪谋难盖覆。每因匦躬节,知有匡时具。张为坠网纲,倚作颓檐柱。悠哉上天意,报施纷回互。自古已冥茫,从今尤不谕。岂与小人意,昏然同好恶。不然君子人,何反如朝露。裴相昨已夭,薛君今又去。以我惜贤心,五年如旦暮。况闻善人命,长短系运数。今我一涕零,岂为中丞故。

秋池二首

前池秋始半,卉物多摧坏。欲暮槿先萎,未霜荷已败。默然有所感,可以从兹诫。本不种松筠,早凋何足怪。

凿池贮秋水,中有蘋与芰。天旱水暗消,塌然委空地。有似泛泛者,附离权与贵。一旦恩势移,相随共憔悴。

夏　旱

太阴不离毕,太岁仍在午。旱日与炎风,枯焦我田亩。金石欲销铄,况兹禾与黍。嗷嗷万族中,唯农最辛苦。悯然望岁者,出门何所睹。但见棘与茨,罗生遍场圃。恶苗承沴气,欣然得其所。感此因问天,可能长不雨。

谕　友

昨夜霜一降,杀君庭中槐。干叶不待黄,索索飞下来。怜君感节物一作物节,晨起步前阶。临风蹋叶立,半日颜色哀一作低。西望长安城,歌钟十二街。何人不欢乐,君独心悠哉。白日头上走,朱颜镜中颓。平生青云心,销化成死灰。我今赠一言,胜饮酒千杯。其言虽甚鄙,可破悒悒怀。朱门有勋贵一作贤,陋巷有颜回。穷通各问一作有命,不系才不才。推此自豁豁一作裕裕,不必待安排。

丘中有一士二首 命首句为题

丘中有一士,不知其姓名。面色不忧苦,血气常和平。每选隙地居,不蹋要路行。举动无尤悔,物莫与之争。藜藿不充肠,布褐不蔽形。终岁守穷饿,而无嗟叹声。岂是爱贫贱,深知时俗情。勿矜罗弋巧,鸾鹤在冥冥。

丘中有一士,守道岁月深。行披带索衣,坐拍无弦琴。不饮浊泉水,不息曲木阴。所逢苟非义,粪土千黄金。乡人化其风,熏如兰在林。智愚与强弱,不忍相欺侵。我欲访其人,将行复沉吟。何必见其面,但在学其心。

新 制 布 裘

桂布白似雪,吴绵软于云。布重绵且厚,为裘有馀温。朝拥坐至暮,夜覆眠达晨。谁知严冬月,支体暖如春。中夕忽有念,抚裘起逡巡。丈夫贵兼济,岂独善一身。安得万里裘,盖裹周四垠。稳暖皆如我,天下无寒人。

杏园中枣树

人言百果中,唯枣凡且鄙。皮皴似龟手,叶小如鼠耳。胡为不自知,生花此园里。岂宜遇攀玩,幸免遭伤毁。二月曲江头,杂英红旖旎。枣亦在其间,如嫫对西子。东风不择木,吹煦长未已。眼看欲合抱,得尽生生理。寄言游春客,乞君一回视。君爱绕指柔,从君怜柳杞。君求悦目艳,不敢争桃李。君若作大车,轮轴材须此。

虾 蟆 和张十六

嘉鱼荐宗庙,灵龟贡邦家。应龙能致雨,润我百谷芽。蠢蠢水族中,无用者虾蟆。形秽肌肉腥,出没于泥沙。六月七月交,时雨正滂沱。虾蟆得其志,快乐无以加。地既蕃其生,使之族类多。天又与其声,得以相喧哗。岂惟玉池上,污君清冷波。可一作何独瑶瑟前,乱君鹿鸣歌。常恐飞上天,跳跃随姮娥。往往蚀明月,遣君无奈何。

寄 隐 者

卖药向都城,行憩青门树。道逢驰驿者,色有非常惧。亲族走相送,欲别不敢住。私怪问道旁,何人复何故。云是右丞相,当国握枢务。禄厚食万钱,恩深日三顾。昨日延英对,今日崖州去。由来君臣间,宠辱在朝暮。青青东郊草,中有归山路。归去卧云人,谋身计非误。

放　鱼 <small>自此后诗,到江州作。</small>

晓日提竹篮,家僮买春蔬。青青芹蕨下,叠卧双白鱼。无声但呀呀,以气相煦濡。倾篮写地上,拨剌长尺馀。岂唯刀机忧,坐见蝼蚁图。脱泉虽已久,得水犹可苏。放之小池中,且用救干枯。水小池窄狭,动尾触四隅。一时幸苟活,久远将何如。怜其不得所,移放于南湖。南湖连西江,好去勿踟蹰。施恩即望报,吾非斯人徒。不须泥沙底,辛苦觅明珠。

文 柏 床

陵上有老柏,柯叶寒苍苍。朝为风烟树,暮为宴寝床。以其多奇文,宜升君子堂。刮削露节目,拂拭生辉光。玄斑状狸首,素质如截肪。虽充悦目玩,终乏周身防。华彩诚可爱,生理苦已伤。方知自残者,为有好文章。

浔阳三题 <small>并序</small>

> 庐山多桂树,溢浦多修竹,东林寺有白莲花,皆植物之贞劲秀异者,虽宫圃省寺中,未必能尽有。夫物以多为贱,故南方人不贵重之,至有蒸爨其桂,鞴弃其竹,白眼于莲花者,予惜其不生于北土也,因赋三题以唁之。

庐 山 桂

偃蹇月中桂,结根依青天。天风绕月起,吹子下人间。飘零委何处,乃落匡庐山。生为石上桂,叶如剪碧鲜。枝干日长大,根荄日

牢坚。不归天上月,空老山中年。庐山去咸阳,道里三四千。无人
为移植,得入上林园。不及红花树,长栽温室前。

溢浦竹

浔阳十月天,天气仍温燠。有霜不杀草,有风不落木。玄冥气力
薄,草木冬犹绿。谁肯溢浦头,回眼看修竹。其有顾盼者,持刀斩
且束。剖劈青琅玕,家家盖墙屋。吾闻汾晋间,竹少重如玉。胡为
取轻贱,生此西江曲。

东林寺白莲

东林北塘水,湛湛见底清。中生白芙蓉,菡萏三百茎。白日发光
彩,清飙散芳馨。泄香银囊破,泻露玉盘倾。我惭尘垢—作埃眼,见
此琼瑶英。乃知红莲花,虚得清净名。夏萼敷未歇,秋房—作芳结
才成。夜深众僧寝,独起绕池行。欲收一颗子,寄向长安城。但恐
出山去,人间种不生。

大　水

浔阳郊郭间,大水岁一至。闾阎半飘荡,城堞多倾坠。苍茫生海
色,渺漫连空翠。风卷白波翻,日煎红浪沸。工商彻屋去,牛马登
山避。况当率税时,颇害农桑事。独有佣舟子,鼓枻生意气。不知
万人灾,自觅锥刀利。吾无奈尔何,尔非久得志。九月霜降后,水
涸为平地。

全唐诗卷四二五

白居易

续古诗十首

戚戚复戚戚，送君远行役。行役非中原，海外黄沙碛。伶俜独居妾，迢递长征客。君望功名归，妾忧生死隔。谁家无夫妇，何人不离坼_{一作析}。所恨薄命身，嫁迟别日迫。妾身有存殁，妾心无改易。生作_{一作为}闺中妇，死作山头石。

掩泪别乡里，飘飖将远行。茫茫绿野中，春尽孤客情。驱马上丘陇，高低路不平。风吹棠梨花，啼鸟时一声。古墓何代人，不知姓与名_{一作何姓名}。化作路傍土，年年春草生。感彼忽自悟，今我何营营。

朝采山上薇，暮采山上薇。岁晏薇亦尽，饥来何所为。坐饮白石水，手把青松枝。击节独长歌，其声清且悲。枥马非不肥，所苦常絷维。豢豕非不饱，所忧竟为牺。行行歌此曲，以慰常苦饥_{一作渴}饥。

雨露长纤草，山苗高入云。风雪折劲木，涧松摧为薪。风摧此何意，雨长彼何因。百丈涧底死，寸茎山上春。可怜苦节士，感此涕盈巾。

窈窕双鬟女，容德俱如玉。昼居不逾阈，夜行常秉烛。气如含露一作雾兰,心如贯霜竹。宜当备嫔御,胡为守幽独。无媒不得选,年忽过三六。岁暮望汉宫,谁在黄金屋。邯郸进倡女,能唱黄花曲。一曲称君心,恩荣连九族。

栖栖远方士,读书三十年。业成无知己,徒步来入关。长安多王侯,英俊竞攀援。幸随众宾末,得厕门馆间。东阁有旨酒,中堂有管弦。何为向隅客,对此不开颜。富贵无是非,主人终日欢。贫贱多悔尤,客子中一作终夜叹。归去复归去,故乡贫亦安。

凉风飘嘉树,日夜减芳华。下有感秋妇,攀条苦悲嗟。我本幽闲女,结发事豪家。豪家多婢仆,门内颇骄奢。良人近封侯,出入鸣玉珂。自从富贵来,恩薄谗言多。冢一作家妇独守礼,群妾互奇邪。但信言有玷,不察心无瑕。容光未销歇,欢爱忽蹉跎。何意掌上玉,化为眼中砂。盈盈一尺水,浩浩千丈河。勿言小大异,随分有风波。闺房犹复尔,邦国当如何。

心亦无所迫,身亦无所拘。何为肠中气,郁郁不得舒。不舒良有以,同心久离居。五年不见面,三年不得书。念此令人老,抱膝坐长吁。岂无盈尊酒,非君谁与娱。

揽衣出门行,游观绕林渠。澹澹春水暖,东风生绿蒲。上有和鸣雁,下有掉尾鱼。飞沉一何乐,鳞羽各有徒。而我方独处,不与之子俱。顾彼自伤己,禽鱼之不如。出游欲遣忧,孰知忧有馀。

春旦日初出,瞳瞳耀晨辉。草木照未远,浮云已蔽之。天地黯以一作似晦,当午如昏时。虽有东南风,力微不能吹。中园何所有,满地青青葵。阳光委云上,倾心欲何依。

秦中吟十首 并序

　　贞元、元和之际,予在长安,闻见之间,有足悲者。因直歌(三字一作略举)其事(一下有因字),命为《秦中吟》(一本此下有焉字)。

议　婚 —作贫家女

天下无正声,悦耳即—作则为娱。人间无正色,悦目即—作则为姝。
颜色非相远,贫富则有殊。贫为时所弃,富为时所趋。红楼富家
女,金缕绣罗襦。见人不敛手,娇痴二八初。母兄未开口,已—作言
嫁不须臾。绿窗贫家女,寂寞二十馀。荆钗不直钱,衣上无真珠。
几回人欲聘,临日又踟蹰。主人会良媒,置酒满玉壶。四座且勿
饮,听我歌两途。富家女易嫁,嫁早轻其夫。贫家女难嫁,嫁晚孝
于姑。闻君欲娶妇,娶妇意何如。

重　赋 —作无名税

厚地植桑麻,所要—作用济生民。生民理布帛,所求活一身。身外
充征赋,上以奉君亲。国家定两税,本意在爱—作忧人。厥初防其
淫,明敕内外臣。税外加一物,皆以枉法论。奈何岁月久,贪吏得
因循。浚我以求宠,敛索无冬春。织绢未成匹,缲丝未盈斤。里胥
迫—作逼我纳,不许暂逡巡。岁暮天地闭,阴风生破村。夜深烟火
尽,霰雪白纷纷。幼者形不蔽,老者体无温。悲喘—作啼与寒气,并
入鼻中辛。昨日输残税,因窥官库门。缯帛如山积,丝絮如—作似
云屯。号为羡馀物,随月—作日献至尊。夺我身上暖,买尔眼前恩。
进入琼林库,岁久化为尘。

伤　宅 —作伤大宅

谁家起甲第,朱门大—作当道边。丰屋中栉比,高墙外回环。累累
六七堂,栋—作檐宇相连延。一堂费百万,郁郁起青烟。洞房温且
清,寒暑不能干。高堂虚且迥,坐卧见南山。绕廊紫藤架,夹砌红
药栏—作阑。攀枝摘樱桃,带花移牡丹。主人此中坐,十载为大官。
厨有臭败肉,库有贯朽—作朽贯钱。谁能将我语,问尔骨肉间。岂
无穷贱者,忍不救饥寒。如何奉一身,直欲保千年。不见马家宅,
今作奉诚园。

伤　友 又云伤苦节士,一作胶漆契。

陌巷孤一作饥寒士,出门苦一作甚栖栖一作栖栖。虽云志气高,岂免颜
色低。平生同门一作袍友,通籍在金闺。曩者胶漆契,迩来云雨睽。
正逢下朝归,轩骑五门西。是时天久阴,三日雨凄凄。蹇驴避路
立,肥马当风嘶。回头忘相识,占道上沙堤。昔年洛阳社,贫贱相
提携。今日长安道,对面隔云泥。近日多如此,非君独惨凄。死生
不变者,唯闻任与黎。任公叔、黎逢。

不致仕 一作合致仕

七十而致仕,礼法有明文。何乃贪荣者一作贵,斯言如不闻。可怜
八九十,齿堕双眸昏。朝露贪名利,夕阳忧子孙。挂冠顾翠緌,悬
车惜朱轮。金章腰不胜,伛偻入君门。谁不爱富贵,谁不恋君恩。
年高须告一作请老,名遂合退身。少时共嗤诮一作笑,晚岁多因循。
贤哉汉二疏,彼独是何人。寂寞东门路,无人继去尘。

立　碑 一作古碑

勋德既下衰,文章亦陵夷。但见山中石,立作路旁碑。铭勋一作勋
名悉太公,叙德一作德教皆仲尼。复以多为贵,千言直万赀。为文彼
何人,想见下笔时。但欲愚者悦,不思贤者嗤。岂独贤者嗤,仍传
后代疑。古石苍苔字,安知是愧词。我闻望江县,麴令抚茕嫠。麴
令名信陵。在官有仁政,名不闻京师。身殁欲归葬,百姓遮路岐。攀
辕不得归一作去,留葬此江湄。至今道其名,男女涕皆一作皆涕垂。
无人立碑碣,唯有邑人知。

轻　肥 一作江南旱

意气骄满路,鞍马光照尘。借问何为者,人称是内臣。朱绂皆大
夫,紫绶或一作悉将军。夸赴军中宴,走马去一作疾如云。尊罍溢九
酝,水陆罗八珍。果擘洞庭橘,脍切天池鳞。食饱心自若,酒酣气
益振。是岁江南旱,衢州人食人。

五　弦 —作五弦琴

清歌且罢—作停唱，红袂亦停舞。赵叟抱五弦，宛转当胸—作胸前抚。
大声粗—作俎若散，飒飒风和雨。小声细欲绝，切切鬼神语。又如
鹊报喜，转作猿啼苦。十指无定音，颠倒宫徵—作商羽。坐客闻此
声，形神若无主。行客闻此声，驻足不能举。嗟嗟俗人耳，好今不
好古。所以绿—作北窗琴，日日生尘土。

歌　舞 —作伤阌乡县囚

秦中岁云暮，大雪满皇州。雪中退朝者，朱紫尽公侯。贵有风雪
兴，富无饥寒忧。所营唯第宅，所务在追游。朱门车马客，红烛歌
舞楼。欢酣促密坐，醉暖脱重裘。秋官为主人，廷尉居上头。日中
为一乐—作乐饮，夜半不能休。岂知阌乡狱，中有冻死囚。

买　花 —作牡丹

帝城春欲暮，喧喧车马度。共道牡丹时，相随买花去。贵贱无常
价，酬直看花数。灼灼百朵红，戋戋五束素。上张幄幕—作帷幄庞，
旁织巴—作笆篱护。水洒复泥封，移—作迁来色如故。家家习为俗，
人人迷不悟。有一田舍翁，偶来买花处。低头独长叹，此叹无人
喻。一丛深色花，十户中人赋。

赠友五首 并序

　　　吾友有王佐之才者，以致君济人为己任，识者深许之。因赠是诗，
　　以广其志云。

一年十二月，每月有常令。君出臣奉行，谓之握金镜。由兹六气
顺，以遂万物性。时令一反常，生灵受其病。周汉德下衰，王风始
不竞。又从斩晁错，诸侯益强盛。百里不同禁，四时自为政。盛夏
兴土功，方春剿人命。谁能救其失，待君佐邦柄。峨峨象魏门，悬
法彝伦正。

银生楚山曲,金生鄱溪滨。南人弃农业,求之多苦辛。披砂复凿
石,硔硔无冬春。手足尽皱胝一作皱手足尽胝,爱利不爱身。畬田既
慵斫,稻田亦懒耘。相携作游手,皆道求金银。毕竟金与银,何殊
泥与尘。且非衣食物,不济饥寒人。弃本以趋末,日富而岁贫。所
以先圣王,弃藏不为珍。谁能反古风,待君秉国钧。捐金复抵璧,
勿使劳生民。

私家无钱炉,平地无铜山。胡为秋夏税,岁岁输铜钱。钱力日已
重,农力日已殚。贱粜粟与麦,贱贸丝与绵。岁暮衣食尽,焉得无
饥寒。吾闻国之初,有制垂不刊。庸必算丁口,租必计桑田。不求
土所无,不强人所难。量入以为出,上足下亦安。兵兴一变法,兵
息遂不还。使我农桑人,憔悴畎亩间。谁能革此弊,待君秉利权。
复彼租庸法,令如贞观年。

京师四方则,王化之本根。长吏久于政,然后风教敦。如何尹京
者,迁次不逡巡。请君屈指数,十年十五人。科条日相矫,吏力亦
已勤。宽猛政不一,民心安得淳。九州雍为首,群牧之所遵。天下
率如此,何以安吾民。谁能变此法,待君赞弥一作丝纶。慎择循良
吏,令其长子孙。

三十男有室,二十女有归。近代多离乱,婚姻多过期。嫁娶既不
早,生育常苦迟。儿女未成人,父母已衰羸。凡人贵达日,多在长
大时。欲报亲不待,孝心无所施。哀哉三牲养,少得及庭闱。惜哉
万钟粟,多用饱妻儿。谁能正婚礼,待君张国维。庶使孝子心,皆
无风树悲。

寓意诗五首

豫樟生深山,七年而后知。挺高二百尺,本末皆十围。天子建明
堂,此材独中规。匠人执斤墨,采度将有期。孟冬草木枯,烈火燎

山陂。疾风吹猛焰，从根烧到枝。养材三十年，方成栋梁姿。一朝
为灰烬，柯叶无孑遗。地虽生尔材，天不与尔时。不如粪土英，犹
有人掇之。已矣勿重陈，重陈令人悲。不悲焚烧苦，但悲采用迟。

赫赫京内史，炎炎中书郎。昨传征拜日，恩赐颇殊常。貂冠水苍
玉，紫绶黄金章。佩服身未暖，已闻窜遐荒。亲戚不得别，吞声泣
路旁。宾客亦已散，门前雀罗张。富贵来不久，倏如瓦沟霜。权势
去尤速，瞥若石火光。不如守贫贱，贫贱可久长。传语宦游子，且
来归故乡。

促织不成章，提壶但闻声。嗟哉虫与鸟，无实有虚名。与君定交
日，久要如弟兄。何以示诚信，白水指为盟。云雨一为别，飞沉两
难并。君为得风鹏，我为失水鲸。音信日已疏，恩分日已轻。穷通
尚如此，何况死与生。乃知择交难，须有知人明。莫将山上松，结
托水上萍。

翩翩两玄鸟，本是同巢燕。分飞来几时，秋夏炎凉变。一宿蓬荜
庐，一栖明光殿。偶因衔泥处，复得重相见。彼矜杏梁贵，此嗟茅
栋贱。眼看秋社至，两处俱难恋。所托各暂时，胡为相叹羡。

婆娑园中树，根株大合围。蠢尔树间虫，形质一何微。孰谓虫之一
作至微，虫蠹已无期。孰谓树之一作至大，花叶有衰时。花衰夏未
实，叶病秋先萎。树心半为土，观者安得知。借问虫何在，在身不
在枝。借问虫何食，食心不食皮。岂无啄木鸟，嘴长将何为。

读 史 五 首

楚怀放灵均，国政亦荒淫。彷徨未忍决，绕泽行悲吟。汉文疑贾
生，谪置湘之阴。是时刑方措，此去难为心。士生一代间，谁不有
浮沉。良时真可惜，乱世何足钦。乃知汨罗恨，未抵长沙深。

祸患如蔓丝，其来无端绪。马迁下蚕室，嵇康就囹圄。抱冤志气

屈,忍耻形神沮。当彼戮辱时,奋飞无翅羽。商山有黄绮,颍川有巢许。何不从之游,超然离网罟。山林少羁鞅,世路多艰阻。寄谢伐檀人,慎勿嗟穷处。

汉日大将军,少为乞食子。秦时故列侯,老作锄瓜士。春华何煜煜,园中发桃李。秋风忽萧条,堂上生荆杞。深谷变为岸,桑田成海水。势去未须悲,时来何足喜。寄言荣枯者,反复殊未已。

含沙射人影,虽病人不知。巧言构人罪,至死人不疑。掇蜂杀爱子,掩鼻戮宠姬。弘恭陷萧望,赵高谋李斯。阴德既必报,阴祸岂虚施。人事虽可罔,天道终难欺。明则有刑辟,幽则有神祇。苟免勿私喜,鬼得而诛之。

季子憔悴时,妇见不下机。买臣负薪日,妻亦弃如遗。一朝黄金多,佩印衣锦归。去妻不敢视,妇嫂强依依。富贵家人重,贫贱妻子欺。奈何贫富间,可移亲爱志。遂使中人心,汲汲求富贵。又令下人力,各竞锥刀利。随分归舍来,一取妻孥意。

和答诗十首　并序

五年春,微之从东台来。不数日,又左转为江陵士曹掾。诏下日,会予下内直归,而微之已即路,邂逅相遇于街衢中。自永寿寺南,抵新昌里北,得马上话(一作语)别,语不过相勉,保方寸、外形骸而已,因不暇及他。是夕足下次于山北寺,仆职役不得去,命季弟送行,且奉新诗一轴,致于执事,凡二十章,率有兴比,淫文艳韵,无一字焉。意者欲足下在途讽读,且以遣日时,消忧懑,又有以张直气而扶壮心也。及足下到江陵,寄在路所为诗十七章,凡五六千言。言有为,章有旨,追于宫律体裁,皆得作者风,发缄开卷,且喜且怪。仆思牛僧孺戒,不能示他人,惟与杓直、拒非及樊宗师辈三四人,时一吟读,心甚贵重。然窃思之,岂仆所奉者二十章,遽能开足下聪明,使之然耶?抑又不知足下是行也,天将屈足下之道,激足下之心,使感时发愤而臻于此耶?若两不然者,何立意措辞,与足下前时诗如此之相远也。仆既羡足下诗,又怜足下心,尽欲引狂简而和之。属直宿拘牵,居无暇日,故不即时如意。旬月来,多乞病假,假中稍闲,且摘卷中尤者,继成十章,亦不下三千言。其间所见同者固不能自异,异者亦不能强同。同者谓之和,异者谓之答,并别录《和梦游春》诗一章,各附于本篇之末。馀未和者,亦续致之。顷者在科试间,常与足下同笔砚,每下笔时,辄相顾,共患其意太切而理太周,故理太周则辞繁,意太切则言激。然与足下为文,所长在于此,所病亦在于此。足下来序,果有词犯文繁之说。今仆所和者犹前病也,待与足下相见日,各引所作,稍删其烦而晦其义焉。馀具书白。

和 思 归 乐

山中不栖鸟,夜半声嘤嘤。似道思归乐,行人掩泣听。皆疑此山路,迁客多南征。忧愤气不散,结化为精灵。我谓此山鸟,本不因人生。人心自怀土,想作思归鸣。孟尝平居时,娱耳琴泠泠。雍门一言感,未奏泪沾缨。魏武铜雀妓,日与欢乐并。一旦西陵望,欲歌先涕零。峡猿亦何意,陇水复何情。为入愁人耳,皆为肠断声。请看元侍御,亦宿此邮亭。因听思归鸟,神气独安宁。问君何以然,道胜心自平。虽为南迁客,如在长安城。云得此道来,何虑复何营。穷达有前定,忧喜无交争。所以事君日,持宪立大庭。虽有回天力,挠之终不倾。况始三十馀,年少有直名。心中志气大,眼前爵禄轻。君恩若雨露,君威若雷霆。退不苟免难,进不曲求荣。在火辨玉性,经霜识松贞。展禽任三黜,灵均长独醒。获戾自东洛,贬官向南荆。再拜辞阙下,长揖别公卿。荆州又非远,驿路半月程。汉水照天碧,楚山插云青。江陵橘似珠,宜城酒如饧。谁谓遣谪去,未妨游赏行。人生百岁内,天地暂寓形。太仓一稊米,大海一浮萍。身委逍遥篇,心付头陀经。尚达死生一作生死观,宁为宠辱惊。中怀苟有主,外物安能萦。任意思归乐,声声啼到明。

和阳城驿

商山阳城驿,中有叹者谁。云是元监察,江陵谪去时。忽见此驿
名,良久涕欲垂。何故阳道州,名姓同于斯。怜君一寸心,宠辱誓
不移。疾恶若巷伯,好贤如缁衣。沉吟不能去,意者欲改为。改为
避贤驿,大署于门楣。荆人爱羊祜,户曹改为辞。一字不忍道,况
兼姓呼之。因题八百言,言直文甚奇。诗成寄与我,锵一作铿若金
和丝。上言阳公行,友悌无等夷。骨肉同衾裯,至死不相离。次言
阳公迹,夏邑始栖迟。乡人化其风,少长皆孝慈。次言阳公道,终
日对酒卮。兄弟笑相顾,醉貌红怡怡。次言阳公节,謇謇居谏司。
誓心除国蠹,决死犯天威。终言阳公命,左迁天一涯。道州炎瘴
地,身不得生归。一一皆实录,事事无孑遗。凡是为善者,闻之恻
然悲。道州既已矣,往者不可追。何世无其人,来者亦可思。愿以
君子文,告彼大乐师。附于雅歌末,奏之白玉墀。天子闻此章,教
化如法施。直谏从如流,佞臣恶如疵。宰相闻此章,政柄端正持。
进贤不知倦,去邪勿复疑。宪臣闻此章,不敢怀依违。谏官闻此
章,不忍纵诡随。然后告史氏,旧史有前规。若作阳公传,欲令后
世知。不劳叙世家,不用费文辞。但于一作使国史上,全录元稹诗。

答桐花

山木多蓊郁,兹桐独亭亭。叶重碧云片,花簇紫霞英。是时三月
天,春暖山雨晴。夜色向月浅,暗香随风轻。行者多商贾,居者悉
黎氓。无人解赏爱,有客独屏营。手攀花枝立,足蹋花影行。生怜
不得所,死欲扬其声。截为天子琴,刻作古人形。云待我成器,荐
之于穆清。诚是君子心,恐非草木情。胡为爱其华,而反伤其生。
老龟被刳肠,不如无神灵。雄鸡自断尾,不愿为牺牲。况此好颜
色,花紫叶青青。宜遂天地性,忍加刀斧刑。我思五丁力,拔入九
重城。当君正殿栽,花叶生光晶。上对月中桂,下覆阶前蓂。泛拂

香炉烟，隐映斧藻屏。为君布绿阴，当暑荫轩楹。沉沉绿满地，桃李不敢争。以上四句，今本俱脱。为君发清韵，风来如叩琼。泠泠声满耳，郑卫不足听。受君封植力，不独吐芬馨。助君行春令，开花应晴一作清明。受君雨露恩，不独含芳荣。戒君无戏言，翦叶封弟兄。受君岁月功，不独资生成。为君长高枝，凤凰上头鸣。一鸣君万岁，寿如山不倾。再鸣万人泰，泰阶为之平。如何有此用，幽滞在岩垌。岁月不尔驻，孤芳坐凋零。请向桐枝上，为余题姓名。待余有势力，移尔献丹庭。

和　大　嘴　乌

乌者种有二，名同性不同。觜小者慈孝，觜大者贪庸。觜大命又长，生来十馀冬。物老颜色变，头毛白茸茸。飞来庭树上，初但惊儿童。老巫生奸计，与乌意潜通。云此一作是非凡鸟，遥见起敬恭。千岁乃一出，喜贺主人翁。祥瑞来白日，神圣一作灵占知风。阴作北斗使，能为人吉凶。此乌一作鸟所止家，家产日夜丰。上以致寿考，下可宜田农。主人富家子，身老心童蒙。随巫拜复祝，妇姑亦相从。杀鸡荐其肉，敬若禋六宗。乌喜张大觜，飞接在虚空。乌既饱膻腥，巫亦飨甘浓。乌巫互相利，不复两西东。日日营巢窟，稍稍近房栊。虽生八九子，谁辨其雌雄。群雏又成长，众觜逼一作骋残凶。探巢吞燕卵，入蔟啄蚕虫。岂无乘秋隼，羁绊委高墉。但食乌残肉，无施搏击功。亦有能言鹦，翅碧觜距红。暂曾说乌罪，囚闭在深笼。青青窗前柳，郁郁井上桐。贪乌占栖息，慈乌独不容。慈乌尔奚为，来往何憧憧。晓去先晨鼓，暮归后昏钟。辛苦尘土间，飞啄禾黍丛。得食将哺母一作母哺，饥肠不自充。主人憎慈乌，命子削弹弓。弦续会稽竹，丸铸荆山铜。慈乌求母食，飞下尔庭中。数粒未入口，一丸已中胸。仰天号一声，似欲诉苍穹。反哺日未足，非是惜微躬。谁能持此冤，一为问化工。胡然大觜乌，竟得天年终。

答四皓庙

天下有道见，无道卷怀之。此乃圣人语，吾闻诸仲尼。矫矫四先生，同禀希世资。随时有显晦，秉道无磷缁。秦皇肆暴虐，二世遭乱离。先生相随去，商岭采紫芝。君看秦狱中，戮辱者李斯。刘项争天下，谋臣竟悦随。先生如鸾鹤，去—作出入冥冥飞。君看齐鼎中，焦烂者郦其。子房得沛公，自谓相遇迟。八难掉舌枢，三略役心机。辛苦十数年，昼夜形神疲。竟杂霸者道，徒称帝者师。子房尔则能，此非吾所宜—作为。汉高之季年，嬖宠钟所私。冢嫡欲废夺，骨肉相忧疑。岂无子房口，口舌无所施。亦有陈平心，心计将何为。皤皤—作皓皓四先生，高冠危映眉。从容下南山，顾盼入东闱。前瞻惠太子，左右生羽仪。却顾戚夫人，楚舞无光辉。心不画一计，口不吐一词。暗定天下本，遂安刘氏危。子房吾则能，此非尔所知。先生道既光，太子礼甚卑。安车留不住，功成弃如遗。如彼旱天云，一雨百谷滋。泽则在天下，云复归希夷。勿高巢与由，勿尚吕与伊。巢由往不返，伊吕去不归。岂如四先生，出处两逶迤。何必长隐逸，何必长济时。由来圣人道，无朕不可窥。卷之不盈握，舒之亘八陲。先生道甚明，夫子犹或非。愿子辨其惑，为予吟此诗。

和雉媒

吟君雉媒什，一哂复一叹。和之一何晚，今日乃成篇。岂唯鸟有之，抑亦人复然。张陈刎颈交，竟以势不完。至今不平气，塞绝泒水源。赵襄骨肉亲，亦以利相残。至今不善名，高于磨笄山。况此笼中雉，志在饮啄间。稻粱暂入口，性已随人迁。身苦亦自忘，同族何足言。但恨为媒拙，不足以自全。劝君今日后，养鸟养青鸾。青鸾一失侣，至死守孤单。劝君今日后，结客结任安。主人宾客去，独住在门阑。

和　松　树

亭亭山上松，一一生朝阳。森耸上参天，柯条百尺长。漠漠尘中槐，两两夹康庄。婆娑低覆地，枝干亦寻常。八月白露降，槐叶次第黄。岁暮满山雪，松色郁青苍。彼如君子心，秉操贯冰霜。此如小人面，变态随炎凉。共知松胜槐，诚欲栽道傍。粪土种瑶草，瑶草终不芳。尚可以斧斤，伐之为栋梁。杀身获其所，为君构明堂。不然终天年，老死在南冈。不愿亚枝叶，低随槐树行。

答　箭　镞

矢人职司忧，为箭恐不精。精在一作则利其镞，错磨锋镝成。插以青竹簳，羽之赤雁翎。勿言分寸铁，为用乃长兵。闻有狗盗者，昼伏夜潜行。摩弓拭箭镞，夜射不待明。一盗既流血，百犬同吠声。猖猖噑不已，主人为之惊。盗心憎主人，主人不知情。反责镞太利，矢人获罪名。寄言控弦者，愿君少留听。何不向西射，西天有狼星。何不向东射，东海有长鲸。不然学仁贵，三矢平虏庭。不然学仲连，一发下燕城。胡为射小盗，此用无乃轻。徒沾一点血，虚污箭头腥。

和　古　社

废村多年树，生在古社隈。为作妖狐窟，心空身未摧。妖狐变美女，社树成楼台。黄昏行人过，见者心裴回。饥雕竟不捉，老犬反为媒。岁媚少年客，十去九不回。昨夜云雨合，烈风驱迅雷。风拔树根出，雷劈社坛开。飞电化为火，妖狐烧作灰。天明至其所，清旷无氛埃。旧地葺村落，新田辟荒莱。始知天降火，不必常为灾。勿谓神默默，勿谓天恢恢。勿喜犬不捕，勿夸雕不猜。寄言狐媚者，天火有时来。

和分水岭

高岭峻棱棱，细泉流亹亹。势分合不得，东西随所委。悠悠草蔓
底，溅溅石罅里。分流来几年，昼夜两如此。朝宗远不及，去海三
千里。浸润小无功，山苗长旱死。萦纡用无所，奔迫流不已。唯作
呜咽声，夜入行人耳。有源殊不竭，无坎终难止。同出而异流，君
看何所似。有似骨肉亲，派别从兹始。又似势利交，波澜相背起。
所以赠君诗，将君何所比。不比山上泉，比君井中水。

有木诗八首 并序

余尝读《汉书》列传，见佞顺媕婀，图身忘国，如张禹辈者；见惑上盅
下，交乱君亲，如江充辈者；见暴狠跋扈，壅君树党，如梁冀辈者；见色仁
行违，先德后贼，如王莽辈者；又见外状恢弘，中无实用者；又见附离权
势，随之覆亡者，其初皆有动人之才，足以惑众媚主，莫不合于始而败于
终也。因引风人骚人之兴，赋《有木》八章，不独讽前人，欲（一作亦）儆
后代尔。

有木名弱柳，结根近清池。风烟借颜色，雨露助华滋。峨峨白雪花
一作毛，袅袅青丝枝。渐密阴自庇，转高梢四垂。截枝扶为杖，软弱
不自持。折条用樊圃，柔脆非其宜。为树信可玩，论材何所施。可
惜金堤地，栽之徒尔为。

有木名樱桃，得地早滋茂。叶密独承日，花繁偏受露。迎风暗摇
动，引鸟潜一作自来去。鸟啄子难成，风来枝莫住。低软易攀玩，佳
人屡回顾。色求桃李饶，心向松筠妒。好是映墙花，本非当轩树。
所以姓萧人，曾为伐樱赋。

有木秋不凋，青青在江北。谓为洞庭橘，美人自移植。上受顾盼
恩，下勤浇溉力。实成乃是枳，臭苦不堪食。物有似是者，真伪何
由识。美人默无言，对之长叹息。中含害物意，外矫凌霜色。仍向

枝叶间,潜生刺如棘。

有木名杜梨,阴森覆丘壑。心蠹已空朽,根深尚盘薄。狐媚一作媚狐言语巧,鸟妖一作妖鸟声音恶。凭此为巢穴,往来互栖托。四傍五六本,叶枝一作枝叶相交错。借问因何生,秋风吹子落。为长社坛下,无人敢芟斫。几度野火来,风回烧不著。

有木香苒苒,山头生一蕟。主人不知名,移种近轩闼。爱其有芳味,因以调麴糵。前后曾饮者,十人无一活。岂徒悔封植,兼亦误采掇。试问识药人,始知名野葛。年深已滋蔓,刀斧不可伐。何时猛风来,为我连根一作枝拔。

有木名水柽,远望青童童。根株非劲挺,柯叶多蒙笼。彩翠色如柏,鳞皴皮似松。为同松柏类,得列嘉树中。枝弱不胜雪,势高常惧风。雪压低还举,风吹西复东。柔芳甚杨柳,早落先梧桐。惟有一堪赏,中心无蠹虫。

有木名凌霄,擢秀非孤标。偶依一株树,遂抽百尺条。托根附树身,开花寄树梢。自谓得其势,无因有动摇。一旦树摧倒,独立暂飘飖。疾风从东起,吹折不终朝。朝为拂云花,暮为委地樵。寄言立身者,勿学柔弱苗。

有木名丹桂,四时香馥馥。花团夜雪明,叶翦春云绿。风影清似水,霜枝冷如玉。独占小山幽,不容凡鸟宿。匠人爱芳直,裁截为厦屋。干细力未成,用之君自速。重任虽大过,直心终不曲。纵非梁栋材,犹胜寻常木。

叹鲁二首

季桓心岂忠,其富过周公。阳货道岂正,其权执国命。由来富与权,不系才与贤。所托得其地,虽愚亦获安。彘肥因粪壤,鼠稳依社坛。虫兽尚如是一作此,岂谓无因缘。

展禽胡为者，直道竟三黜。颜子何如人，屡空聊过日。皆怀王佐
道，不践陪臣秩。自古无奈何，命为时所屈。有如草木分，天各与
其一。荔枝非名花，牡丹无甘实。

反鲍明远白头吟

炎炎者烈火，营营者小蝇。火不热贞玉，蝇不点清冰。此苟无所
受，彼莫能相仍。乃知物性中，各有能不能。古称怨恨一作报死，则
人有所惩。惩淫或应可，在道未为弘。譬如蜩鷃徒，啾啾啅龙鹏。
宜当委之去，寥廓高飞腾。岂能泥尘下，区区酬怨憎。胡为坐自
苦，吞悲仍抚膺。

青　冢

上有饥鹰号，下有枯蓬走。茫茫边雪里，一掬沙培塿。传是昭君
墓，埋闭蛾眉久。凝脂化为泥，铅黛复何有。唯有阴怨气，时生坟
左右。郁郁如苦雾，不随骨销朽。妇人无他才，荣枯系妍否。何乃
明妃命，独悬画工手。丹青一诖误，白黑相纷纠。遂使君眼中，西
施作嫫母。同侪倾宠幸，异类为配偶。祸福安可知，美颜不如丑。
何言一时事，可戒千年后。特报后来姝，不须倚眉首。无辞插荆
钗，嫁作贫家妇。不见青冢上，行人为浇酒。

杂　感

君子防悔尤，贤人戒行藏。嫌疑远瓜李，言动慎毫芒。立教固如
此，抚事有非常。为君持所感，仰面问苍苍。犬啮桃树根，李树反
见伤。老龟烹不烂，延祸及枯桑。城门自焚爇，池鱼罹其殃。阳货
肆凶暴，仲尼畏于匡。鲁酒薄如水，邯郸开战场。伯禽鞭见血，过
失由成王。都尉身降虏，宫刑加子长。吕安兄不道，都市杀嵇康。

斯人死已久,其事甚昭彰。是非不由己,祸患安可防。使我千载
后,涕泗满衣裳。

全唐诗卷四二六

白居易

新乐府 并序　元和四年为左拾遗时作

序曰:凡九千二百五十二言,断为五十篇。篇无定句,句无定字,系于意,不系十文。首句标其日,卒章显其志,《诗三百》之义也。其辞质而径,欲见之者易喻也。其言直而切,欲闻之者深诫也。其事核而实,使采之者传信也。其体顺而肆,可以播于乐章歌曲也。总而言之,为君、为臣、为民、为物、为事而作,不为文而作也。

七德舞　美拨乱陈王业也

武德中,天子始作《秦王破阵乐》以歌太宗之功业。贞观初,太宗重制《破阵乐舞图》,诏魏徵、虞世南等为之歌词,名《七德舞》。自龙朔已后,诏郊庙享宴,皆先奏之。

七德舞,七德歌,传自武德至元和。元和小臣白居易,观舞听歌知乐意,乐终稽首陈其事。太宗十八举义兵,白旄黄钺定两京。擒充戮窦四海清,二十有四功—作王业成。二十有九即帝位,三十有五致太平。功成理定何神速,速在推心置人腹。亡卒遗骸散帛收,贞观初,诏收天下阵死骸骨,致祭而瘗埋之,寻又散帛以求之也。饥人卖子分金赎。贞观二年大饥,人有鬻男女者,诏出御府金帛尽赎之,还其父母。魏徵梦见子夜泣,魏徵疾亟,太宗梦与徵别。既寤,流涕。是夕徵卒。故御亲制碑云:昔殷宗得良弼于梦中,今朕失贤臣于觉后。张谨哀闻辰日哭。张公谨卒,太宗为之举哀。有司奏:日在辰,阴阳所忌,不可哭。上曰:君臣义重,父子之情也。情发于中,安知辰日!遂哭之恸。怨女三千放出宫,太宗尝谓侍臣曰:妇人幽闭深宫,情实可愍,今将出之,任求伉俪。于是令左丞戴胄、给事中杜正伦于掖庭宫西门拣出数千人,尽放归。死囚四百来归狱。贞观六年,亲录囚徒死罪者三百九十放出归家,令明年秋来就刑。应期毕至,诏悉原之。剪须烧药赐功臣,李勣呜咽思杀身。李勣尝疾,医云:得龙须烧灰,方可疗之。太宗自翦须烧灰赐之,服讫而愈。勣叩头泣涕而谢。含血吮创抚战士,思摩奋呼一作身乞效死。李思摩尝中矢,太宗亲为吮血。则知不独善战善乘时一本无则知二字,以心感人人心归。尔来一百九十载,天下至今歌舞之。歌七德,舞七德,圣人有作一作祚垂无极。岂徒耀神武,岂徒夸圣文。太宗意在陈王业,王业艰难示子孙。

法曲一本此下有歌字　美列圣正华声也

法曲法曲歌大定,积德重熙有馀庆。永徽之人舞而咏,永徽之时,有贞观遗风,故高宗制一戎大定乐曲。法曲法曲舞霓裳。政和世理音洋洋,开元之人乐且康。霓裳羽衣曲起于开元,盛于天宝也。法曲法曲歌堂堂,堂堂之庆垂无疆。中宗肃宗复鸿业,唐祚中兴万万叶。永隆元年,太常李嗣贞善审音律,能知兴衰,云:近者乐府有堂堂之曲,再言者,唐祚再兴之兆。法曲法曲合夷歌,夷声邪乱华声和。以乱干和天宝末,明年胡尘犯宫阙。法曲虽似失雅音,盖诸夏之声也,故历朝行焉。明皇虽雅好度曲,然未尝使蕃汉杂奏。天宝十三载,始诏诸道调法曲与胡部新声合作,识者深异之。明年冬,安禄山反。乃知法曲本华风,苟能审音与政通。一从胡曲相参错,不辨兴衰与哀乐。愿求牙旷正华音,不令夷夏相交侵。

二王后　明祖宗之意也

二王后,彼何人,介公酅公为国宾,周武隋文之子孙。古人有言天下者,非是一人之天下。周亡天下传于隋,隋人失之唐得之。唐兴十叶岁二百，介公酇公世为客。明堂太庙朝享时，引居宾位备威仪。备威仪，助郊祭，高祖太宗之遗制。不独兴灭国，不独继绝世。欲令嗣位守文君，亡国子孙取为戒。

海漫漫　戒求仙也

海漫漫，直下无底傍无边。云涛烟浪最深处，人传中有三神山。山上多生不死药，服之羽化为天仙。秦皇汉武信此语，方士年年采药去。蓬莱今古但闻名，烟水茫茫无觅处。海漫漫，风浩浩，眼穿不见蓬莱岛。不见蓬莱不敢归，童男丱女舟中老。徐福文成多诳诞，上元太一虚祈祷。君看骊山顶上茂陵头，毕竟悲风吹蔓草。何况玄元圣祖五千言，不言药，不言仙，不言白日升青天。

立部伎　刺雅乐之替也

　　太常选坐部伎，无性识者退入立部伎；又选立部伎，绝无性识者退
　　入雅乐部，则雅乐可知矣。

立部伎，鼓笛喧。舞双剑，跳七丸。袅巨索，掉长竿。太常部伎有等级，堂上者坐堂下立。堂上坐部笙歌清，堂下立部鼓笛鸣。笙歌一声一作曲众侧耳，鼓笛万曲无人听。立部贱，坐部贵，坐部退为立部伎，击鼓吹笙和杂戏。立部又退何所任，始就乐悬操雅音。雅音替坏一至此，长令尔辈调宫徵。圆丘后土郊祀时，言将此乐感神祇。欲望凤来百兽舞，何异北辕将适楚。工师愚贱安足云，太常三卿尔何人。

华原磬　刺乐工非其人也

　　天宝中，始废泗滨磬，用华原石代之。询诸磬人，则曰："故老云，泗
　　滨磬下，调之不能和，得华原石考之乃和。由是不改。"

华原磬，华原磬，古人不听今人听。泗滨石，泗滨石，今人不击古人击。今人古人何不同，用之舍之由乐工。乐工虽在耳如壁，不分清浊即为聋。梨园弟子调律吕，知有新声不如古。古称浮磬出泗滨，立辨致死声感人。宫悬一听华原石，君心遂忘封疆臣。果然胡寇从燕起，武臣少肯封疆死。始知乐与时政通，岂听铿锵而已矣。磬襄入海去不归，长安市儿为乐师。华原磬与泗滨石，清浊两声_{一作}音谁得知。

上阳白发人_{一无白发字}　愍怨旷也

> 天宝五载已后，杨贵妃专宠，后宫人无复进幸矣。六宫有美色者，
> 辄置别所，上阳是其一也，贞元中尚存焉。

上阳人，红颜暗老白发新。绿衣监使守宫门，一闭上阳多少春。玄宗末岁初选入，入时十六今六十。同时采择百馀人，零落年深残此身。忆昔吞悲别亲族，扶入车中不教哭。皆云入内便承恩，脸似芙蓉胸似玉。未容君王得见面，已被杨妃遥侧目。妒令潜配上阳宫，一生遂向空房宿。宿空房_{一作床}，秋夜长，夜长无寐天不明。耿耿残灯背壁_{一作照背影}，萧萧暗雨打窗声。春日迟，日迟独坐天难暮。宫莺百啭愁厌闻，梁燕双栖老休妒。莺归燕去长悄然，春往秋来不记年。唯向深宫望明月，东西四五百回圆。今日宫中年最老，大家遥赐尚书号。小头鞋履窄衣裳，青黛点眉眉细长。外人不见见应笑，天宝末年时世妆。上阳人，苦最多。少亦苦，老亦苦，少苦老苦两如何。君不见昔时吕向_{一作尚}美人赋，天宝末，有密采艳色者，当时号花鸟使。吕向献《美人赋》以讽之。又不见今日上阳_{一本此下有宫人字}白发歌。

胡旋女　戒近习也 _{天宝末，康居国献之。}

胡旋女，胡旋女。心应弦，手应鼓。弦鼓一声双_{一作两}袖举，回雪飘

飘转蓬舞。左旋右转不知疲，千匝万周无已时。人间物类无可比，奔车轮缓旋风迟。曲终再拜谢天子，天子为之微启齿。胡旋女，出康居，徒劳东来万里馀。中原自有胡旋者，斗妙争能尔不如。天宝季年时欲变，臣妾人人学圜转。中有太真外禄山，二人最道能胡旋。梨花园中册作妃，金鸡障下养为儿。禄山胡旋迷君眼，兵过黄河疑未反。贵妃胡旋惑君心，死弃马嵬念更深。从兹地轴天维转，五十年来制不禁。胡旋女，莫空舞，数唱此歌悟明主。

新丰折臂翁_{一无新丰字}　戒边功也

新丰老翁八十八，头鬓眉须皆似雪。玄孙扶向店前行，左_{一作右}臂凭肩右_{一作左}臂折。问翁臂折来几年，兼问致折何因缘。翁云贯属新丰县，生逢圣代无征战。惯听梨园歌管声_{一作唯听骊宫歌吹声}，不识旗枪与弓箭。无何天宝大征兵，户有三丁点一丁。点得_{一作里胥驱}将_{一作向}何处去，五月万里云南行。闻_{一作传}道云南有泸水，椒花落时瘴烟起。大军徒涉水如汤，未过_{一作战}十人二三死。村南村北哭声哀_{一作悲}，儿别爷娘夫别妻。皆云前后征蛮者，千万人行无一回。是时翁年二十四，兵部牒中有名字。夜深不敢使人知，偷将_{一作自}大石捶折臂。张弓簸旗俱不堪，从兹始免征云南。骨碎筋伤非不苦，且图拣退归乡土。此臂折来_{一作臂折}六十年，一肢虽废一身全。至今风雨阴寒夜，直到天明痛不眠。痛不眠，终不悔，且喜老身今独在。不然当时泸水头，身死魂孤骨不收。应作云南望乡鬼，万人冢上哭呦呦。_{云南有万人冢，即鲜于仲通、李宓曾覆军之所也。}老人言，君听取。君_{一作何}不闻开元宰相宋开府，不赏边功防黩武。_{开元初，突厥数寇边，时天武军牙将郝灵筌出使，因引特勒回鹘部落，斩突厥默啜，献首于阙下，自谓有不世之功。时宋璟为相，以天子年少好武，恐徼功者生心，痛抑其〔赏〕（党），逾年，始授郎将。灵筌遂恸哭呕血而死也。}又不闻天宝宰相杨国忠，欲求恩幸

立边功。边功未立生人怨，请问新丰折臂翁。天宝末，杨国忠为相，重构
阁罗凤之役，募人讨之。前后发二十馀万众，去无返者。又捉人连枷赴役，天下怨哭，
人不聊生，故禄山得乘人心而盗天下。元和初，折臂翁犹存，因备歌之。

太行路　借夫妇以讽君臣之不终也

太行之路能摧车，若比人一作君心是坦途。巫峡之水能覆舟，若比
人一作君心是安流。人一作君心好恶苦不常，好生毛羽恶生一作成疮。
与君结发未五载，岂期牛女为参商。古称色衰相弃背，当时美人犹
怨悔。何况如今鸾镜中，妾颜未改君心改。为君熏衣裳，君闻兰麝
不馨香。为君盛一作事容饰，君看金一作珠翠无颜色。行路难，难重
陈。人生莫作妇人身，百年苦乐由他人。行路难，难于山，险于水。
不独人间一作家夫与妻，近代君臣亦如此。君不见左纳言，右纳史，
朝承恩，暮赐死。行路难，不在水，不在山，只在人情一作心反覆间。

司天台　引古以儆今也

司天台，仰观俯察天人际。羲和死来职事废，官不求贤空取艺。昔
闻西汉元成间，上陵下替谪见天。北辰微暗少光色，四星煌煌如火
赤。耀芒动角射三台，上台一作半见半灭中台坼。是时非无太史
官，眼见心知不敢言。明朝趋入明光殿，唯奏庆云寿星见。天文时
变两如斯，九重天子不得知。不得知，安用台高百尺为。

捕蝗　刺长吏也

捕蝗捕蝗谁家子，天热日长饥欲死。兴元兵后一作久，一作革伤阴阳，
和气盅蠹化为蝗。始自两河及三辅，荐食如蚕飞似雨。雨飞蚕食
千里间，不见青苗空赤土。河南长吏言忧农，课人昼夜捕蝗虫。是
时粟斗钱三百，蝗虫之价与粟同。捕蝗捕蝗竟何利，徒使饥人重劳

费。一虫虽死百虫来，岂将人力定一作竟天灾。我闻古之良吏有善政，以政驱蝗蝗出境。又闻贞观之初道欲昌，文皇仰天吞一蝗。一人有庆兆民赖，是岁虽蝗不为害。贞观二年太宗吞蝗虫事，见《贞观实录》。

昆明春一本此下有水满字思王泽之广被也贞元中始涨泛

昆明春，昆明春，春池岸古春流新。影浸南山青滉漾，波沉西日红奫沦。往年因旱池枯竭一作灵池竭，龟尾曳涂鱼煦沫。诏开八一作分水注恩波，千介万鳞同日活。今来净绿水照天，游鱼鲅鲅莲田田。洲香杜若抽心短，沙暖鸳鸯铺翅眠。动植飞沉皆遂性一作性遂，皇泽如春无不被。渔者仍丰网罟资，贫人久一作又获菰蒲利。诏以昆明近帝城，官家不得收其征。菰蒲无租鱼无税，近水之人感君惠。感君惠，独何人，吾闻率土皆王民，远民何疏近何亲。愿推此惠及天下，无远无近同一作皆欣欣。吴兴山中罢榷茗，鄱阳坑里休封一作税银。天涯地角无禁利，熙熙同似昆明春。

城盐州　美圣谟而诮边将也贞元壬申岁，特诏城之。

城盐州，城盐州，城在五原原上头。蕃东节度钵阐布，忽见新城当要路。金乌飞传赞普闻，建牙传箭集群臣。君臣颡面有忧色，皆言勿谓唐无人。自筑盐州十馀载，左衽毡裘不犯塞。昼牧牛羊夜捉生，长去新城百里外。诸边急警劳戍人，唯此一道无烟尘。灵夏潜安谁复辨，秦原暗通何处见。鄜州驿路好马来，长安药肆黄蓍贱。城盐州，盐州未城天子忧。德宗按图自定计，非关将略与庙谋。吾闻高宗中宗世，北虏猖狂最难制。韩公创筑受降城，三城鼎峙屯汉兵。东西亘绝数千里，耳冷不闻胡马声。如今边将非无策，心笑韩公筑城壁。相看养寇为身谋，各握强兵固恩泽。愿分今日边将恩，褒赠韩公封子孙。谁能将此盐州曲，翻作歌词闻至尊。

道州民　美_{一有贤字}臣遇明主也

道州民,多侏儒,长者不过三尺馀。市作矮奴年进送,号为道州任土贡。任土贡,宁若斯,不闻使人生别离,老翁哭孙母哭儿。一自阳城来守郡,不进矮奴频诏问。城云臣按六典书,任土贡有不贡无。道州水土所生者,只有矮民无矮奴。吾君感悟玺书下,岁贡矮奴宜悉罢。道州民,老者幼者何欣欣。父兄子弟始相保,从此得作良人身。道州民,民到于今受其赐,欲说使君先下泪。仍恐儿孙忘使君,生男多以阳为字。

驯犀　感为政之难终也

　　　贞元丙子岁,南海进驯犀,诏纳苑中。至十三年冬大寒,驯犀死矣。驯犀驯犀通天犀,躯貌骇人角骇鸡。海蛮闻有明天子,驱犀乘传来万里。一朝得谒大明宫,欢呼拜舞自论功。五年驯养始堪献,六译语言方得通。上嘉人兽俱来远,蛮馆四方犀入苑。秣以瑶刍锁以金,故乡迢递君门深。海鸟不知钟鼓乐,池鱼空结江湖心。驯犀生处南方热,秋无白露冬无雪。一入上林三四年,又逢今岁苦寒月。饮冰卧霰苦蜷跼,角骨冻伤鳞甲踏。驯犀死,蛮儿_{一作童}啼,向阙再拜颜色低。奏乞生归本国去,恐身冻死似驯犀。君不见建中初,驯象生还放_{一作故}林邑。_{建中元年,诏尽出苑中驯象,放归南方也。}君不见贞元末,驯犀冻死蛮儿泣。所嗟建中异贞元,象生犀死何足言。

五弦弹　恶郑之夺雅也

五弦弹,五弦弹,听者倾耳心寥寥。赵璧知君入骨爱,五弦一一为君调。第一第二弦索索,秋风拂松疏韵落。第三第四弦泠泠,夜鹤忆子笼中鸣。第五弦声最掩抑,陇水冻咽流不得。五弦并奏君试听,凄凄切切复铮铮。铁击珊瑚一两曲,冰泻玉盘千万声。铁声杀,冰声寒。杀声入耳肤血憯,寒气中人肌骨酸。曲终声尽欲半日,四坐相对愁无言。座中有一远方士,唧唧咨咨声不已。自叹今朝初得闻,始知孤负平生耳。唯忧赵璧白发生,老死人间无此声。远方士,尔一作耳听五弦信为美,吾闻正始之音不如是。正始之音其若何,朱弦疏越清庙歌。一弹一唱再三叹,曲澹节稀声不多。融融曳曳召元气,听之不觉心平和。人情重今多贱古,古琴一作瑟有弦人不抚。更一作自从赵璧艺成来,二十五弦不如五。

蛮子朝　刺将骄而相备位也

蛮子朝,泛皮船兮渡绳桥,来自嶲州道路遥。入界先经蜀川一作道过,蜀将收功先表贺。臣闻云南六诏蛮,东连牂牁西连一作接蕃。六诏星居初琐碎,合为一诏渐强大。开元皇帝虽圣神,唯蛮倔强不来宾。鲜于仲通六万卒,征蛮一阵全军没。至今西洱河岸边,箭孔刀痕满枯骨。天宝十三载,鲜于仲通统兵六万,讨云南王阁罗凤于西洱河,全军覆没也。谁知今日慕华风,不劳一人蛮自通。诚由陛下休明德,亦赖微臣诱谕功。德宗省一作看表知如此,笑令中使迎蛮子。蛮子导从者谁何,摩挲俗羽双隈伽。清平官持赤藤杖,大将军系金呿嗟。异牟寻男寻阁劝,特敕召对延英殿。上心贵在怀远蛮,引临玉座近天颜。冕旒不垂亲劳倈。赐衣赐食移时对。移时对,不可得,大臣相看有羡色。可怜宰相拖紫佩金章,朝日唯闻对一刻。

骠国乐　欲王化之先迩后远也　贞元十七年来献之

骠国乐,骠国乐,出自大海西南角。雍羌之子舒难陀,来献南音奉一作举正朔。德宗立仗御紫庭,䡾𫟔不塞为尔听。玉螺一吹椎髻耸,铜鼓一一作千击文身踊。珠缨炫转星宿摇,花鬘斗薮龙蛇动。

曲终王子启圣人,臣父愿为唐外臣。左右欢呼何翕习,至尊德广之所及。须臾百辟诣阁门,俯伏拜表贺至尊。伏见骠人献新乐,请书国史传子孙。时有击壤老农父,暗测君心闲独语。闻君政化甚圣明,欲感人心致太平。感人在近不在远,太平由实非由声。观身理国国可济,君如心兮民如体。体生疾苦心憯凄,民得和平君恺悌。贞元之民若未安,骠乐虽闻君不叹。贞元之民苟无病,骠乐不来君亦圣。骠乐骠乐徒喧喧,不如闻此刍荛言。

缚戎人　达穷民之情也

缚戎人,缚戎人,耳一作口穿面破驱入秦。天子矜怜不忍杀,诏徙东南吴与越。黄衣小使录姓名,领出长安乘递行。身被金创面多瘠,扶病徒行日一驿。朝餐饥渴费杯盘,夜卧腥臊污床席。忽逢江水忆交河,垂手齐声一作唱呜咽歌。其中一虏语诸虏,尔苦非多我苦多。同伴行人因借问,欲说喉中气愤愤。自云乡管一作贯本凉原,大历年中没落蕃。一落蕃中四十载,遣一作身著皮裘系毛带。唯许正朝一作朔服汉仪,敛衣整巾潜一作双泪垂。誓心密定归乡计,不使蕃中妻子知。有李如暹者,蓬子将军之子也,尝没蕃中。自云:"蕃法,唯正岁一日,许唐人之没蕃者服唐衣冠。"由是悲不自胜,遂密定归计也。暗思幸有残筋力一作骨,更恐年衰归不得。蕃候严兵鸟不飞,脱身冒死奔逃归。昼伏宵行经大漠,云阴月黑风沙恶。惊藏青冢寒草疏,偷渡黄河夜冰薄。忽闻汉军鼙鼓声,路傍走出再拜迎。游骑不听能汉语,将军遂缚作蕃生。配向东一作江南卑湿地,定一作岂无存恤空防备。念此吞声仰诉天,若为辛苦度残年。凉原乡井不得见,胡地妻儿虚弃捐。没蕃被囚思汉土,归汉被劫为蕃虏。早知如此悔归来,两地宁如一处苦。缚戎人,戎人之中我苦辛。自古此冤应未有,汉心汉语吐蕃身。

全唐诗卷四二七

白居易

骊宫高　美天子重惜人之财力也

高高骊山上有宫，朱楼紫殿三四重。迟迟兮春日，玉甃暖兮温泉溢。袅袅兮秋风，山蝉鸣兮宫树红。翠华不来岁月久，墙有衣兮瓦有松。吾君在位已五载，何不一幸乎—作於其中。西去都门—作城几多地，吾君不游—作来有深—作深有意。一人出兮不容易，六宫从兮百司备。八十一车千万骑，朝有宴饮暮有赐。中人之产数百家，未足充君一日费。吾君修己人不知，不自逸兮不自嬉。吾君爱人人不识，不伤财兮不伤—作夺力。骊宫高兮高入云，君之来兮为一身，君之不来兮为—本此下有千字万人—作民。

百炼镜　辨皇王鉴也

百炼镜，一本叠此三字熔范非常规，日辰处所—作置处灵且祇—作奇。江心波上舟中铸，五月五日日午时。琼粉金膏磨莹已，化为一片秋潭水。镜成将献蓬莱宫，扬州长吏—作史手自封—作钿函金匣锁几重。人间臣妾不合照—作用，背有九五飞天龙。人人呼为天子镜，我有一言闻太宗。太宗常以人为镜，鉴古鉴今不鉴容。四海安危居掌内，百王治乱悬心中。乃知天子别有镜，不是扬州百炼铜。

青石　激忠烈也

青石出自蓝田山，兼车运载来长安。工人磨琢欲何用，石不能言我
代言。不愿作人家墓前神道碣，坟土未干名已灭。不愿作官家道
旁德政碑，不镌实录镌虚辞。愿为颜氏段氏—作段氏颜氏碑，雕镂太
尉与太师。刻此—作用两片坚贞质，状彼二人忠烈姿。义心如石屹
不转，死节如石—作名流确不移。如观奋击朱泚日，似见叱诃希烈
时。各于其上题名谥—作字，一置高山一沉水。陵谷虽迁碑—作碣
独—作犹存，骨化为尘名不死。长使不忠不烈臣，观碑改节慕为人。
慕为人，劝事君。

两朱阁　刺佛寺浸多也

两朱阁，南北相对起。借问何人家，贞元双帝子。帝子吹箫双得
仙，五云飘飖飞—作迎上天。第宅亭台不将去，化为佛寺在人间。
妆阁伎楼何寂静，柳似舞腰池似镜。花落黄昏悄悄时，不闻歌—作
鼓吹闻钟磬。寺门敕榜金字书，尼院佛庭宽有馀。青苔明月多闲
地，比屋疲—作齐人无处居。忆昨平阳宅初置，吞并平人几家地。
仙去双双作梵宫，渐恐人间—作家尽为寺。

西凉伎　刺封疆之臣也

西凉伎，一本下叠西凉伎三字。假面胡人假狮子。刻木为头丝作尾，金
镀眼睛银帖齿。奋迅毛衣摆双耳，如从流沙来万里。紫髯深目两
—作羌胡儿，鼓舞跳梁前致辞。应似—作道是凉州未陷日，安西都护
进来时。须臾云得新消息，安西路绝归不得。泣向狮子涕双垂，凉
州陷没知不知。狮子回头向西望，哀吼一声观者悲。贞元边将爱
此曲，醉坐笑看看不足。娱—作享宾犒士宴监—作三军，狮子胡儿长

在目。有一征夫年七十,见弄凉州低面泣。泣罢敛手白将军,主忧臣辱昔所闻。自从天宝兵戈起,犬戎日夜吞西鄙。凉州陷来四十年,河陇侵将七一作九千里。平时安西万里疆,今日边防在凤翔。平时,开远门外立堠云,去安西九千九百里,以示成人不为万里行,其实就盈数也。今番汉使往来,悉在陇州交易也。缘边空屯十万卒,饱食温一作厚衣闲过日。遗民肠断在凉州,将卒相看无意收。天子每一作长思长痛惜,将军欲说合惭羞。奈何仍看西凉一作凉州伎,取笑资欢无所愧。纵无智力未能收,忍取西凉弄为戏。

八骏图　戒奇物惩佚游也

穆王八骏天马驹,后人爱之写为图。背如龙兮颈如象一作鸟,骨耸筋高脂·作肌肉壮一作少。日行万里疾一作速如飞,穆王独乘何所之。四荒八极蹋欲遍,三十二蹄无歇时。属车轴折趁不及,黄屋草生弃若遗。瑶池西赴王母宴,七庙经年不亲荐。璧台南与盛姬游,明堂不复朝诸侯。白云黄竹歌声动,一人荒乐万人愁。周从后稷至文武,积德累功世勤苦。岂知才及四一作五代孙,心轻王业如灰土。由来尤物不在大,能荡君心则为害。文帝却之不肯乘,千里马去汉道兴。穆王得之不为戒,八骏驹一作千里马来周室坏。至今此物尚一作世称珍,不知房星之精下为怪。八骏图,君莫爱。

涧底松　念寒俊也

有一作青松百尺大十围,生在涧底寒且卑。涧深山险人路绝,老死不逢工度之。天子明堂欠梁木一作栋,此一作彼求彼一作此有一作弃两不知。谁喻苍苍造物意,但与之材不与地。金张世禄原宪贫一作黄宪贤,牛衣寒贱貂蝉贵。貂蝉与牛衣,高下虽有殊。高者未必贤,下者未必愚。君不见沉沉海底生珊瑚,历历天上种白榆。

牡丹芳 美天子忧农也

牡丹芳,牡丹芳,黄金蕊绽红玉房。千片赤英霞烂烂,百枝绛点一作焰灯煌煌。照地初开锦绣段,当风不结兰麝囊一作裳。仙人琪树白无色,王母桃花小不香。宿一作晓露轻盈泛紫艳,朝阳照耀生红光。红紫二色间深浅,向背万态随低昂。映叶多情隐羞面,卧丛无力含醉妆。低娇笑容疑掩口,凝思怨人如断肠。秾姿贵彩信奇绝,杂卉乱花无比方。石竹金钱何细碎,芙蓉芍药苦寻常。遂使王公与卿士,游花冠盖日相望。庳车软舆贵公主一作子,香衫细马豪家郎。卫公宅静闭东院,西明寺深开北廊。戏蝶双舞看人一作花久,残莺一声春一作娇日长。共愁日照芳难驻,仍张帷一作罗幕垂阴凉。花开花落二十日,一城之人皆若狂。三代以还文胜质,人心重华不重实。重华直至牡丹芳,其来有渐非今日。元和天子忧农桑,恤下动天天降祥。去岁嘉禾生九穗,田中寂寞无人至。今年瑞麦分两歧,君心独喜无人知。无人知,可叹息。我愿暂求造化力,减却牡丹妖艳色。少回卿士爱一作士女看花心,同似一作助吾君忧一作爱稼穑。

红线毯 忧蚕桑之费也

红线毯,择茧缫丝清水煮,拣一作练丝练线红蓝染。染为红线红于蓝一作花,织作披香殿上毯。披香殿广十丈馀,红线织成可殿铺。彩丝茸茸香拂拂,线软花虚不胜物。美人蹋上歌舞来,罗袜绣鞋随步没。太原毯涩毳缕硬,蜀都褥薄锦花冷,不如此毯温且柔,年年十月来宣州。宣城太守加样织,自谓为臣能竭力。百夫同担进宫中,线厚丝多卷不得。宣城太守知不知,一丈毯,一本此下有用字。千两丝。地不知寒人要暖,少夺人衣作地衣。贞元中,宣州进开样加丝毯。

杜陵叟　伤农夫之困也

杜陵叟,杜陵居,岁种薄田一顷馀。三月无雨旱风起,麦苗不秀多黄死。九月降霜秋早寒,禾穗未熟皆青干。长吏明知不申破,急敛暴征求考课。典桑卖地纳官租,明年衣食将何如。剥我身上帛,夺我口中粟。虐人害物即豺狼,何必钩爪锯牙食人肉。不知何人奏皇帝,帝心恻隐知人一作八弊。白麻纸上书德音,京畿尽放今年税。昨日里胥方到门,手持尺牒榜乡村。十家租税九家毕,虚受吾君蠲免恩。

缭绫　念女工之劳也

缭绫缭绫何所似,不似罗绡与纨绮。应似天台山上月明一作明月前,四十五尺瀑布泉。中有文章又奇绝,地铺白烟花簇雪。织者何人衣者谁,越溪寒女汉宫姬。去年中使宣口敕,天上取样人间织。织为云外秋雁行,染作江南春水色。广裁衫袖长制裙,金斗熨波刀翦纹。异彩奇文相隐映,转侧看花花不定。昭阳舞人恩正深,春衣一对直千金。汗沾粉污不再著,曳土蹋泥无惜心。缭绫织成费功绩,莫比寻常缯与帛。丝细缲多女手疼,扎扎千声不盈尺。昭阳殿里歌舞人,若见织时应也一作合惜。

卖炭翁　苦宫一作宫市也

卖炭翁,伐薪烧炭南山中。满面尘灰烟火色,两鬓苍苍十指黑。卖炭得钱何所营,身上衣裳口中食。可怜身上衣正单,心忧炭贱愿天寒。夜来城上一尺雪,晓驾炭车辗冰辙。牛困人饥日已高,市南门外泥中歇。翩翩两骑一作两骑翩翩来是谁,黄衣使者白衫儿。手把文书口称敕,回车叱牛牵向北。一车炭,一本此下有重字。千馀斤,官使驱将惜不得。半匹红纱一丈绫，系向牛头充炭直。

母别子　刺新间旧也

母别子，子别母，白日无光哭声苦。关西骠骑大将军，去年破虏新策勋。敕赐金钱二百万，洛阳迎得如花人。新人迎来旧人弃，掌一作堂上莲花眼中刺。迎新弃旧未足悲，悲在君家留两儿。一始扶行一初坐，坐啼行哭牵人衣。以汝夫妇新燕婉，使我母子生别离。不如林中乌与鹊，母不失雏雄伴雌。应似园中桃李树，花落随风子在一作住枝。新人新人听我语，洛阳无限红楼女。但愿将军重立功，更有新人胜于汝。

阴山道　疾贪虏也

阴山道，阴山道，纥逻敦肥水泉好。每至戎人送一作进马时，道旁千里无纤草。草尽泉枯马病赢，飞龙但印骨与皮。五十匹缣易一匹，缣去马来无了日。养无所用去非宜，每岁死伤十六七。缣丝不足女工苦，疏织短截充匹数。藕丝蛛网三丈馀，回纥一作回鹘诉称无用处。咸安公主号可敦，远为可汗频奏论。元和二年下新敕，内出金帛酬马直。仍诏江淮马价缣，从此不令疏短织。合罗将军呼万岁，捧授金银与缣彩。谁知黠虏启贪心，明年马多来一倍。缣渐好，马渐多。阴山虏，奈尔何。

时世妆　儆戎也一作儆将变也

时世妆，时世妆，出自城中传四方。时世流行无远近，腮不施朱面无粉。乌膏注唇唇似泥，双眉画作八字低。妍媸黑白失本态，妆成尽似含悲啼。圆鬟无一作垂鬟堆一作椎髻样，斜红不晕赭面状。昔闻被发伊川中，辛有见之知有戎。元和妆梳君记取，髻堆一作椎面赭非华风。

李夫人　鉴嬖惑也

汉武帝,初丧李夫人。夫人病时不肯别,死后留得生前恩。君恩不
尽念未已,甘泉殿里令写真。丹青画一作写出竟何益,不言不笑愁
杀人。又令方士合灵药,玉釜煎炼金炉焚。九华帐深夜悄悄,反魂
香降夫人魂。夫人之魂在何许,香烟引到焚香处。既来何苦不须
臾,缥缈悠扬还灭去。去何速兮来何迟,是耶非耶两不知。翠蛾仿
佛平生貌,不似昭阳寝疾时。魂之不来君心苦,魂之来兮君亦悲。
背灯隔帐不得语,安用暂来还见违。伤心不独汉武帝,自古及今皆
若斯。君不见穆王三日哭,重璧台前伤盛姬。又不见泰陵一掬泪,
马嵬坡下念杨妃。纵令妍姿艳质化为土,此恨长在无销期。生亦
惑,死亦惑,尤物惑人忘不得。人非木石皆有情,不如不遇倾城色。

陵园妾　怜幽闭也一作托幽闭,喻被谗遭黜也。

陵园妾,颜色如花命如叶。命如叶薄将奈何,一奉寝宫年月多。年
月多,时光换,春愁秋思知何限。青丝发落丛鬓疏,红玉肤销系裙
慢一作缦。忆昔宫中被妒猜,因谗得罪配陵来。老母啼呼趁车别,
中官监送锁门回。山宫一闭无开日,未死此身一作此身未死不令出。
松门到晓月裴回,柏城尽日风萧瑟。松门柏城幽闭深,闻蝉听燕感
光阴。眼看菊蕊重阳泪,手把梨花寒食心。把花掩泪无人见,绿芜
墙绕青苔院。四季徒支妆粉钱,三一作一朝不识君王面。遥想六宫
奉至尊,宣徽雪夜浴堂春。雨露之恩不及者,犹闻不啻三千人。三
千人一无三字,我尔君恩何厚薄。愿令轮转直陵园,三岁一来均苦
乐。

盐商妇　恶幸人也

盐商妇,多金帛,不事田农与蚕绩。南北东西不失家,风水为乡船
作宅。本是扬州小家女,嫁得西江大商客。绿鬟富一作溜去金钗
多,皓腕肥来银钏窄。前呼苍头后叱婢,问尔因何得如此。婿作盐
商十五年,不属州县属天子。每年盐利入官时,少入官家多入私。
官家利薄私家厚,盐铁尚书远不知。何况江头鱼米贱,红脍黄橙香
稻饭。饱食浓妆倚柁楼,两朵红腮花欲绽。盐商妇,有幸嫁盐商。
终朝美饭食,终岁好衣裳。好衣美食来何一作有来处,亦须惭愧桑
弘羊。桑弘羊,死已久,不独汉时今亦有。

杏为梁　刺居处僭也

杏为梁,桂为柱,何人堂室李开府。碧砌红轩色未干,去年身殁今
移主。高其墙,大其门,谁家第宅卢将军。素泥朱版光未灭,今日
官收别赐人。开府之堂将军宅,造未成时头已白。逆旅重居逆旅
中,心是主人身是客。更有愚夫念身后,心虽甚长计非久。穷奢极
丽越规模,付子传孙令保守。莫教门外过客闻,抚掌回头笑杀君。
君不见马家宅,尚犹存,宅门题作奉诚园。君不见魏家宅,属他人,
诏赎赐还五代孙。元和四年,诏特以官钱赎魏徵微胜业坊中旧宅,以还其后孙,用奖
忠俭。俭存奢失今在目,安用高墙围大屋。

井底引银瓶　止淫奔也

井底引银瓶,银瓶欲上丝绳绝。石上磨玉簪,玉簪欲成中央折。瓶
沉簪折知奈何,似妾今朝与君别。忆昔在家为女时,人言举动有殊
姿。婵娟两鬓秋蝉翼,宛转双蛾远山色。笑随戏伴后园中,此时与
君未相识。妾弄青梅凭一作倚短墙,君骑白马傍垂杨。墙头马上遥

相顾，一见知君即断肠。知君断肠共君语，君指南山松柏树。感君松柏化为心，暗合双鬟逐君去。到君家舍五六年，君家大人频有言。聘则为妻奔是妾，不堪主祀奉蘋蘩。终知君家不可住，其奈出门无去处。岂无父母在高堂，亦有亲情满故乡。潜来更不通消息，今日悲羞归不得。为君一日恩，误妾百年身。寄言痴小人家女，慎勿将身轻许人。

官牛　讽执政也

官牛官牛驾官车，浐水岸边般一作驱载沙。一石沙，几斤重，朝载一作驾暮载将何用。载向五门官道西，绿槐阴下铺一作填沙堤。昨来新拜右丞相，恐怕泥涂一作深污马蹄。右丞相，马蹄蹋沙虽净洁，牛领牵车欲流血。右丞相，但能济人治国调阴阳，官牛领穿亦无妨。

紫毫笔　讥一作诫失职也

紫毫笔，尖一作纤如锥兮利如刀。江南石上有老兔，吃竹饮泉生紫毫。宣城之一作工人采为笔，千万毛中拣一作选一毫。毫虽轻，功甚重。管勒工名充岁贡，君兮臣兮勿轻用。勿轻用，将何如，愿赐东西府御史，愿颁左右台起居。搦一作握管趋入黄金阙，抽毫立在白玉除。臣有奸邪正衙奏，君有动言直笔书。起居郎，侍御史，尔知紫毫不易致。每岁宣城进笔时，紫毫之价如金贵。慎勿空将弹失仪，慎勿空将录制词。

隋堤柳　悯亡国也

隋堤柳，岁久年深尽衰朽。风飘飘兮雨萧萧，三株两株汴河口。老枝病叶愁杀人，曾经大业年中春。大业年中炀天子，种柳成行夹流水。西自黄河东至一作接淮，绿阴一千三百里。大业末年春暮月，

柳色如烟絮如雪。南幸江都恣佚游，应将此柳系龙舟。紫髯郎将
护锦缆，青娥御史直迷楼。海内财力此时竭，舟中歌笑何日休。上
荒下困势不久，宗社之危如缀旒。一本此下有炀天子，自言欢乐殊未极，岂
知明年正朔归武德三句。炀天子，自言福祚长无穷，岂知皇子封酅公。
龙舟未过彭城阁，义旗已入长安宫。萧墙祸生人事变，晏驾不得归
秦中。土坟数尺何处葬，吴公台下多悲风。二百年来汴河路，沙草
和烟朝复暮。后王何以鉴前王，请看隋堤亡国树。

草茫茫　惩厚葬也

草茫茫，土苍苍。苍苍茫茫在何处，骊山脚下秦皇墓。墓中下涸二
重泉，当时自以为深固。下流水银象江海，上缀珠光作乌兔。别为
天地于其间，拟将富贵随身去。一朝盗掘坟陵破，龙𬹼神堂三月
火。可怜宝玉归人间，暂借泉中买身祸。奢者狼藉俭者安，一凶一
吉在眼前。凭君回首向南望，汉文葬在霸陵原。

古冢狐　戒艳色也

古冢狐，妖且老，化为妇人颜色好。头变云鬟面变妆，大尾曳作长
红裳。徐徐行傍荒村路，日欲暮时人静处。或歌或舞或悲啼，翠眉
不举花颜一作细低。忽然一笑千万态，见者十人八九迷。假色迷人
犹若是，真色迷人应过此。彼真此假俱迷人，人心恶假贵重真。狐
假女妖害犹浅，一朝一夕迷人眼。女为狐媚害即一作则，一作却深，日
长月增一作日增月长溺人心。何况褒妲之色善蛊惑，能丧人家覆人
国。君看为害浅深间，岂将假色同真色。

黑潭龙　疾贪吏也

黑潭水深黑如墨，传有神龙人不识。潭上架屋官立祠，龙不能神人

神一作异之。丰凶水旱与疾疫，乡里皆言龙所为。家家养豚漉清酒，朝祈暮赛依巫口。神之来兮风飘飘，纸钱动兮锦伞摇。神之去兮风亦静，香火灭兮杯盘冷。肉堆潭岸石，酒泼庙前草。不知龙神享几多，林鼠山狐长醉饱。狐何幸，豚何辜，年年杀豚将喂狐。狐假龙神食豚尽，九重泉底龙知无。

天可度　恶诈人也

天可度，地可量，唯有人心不可防。但见丹诚赤如血，谁知伪言巧似簧。劝君掩鼻君莫掩，使君夫妇为参商。劝君掇蜂君莫掇，使君父子成豺狼。海底鱼兮天上鸟，高可射兮深可钓。唯有人心相对时，咫尺之间不能料。君不见李义府之辈笑欣欣，笑中有刀潜杀人。阴阳神变皆可测，不测人间笑是瞋。

秦吉了　哀冤民也

秦吉了，出南中，彩毛青黑花颈红。耳聪心慧舌端巧，鸟语人言无不通。昨日长爪鸢，今朝大觜乌。鸢捎乳燕一窠一作巢覆，乌啄母鸡双眼枯。鸡号堕地燕惊一作已去，然后拾卵攫其雏。岂无雕与鹗，嗉中肉饱不肯搏。亦有鸾鹤群，闲立高飏如不闻。秦吉了，人云尔是能言鸟，岂一作尔不见鸡燕之冤苦。吾闻凤凰百鸟主，尔竟不为凤凰之前致一言一作词，安用噪噪一作嗦嗦闲言语。

鸦九剑　思决壅也

欧冶子死千年后，精灵暗授张鸦九。鸦九铸剑吴山中，天与日时神借功。金铁腾精火翻焰，踊跃求为镆铘剑。剑成未试十馀年，有客持金买一观。谁知闭一作开匣长思用，三尺青蛇不肯蟠。客有心，剑无口，客代剑言告一作报鸦九。君勿矜我玉可切，君勿夸我钟可刜。不如持我决浮云,无令漫漫蔽白日。为君使无私之光及万物,蛰虫昭苏萌草—作芽出。

采诗官　监前王乱亡之由也

采诗官,采诗听歌导人言。言者无罪闻者诫,下流上通上下泰。周灭秦兴至隋氏,十代采诗官不置。郊庙登歌赞君美,乐府艳词—作调悦君意。若求兴—作讽谕规刺言,万句千章无一字。不是章句无规刺,渐及朝廷绝讽议。诤臣杜口为冗员,谏鼓高悬作虚器。一人负扆常端默,百辟入门两—作皆自媚。夕郎所贺皆德音,春官每奏唯祥瑞。君之堂兮千里远,君之门兮九重閟。君耳唯闻堂上言,君眼不见门前事。贪吏害民无所忌,奸臣蔽君无所畏。君不见厉王胡亥—作炀帝之末年,群臣有利君无利。君兮君兮愿听此,欲开壅蔽达—作远人情,先向歌诗求讽刺。

全唐诗卷四二八

白居易

常乐里闲居偶题十六韵兼寄刘十五公舆王十一起吕二炅吕四颍崔十八玄亮元九稹刘三十二敦质张十五仲元时为校书郎

帝都名利场,鸡鸣无安居。独有懒慢者,日高头未梳。工拙性不同,进退迹遂殊。幸逢太平代,天子好文儒。小才难大用,典校在秘书。三旬两入省,因得养顽疏。茅屋四五间,一马二仆夫。俸钱万六千,月给亦有馀。既无衣食牵,亦少人事拘。遂使少年心,日日常晏如。勿言无知己,躁静各有徒。兰台七八人,出处与之俱。旬时阻谈笑,且夕望轩车。谁能雠校闲,解带卧吾庐。窗前有竹玩,门处有酒酤。何以待君子,数竿对一壶。

答元八宗简同游曲江后明日见赠

长安千万人,出门各有营。唯我与夫子,信马悠悠行。行到曲江头,反照草树明。南山好颜色,病客有心情。水禽翻白羽,风荷袅翠茎。何必沧浪去,即此可濯缨。时景不重来,赏心难再并。坐愁红尘里,夕鼓冬冬声。归来经一宿,世虑稍复生。赖闻瑶华唱,再得尘襟清。

感　时

朝见日上天，暮见日入地。不觉明镜中，忽年三十四。勿言身未老，冉冉行将至。白发虽未生，朱颜已先悴。人生讵几何，在世犹如寄。虽有七十期，十人无一二。今我犹未悟，往往不适意。胡为方寸间，不贮浩然气。贫贱非不恶，道在何足避。富贵非不爱，时来当自致。所以达人心，外物不能累。唯当饮美酒，终日陶陶醉。斯言胜金玉，佩服无失坠。

首夏同诸校正游开元观因宿玩月

我与二三子，策名在京师。官小无职事，闲于为客时。沉沉道观中，心赏期在兹。到门车马回，入院巾杖随。清和四月初，树木正华滋。风清新一作寒叶影，鸟恋一作思残花枝。向夕天又晴，东南馀霞披。置酒西廊下，待月杯行迟。须臾金魄生，若与吾徒期。光华一照耀，殿角一作楼殿相参差。终夜清景前，笑歌不知疲。长安名利地，此兴几人知。

永崇里观居

季夏中气候，烦暑自此收。萧飒风雨天，蝉声暮啾啾。永崇里巷静，华阳观院幽。轩车不到处，满地槐花秋。年光忽冉冉，世事本悠悠。何必待衰老，然后悟浮休。真隐岂长远，至道在冥搜。身虽世界一作间住，心与虚无游。朝饥有蔬食，夜寒有布裘。幸免冻与馁，此外复何求。寡欲虽少病，乐天心不忧。何以明吾志，周易在床头。

早送举人入试

凤驾送举人,东方犹未明。自谓出太早,已有车马行。骑火高低影,街鼓参差声。可怜早朝者,相看意气生。日出尘埃飞,群动互营营。营营各何求,无非利与名。而我常晏起,虚住长安城。春深官又满,日有归山情。

招王质夫 自此后诗为盩厔尉时作

濯足云水客,折腰簪笏身。喧闲迹相背,十里别经旬。忽因乘逸兴,莫惜访嚣尘。窗前故栽竹,与君为主人。

祗役骆口因与王质夫同游秋山偶题三韵

石拥百泉合,云破千峰开。平生烟霞侣,此地重裴回。今日勤王意,一半为山来。

见萧侍御忆旧山草堂诗因以继和

琢玉以为架,缀珠以为笼。玉架绊野鹤,珠笼锁冥鸿。鸿思云外天,鹤忆松上风。珠玉信为美,鸟不恋其中。台中萧侍御,心与鸿鹤同。晚起慵冠豸,闲行厌避骢。昨见忆山诗,诗思浩无穷。归梦杳何处,旧居茫水东。秋闲杉桂林,春老芝朮丛。自云别山后,离抱常忡忡。衣绣非不荣,持宪非不雄。所乐不在此,怅望草堂空。

病假中南亭闲望

欹枕不视事,两日门掩关。始知吏役身,不病不得闲。闲意不在远,小亭方丈间。西檐竹梢上,坐见太白山。遥愧峰上云,对此尘中颜。

仙游寺独宿

沙鹤上阶立，潭月当户开。此中留我宿，两夜不能回。幸与静境遇，喜无归侣催。从今独游后，不拟共人来。

前庭—作亭凉夜

露簟色似玉，风幌影如波。坐愁树叶落，中庭明月多。

官舍小亭闲望

风竹散清韵，烟槐凝绿姿。日高人吏去，闲坐在茅茨。葛衣御时暑，蔬饭疗朝饥。持此聊自足，心力少营为。亭上独吟罢，眼前无事时。数峰太白雪，一卷陶潜诗。人心各自是，我是良在兹。回谢争名客，甘从君所嗤。

早 秋 独 夜

井梧—作桐凉叶动，邻杵秋声发。独向檐下眠，觉来半床月。

听弹古渌水 琴曲名

闻君古渌水，使我心和平。欲识慢流意，为听疏泛声。西窗竹阴下，竟日有馀清。

松斋自题 时为翰林学士

非老亦非少，年过三纪馀。非贱亦非贵，朝登一命初。才小分易足，心宽体长舒。充肠皆美食，容膝即安居。况此松斋下，一琴数帙书。书不求甚解，琴聊以自娱。夜直入君门，晚归卧吾庐。形骸委顺动，方寸付空虚。持此将过日，自然多晏如。昏昏复默默，非智亦非愚。

冬夜与钱员外同直禁中

夜深草诏罢，霜月凄凛凛。欲卧暖残杯，灯前相对饮。连铺青缣被，对置通中枕。仿佛百馀宵，与君同此寝。

和钱员外禁中夙兴见示

窗白星汉曙，窗暖灯火馀。坐卷朱里幕，看封紫泥书。宜宜钟漏尽，瞳瞳霞景初。楼台红照曜，松竹青扶疏。君爱此时好，回头特 一作时谓余。不知上清界，晓景复何如。

夏日独直寄萧侍御

宪台文法地，翰林清切司。鹰猜课野鹤，骥德责山麋。课责虽不同，同归非所宜。是以方寸内，忽忽暗相思。夏日独上直，日长何所为。澹然无他念，虚静是吾师。形委有事牵，心与无事期。中臆一以旷，外累都若遗。地贵身不觉，意闲境来随。但对松与竹，如在山中时。情性聊自适，吟咏偶成诗。此意非夫子，馀人多不知。

松　声 修行里张家宅南亭作

月好好独坐，双松在前轩。西南微风来，潜入枝叶间。萧寥发为声，半夜明月前。寒山飒飒雨，秋琴泠泠弦。一闻涤炎暑，再听破昏烦。竟夕遂不寐，心体俱脩然。南陌车马动，西邻歌吹繁。谁知兹檐下，满耳不为喧。

禁　中

门严九重静，窗幽一室闲。好是修心处，何必在深山。

赠 吴 丹

巧者力苦一作若劳,智者心苦一作若忧一作愁。爱君无巧智,终岁闲悠
悠。尝登御史府,亦佐东诸侯。手操纠谬简,心运决胜筹。宦途似
风水,君心如虚舟。泛然而不有,进退得自由。今来脱豸冠,时往
侍龙楼。官曹称心静,居处随迹幽。冬负南荣一作檐日,支体甚温
柔。夏卧北窗风,枕席如凉秋。南山入舍下,酒瓮在床头。人间有
闲地,何必隐林丘。顾我愚且昧,劳生殊未休。一入金门直,星霜
三四周。主恩信难报,近地徒久留。终当乞闲官,退与夫子游。

初除户曹喜而言志

诏授户曹掾,捧诏感君恩。感恩非为己,禄养及吾亲。弟兄俱簪
笏,新妇俨衣巾。罗列高堂下,拜庆正纷纷。俸钱四五万,月可奉
晨昏。廪禄二百石,岁可盈仓囷。喧喧车马来,贺客满我门。不以
我为贪,知我家内贫。置酒延贺客,客容亦欢欣。笑云今日后,不
复忧空尊。答云如君言,愿君少逡巡。我有平生志,醉后为君陈。
人生百岁期,七十有几人。浮荣及虚位,皆是身之宾。唯有衣与
食,此事粗关身。苟免饥寒外,馀物尽浮云。

秋 居 书 怀

门前少宾客,阶下多松竹。秋景下西墙,凉风入东屋。有琴慵不
弄,有书闲不读。尽日方寸中,澹然无所欲。何须广居处,不用多
积蓄。丈室可容身,斗储可充腹。况无治道术,坐受官家禄。不种
一株桑,不锄一垄谷。终朝饱饭餐,卒岁丰衣服。持此知愧心,自
然易为足。

禁中晓卧因怀王起居

迟迟禁漏尽,悄悄暝—作冥鸦喧。夜雨槐花落,微凉卧北轩。曙灯残未灭,风帘闲自翻。每一得—作得—静境,思与故人言。

养　拙

铁柔不为剑,木曲不为辕。今我亦如此,愚蒙不及门。甘心谢名利,灭迹归丘园。坐卧茅茨中,但对琴与尊。身去缰锁累,耳辞朝市喧。逍遥无所为,时窥五千言。无忧乐性场,寡欲清心源。始知不才者,可以探道根。

寄李十一建

外事牵我形,外物诱我情。李君别来久,褊吝从中生。忆昨访君时,立马扣柴荆。有时君未起,稚子喜先迎。连步笑出门,衣翻冠或倾。扫阶苔纹绿,拂榻藤阴清。家酝及春熟,园葵乘露烹。看山东亭坐,待月南原行。门静唯鸟语,坊远少鼓声。相对尽日言,不及利与名。分手来几时,明月三四盈。别时残花落,及此新蝉鸣。芳岁忽已晚,离抱怅未平。岂不思命驾,吏职坐相萦。前时君有期,访我来山城。心赏久云阻,言约无自轻。相去幸非远,走马一日程。

旅次华州赠袁右丞

渭水绿溶溶,华山青崇崇。山水一何丽,君子在其中。才与世会合,物随诚感通。德星降人福,时雨助岁功。化行人无讼,囹圄千日空。政顺气亦和,黍稷三年丰。客自帝城来,驱马出关东。爱此一郡人,如见太古风。方今天子心,忧人正忡忡。安得天下守,尽得如袁公。

酬杨九弘贞长安病中见寄

伏枕君寂寂,折腰我营营。所嗟经时别,相去一宿程。携手昨何
时,昆明春水平。离郡来几日,太白夏云生。之子未得意,贫病客
帝城。贫坚志士节,病长高人情。隐几自恬澹,闭门无送迎。龙卧
心有待,鹤瘦貌弥清。清机发为文,投我如振琼。何以慰饥渴,捧
之吟一声。

禁中寓_{一作偶}直梦游仙游寺

西轩草诏暇,松竹深寂寂。月出清风来,忽似山中夕。因成西南
梦,梦作游仙客。觉闻宫漏声,犹谓山泉滴。

赠 王 山 人

闻君减寝食,日听神仙说。暗待非常人,潜求长生诀。言长本对
短,未离生死辙。假使得长生,才能胜夭折。松树千年朽,槿花一
日歇。毕竟共虚空,何须夸岁月。彭殇徒自异,生死终无别。不如
学无生,无生即无灭。

秋 山

久病旷心赏,今朝一登山。山秋云物冷,称我清羸颜。白石卧可
枕,青萝行可攀。意中如有得,尽日不欲还。人生无几何,如寄天
地间。心有千载忧,身无一日闲。何时解尘网,此地来掩关。

赠 能 七 伦

涧松高百寻,四时寒森森。临风有清韵,向日无曲阴。如何时俗

人,但赏桃李林。岂不知坚贞,芳馨诱其心。能生学为文,气高功亦深。手中一百篇,句句披沙金。苦节二十年,无人振陆沉。今我尚贫贱,徒为尔知音。

题杨颖一作隐士西亭

静得亭上境,远谐尘外踪。凭轩东南望一作东望好,鸟灭山重重。竹露冷烦襟,杉风清病容。旷然宜真趣,道与心相逢。即此可遗世,何必蓬壶峰。

题赠郑秘书征君石沟溪隐居

郑生常隐天台,征起而仕。今复谢病,隐于此溪中。

郑君得自然,虚白生心胸。吸彼沆瀣精,凝为冰雪容。大君贞元初,求贤致时雍。蒲轮入翠微,迎下天台峰。赤城别松乔,黄阁交夔龙。俯仰受三命,从容辞九重。出笼鹤翩翩,归林凤雍雍。在火辨良玉,经霜识贞松。新居寄楚山,山碧溪溶溶。丹灶烧烟煴,黄精花丰茸。蕙帐夜琴澹,桂尊春酒浓。时人不到处,苔石无尘踪。我今何为者,趋世身龙钟。不向林壑访,无由朝市逢。终当解尘缨一作网,卜筑来相从。

及第后归觐留别诸同年

十年常苦学,一上谬成名。擢第未为贵,贺亲方始荣。时辈六七人,送我出帝城。轩车动行色,丝管举离声。得意减别恨,半酣轻远程。翩翩马蹄疾,春日归乡情。

清夜琴兴 一作听琴

月出鸟栖尽,寂然坐空林。是时心境闲,可以弹素琴。清泠由木性,恬澹随人心。心积和平气,木应正始音。响馀群动息,曲罢秋夜深。正声感元化,天地清沉沉。

效陶潜体诗十六首 并序

　　余退居渭上,杜门不出,时属多雨,无以自娱。会家酝新熟,雨中独饮,往往酣醉,终日不醒。懒放之心,弥觉自得。故得于此,而有以忘于彼者。因咏陶渊明诗,适与意会,遂效其体,成十六篇。醉中狂言,醒辄自哂,然知我者亦无隐焉。

不动者厚地,不息者高天。无穷者日月,长在者山川。松柏与龟鹤,其寿皆千年。嗟嗟群物中,而人独不然。早出向朝市,暮已归下泉。形质及寿命,危脆若浮烟。尧舜与周孔,古来称圣贤。借问今何在,一去亦不还。我无不死药,万万随化迁。所未定知者,修短迟速间。幸及身健日,当歌一尊前。何必待人劝,持一作念此自为欢。

翳翳逾月阴,沉沉连日雨。开帘望天色,黄云暗如土。行潦毁我墙,疾风坏我宇。蓬莠生庭院,泥涂失场圃。村深绝宾客,窗晦无俦侣。尽日不下床,跳蛙时入户。出门无所往,入室还独处。不以酒自娱,块然与谁语。

朝饮一杯酒,冥心合元化。兀然无所思,日高尚闲卧。暮读一卷书,会意如嘉话。欣然有所遇,夜深犹独坐。又得琴上趣,安弦有馀暇。复多诗中狂,下笔不能罢。唯兹三四事,持用度昼夜。所以阴雨中,经旬不出舍。始悟独往一作住人,心安时亦过。

东家采桑妇,雨来苦愁悲。蔟蚕北堂前,雨冷不成丝。西家荷锄叟,雨来亦怨咨。种豆南山下,雨多落为萁。而我独何幸,酝酒本无期。及此多雨日,正遇新熟时。开瓶泻尊中,玉液黄金脂。持玩已可悦,欢尝有馀滋。一酌发好容,再酌开愁眉。连延一作速进四

五酌,醅畅入四肢。忽然遗我物,谁复分是非。是时连夕雨,酩酊
无所知。人心苦颠倒,反为忧者嗤。

朝亦独醉歌,暮亦独醉睡。未尽一壶酒,已成三独醉。勿嫌饮太
少,且喜欢易致。一杯复两杯,多不过三四。便得心中适,尽忘身
外事。更复强一杯,陶然遗万累。一饮一石者,徒以多为贵。及其
酩酊时,与我亦无异。笑谢多饮者,酒钱徒自费。

天秋无片云,地静无纤尘。团团新晴月,林外生白轮。忆昨阴霖
天,连连三四旬。赖逢家酝熟,不觉过朝昏。私言雨霁后,可以罢
馀尊。及对新月色,不醉亦愁人。床头残酒榼,欲尽味弥淳。携置
南檐下,举酌自殷勤。清光入杯杓,白露生衣巾。乃知阴与晴,安
可无此君。我有乐府诗,成来人未闻。今宵醉有兴,狂咏惊四邻。
独赏犹复尔,何况有交亲。

中秋三五夜,明月在前轩。临觞忽不饮,忆我平生欢。我有同心
人,邈邈崔与钱。我有忘形友,迢迢李与元。或飞青云上,或落江
湖间。与我不相见,于今四五〔一作三四〕年。我无缩地术,君非驭风
仙。安得明月下,四人来晤言。良夜信难得,佳期杳无缘。明月又
不驻〔一作住〕,渐下西南天。岂无他时会,惜此清景前。

家酝饮已尽,村中无酒酤〔一作沽〕。坐愁今夜醒,其奈秋怀何。有客
忽叩门,言语一何佳。云是南村叟,挈榼来相过。且喜尊不燥,安
问少与多。重阳虽已过,篱菊有残花。欢来苦昼短,不觉夕阳斜。
老人〔勿〕(忽)谦起,且待新月华。客去有馀趣,竟夕独酣歌。

原生衣百结,颜子食一箪。欢然乐其忠,有以忘饥寒。今我何人
哉,德不及〔一作比〕先贤。衣食幸相属,胡为不自安。况兹清渭曲,居
处安且闲。榆柳百馀树,茅茨十数间。寒负檐下日,热濯涧底泉。
日出犹未起,日入已复眠。西风满村巷,清凉八月天。但有鸡犬
声,不闻车马喧。时倾一尊酒,坐望东南山。稚侄初学步,牵衣戏

我前。即此自可乐,庶几颜与原。

湛湛尊中酒,有功不自伐。不伐人不知,我今代其说。良将临大敌,前驱千万卒。一箪投河饮,赴死心如一。壮士磨匕首,勇愤气咆㴖。一酣忘报雠,四体如无骨。东海杀孝妇,天旱逾年月。一酹酹其魂,通宵雨不歇。咸阳秦狱气,冤痛结为物。千岁不肯散,一沃亦销失。况兹儿女恨,及彼幽忧疾。快饮无不消,如霜得春日。方知麹蘖灵,万物无与匹。

烟霞一作云隔悬圃,风波限瀛洲。我岂不欲往,大海路阻修。神仙但闻说,灵药不可求。长生无得者,举世如蜉蝣。逝者不重回,存者难久留。踟蹰未死间,何苦怀百忧。念此忽内热,坐看成白头。举杯还独饮,顾影自献酬。心与口相约,未醉勿言休。今朝不尽醉,知有明朝不。不见郭门外,累累坟与丘。月明愁杀人,黄蒿风飕飕。死者若有知,悔不秉烛游。

吾闻浔阳郡,昔有陶征君。爱酒不爱名,忧醒不忧贫。尝为彭泽令,在官才八旬。愀然忽不乐,挂印著公门。口吟归去来,头戴漉酒巾。人吏留不得,直入故山云。归来五柳下,还以酒养真。人间荣与利,摆落如泥尘。先生去已久,纸墨有遗文。篇篇劝我饮,此外无所云。我从老大来,窃慕其为人。其他不可及,且效醉昏昏。楚王疑忠臣,江南放屈平。晋朝轻高士,林下弃刘伶。一人常独醉,一人常独醒。醒者多苦志,醉者多欢情。欢情信独善,苦志竟何成。兀傲瓮间卧,憔悴泽畔行。彼忧而此乐,道理甚分明。愿君且饮酒,勿思身后名。

有一燕赵士,言貌甚奇瑰。日日酒家去,脱衣典数杯。问君何落拓一作魄,云仆生草莱。地寒命且薄,徒抱王佐才。岂无济时策,君门乏良媒。三献寝不报,迟迟空手回。亦有同门生,先升青云梯。贵贱交道绝,朱门叩不开。及归种禾黍,三岁旱为灾。入山烧黄白,一旦化为灰。蹉跎五十馀,生世苦不谐。处处去不得,却归酒中来。

南巷有贵人,高盖驷马车。我问何所苦,四十垂白须。答云君不知,位重多忧虞。北里有寒士,瓮牖绳为枢。出扶桑枣杖,入卧蜗牛庐。散贱无忧患,心安体亦舒。东邻有富翁,藏货遍五都。东京收粟帛,西市鬻金珠。朝营暮计算,昼夜不安居。西舍有贫者,匹妇配匹夫。布裙行赁舂,裋褐坐佣书。以此求口食,一饱欣有馀。贵贱与贫富,高下虽有殊。忧乐与利害,彼此不相逾。是以达人观,万化同一途。但未知生死,胜负两何如。迟疑未知间,且以酒为娱。

济水澄而洁,河水浑而黄。交流列四渎,清浊不相伤。太公战牧野,伯夷饿首阳。同时号贤圣,进退不相妨。谓天不爱民,胡为生稻粱。谓天果爱民,胡为生豺狼。谓神福善人,孔圣竟栖遑。谓神祸淫人,暴秦终霸王。颜回与黄宪,何幸早夭亡。蝮蛇与鸩鸟,何得寿延长。物理不可测,神道亦难量。举头仰问天,天色但苍苍。唯当多种黍,日醉手中觞。

全唐诗卷四二九

白居易

自题写真 时为翰林学士

我貌不自识,李放写我真。静观神与骨,合是山中人。蒲柳质易朽,麋鹿心难驯。何事赤墀上,五年为侍臣。况多刚狷性,难与世同尘。不惟非贵相,但恐生祸因。宜当早罢去,收取云泉身。

遣　怀 自此后诗在渭村作

寓心身体中,寓性方寸内。此身是外物,何足苦忧爱。况有假饰者,华簪及高盖。此又疏于身,复在外物外。操之多惴栗,失之又悲悔。乃知名与器-作利,得丧俱为害。颓然环堵客,萝薜为巾带。自得此道来,身穷心甚泰。

渭 上 偶 钓

渭水如镜色,中有鲤与鲂。偶持一竿竹,悬钓在-作至其傍。微风吹钓丝,袅袅十尺长。谁知-作身虽对鱼坐,心在无何乡。昔有白头人,亦钓此渭阳。钓人不钓鱼,七十得文王。况我垂钓意,人鱼又-作亦兼忘。无机两不得,但弄秋水光。兴尽钓亦罢,归来饮我觞。

隐 几

身适忘四支,心适忘是非。既适又忘适,不知吾是谁。百体如槁木,兀然无所知。方寸如死灰,寂然无所思。今日复明日,身心忽两遗。行年三十九,岁暮日斜时。四十心不动,吾今其庶几。

春 眠

新浴肢体畅,独寝神魂安。况因夜深坐,遂成日高眠。春被薄亦暖,朝窗深更闲。却忘人间事,似得枕上仙。至适无梦想,大和难名言。全胜彭泽醉,欲敌曹溪禅。何物呼我觉,伯劳声关关。起来妻子笑,生计春茫然。

闲 居

空腹一盏粥,饥食有馀味。南檐半床日,暖卧因成睡。绵袍拥两膝,竹几支双臂。从旦直至昏,身心一无事。心足即为富,身闲乃当贵。富贵在此中,何必居高位。君看裴相国,金紫光照地。心苦头尽白,才年四十四。乃知高盖车,乘者多忧畏。

夏 日

东窗晚无热,北户凉有风。尽日坐复卧,不离一室中。中心本无系,亦与出门同。

适 意 二 首

十年为旅客,常有饥寒愁。三年作谏官,复多尸素羞。有酒不暇饮,有山不得游。岂无平生志,拘牵不自由。一朝归渭上,泛如不系舟。置心世事外,无喜亦无忧。终日一蔬食,终年一布裘。寒来

弥懒放,数日一梳头。朝睡足始起,夜酌醉即休。人心不过适,适
外复何求。

早岁从旅游,颇谙时俗意。中年忝班列,备见朝廷事。作客诚已
难,为臣尤不易。况余方且介,举动多忤累。直道速我尤,诡遇非
吾志。胸中十年内,消尽浩然气。自从返田亩,顿觉无忧愧。蟠木
用难施,浮云心易遂。悠悠身与世,从此两相弃。

首 夏 病 间

我生来几时,万有四千日。自省于其间,非忧即有疾。老去虑渐
息,年来病初愈。忽喜身与心,泰然两无苦。况兹孟夏月,清和好
时节。微风吹夹衣,不寒复不热。移榻树阴下,竟日何所为。或饮
一瓯茗,或吟两句诗。内无忧患迫,外无职役羁。此日不自适,何
时是适时。

晚 春 酤 酒

百花落如雪,两鬓垂作丝。春去有来日,我老无少时。人生待富
贵,为乐常苦迟。不如贫贱日,随分开愁眉。卖我所乘马,典我旧
朝衣。尽将酤酒饮,酩酊步行归。名姓日隐晦,形骸日变衰。醉卧
黄公肆,人知我是谁。

兰 若 寓 居

名宦老慵求,退身安草野。家园病懒归,寄居在兰若。薜衣换簪
组,藜杖代车马。行止辄自由,甚觉身潇洒。晨游南坞上,夜息东
庵下。人间千万事,无有关心者。

麴生访宿

西斋寂已暮，叩门声楠楠。知是君宿来，自拂尘埃席。村家何所有，茶果迎来客。贫静似僧居，竹林依四壁。厨灯斜影出，檐雨馀声滴。不是爱闲人，肯来同此夕。

闻庾七左降因咏所怀

我病卧渭北，君老谪巴东。相悲一长叹，薄命与君同。既叹还自哂，哂叹两未终。后心诮前意，所见何迷蒙。人生大块间，如鸿毛在风。或飘青云上，或落泥涂中。衮服相天下，傥来非我通。布衣委草莽，偶去非吾穷。外物不可必，中怀须自空。无令怏怏气，留滞在心胸。

答卜者

病眼昏似夜，衰鬓飒如秋。除却须衣食，平生百事休。知君善易者，问我决疑不。不卜非他故，人间无所求。

归田三首

人生何所欲，所欲唯两端。中人爱富贵，高士慕神仙。神仙须有籍，富贵亦在天。莫恋长安道，莫寻方丈山。西京尘浩浩，东海浪漫漫。金门不可入，琪树何由攀。不如归山下，如法种春田。
种田意已决，决意复如何。卖马买犊使，徒步归田庐。迎春治耒耜，候雨辟菑畲。策杖田头立，躬亲课仆夫。吾闻老农言，为稼慎在初。所施不卤莽，其（一作所）报必有馀。上求奉王税，下望备家储。安得放慵惰，拱手而曳裾。学农未为鄙，亲友勿笑余。更待明年后，自拟执犁锄。

三十为近臣,腰间鸣佩玉。四十为野夫,田中学锄谷。何言十年内,变化如此速。此理固是常,穷通相倚伏。为鱼有深水,为鸟有高木。何必守一方,窘然自牵束。化吾足为马,吾因以行陆。化吾手为弹,吾因以求肉。形骸为异物,委顺心犹足。幸得且归农,安知不为福。况吾行欲老,瞥若风前一作中烛。孰能俄顷间,将心系荣辱。

秋　游　原　上

七月行已半,早凉天气清。清晨起巾栉,徐步出柴荆。露杖筇竹冷,风襟越蕉轻。闲携弟侄辈,同上秋原行。新枣未全赤,晚瓜有馀馨。依依田家叟,设此相逢迎。自我到此村,往来白发生。村中相识久,老幼皆有情。留连向暮归,树树风蝉声一作鸣。是时新雨足,禾黍夹道青。见此令人饱,何必待西成。

九日登西原宴望 同诸兄弟作

病爱枕席凉,日高眠未辍。弟兄呼我起,今日重阳节。起登西原望,怀抱同一豁。移座就菊丛,糕酒前罗列。虽无丝与管,歌笑随情发。白日未及倾,颜酡耳已热。酒酣四向望,六合何空阔。天地自久长,斯人几时活。请看原下村,村人死不歇。一村四十家,哭葬无虚月。指此各相勉,良辰且欢悦。

寄　同　病　者

三十生二毛,早衰为沉疴。四十官七品,拙宦非由他。年一作面颜日枯槁,时命日蹉跎。岂独我如此,圣贤无奈何。回观亲旧中,举目尤可嗟。或有终老者,沉贱如泥沙。或有始壮者,飘忽如风花。穷饿与夭促,不如我者多。以此反自慰,常得心平和。寄言同病者,回叹且为歌。

游蓝田山卜居

脱置腰下组,摆落心中尘。行歌望山去,意似归乡人。朝蹋玉峰下,暮寻蓝水滨。拟求幽僻地,安置疏慵身。本性便山寺,应须旁悟真。

村 雪 夜 坐

南窗背灯坐,风霰暗纷纷。寂寞深村夜,残雁雪中闻。

东 园 玩 菊

少年昨已去,芳岁今又阑。如何寂寞意,复此荒凉园。园中独立久,日澹风露寒。秋蔬尽芜没,好树亦凋残。唯有数丛菊,新开篱落间。携觞聊就一作自酌,为尔一留连。忆我少小日,易为兴所牵。见酒无时节,未饮已欣然。近从年长来,渐觉取乐难。常恐更衰老,强饮亦无欢。顾谓尔菊花,后时何独鲜。诚知不为我,借尔暂开颜。

观 稼

世役不我牵,身心常自若。晚出看田亩,闲行旁村落。累累绕场稼,喷喷群飞雀。年丰岂独人,禽鸟声亦乐。田翁逢我喜,默起具尊一作杯杓。敛手笑相延,社酒有残酌。愧兹勤且敬,藜杖为淹泊。言动任天真,未觉农人恶。停杯问生事,夫种妻儿获。筋力苦疲劳,衣食常单薄。自惭禄仕者,曾不营农作。饥食无所劳,何殊卫人鹤。

闻 哭 者

昨日南邻哭,哭声一何苦。云是妻哭夫,夫年二十五。今朝北里哭,哭声又何切。云是母哭儿,儿年十七八。四邻尚如此,天下多夭折。乃知浮世人,少得垂白发。余今过四十,念彼聊自悦。从此明镜中,不嫌头似雪。

新构亭台示诸弟侄

平台高数尺,台上结茅茨。东西疏二牖,南北开两扉。芦帘前后卷,竹簟当中施。清泠白石枕,疏凉黄葛衣。开襟向风坐,夏日如秋时。啸傲颇有趣,窥临不知疲。东窗对华山,三峰碧参差。南檐当渭水,卧见云帆飞。仰摘枝上果,俯折畦中葵。足以充饥渴,何必慕甘肥。况有好群从,旦夕相追随。

自吟拙什因有所怀

懒病每多暇,暇来何所为。未能抛笔砚,时作一篇诗。诗成淡无味,多被众人嗤。上怪落声韵,下嫌拙言词。时时自吟咏,吟罢有所思。苏州及彭泽,与我不同时。此外复谁爱,唯有元微之。谪一作趁向江陵府,三年作判司。相去二千里,诗成远不知。

东坡一作陂秋意寄元八

寥落野陂畔,独行思有馀。秋荷病叶上,白露大如珠。忽忆同赏地,曲江东一作南北隅。秋池一作步少游客,唯我与君俱。啼蛩隐红蓼,瘦马蹋青芜。当时与今日,俱是暮秋初。节物苦相似,时景亦无馀。唯有人分散,经年不得书。

闲　居

深闭竹间扉，静扫松下地。独啸晚风前，何人知此意。看山尽日坐，枕帙移时睡。谁能从我游，使君心无事。

咏　拙

所禀有巧拙，不可改者性。所赋有厚薄，不可移者命。我性愚且蠢，我命薄且屯。问我何以知，所知良有因。亦曾举两足，学人蹋红尘。从兹知性拙，不解转如轮。亦曾奋六翮，高飞到青云。从兹知命薄，摧落不逡巡。慕贵而厌贱，乐富而恶贫。同此一作出天地间，我岂异于人。性命苟如此，反则成苦辛。以此自安分，虽穷每欣欣。葺茅为我庐，编蓬为我门。缝布作袍被，种谷充盘飧。静读古人书，闲钓清渭滨。优哉复游哉，聊以终吾身。

咏　慵

有官慵不选，有田慵不农。屋穿慵不葺，衣裂慵不缝。有酒慵不酌，无异尊常空。有琴慵不弹，亦与无弦同。家人告饭尽，欲炊慵不舂。亲朋寄书至，欲读慵开封。尝闻嵇叔夜，一生在慵中。弹琴复锻铁，比我未为慵。

冬　夜

家贫亲爱散，身病交游罢。眼前无一人，独掩村斋卧。冷落灯火暗，离披帘幕破。策策窗户前，又闻新雪下。长年渐省睡，夜半起端坐。不学坐忘心，寂莫安可过。兀然身寄世，浩然心委化。如此来四年，一千三百夜。

村中留李三固言宿

平生早游宦,不道无亲故。如我与君心,相知应有数。春明门前别,金氏陂中遇。村酒两三杯,相留寒日暮。勿嫌村酒薄,聊酌论心素。请君少踟蹰,系马门前树。明年身若健,便拟江湖去。他日纵相思,知君无觅处。后会既茫茫,今宵君且住。

友人夜访

檐间—作前清风簟,松下明月杯。幽意正如此,况乃故人来。

游悟真寺诗 —百三十韵

元和九年秋,八月月上弦。我游悟真寺,寺在王顺山。去山四五里,先闻水潺潺。自兹舍车马,始涉—作步蓝溪湾。手拄青竹杖,足蹋白石滩。渐怪耳目旷,不闻人世喧。山下望山上,初疑不可攀。谁知中有路,盘折通岩巅。一息幡竿下,再休石龛边。龛间长丈馀,门户无扃关。仰—作俯窥不见人,石发垂若鬟。惊出白蝙蝠,双飞如雪翻。回首寺门望,青崖夹朱轩。如擘山腹开,置寺于其间。入门无平地,地窄虚空宽。房廊与台殿,高下随峰峦。岩崿无撮土,树木多瘦坚。根株抱石长,屈曲虫蛇蟠。松桂乱无行,四时郁芊芊。枝梢袅青翠—作清吹,韵若风中弦。日月光不透,绿阴相交延。幽鸟时一声,闻之似寒蝉。首憩宾位亭,就坐未及安。须臾开北户,万里明豁然。拂檐虹霏微,绕栋云回旋。赤日间白雨,阴晴同一川。野绿簇草树,眼界吞秦原。渭水细不见,汉陵小于拳。却顾来时路,萦纡映朱栏。历历上山人,一一遥可观。前对多宝塔,风铎鸣四端。栾栌与户牖,恰恰金碧繁。云昔迦叶佛,此地坐涅槃。至今铁钵在,当底手迹穿。西开玉像殿,白佛森比肩。斗薮尘

埃衣,礼拜冰雪颜。叠霜为袈裟,贯雹为华鬘。逼观疑鬼功,其迹
非雕锼。次登观音堂,未到闻栴檀。上阶脱双履,敛足升净一作瑶
筵。六楹排玉镜,四座敷金钿。黑夜自光明,不待灯烛燃。众宝互
低昂,碧珮珊瑚幡。风来似天乐,相触声珊珊。白珠垂露凝,赤珠
滴血殷。点缀佛髻上,合为七宝冠。双瓶白琉璃,色若秋水寒。隔
瓶见舍利,圆转如金丹。玉笛何代物,天人施祇园。吹如秋鹤声,
可以降灵仙。是时秋方中,三五月正圆。宝堂豁三门,金魄当其
前。月与宝相射,晶光争鲜妍。照人心骨冷,竟夕不欲眠。晓寻南
塔路,乱竹低婵娟。林幽不逢人,寒蝶飞翾翾。山果不识名,离离
夹道蕃。足以疗饥乏,摘尝味甘酸。道南蓝谷神,紫伞白纸钱。若
岁有水旱,诏使修蘋蘩。以地清净故,献奠无荤膻。危石叠四五,
嵌嵒欹且刓。造物者何意,堆在岩东偏。冷滑无人迹,苔点如花
笺。我来登上头,下临不测渊。目眩手足掉,不敢低头看。风从石
下生,薄人而上抟。衣服似羽翮,开张欲飞鶱。岈岈三面峰,峰
尖刀剑攒。往往一作悠远白云过,决开露青天。西北日落时,夕晖
红团团。千里翠屏外,走下丹砂丸。东南月上时,夜气青漫漫。百
丈碧潭底,写出黄金盘。蓝水色似蓝,日夜长潺潺。周回绕山转,
下视如青环。或铺为慢流,或激为奔湍。泓澄最深处,浮出蛟龙
涎。侧身入其中,悬磴尤险艰一作难。扪萝蹋樛木,下逐饮涧猿。
雪进起白鹭,锦跳惊红鳟。歇定方盥漱,濯去支体烦。浅深皆洞
彻,可照脑与肝。但爱清见底,欲寻不知源。东崖饶怪石,积甃苍
琅玕。温润发于外,其间韫玙璠。卞和死已久,良玉多弃捐。或时
泄光彩,夜与星月连。中顶最高峰,拄天青玉竿。龆龄上不得,岂
我能攀援。上有白莲池,素一作紫葩覆清澜。闻名不可到,处所非
人寰。又有一片石,大如方尺砖。插在半壁上,其下万仞悬。云有
过去师,坐得无生禅。号为定心石,长老世相传。却上谒仙祠,蔓

草生绵绵。昔闻王氏子，羽化升上玄。其西晒药台，犹对芝朮田。时复明月夜，上闻黄鹤言。回寻画龙堂，二叟鬓发斑。想见听法时，欢喜礼印坛。复归泉窟下，化作龙蜿蜒。阶前石孔在，欲雨生白烟。往有写经僧，身静心精专。感彼云外鸽，群飞千翩翩。来添砚中水，去吸岩底一作下泉。一日三往复，时节长不愆。经成号圣僧，弟子名杨难。诵此莲花偈，数满百亿千。身坏口不坏，舌根如红莲。颅骨今不见，石函尚存焉。粉壁有吴画，笔彩依旧鲜。素屏有褚书，墨色如新干。灵一作名境与异迹，周览无不殚。一游五昼夜，欲返仍盘桓。我本山中人，误为时网牵。牵率使读书，推挽令效官。既登文字科，又忝谏诤员。拙直不合时，无益同素餐。以此自惭惕，戚戚常寡欢。无成心力尽，未老形骸残。今来脱簪组，始觉离忧患。及为山水游，弥得纵疏顽。野麋断羁绊，行走无拘挛。池鱼放入海，一往何时还。身著居士衣，手把南华篇。终来此山住，永谢区中缘。我今四十馀，从此终身闲。若以七十期，犹得三十年。

酬张十八访宿见赠 自此后诗为赞善大夫时所作

昔我为近臣，君常稀到门。今我官职冷，君君来往频。我受狷介性，立为顽拙身。平生虽寡合，合即无缁磷。况君秉高义，富贵视如云。五侯三相家，眼冷不见君。问其所与游，独言韩舍人。其次即及我，我愧非其伦。胡为谬相爱，岁晚逾勤勤。落然颓檐下，一话夜达晨。床单食味薄，亦不嫌我贫。日高上马去，相顾犹逡巡。长安久无雨，日赤风昏昏。怜君将病眼，为我犯埃尘。远从延康里，来访曲江滨。所重君子道，不独愧相亲。

朝归书寄元八

进入阁前拜,退就廊下餐。归来昭国里,人卧马歇鞍。却睡至日午,起坐心浩然。况当好时节,雨后清和天。柿树绿阴合,王家庭院宽。瓶中鄠县酒,墙上终南山。独眠仍独坐,开襟当风前。禅师与诗客,次第来相看。要语连夜语,须眠终日眠。除非奉朝谒,此外无别牵。年长身且健,官贫心甚安。幸无急病痛,不至苦饥寒。自此聊以一作以此聊自适,外缘不能干。唯应一作为静者信,难为动者言。台中元侍御,早晚作郎官。未作郎官际,无人相伴闲。

酬吴七见寄

曲江有病客,寻常多掩关。又闻马死来,不出身更闲。闻有送书者,自起出门看。素缄署丹字,中有琼瑶篇。口吟耳自听,当暑忽脩然。似漱寒玉冰一作水,如闻商风弦。首章叹时节,末句思笑言。懒慢不相访,隔街如隔山。尝闻陶潜语,心远地自偏。君住安邑里,左右车徒喧。竹药闭深院,琴尊开小轩。谁知市南地,转作壶中天。君本上清人,名在石堂间。不知有何过,谪作人间仙。常恐岁月满,飘然归紫烟。莫忘蜉蝣内,进士有同年。

昭国闲居

贫闲日高起,门巷昼寂寂。时暑放朝参,天阴少人客。槐花满田地,仅绝人行迹。独在一床眠,清凉风雨夕。勿嫌坊曲远,近即多牵役。勿嫌禄俸薄,厚即多忧责。平生尚恬旷,老大宜安适。何以养吾真,官闲居处僻。

喜陈兄至

黄鸟啼欲歇,青梅结半成。坐怜春物尽,起入东园行。携觞懒独酌,忽闻叩门声。闲人犹喜至,何况是陈兄。从容尽日语,稠叠长年情。勿轻一盏一作杯酒,可以话平生。

赠朴直

世路重禄位一作位禄,栖栖者孔宣。人情爱年寿,夭死者颜渊。二人如何人,不奈命与天。我今信多幸,抚己愧前贤。已年四十四,又为五品官。况兹知足外,别有所安焉。早年以身代,直赴逍遥篇。近岁将心地,回向南宗禅。外顺世间法,内脱区中缘。进不厌朝市,退不恋人寰。自吾得此心,投足无不安。体非导引适,意无江湖闲。有兴或饮酒,无事多掩关。寂静夜深坐,安稳日高眠。秋不苦长夜,春不惜流年。委形老小外,忘怀生死间。昨日共君语,与余心膂然。此道不可道,因君聊强言。

寄张十八

饥止一箪食,渴止一壶浆。出入止一马,寝兴止一床。此外无长物,于我有若亡。胡然不知足,名利心遑遑。念兹弥懒放,积习遂为常。经旬不出门,竟日不下堂。同病者张生,贫僻住延康。慵中每相忆,此意未能忘。迢迢青槐街,相去八九坊。秋来未相见,应有新诗章。早晚来同宿,天气转清凉。

题玉泉寺

湛湛玉泉色,悠悠浮云身。闲心对定水,清净两无尘。手把青筇杖,头戴白纶巾。兴尽下山去,知我是谁人。

朝回游城南

朝退马未困,秋初日犹长。回辔城南去,郊野正清凉。水竹夹小径,萦回绕川冈。仰看晚山色,俯弄秋泉光。青松系我马,白石为我床。常时簪组累,此日和身忘。且随鹇鹭末,暮游鸥鹤旁。机心一以尽,两处不乱行。谁辨心与迹,非行亦非藏。

舟　行 江州路上作

帆影日渐高,闲眠犹未起。起问鼓枻人,已行三十里。船头有行灶,炊稻烹红鲤。饱食起婆娑,盥漱秋江水。平生沧浪意,一旦来游此。何况不失家,舟中载妻子。

溢浦早冬

浔阳孟冬月,草木未全衰。祗抵一作祗长安陌,凉风八月时。日西溢水曲,独行吟旧诗。蓼花始零落,蒲叶稍离披。但作城中想,何异曲江池。

江　州　雪

新雪满前山,初晴好天气。日西骑马出,忽有京都意。城柳方缀花,檐冰才结穗。须臾风日暖,处处皆飘坠。行吟赏未足,坐叹销何易。犹胜岭南看,雰雰不到地。

全唐诗卷四三〇

白居易

题浔阳楼 自此后诗江州司马时作

常爱陶彭泽,文思何高玄。又怪韦江州,诗情亦清闲。今朝登此楼,有以知其然。大江寒见底,匡山青倚天。深夜溢浦月,平旦炉峰烟。清辉与灵气,日夕供文篇。我无二人才,孰为来其间。因高偶成句,俯仰愧江山。

访陶公旧宅 并序

余夙慕陶渊明为人,往岁渭上闲居,尝有《效陶体诗》十六首。今游庐山,经柴桑,过栗里,思其人,访其宅,不能默默,又题此诗云。

垢尘不污玉,灵凤—作龟不啄膻。呜呼陶靖节,生彼晋宋间。心实有所守,口终不能言。永惟孤竹子,拂衣首阳山。夷齐各一身,穷饿未为—作能难。先生有五男,与之同饥寒。肠中食不充,身上衣不完。连征竟不起,斯可谓真贤。我生君之后,相去五百年。每读五柳传,目想心拳拳。昔常咏遗风,著为十六篇。今来访故宅,森—作参若君在前。不慕尊有酒,不慕琴无弦。慕君遗荣利,老死此—作在丘园。柴桑古村落,栗里旧山川。不见篱下菊,但馀墟中烟。子孙虽无闻,族氏犹未迁。每逢姓陶人,使我心依然。

北 亭

庐宫山下州,溢浦沙边宅。宅北倚高冈,迢迢数千尺。上有青青竹,竹间多白石。茅亭居上头,豁达门四辟。前楹卷帘箔,北牖施床席。江风万里来,吹我凉渐渐。日高公府归,巾笏随手掷。脱衣恣搔首,坐卧任所适。时倾一杯酒,旷望湖天夕。口咏独酌谣,目送归飞翮。惭无出尘操,未免折腰役。偶获此闲居,谬似高人迹。

泛一作游溢水

四月未全热,麦凉江气一作风秋。湖山处处好,最爱溢水头。溢水从东来,一派入江流。可怜似紫带,中有随风舟。命酒一临泛,舍鞍扬棹讴。放回岸傍马,去逐波间鸥。烟浪始渺渺,风襟亦悠悠。初疑上河汉,中若寻瀛洲。汀树绿拂地一作池,沙草芳未休。青萝与紫葛,枝蔓垂相樛。系缆步平岸,回头望江州。城雉映水见,隐隐如蜃楼。日入意未尽,将归复少留。到官行半岁,今日方一游。此地来何暮,可以写吾忧。

答 故 人

故人对酒叹,叹我在天涯。见我昔荣遇,念我今蹉跎。问我为司马,官意复如何。答云且勿叹,听我为君歌。我本蓬荜人,鄙贱剧泥沙。读书未百卷,信口嘲风花。自从筮仕来,六命三登科。顾惭虚劣姿,所得亦已多。散员足庇身,薄俸可资家。省分辄自愧,岂为不遇耶。烦君对杯酒,为我一咨嗟。

官舍内新凿小池

帘下开小池,盈盈水方积。中底铺白沙,四隅甃青石。勿言不深广，但取一作足幽人适。泛滟微雨朝，泓澄明月夕。岂无大江水，波浪连天白。未如床席间，方丈深盈尺。清浅可狎弄，昏烦聊漱涤。最爱晓暝时，一片秋天碧。

宿简寂观

岩白云尚屯，林红叶初陨。秋光引闲步，不知身一作行远近。夕投灵洞宿，卧觉尘机泯。名利心既忘，市朝梦亦尽。暂来尚如此，况乃终身隐。何以疗夜饥，一匙云母粉。

读谢灵运诗

吾闻达士道，穷通顺冥数。通乃朝廷来，穷即江湖去。谢公才廓落，与世不相遇。壮志郁不用，须有所泄处。泄为山水诗，逸韵谐奇趣。大必笼天海，细不遗草树。岂惟玩景物，亦欲摅心素。往往即事中，未能忘兴谕。因知康乐作，不独在章句。

北亭独宿

悄悄壁下床，纱笼耿残烛。夜半独眠觉，疑在僧房宿。

约　心

黑鬓丝雪侵，青袍尘土涴。兀兀复腾腾，江城一上佐。朝就高斋上，熏然负暄卧。晚下小池前，澹然临水坐。已约终身心，长如今日过。

晚　望

江城寒角动，沙洲夕鸟还。独在一作坐高亭上，西南望远山。

早　春

雪消冰又释,景和风复暄。满庭田地湿,荠叶生墙根。官舍悄无
事,日西斜掩门。不开庄老卷,欲与何人言。

春　寝

何处春暄来,微和生血气。气熏肌骨畅,东窗一昏睡。是时正月
晦,假日无公事。烂熳不能休,自一作日午将及未。缅思少健日,甘
寝常自恣。一从衰疾来,枕上无此味。

睡起晏坐

后亭昼眠足,起坐春景暮。新觉眼犹昏,无思心正住。澹寂归一
性,虚闲遗万虑。了然此时心,无物可譬喻。本是无有乡,亦名不
用处。行禅与坐忘,同归无异路。道书云:无何有之乡。禅经云:不用处。
二者殊名而同归。

咏　怀

尽日松下坐,有时池畔行。行立与坐卧,中怀澹无营。不觉流年
过,亦任白发生。不为世所薄,安得遂闲情。

春游二一作西林寺

下马二一作西林寺,脩然进轻策。朝为公府史,暮作一作是灵山客。
二月匡庐北,冰雪始消释。阳丛抽茗芽,阴窦泄泉脉。熙熙风土
暖,蔼蔼云岚积。散作万壑春,凝为一气碧。身闲易飘泊,官散无
牵迫。缅彼十八人,古今同此适。昔永、远、宗、雷等十八贤同隐于二林寺。
是年淮寇起,处处兴兵革。智士劳思谋,戎臣苦征役。独有不才

者,山中弄泉石。

出 山 吟

朝咏游仙诗,暮歌采薇曲。卧云坐白石,山中十五宿。行随出洞
水,回别缘岩竹。早晚重来游,心期瑶草绿。

岁 暮

已任时命去,亦从岁月除。中心一调伏,外累尽空虚。名宦意已
矣,林泉计何如。拟近东林寺,溪边结一庐。

闻 早 莺

日出眠未起,屋头闻早莺。忽如上林晓,万年枝上鸣。忆为近臣
时,秉笔直承明。春深视草暇,旦暮闻此声。今闻在何处,寂寞浔
阳城。鸟声信如一,分别在人情。不作天涯意,岂殊禁中听。

栽 杉

劲叶森利剑,孤茎挺端标。才高四五尺,势若干青霄。移栽东窗
前,爱尔寒不凋。病夫卧相对,日夕闲萧萧。昨为山中树,今为檐
下条。虽然遇赏玩,无乃近尘嚣。犹胜涧谷底,埋没随众樵。不见
郁郁松,委质山上苗。

过 李 生

藙小蒲叶短,南湖春水生。子近湖边住,静境称高情。我为郡司
马,散拙无所营。使君知性野,衙退任闲行。行携小榼出一作去,逢
花辄独倾。半酣到子舍,下马扣柴荆。何以引我步,绕篱竹万茎。
何以醒我酒,吴音吟一声。须臾进野饭,饭稻茹芹英。白瓯青竹

箸，俭洁无膻腥。欲去复裴回，夕鸦已飞鸣。何当重游此，待君湖
水平。

咏　意

常闻南华经，巧劳智忧愁。不如无能者，饱食但遨游。平生爱慕
道，今日近此流。自来浔阳郡，四序忽已周。不分物黑白，但与时
沉浮。朝餐夕安寝，用是为身谋。此外即闲放，时寻山水幽。春游
慧远寺，秋上庾公楼。或吟诗一章，或饮茶一瓯。身心一无系，浩
浩如虚舟。富贵亦有苦，苦在心危忧。贫贱亦有乐，乐在身自由。

食　笋

此州乃一作有竹乡，春笋满山谷。山夫一作翁折盈抱一作把，抱一作将
来早一作入市鬻。物以多为贱，双钱易一束。置之炊一作将归安甑
中，与饭同时熟。紫箨一作斑壳坼故锦，素肌擘新玉。每日遂加餐一
作只此一蔬食，经时一作旬不思肉。久为京洛客，此味常不足。且食勿
踟蹰，南风吹作竹。

游石门涧

石门无旧径，披榛访遗迹。时逢山水秋，清辉如古昔。常闻慧远
辈，题诗此岩壁。云覆莓苔封，苍然无处觅。萧疏野生竹，崩剥多
年石。自从东晋后，无复人游历。独有秋涧声，潺湲空旦夕。

招东邻

小榼二升酒，新簟六尺床。能来夜话否，池畔欲秋凉。

题元十八溪亭 亭在庐山东南五老峰下

怪君不喜仕,又不游州里。今日到幽居,了然知所以。宿君石溪亭,潺湲声满耳。饮君螺杯酒,醉卧不能起。见君五老峰,益悔居城市。爱君三男儿,始叹身无子。余方炉峰下,结室为居士。山北与山东,往来从此始。

香炉峰下新置草堂即事咏怀题于石上

香炉峰北面,遗爱寺西偏。白石何凿凿,清流亦潺潺。有松数十株,有竹千馀竿。松张翠伞盖,竹倚青琅玕。其下无人居,悠一作惜哉多岁年。有时聚猿鸟,终日空风烟。时有沉冥子,姓白字乐天。平生无所好,见此心依然。如获终老地,忽乎不知还一作迁。架岩结茅宇,斫壑开茶园。何以洗我耳,屋头飞落泉。何以净一作洗我眼,砌下生白莲。左手携一壶,右手挈五弦。傲然意自足,箕踞于其间。兴酣仰天歌,歌中聊寄言。言我本野夫,误为世网牵。时来昔捧日,老去今归山。倦鸟得茂树,涸鱼返清源。舍此欲焉往,人间多险艰。

草堂前新开一池养鱼种荷日有幽趣

淙淙三峡水,浩浩万顷陂。未如新塘上,微风动涟漪。小萍加泛泛,初蒲正离离。红鲤二三寸,白莲八九枝。绕水欲成径,护堤方插篱。已被山中客,呼作白家池。

白云期 黄石岩下作

三十气太壮,胸中多是非。六十身太老,四体不支持。四十至五十,正是退闲时。年长识命分,心慵少营为。见酒兴犹在,登山力未衰。吾年幸当此,且与白云期。

登香炉峰顶

迢迢香炉峰,心存耳目想。终年牵物役,今日方一往。攀萝蹋危石,手足劳俯仰。同游三四人,两人不敢上。上到峰之顶,目眩神_{一作心}悦悦。高低有万寻,阔狭无数丈。不穷视听界,焉识宇宙广。江水细如绳,湓城小于掌。纷吾何屑屑,未能脱尘鞅。归去思自嗟,低头入蚁壤。

答崔侍郎钱舍人书问因继以诗

旦暮两蔬食,日中一闲眠。便是了一日,如此已三年。心不择时适,足不拣地安。穷通与远近,一贯无两端。常见今之人,其心或不然。在劳则念息,处静已思喧。如是用身心,无乃自伤残。坐输忧恼便_{一作使},安得形神全。吾有二道友,蔼蔼崔与钱。同飞青云路,独堕黄泥泉。岁暮物万变,故情何不迁。应为平生心,与我同一源。帝乡远于日,美人高在天。谁谓万里别,常若在目前。泥泉乐者鱼,云路游者鸾。勿言云泥异,同在逍遥间。因君问心地,书后偶成篇。慎勿说向人,人多笑此言。

烹　葵

昨卧不夕食,今起乃朝饥。贫厨何所有,炊稻烹秋葵。红粒香复软,绿英滑且肥。饥来止于饱,饱后复何_{一作复何所}思。忆昔_{一作思忆}荣遇日,迨今穷退时。今亦不冻馁,昔亦无馀资。口既不减食,身又不减衣。抚心私自问,何者是荣衰。勿学常人意,其间分是非。

小 池 二 首

昼倦前斋热,晚爱小池清。映林馀景没,近水微凉生。坐把蒲葵扇,闲吟三两声。

有意不在大,湛湛方丈馀。荷侧泻清露,萍开见游鱼。每一临此坐,忆归青溪居。

闭—作掩关

我心忘世久,世亦不我干。遂成一无事,因得长掩关。掩关来几时,仿佛二三年。著书已盈帙,生子欲能言。始悟身向—作易老,复悲世多艰。回顾趋时者,役役尘壤间。岁暮竟何得,不如且安闲。

弄 龟 罗

有侄始六岁,字之为阿龟。有女生三年,其名曰罗儿。一始学笑语,一能诵歌诗。朝戏抱我足,夜眠枕我衣。汝生何其晚,我年行已衰。物情小可念,人意老多慈。酒美竟须坏,月圆终有亏。亦如恩爱缘,乃是忧恼资。举世同此累,吾安能去之。

截 树

种树当前轩,树高柯叶繁。惜哉远山色,隐此蒙笼间。一朝持斧斤,手自截其端。万叶落头上,千峰来面前。忽似决云雾,豁达睹青天。又如所念人,久别一款颜。始有清风至,稍见飞鸟还。开怀东南望,目远心辽然。人各有偏好,物莫能两全。岂不爱柔条,不如见青山。

望江楼上作

江畔百尺楼,楼前千里道。凭高望平远,亦足舒怀抱。驿路使憧
憧,关防兵草草。及兹多事日,尤觉闲人好。我年过不惑,休退诚
非早。从此拂尘衣,归山未为老。

题　座　隅

手不任执殳,肩不能荷锄。量力揆所用,曾不敌一夫。幸因笔砚
功,得升仕进途。历官凡五六,禄俸及妻孥。左右有兼仆,出入有
单车。自奉虽不厚,亦不至饥劬。若有人及此,傍观为何如。虽贤
亦为幸,况我鄙且愚。伯夷古贤人,鲁山亦其徒。时哉无奈何,俱
化为饿殍。元鲁山山居阻水,食绝而终。念彼益自愧,不敢忘斯须。平生
荣利心,破灭无遗馀。犹恐尘妄起,题此于座隅。

昔与微之在朝日同蓄休退之心迨
今十年沦落老大追寻前约且结后期

往子为御史,伊余忝拾遗。皆逢盛明代,俱登清近司。予系玉为
佩,子曳绣为衣。从容香烟下,同侍白玉墀。朝见宠者辱,暮见安
者危。纷纷无退者,相顾令人悲。宦情君早厌,世事我深知。常于
荣显日,已约林泉期。况今各流落,身病齿发衰。不作卧云计,携
手欲何之。待君女嫁后,及我官满时。稍无骨肉累,粗有渔樵资。
岁晚青山路,白首期同归。

垂　钓

临水一长啸,忽思十年初。三登甲乙第,一入承明庐。浮生多变
化,外事有盈虚。今来伴江叟,沙头坐钓鱼。

晚　燕

百鸟乳雏毕，秋燕独蹉跎。去社日已近，衔泥意如何。不悟时节晚，徒施工用多。人间事亦尔，不独燕营窠。

赎　鸡

清晨临江望，水禽正喧繁。凫雁与鸥鹭，游飏戏朝暾。适有鬻鸡者，挈之来远村。飞鸣彼何乐，窘束此何冤。喔喔十四雏，罩缚同一樊。足伤金距蹜，头抢花冠翻。经宿废一作费饮啄，日高诣屠门。迟回未死间，饥渴欲相吞。常慕古人道，仁信及鱼豚。见兹生恻隐，赎放双林园。开笼解索时，鸡鸡听我言。与尔镪三百，小惠何足论。莫学衔环雀，崎岖谩报恩。

秋日怀杓直 时杓直出牧澧州

晚来天色好，独出江边步。忆与李舍人，曲江相近住。常云遇清景，必约同幽趣。若不访我来，还须觅君去。开眉笑相见，把手期何处。西寺老胡僧，南园乱松树。携持小酒榼，吟咏新诗句。同出复同归，从朝直至暮。风雨忽消散，江山眇回互。浔阳与澧阳，相望空云雾。心期自乖旷，时景还如故。今日郡斋中，秋光谁共度。

食　后

食罢一觉睡，起来两瓯茶。举头看日影，已复西南斜。乐人惜日促，忧人厌年赊。无忧无乐者，长短任生涯。

齐 物 二 首

青松高百尺一作丈，绿蕙低数寸。同生一作此大块间，长短各有分。

长者不可退,短者不可进。若用此理推,穷通两无闷。
椿寿八千春,槿花不经宿。中间复何有,冉冉孤生竹。竹身三年
老,竹色四时绿。虽谢椿有馀,犹胜槿不足。

山　下　宿

独到山下宿,静向月中行。何处水边碓,夜春云母声。

题旧写真图

我昔三十六,写貌在丹青。我今四十六,衰悴卧江城。岂比一作止
十年老,曾与众苦并。一照旧图画,无复昔仪形。形影默相顾,如
弟对老兄。况使他人见,能不昧平生。羲和鞭日走,不为我少停。
形骸属日月,老去何足惊。所恨凌烟阁,不得画功名。

闲　居

肺病不饮酒,眼昏不读书。端然无所作,身意闲有馀。鸡栖篱落
晚,雪映林木疏。幽独已云极,何必山中居。

对酒示行简

今旦一尊酒,欢畅何怡怡。此乐从中来,他人安得知。兄弟唯二
人,远别恒苦悲。今春自巴峡,万里平安归。复有双幼妹,笄年未
结褵。昨日嫁娶毕,良人皆可依。忧念一作心两消释,如刀断羁縻。
身轻心无系,忽欲凌空飞。人生苟有累,食肉常如饥。我心既无
苦,饮水亦可肥。行简劝尔酒,停杯听我辞。不叹乡国远,不嫌官
禄微。但愿我与尔,终老不相离。

咏　怀

冉牛与颜渊,卞和与马迁。或罹天六一作天极,或被人刑残。顾我信为幸,百骸且完全。五十不为夭,吾今欠数年。知分心自足,委顺身常安。故虽穷退日,而无戚戚颜。昔有荣先生,从事于其间。今我不量力,举心欲攀援。穷通不由己,欢戚不由天。命即无奈何,心可使泰然。且务由己者,省躬谅非难。勿问由天者,天高难与言。

夜　琴

蜀〔桐〕(琴)木性实,楚丝音韵清。调慢弹且缓,夜深十数声。入耳澹无味,惬心潜有情。自弄还自罢,亦不要人听。

山 中 独 吟

人各有一癖,我癖在章句。万缘皆已消,此病独未去。每逢美风景,或对好亲故。高声咏一篇,恍若与神遇。自为江上客,半在山中住。有时新诗成,独上东岩路。身倚白石崖,手攀青桂树。狂吟惊林壑,猿鸟皆窥觑。恐为世所嗤,故就无人处。

达 理 二 首

何物壮不老,何时穷不通。如彼音与律,宛转旋为宫。我命独何薄,多悴而少丰。当壮已先衰,暂泰还长穷。我无奈命何,委顺以待终。命无奈我何,方寸如虚空。慵然与化俱,混然与俗同。谁能坐自一作此苦,龃龉于其中。

舒姞化为泉,牛哀病作虎。或柳生肘间,或男变为女。鸟兽及水木,本不与民伍。胡然生变迁,不待死归土。百骸是己物,尚不能为主。况彼时命间,倚伏何足数。时来不可遏,命去焉能取。唯当养浩然,吾闻达人语。

湖亭晚望残水

湖上秋沉寥,湖边晚萧瑟。登亭望湖水,水缩湖底出。清淳得早霜,明灭浮残日。流注随地势,洼坳无定质。泓澄白龙卧,宛转青蛇屈。破镜折剑头,光芒又非一。久为山水客,见尽幽奇物。及来湖亭望,此状难谈悉。乃知天地间,胜事殊未毕。

郭虚舟相访

朝暖就南轩,暮寒归后屋。晚酒一作酌一两杯,夜棋三数局。寒灰埋暗火,晓焰凝残烛。不嫌贫冷人,时来同一宿。

全唐诗卷四三一

白居易

长庆二年七月自中书舍人出守杭州路次蓝溪作 <small>自此后诗俱赴杭州时作</small>

太原一男子,自顾庸且鄙。老逢不次恩,洗拔出泥滓。既居可言地,愿助朝廷理。伏阁三上章,戆愚不称旨。圣人存大体,优贷容不死。凤诏停舍人,鱼书除刺史。冥怀齐宠辱,委顺随行止。我自得此心,于兹十年矣。馀杭乃名郡,郡郭临江氾。已想海门山,潮声来入耳。昔予贞元末,羁旅曾游此。甚觉太守尊,亦谙鱼酒美。因生江海兴,每羡沧浪水。尚拟拂衣行,况今兼禄仕。青山峰峦接,白日烟尘起。东道既不通,改辕遂南指。自秦穷楚越,浩荡五千里。闻有贤主人,而多好山水。是行颇为惬,所历良可纪。策马度蓝溪,胜游从此始。

初出城留别

朝从紫禁归,暮出青门去。勿言城东陌,便是江南路。扬鞭簇车马,挥手辞亲故。我生本无乡,心安是归处。

过骆山人野居小池 骆生弃官居此二十馀年

茅覆环堵亭，泉添方丈沼。红芳照水荷，白颈观鱼鸟。拳石苔苍翠，尺波烟杳渺。但问有意无，勿论池大小。门前车马路，奔走无昏晓。名利驱人心，贤愚同扰扰。善哉骆处士，安置身心了。何乃独多君，丘园居者少。

宿　清　源　寺

往谪浔阳去，夜憩辋溪曲。今为钱塘行，重经兹寺宿。尔来几何岁，溪草二八绿。不见旧房僧，苍然新树木。虚空走日月，世界迁陵谷。我生寄其间，孰能逃倚伏。随缘又南去，好住东廊竹。

宿蓝溪对月 一作宿蓝桥题月

昨夜凤池头，今夜蓝溪一作溪桥口。明月本无心，行人自回首。新秋松影下，半夜钟声后。清影不宜昏，聊将茶代酒。

自秦望赴五松驿马上偶睡睡觉成吟

长途发已久，前馆行未至。体倦目已昏，瞚然遂成睡。右袂尚垂鞭，左手暂委辔。忽觉问仆夫，才行百步地。形神分处所，迟速相乖异。马上几多时，梦中无限事。诚哉达人语，百龄同一寐。

邓州路中作

萧萧谁家村，秋梨叶半坼。漠漠谁家园，秋韭花初白。路逢故里物，使我嗟行役。不归渭北村，又作江南客。去乡徒自苦，济世终无益。自问波上萍，何如涧中石。

朱藤杖紫骢一有马字吟

拄上山之上,骑下山之下。江州去日朱藤杖,忠州归日紫骢马。天生二物济我穷,我生合是栖栖者。

桐树馆重题

阶前下马时,梁上题诗处。惨澹病使君,萧疏老松树。自嗟还自哂,又向杭州去。

过紫霞兰若

我爱此山头,及此三登历。紫霞旧精舍,寥落空泉石。朝市日喧隘,云林长悄寂。犹存住寺僧,肯有归山客。

感旧纱帽 帽,即故李侍郎所赠。

昔君乌纱帽,赠我白头翁。帽今在顶上,君已归泉中。物故犹堪用,人亡不可逢。岐山今夜月,坟树正秋风。

思 竹 窗

不忆西省松,不忆南宫菊。西省大院有松,南宫本厅多菊。惟忆新昌堂,萧萧北窗竹。窗间枕簟在,来后何人宿。

马 上 作

处世非不遇,荣身颇有馀。勋为上柱国,爵乃朝大夫。自问有何才,两入承明庐。又问有何政,再驾朱轮车。刭予东山人,自惟朴且疏。弹琴复有酒,且慕嵇阮徒。暗被乡里荐,误上贤能书。一列朝士籍,遂为世网拘。高有矰缴忧,下有陷阱虞。每觉宇宙窄,未尝心体舒。蹉跎二十年,颔下生白须。何言左迁去,尚获专城居。杭州五千里,往若投渊鱼。虽未脱簪组,且来泛江湖。吴中多诗人,亦不少酒酤。高声咏篇什,大笑飞杯盂。五十未全老,尚可且欢娱。用兹送日月,君以为何如。秋风起江上,白日落路隅。回首语五马,去矣勿踟蹰。

秋 蝶

秋花紫蒙蒙,秋蝶黄茸茸。花低蝶新小,飞戏丛西东。日暮凉风来,纷纷花落丛。夜深白露冷,蝶已死丛中。朝生夕俱死,气类各相从。不见千年鹤,多栖百丈松。

登商山最高顶

高高此山顶,四望唯烟云。下有一条路,通达楚与秦。或名诱其心,或利牵其身。乘者及一作与负者,来去何云云一作纷纷。我亦斯人徒,未能出嚣尘。七年三往复,何得笑他人。

枯 桑

道傍老枯树,枯来非一朝。皮黄外尚活,心黑中先焦。有似多忧者,非因外火烧。

山 路 偶 兴

筋力未全衰,仆马不至弱。又多山水趣,心赏非寂寞。扪萝上烟岭,蹋石穿云壑。谷鸟晚仍啼,洞花秋不落。提笼复携榼,遇胜时停泊。泉憩茶数瓯,岚行酒一酌。独吟还独啸,此兴殊未恶。假使在城时,终年有何乐。

山　雉

五步一啄草,十步一饮水。适性遂其生,时哉山梁雉。梁上无矰
缴,梁下无鹰鹯。雌雄与群雏,皆得终天年。嗟嗟笼下鸡,及彼池
中雁。既有稻粱恩,必有牺牲患。

初下汉江舟中作寄两省给舍

秋水淅红粒,朝烟烹白鳞。一食饱至夜,一卧安达晨。晨无朝谒
劳,夜无直宿勤。不知两掖客,何似扁舟人。尚想到郡日,且称守
土臣。犹须副忧寄,恤隐安疲民。期年庶报政,三年当退身。终使
沧浪水,濯吾缨上尘。

自蜀江至洞庭湖口有感而作

江从西南来,浩浩无旦夕。长波逐若泻,连山凿如劈。千年不壅
溃,万姓无垫溺。不尔民为鱼,大哉禹之绩。导岷既艰远,距海无
咫尺。胡为不讫功,馀一作湖水斯委积。洞庭与青草,大小两相敌。
混合万丈深,森茫千里白。每岁秋夏时,浩大吞七泽。水族窟穴
多,农人土地窄。我今尚嗟叹,禹岂不爱惜。邈未究其由,想古观
遗迹。疑此苗人顽,恃险不终役。帝亦无奈何,留患与今昔。水流
天地内,如身有血脉。滞则为疽疣,治之在针石。安得禹复生,为
唐水官伯。手提倚天剑,重来亲指画。疏河似剪纸,决壅同一作如
裂帛。渗作膏腴田,踏平鱼鳖宅。龙宫变闾里,水府生禾麦。坐添
百万户,书我司徒籍。

初领郡政衙退登东楼作 自此后诗到杭州后作

鳏茕心所念,简牍手自操。何言符竹贵,未免州县劳。赖是馀杭

郡,台榭绕官曹。凌晨亲政事,向晚恣游遨。山冷微有雪,波平未生涛。水心如镜面,千里无纤毫。直下江最阔,近东楼更高。烦襟与滞念,一望皆遁逃。

清调吟

索索风戒寒,沉沉日藏耀。劝君饮浊醪,听我吟清调。芳节变穷阴,朝光成夕照。与君生此世,不合长年少。今晨从此过一作游,明日安能料。若不结跏禅,即须开口笑。

狂歌词

明月照君席,白露沾我衣。劝君酒杯满,听我狂歌词。五十已后衰,二十已前痴。昼夜又分半,其间几何时。生前不欢乐,死后有馀赀。焉用黄壚下,珠衾玉匣为。

郡亭

平旦起视事,亭午卧掩关。除亲簿领外,多在琴书前。况有虚白亭,坐见海门山。潮来一凭槛,宾至一开筵。终朝对云水,有时听管弦。持此聊过日,非忙亦非闲。山林太寂寞,朝阙空喧烦。唯兹郡阁内,嚣静得中间。

咏怀

昔为凤阁郎,今为二千石。自觉不如今,人言不如昔。昔虽居近密,终日多忧惕。有诗不敢吟,有酒不敢吃。今虽在疏远,竟岁无牵役。饱食坐终朝,长歌醉通夕。人生百年内,疾速如过隙。先务身安闲,次要心欢适。事有得而失,物有损而益。所以见道人,观心不观迹。

立春后五日

立春后五日，春态纷婀娜。白日斜渐长，碧云低欲堕。残冰坼玉片，新萼排红颗。遇物尽欣欣，爱春非独我。迎芳后园立，就暖前檐坐。还有惆怅心，欲别红炉火。

郡中即事

漫漫潮初平，熙熙春日至。空阔远江山，晴明好天气。外有适意物，中无系心事。数篇对竹吟，一杯望云醉。行携杖扶力，卧读书取睡。久养病形骸，深谙闲气味。遥思九城陌，拢拢趋名利。今朝是双一作只日，朝谒多轩骑。宠者防悔尤，权者怀忧畏。为报高车盖，恐非真富贵。

郡斋暇日辱常州陈郎中使君早春晚坐水西馆书事诗十六韵见寄亦以十六韵酬之

新年多暇日，晏起褰帘坐。睡足心更慵，日高头未裹。徐倾下药酒，稍爇煎茶火。谁伴寂寥身，无弦琴在左。遥思毗陵馆，春深物袅娜。波拂黄柳梢，风摇白梅朵。衙门排晓戟，铃阁开朝锁。太守水西来，朱衣垂素舸。良辰不易得，佳会无由果。五马正相望，双鱼忽前堕。鱼中获瑰宝，持玩何磊砢。一百六十言，字字灵珠颗。上申心款曲，下叙时坎坷。才富不如君，道孤还似我。敢辞官远慢，且贵身安妥。忽复问荣枯，冥心无不可。

官　舍

高树换新叶，阴阴覆地隅。何言太守宅，有似幽人居。太守卧其下，闲慵两有馀。起尝一瓯茗，行读一卷书。早梅结青实，残樱落

红珠。稚女弄庭果,嬉戏牵人裾。是日晚弥静,巢禽下相呼。喷喷
护儿鹊,哑哑母子乌。岂唯云鸟尔,吾亦引吾雏。

吾　雏

吾雏字阿罗,阿罗才七龄。嗟吾不才子,怜尔无弟兄。抚养虽骄
騃,性识颇聪明。学母画眉样,效吾咏诗声。我齿今欲堕,汝齿昨
始生。我头发尽落,汝顶髻初成。老幼不相待,父衰汝孩婴。缅想
古人心,慈爱亦不轻。蔡邕念文姬,于公叹缇萦。敢求得汝力,但
未忘父情。

题小桥前新竹招客

雁齿小红一作虹桥,垂檐低白屋。桥前何所有,苒苒新生竹。皮开
坼褐锦,节露抽青玉。筠翠如可餐,粉霜不忍触。闲吟声未已,幽
玩心难足。管领好风烟,轻欺凡草木。谁能有月夜,伴我林中宿。
为君倾一杯,狂歌竹枝曲。

病中逢秋招客夜酌

不见诗酒客,卧来半月馀。合和新药草,寻检旧方书。晚霁烟景
度,早凉窗户虚。雪生衰鬓久,秋入病心初。卧簟蕲竹冷,风襟邛
葛疏。夜来身校健,小饮复何如。

食　饱

食饱拂枕卧,睡足起闲吟。浅酌一杯酒,缓弹数弄琴。既可畅情
性,亦足傲光阴。谁知利名一作名利尽,无复长安心。

严十八郎中在郡日改制东南楼因名清辉未立标榜征归郎署予既到郡性爱楼居宴游其间颇有幽致聊成十韵兼戏寄严

严郎置兹楼,立名曰清辉。未及署花榜,遽征还粉闱。去来三四年,尘土登者稀。今春新太守,洒扫施帘帏。院柳烟婀娜,檐花雪霏微。看山倚前户,待月阐一作辟东扉。碧窗戛瑶瑟,朱栏飘舞衣。烧香卷幕坐,风燕双双飞。君作不得住,我来幸因依。始知天地间,灵境有所归。

南亭对酒送春

含桃实已落,红薇花尚熏。冉冉三月尽,晚莺城上闻。独持一杯酒,南亭送残春。半酣忽长歌,歌中何所云。云我五十馀,未是苦老人。刺史二千石,亦不为贱贫。天下三品官,多老于我身。同年登第者,零落无一分。亲故半为鬼,僮仆多见孙。念此聊自解,逢酒且欢欣。

玩新庭树因咏所怀

霭霭四月初,新树叶成阴。动摇风景丽,盖覆庭院深。下有无事人,竟日此幽寻。岂惟玩时物,亦可开烦襟。时与道人语,或听诗客吟。度春足芳色,入夜多鸣禽。偶得幽闲境,遂忘尘俗心。始知真隐者,不必在山林。

仲夏斋戒月

仲夏斋戒月,三旬断腥膻。自觉心骨爽,行起身翩翩。始知绝粒人,四体更轻便。初能脱病患,久必成神仙。御寇驭〔泠〕(冷)风,赤松游紫烟。常疑此说谬,今乃知其然。我今过半百,气衰神不全。已垂两鬓丝,难补三丹田。但减荤血味,稍结清净缘。脱巾且修养,聊以终天年。

除官去未间

除官去未间,半月恣游讨。朝寻霞外寺,暮宿波上岛。新树少于松,平湖半连草。跻攀有次第,赏玩无昏早。有时骑马醉,兀兀冥天造。穷通与生死,其奈吾怀抱。江山信为美,齿发行将老。在郡诚未厌平声,归乡去亦好。

三年为刺史二首

三年为刺史,无政在人口。唯向城郡中,题诗十馀首。惭非甘棠咏,岂有思人不。

三年为刺史,饮冰复食檗。唯向天竺山,取得两片石。此抵有千金,无乃伤清白。

别萱桂

使君竟不住,萱桂徒栽种。桂有留人名,萱无忘忧用。不如江畔月,步步来相送。

自馀杭归宿淮口作

为郡已多暇,犹少勤吏职。罢郡更安闲,无所劳心力。舟行明月下,夜泊清淮北。岂止吾一身,举家同燕息。三年请禄俸,颇有馀衣食。乃至僮仆间,皆无冻馁色。行行弄云水,步步近乡国。妻子在我前,琴书在我侧。此外吾不知,于焉心自得。

舟中李山人访宿

日暮舟悄悄,烟生水沉沉。何以延宿客,夜酒与秋琴。来客道门
子,来自嵩高岑。轩轩举云貌,豁豁开清襟。得意言语断,入玄滋
味深。默然相顾哂,心适而忘心。

洛下卜居

三年典郡归,所得非金帛。天竺石两片,华亭鹤一只。饮啄供稻
粱,包裹用茵席。诚知是劳费,其奈心爱惜。远从馀杭郭,同到洛
阳陌。下担拂云根,开笼展霜翮。贞姿不可杂,高性宜其适。遂就
无尘坊,仍求有水宅。东南得幽境,树老寒泉碧。池畔多竹阴,门
前少人迹。未请中庶禄,且脱双骖易。买履道宅,价不足,因以两马偿之。
岂独为身谋,安吾鹤与石。

洛中偶作 自此后在东都作

五年职翰林,四年莅浔阳。一年巴郡守,半年南宫郎。二年直纶
阁,三年刺史堂。凡此十五载,有诗千馀章。境兴周万象,土风备
四方。独无洛中作,能不心恨恨。今为青宫长,始来游此乡。裴
回伊涧上,睥睨嵩少傍。遇物辄一咏,一咏倾一觞。笔下成释憾,
卷中同补亡。往往顾自哂,眼昏须鬓苍—作鬓苍苍。不知老将至,犹
自放诗狂。

赠苏少府

籍甚二十年,今日方款颜。相送嵩洛下,论心杯酒间。河亚—作何
为懒出入,府寮多闭关。苍发彼此老,白日寻常闲。朝从携手出,
暮思联骑还。何当挈一榼,同宿龙门山。

移家入新宅

移家入新宅,罢郡有馀赀。既可避燥湿,复免忧寒饥。疾平未还
假,官闲得分司。幸有俸禄在,而无职役羁。清旦盥漱毕,开轩卷
帘帏。家人及鸡犬,随我亦熙熙。取兴或寄一作不过酒,放情不过一
作或作诗。何必苦修道,此即是无为。外累信已遣,中怀时有思。
有思一何远,默坐低双眉。十载囚窜客,万时征戍儿。春朝锁笼
鸟,冬夜支床龟。驿马走四蹄,痛酸无歇期。砲牛封两目,昏闭何
人知。谁能脱放去,四散任所之。各得适其性,如吾今日时。

琴

置琴曲几上,慵坐但含情。何烦故挥弄,风弦自有声。

鹤

人各有所好,物固无常宜。谁谓尔能舞,不如闲立时。

自　咏

夜镜隐白发,朝酒发红颜。可怜假年少,自笑须臾间。朱砂贱如
土,不解烧为丹。玄鬓化为雪,未闻休得官。咄哉个丈夫,心性何
堕顽。但遇诗与酒,便忘寝与餐。高声发一吟,似得诗中仙。引满
饮一盏,尽忘身外缘。昔有醉先生,席地而幕天。于今居处在,许
我当中眠。眠罢又一酌,酌罢又一篇。回面顾妻子,生计方落然。
诚知此事非,又过知非年。岂不欲自改,改即心不安。且向安处
去,其馀皆老闲。

林下闲步寄皇甫庶子

扶杖起病初,策马力未任。既懒出门去,亦无客来寻。以此遂成闲,闲步绕园林。天晓烟景澹,树寒鸟雀深。一酌池上酒,数声竹间吟。寄言东曹长,当知幽独心。

晏 起

鸟鸣庭树上,日照屋檐时。老去慵转极,寒来起尤—作独迟。厚薄被适性,高低枕得宜。神安体稳暖,此味何人知。睡足仰头坐,兀然无所思。如未凿七窍,若都遗四肢。缅想长安客,早朝霜满衣。彼此各自适,不知谁是非。

池 畔 二 首

结构池西廊,疏理池东树。此意人不知,欲为待月处。
持刀剶—作间密竹,竹少风来多。此意人不会,欲令池有波。

春 葺 新 居

江州司马日,忠州刺史时。栽松满后院,种柳荫前墀。彼皆非吾土,栽种尚忘疲。况兹是我宅,葺艺固其宜。平旦领仆使,乘春亲指挥。移花夹暖室,徙竹覆寒池。池水变绿色,池芳动清辉。寻芳弄水坐,尽日心熙熙。一物苟可适,万缘都若遗。设如宅门外,有事吾不知。

赠 言

捧簏献千金,彼金何足道。临觞赠一言,此言真可宝。流光我已晚,适意君不早。况君春风面,柔促如芳草。二十方长成,三十向衰老。镜中桃李色，不得十年好。胡为坐脉脉，不肯倾怀抱。

泛春池

白蘋湘渚曲，绿筱剡溪口。各在天一涯，信美非吾有。何如一作如
何此庭内，水竹交左右。霜竹百千竿，烟波六七亩。泓澄动阶砌，
澹泞一作沱映户牖。蛇皮细有纹，镜面清无垢。主人过桥来，双童
扶一叟。恐污清泠波，尘缨先抖擞。波上一叶舟，舟中一尊酒。酒
开舟不系，去去随所偶。或绕蒲浦前，或泊桃岛后。未拨落杯花，
低冲拂面柳。半酣迷所在，倚榜兀回首。不知此何处，复是人寰
否。谁知始疏凿，几主相传受。杨家去云远，田氏将非久。天与爱
水人，终焉落吾手。此池始杨常侍开凿，中间田家为主，予今有之。蒲浦、桃岛，
皆池上所有。

全唐诗卷四三二

白居易

西明寺牡丹花时忆元九

前年题名处,今日看花来。一作芸香吏,三见牡丹开。岂独花堪惜,方知老暗催。何况寻花伴,东都去未回。讵知红芳侧,春尽思悠哉。

伤杨弘贞

颜子昔短一作知命,仲尼惜其贤。杨生亦好学,不幸复徒然一作今复然。谁识天地意,独与龟鹤一作蛇年。

权摄昭应早秋书事寄元拾遗兼呈李司录

夏闰秋候早,七月风骚骚。渭川烟景晚,骊山宫殿高。丹殿子司谏,赤县我徒劳。相去半日程,不得同游遨。到官来十日,览镜生二毛。可怜趋走吏,尘土满青袍。邮传拥两驿,簿书堆六曹。为问纲纪掾,何必使铅刀。

新栽竹

佐邑意不适,闭门秋草生。何以娱野性,种竹百馀茎。见此溪上色，忆得山中情。有时公事暇，尽日绕栏行。勿言根未固，勿言阴未成。已觉庭宇内，稍稍有馀清。最爱近窗卧，秋风枝有声。

秋霖中过一作遇尹纵之仙游山居

惨惨八月暮，连连三日霖。邑居尚愁寂，况乃在山林。林下有志士，苦学惜光阴。岁晚千万虑，并入方寸心。岩鸟共旅宿，草虫伴愁吟。秋天床席冷，夜雨灯火深。怜君寂寞意，携酒一相寻。

寄江南兄弟

分散骨肉恋，趋驰名利牵。一奔尘埃马，一泛风波船。忽忆分手时，悒默秋风前。别来朝复夕，积日成七年。花落城中池一作地，春深江上天。登楼东南望，鸟灭烟苍然。相去复几许，道里近三千。平地犹难见，况乃隔山川。

曲江早秋 三年作

秋波红蓼水，夕照青芜岸。独信马蹄行，曲江池四畔。早凉晴后至，残暑暝来散。方喜炎燠销一作清，复嗟时节换。我年三十六，冉冉昏复旦。人寿七十稀，七十新过半。且当对酒笑，勿起临风叹。

寄题盩厔厅前双松 两松自仙游山移植县厅

忆昨为吏日，折腰多苦辛。归家不自适，无计慰心神。手栽两树松，聊以当去声嘉宾。乘春日一溉一作春来日一往，生意渐欣欣。清韵度秋在，绿茸随日新。始怜涧底色，不忆城中春。有时昼掩关，双影对一身。尽日不寂寞，意中如三人。忽奉宣室诏，征为文苑臣。闲来一惆怅，恰似别交亲一作情。早知烟翠前，攀玩不逡巡。悔从白云里，移尔落嚣尘。

翰林院中感秋怀王质夫 <small>王居仙游山</small>

何处感时节,新蝉禁中闻。宫槐有秋意,风夕花纷纷。寄迹鸳鹭行,归心鸥鹤群。唯有王居士,知予忆白云。何日仙游寺,潭前秋见君。

禁 中 月

海水明月出,禁中清<small>一作秋</small>夜长。东南楼殿白,稍稍上宫墙。净落金塘<small>一作盘</small>水,明浮玉砌霜。不比人间见,尘土污清光。

赠 卖 松 者

一束苍苍色,知从涧底来。劚掘经几日,枝叶满尘埃。不买非他意,城中无地栽。

初 见 白 发

白发生一茎,朝来明镜里。勿言一茎少,满头从此始。青山方远别,黄绶初从仕。未料容鬓间,蹉跎忽如此。

别元九后咏所怀

零落桐叶雨,萧条槿花风。悠悠早秋意,生此幽闲中。况与故人别,中怀正无悰。勿云不相送,心到青门东。相知岂在多,但问同不同。同心一人去,坐觉长安空。

禁 中 秋 宿

风翻朱<small>一作来</small>里幕,雨冷通中枕。耿耿背斜灯,秋床一人寝。

早秋曲江感怀

离离暑云散,袅袅凉风起。池上秋又来,荷花半成子。朱颜易_{一作}
自销歇,白日无穷已。人寿不如山,年光忽于水。青芜与红蓼,岁
岁秋相似。去岁此悲秋,今秋复来此。

寄 元 九

身为近密_{一作约}拘,心为名检缚。月夜与花时,少逢杯酒乐。唯有
元夫子,闲来同一酌。把手或酣歌,展眉时笑谑。今春除御史,前
月之东洛。别来未开颜,尘埃满尊杓。蕙风晚香尽,槐雨馀花落。
秋意一萧条,离容两寂寞。况随白日老,共负青山约。谁识相念
心,耩鹰与笼鹤。

暮春寄元九

梨花结成实,燕卵化为雏。时物又若此,道情复何如。但觉日月
促,不嗟年岁徂。浮生都是梦,老小亦何殊。唯与故人别,江陵初
谪居。时时一相见,此意未全除。

早 梳 头

夜沐早梳头,窗明秋镜晓。飒然握中发,一沐知一少。年事渐蹉
跎,世缘方缴绕。不学空门法,老病何由了。未得无生心,白头亦
为夭。

出 关 路

山川函谷路,尘土游子颜。萧条去国意,秋风生故关。

别舍弟后月夜

悄悄初别夜一作后，去住两盘桓。行子孤灯店，居人明月轩。平生共贫苦，未必日成欢。及此暂为别，怀抱已忧烦。况是庭叶尽，复思山路寒。如何为不念，马瘦衣裳单。

新丰路逢故人

尘土长路晚，风烟废宫秋。相逢立马语，尽日此桥头。知君不得意，郁郁来西游。惆怅新丰店，何人识马周。

金銮子晬日

行年欲四十，有女曰金銮。生来始周岁，学坐未能言。惭非达者怀，未免俗情怜。从此累身外，徒云慰目前。若无夭折患，则有婚嫁牵。使我归山计，应迟十五年。

青龙寺早夏

尘埃经小雨，地高倚长坡。日西寺门外，景气含清和。闲有老僧立，静无凡客过。残莺意思尽，新叶阴凉多。春去来一作未几日，夏云忽嵯峨。朝朝感时节，年鬓暗蹉跎。胡为恋朝市，不去归烟萝。青山寸步地，自问心如何。

秋题牡丹丛

晚丛白露夕，衰叶凉风朝。红艳久已歇，碧芳今亦销。幽人坐相对，心事共萧条。

劝酒寄元九

蘸叶有朝露，槿枝无宿花。君今亦如此，促促生有涯。既不逐禅僧，林下学楞伽。又不随道士，山中炼丹砂。百年夜分半，一岁春无多。何不饮美酒，胡然自悲嗟。俗号销愁一作忧药，神速无以加。一杯驱世虑，两杯反天和。三杯即酩酊，或笑任狂歌。陶陶复兀兀，吾孰知其他。况在名利途，平生有风波。深心藏陷阱，巧言织网罗。举目非不见，不醉欲如何。

曲江感秋 五年作

沙草新雨地，岸柳凉风枝。三年感秋意一作思，并在曲江池。早蝉已嘹唳，晚荷复离披。前秋去秋思，一一生此时。昔人三十二，秋兴已云悲。我今欲四十，秋怀亦可知。岁月不虚设，此身随日衰。暗老不自觉，直到鬓成丝。

酬张太祝晚秋卧病见寄

高才淹礼寺，短羽翔禁林。西街居处远，北阙官曹深。君病不来访，我忙难往寻。差池终日别，寥落经年心。露湿绿芜地，月寒红树阴。况兹独愁夕，闻彼相思吟。上叹言一作言欢笑阻，下嗟时岁侵。容衰晓一作晚窗镜，思苦秋弦琴。一章锦绣段，八韵琼瑶音。何以报珍重，惭无双南金。

立秋日曲江忆元九

下马柳阴下，独上堤上行。故人千万里，新蝉三两声。城中曲江水，江上江陵城。两地新秋思，应同此日情。

早朝贺雪寄陈山人

长安盈尺雪，早朝贺君喜。将赴银台门，始出新昌里。上堤马蹄滑，中路蜡烛死。十里向北行，寒风吹破耳。待漏午一作五门外，候对三殿里。须鬓冻生冰，衣裳冷如水。忽思仙游谷，暗谢陈居士。暖覆褐裘眠，日高应未起。

初与元九别后忽梦见之及寤而书适至兼寄桐花诗怅然感怀因以此寄 元九初谪江陵

永寿寺中语，新昌坊北分。归来数行泪，悲事不悲君。悠悠蓝田路，自去无消息。计君食宿程，已过商山北。昨夜云四散，千里同月色。晓来梦见君，应是君相忆。梦中握君手，问君意何如。君言苦相忆，无人可寄书。觉来未及说，叩门声冬冬一作咚咚。言是商州使，送君书一封。枕上忽惊起，颠倒著衣裳。开缄见手札，一纸十三行。上论迁谪心，下说离别肠。心肠都未尽，不暇叙炎凉。云作此书夜，夜宿商州东。独对孤灯坐，阳城山馆中。夜深作书毕，山月向西斜。月下一作前何所有，一树紫桐花。桐花半落时，复道正相思。殷勤书背后，兼寄桐花诗。桐花诗八韵，思绪一何深。以我今朝意，忆一作想君此夜心。一章三一作一遍读，一句十回吟。珍重八十字，字字化为金。

和元九悼往 感旧蚊帱作

美人别君去，自去无处寻。旧物零落尽，此情安可任。唯有衬纱幌，尘埃日夜侵。馨香与颜色，不似旧时深。透影灯耿耿，笼光月沉沉。中有孤眠客，秋凉生夜衾。旧宅牡丹院，新坟松柏一作木林。梦中咸阳泪，觉后江陵心。含此隔年恨，发为中夜吟。无论君自感, 闻者欲沾襟。

重到渭上旧居

旧居清渭曲, 开门当蔡渡。十年方一还, 几欲迷归路。追思昔日行, 感伤故游处。插柳作高林, 种桃成老树。因惊成人者, 尽是旧童孺。试问旧老人, 半为绕村墓。浮生同过客, 前后递来去。白日如弄珠, 出没—作入光不住。人物日改变, 举目悲所遇。回念念我身, 安得不衰暮。朱颜销不歇, 白发生无数。唯有山门外, 三峰色如故。

白　发

白发知时节, 暗与我有期。今朝日阳里, 梳落数茎丝。家人不惯见, 悯默为我悲。我云何足怪, 此意尔不知。凡人年三十, 外壮中已衰。但思寝食味, 已减二十时。况我今—作年四十, 本来形貌羸。书魔昏两眼, 酒病沉四肢。亲爱日零落, 在者仍别离。身心久如此, 白发生已迟。由来生老死, 三病长相随。除却念无生, 人间无药治。

秋　日

池残寥落水, 窗下悠扬日。袅袅秋风多, 槐花半成实。下有独立人, 年来四十一。

将之饶州江浦夜泊

明月满深浦, 愁人卧孤—作独卧舟。烦冤寝不得, 夏夜长于秋。苦乏衣食资, 远为江海游。光阴坐迟暮, 乡国行阻修。身病向鄱阳, 家贫寄徐州。前事与后事, 岂堪心并忧。忧来起长望, 但见江水流。云树霭苍苍,烟波澹悠悠。故园迷处所,一念一作望堪白头。

思　归 时初为校书郎

养无晨昏膳,隐无伏腊资。遂求及亲禄,黾勉来京师。薄俸未及亲,别家已经时。冬积温席恋,春违采兰期。夏至一阴生,稍稍夕漏迟。块然抱愁者,长夜独先知。悠悠乡关路,梦去身不随。坐惜时节变,蝉鸣槐花枝。

冀城北原作

野色何莽苍去声,秋声亦萧疏。风吹黄埃起,落日驱征车。何代此开国,封疆百里馀。古今不相待,朝市无常居。昔人城邑中,今变为丘墟。昔人墓田中,今化为里闾。废兴相催迫,日月互居诸。世变无遗风,焉能知其初。行人千载后,怀古空踟蹰。

客路感秋寄明准上人

日暮天地冷,雨霁山河清。长风从西来,草木凝秋声。已感岁倏忽,复伤物凋零。孰能不惨凄,天时牵人情。借问空门子,何法易修行。使我忘得心,不教烦恼生。

游襄阳怀孟浩然

楚山碧岩岩,汉水碧汤汤。秀气结成象,孟氏之文章。今我讽遗文,思人至其乡。清风无人继,日暮空襄阳。南望鹿门山,蔼若有馀芳。旧隐不知处,云深树苍苍。

秋暮西归途中书情

耿耿旅灯下,愁多常少眠。思乡贵早发,发在鸡鸣前。九月草木落，平芜连远山。秋阴和曙色，万木苍苍然。去秋偶东游，今秋始西旋。马瘦衣裳破，别家来二年。忆归复愁归，归无一囊钱。心虽非兰膏，安得不自然。

秋　怀

月出照北堂，光华满阶墀。凉风从西至，草木日夜衰。桐柳减绿阴，蕙兰消碧滋。感物私自念，我心亦如之。安得长少壮，盛衰迫天时。人生如石火，为乐长苦迟。

别杨颖士卢克柔殷尧藩

倦鸟暮归林，浮云晴归山。独有行路子，悠悠不知还。人生苦营营，终日群动间。所务虽不同，同归于不闲。扁舟来楚乡，匹马往秦关。离忧绕心曲，宛转如循环。且持一杯酒，聊以开愁颜。

题赠定光上人

二十身出家，四十心离尘。得径入大道，乘此不退轮。一坐十五年，林下秋复春。春花与秋气，不感无情人。我来如有悟，潜以心照身。误落闻见中，忧喜伤形神。安得遗耳目，冥然反天真。

祗役骆口驿喜萧侍御书至兼睹新诗吟讽通宵因寄八韵 时为盩厔尉

日暮心无憀，吏役正营营。忽惊芳信至，复与新诗并。是时天无云，山馆有月明。月下读数遍，风前吟一声。一吟三四叹，声尽有馀清。雅哉君子文，咏性不咏情。使我灵府中，鄙吝不得生。始知听韶濩，可使心和平。

酬李少府曹长官舍见赠

低腰复敛手,心体不遑安。一落风尘下,方一作始知为吏难。公事
与日长上声,宦情随岁阑。惆怅青袍袖,芸香无半残。赖有李夫子,
此怀聊自宽。两心如止水,彼此无波澜。往往簿书暇,相劝强为
欢。白马晚蹋雪,渌醑春暖寒。恋月夜同宿,爱山晴共看。野性自
相近,不是为同官。

留　别

秋凉卷朝簟,春暖撤夜衾。虽是无情物,欲别尚沉吟。况与有情
别,别随情浅深。二年欢笑意,一旦东西心。独留诚可念,同行力
不任。前事讵能料,后期谅难寻。唯有潺湲泪,不惜共沾襟。

晓　别

晓鼓声已半,离筵坐难久。请君断肠歌,送我和泪酒。月落欲明
前,马嘶初别后。浩浩暗尘中,何由见回首。

北　园

北园东风起,杂花次第开。心知须臾落,一日三四来。花下岂无
酒,欲酌复迟回。所思眇千里,谁劝我一杯。

惜牡李花

花细而繁,色艳而黯,亦花中之有思者。速衰易落,故惜之耳。

树小花鲜妍,香繁条软弱。高低二三尺,重叠千万萼。朝艳蔼霏
霏,夕凋纷漠漠。辞枝朱粉细,覆地红绡薄。由来好颜色,常苦易
销铄。不见莨荡花,狂风吹不落。

照　镜

皎皎青铜镜,斑斑白丝鬓。岂复更藏年,实年君不信。

新　秋

西风飘—作吹一叶,庭前飒已凉。风池明月水,衰莲白露房。其奈江南夜,绵绵自此长。

夜　雨

早蛩啼复歇,残灯灭又明。隔窗知夜雨,芭蕉先有声。

秋江送客

秋鸿次第过,哀猿朝夕闻。是日孤舟客,此地亦离群。濛濛润衣雨,漠漠冒帆云。不醉浔阳酒,烟波愁杀人。

感逝寄远

寄通州元侍御、果州崔员外、澧州李舍人、凤州李郎中。

昨日闻甲死,今朝闻乙死。知识三分中,二分化为鬼。逝者不复见,悲哉长已矣。存者今如何,去我皆万里。平生知心者,屈指能有几。通果澧凤州,眇然四君子。相思俱老大,浮世如流水。应叹旧交游,凋零日如此。何当一杯酒,开眼笑相视。

秋　月

夜初色苍然,夜深光浩然。稍转西廊下,渐满南窗前。况是绿芜地,复兹清露天。落叶声策策,惊鸟—作乌影翩翩。栖禽尚不稳,愁人安可眠。

全唐诗卷四三三

白居易

朱 陈 村

徐州古丰县，有村曰朱陈。去县百馀里，桑麻青氛氲。机梭声札札，牛驴走纭纭。女汲涧中水，男采山上薪。县远官事少，山深人俗淳。有财不行商，有丁不入军。家家守村业，头白不出门。生为村之一作陈村民，死为村之一作陈村尘。田中老与幼，相见何欣欣。一村唯两姓，世世为婚姻。其村唯朱陈二姓而已。亲疏居有族，少长游有群。黄鸡与白酒，欢会不隔旬。生者不远别，嫁娶先近邻。死者不远葬，坟墓多绕村。既安生与死，不苦形与神。所以多寿考，往往见玄孙。我生礼义乡，少小孤且贫。徒学辨是非，只自取辛勤。世法贵名教，士人重冠一作官婚。以此自桎梏，信为大谬人。十岁解读书，十五能属文。二十举秀才，三十为谏臣。下有妻子累，上有君亲恩。承家与事国，望此不肖身。忆昨旅游初，迨今十五春。孤舟三适楚，羸马四经秦。昼行有饥色，夜寝无安魂。东西不暂住，来往若浮云。离乱失故乡，骨肉多散分。江南与江北，各有平生亲。平生终日别，逝者隔年闻。朝忧卧至暮，夕哭坐达晨。悲火烧心曲，愁霜侵鬓根。一生苦如此，长羡村中一作陈村民。

读邓鲂诗

尘架多文集,偶取一卷披。未及看姓名,疑是陶潜诗。看名知是君,恻恻令我悲。诗人多蹇厄,近日诚有之。京兆杜子美,犹得一拾遗。襄阳孟浩然,亦闻鬓成丝。嗟君两不如,三十在布衣。擢第禄不及,新婚妻未归。少年无疾患,溘死于路歧。天不与爵寿,唯与好文词。此理勿复道,巧历不能推。

寄元九 自此后在渭村作

晨鸡才发声,夕雀俄敛翼。昼夜往复来,疾如出入息。非徒改年貌,渐觉无心力。自念因念君,俱为老所逼。君年虽校少,憔悴谪南国。三年不放归,炎瘴消颜色。山无杀草霜,水有含沙蜮。健否远不知,书多隔年得。愿君少愁苦,我亦加餐食。各保金石躯,以慰长相忆。

秋　夕

叶声落如雨,月色白似霜。夜深方独卧,谁为拂尘床。

夜　雨

我有所念人,隔在远远乡。我有所感事,结在深深肠。乡远去不得,无日不瞻望。肠深解不得,无夕不思量。况此残灯夜,独宿在空堂。秋天殊未晓,风雨正苍苍。不学头陀法,前心安可忘。

秋　霁

金火一作木不相待,炎凉雨中变。林晴有残蝉,巢冷无留燕。沉吟卷长簟,怆恻收团扇。向夕稍无泥,闲步青苔院。月出砧杵动,家家捣秋练。独对多病妻，不能理针线。冬衣殊未制，夏服行将绽。
何以迎早秋，一杯聊自劝。

叹 老 三 首

晨兴照青镜，形影两寂寞。少年辞我去，白发随梳落。万化成于
渐，渐衰看不觉。但恐镜中颜，今朝老于昨。人年少满百，不得长
欢乐。谁会天地心，千龄与龟鹤。吾闻善医者，今古称扁鹊。万病
皆可治，唯无治老药。

我有一握发，梳理何稠直。昔似玄云光，今如素丝色。匣中有旧
镜，欲照先叹息。自从头白来，不欲明磨拭。鸦头与鹤颈，至老常
如墨。独有人鬓毛，不得终身黑。

前年种桃核，今岁成花树。去岁新婴儿，今年已学步。但惊物长
成，不觉身衰暮。去矣欲何如，少年留不住。因书今日意，遍寄诸
亲故。壮岁不欢娱，长年当悔悟。

送兄弟回雪夜

日晦云气黄，东北风切切。时从村南还，新与兄弟别。离襟泪犹
湿，回马嘶未歇。欲归一室坐，天阴多无月。夜长火消尽，岁暮雨
凝结。寂寞满炉灰，飘零上阶雪。对雪画寒灰，残灯明复灭。灰死
如我心，雪白如我发。所遇皆如此，顷刻堪愁绝。回念入坐忘，转
忧作禅悦。平生洗心法，正为今宵设。

溪 中 早 春

南山雪未尽，阴岭留残白。西涧冰已消，春溜含新碧。东风来几
日，蛰动萌草坼。潜知阳和功，一日不虚掷。爱此天气暖，来拂溪
边石。一坐欲忘归，暮禽声唧唧。蓬蒿隔桑枣，隐映烟火夕。归来

问夜餐,家人烹荠麦。

同友人寻涧花

闻有涧底花,贳得村中酒。与君来校迟,已逢摇落后。临觞有遗恨,怅望空溪口。记取花发时,期君重携手。我生日日老,春色年年有。且作来岁期,不知身健否。

登村东古冢

高低古时冢,上有牛羊道。独立最高头,悠哉此怀抱。回头向村望,但见荒田草。村人不爱花,多种栗与枣。自来此村住,不觉风光好。花少莺亦稀,年年春暗老。

梦裴相公

五年生死隔,一夕魂梦通。梦中如往日,同直金銮宫。仿佛金紫色,分明冰玉容。勤勤相眷意,亦与平生同。既寤知是梦,悯然情未终。追想当时事,何殊昨夜中。自我学心法,万缘成一空。今朝为君子,流涕一沾胸。

昼　寝

坐整白单衣,起穿黄草履。朝餐盥漱毕,徐下阶前步。暑风微变候,昼刻渐加数。院静地阴阴,鸟鸣新叶树。独行还独卧,夏景殊未暮。不作午时眠,日长安可度。

别行简 时行简辟卢坦剑南东川府

漠漠病眼花,星星愁鬓雪。筋骸已衰瘵,形影仍分诀。梓州二千里,剑门五六月。岂是远行时,火云烧栈热。何言巾上泪,乃是肠中血。念此早归来,莫作经年别。

观 儿 戏

髫龀七八岁,绮纨三四儿。弄尘复斗草,尽日乐嬉嬉。堂上长年客,鬓间新有丝。一看竹马戏,每忆童骏时。童骏饶戏乐,老大多忧悲。静念彼与此,不知谁是痴。

叹 常 生

西村常氏子,卧疾不须臾。前旬犹访我,今日忽云殂。时我病多暇,与之同野居。园林青蔼蔼,相去数里馀。村邻无好客,所遇唯农夫。之子何如者,往还犹胜无。于今亦已矣,可为一长吁。

寄 元 九

一病经四年,亲朋书信断。穷通合一作各易交,自笑知何晚。元君在荆楚,去日唯一作虽云远。彼独是一作似何人,心如石不转。忧我贫病身,书来唯劝勉。上言少愁苦,下道加餐饭。怜君为谪吏,穷薄家贫褊。三寄衣食资,数盈二十万。岂是贪衣食,感君心缱绻。念我口中食,分君身上暖。不因身病久,不因命多蹇。平生亲友心,岂得知深浅。

以 镜 赠 别

人言似明月,我道胜明月。明月非不明,一年十二缺。岂如玉匣里,如水常澄一作清澈。月破天暗时,圆明独不歇。我惭貌丑老,绕鬓斑斑雪。不如赠少年,回照青丝发。因君千里去,持此将为别。

城上对月期友人不至

古人惜昼短，劝令秉烛游。况此迢迢夜，明月满西楼。复有盈尊一作尊中酒，置在城上头。期君君不至，人月两悠悠。照水烟波白，照人肌发秋。清光正如此，不醉即须愁。

念金銮子二首

衰病四十身，娇痴三岁女。非男犹胜无，慰情时一抚。一朝舍我去，魂影无处所。况念夭札一作化时，呕哑初学语。始知骨肉爱，乃是忧悲聚。唯思未有前，以理遣伤苦。忘怀日已久，三度移寒暑。今日一伤心，因逢旧乳母。

与尔为父了，八十有六旬。忽然又不见，迩来三四春。形质本非实，气聚偶成身。恩爱元是妄，缘合暂为亲。念兹庶有悟，聊用遣悲辛。暂一作渐将理自夺，不是忘情人。

对　酒

人生一百岁，通计三万日。何况百岁人，人间百无一。贤愚共零落，贵贱同埋没。东岱前后魂，北邙新旧骨。复闻药误者，为爱延年术。又有忧死者，为贪政事笔。药误不得老，忧死非因疾。谁言人最灵，知得不知失。何如会亲友，饮此杯中物。能沃烦虑消，能陶真性出。所以刘阮辈，终年醉兀兀。

渭村雨归

渭水寒渐落，离离蒲稗苗。闲傍沙边立，看人刈苇苕。近水风景冷，晴明犹寂寥。复兹夕阴起，野色重萧条。萧条独归路，暮雨湿村桥。

谕　怀

黑头日已白，白面日已黑。人生未死间，变化何终极。常言在己者，莫若形与色。一朝改变来，止遏不能得。况彼身外事，悠悠通与塞。

喜友至留宿

村中少宾客，柴门多不开。忽闻车马至，云是故人来。况值风雨夕，愁心正悠哉。愿君且同宿，尽此手中杯。人生开口笑，百年都几回。

西原晚望

花菊引闲行一作步，行上西原路。原上晚无人，因高聊四顾。南阡有烟火，北陌连墟墓。村邻何萧疏，近者犹百步。吾庐在其下，寂寞风日暮。门外转枯蓬，篱根伏寒兔。故园汴水上，离乱不堪去。近岁始移家，飘然此村住。新屋五六间，古槐八九树。便是衰病身，此生终老处。

感　镜

美人与我别，留镜在匣中。自从花颜去，秋水无芙蓉。经年不开匣，红埃覆青铜。今朝一拂拭，自照一作顾憔悴容。照罢重惆怅，背有双盘龙。

村居卧病三首

戚戚抱羸病，悠悠度朝暮。夏木才结阴，秋兰已含露。前日巢中卵，化作雏飞去。昨日穴中虫，蜕为蝉上树。四时未尝歇，一物不暂住。唯有病客心,沉然独如故。

新秋久病容,起步村南道。尽日不逢人,虫声遍荒草。西风吹白露,野绿秋仍早。草木犹未伤,先伤我怀抱。朱颜与玄鬓,强健几时好。况为忧病侵,不得依年老。

种黍三十亩,雨来苗渐大。种薤二十畦,秋来欲堪刈。望黍作冬酒,留薤为春菜。荒村百物无,待此养衰瘵。葺庐备阴雨,补褐防寒岁。病身知几时,且作明年计。

沐　浴

经年不沐浴,尘垢满肌肤。今朝一澡濯,衰瘦颇有馀。老色头鬓白,病形支体虚。衣宽有剩带,发少不胜梳。自问今年几,春秋四十初。四十已如此,七十复何知。

栽　松　二　首

小松未盈尺,心爱手自移。苍然涧底色,云湿烟霏霏。栽植我年晚,长成君性迟。如何过四十,种此数寸枝。得见成阴否,人生七十稀。

爱君抱晚节,怜君含直文。欲得朝朝见,阶前故种君。知君死则已,不死会凌云。

病中友人相访

卧久不记日,南窗昏复昏。萧条草檐下,寒雀朝夕闻。强扶床前杖,起向庭中行。偶逢故人至,便当一逢迎。移榻就斜日,披裘倚前楹。闲谈胜服药,稍觉有心情。

自觉二首

四十未为老，忧伤早衰恶。前岁二毛生，今年一齿落。形骸日损耗，心事同萧索。夜寝与朝餐，其间味亦薄。同岁崔舍人，容光方灼灼。始知年与貌，衰盛随忧乐。畏老老转迫一作逼，忧病病弥缚。不畏复不忧，是除老病药。

朝哭心所爱，暮哭心所亲。亲爱零落尽，安用身独存。几许平生欢，无限骨肉恩。结为肠间痛，聚作鼻头辛。悲来四支缓，泣尽双眸昏。所以年四十，心如七十人。我闻浮屠教，中有解脱门。置心为止水，视身如浮云。斗擞垢秽衣，度脱生死轮。胡为恋此苦，不去犹逡巡。回念发弘愿，愿此见在身。但受过去报，不结将来因。誓以智慧水，永洗烦恼尘。不将恩爱子，更种悲忧根。

夜雨有念

以道治心气，终岁得晏然。何乃戚戚意，忽来风雨天。既非慕荣显，又不恤饥寒。胡为悄不乐，抱膝残灯前。形影暗相问，心默对以言。骨肉能几人，各在天一端。吾兄寄宿州，吾弟客东川。南北五千里，吾身在中间。欲去病未能，欲住心不安。有如波上舟，此缚而彼牵。自我向道来，于今六七年。炼成不二性，消尽千万缘。唯有恩爱火，往往犹熬煎。岂是药无效，病多难尽蠲。

寄杨六 杨摄万年县尉，余为赞善大夫。

青宫官冷静，赤县事繁剧。一闲复一忙，动作经时隔。清觞久废酌，白日顿虚掷。念此忽踟蹰，悄然心不适。岂无旧交结，久别或迁易。亦有新往还，相见多形迹。唯君于我分，坚久如金石。何况老大来，人情重姻一作婚戚。会稀岁月急，此事真可惜。几回开口笑，便到髭须白。公门苦鞅掌，尽一作昼日无闲隙。犹冀乘暝来，静言同一夕。

送　春

三月三十日，春归日复暮。惆怅问春风，明朝应不住。送春曲江上，眷眷东西顾。但见扑水花，纷纷不知数。人生似行客，两足无停步。日日进前程，前程几多路。兵刀与水火，尽可违之去。唯有老到来，人间无避处。感时良为已，独倚池南树。今日送春心，心如别亲故。

哭　李　三

去年渭水曲，秋时访我来。今年常乐里，春日哭君回。哭君仰问天，天意安在哉。若必夺其寿，何如不与才。落然身后事，妻病女婴孩。

别李十一后重寄 自此后诗江州路上作

秋日正萧条，驱车出蓬荜。回望青门道，目极心郁郁。岂独恋乡土，非关慕簪绂。所恀别李君，平生同道术。俱承金马诏，联秉谏臣笔。共上青云梯，中途一相失。江湖我方往，朝廷君不出。蕙带与华簪，相逢是何日。

初出蓝田路作

停骖问前路，路在一作指秋云里。苍苍县南道一作山，去一作险途从此始。绝顶忽上盘一作盘上，众山皆下视。下视千万峰，峰头如浪起。朝经韩公坡，夕次蓝桥水。浔阳近一作仅四千，始行七十里。人烦马蹄跙，劳苦已一作又如此。

仙娥峰下作

我为东南行,始登商山道。商山无数峰,最爱仙娥好。参差_{一作差}参树若插,匼匝云如抱。渴望寒玉泉,香闻紫芝草。青崖屏削碧,白石床铺缟。向无如此物,安足留四皓。感彼私自问,归山何不早。可能尘土中,还随众人老。

微 雨 夜 行

漠漠秋云起,稍稍_{一作悄悄}夜寒生。但_{一作自}觉衣裳湿,无点亦无声。

再到襄阳访问旧居

昔到襄阳日,髯髯_{一作冉冉}初有髭。今过襄阳日,髭鬓半成丝。旧游都是_{一作似梦},乍到忽如归。东郭蓬蒿宅,荒凉今属谁。故知多零落,闾井亦迁移。独有秋江水,烟波似旧时。

寄微之三首

江州望通州,天涯与地末。有山万丈高,有江千里阔。间之以云雾,飞鸟不可越。谁知千古险,为我二人设。通州君初到,郁郁愁如结。江州我方去,迢迢行未歇。道路日乖隔,音信日断绝。因风欲寄语,地远声不彻。生当复相逢,死当从此别。

君游襄阳日,我在长安住。今君在通州,我过襄阳去。襄阳九里郭,楼堞连云树。顾此稍依依,是君旧游处。苍茫兼葭水,中有浔阳路。此去更相思,江西少亲故。

去国日已远,喜_{一作稀}逢物似人。如何含此意,江上坐思君。有如河岳气,相合方氤氲。狂风吹中绝,两处成孤云。风回终有时,云合岂无因。努力各自爱,穷通我尔身。

舟 中 雨 夜

江云暗悠悠,江风冷修修。夜雨滴船背,风一作夜浪打船头。船中有病客,左降向江州。

夜闻歌者 宿鄂州

夜泊鹦鹉洲,江月秋一作秋江月澄澈。邻船有歌者,发词堪愁绝。歌罢继以泣,泣声通复咽。寻声见其人,有妇颜如雪。独倚帆樯立,娉婷十七八。夜泪如真珠,双双堕明月。借问谁家妇,歌泣何凄切。一问一沾襟一作巾,低眉终一作竟不说。

江楼闻砧 江州作

江人授衣晚,十月始闻砧。一夕高楼月,万里故园心。

宿 东 林 寺

经窗灯焰短,僧炉火气深。索落庐山夜,风雪宿东林。

忆洛下故园 时淮汝寇戎未灭

浔阳迁谪地,洛阳离乱年。烟尘三川上,炎瘴九江边。乡心坐如此,秋风仍飒然。

赠 别 崔 五

朝送南去客,暮迎北来宾。执云当大路,少遇心所亲。劳者念息肩,热者思濯身。何如愁独一作独愁日,忽见平生人。平生已不浅,是日重殷勤。问从何处来,及此江亭春。江天春多阴,夜月隔重云。移尊树间饮,灯照花纷纷。一会不易得,馀事何足云。明旦又分手,今夕且欢忻。

春晚寄微之

三月江水阔,悠悠桃花波。年芳与心事,此地共蹉跎。南国方遣谪,中原正兵戈。眼前故人少,头上白发多。通州更迢递,春尽复如何。

渐 老

今朝复明日,不觉年齿暮。白发逐梳落,朱颜辞镜去。当春颇愁寂,对酒寡欢趣。遇境多怆辛,逢人益敦故。形质属天地,推迁从不住。所怪少年心,销磨落何处。

送 幼 史

淮右寇未散,江西岁再徂。故里干戈地,行人风雪途。此时与尔别,江畔立踟蹰。

夜 雪

已讶衾枕冷,复见窗户明。夜深知雪重,时闻折竹声。

寄 行 简

郁郁眉多敛,默默口寡言。岂是愿如此,举目谁与欢。去春尔西征,从事巴蜀间。今春我南谪,抱疾江海壖。相去六千里,地绝天邈然。十书九不达,何以开忧颜。渴人多梦饮,饥人多梦餐。春来梦何处,合眼到东川。

首　夏

孟夏百物滋，动植一时好。麋鹿乐深林，虫蛇喜丰草。翔禽爱密叶，游鳞悦新藻。天和遗漏处，而我独枯槁。一身在天末，骨肉皆远道。旧国无来人，寇戎尘浩浩。沉忧竟何益，只自劳怀抱。不如放身心，冥然任天造。浔阳多美酒，可使杯不燥。溢鱼贱如泥，烹炙无昏早。朝饭山下寺，暮醉湖中岛。何必归故乡，兹焉可终老。

孟夏思渭村旧居寄舍弟

啧啧雀引雏，稍稍笋成竹。时物感人情，忆我故乡曲。故园渭水上，十载事樵牧。手种榆柳成，阴阴覆墙屋。兔隐豆苗肥一作大，鸟鸣桑椹熟。前年当此时，与尔同游瞩。诗书课弟侄，农圃资童仆。日暮麦登场，天晴蚕坼簇。弄泉南涧坐，待月东亭宿。兴发饮数杯，闷来棋一局。一朝忽分散，万里仍羁束。井鲋思反泉，笼莺悔出谷。九江地卑湿，四月天炎燠。苦雨初入梅，瘴云稍含毒。泥秧水畦稻，灰种畲田粟。已讶殊岁时，仍嗟异风俗。闲登郡楼望，日落江山绿。归雁拂乡心，平湖断人目。殊方我漂泊，旧里君幽独。何时同一瓢，饮水心亦足。

早　蝉

六月初七日，江头蝉始鸣。石楠深叶里，薄暮两三声。一催衰鬓色，再动故园情。西风殊未起，秋思先秋生。忆昔在东掖，宫槐花下听。今朝无限思，云树绕滋城。

感　情

中庭晒服玩，忽见故乡履。昔赠我者谁，东邻婵娟子。因思赠时语,特用结终始。永愿如履綦,双行复双止。自吾谪江郡,漂荡三千里。为感长情人,提携同到此。今朝一惆怅,反覆看未已。人只履犹双,何曾得相似。可嗟复可惜,锦表绣为里。况经梅雨来,色黯花草死。

南 湖 晚 秋

八月白露降,湖中水方一作芳老。旦夕秋风多,衰荷半倾倒。手攀青枫树,足蹋黄芦草。惨澹老容颜,冷一作零落秋怀抱。有兄在淮楚,有弟在蜀道。万里何时来,烟波白浩浩。

郡厅有树晚荣早凋人不识名因题其上

浔阳郡厅后,有树不知名。秋先梧桐落,春后桃李荣。五月始萌动,八月已凋零。左右皆松桂,四时郁青青。岂量雨露恩,沾濡不均平。荣枯各有分,天地本无情。顾我亦相类,早衰向晚成。形骸少多病,三十不丰盈。毛鬓早改变,四十白髭生。谁教两萧索,相对此江城。

感秋怀微之

叶下湖又波,秋风此时至。谁知濩落心,先纳萧条气。推移感流岁,漂泊思同志。昔为烟霄一作霞侣,今作泥涂吏。白鸥毛羽弱,青凤文章异。各闭一作闲一笼中,岁晚同憔悴。

因沐感发寄朗上人二首

年长身转慵,百事一作年无所欲。乃至头上发,经年方一沐。沐稀发苦落,一沐仍半秃。短鬓经霜蓬,老面辞春木。强年过犹近,衰相来何速。应是烦恼多,心焦血不足。

渐少不满把,渐短不盈尺。况兹短少中,日夜落复白。既无神仙术,何除老死籍。只有解脱门,能度衰苦厄。掩镜望东寺,降心谢禅客。衰白何足言,剃落犹不惜。

早　蝉

月出先照山,风生先动水。亦如早蝉声,先入闲人耳。一闻愁意结,再听乡心起。渭上新一作村蝉声,先听浑相似。衡门有谁听,日暮槐花里。

苦 热 喜 凉

经时苦炎暑一作热,心体但烦倦。白日一何长,清秋不可见。岁功成者去,天数极则变。潜知寒燠间,迁次如乘传。火云忽朝敛,金风俄夕扇。枕簟遂清凉,筋骸稍轻健。因思望月侣,好卜迎秋宴。竟夜无客来,引杯还自劝。

早秋晚望兼呈韦侍郎 一作御

九派绕孤城,城高生远思。人烟半在船,野水多于地。穿霞日脚直,驱雁风头利。去国来几时,江上秋三至。夫君亦沦落,此地同飘寄。悯默向隅心,摧颓触笼翅。且谋眼前计,莫问胸中事。浔阳酒甚浓,相劝时时醉。

司 马 宅

雨径绿芜合,霜园红叶多。萧条司马宅,门巷无人过。唯对大江水,秋风朝夕波。

司马厅独宿

荒凉满庭草,偃亚侵檐竹。府吏下厅帘,家僮开被襆。数声城上
漏,一点窗间一作前烛。官曹冷似冰,谁肯来同宿。

梦与李七庾三十三同访元九

夜梦归长安,见我故亲友。损之在我左,顺之在我右。云是二月
天,春风出携手。同过靖安里,下马寻元九。元九正独坐,见我笑
开口。还指西院花,仍开北亭酒。如言各有故,似惜欢难久。神合
俄顷间,神离欠伸后。觉来疑在侧,求索无所有。残灯影闪墙,斜
月光穿牖。天明西北望,万里君知否。老去无见期,踟蹰搔白首。

秋 槿

风露飒已冷,天色亦黄昏。中庭有槿花,荣落同一晨。秋开已寂
寞,夕陨何纷纷。正怜少颜色,复叹不逡巡。感此因念彼,怀哉聊
一陈。男儿老富贵,女子晚婚姻。头白始得志,色衰方事人。后时
不获已,安得如青春。

答元郎中杨员外喜乌见寄 四十四字成

南宫鸳鸯地,何忽乌来止。故人锦帐郎,闻乌笑相视。疑乌报消
息,望我归乡里。我归应待乌头白,惭愧元郎误欢喜。

全唐诗卷四三四

白居易

初入峡有感

上有万仞山,下有千丈水。苍苍两岸间,阔狭容一苇。瞿唐呀直泻,滟滪屹中峙。未夜黑岩昏,无风白浪起。大石如刀剑,小石如牙齿。一步不可行,况千三百里。自峡州至忠州,滩险相继,凡一千三百里。荮箬竹蒇筊音念,欹危楫师趾。一跌无完舟,吾生系于此。常闻仗忠信,蛮貊可行矣。自古漂沉一作流人,岂尽非君子。况吾时与命,蹇舛不足恃。常恐不才身,复作无名死。

过昭君村 村在归州东北四十里

灵珠产无种,彩云出无根。亦如彼姝子,生此遐陋村。至丽物难掩,遽选入君门。独美众所嫉,终弃出一作於塞垣。唯此希代色,岂无一顾恩。事排势须去,不得由至尊。白黑既可变,丹青何足论。竟埋代北骨,不返巴东魂。惨澹晚云水,依稀旧乡园。妍姿化已久,但有村名存。村中有遗老,指点为我言。不取往者戒,恐贻来者冤。至今村女面,烧灼成瘢痕。

自江州至忠州

前在浔阳日,已叹宾朋寡。忽忽抱忧怀,出门无处写。今来转深僻,穷峡巅山下。五月断行舟,滟堆正如马。巴人类猿狖,矍铄满山野。敢望见交亲,喜逢似人者。

初到忠州登东楼寄万州杨八使君

山束邑居窄,峡牵气候偏。林峦少平地,雾雨多阴天。隐隐煮盐火,漠漠烧畬烟。赖此东楼夕,风月时脩然。凭轩望所思,目断心涓涓。背春有去雁,上水无来船。我怀巴东守,本是关西贤。平生已不浅,流落重相怜。水梗漂万里,笼禽囚五年。新恩同雨露,远郡邻山川。书信虽往复,封疆徒接连。其如美人面,欲见杳无缘。

郡　　中

乡路音信断,山城日月迟。欲知州近远,阶前摘荔枝。

西楼夜 一作月

悄悄复悄悄,城隅隐林杪。山郭灯火稀,峡天星汉少。年光东流水,生计南枝鸟。月没江一作光沉沉,西楼殊未晓。

东　楼　晓

脉脉复脉脉,东楼无宿客。城暗云雾多,峡深田地窄。宵灯尚留焰,晨禽初展翮。欲知山高低,不见东方白。

寄 王 质 夫

忆始识君时,爱君世缘薄。我亦吏王畿,不为名利著。春寻仙游洞,秋上云居阁。楼观水潺潺,龙潭花漠漠。吟诗石上坐,引酒泉边酌。因话出处心,心期老岩壑。忽从风雨别,遂被簪缨缚。君作出山云,我为入笼鹤。笼深鹤残一作憔悴,山远云飘泊。去处虽不同,同负平生约。今来各何在,老去随所托。我守巴南城,君佐征西幕。年颜渐衰飒,生计仍萧索。方含去国愁,且羡从军乐。旧游疑是梦,往事思如昨。相忆春又深,故山花正落。

南宾郡斋即事寄杨万州

山上巴子城,山下巴江水。中有穷独人,强名为刺史。时时窃自哂,刺史岂如是。仓粟喂家人,黄缣裹妻子。忠州刺史以下,悉以畬田给禄食,以黄绢支给充俸。莓苔翳冠带,雾雨霾楼雉。衙鼓暮复朝,郡斋卧还起。回头一作首望南浦,亦在烟波里。而我复何嗟,夫君犹滞此。

招　萧　处　士

峡内岂无人,所逢非所思。门前亦有客,相对不相知。仰望但云树,俯顾惟妻儿。寝食起居外,端然无所为。东郊萧处士,聊可与开眉。能饮满杯酒,善吟长句诗。庭前吏散后,江畔路乾时。请君携竹杖,一赴郡斋期。

庭　槐

南方饶竹树,唯有青槐稀。十种七八死,纵活亦支离。何此郡庭下,一株独华滋。蒙蒙碧烟叶,袅袅黄花枝。我家渭水上,此树荫前墀。忽向天涯见,忆在故园时。人生有情感,遇物牵所思。树木犹复尔,况见旧亲知。

送客回晚兴

城上云雾开,沙头风浪定。参差乱山出,澹泞平江净。行客舟已
远,居人酒初醒。袅袅秋竹梢,巴蝉声似磬。

东 楼 竹

潇洒城东楼,绕楼多修竹。森然一万竿,白粉封青玉。卷帘睡初
觉,欹枕看未足。影转色入楼,床席生浮绿。空城绝宾客,向夕弥
幽独。楼上夜不归,此君留我宿。

九日登巴台

黍香酒初熟,菊暖花未开。闲听竹枝曲,浅酌茱萸杯。去年重阳
日,漂泊溢城隈。今岁重阳日,萧条巴子台。旅鬓寻已白,乡书久
不来。临觞一搔首,座客亦裴回。

东 城 寻 春

老色日上面,欢情日去心。今既不如昔,后当不如今。今犹未甚
衰,每事力可任。花时仍爱出,酒后尚能吟。但恐如此兴,亦随日
销沉。东城春欲老,勉强一来寻。

江 上 送 客

江花已萎绝,江草已消歇。远客何处归,孤舟今日发。杜鹃声似
哭,湘竹斑如血。共是多感人,仍为此中别。

桐 花

春令有常候,清明桐始发。何此巴峡中,桐花开十月。岂伊物理

变，信是土宜别。地气反寒暄，天时倒生杀。草木坚强物，所禀固难夺。风候一参差，荣枯遂乖剌。况吾北人性，不耐南方热。强羸寿夭间，安得依时节。

早祭风伯因怀李十一舍人

远郡虽褊陋，时祀奉朝经。夙兴祭风伯，天气晓冥冥。导骑与从吏，引我出东垌。水雾重如雨，山火高于星。忽忆早朝日，与君趋紫庭。步登龙尾道，却望终南青。一别身向老，所思心未宁。至今想在耳，玉音尚玲玲。

花下对酒二首

蔼蔼江气春，南宾闰正月。梅樱与桃杏，次第城上发。红房烂簇火，素艳纷团一作粉围雪。香惜委风飘，愁牵压枝折。楼中老太守，头上新白发。冷澹病心情，暄和好时节。故园音信断，远郡亲宾绝。欲问花前尊，依然为谁设。

引手攀红樱，红樱落似霰。仰首看白日，白日走一作委如箭。年芳与时景，顷刻犹衰变。况是血肉身，安能长强健。人心苦迷执，慕贵忧贫贱。愁色常在眉，欢容不上面。况吾头半白，把镜非不见。何必花下杯，更待他人劝。

不 二 门

两眼日将暗，四肢渐衰瘦。束带剩昔围，穿衣妨去声宽袖。流年似江水，奔注无昏昼。志气与形骸，安得长依旧。亦曾登玉陛，举措多纰缪。至今金阙籍，名姓独遗漏。亦曾烧大药，消息乖火候。至今残丹砂，烧乾不成就。行藏事两失，忧恼心交斗。化作憔悴翁，抛身在荒陋。坐看老病逼，须得医王救。唯有不二门，其间无夭寿。

我　身

我身何所似,似彼孤生蓬。秋霜剪根断,浩浩随长风。昔游—作于秦雍间,今落巴蛮中。昔为意气郎,今作寂寥—作寞翁。外貌虽寂寞,中怀颇冲融。赋命有厚薄,委心任穷通。通当为大鹏,举翅摩苍穹。穷则为鹪鹩,一枝足自容。苟知此道者,身穷心不穷。

哭　王　质　夫

仙游寺前别,别来十年馀。生别犹怏怏,死别复何如。客从梓潼来,道君死不虚。惊疑心未信,欲哭复踟蹰。踟蹰寝门侧,声发涕—作泪亦俱。衣上今日泪,箧中前月书。怜君古人风,重有君子儒。篇咏陶谢辈,风流嵇阮徒。出身既蹇屯—作连,生世仍须臾。诚知天至高,安得不一呼。江南有毒蟒,江北有妖狐。皆享千年寿,多于王质夫。不知彼何德,不识此何辜。

东坡种花二首

持钱买花树,城东坡上栽。但购有花者,不限桃杏—作李梅。百果参杂种,千枝次第开。天时有早晚,地力无高低。红者霞艳艳,白者雪皑皑。游蜂逐不去,好鸟亦来栖—作栖来。前有长流水,下有小平台。时拂台上石,一举风前杯。花枝荫我头,花蕊落—作入我怀。独酌复独咏,不觉月—作日平西。巴俗不爱花,竟春无人来。唯此醉太守,尽日不能回。

东坡春向暮,树木—作下今何如。漠漠花落尽,翳翳叶生初—作初舒。每日领童仆,荷锄仍决—作凿渠。划土壅其本,引泉溉其枯。小树低数尺,大树长丈馀。封植来几时,高下随扶疏。养树既如此,养民亦何殊。将欲茂枝叶，必先救根株。云何救根株，劝农均赋租。云何茂枝叶，省事宽刑书。移此为郡政，庶几甿俗苏。

登城东古台

迢迢东郊上，有土青崔嵬。不知何代物，疑是巴王台。巴歌久无声，巴宫没黄埃。靡靡春草合，牛羊缘四隈。我来一登眺，目极心悠哉。始见江山势，峰叠水环回。凭高视听旷，向远胸襟开。唯有故园念，时时东北来。

哭诸故人因寄元八

昨日哭寝门，今日哭寝门。借问所哭谁，无非故交亲。伟卿既长往，质夫亦幽沦。屈指数年世，收涕自思身。彼皆少于我，先为泉下人。我今头半白，焉得身久存。好狂一作怀元郎中，相识二十春。昔见君生子，今闻君抱孙。存者尽老大，逝者已成尘。早晚升平宅，开眉一见君。

郡中春宴因赠诸客

仆本儒家子，待诏金马门。尘忝亲近地，孤负圣明恩。一旦奉优诏，万里牧远人。可怜岛夷帅，自称为使君。身骑样牁马，口食涂江鳞。暗澹绯衫故，斓斑白发新。是时岁二月，玉历布春分。颁条示皇泽，命宴及良辰。冉冉趋府吏，蚩蚩聚州民。有如蛰虫鸟，亦应天地春。薰卓席铺坐，藤枝酒注樽。中庭无平地，高下随所陈。蛮鼓声坎坎，巴女舞蹲蹲。使君居上头，掩口语众宾。勿笑风俗陋，勿欺官府贫。蜂巢一作窠与蚁穴，随分有君臣。

开元寺东池早春

池水暖温暾，水清波潋滟。簇簇青泥中，新蒲叶如剑。梅房小白裹，柳彩轻黄染。顺气草熏熏，适情鸥泛泛。旧游成梦寐，往事随阳焱。芳物感幽怀，一动平生念。

东溪一作洞种柳

野性爱栽植，植柳水中坻。乘春持斧斤，裁截而树之。长短既不一，高下随所宜。倚岸埋大干，临流插小枝。松柏不可待，梗楠固难移。不如种此树，此树易荣滋。无根亦可活，成阴况非迟。三年未离郡，可以见依依。种罢水边憩，仰头闲自思。富贵本非望，功名须待时。不种东溪柳，端坐欲何为。

卧小斋

朝起视事毕，晏坐饱食终。散步长廊下，卧退小斋中。拙政自多暇，幽情谁与同。孰云二千石，心如田野翁。

步东坡

朝上东坡步，夕上东坡步。东坡何所爱，爱此新成树。种植当岁初，滋荣及春暮。信意取次栽，无行亦无数。绿阴斜景转，芳气微风度。新叶鸟下来，萎花蝶飞去。闲携斑竹杖，徐曳黄麻屦。欲识往来频，青芜一作苔成白路。

征秋税毕题郡南亭

高城直下视，蠢蠢见巴蛮。安可施政教，尚不通语言。且喜赋敛毕，幸闻闾井安。岂伊循良化，赖此丰登年。案牍既简少，池馆亦清闲。秋雨檐果落,夕钟林鸟还。南亭日潇洒,偃卧恣疏顽。

蚊蟆

巴徼炎毒早,二月蚊蟆生。哑肤拂不去,绕耳薨薨声。斯物颇微细,中人初甚轻。如有肤受谮,久则疮痏成。痏成无奈何,所要防其萌。幺虫何足道,潜喻儆人情。

登龙昌上寺望江南山怀钱舍人

骑马出西郭,悠悠欲何之。独上高寺去,一与白云期。虚槛晚潇洒,前山碧参差。忽似青龙阁,同望玉峰时。因咏松雪句,永怀鸾鹤姿。六年不相见,况乃隔荣衰。昔尝与钱舍人登青龙寺上方,同望蓝田山,各有绝句。钱诗云:偶来上寺因高望,松雪分明见旧山。

郊下

西日照高树,树头子规鸣。东风吹野水,水畔江蓠生。尽日看山立,有时寻涧行。兀兀长如此,何许似专城。

遣怀

乐往必悲生,泰来由否极。谁言此数然,吾道何终塞。尝求詹尹卜,拂龟竟默默。亦曾仰问天,天但苍苍色。自兹唯委命,名利心双息。近日转安闲,乡园亦休忆。回看世间苦,苦在求不得。我今无所求,庶离忧悲域。

岁晚

霜降水返壑,风落木归山。冉冉岁将宴,物皆复本源。何此南迁客,五年独未还。命屯分已定,日久心弥安。亦尝心与口,静念私自言。去国固非乐,归乡未必欢。何须自生苦,舍易求其难。

负冬日

杲杲冬日出,照我屋南隅。负暄闭目坐,和气生肌肤。初似饮醇醪,又如蛰者苏。外融百骸畅,中适一念无。旷然忘所在,心与虚空俱。

委　顺

山城虽荒芜,竹树有嘉色。郡俸诚不多,亦足充衣食。外累由心起,心宁累自息。尚欲忘家乡,谁能算官职。宜怀齐远近,委顺随南北。归去诚可怜,天涯住亦得。

宿溪翁 时初除郎官赴朝

众心爱金玉,众口贪酒肉。何如此溪翁一作何此溪上翁,饮瓢亦自足。溪南刈薪草,溪北修墙屋。岁种一顷田,春驱两黄犊。于中甚安适,此外无营欲。溪畔偶相逢,庵中遂同宿。醉翁向朝市,问我何官禄。虚言笑杀翁,郎官应列宿。

重过寿泉忆与杨九别时因题店壁

商州南十里,有水名寿泉。涌出石崖下,流经山店前。忆昔相送日,我去君言还。寒波与老泪,此地共潺湲。一去历万里,再来经六年。形容已变改,处所一作泉水犹依然。他日君过此,殷勤吟此篇。

西掖早秋直夜书意 自此后中书舍人时作

凉风起禁掖,新月生宫沼。夜半秋暗来,万年枝袅袅。炎凉递时节，钟鼓交昏晓。遇圣惜年衰，报恩愁力小。素餐无补益，朱绶一作绂虚缠绕。冠盖栖野云，稻粱养山鸟。量能私自省，所得已非少。五品不为贱，五十不为夭。若无知足心，贪求何日了。

庭　松

堂下何所有，十松当我阶。乱立无行次，高下亦不齐。高者三丈长，下者十尺低。有如野生物，不知何人栽。接以青瓦屋，承之白沙台。朝昏有风月，燥湿一作惨温无尘泥。疏韵秋械械一作瑟瑟，凉阴夏凄凄。春深微雨夕，满叶珠蓑蓑一作灌灌。岁暮大雪天，压枝玉皑皑。四时各有趣，万木非其侪。去年买此宅，多为人所咍。一家二一作三十口，移转就松来。移来一作近松有何得，但得烦襟开。即此是益友，岂必交贤才。顾我犹俗士，冠带走尘埃。未称为松主，时时一愧怀。

竹　窗

常爱辋川寺，竹窗东北廊。一别十馀载，见竹未曾忘。今春二月初，卜居在新昌。未暇作厨库，且先营一堂。开窗不糊纸，种竹不依行。意取北檐下，窗与竹相当。绕屋声淅淅，逼人色苍苍。烟通杳霭气，月透玲珑光。是时三伏天，天气热如汤。独此竹窗下，朝回解衣裳。轻纱一幅巾，小簟六尺床。无客尽日静，有风终夜凉。乃知前古人，言事颇谙详。清风北窗卧，可以傲羲皇。

同韩侍郎游郑家池吟诗小饮

野艇容三人，晚池流浼浼。悠然依棹坐，水思如江海。宿雨洗沙尘，晴风荡烟霭。残阳上竹树，枝叶生光彩。我本偶然来，景物如相待。白鸥惊不起，绿芡行堪采。齿发虽已衰，性灵未云改。逢诗遇杯酒,尚有心情在。

晚归有感

朝吊李家孤,暮问崔家疾。时李十一侍郎诸子尚居忧,崔二十二员外三年卧
病。回马独归来,低眉心郁郁。平生所善者,多不过六七。如何十
年间,零落三无一。刘曾梦中见,元向花前失。刘三十二校书殁后,尝梦
见之。元八少尹,今春樱桃花时长逝。渐老与谁游,春城好风日。

曲江感秋二首 并序

> 元和二年三年四年,予每岁有《曲江感秋》诗,凡三篇,编在第七集
> 卷。是时予为左拾遗、翰林学士。无何,贬江州司马、忠州刺史。前年
> 迁主客郎中、知制诰。未周岁,授中书舍人。今游曲江,又值秋日,风物
> 不改,人事屡变。况予中否后遇,昔壮今衰,慨然感怀,复有此作。噫!
> 人生多故,不知明年秋又何许也。时二年七月十日云耳。

元和二年秋,我年三十七。长庆二年秋,我年五十一。中间十四
年,六年居谴黜。穷通与荣悴,委运随外物。遂师庐山远,重吊湘
江屈。夜听竹枝愁,秋看滟堆没。近辞巴郡印,又秉纶闱笔。晚遇
何足言,白发映朱绂。销沉昔意气,改换旧容质。独有曲江秋,风
烟如往日。

疏芜南岸草,萧飒西风树。秋到未一作来几时,蝉声又无数。莎平
绿茸合,莲落青房露。今日临望时,往年感秋处。池中水依旧,城
上山如故。独我鬓间毛,昔黑今垂素。荣名与壮齿,相避如朝暮。
时命始欲来,年颜已先去。当春不欢乐,临老徒惊误。故作咏怀
诗,题于曲江路。

玩松竹二首

龙蛇隐大泽,麋鹿游丰草。栖凤安于梧,潜鱼乐于藻。吾亦爱吾

庐，庐中乐吾道。前松后修竹，偃卧可终老。各附其所安，不知他
物好。

坐爱前檐前，卧爱北窗北。窗竹多好风，檐松有嘉色。幽怀一以
合，俗含随缘息。在尔虽无情，于予即有得。乃知性相近，不必动
与植。

衰病无趣因吟所怀

朝餐多不饱，夜卧常少睡。自觉寝食间，多无少年味。平生好诗
酒，今亦将舍弃。酒唯下药饮，无复曾欢醉。诗多听人吟，自不题
一字。病姿与一作引衰相，日夜相继至。况当尚少朝，弥惭居近侍。
终当求一郡，聚少渔樵费。合口便归山，不问人间事。

逍 遥 咏

亦莫恋此身，亦莫厌此身。此身何足恋，万劫烦恼根。此身何足
厌，一聚虚空尘。无恋亦无厌，始是逍遥人。

全唐诗卷四三五

白居易

短 歌 行

曈曈太阳如火色,上行千里下一刻。出为白昼入为夜,圆转如珠住
不得。住不得,可—作无奈何,为君举酒歌短歌。歌声苦,词亦苦,
四座少年君听取。今夕未竟明夕—作且催,秋风才往春风回。人无
根蒂时不驻,朱颜白日相隳颓。劝君且强笑一面,劝君且—作复强
饮一杯。人生不得长欢乐,年少须臾老到来。

生 离 别

食檗不易食梅难,檗能苦兮梅能酸。未如生别之为难,苦在心兮酸
在肝。晨鸡再鸣残月没,征马连嘶—作嘶风行人出。回看骨肉哭一
声,梅酸檗苦甘如蜜。黄河水白黄云秋,行人河边相对愁。天寒野
—作路旷何处宿,棠梨叶战风飕飕。生离别,生离别,忧从中—作何
来无断绝。忧极—作积心劳血气衰,未年三十生白发。

浩 歌 行

天长地久无终毕,昨夜今朝又明日。鬓发苍浪牙齿疏,不觉身年四
十七。前去五十有几年,把镜照面心茫然。既无长绳系白日,又无

大药驻朱颜。朱颜日渐不如故，青史功名在何处。欲留年少待富贵，富贵不来年少去。去复去兮如长河，东流赴海无回波。贤愚贵贱同归尽，北邙冢墓高嵯峨。古来一作今如此非独我，未死有酒且高歌。颜回短命伯夷饿，我今所得亦已多。功名富贵须待一作推命，命若一作苟不来知一作争奈何。

王　夫　子

王夫子，送君为一尉，东南三千五百里。道途虽远位虽卑，月俸犹堪活妻子。男儿口读古人书，束带敛手来从事。近将徇禄给一家，远则行道佐时理，行道佐时须待命，委身下位无为耻。命苟未来且求食，官无卑高及远迩。男儿上既未能济天下，下又不至饥寒死。吾观九品至一品，其间气味都相似。紫绶朱绂青布衫，颜色不同而已矣。王夫子，别有一事欲劝君，遇一作逢酒逢春且欢喜。

江南遇天宝乐叟

白头病一作老叟泣且言，禄山未乱入梨园。能弹琵琶和法曲，多在华清随至尊。是时天下太平久，年年十月坐朝元。千官起居环珮合，万国会同车马奔。金钿照耀石瓮寺，兰麝熏煮温汤源。贵妃宛转侍君侧，体弱不胜珠翠繁。冬雪飘飖锦袍暖，春风荡漾霓裳翻。欢娱未足燕寇至，弓劲马肥胡语喧。幽土人迁避夷狄，鼎湖龙去哭轩辕。从此漂沦落南土，万人死尽一身存。秋风江上浪无限，暮雨舟中酒一尊。涸鱼久失风波势，枯草曾沾雨露恩。我自秦来君莫问，骊山渭水如荒村。新丰树老笼明月，长生殿暗锁春云一作黄昏。红叶纷纷盖欹瓦，绿苔重重封坏垣。唯有中官作宫使，每年寒食一开门。

送张山人归嵩阳

黄昏惨惨天微雪，修一作循行坊西鼓声绝。张生马瘦衣且单，夜扣
柴门与我别。愧君冒寒来别我，为君酤酒张灯火。酒酣火暖与君
言，何事一作君何入关又出关。答云前年偶下山，四十馀月客长安。
长安古来名利地，空手无金行路难。朝游九城陌，肥马轻车欺杀
客。暮宿五侯门，残茶冷酒愁杀人。春明门，门前便是嵩山路。一
作春明门外高高处，直下便是嵩山路。幸有云泉容此身，明日辞君且归去。

醉后走笔酬刘五主簿长句之
赠兼简张大贾二十四先辈昆季

刘兄文高行孤立，十五年前名翕习。是时相遇在符离，我年二十君
三十。得意忘年心迹亲，寓居同县日知闻。衡门寂寞朝寻我，古寺
萧条暮访君。朝来暮去多携手，穷巷贫居何所有。秋灯夜写联句
诗，春雪朝倾暖寒酒。陴湖绿爱白鸥飞，漷水清怜红鲤肥。偶语闲
攀芳树立，相扶醉蹋落花归。张贾弟兄同里巷，乘闲数数来相访，
雨天连宿草堂中，月夜徐行石桥上。我年渐长忽自惊，镜中冉冉髭
须生。心畏后时同励志，身牵前事各求名。问我栖栖何所适，乡人
荐为鹿鸣客。二千里别谢交游，三十韵诗慰行役。出门可怜唯一
身，敝裘瘦马入咸秦。冬冬街鼓红尘暗，晚到长安无主人。二贾二
张与余弟，驱车逦迤来相继。操词握赋为干戈，锋锐森然胜气多。
齐入文场同苦战，五人十载九登科。二张得隽名居甲，美退争雄重
告捷。棠棣辉荣并桂枝，芝兰芳馥和荆叶。唯有沉犀屈未伸，握中
自谓骇鸡珍。三年不鸣鸣必大，岂独骇鸡当骇人。元和运启千年
圣，同遇明时余最幸。始辞秘阁吏王畿，遽列谏垣升禁闱。蹇步何
堪鸣珮玉，衰容不称著朝衣。闾阖晨开朝百辟，冕旒不动香烟碧。

步登龙尾上虚空,立去天颜无咫尺。宫花似雪从乘舆,禁月如霜坐直庐。身贱每惊随内宴,才微常愧草天书。晚松寒竹新昌第,职居密近门多闭。日暮银台下直回,故人到门门暂开。回头下马一相顾,尘土满衣何处来。敛手炎凉叙未毕,先说旧山今悔出。岐阳旅宦少欢娱,江左羁游费时日。赠我一篇行路吟,吟之句句披沙金。岁月徒催白发貌,泥涂不屈青云心。谁会茫茫天地意,短才获用长才弃。我随鸦鹭入烟云,谬上丹墀为近臣。君同鸾凤栖荆棘,犹著青袍作选人。惆怅知贤不能荐,徒为出入蓬莱殿。月惭谏纸二百张,岁愧俸钱三十万。大底浮荣何足道,几度相逢即身老。且倾斗酒慰羁愁,重话符离问旧游。北巷邻居几家去,东林旧院何人住。武里村花落复开,流沟山色应如故。感此酬君千字诗,醉中分手又何之。须知通塞寻常事,莫叹浮沉先后时。慷慨临歧重相勉,殷勤别后加餐饭。君不见买臣衣锦还故乡,五十身荣未为晚。

和钱员外答卢员外早春独游曲江见寄长句

春来有色暗融融,先到诗情酒思中。柳岸霏微裛尘雨,杏园澹荡开花风。闻君独游心郁郁,薄晚新晴骑马出。醉思诗侣有同年,春叹翰林无暇日。云夫首倡寒玉音,蔚章继和春搜吟。此时我亦闭门坐,一日风光三处心。云夫、蔚章同年及第,时余与蔚章同在翰林。

东墟晚歇 时退居渭村

凉风冷露萧索天,黄蒿紫菊荒凉田。绕冢秋花少颜色,细虫小蝶飞翻翻。中有腾腾独行者,手拄渔竿不骑马。晚从南涧钓鱼回,歇此墟中白杨下。褐衣半故白发新,人逢知我是何人。谁言渭浦栖迟客,曾作甘泉侍从臣。

客中月

客从江南来，来时月上弦。悠悠行旅中，三见清光圆。晓随残月行，夕与新月宿。谁谓月无情，千里远相逐。朝发渭水桥，暮入长安陌。不知今夜月，又作谁家客。

挽歌词

丹旐何飞扬，素骖亦悲鸣。晨光照闾巷，辒车俨欲行。萧条九月天，哀挽出重一作晚出洛阳城。借问送者谁，妻子与弟兄。苍苍上古原一作古原上，峨峨开新茔。含酸一恸哭，异口同哀声。旧陇转芜绝，新坟日罗列。春风草绿一作秋草北邙山，此地年年生死别。

长 相 思

九月西风兴，月冷露华凝。思君秋夜长，一夜魂九升。二月东风来，草拆花心开。思君春日迟，一日肠九回。妾住洛桥北，君住洛桥南。十五即相识，今年二十三。有如女萝草，生在松之侧。蔓短枝苦高，萦回上不得。人言人有愿，愿至天必成。愿作远方兽，步步比肩行。愿作深山木，枝枝连理生。

山 鹧 鸪

山鹧鸪，朝朝暮暮啼复啼，啼时露白风凄凄。黄茅冈头秋日晚，苦竹岭下寒月低。畬田有粟何不啄，石楠有枝何不栖。迢迢不缓复不急，楼上舟中声暗入。梦乡迁客展转卧，抱儿寡妇彷徨立。山鹧鸪，尔本此乡鸟，生不辞巢不别群，何苦声声啼到晓。啼到晓，唯能愁北人，南人惯闻如不闻。

放旅雁 元和十年冬作

九江十年冬大雪,江水生冰树枝折。百鸟无食东西飞,中有旅雁声
最饥。雪中啄草冰上宿,翅冷腾空飞动迟。江童持网捕将去,手携
入市生卖之。我本北人今谴谪,人鸟虽殊同是客。见此客鸟伤客
人,赎汝放汝飞入云。雁雁汝飞向何处,第一莫飞西北去。淮西有
贼讨未平,百万甲兵久屯聚。官军贼军相守老,食尽兵穷将及汝。
健儿饥饿射汝吃,拔汝翅翎为箭羽。

送春归 元和十一年三月三十日作

送春归,三月尽日日暮时。去年杏园花飞御沟绿,何处送春曲江
曲。今年杜鹃花落子规啼,送春何处西江西。帝城送春犹怏怏,天
涯送春能不加惆怅。莫惆怅,送春人。冗员无替五年罢,应须准拟
再送浔阳春。五年炎凉凡十变,又知此身健不健。好去一作送今年
江上春,明年未死还相见。

山石榴寄元九

山石榴,一名山踯躅,一名杜鹃花,杜鹃啼时花扑扑。九江三月杜
鹃来,一声催得一枝开。江城上佐闲无事,山下刬得厅前栽。烂熳
一阑十八树,根株有数花无数。千房万叶一时新,嫩紫殷红鲜麹
尘。泪痕裛损燕支脸,剪刀裁破红绡巾。谪仙初堕愁在世,姹女新
嫁娇泥去声春。日射血珠将滴地,风翻火焰欲烧人。闲折两枝持在
手,细看不似人间有。花中此物似西施,芙蓉芍药皆嫫母。奇芳绝
艳别者谁,通州迁客元拾遗。拾遗初贬江陵去,去时正值青春暮。
商山秦岭愁杀君一作人,山石榴花红夹路。题诗报我何所云,苦一作
若云色似石榴裙。当时丛畔唯思我,今日阑前只忆君。忆君不见

坐销落,日西风起红纷纷。

画竹歌 并引

　　协律郎萧悦善画竹,举时(一作世)无伦,萧亦甚自秘重,有终岁求其一竿一枝而不得者。知予天与好事,忽写一十五竿,惠然见投。予厚其意,高其艺,无以答贶,作歌以报(一作答)之,凡一百八十六字云。

植物之中竹难写,古今虽画无似者。萧郎下笔独逼真,丹青以来唯一人。人画竹身肥拥肿,萧画茎瘦节节竦。人画竹梢死羸垂,萧画枝活叶叶动。不根而生从意生,不笋而成由笔成。野塘水边碕岸侧,森森两丛十五茎。婵娟不失筠粉态,萧飒尽得风烟情。举头忽看不似画,低耳静听疑有声。西丛七茎劲而健,省向天竺寺前一作边石上见。东丛八茎疏且寒,忆曾湘妃庙里雨中看。幽姿远思少人别,与君相顾空长叹。萧郎萧郎老可惜,手颤一作战眼昏头雪色。自言便是绝笔时,从今此竹尤难得。

真娘墓 墓在虎丘寺

真娘墓,虎丘道。不识真娘镜中面,唯见真娘墓头草。霜摧桃李风折莲,真娘死时犹少年。脂肤荑手不牢固,世间尤物难留连。难留连,易销歇。塞北花,江南雪。

长　恨　歌

　　前进士陈鸿撰《长恨歌传》曰:开元中,泰阶平,四海无事。明皇在位岁久,倦于旰食宵衣,政无小大,始委于右丞相。深居游宴,以声色自娱。先是元献皇后、武淑妃皆有宠,相次即世。宫中虽良家子千数,无可悦目者,上心忽忽不乐。时每岁十月,驾幸华清宫,内外命妇,熠耀景从。浴日馀波,赐以汤沐,春风灵液,澹荡其间。上心油然,若有顾遇,左右前后,粉色如土。诏高力士潜搜外宫,得弘农杨玄琰女于寿邸。既笄矣,鬓发腻理,纤秾中度,举止闲冶,如汉武帝李夫人。别疏汤泉,诏赐澡莹。既出水,体弱力微,若不任罗绮,光彩焕发,转动照人。上甚悦,进见之日,奏《霓裳羽衣曲》以导之。定情之夕,授金钗钿合以固之。又命戴步摇,垂金珰。明年册为贵妃,半后服用。由是冶其容,敏其词,婉娈万态,以中上意,上益嬖焉。时省风九州,泥金五岳,骊山雪夜,上阳春朝,与上行同室,宴专席,寝专房。虽有三夫人、九嫔、二十七世妇、八十一御妻暨后宫才人、乐府伎女,使天子无顾盼意,自是六宫无复进幸者。非徒殊艳尤态致是,盖才智明慧,善巧便佞,先意希旨,有不可形容者。叔父昆弟,皆列在清贯,爵为通侯。姊妹封国夫人,富埒王室,车服邸第,与大长公主侔,而恩泽势力则又过之。出入禁门不问,京师长吏为侧目。故当时谣咏有云:“生女勿悲酸,生儿勿喜欢。”又曰:“男不封侯女作妃,看女却为门上楣。”其人心羡慕如此。天宝末,兄国忠盗丞相位,愚弄国柄。及安禄山引兵向阙,以讨杨氏为辞。潼关不守,翠华南幸,出咸阳,道次马嵬亭。六军裴回,持戟不进。从官郎吏伏上马前,请诛错以谢天下。国忠奉犛缨盘水,死于道周。左右之意未快,上问之,当时敢言者,请以贵妃塞天下怒。上知不免,而不忍见其死,反袂掩面,使牵之而去。苍黄展转,竟就绝于尺组之下。既而明皇狩成都,肃宗受禅灵武。明年,大凶归元,大驾还都。尊明皇为太上皇,就养南宫,迁于西内。时移事去,乐尽悲来,每至春之日,冬之夜,池莲夏开,宫槐秋落,梨园弟子,玉琯发音,闻《霓裳羽衣》一声,则天颜不怡,左右歔欷。三载一意,其念不衰,求之魂梦,杳不能得。适有道士自蜀来,知上皇心念杨妃如是,自言有李少君之术。明皇大喜,命致其神。方士乃竭其术以索之,不至。又能游神驭气,出天界、没地府以求之,不见。又旁求四虚上下,东极大海,跨蓬壶,见最高仙山,上多楼阙。西厢下有洞户,东向,阖其门,署曰玉妃太真院。方士抽簪扣扉,有双童女出应门。方士造次未及言,而双鬟复入。俄有碧衣侍女又至,诘其所从。方士因称唐天子使者,且致其命。碧衣云:“玉妃方寝,请少待之。”于时云海沉沉,洞天日晚,琼户重阖,悄然无声。方士屏息敛足,拱手门下。久之,而碧衣延入，且曰："玉妃出。"见一人冠金莲，披紫绡，佩红玉，曳凤舄，左右侍者七八人，揖方士，问皇帝安否，次问天宝十四年已还事。言讫，悯默，指碧衣取金钗钿合，各析其半，授使者曰："为谢太上皇，谨献是物，寻旧好也。"方士受辞与信，将行，色有不足。玉妃固征其意，复前跪致词："请当时一事，不为他人闻者，验于太上皇。不然，恐钿合金钗，负新垣平之诈也。"玉妃茫然退立，若有所思，徐而言之曰："昔天宝十载，侍辇避暑骊山宫。秋七月，牵牛织女相见之夕，秦人风俗，是夜张锦绣，陈饮食，树瓜果，焚香于庭，号为乞巧，宫掖间尤尚之。夜殆半，休侍卫于东西厢，独侍上。上凭肩而立，因仰天感牛女事，密相誓心，愿世世为夫妇。言毕，执手各呜咽。此独君王知之耳。"因自悲曰："由此一念，又不得居此，复堕下界，且结后缘。或为天，或为人，决再相见，好合如旧。"因言太上皇亦不久人间，幸唯自安，无自苦耳。使者还，奏太上皇。皇心震悼，日日不豫。其年夏四月，南宫晏驾。元和元年冬十二月，太原白乐天自校书郎尉于盩厔，鸿与琅邪王质夫家于是邑，暇日相携游仙游寺，话及此事，相与感叹。质夫举酒于乐天前曰："夫希代之事，非遇出世之才润色之，则与时消没，不闻于世。乐天深于诗、多于情者也，试为歌之，如何？"乐天因为《长恨歌》，意者不但感其事，亦欲惩尤物，窒乱阶，垂于将来也。歌既成，使鸿传焉。世所不闻者，予非开元遗民，不得知；世所知者，有《明皇本纪》在，今但传《长恨歌》云尔。

　　汉皇重色思倾国，御宇多年求不得。杨家有女初长成，养在深闺人未识。天生丽质难自弃，一朝选在君王侧。回眸一笑百媚生，六宫粉黛无颜色。春寒赐浴华清池，温泉水滑洗凝脂。侍儿扶起娇无力，始是新承恩泽时。云鬓花颜一作冠金步摇，芙蓉帐暖度一作里暖春宵。春宵苦短日高起，从此君王不早朝。承欢侍宴一作寝无闲暇，春从春游夜专夜。后一作汉宫佳丽三千人，三千宠爱在一身。金屋妆成娇侍夜，玉楼宴罢醉和春。姊妹弟兄皆列土，可怜光彩生门户。遂令天下父母心，不重生男重生女。骊宫高处入青云，仙乐风飘处处闻。缓歌慢舞凝丝竹,尽日君王看—作听不足。渔阳鞞鼓动地来,惊破霓裳羽衣曲。九重城阙烟尘生,千乘万骑西南行。翠华摇摇行复止,西出都门百餘里。六军不发无—作知奈何,宛转蛾眉马前死。花钿委地无人收,翠翘金雀玉搔头。君王掩面救不得,回看—作首血泪相和流。黄埃散漫风萧索,云栈萦纡—作回登剑阁。峨嵋山下少人行,旌旗无光日色薄。蜀江水碧蜀山青,圣主朝朝暮暮情。行宫见月伤心色,夜雨闻铃肠断声。天旋日转回龙驭,到此踌躇不能去。马嵬坡下泥—作尘土中,不见玉颜空死处。君臣相顾尽沾衣,东望都门信马归。归来池苑皆依旧,太液芙蓉未央柳。芙蓉如面柳如眉,对此如何不泪垂。春风桃李花开夜—作日,秋雨梧桐叶落时。西宫南苑—作内多秋草,宫—作落叶满阶红不扫。梨园弟子白发新,椒房阿监青娥老。夕殿萤飞思悄然,孤—作秋灯挑尽未成眠。迟迟钟鼓初长夜,耿耿星河欲曙天。鸳鸯瓦冷霜华重,翡翠衾寒—作旧枕故衾谁与共。悠悠生死别经年,魂魄不曾来入梦。临邛道—作士鸿都客,能以精诚致魂魄。为感君王展转思—作恩,遂教方士殷勤觅。排空—作云驭气奔如电,升天入地求之遍。上穷碧落下黄泉,两处茫茫皆不见。忽闻海上有仙山,山在虚无缥缈间。楼阁—作殿玲珑五云起,其中绰约多仙子。中有一人字太真,—作字玉真,又作名玉妃。雪肤花貌参差是。金阙西—作两厢叩玉扃,转教小玉报双成。闻道汉家天子使,九华帐里—作下梦魂惊。揽衣推枕起徘徊,珠箔银屏—作钩逦迤—作迤逦开。云鬓—作髻半偏新睡觉,花冠不整下堂来。风吹仙袂飘飘举,犹似霓裳羽衣舞。玉容寂寞泪阑干,梨花一枝春带雨。含情凝睇—作涕谢君王,一别音容两渺茫。昭阳殿里恩爱绝,蓬莱宫中日月长。回头下望—作问人寰处,不见长安见尘雾。唯将—作空持旧物表深情,钿合金钗寄将去。钗留一股合一扇,钗擘黄金合分钿。但教—作令心似金钿坚,天上人间会相见。临别殷勤重寄词,词中有誓两心知。七月七日长生殿,夜半无人私语时。在天愿作一作为比翼鸟,在地愿为连理枝。天长地久有时尽,此恨绵绵无绝一作尽期。

妇 人 苦

蝉鬓加意梳,蛾眉用心扫。几度晓妆成,君看不言好。妾身重同穴,君意轻偕老。惆怅去年来,心知未能道。今朝一开口,语少意何深。愿引他时事,移君此日心。人言夫妇亲,义合如一身。及至死生际,何曾苦乐均。妇人一丧夫,终身守孤子。有如林中竹,忽被风吹折。一折不重生,枯死犹抱节。男儿若丧妇,能不暂伤情。应似门前柳,逢春易发荣。风吹一枝折,还有一枝生。为君委曲言,愿君再三听。须知妇人苦,从此莫相轻。

长 安 道

花枝缺处青楼开,艳歌一曲酒一杯。美人劝我急行乐,自古朱颜不再来。君不见外州一本此下有官字客,长安道,一回来一本此下有时字,一回老。

潜 别 离

不得哭,潜别离。不得语,暗相思。两心之外无人知。深笼夜锁独栖鸟,利剑春断连理枝。河水虽浊有清日,乌头虽黑有白时。唯有潜离与暗别,彼此甘心无后期。

隔 浦 莲

隔浦爱红莲,昨日看犹在。夜来风吹落,只得一回采。花开虽有明年期,复愁明年还暂时。

寒食野望吟

丘墟郭门外,寒食谁家哭。风吹旷野纸钱飞,古墓累累春草绿。棠梨花映白杨树,尽是死生离别处。冥寞重泉哭不闻,萧萧墓雨人归去。

琵琶引 并序

　　元和十年,予左迁九江郡司马。明年秋,送客湓浦口,闻船(一作舟)中夜弹琵琶者。听其音,铮铮然有京都(一作邑)声。问其人,本长安倡女,尝学琵琶于穆、曹二善才,年长色衰,委身为贾人妇。遂命酒,使快弹数曲。曲罢,悯默。自叙少小时欢乐事,今漂沦憔悴,转徙于江湖间。予出官二年,恬然自安,感斯人言,是夕始觉有迁谪意,因为长句歌以赠之。凡六百一十二言,命曰《琵琶行》。

浔阳江头夜送客,枫叶荻花秋索索一作瑟瑟。主人下马客在船,举酒欲饮无管弦。醉不成欢惨将别,别时茫茫江浸月。忽闻水上琵琶声,主人忘归客不发。寻声暗问弹者谁,琵琶声停欲语迟。移船相近邀相见,添酒回灯重开宴。千呼万唤始出来,犹抱一作把琵琶半遮面。转轴拨弦三两一作五声,未成曲调先有情。弦弦掩抑声声思,似诉平生不得意一作志。低眉信手续续弹,说尽心中无限事。轻拢慢捻抹复挑,初为霓裳后六幺一作绿腰。大弦嘈嘈如急雨,小弦切切如私语。嘈嘈切切错杂弹,大珠小珠落玉盘。间关莺语花底滑,幽咽泉流水一作冰下滩一作难。水泉冷涩弦疑绝,疑绝不通声暂歇。别有幽愁暗恨生,此时无声胜有声。银瓶乍破水浆迸,铁骑突出刀枪鸣。曲终收拨当心画,四弦一声如裂帛。东舟西舫悄无言,唯见一作有江心秋月白。沉吟放拨插弦中,整顿衣裳起敛容。自言本是京城女,家在虾蟆陵下住。十三学得琵琶成,名属教坊第

一部。曲罢曾教善才伏,妆成每被秋娘妒。五陵年少争缠头,一曲
红绡不知数。钿头云篦击节碎,血色罗裙翻酒污。今年欢笑复明
年,秋月春风等闲度。弟走从军阿姨死,暮去朝来颜色故。门前冷
落鞍马稀,老大嫁作商人妇。商人重利轻别离,前月浮梁买茶去。
去来江口守空船,绕船月明江水寒。夜深忽梦少年事,梦啼妆泪一
作啼妆泪落红阑干。我闻琵琶已叹息,又闻此语重唧唧。同是天涯
沦落人,相逢何必曾相识。我从去年辞一作离帝京,谪居卧病浔阳
城。浔阳小处一作地僻无音乐,终岁不闻丝竹声。住近溢江地低
湿,黄芦苦竹绕宅生。其间旦暮闻何物,杜鹃啼血猿哀鸣。春江花
朝秋月夜,往往取酒还独倾。岂无山歌与村笛,呕哑嘲哳一作喑难
为听。今夜闻君琵琶语,如听仙乐耳暂明。莫辞更坐弹一曲,为君
翻作琵琶行。感我此言良久立,却坐促弦弦转急。凄凄不似向前
声,满座重闻皆掩泣。座一作就中泣下一作泪谁最多,江州司马青衫
湿。

简 简 吟

苏家小女名简简,芙蓉花腮柳叶眼。十一把镜学点妆,十二抽针能
绣裳。十三行坐事调品,不肯迷头白地藏。玲珑云髻生花一作菜
样,飘飖风袖蔷薇香。殊姿异态不可状,忽忽转动如有光。二月繁
霜杀桃李,明年欲嫁今年死。丈人阿母勿悲啼,此女不是凡夫妻。
恐是天仙谪人世,只合人间十三岁。大都好物不坚牢,彩云易散琉
璃脆。

花 非 花

花非花,雾非雾。夜半来,天明去。来如春梦几多时,去似朝云无
觅处。

醉后狂言酬赠萧殷二协律

馀杭邑客多羁贫，其间甚者萧与殷。天寒身上犹衣葛，日高甑中未
拂尘。江城山寺十一月，北风吹沙雪纷纷。宾客不见绨袍惠，黎庶
未沾襦裤恩。此时太守自惭愧，重衣复衾有馀温。因命染人与针
女，先制两裘赠二君。吴绵细软桂布密，柔如狐腋白似云。劳将诗
书投赠我，如此小惠何足论。我有大裘君未见，宽广和暖如阳春。
此裘非缯亦非纩，裁以法度絮以仁。刀尺钝拙制未毕，出亦不独裹
一身。若令在郡得五考，与君展覆杭州人。

醉　歌 示伎人商玲珑

罢胡琴，掩秦瑟，玲珑再拜歌初毕。谁道使君不解歌，听唱黄鸡与
白日。黄鸡催晓丑时鸣，白日催年酉前没。腰间红绶系未稳，镜里
朱颜看已失。玲珑玲珑奈老何，使君歌了汝更歌。

全唐诗卷四三六

白居易

代书诗一百韵寄微之

忆在贞元岁，初登一作俱升典校司。身名同日授，心事一言知。贞元中，与微之同登科第，俱授秘书省校书郎，始相识也。肺腑都无隔，形骸两不羁。疏狂属年少，闲散为官卑。分定金兰契，言通药石规。交贤方汲汲，友直每偲偲。有月多同赏，无杯不共持。秋风拂琴匣，夜雪卷书帷。高上慈恩塔，幽寻皇子陂。唐昌玉蕊会，崇敬牡丹期。唐昌观玉蕊，崇敬寺牡丹，花时多与微之有期。笑劝迂辛酒，闲吟短李诗。辛大立度性迂嗜酒，李二十绅形短能诗，故当时有迂辛、短李之号。儒风爱敦质，佛理赏玄师。刘三十二敦质雅有儒风，庾七玄师谈佛理有可赏者。度日曾无闷，通宵靡不为。双声联律句，八面对一作数宫棋。双声联句、八面宫棋，皆当时事。往往游三省，腾腾出九逵。寒销直城路，春到一作满曲江池。树暖枝条弱，山晴彩翠奇。峰攒石绿点，柳宛一作惹麴尘丝。岸草烟铺地，园花雪压枝。早光红照耀，新溜碧逶迤。幄幕侵一作分堤布，盘筵占地施。征伶皆一作求绝艺，选一作迎伎悉一作选名姬。粉黛一作铅粉凝春态一作艳，金钿耀水嬉。风流夸堕髻，时世斗啼一作愁眉。贞元末，城中复为堕马髻、啼眉妆也。密坐随欢促，华尊逐胜移。香飘歌袂动，翠落舞钗遗。筹插红螺碗，觥飞白玉卮。打嫌调笑易，饮讶卷波迟。抛打曲有《调笑令》，饮酒曲有《卷白波》。残席喧哗散，归鞍酩酊骑。

酡颜乌帽侧，醉袖玉鞭垂。紫陌传钟鼓，红尘塞路岐。几时曾暂别，何处不相随。苒苒星霜换，回环节候催一作推。两衙多请告一作假，三考欲一作遂成资。运启千年圣，天成万物宜。皆当少壮日，同惜盛明时。光景嗟虚掷，云霄窃暗窥。攻文朝矻矻，讲学夜孜孜。策目穿如札，时与微之结集策略之目，其数至百十。锋毫一作毫锋锐若锥。时与微之各有纤锋细管笔，携以就试，相顾辄笑，目为毫锥。繁张获鸟网，坚守钓鱼坻。谓自冬至夏，频改试期，竟与微之坚待制试也。并受麏龙荐，齐陈一作登晁董词。万言经济略，三策一作道太平基。中一作第争无敌，专场战不疲。辅车排胜阵，掎角搴一作夺降旗。并谓同铺席，共笔砚。双阙纷容卫，千僚俨等衰。谓制举人欲唱第之时也。恩随紫泥降，名向白麻披。既在高科选，还从好爵縻。东垣君谏净，西邑我驱驰。元和元年同登制科，微之拜拾遗，予授盩屋尉。再喜登乌府，多惭侍赤墀。四年，微之复拜监察，予为拾遗、学士也。官班分内外，游处遂参差。每列鹓鸾序，偏瞻獬豸姿。简威霜凛冽，衣彩绣葳蕤。正色摧强御，刚肠嫉喔咿。常憎持禄位，不拟保妻儿。养勇期除恶，输忠在灭私。下韝惊燕雀，当道慑狐狸。南国人无怨一作枉，东台吏不欺。微之使东川，奏冤八十馀家，诏从而平之，因分司东都。理一作雪冤多定国，切一作犯谏甚辛毗。造次行于是，平生志在兹一作斯。道将心共直，言与行兼一作相危。水暗波翻覆，山藏路险巇。未为明主识，已被佞臣疑。木秀遭风折，兰芳遇霰萎。千钧势易压，一柱力难擎。腾口因一作方成痏，吹毛遂得疵。忧来吟贝锦，谪去咏江蓠。邂逅尘中遇，殷勤马上辞。贾生离魏阙，王粲向荆夷。水讨一作度清源寺，山经绮季一作里祠。心摇汉皋珮，泪堕岘亭一作山碑。并途中所经历者也。驿路缘云际，城楼枕水湄。思乡多绕泽，望阙一作国独登埤。林晚青萧索，江平绿渺瀰。野秋鸣蟋蟀，沙冷聚鸬鹚。官舍黄茅屋，人家苦竹篱。白醪充夜酌，红粟备晨炊。寡鹤摧风翮，鳏鱼失水鬐。暗雏啼渴一作鹍旦，凉叶坠相思。此四句兼含微之鳏居之思。一点寒一作秋灯灭，三声晓角吹。
蓝衫经雨故，骢马卧霜赢。念涸谁濡沫，嫌醒自歠醨。耳垂无一作
怀伯乐，舌在有一作感张仪。负气冲星剑，倾心向日葵。金言自销
铄，玉性肯磷缁。伸屈须看蠖，穷通莫问龟。定知身是患，应用道
为医。想子今如彼，嗟予独在斯一作兹。无慑一作惊当岁杪，有梦到
天涯。坐阻连襟带，行乖接履綦。润销衣上雾，香散室中芝。念远
缘一作伤迁贬，惊时为一作叹别离。素书三往复，明月七盈亏。自与微
之别经七月，三度得书。旧里一作理非难到，馀欢不可一作易追。树依兴
善老，草傍静一作靖安衰。微之宅在静安坊西，近兴善寺。前事思如昨，中
怀写向谁。北村寻古柏，南宅访辛夷。开元观西北院，即隋时龙村佛堂。
有古柏一株，于今存焉。微之宅中，有辛夷两树，常与微之游息其下。此日空一作徒
搔首，何人共解颐。病多知夜永，年长觉秋悲。不饮长如醉，加餐
亦似饥。狂吟一作书一千字，因使寄微之。

和郑元一作方及第后秋归

洛下闲居 同高侍郎下隔年及第

勤苦成名后，优游得意间。玉怜同匠琢，桂恨隔年攀。山静豹难
隐，谷幽莺暂还。微吟诗引步，浅酌酒开颜。门迥暮临水，窗深朝
对山。云衢日相待，莫误许身闲。

与诸同年贺座主侍郎新拜太常同宴

萧尚书亭子 座主于萧尚书下及第，得群字韵。

宠新卿典礼，会盛客征文。不失迁莺侣，因成贺燕群。池台一作塘
晴间雪，冠盖暮和云。共仰曾攀处，年深桂尚熏。

东都冬日会诸同年宴郑家林亭 得先字

盛时陪上第，暇日会群贤。桂折因同树，莺迁各异年。宾阶纷组佩

一作绶，妓席俨花钿。促膝齐荣贱，差肩次后先。助歌林下水，销酒雪中天。他日升沉者，无忘共此筵。

叙德书情四十韵上宣歙翟

一作崔中丞 宣州荐送及第后，重投此诗。

元圣生乘运，忠贤出应期。还将稽古力，助立太平基。土控吴兼越，州连歙与池。山河地襟带，军镇国藩维。廉察安江甸，澄清肃海夷。股肱分外守，耳目付中司。楚老歌来暮，秦人咏去思。望如时雨至，福是一作似岁星移。政静民无讼，刑行吏不欺。挢谦惊主宠，阴德畏人知。白玉惭温色，朱绳让直辞。行为时领袖，言作世蓍龟。盛幕招贤士，连营训锐师。光华下鹓鹭，气色动熊罴。出入麾幢引，登临剑戟随。好风迎解榻，美景待褰帷。晴野霞飞绮，春郊柳宛丝。城乌惊画角，江雁避红旗。藉草朱轮驻，攀花紫绶垂。山宜谢公屐，洲称柳家诗。酒气和芳杜，弦声乱子规。分球齐马首，列舞匝蛾眉。醉惜年光晚，欢怜日影迟。回塘排玉棹，归路拥金羁。自顾龙钟者，尝蒙噢咻之。仰山尘不让，涉海水难为。身忝乡人荐，名因国士推。提携增善价，拂拭长妍姿。射策端心术，迁乔整羽仪。幸穿杨远叶，谬折桂高枝。佩德潜书带，铭仁暗勒肌。饬一作鞠躬趋馆舍，拜手挹阶墀。霄汉程虽在，风尘迹尚卑。敝衣羞布素，败屋厌茅茨。养乏晨昏膳，居无伏腊资。盛时贫可耻，壮岁病堪嗤。擢第名方立，耽书力未疲。磨铅重刬割，策蹇再奔驰。相马须怜瘦，呼鹰正及饥。扶摇重即事，会有答恩时。

和渭北刘大夫借便秋遮虏寄朝中亲友

巨镇为邦屏，全材作国桢。韬钤汉上将，文墨鲁诸生。豹虎关西卒，金汤渭北城。宠深初受榮，威重正扬兵。阵占山河布，军谙水草行。夏苗侵虎—作部落,宵遁失蕃营。云队攒戈戟,风行卷旆旌。堠空烽火灭,气胜鼓鼙鸣。胡马辞南牧,周师罢北征。回头问天下,何处有欃枪。

题故曹王宅 宅在檀溪

甲第何年置,朱门此地开。山当宾阁出,溪绕妓堂回。覆井桐新长,阴窗竹旧栽。池荒红菡萏,砌老绿莓苔。捐馆梁王去,思人楚客来。西园飞盖处,依旧月裴回。

自江陵之徐州路上寄兄弟

岐路南将北,离忧弟与兄。关河千里别,风雪一身行。夕宿劳乡梦,晨装惨旅情。家贫忧后事,日短念前程。烟雁翻寒渚,霜乌聚古城。谁怜陟冈者,西楚望南荆。

酬哥舒大见赠

去年与哥舒等八人同登科第,今叙会散之意。

去岁欢游何处去—作好,曲江西岸杏园东。花下忘归因美景,尊前劝酒是春风。各从微宦风尘里,共度流年离别中。今日相逢愁又喜,八人分散两人同。

和谈校书秋夜感怀呈朝中亲友

遥夜凉风楚客悲,清砧繁漏月高时。秋霜似鬓年空长,春草如袍位尚卑。词赋擅名来已久,烟霄得路去何迟。汉庭卿相皆知己,不荐扬雄欲荐谁。

感 秋 寄 远

惆怅时节晚,两情千里同。离忧不散处,庭树正秋风。燕影动归翼,蕙香销故丛。佳期与芳岁,牢落两成空。

春题华阳观 观即华阳公主故宅,有旧内人存焉。

帝子吹箫逐凤凰,空留仙洞号华阳。落花何处堪惆怅,头白宫人扫影堂。

秋雨中赠元九

不堪红叶青苔地,又是凉风暮雨天。莫怪独吟秋思苦,比君校近二毛年。

城 东 闲 游

宠辱忧欢不到情,任他朝市自营营。独寻秋景城东去,白鹿原头信马行。

答 韦 八

丽句劳相赠,佳期恨一作音怅有违。早知留酒待,悔不趁花归。春尽绿醅老,雨多红萼稀。今朝如一醉,犹得及芳菲。

华阳观桃花时招李六拾遗饮

华阳观里仙桃发,把酒看花心自知。争忍开时不同醉,明朝后日即空枝。

和友人洛中春感 一作感春

莫悲金谷园中月,莫叹天津桥上春。若学多情寻往事,人间何处不伤神。

送张南简入蜀

昨日诏书下,求贤访陆沉。无论能与否,皆起徇名心。君独南游去,云山蜀路深。

寄陆补阙 前年同登科

忽忆前年科第后,此时鸡鹤暂同群。秋风惆怅须吹散,鸡在中庭一作庭前鹤在云。

华阳观中八月十五日夜招友玩月

人道秋中一作中秋明月好,欲邀同赏意如何。华阳洞里秋坛上,今夜清光此处多。

曲江忆元九

春来无伴闲游少,行乐三分减二分。何况今朝杏园里,闲人逢尽不逢君。

过刘三十二故宅

不见刘君来近远,门前两度满枝花。朝来惆怅宣平过,柳巷当头第一家。

下邽庄南桃花

村南无限桃花发,唯我多情独自来。日暮风吹红满地,无人解惜为谁开。

三月三十日题慈恩寺

慈恩春色今朝尽,尽日裴回倚寺门。惆怅春归留不得,紫藤花下渐黄昏。

看恽—作浑家牡丹花戏赠李二十

香胜烧兰红胜霞,城中最数令公家。人人散后君须看,归到江南无此花。

春中与卢四周谅—作鲸华阳观同居

性情懒慢好相亲,门巷萧条称作邻。背烛共怜深夜月,蹋花同惜少年春。杏坛住僻虽宜病,芸阁官微不救贫。文行如君尚憔悴,不知霄汉待何人。

自城东至以诗代书戏招
李六拾遗崔二十六先辈

青门走马趁心期,惆怅归来已校迟。应过唐昌玉蕊后,犹当崇敬牡丹时。暂游还忆崔先辈,欲醉先邀李拾遗。尚残半月芸香俸,不作归粮作酒赀。

盩厔县北楼望山 自此后诗为畿尉时作

一为趋走吏,尘土不开颜。孤负平生眼,今朝始见山。

县西郊秋寄赠马造 一作达

紫阁峰西清渭东,野烟深处夕阳中。风荷老一作落叶萧条绿,水蓼残一作开花寂寞红。我厌宦游君失意,可怜秋思两心同。

别韦苏州

百年愁里过,万感醉中来。惆怅城西别,愁眉两不开。

戏题新栽蔷薇 时尉盩厔

移根易地莫憔悴,野外庭前一种春。少府无妻春寂寞,花开将尔当夫人。

酬王十八李大见招游山

自怜幽会心期阻,复愧嘉招书信频。王事牵身去不得,满山松雪属他人。

县南花下醉中留刘五

百岁几回同酩酊,一年今日最芳菲。愿将花赠天台女,留取刘郎到夜归。

宿杨家

杨氏弟兄俱醉卧,披衣独起下高斋。夜深不语中庭立,月照藤花影上一作下阶。

醉中留别杨六兄弟 三月二十日别

春初携手春深散,无日花间不醉狂。别后何人堪共醉,犹残十日好风光。

醉中归盩厔

金光门外昆明路,半醉腾腾信马回。数日非关王事系,牡丹花尽始归来。

游云居寺赠穆三十六地主

乱峰深处云居路,共蹋花行独惜春。胜地本来无定主,大都山属爱山人。

和王十八蔷薇涧花时有怀萧侍御兼见赠

霄汉风尘俱是系,蔷薇花委故山深。怜君独向涧中立,一把红芳三处心。

再因公事到骆口驿

今年到时夏云白,去年来时秋树红。两度见山心有愧,皆因王事到山中。

期李二十文略王十八质夫不至独宿仙游寺

文略也从牵吏役,质夫何故恋嚣尘。始知解爱山中宿,千万人中无一人。

酬赵秀才赠新登科诸先辈

莫羡蓬莱鸾鹤侣,道成羽翼自生身。君看名在丹台者,尽是人间修道人。

过 天 门 街

雪尽终南又欲春,遥怜翠色对红尘。千车万马九衢上,回首看山无一人。

惜玉蕊花有怀集贤王校书起

芳意将阑风又吹,白云离叶雪辞枝。集贤雠校无闲日,落尽瑶花君不知。

春送卢秀才下第游太原谒严尚书

未将时会合,且与俗浮沉。鸿养青冥翮,蛟潜云雨心。烟郊春别远,风碛暮程深。墨客投何处,并州旧翰林。

长安送柳大东归

白社羁游伴,青门远别离。浮名相引住,归路不同归。

送文畅上人东游

得道即无著,随缘西复东。貌依年腊老,心到夜禅空。山宿驯溪虎,江行滤水虫。悠悠尘客思,春满碧—作色满云中。

社日关路作

晚景函关路,凉风社日天。青岩新有燕,红树欲无蝉。愁立驿楼上,厌行官堠前。萧条秋兴苦,渐近二毛年。

重到毓村—作材宅有感

欲入中门泪满巾,庭花无主两回春。轩窗帘幕皆依旧,只是堂前欠一人。

乱后过流沟寺

九月徐州新战后,悲一作急风杀气满山河。唯有流沟山下寺,门前依旧白云多。

叹　发　落

多病多愁心自知,行年未老发先衰。随梳落去何须惜,不落终须变作丝。

留别吴七正字

成名共记甲科上,署吏同登芸阁间。唯是尘心殊道性,秋蓬常转水长闲。

除夜宿洺州

家寄关西住,身为河北游。萧条岁除夜,旅泊在洺州。

邯郸冬至一作至除夜思家

邯郸驿里逢冬至,抱膝灯前影伴身。想得家中夜深坐,还应说著远行人。

冬至夜怀湘灵

艳质无由见,寒衾不可亲。何堪最长夜,俱作独眠人。

感故张仆射诸妓

黄金不惜买蛾眉,拣得如花三四枝。歌舞教成心力尽,一朝身去不相随。

游 仙 游 山

暗将心地出人间,五六年来人怪闲。自嫌恋著未全尽,犹爱云泉多在山。

见尹公亮新诗偶赠绝句

袖里新诗十首馀,吟看句句是琼琚。如何持此将干谒,不及公卿一字书。

长 安 闲 居

风竹松烟昼掩关,意中长似在深山。无人不怪长安住,何独朝朝暮暮间。

早春独游曲江 时为校书郎

散职无羁—作拘束,羸骖少送迎。朝从直城出,春傍曲江行。风起池东暖,云开山北晴。冰销泉脉动,雪尽草芽生。露杏红初坼,烟杨绿未成。影迟新度雁,声涩欲啼莺。闲地心俱静,韶光眼共明。酒狂怜性逸,药效喜身轻。慵慢疏人事,幽栖逐—作遂野情。回看芸阁笑,不似有浮名。

秘书省中忆旧山

厌从薄宦校青简,悔别故山思白云。犹喜兰台非傲吏,归时应免动移文。

凉夜有怀 自此后诗并未应举时作

清风吹枕席，白露湿衣裳。好是相亲夜，漏迟天气凉。

送武士曹归蜀 士曹即武中丞兄

花落鸟嘤嘤，南归称野情。月宜秦岭宿一作过，春好蜀江行。乡路通云栈，郊扉近锦城。乌台陟冈送一作老，人羡别时荣。

江南送北客因凭寄徐州兄弟书 时年十五

故园望断欲何如，楚水吴山万里馀。今日因君访兄弟，数行乡泪一封书。

赋得古原草送别

离离原上草，一岁一枯荣。野火烧不尽，春风吹又生。远芳侵古道，晴翠接荒城。又送王孙去，萋萋满别情。

夜哭李夷道

逝者绝影响，空庭朝复昏。家人哀临毕，夜锁寿堂门。无妻无子何人葬，空见铭旌向月翻。

病中作 时年十八

久为劳生事，不学摄生道。年少已多病，此身岂堪老。

秋江晚泊

扁舟泊云岛，倚棹念乡国。四望不见人，烟江澹秋色。客心贫易动，日入愁未息。

旅次一作泊景空寺宿幽上人院

不与人境接，寺门开向山。暮钟寒鸟聚，秋雨病僧闲。月隐云树外，萤飞廊宇间。幸投花界宿，暂得静心颜。

长安正月十五日

喧喧车骑帝王州，羁病无心逐胜游。明月春风三五夜，万人行乐一人愁。

过高将军墓

原上新坟委一身，城中旧宅有何人。妓堂宾阁无归日，野草山花又欲春。门客空将感恩泪，白杨风里一沾巾。

寒食卧病

病逢佳节长叹息，春雨濛濛榆柳色。羸坐全非旧日容，扶行半是他人力。喧喧里巷蹋青归，笑闭柴门度寒食。

宿桐庐馆同崔存度醉后作

江海漂漂共旅游，一尊相劝散穷愁。夜深醒后愁还在，雨滴梧桐山馆秋。

江楼望归 时避难在越中

满眼云水色，月明楼上人。旅愁春入越，乡梦夜归秦。道路通荒服，田园隔虏尘。悠悠沧海畔，十载避黄巾。

除夜寄弟妹

感时思弟妹，不寐百忧生。万里经年别，孤灯此夜情。病容非旧日，归思逼新正。早晚重欢会，羁离各长成。

寒 食 月 夜

风香露重梨花湿，草舍无灯—作烟愁未入。南邻北里歌吹时，独倚柴门月中立。

感芍药花寄正一上人

今日阶前红芍药，几花欲老几花新。开时不解比色相，落后始知如幻身。空门此去几多地，欲把残花问上人。

晚 秋 闲 居

地僻门深少送迎，披衣闲坐养幽情。秋庭不扫携藤杖，闲蹋梧桐黄叶行。

秋暮郊居书怀

郊居人事少，昼卧对林峦。穷巷厌多雨，贫家愁早寒。葛衣秋未换，书卷病仍看。若问生涯计，前溪一钓竿。

为薛台悼亡

半死梧桐老病身，重泉一念一伤神。手携稚子夜归院，月冷空房不见人。

途中寒食

路旁寒食行人尽一作绝，独占春愁在路旁。马上垂鞭愁不语，风吹
百草野田香。

题流沟寺古松

烟叶葱茏苍麈尾，霜皮剥落紫龙鳞。欲知松老看尘壁，死却题诗几
许人。

感月悲逝者

存亡感月一潸然，月色今宵似往年。何处曾经同望月，樱桃树下后
堂前。

代邻叟言怀

人生何事心无定，宿昔如今意不同。宿昔愁身不得老，如今恨作白
头翁。

自河南经乱关内阻饥兄弟离散各在一处因望月有感聊书所怀寄上浮梁大兄于潜七兄乌江十五兄兼示符离及下邽弟妹

时难年饥一作荒世业空，弟兄羁旅各西东。田园寥落干戈后，骨肉
流离道路中。吊影分为千里雁，辞根散作九秋蓬。共看明月应垂
泪，一夜乡心五处同。

长安早春旅怀

轩车歌吹喧都邑,中有一人向隅立。夜深明月卷帘愁,日暮青山望乡泣。风吹新绿草芽圻,雨洒轻黄柳条湿。此生知负少年春,不展愁眉欲三十。

寒闺夜

夜半衾裯冷,孤眠懒未能。笼香销尽火,巾泪滴成冰。为惜影相伴,通宵不灭灯。

寄湘灵

泪眼凌寒冻不流,每经高处即回头。遥知别后西楼上,应凭栏干独自愁。

冬至宿杨梅馆

十一月中长至夜,三千里外远行人。若为独宿杨梅馆,冷枕单床一病身。

临江送夏瞻 瞻年七十馀

悲君老别我沾巾,七十无家万里身。愁见舟行风又起,白头浪里白头人。

冬夜示敏巢 时在东都宅

炉火欲销灯欲尽,夜长相对百忧生。他时诸处重相见,莫忘今宵灯下情。

客中守岁 在柳家庄

守岁尊无酒,思乡泪满巾。始知为客苦,不及在家贫。畏老偏惊节,防愁预恶春。故园今夜里,应念未归人。

问 淮 水

自嗟名利客,扰扰在人间。何事长淮水,东流亦不闲。

宿 樟 亭 驿

夜半樟亭驿,愁人起望乡。月明何所见,潮水白茫茫。

及第后忆旧山

偶献子虚登上第,却吟招隐忆中林。春萝秋桂莫惆怅,纵有浮名不系心。

题李次云 一作虚 窗竹

不用裁为鸣凤管,不须截作钓鱼竿。千花百草凋零后,留向纷纷雪里看。

花下自劝酒

酒盏酌来须满满,花枝看即落纷纷。莫言三十是年少,百岁三分已一分。

题李十一东亭

相思夕上松台立,蛩思蝉声满耳秋。惆怅东亭风月好,主人今夜在鄜州。

春　村

二月村园暖，桑间戴胜飞。农夫春旧谷，蚕妾捣新衣。牛马因风远，鸡豚过社稀。黄昏林下路，鼓笛赛神归。

题施山人野居

得道应无著，谋生亦不妨。春泥秧稻暖，夜火焙茶香。水巷风尘少，松斋日月长。高闲真是贵，何处觅侯王。

全唐诗卷四三七

白居易

翰林中送独孤二十七起居罢职出院

碧落留云住,青冥放鹤还。银台向南路,从此到人间。

重 寻 杏 园

忽忆芳时频酩酊,却寻醉处重裴回。杏花结子春深后,谁解多情又独来。

曲江独行 自此后在翰林时作

独来独去何人识,厩马朝衣野客心。闲爱无风水边坐,杨花不动树阴阴。

同李十一醉忆元九

花时同醉破春愁,醉折花枝当酒筹。忽忆故人天际去,计程今日到凉一作梁州。

同钱员外题绝粮僧巨川

三十年来坐对山,唯将无事化人间。斋时往往闻钟笑,一食何如不食闲。

绝句代书赠钱员外

欲寻秋景闲行去，君病多慵我兴孤。可惜今朝山最好，强能骑马出来无。

晚秋有怀郑中旧隐

天高风袅袅，乡思绕关河。寥落归山梦，殷勤采蕨歌。病添心寂寞，愁入鬓蹉跎。晚树蝉鸣少，秋阶日上多。长闲羡云鹤，久别愧烟萝。其奈丹墀上，君恩未报何。

禁中九日对菊花酒忆元九

赐酒盈杯谁共持，宫花满把独相思。相思只傍花边立，尽日吟君咏菊诗。元诗云：不是花中偏爱菊，此花开尽更无花。

送王十八归山寄题仙游寺

曾于太白峰前住，数到仙游寺里来。黑水澄时潭底出，白云破处洞门开。林间暖酒烧红叶，石上题诗扫绿苔。惆怅旧游那复到，菊花时节羡一作待君回。

答张籍因以代书

怜君马瘦衣裘薄，许到江东访鄙夫。今日正闲天又暖，可能扶病暂来无。

曲　江　早　春

曲江柳条渐无力，杏园伯劳初有声。可怜春浅游人少，好傍池边下马行。

见元九悼亡诗因以此寄

夜泪暗销明月幌,春肠遥断牡丹庭。人间此病治无药,唯有楞伽四卷经。

寒　食　夜

无月无灯寒食夜,夜深犹立暗花前。忽因时节惊年几,四十如今欠一年。

杏园花落时招钱员外同醉

花园欲去去应迟,正是风吹狼藉时。近西数树犹堪醉,半落春风半在枝。

重题西明寺牡丹 时元九在江陵

往年君向东都去,曾叹花时君未回。今年况作江陵别,惆怅花前又独来。只愁离别长如此,不道明年花不开。

同钱员外禁中夜直

宫漏三声知半夜,好风凉月满松筠。此时闲坐寂无语,药树影中唯两人。

禁中夜作书与元九

心绪万端书两纸,欲封重读意迟迟。五声宫漏初鸣一作明夜,一点窗灯欲灭时。

八月十五日夜禁中独直对月忆一作寄元九

银台金阙夕沉沉,独宿相思在翰林。三五夜中新月色,二千里外故
人心。渚宫东面烟波冷,浴殿西头钟漏深。犹恐清光不同见,江陵
卑湿足秋阴。

寄陈式五兄

年来白发两三茎,忆别君时髭未生。惆怅料君应满鬓,当初是我十
年兄。

庾顺之以紫霞绮远赠以诗答之

千里故人心郑重,一端香绮紫氛氲。开缄日映晚霞色,满幅风生秋
水纹。为褥欲裁怜叶破,制裘将翦惜花分。不如缝作合欢被,寤寐
相思如对君。

送元八归凤翔

莫道岐州三日程,其如风雪一身行。与君况是经年别,暂到城来又
出城。

雨雪放朝因怀微之

归骑纷纷满九衢,放朝三日为泥涂。不知雨雪江陵府,今日排衙得
免无。

咏　怀

岁去年来尘土中,眼看变作白头翁。如何办得归山计,两顷村田一
亩宫。

闻微之江陵卧病以大通中
散碧腴垂云膏寄之因题四韵

已题一帖红消散,又封一合碧云英。凭人寄向江陵去,道路迢迢一月程。未必能治江上瘴,且图遥慰病中情。到时想得君拈得,枕上开看眼暂明。

酬钱员外雪中见寄

松雪无尘小院寒,闭门不似住长安。烦君想我看心坐,报道心空无可看。

重酬钱员外

雪中重寄雪山偈,问答殷勤四句中。本立空名缘破妄,若能无妄亦无空。

独酌忆微之 时对所赠醅

独酌花前醉忆君,与君春别又逢春。惆怅银杯来处重,不曾盛酒劝闲人。

微之宅残牡丹

残红零落无人赏,雨打风摧花不全。诸处见时犹怅望,况当元九小亭前。

新 磨 镜

衰容常一作当晚栉一作节,秋镜偶新磨。一与清光对,方知白发多。鬓毛从幻化,心地付头陀。任意浑成雪,其如似梦何。

感 发 落

昔日愁头白,谁知未白衰。眼看一作前应落尽,无可变成丝。

八月十五日夜闻崔大员外翰林独
直对酒玩月因怀禁中清景偶题是诗

秋月高一作空悬空一作高碧外,仙郎静玩禁闱间。岁中唯有今宵好,
海内无如此地闲。皓色分明双阙榜,清光深到九门关。遥闻独醉
还惆怅,不见金波照玉山。

酬王十八见寄

秋思太白峰头雪,晴忆仙游洞口云。未报皇恩归未得,惭君为寄北
山文。

立春日酬钱员外曲江同行见赠

下直遇春日,垂鞭出禁闱。两人携手语,十里看山归。柳色早黄
浅,水文新绿微。风光向晚好,车马近南稀。机尽笑相顾,不惊鸥
鹭飞。

和钱员外青龙寺上方望旧山

旧峰松雪旧溪云,怅望今朝遥属君。共道使臣非俗吏,南山莫动北
山文。

宴周皓大夫光福宅 座上作

何处风光最可怜,妓堂阶下砌台前。轩车拥路光照地,丝管入门声
沸天。绿蕙不香饶桂酒,红樱无色让花钿。野人不敢求他事,唯借

泉声一作流泉伴醉眠。

晚 秋 夜

碧空溶溶月华静,月里愁人吊孤影。花开残菊傍疏篱,叶下衰桐落寒井。塞鸿飞急觉秋尽,邻鸡鸣迟知夜永。凝情不语空所思,风吹白露衣裳冷。

惜牡丹花二首

一首翰林院北厅花下作,一首新昌窦给事宅南亭花下作。

惆怅阶前红牡丹,晚来唯有两枝一作花残。明朝风起应吹尽,夜惜衰红把火看。

寂寞萎红低向雨,离披破艳散随风。晴明一作天落地犹惆怅,何况飘零泥土中。

答元奉礼同宿见赠

相逢俱叹不闲身,直日常多斋日频。晓一作晚鼓一声分散去,明朝风景属何人。

答马侍御见赠

谬入金门侍玉除,烦君问我意何如。蟠木讵堪明主用,笼禽徒与故人疏。苑花似雪同随辇,宫月如眉伴直庐。浅薄求贤思自代,嵇康莫寄绝交书。

上巳日恩赐曲江宴会即事

赐欢仍许醉,此会兴如何。翰苑主恩重,曲江春意多。花低羞艳妓,莺散让清歌。共道升平乐,元和胜永和。

夜惜禁中桃花因怀钱员外

前日归时花正红,今夜宿时枝半空。坐惜残芳君不见,风吹狼藉月明中。

和钱员外早冬玩禁中新菊

禁署寒气迟,孟冬菊初一作花坼。新黄间繁绿,烂若金照碧。仙郎小隐日,心似陶彭泽。秋怜潭上看,日惯篱边摘。今来此地赏,野意潜自适。金马门内花,玉山峰下客。寒芳引清句,吟玩一作赏烟景夕。赐酒色偏宜,握兰香不敌。凄凄百卉死,岁晚冰霜积。唯有此花开一作有此花开时,殷勤助君惜。钱尝居蓝田山下,故云。

答刘戒之早秋别墅见寄

凉风木槿篱,暮雨槐花枝。并起新秋思,为得故人诗。避地鸟择木,升一作入朝鱼在池。城中与山下,喧静暗相思。

凉 夜 有 怀

念别感时节,早蛩闻一声。风帘夜凉入,露簟秋意生。灯尽梦初罢,月斜天未明。暗凝无限思,起傍药阑行。

秋 思

病眠夜少梦,闲立秋多思。寂寞徐雨晴,萧条早寒至。鸟栖红叶树,月照青苔地。何况镜中年,又过三十二。

禁 中 闻 蛩

悄悄禁门闭,夜深无月明。西窗独暗坐,满耳新蛩声。

秋　虫

切切暗窗下，喓喓深草里。秋天思妇心，雨夜愁人耳。

赠别宣上人

上人处世界，清净何所似。似彼白莲花，在水不著水。性真—作真空悟泡幻—作幻泡，行洁离尘滓。修道来几时，身心俱到此。嗟余牵世网，不得长依止。离念与碧云，秋来朝夕起。

春夜喜雪有怀王二十二

夜雪有佳趣，幽人出书帷。微寒生枕席，轻素对—作封阶墀。坐罢楚弦曲，起吟班扇诗。明宜灭烛—作灯后，净爱褰—作卷帘时。窗引曙色早，庭销春气迟。山阴应有兴，不卧待徽之。

酬和元九东川路诗十二首

十二篇皆因新境追忆旧事，不能一一曲叙，但随而和之，唯余与元知之耳。

骆口驿旧题诗

拙诗在壁无人爱，鸟污苔侵文字残。唯有多情元侍御，绣衣不惜拂尘看。

南秦雪

往岁曾为西邑吏，惯从骆口到南秦。三时云冷多飞雪，二月山寒少有春。我思旧事犹惆怅，君作初行定苦辛。仍赖愁猿寒不叫，若闻猿叫更愁人。

山枇杷花二首

万重青嶂蜀门口，一树红花山顶头。春尽忆家归未得，低红如解替君愁。

叶如裙色碧绡一作纱浅，花似芙蓉红粉轻。若使此花兼解语，推囚
御史定违程。

江　楼　月

嘉陵江曲曲江池一作迟，明月虽同人别离。一宵光景潜相忆，两地
阴晴远不知。谁料江边怀我夜，正当池畔望君时。今朝共语方同
悔，不解多情先寄诗。

亚　枝　花

山邮花木似平阳，愁杀多情骢马郎。还似升平池畔坐，低头向水自
看妆。

江　上　笛

江上何人夜吹笛，声声似忆故园春。此时闻者堪头白，况是多愁少
睡人。

嘉陵夜有怀二首

露湿墙花春意深，西廊月上半床阴。怜君独卧无言语，唯我知君此
夜心。

不明不暗胧一作朦胧月，不暖不寒慢慢风。独卧空床好天气，平明
闲事到心中。

夜　深　行

百牢一作年关外夜行客，三殿角头宵直人。莫道近臣胜远使，其如
同是不闲身。

望驿台　三月三十日

靖安宅里当窗柳，望驿台前扑地花。两处春光一作风同日尽，居人
思客客思家。

江　岸　梨　花

梨花有思一作意缘和叶，一树江头恼杀君。最似孀闺少年妇，白妆

素袖碧纱裙。

答谢家最小偏怜女 感元九悼亡诗,因为代答三首。

嫁得梁鸿六七年,耽书爱酒日高眠。雨荒春圃唯生草,雪压朝厨未有烟。身病忧来缘女少,家贫忘却为夫贤。谁知厚俸今无分,枉向秋风吹纸钱。

答骑马入空台

君入空台去,朝往暮还来。我入泉台去,泉门无复开。鳏夫仍系职,稚女未胜哀。寂寞咸阳道,家人覆墓回。

答山驿梦

入君旅梦来千里,闭我幽魂欲二年。莫忘平生行坐处,后堂阶下竹丛前。

和元九与吕二同宿话旧感赠

见君新赠吕君诗,忆得同年行乐时。争入杏园齐马首,潜过柳曲斗蛾眉。八人云散俱游宦,七度花开尽别离。闻道秋娘犹且在,至今时复问微之。

忆元九

渺渺江陵道,相思远不知。近来文卷里,半是忆君诗。

萧员外寄新蜀茶

蜀茶寄到但惊新,渭水煎来始觉珍。满瓯似乳堪持玩,况是春深酒渴人。

寄上大兄 已后诗在郐林居作

秋鸿过尽无书信,病戴纱巾强出门。独上荒台东北望,日西愁立到
黄昏。

病中哭金銮子 小女子名

岂料吾方病,翻悲汝不全。卧惊从枕上,扶哭就灯前。有女诚为
累,无儿岂免怜。病来才十日,养得已三年。慈泪随声迸,悲肠一作
伤遇物牵。故衣犹架上,残药尚头边。送出深村巷,看封小墓田。
莫言三里地,此别是终天。

寄　内

条桑初绿即为别,柿叶半红犹未归。不如村妇知时节,解为田夫秋
捣衣。

病　气

自知气发每因情,情在何由气得平。若问病根深与浅,此身应与病
齐生。

叹　元　九

不入城门一作中来五载,同时班列尽官高。何人牢落犹依旧,唯有
江陵元士曹。

眼　暗

早年勤倦看书苦,晚岁悲伤出泪多。眼损不知都自取,病成方悟欲
如何。夜昏乍似灯将灭,朝暗长疑镜未磨。千药万方治不得,唯应

闭目学头陀。

得 袁 相 书

谷苗深处一农夫,面黑头斑手把锄。何意使人犹识我,就田来送相公书。

病 中 作

病来城里诸亲故,厚薄亲疏心总知。唯有蔚章于我分,深于同在翰林时。

感化寺见元九刘三十二题名处

微之谪去千馀里,太白无来十一年。今日见名如见面,尘埃壁上破窗前。

游悟贞寺回山下别张殷衡

世缘未了治－作住不得,孤负青山心共知。愁君又入都门去,即是红尘满眼时。

村居寄张殷衡

金氏村中一病夫,生涯濩落性灵迂。唯看老子五千字,不蹋长安十二衢。药铫夜倾残酒暖,竹床寒取旧毡铺。闻君欲发江东去,能到茅庵访别无。

病中得樊大书

荒村破屋经年卧,寂绝无人问病身。唯有东都樊著作,至今书信尚殷勤。

开元九诗书卷

红笺白纸两三束,半是君诗半是书。经年不展缘身病,今日开看生蠹鱼。

昼　卧

抱枕无言语,空房独悄然。谁知尽日卧,非病亦非眠。

夜　坐

庭前尽日立到夜,灯下有时坐彻明。此情不语何人会,时复长吁一一作三两声。

暮　立

黄昏独立佛堂前,满地槐花满树蝉。大抵四时心总苦,就中肠断是秋天。

有　感

绝弦与断丝,犹有却续时。唯有衷肠断,应无续得期。

答 友 问

似玉童颜尽,如霜病鬓新。莫惊身顿老,心更老于身。

村　夜

霜草苍苍虫切切,村南村北行人绝。独出前门望野田,月明荞麦花如雪。

闻　虫

暗虫唧唧夜绵绵，况是秋阴欲雨天。犹恐愁人暂得睡，声声移近卧床前。

寒食夜有怀

寒食非长非短夜，春风不热不寒天。可怜时节堪相忆，何况无灯各早眠。

赠　内

漠漠暗苔新雨地，微微凉露欲秋天。莫对月明思往事，损君颜色减君年。

得钱舍人书问眼疾

春来眼暗少心情，点尽黄连尚未平。唯得君书胜得药，开缄未读眼先明。

还李十一马

传语李君劳寄马，病来唯著-作拄杖扶身。纵拟强骑无出处，却将牵与趁朝人。

九日寄行简

摘得菊花携得酒，绕-作远村骑马思悠悠。下邽田地平如掌，何处登高望梓州。

夜　坐

斜月入前楹,迢迢一作遥夜坐情。梧桐上阶影,蟋蟀近床声。曙傍窗间至,秋从簟上生。感时因忆事,不寝到鸡鸣。

村 居 二 首

田园莽苍经春早,篱落萧条尽日风。若问经过谈笑者,不过田舍白头翁。

门闭仍逢雪,厨寒未起烟。贫家重寥落,半为日高眠。

早　春

雪散因和气,冰开得暖光。春销不得处,唯有鬓边霜。

和梦游春诗一百韵 并序

　　微之既到江陵,又以《梦游春诗》七十韵寄予,且题其序曰:“斯言也,不可使不知吾者知,知吾者亦不可使不知。乐天知吾也,吾不敢不使吾子知。”予辱斯言,三复其旨,大抵悔既往而悟将来也。然予以为苟不悔不寤则已,若悔于此,则宜悟于彼也。反于彼而悟于妄,则宜归于真也。况与足下外服儒风,内宗梵行者有日矣。而今而后,非觉路之返也,非空门之归也,将安返乎? 将安归乎? 今所和者,其章旨卒(一作卒章指)归于此。夫感不甚则悔不熟,感不至则悔不深。故广足下七十韵为一百韵,重为足下陈梦游之中所以甚感者,叙婚仕之际所以至感者,欲使曲尽其妄,周知其非,然后返乎真,归乎实,亦犹《法华经》序火宅,偈化城,《维摩经》入淫舍,过酒肆之义也。微之微之,予斯文也,尤不可使不知吾者知,幸藏之尔云。

昔君梦游春,梦游仙山曲。悦若有所遇,似惬平生欲。因寻菖蒲水,渐入桃花谷。到一红楼家,爱之看不足。池流渡清泚一作濑,草嫩蹋绿蓐。门柳暗全低，檐樱红半熟。转行深深院，过尽重重屋。乌龙卧不惊，青鸟飞相逐。渐闻玉佩响，始辨珠履躅。遥见窗下人，娉婷十五六。霞光抱明月，莲艳开初旭。缥缈云雨仙，氛氲兰麝馥。风流薄梳洗，时世宽妆束。袖软异文绫，裙轻单丝縠。裙腰银线压，梳掌金筐蹙。带襭紫蒲萄，袴花红石竹。凝情都未语，付意微相瞩。眉敛远山青，鬟低片云绿。帐牵翡翠带，被解鸳鸯襆。秀色似堪餐，秾华如可掬。半卷锦头席，斜铺绣腰褥。朱唇素指匀，粉汗红绵扑。心惊睡易觉，梦断魂难续。笼委独栖禽，剑分连理木。存诚期有感，誓志贞无黩。京洛八九春，未曾花里宿。壮年徒自弃，佳会应无复。鸾歌不重闻，凤兆从兹卜。韦门女清贵，裴氏甥贤淑。罗扇夹花灯，金鞍攒绣毂。既倾南国貌，遂坦东床腹。刘阮心渐忘，潘杨意方睦。新修履信第，初食尚书禄。九酝备圣贤，八珍穷水陆。秦家重萧史，彦辅怜卫叔。朝馔馈独盘，夜醵倾百斛。亲宾盛辉赫，妓乐纷晔煜。宿醉才解酲，朝欢俄枕麴。饮过君子争，令甚将军酷。酩酊歌鹧鸪，颠狂舞鸲鹆。月流春夜短，日下秋天速。谢傅隙过驹-作奔光，萧娘风过-作送烛。全凋蕣花折，半死梧桐秃。暗镜对孤鸾，哀弦留寡鹄。凄凄隔幽显，冉冉移寒燠。万事此时休，百身何处赎。提携小儿女，将领旧姻族。再入朱门行，一傍青楼哭。枥空无厩马，水涸失池〔鸂〕(鹙)。摇落废井梧，荒凉故篱菊。莓苔上几阁，尘土生琴筑。舞榭缀蟏蛸，歌梁聚蝙蝠。嫁分红粉妾，卖散苍头仆。门客思彷徨，家人泣呻噢。心期正萧索，宦序仍拘跼。怀策入崤函，驱车辞郏鄏。逢时念既济，聚学思大畜。端详筮仕蓍，磨拭穿杨镞。始从雠校职，首中贤良目。一拔侍瑶墀，再升纡绣服。誓酬君王宠，愿使朝廷肃。密勿奏封章，清明操宪牍。鹰鞲中病下，豸角当邪触。纠谬静-作尽东周，申冤动南蜀。危言诋阉寺，直气忤钧轴。不忍曲作钩，乍能折为玉。扪心无愧畏,腾口有谤讟。只要明是非,何曾虞祸福。车摧太行路,剑落酆城狱。襄汉问修途,荆蛮指殊俗。谪为江府掾,遣事荆州牧。趋走谒麾幢,喧烦视鞭朴。簿书常自领,缧囚每亲鞫。竟日坐官曹,经旬旷休沐。宅荒渚宫草,马瘦畬田粟。薄俸等涓毫,微官同桎梏。月中照形影,天际辞骨肉。鹤病翅羽垂,兽穷爪牙缩。行看须间白,谁劝杯中绿。时伤大野麟,命问长沙鵩。夏梅山雨渍,秋瘴江—作海云毒。巴水白茫茫,楚山青簇簇。吟君七十韵,是我心所蓄。既去诚莫追,将来幸前勖。欲除忧恼病,当取禅经读。须悟事皆空,无令念将属。请思游春梦,此梦何闪倐。艳色即空花,浮生乃焦谷。良姻在嘉偶,顷克为单独。入仕欲荣身,须臾成黜辱。合者离之始,乐兮忧所伏。愁恨僧祇长,欢荣刹那促。觉悟因傍喻,迷执由当局。膏明诱暗蛾,阳焱奔痴鹿。贪为苦聚落,爱是悲林麓。水荡无明波,轮回死生—作生死辐。尘应甘露洒,垢待醍醐浴。障要智灯烧,魔须慧刀戮。外熏性易染,内战心难衄。法句与心王,期君日三复。微之常以法句及《心王头陀经》相示,故申言以卒其志也。

王昭君二首 时年十七

满面胡沙满鬓—作面风,眉销残黛脸销红。愁苦辛勤憔悴尽,如今却似—作是画图中。

汉使却回凭寄语,黄金何日赎蛾眉。君王若问妾颜色,莫道不如宫里时。

全唐诗卷四三八

白居易

渭村退居寄礼部崔侍
郎翰林钱舍人诗一百韵

圣代元和岁,闲居渭水阳。不才甘命舛,多幸遇时康。朝野分伦序,贤愚定否臧。重文疏卜式,尚少弃冯唐。由是推天运,从兹乐性场。笼禽放高翥,雾豹得深藏。世虑休相扰,身谋且自强。犹须务衣食,未免事农桑。薙草通三径,开田占一坊。昼扉扃白版,夜碓扫黄粱。隙地治场圃,闲时粪土疆。枳篱编刺夹,薤垄擘科秧。稼力嫌身病,农心愿岁穰。朝衣典杯酒,佩剑博牛羊。困倚栽松锸,饥提采蕨筐。引泉来后涧,移竹下前冈。生计虽勤苦,家资甚渺茫。尘埃常满甑,钱帛少盈囊。弟病仍扶杖,妻愁不出房。传衣念蓝缕—作褴褛,举案笑糟糠。犬吠村胥闹,蝉鸣织妇忙。纳租看县帖,输粟问军仓。夕歇攀村树,秋行绕野塘。云容阴惨澹,月色冷悠扬。荞麦铺花白,棠梨间叶黄。早寒风撼撼,新霁月苍苍。园菜迎霜死,庭芜过雨荒。檐空愁宿燕,壁暗思啼螀。眼为看书损,肱因运甓伤。病骸浑似木,老鬓欲成霜。少睡知年长,端忧觉夜长。旧游多废忘,往事偶思量。忽忆烟霄路,常陪剑履行。登朝思检束,入阁学趋跄。命偶风云会,恩覆雨露雱。沾枯发枝叶,磨钝起锋铓。崔阁连镳骛，钱兄接翼翔。齐竽混韶夏，燕石厕琳琅。同日升金马，分宵直未央。共词加宠命，合表谢恩光。厩马骄初跨，天厨味始尝。朝晡颁饼饵，寒暑赐衣裳。对秉鹅毛笔，俱含鸡舌香。青缣衾薄絮，朱里幕高张。昼食恒连案，宵眠每并床。差肩承诏旨，连署进封章。起草偏同视，疑文最共详。灭私容点窜，穷理析毫芒。便共输肝胆，何曾异肺肠。慎微参石奋，决密^{与一作学}张汤。禁闼青交琐，宫^{一作官}垣紫界墙。井阑排菡萏，檐瓦斗鸳鸯。楼额题鸡鹊，池心浴凤凰。风枝万年动，温树四时芳。宿露凝金掌，晨晖上璧珰。砌笋涂绿粉，庭果滴红浆。晓从朝兴庆，春陪宴柏梁。传呼鞭索索，拜舞珮锵锵。仙仗环双阙，神兵辟两厢。火翻红尾旆，冰卓白竿枪。溷漾经鱼藻，深沉近浴堂。分庭皆命妇，对院^{一作面}即储皇。贵主冠浮动，亲王辔闹装。金钿相照耀，朱紫间荧煌。球簇桃花绮，歌巡竹叶觞。涯^去银中贵带，昂黛内人妆。赐褉东城下，颁酺曲水傍。尊罍分圣酒，妓乐借仙倡。浅酌看红药，徐吟把绿杨。宴回过御陌，行歇入僧房。白鹿原东脚^{一作郭}，青龙寺北廊。望春花景暖，避暑竹风凉。下直闲如社，寻芳醉似狂。有时还后到，无处不相将。鸡鹤初虽杂，萧兰久乃彰。来燕隗贵重，去鲁孔栖惶。聚散期难定，飞沉势不常。五年同昼夜，一别似参商。屈折孤生竹，销摧百炼钢^{一作刚}。途穷任憔悴，道在肯彷徨^{一作徨徨}。尚念遗簪折，仍怜病雀疮。恤寒分赐帛，救馁减馀粮。药物来盈裹，书题寄满箱。殷勤翰林主，珍重礼闱郎。煦沫诚多谢，抟扶岂所望。提携劳气力，吹嘘不飞扬。拙劣才何用，龙钟分白当。妆嫫徒费黛，磨甋讵成璋。习隐将时背，干名与道妨。外身宗老氏，齐物学蒙庄。疏放遗千虑，愚蒙守一方。乐天无怨叹，倚命不劬勤。愤懑胸须豁，交加臂莫攘。珠沉犹是宝，金跃未为祥。泥尾休摇掉，灰心罢激昂。渐闲亲道友，因病事医王。息乱归禅定，存神入坐亡。断痴求慧剑,济苦得慈航。不动为吾志,无何是我乡。可怜身与世,从此两相忘。

酬卢秘书二十韵 时初奉诏除赞善大夫

谬历文场选,惭非翰苑才。云霄高暂致,毛羽弱先摧。识分忘轩冕,知归返草莱。杜陵书积蠹,丰狱剑生苔。晦厌鸣鸡雨,春惊震蛰雷。旧恩收坠履,新律动寒灰。凤诏容徐起,鹓行许重陪。衰颜虽拂拭,蹇步尚低一作徘徊。睡少钟偏警,行迟漏苦摧。风霜趁朝去,泥一作雨雪拜陵回。上感君犹念,傍惭友或推。石顽镌费匠一作力,女丑嫁劳媒。倏忽青春度,奔波白日一作石颓。性将时共背,病与老俱来。闻有蓬壶客,知怀杞梓材。世家标甲第一作地,官职滞麟台。笔尽铅黄点,诗成锦绣堆。尝思豁云雾,忽喜访尘埃。心为论文合,眉因劝善开。不胜珍重意,满袖写琼瑰。

题卢秘书夏日新栽竹二十韵

湘竹初封植,卢生此考槃。久持霜节苦,新托露根难。等度须一作虽当砌一作户,疏稠要满阑。买怜分薄俸,栽称作闲官。叶翦蓝罗碎,茎抽玉琯端。几声清淅沥,一簇绿檀栾。未夜青岚入,先秋白露团一作沴。拂肩摇翡翠,熨手弄琅玕。韵透窗风起,阴铺砌月残。炎天闻觉冷,窄地见疑宽。梢动胜摇扇,枝低好挂冠。碧笼烟幂幂,珠洒雨珊珊。晚一作晓篲晴云展,阴芽蛰虺蟠。爱从抽马策,惜未截鱼竿。松韵徒烦听,桃夭不足观。梁惭当家杏,台陋本司兰。古诗云:卢家兰室杏为梁。又秘书府即兰台也。撑拨诗人兴,勾牵酒客欢。静连芦簟滑,凉拂葛衣单。岂止消时暑,应能保岁寒。莫同凡草木,一种夏中看。

渭村酬李二十见寄

百里音书何太迟,暮秋把得暮春诗。柳条绿日君相忆,梨叶红时我始知。莫叹学官贫冷落,犹胜村客病支离。形容意绪遥看取,不似华阳观里时。

初授赞善大夫早朝寄李二十助教

病身初谒青宫日,衰貌新垂白发年。寂寞曹司非热地,萧条风雪是寒天。远坊早起常侵鼓,瘦马行迟苦费鞭。一种共君官职冷,不如犹得日高眠。

欲与元八卜邻先有是赠

平生心迹最相亲,欲隐墙东不为身。明月好同三径夜,绿杨宜作两家春。每因暂出犹思伴,岂得安居不择邻。何独终身数相见,子孙长作隔墙人。

游城南留元九李二十晚归

老游春饮莫相违,不独花稀人亦稀。更劝残杯看日影,犹应趁得鼓声归。

广宣上人以应制诗见示因以赠之　诏许上人居安国寺红楼院以诗供奉

道林谈论惠休诗,一到人天一作间便作师。香积筵承紫泥诏,昭阳歌唱碧云词。红楼许住请平银钥,翠辇陪行蹑玉墀。惆怅甘泉曾侍从,与君前后不同时。

重过秘书旧房因题长句 时为赞善大夫

阁前下马思裴回，第二房门手自开，昔为白面书郎去，今作苍须一作头赞善来。吏人不识多新补，松竹相亲是旧栽。应有题墙名姓在，试将衫袖拂尘埃。

重到城七绝句

见 元 九

容貌一日减一日，心情十分无九分。每逢陌路犹嗟叹，何况今朝是见君。

高 相 宅

青苔故里怀恩地，白发新生抱病身。涕泪虽多无哭处，永宁门馆属他人。

张 十 八

谏垣几见迁遗补，宪府频闻转殿监。独有咏诗张太祝，十年不改旧官衔。

刘 家 花

刘家墙上花还发，李十门前草又春。处处伤心心始悟，多情不及少情人。

裴 五

莫怪相逢无笑语，感今思旧戟门前。张家伯仲偏相似，每见清扬一作青杨一惘然。

仇 家 酒

年年老去欢情少，处处春来感事深。时到仇家非爱酒，醉时心胜醒时心。

恒寂师

旧游分散人零落,如此伤心事几条。会逐禅师坐禅去,一时灭尽定中消。

靖安北街赠李二十

榆荚抛钱柳展眉,两人并马语行迟。还似往年安福寺,共君私试却回时。

重伤小女子

学人言语凭床行,嫩似花房脆似琼。才知恩爱迎三岁,未辨东西过一生。汝异下殇应杀礼,吾非上圣讵忘情。伤心自叹鸠巢拙,长堕春雏养不成。

过颜处士墓

向坟道一作通径没荒榛,满室诗书积暗尘。长一作厚夜肯教黄壤晓,悲风不许白杨春。箪瓢颜子生仍促,布被黔娄死更贫。未会悠悠上天意,惜将富寿与何人。

题周皓一作浩大夫新亭子二十二韵

东道常为主,南亭别待宾。规模何日创,景致一时新。广砌罗红药,疏一作高窗荫绿筠。锁开宾阁晓一作晚,梯上妓楼春。置醴宁三爵,加笾过八珍。茶香飘紫笋,脍缕落红鳞。辉赫车舆闹,珍奇鸟兽驯。猕猴看枥马,鹦鹉唤家人。锦额帘高卷,银花酦慢巡。劝尝光禄酒,许看洛川神。周兼光禄卿,有家妓数十人。敛翠凝歌黛,流香动舞巾。裙翻绣潩鹕,梳陷钿麒麟。笛怨音含楚,筝娇语带秦。侍儿催画烛,醉客吐文茵。投辖多连夜一作曙,鸣珂便达晨。入朝纤紫绶,待漏拥朱轮。贵介交三事,光荣照四邻。甘浓将奉客,稳暖不缘身。十载歌钟地,三朝节钺臣。爱才心偏傥,敦旧礼殷勤。门以招贤盛,家因好事贫。始知豪杰意,富贵为交亲。

赋得听边鸿

惊风吹起塞鸿群,半拂平沙半入云。为问昭君月下听,何如苏武雪中闻。

见杨弘贞诗赋因题绝句以自谕

赋句诗章妙入神,未年三十即无身。常嗟薄命形憔悴,若比弘贞是幸人。

病中早春

今朝枕上觉头轻,强起阶前试脚行。膻腻断来无气力,风痰恼得少心情。暖消霜瓦津初合,寒减冰渠冻不成。唯有愁人鬓间雪,不随春尽逐春生。

送人贬信州判官

地僻山深古上饶,土风贫薄道程遥。不唯迁客须栖屑,见说居人也寂寥。溪畔毒沙藏水弩,城头枯树下山魈。若于此郡为卑吏,刺史厅前又折腰。

曲江醉后赠诸亲故

郭东丘墓何年客,江畔风光几日春。只合殷勤逐杯酒,不须疏索向交亲。中天或有长生药,下界应无不死人。除却醉来开口笑,世间何事更关身。

和元八侍御升平新居四绝句 时方与元八卜邻

看 花 屋

忽惊映树新开屋,却似当檐故种花。可惜年年红似火,今春始得属元家。

累 土 山

堆土渐高山意出,终南移入户庭间。玉峰蓝水应惆怅,恐见新山望旧山。元旧居在蓝田山。

高 亭

亭脊太高君莫拆,东家留取当西山。好看落日斜衔处,一片春岚映半环。

松 树

白金换得青松树,君既先栽我不栽。幸有西风易凭仗,夜深偷送一作得好声一作春来。

醉后却寄元九

蒲池村里匆匆别,沣水桥边兀兀回。行到城门残酒醒,万重离恨一时来。

重 寄 一作重寄元九

萧散弓惊雁,分飞剑化龙。悠悠天地内,不死会相逢。

李十一舍人松园饮小酹酒得
元八侍御诗叙云在台中推院
有鞫狱之苦即事书怀因酬四韵

爱酒舍人开小酹,能文御史寄新诗。乱松园里醉相忆,古柏厅前忙
不知。早夏我当逃暑日,晚衙君是虑囚时。唯应清夜无公事,新草
亭中好一期。元于升平宅新立草亭。

重到华阳观旧居

忆昔初年三十二,当时秋思已难堪。若为重入华阳院,病鬓愁心四
十三。

答　劝　酒

莫怪近来都不饮,几回因醉却沾巾。谁料平生狂酒客,如今变作酒
悲人。

题王侍御池亭

朱门深锁春池满,岸落蔷薇水浸莎。毕竟林塘谁是主,主人来少客
来多。

听水部吴员外新诗因赠绝句

朱绂仙郎白雪歌,和人虽少爱人多。明朝说与一作向诗人道,水部
如今不姓何。

雨夜忆元九

天阴一日便堪愁,何况连宵雨不休。一种雨中君最苦,偏梁阁道向通一作东州。

雨中携元九诗访元八侍御

微之诗卷忆同开,假日多应不入台。好句无人堪共咏,冲泥蹋水就君来。

赠杨秘书巨源

杨尝有《赠卢洺州》诗云:三刀梦益州,一箭取辽城。由是知名。

早闻一箭取辽城,相识虽新有故情。清句三朝谁是敌,白须四海半为兄。贫家薙草时时入,瘦马寻花处处行。不用更教诗过好,折君官职是声名。

和武相公感韦令公旧池孔雀 同用深字

索莫少颜色,池边无主禽。难收带泥翅,易结著人心。顶毳落残碧,尾花销暗金。放归飞不得,云海故巢深。

寄生衣与微之因题封上

浅色縠衫轻似雾,纺花纱袴薄于云。莫嫌轻薄但知著,犹恐通州热杀君。

白　牡　丹

白花冷澹无人爱,亦占芳名道牡丹。应似一作是东宫白赞善,被人还唤作朝官。

梦　旧

别来老大苦修道,炼得离心成死灰。平生忆念消磨尽,昨夜因何入梦来。

戏题卢秘书新移蔷薇

风动翠条腰袅娜一作袅袅,露垂红萼泪阑干。移他到此须为主,不别一作爱花人莫使看。

曲江夜归闻元八见访

自入台来见面稀,班中遥得接容辉。早知相忆来相访,悔待江头明月归。

苦热题恒寂师禅室

人人避暑走如狂,独有禅师不出房。可是禅房无热到,但能心静即身凉。

微之到通州日授馆未安见尘壁间有数行字读之即仆旧诗其落句云渌水红莲一朵开千花百草无颜色然不知题者何人也微之吟叹不足因缀一章兼录仆诗本同寄省其诗乃十五年前初及第时赠长安妓人阿软绝句缅思往事杳若梦中怀旧感今因酬长句

十五年前似梦游,曾将诗句结风流。偶助笑歌嘲阿软,可知传诵到通州。昔教红袖佳人唱,今遣青衫司马愁。惆怅又闻题处所,雨淋江馆破墙头。

得微之到官后书备知通州之事怅然有感因成四章

来书子细说通州，州在山根峡岸头。四面千重火云合，中心一道瘴
江流。虫蛇白昼拦官道，蚊蚋一作蟆黄昏扑郡楼。何罪遣君居此
地，天高无处问来由。

匼匝巅山万仞馀，人家应似甑中居。寅年篱下多逢虎，亥日沙头始
卖鱼。衣斑梅雨长须熨，米涩畲田不解锄。努力安心过三考，已曾
愁杀李尚书。李实尚书先贬此州，身殁于彼处。

人稀地僻医巫少，夏旱秋霖瘴疟多。老去一身须爱惜，别来四体得
如何。侏儒饱笑东方朔，薏苡谗忧马伏波。莫遣沉愁结成病，时时
一唱濯缨歌。

通州海内栖惶地，司马人间冗长去官。伤鸟有弦惊不定，卧龙无水
动应难。剑埋狱底谁深掘，松偃霜中尽冷看。举目争能不惆怅，高
车大马满长安。

病中答招饮者

顾我镜中悲白发，尽津上君花下醉青春。不缘眼痛兼身病，可是尊
前第二人。

燕子楼三首 并序

　　徐州故张尚书有爱妓曰盼盼，善歌舞，雅多风态。予为校书郎时，
游徐泗间。张尚书宴予，酒酣，出盼盼以佐欢，欢甚。予因赠诗云：醉娇
胜不得，风袅牡丹花。一欢而去，尔后绝不相闻，迨兹仅一纪矣。昨日
司勋员外郎张仲素绘之访予，因吟新诗，有《燕子楼》三首，词甚婉丽。

诘其由,为盼盼作也。缋之从事武宁军累年,颇知盼盼始末。云尚书既殁,归葬东洛,而彭城有张氏旧第,第中有小楼名燕子。盼盼念旧爱而不嫁,居是楼十馀年,幽独块然,于今尚在。予爱缋之新咏,感彭城旧游,因同其题,作三绝句。

满窗明月满帘霜,被冷灯残拂卧床。燕子楼中霜月夜,秋来只为一人长。

钿晕罗衫色似烟,几回欲著即潸然。自从不舞霓裳曲,叠在空箱十一年。

今春有客洛阳回,曾到尚书墓上来。见说白杨堪作柱,争教红粉不成灰。

初贬官过望秦岭 自此后诗江州路上作

草草辞家忧后事,迟迟去国问前途。望秦岭上回头立,无限秋风吹白须。

蓝桥驿见元九诗 诗中云:江陵归时逢春雪。

蓝桥春雪君归日,秦岭秋风我去时。每到驿亭先下马,循墙绕柱觅君诗。

韩公堆寄元九

韩公堆北涧西头,冷雨凉风拂面秋。努力南行少惆怅,江州犹似胜通州。

发 商 州

商州馆里停三日,待得妻孥相逐行。若比李三犹自胜,儿啼妇哭不闻声。时李固言新殁。

武关南见元九题山石榴花见寄

往来同路不同时，前后相思两不知。行过关门一作西三四里，榴花
不见见君诗。

红鹦鹉 商山路逢

安南远进红鹦鹉，色似桃花语似人。文章辩慧皆如此，笼槛何年出
得身。

题四皓庙 一作题商山庙

卧逃秦乱起安刘，舒卷如云得自由。若有精灵应笑我，不成一事谪
江州。

罢 药

自学坐禅休服药，从他时复病沉沉。此身不要全强健，强健多生人
我心。

白 鹭

人生四十未全衰，我为愁多白发垂。何故水边双白鹭，无愁头上亦
垂丝。

襄阳舟夜 一作中

下马襄阳郭，移舟汉阴驿。秋风截江起，寒浪连天白。本是多愁
人，复此风波夕。

江 夜 舟 行

烟淡月濛濛,舟行夜色中。江铺满槽水,帆展半樯风。叫曙嗷嗷雁,啼秋唧唧虫。只应催北客,早作白须翁。

红 藤 杖

交亲过浐别,车马到江回。唯有红藤杖,相随万里来。

江上吟元八绝句

大江深处月明时,一夜吟君小律诗。应有水仙潜出听,翻将唱作步虚词。

途 中 感 秋

节物行摇落,年颜坐变衰。树初黄叶日,人欲白头时。乡国程程远,亲朋处处辞。唯残一作怜病与老,一步不相离。

登郢州白雪楼

白雪楼中一望乡,青山簇簇水茫茫。朝来渡口逢京使,说道烟尘近洛阳。时淮西寇未平。

舟 夜 赠 内

三声猿后垂乡泪,一叶舟中载病身。莫凭水窗南北望,月明月暗总愁人。

逢 旧

我梳白发添新恨,君扫青蛾减旧容。应被傍人怪惆怅,少年离别老相逢。

白口阻风十日

洪涛白一作波浪塞江津,处处遭回事事迍。世上方为失途客,江头又作阻风人。鱼虾遇雨腥盈鼻,蚊蚋和烟痒满身。老大光阴能几日,等闲白口坐经旬。

浦 中 夜 泊

暗上江堤还独立,水风霜气夜棱棱。回看深浦停舟处,芦荻花中一点灯。

卢侍御与崔评事为予于黄鹤楼置宴宴罢同望

江边黄鹤古时楼,劳置华筵待我游。楚思淼茫云水冷,商声清脆管弦秋。白花浪溅头陀寺,红叶林笼鹦鹉洲。总是平生未行处,醉来堪赏醒堪愁。

舟中读元九诗

把君诗卷灯前读,诗尽灯残天未明。眼痛灭灯犹闇一作暗坐,逆风吹浪打船声。

舟行阻风寄李十一舍人

扁舟厌泊烟波上,轻策闲寻浦屿间。虎蹋青泥稠似印,风吹白浪大于山。且愁江郡何时到,敢望京都几岁还。今日料君朝退后,迎寒新酎暖开颜。李十一好小酎酒,故云。

雨中题衰柳

湿屈青条折,寒飘黄叶多。不知秋雨意,更遣欲如何。

题王处士郊居

半依云渚半依山,爱此令人不欲还。负郭田园九八顷,向阳茅屋两三间。寒松纵老风标在,野鹤虽饥饮啄闲。一卧江村来早晚,著书盈帙鬓毛斑。

岁 晚 旅 望

朝来暮去星霜换,阴惨阳舒气序牵。万物秋霜能坏色,四时冬日最凋年。烟波半露新沙地,鸟雀群飞欲雪天。向晚苍苍南北望,穷阴旅－作离思两无边。

晏 坐 闲 吟

昔为京洛声华客,今作江湖潦－作老倒翁。意气销磨群动里,形骸变化百年中。霜侵残鬓无多黑,酒伴衰颜只暂红。愿学禅门非想定,千愁万念一时空。

题 李 山 人

厨无烟火室无妻,篱落萧条屋舍低。每日将何疗饥渴,井华云粉一刀圭。

读 庄 子

去国辞家谪异方,中心自怪少忧伤。为寻庄子知归处,认得无何是本乡。

江楼偶宴赠同座

南浦闲行罢，西楼小宴时。望湖凭槛久，待月放杯迟。江果尝卢橘，山歌听竹枝。相逢且同乐，何必相知。

放言五首 并序

元九在江陵时，有《放言》长句诗五首，韵高而体律，意古而词新。予每咏之，甚觉有味。虽前辈深于诗者，未有此作。唯李颀有云：济水自清河自浊，周公大圣接舆狂。斯句近之矣。予出佐浔阳，未届所任，舟中多暇，江上独吟，因缀五篇，以续其意耳。

朝真暮伪何人辨，古往今来底事无。但爱臧一作庄生能诈圣，可知宁子解佯愚。草萤有耀终非火，荷露虽团岂是珠。不取燔柴兼照乘，可怜光彩亦何殊。

世途倚伏都无定，尘网牵缠卒未休。祸福回还车转毂，荣枯反覆手藏钩。龟灵未免剜肠患，马失应无折足忧。不信君看弈棋者，输赢须待局终头。

赠君一法决狐疑，不用钻龟与祝蓍。试玉要烧三日满，真玉烧三日不热。辨材须待七年期。豫章木生七年而后知。周公恐惧流言后一作日，王莽谦恭未篡时。向使当初一作时身便死，一生真伪复谁知。

谁家第宅成还破，何处亲宾哭复歌。昨日屋头堪炙手，今朝门外好张罗。北邙未省留闲地，东海何曾有定波。莫笑贱贫夸富贵，共成枯骨两如何。

泰山不要欺毫末，颜子无心羡老彭。松树千年终是朽，槿花一日自为荣。何须恋世常忧死，亦莫嫌身漫厌生。生去死来都是幻，幻人哀乐系何情。

岁暮道情二首

壮日苦曾惊岁月，长年都不惜光阴。为学空门平等法，先齐老少死
生心。

半故青衫半白头，雪风吹面上江楼。禅功自见无人觉，合是愁时亦
不愁。

读李杜诗集因题卷后

翰林江左日，员外剑南时。不得高官职，仍逢苦乱离。暮年逋客
恨，浮世谪仙悲。吟咏留千古，声名动四夷。文场供秀句，乐府待
新词。天意君须会，人间要好诗。贺监知章目李白为谪仙人。

强　酒

若不坐禅销妄想，即须行一作吟醉放狂歌。不然秋月春风夜，争那
闲思往事何。

独树浦雨夜寄李六郎中

忽忆两家同里巷，何曾一处不追随。闲游预算分朝日，静语一作话
多同待漏时。花下放狂冲黑饮，灯前起坐彻明棋。可知风雨孤舟
夜，芦苇丛中作此诗。

听崔七妓人筝

花脸云鬟坐玉楼，十三弦里一时愁。凭君向道休弹去，白尽江州司
马头。

望江州

江回望见双华表，知是浔阳西郭门。犹去孤舟一作城三四里，水烟沙雨欲黄昏。

初到江州

浔阳欲到思无穷，庾亮楼南浥口东。树木凋疏山雨后，人家低湿水烟中。菰蒋喂马行无力，芦荻编房卧有风。遥见朱轮来出郭，相迎劳动使君公。

醉后题李马二妓

行摇云髻花钿节，应似霓裳趁管弦。艳动舞裙浑是火，愁凝歌黛欲生烟。有风纵道能回雪，无水何由忽吐莲。疑是两般心未决，雨中神女月中仙。

卢侍御小妓乞诗座上留赠

郁金香汗裛歌巾，山石榴花染舞裙。好似文君还对酒，胜于神女不归云。梦中那及觉时见，宋玉荆王应羡君。

全唐诗卷四三九

白居易

东南行一百韵寄通州元九侍御澧州李十
一舍人果州崔二十二使君开州韦大员外
庾三十二补阙杜十四拾遗李二十助教员外
窦七校书《元稹集》和此诗注内本题末尚有兼投吊席八舍人七字

南去经三楚,东来过五湖。山头看候馆,水面问征途。地远穷江
界,天低极一作接海隅。飘零同落叶,浩荡似乘桴。渐觉乡原异,深
知土产一作俗殊。夷音语嘲哳,蛮态笑睢盱。水市通阛阓,烟村混
舳舻。吏征渔户税,人纳火田租。亥日饶虾蟹,寅年足虎貙。成人
男作卝,事一作似鬼女为巫。楼暗攒倡妇,堤长簇贩夫。夜船论铺
赁,春酒断瓶酤。见果皆卢橘,闻禽悉鹧鸪。山歌猿独叫,野哭鸟
相呼。岭徼云成栈,江郊水当郛。月移翘柱鹤,风泛飐樯乌。鳌碛
潮无信,蛟惊浪不虞。鼍鸣江擂鼓一作泉窟室,蜃气海一作结气浮图。
树裂山魈穴,沙含水弩枢。喘牛犁紫芋,羸马放青菰。绣面谁家
婢,鸦头几岁奴。泥中采菱芡,烧后拾樵苏。鼎腻愁烹鳖,盘腥厌
脍鲈。钟仪徒恋楚,张翰浪思吴。气序凉还热,光阴旦复晡。身方
逐萍梗,年欲近桑榆。渭北田园废,江西岁月徂。忆归恒惨淡,怀

旧忽踟蹰。自念咸秦客，尝为邹鲁儒。蕴藏经国术，轻弃度关繻。
赋力凌鹦鹉，词锋敌辘轳。战文重掉鞅，射策一弯弧。崔杜鞭齐
下，元韦辔并驱。名声逼一作敌扬马，交分过萧朱。世务轻摩揣，周
行窃觊觎。风云皆会合，雨露各沾濡。共遇一作偶升平代，偏惭固
陋躯。承明连夜直，建礼拂晨趋。美服颁王府，珍羞降御厨。议高
通白虎，谏切伏青蒲。柏殿行陪宴，花楼走看酺。神旗张鸟兽，天
籁动笙竽。戈一作丸剑星芒耀，鱼龙电策驱。定场排越伎一作汉旅，
促坐进吴歈。缥缈疑仙乐，婵娟胜画图。歌鬟低翠羽，舞汗堕红
珠。别选闲游伴，潜招小饮徒。一杯愁已破，三酏气弥粗。软美仇
家酒，幽闲葛氏姝。十千方得斗，二八正当垆。论笑杓胡律一作绰，
谈怜巩嗫嚅。李酣犹短窦，庾醉更蔫迁。鞍马呼教住，骰盘喝遣
输。长一作急驱波卷白，连掷采成卢。骰盘、卷白波、莫走、鞍马、皆当时酒
令。筹并频逃席，觥严列一作别置盂。满一作漏卮那可灌，颓玉不胜
扶。入视中枢草，归乘内厩驹。醉曾冲宰相，骄不揖金吾。日近恩
虽重，云高势却一作易孤。翻身落霄汉，失脚倒一作到泥涂。博望移
门籍，浔阳佐郡符。予自太子赞善大夫，出为江州司马。时情变寒暑，世利
算锱铢。即一作望日辞双阙，明朝别九衢。播迁分郡国，次第出京
都。十年春，微之移佐通州。其年秋，予出佐浔阳。明年冬，杓直出牧澧州，崔二十二
出牧果州，韦大出牧开州。秦岭驰三驿，商山上二邘。商山险道，中有东西二
邘。岘阳亭寂寞，夏口路崎岖。大道全生棘，中丁尽执殳。江关未
撤警，淮寇尚稽诛。时淮西未平，路经襄、鄂二州界，所见如此。林对东西
寺，山分大小姑。东林、西林寺在庐山北，大姑、小姑在庐山南彭蠡湖中。庐峰
莲刻削，溢浦一作水带萦纡。莲花峰在庐山北，溢水在江城南，何逊诗云：溢城对
溢水，溢水萦如带。九派吞青草，浔阳江九派，南通青草、洞庭湖。孤城覆绿
芜。南方城壁多以草覆。黄昏钟寂寂，清晓角呜呜。春色辞门柳，秋声
到井梧。残芳悲一作怨鶗鴂音啼决，见楚词，暮节感茱萸。蕊坼金英

菊,花飘雪片芦。波红日斜没,沙白月平铺。几见林抽笋,频惊燕
引雏。岁华何倏忽,年少不须臾。眇默思千古,苍茫想八区。孔穷
缘底事,颜夭有何辜。龙智一作圣犹经一作遭醢,龟灵未免刳。穷通
应已定,圣哲不能逾。况我身谋一作谋生拙,逢他厄运拘。漂流随一
作从大海,锤锻任洪炉。险阻尝之矣,栖迟命也夫。沉冥消意气,穷
饿耗肌肤。防瘴和残药,迎寒补旧襦。书床鸣蟋蟀,琴匣网蜘蛛。
贫室一作活如悬磬,端忧剧守株。时遭人指点一作客答难,数被鬼揶
揄。兀兀都疑梦,昏昏半是一作似愚。女惊朝不起,妻怪夜长吁。
万里抛一作离朋侣一作执,三年隔友于。自然悲聚散,不是恨荣枯。
去夏微之疟,今春席八殂。天涯书达否,泉下哭知无。去年闻元九瘴
疟,书去竟未报。今春闻席八殁,久与还往,能无恸哭。谩写诗盈卷一作轴,空盛
酒满壶。只添新怅望,岂复旧欢娱。壮志因愁减,衰容与病俱。相
逢应不识,满颔白髭须。

谪　居

面瘦头斑四十四,远谪江州为郡吏。逢时弃置从不才,未老衰羸为
何事。火烧寒涧松为烬,霜降春林花委地。遭时荣悴一时间,岂是
昭昭上天意。

初到江州寄翰林张李杜三学士

早攀霄汉上天衢,晚落风波委世途。雨露施恩无厚薄,蓬蒿随分有
荣枯。伤禽侧翅惊弓箭,老妇低颜事舅姑。碧落三仙曾识面,年深
记得姓名无。

庾楼晓望

独凭朱槛立凌晨,山色初明水色新。竹雾晓笼衔岭月,蘋风暖送过

江春。子城阴处犹残雪,衙鼓声前未有尘。三百年来庾楼上,曾经多少望乡人。

宿 西 林 寺

木落天晴山翠开,爱山骑马入山来。心知不及柴桑令,一宿西林便却一作欲回。柴桑令,刘遗民也。

江 楼 宴 别

楼中别曲催离酌,灯下红裙间绿袍。缥缈楚风罗绮薄,铮钹越调管弦高。寒流带月澄如镜,夕吹和霜利似刀。尊酒未空欢未尽,舞腰歌袖莫辞劳。

题山石榴花

一丛千朵压阑干,翦碎红绡却作团。风袅舞腰香不尽,露销妆脸泪新一作初干。蔷薇带刺攀应懒,菡萏生泥玩亦难。争及此花檐户下,任人采弄尽人看。

代 春 赠

山吐晴岚一作峰水放光,辛夷花白柳梢黄。但知莫作江西意,风景何曾异帝乡。

答 春

草烟低重水花明,从道风光似帝京。其奈山猿江上叫,故乡无此断肠声。

樱桃花下叹白发

逐处花皆好,随年貌自衰。红樱满眼日,白发半头时。倚树无言久,攀条欲放迟。临风两堪叹,如雪复如丝。

惜落花赠崔二十四

漠漠纷纷不奈何,狂风急雨两相和。晚来怅望君知否,枝上稀疏地上多。

移山樱桃

亦知官舍非吾宅,且劚山樱满院栽。上佐近来多五考,少应四度见花开。

官舍闲题

职散优闲地,身慵老大时。送春唯有酒,销日不过棋。禄米獐牙稻,园蔬鸭脚葵。饱餐仍晏起,馀暇弄龟儿。龟儿即小侄名。

晚春登大云寺南楼赠常禅师

花尽头新白,登楼意若何。岁时春日少,世界苦人多。愁醉非因酒,悲吟不是歌。求师治此病,唯劝读楞伽。

北楼送客归上都

凭高眺一作送远一凄凄,却下朱阑即解一作手共携。京路人归天直北,江楼客散日平西。长津欲度回渡尾,残酒重倾簌马蹄。不独别君须强饮,穷愁自要醉如泥。

北亭招客

疏散郡丞同野客，幽闲官舍抵山家。春风北户千茎竹，晚日东园一
树花。小酘吹醅尝冷酒，深炉敲火炙新茶。能来尽日观一作宫棋
否，太守知慵放晚衙。

宿西林寺早赴东林满上
人之会因寄崔二十二员外

谪辞魏阙鹓鸾隔，老入庐山麋鹿随。薄暮萧条投寺宿，凌晨清净与
僧期。双林我起闻钟后，只日君趋入阁时。鹏鷃高低分皆定，莫劳
心力远相思。

游宝称寺

竹寺初晴日，花塘欲晓一作晚春。野猿疑弄客，山鸟似呼人。酒嫩
倾金液，茶新碾玉尘。可怜幽静地，堪寄老慵身。

早春闻提壶鸟因题邻家

厌听秋猿催下泪，喜闻春鸟劝提壶。谁家红树先花发，何处青楼有
酒酤。进士粗豪寻静尽，拾遗风采近都无。欲期明日东邻醉，变作
腾腾一俗夫。

见紫薇花忆微之

一丛暗淡将何比，浅碧笼裙衬紫巾。除却微之见应爱，人间少有别
一作惜花人。

蔷薇花一丛独死不知其故因有是篇

柯条未尝损,根荄不曾移。同类今齐茂,孤芳忽独萎。仍怜委地
日,正是带花时。碎碧初凋叶,燋红尚恋枝。乾坤无厚薄,草木自
荣衰。欲问因何事,春风亦不知。

湖 亭 望 水

久雨南湖涨,新晴北客过。日沉红有影,风定绿无波。岸没闾阎
少,滩平船舫多。可怜心赏处,其奈独游何。

闲 游

外事因慵废,中怀与静期。寻泉上山远,看笋出林迟。白石磨樵
斧,青竿理钓丝。澄清深浅好,最爱夕阳时。

忆微之伤仲远 李三仲远去年春丧

幽独辞群久,漂流去国赊。只将琴作伴,唯以酒为家。感逝因看
水,伤离为见花。李三埋地底,元九谪天涯。举眼青云远,回头白
日斜。可能胜贾谊,犹自滞长沙。

过 郑 处 士

闻道移居村坞间,竹林多处独开关。故来不是求他事,暂借南亭一
望山。

霖雨苦多江湖暴涨块然独望因题北亭

自作浔阳客,无如苦雨何。阴昏晴日少,闲闷睡时多。湖阔将天
合,云低与水和。篱根舟子语,巷口钓人歌。雾岛沉黄气,风帆蹙

白波。门前车马道，一宿变江河。

春末夏初闲游江郭二首

闲出乘轻屐，徐行蹋软沙。观鱼傍溢浦，看竹入杨家。溢浦多鱼，浦西有杨侍郎宅，多好竹。林迸穿篱笋，藤飘落水花。雨埋钓舟小，风飐酒旗斜。嫩剥青菱角，浓煎白茗芽。淹留不知夕，城树欲栖鸦。

柳影繁初合，莺声涩渐稀。早梅迎夏结，残絮送春飞。西日韶光尽，南风暑气微。展张新小簟，熨帖旧生衣。绿蚁杯香嫩，红丝脍缕肥。故园无此味，何必苦思归。

红藤杖 杖出南蛮

南诏红藤杖，西江白首人。时时携步月，处处把寻春。劲健孤茎直，疏圆六节匀。火山生处远，泸水洗来新。粗细才盈手，高低仅过身。天边望乡客，何日拄归秦。

风雨中寻李十一因题船上

匹马来郊外，扁舟在水滨。可怜冲雨客，来访阻风人。小榼酤清醅，行厨煮白鳞。停杯看柳色，各忆故园春。

题庐山山下汤泉

一眼汤泉流向东，浸泥浇草暖无功。骊山温水因何事，流入金铺玉螫中。

寄蕲州簟与元九因题六韵 时元九鳏居

笛竹出蕲春，霜刀劈翠筠。织成双锁簟，寄与独眠人。卷作筒中信一作布，舒为席上珍。滑如铺薤叶，冷似卧龙鳞。清润宜乘露，鲜华不受尘。通州炎瘴地，此物最关身。

秋　热

西江风候接南威，暑气常多秋一作风气微。犹道江州最凉冷，至今九月著生衣。

题元八溪居

溪岚漠漠树重重，水槛山窗次第逢。晚叶尚开红踯躅，秋芳一作房初结白芙蓉。声来枕上千年鹤，影落杯中五老峰。更愧殷勤留客意，鱼鲜饭细酒香浓。

晚出西郊

散吏闲如客，贫州冷似村。早凉湖北岸，残照郭西门。懒镊从须白，休治一作医任眼昏。老来何所用，少兴不多言。

阶下莲

叶展影翻当砌月，花开香散入帘风。不如种在天池上，犹胜生于野水中。

端居咏怀

贾生俟罪心相似，张翰思归事不如。斜日早知惊鹏鸟，秋风悔不忆鲈鱼。胸襟曾贮匡时策，怀袖犹残谏猎书。从此万缘都摆落，欲携妻子买山居。

夜宿江浦闻元八改官因寄此什

君游丹陛已三迁，我泛沧浪欲一作亦二年。剑珮晓趋双凤阙，烟波

夜宿一渔船。交亲尽在青云上,乡国遥抛白日边。若报生涯应笑
杀,结茅栽芋种畲田。

百 花 亭

朱槛在空虚,凉风八月初。山形如岘首,江色似桐庐。佛寺乘船
入,人家枕水居。高亭仍有月,今夜宿何如。

江 楼 早 秋

南国虽多热,秋来亦不迟。湖光朝霁后,竹气晚凉时。楼阁宜佳
客,江山入好诗。清风水𬞟叶,白露木兰枝。欲作云泉计,须营伏
腊资。匡庐一步地,官满更何之。

送客之湖南

年年渐见南方物,事事堪伤北客情。山鬼趫跳唯一足,峡猿哀怨过
三声。帆开青草湖中去,衣湿黄梅雨里行。别后双鱼难定寄一作定
难觅,近来潮不到溢城。

百花亭晚望夜归

百花亭上晚裴回,云影阴晴掩复开。日色悠扬映山尽,雨声萧飒渡
江来。鬓毛遇病双如雪,心绪逢秋一似灰。向夜欲归愁未了,满湖
明月小船回。

西 楼

小郡大江边,危楼夕照前。青芜卑湿地,白露沔寥天。乡国此时
阻,家书何处传。仍闻陈蔡戍,转战已三年。

寻李道士山居兼呈元明府

尽日行还歇,迟迟独上山。攀藤老筋力,照水病容颜。陶巷招居
住,茅家许往还。饱谙荣辱事,无意恋人间。

四　十　五

行年四十五,两鬓半苍苍。清瘦诗成癖,粗豪酒放狂。老来尤委
命,安处即为乡。或拟庐山下,来春结草堂。

寄李相公崔侍郎钱舍人

曾陪鹤驭两三仙,亲侍龙舆四五年。天上欢华—作娱春有限,世间
漂泊海无边。荣枯事过都成梦,忧喜心—作情忘便是禅。官满更归
何处去,香炉峰在宅门前。

厅　前　桂

天台岭上凌霜树,司马厅前委地丛。一种不生明月里,山中犹校胜
尘中。

寻王道士药堂因有题赠

行行觅路缘松峤,步步寻花到杏坛。白石先生小有洞,黄芽姹女大
还丹。常悲东郭千家冢,欲乞西山五色丸。但恐长生须有籍,仙台
试为检名看。

秋　晚

篱菊花稀砌桐落,树阴离离日色薄。单幕疏帘贫寂寞,凉风冷露秋
萧索。光阴流转忽已晚,颜色凋残不如昨。莱妻卧病月明时,不捣

寒衣空捣药。

南浦岁暮对酒送王十五归京

腊后冰生覆溢水，夜来云暗失庐山。风飘细雪落如米，索索萧萧芦
苇间。此地二年留我住，今朝一酌送君还。相看渐老无过醉，聚散
穷通总是闲。

除　夜

薄晚支颐坐，中宵枕臂眠。一从身去国，再见日周天。老度江南
岁，春抛渭北田。浔阳来早晚，明日是三年。

闻李十一出牧澧州崔二
十二出牧果州因寄绝句

平生相见即眉开，静念无如李与崔。各是天涯为刺史，缘何不觅九
江来。

元和十三当作二年淮寇未平
诏停岁仗愤然有感率尔成章

闻停岁仗轸皇情，应为淮西寇未平。不分气从歌里发，无明心向酒
中生。愚计忽思飞短檄，狂心便欲请长缨。从来妄动多如此，自笑
何曾得事成。

庾楼新岁

岁时销旅貌，风景触乡愁。牢落江湖意，新年上庾楼。

上 香 炉 峰

倚石攀萝歇病身,青筇竹杖白纱巾。他时画出庐山障,便是香炉峰上人。

忆 微 之

与君何日出屯蒙,鱼恋江湖鸟厌笼。分手各抛沧海畔,折腰俱老绿衫中。三年隔阔音尘断,两地飘零气味同。又被新年劝相忆,柳条黄软欲春风。

雨夜赠元十八

卑湿沙头宅,连阴雨夜天。共听檐溜滴,心事两悠然。把酒循环饮,移床曲尺眠。莫言非故旧,相识已三年。

寒 食 江 畔

草香沙暖水云晴,风景令人忆帝京。还似往年春气味,不宜今日病心情。闻莺树下沉吟立,信马江头取次行。忽见紫桐花怅望,下邽明日是清明。

三月三日登庾楼寄庾三十二

三日欢游辞曲水,二年愁卧在长沙。每登高处长相忆,何况兹楼属庾家。

闻李六景俭自河东令授唐邓行军司马以诗贺之

谁能淮上静风波,闻道河东应此科。不独文词供奏记,定将谈笑解兵戈。泥埋剑戟终难久,水借蛟龙可在多。四十著绯军司马,男儿官职未蹉跎。

石榴树 一作石楠树

可怜颜色好阴凉,叶蓊红笺花扑霜。伞盖低垂金翡翠,熏笼乱搭绣衣裳。春芽细烂千灯焰,夏蕊浓焚百〔和〕(合)香。见说上林无此树,只教桃柳一作李占年芳。

大林寺桃花

人间四月芳菲尽,山寺桃花始盛开。长恨春归无觅处,不知转入此中来。

咏 怀

自从委顺任浮沉,渐觉一作学年多功用深。面上减一作灭除忧喜色,胸中消尽是非心。妻儿不问唯耽酒,冠盖皆慵只抱琴。长笑灵均不知命,江蓠丛畔苦悲吟。

早发楚城驿

雨过尘埃灭,沿江道径平。月乘残夜出,人趁早凉行。寂历闲吟动,冥濛暗思生。荷塘翻露气,稻垄泻泉声。宿犬闻铃起,栖禽见火惊。眬眬烟树色,十里始天明。

箬岘东池

箬岘亭东有小池,早荷新荇绿参差。中宵把火行人发,惊起双栖白鹭鸶。

建昌江

建昌江水县门前,立马教人唤渡船。忽似往年归蔡渡,草风沙雨渭河边。

哭从弟

伤心一尉便终身,叔母年高新妇贫。一片绿衫消不得,腰金拖紫是何人。

香炉峰下新卜山居草堂初成偶题东壁

五架三间新草堂,石阶桂柱竹编墙。南檐纳日冬天暖,北户迎风夏月凉。洒砌飞泉才有点,拂窗斜竹不成行。来春更葺东厢屋,纸阁芦帘著孟光。

重　题

喜入山林初息影,厌趋朝市久劳生。早年薄有烟霞志,岁晚深谙世俗情。已许虎溪云里卧,不争龙尾道前行。从兹耳界应清净,免见啾啾毁誉声。

长松树下小溪头,班鹿胎巾白布裘。药圃茶园为产业,野麋林鹤是交游。云生涧户衣裳润,岚隐山厨火烛幽。最爱一泉新引得,清泠屈曲绕阶流。

日高睡足犹慵起,小阁重衾一作裘不怕寒。遗爱寺钟一作泉欹枕听,香炉峰雪拨帘看。匡庐便是逃名地,司马仍为送老官。心泰身宁是归处,故乡何一作可独在长安。

宦途自此心长别,世事从今口不言。岂止形骸同土木,兼将寿夭任乾坤。胸中壮气犹须遣,身外浮荣一作云何足论。还有一条遗恨事,高家门馆未酬恩。

山 中 问 月

为问长安月,谁教不相思必切,一作暂。离。昔随飞盖处,今照入山时。借助秋怀旷,留连夜卧迟。如归旧乡国,似对好亲知。松下行为伴,溪头坐有期。千岩将万壑,无处不相随。

正月十五日夜东林寺学禅
偶怀蓝田杨主簿因呈智禅师

新年三五东林夕,星汉迢迢一作遥钟梵迟。花县当君行乐夜,松房是我坐禅时。忽看月满还相忆,始叹春来自不知。不觉定中微念起,明朝更问雁门师。

临 水 坐

昔为东掖垣中客,今作西方社内人。手把杨枝临水坐,闲思往事似前身。

山 居

山斋方独往,尘事莫相仍。蓝舆辞鞍马,缁徒换友朋。朝餐唯药菜,夜伴只纱灯。除却青衫在,其馀便是僧。

遗 爱 寺

弄日一作石临溪坐,寻花绕寺行。时时闻鸟语,处处是泉声。

山中与元九书因题书后

忆昔封书与君夜,金銮殿后欲明天。今夜封书在何处,庐山庵里晚一作晓灯前。笼鸟槛猿俱未死,人间相见是何年。

黄石岩下作

久别鹡鸰侣,深随鸟兽群。教他远亲故,何处觅知闻。昔日青云意,今移向白云。

戏赠李十三判官

垂鞭相送醉醺醺,遥见庐山指似君。想君初觉从军乐,未爱香炉峰上云。

醉中戏赠郑使君　时使君先归,留妓乐重饮。

密座移红毯,酡颜照渌杯。双娥留且住,五马任先回。醉耳歌催醒,愁眉笑引开。平生少年兴,临老暂重来。

江亭夕望

凭高望远思悠哉,晚上江亭夜未回。日欲没时红浪沸,月初生处白烟开。辞枝雪蕊将春去,满镊霜毛送老来。争敢三年作归计,心知不及贾生才。

酬元员外三月三十日慈恩寺相忆见寄

怅望慈恩三月尽,紫桐花落鸟关关。诚知曲水春相忆,其奈长沙老未还。赤岭猿声催白首,黄茅瘴色换朱颜。谁言南国无霜雪,尽在愁人鬓发间。

偶 然 二 首

楚怀邪乱灵均直,放弃合宜何恻恻。汉文明圣贾生贤,谪向长沙堪

叹息。人事多端何足怪,天文至信犹差忒。月离于毕合滂沱,有时
不雨何能测。

火发城头鱼水里,救火竭池鱼失水。乖龙藏在牛〔领〕(岭)中,雷击
龙来牛枉死。人道蓍神龟骨灵—作圣,试卜鱼牛那至此。六十四卦
七十钻,毕竟不能知所以。

中秋月 —作秋月

万里清光不可思,添愁益—作足恨绕天涯,谁人陇外久征戍,何处庭
前新别离。失宠故姬归院夜,没蕃老将上楼时。照他几许人肠断,
玉兔银蟾远不知。

谢李六郎中寄新蜀茶

故情周匝向交亲,新茗分张及病身。红纸一封书后信,绿芽十片火
前春。汤添勺水煎鱼眼,末下刀圭搅麴尘。不寄他人先寄我,应缘
我是别茶人。

携诸山客同上香炉峰遇雨而还沾濡狼藉互相笑谑题此解嘲

萧洒登山去,龙钟遇雨回。磴危攀薜荔,石滑践莓苔。袜污君相
谑,鞋穿我自咍。莫欺泥土脚,曾蹋玉阶来。

彭蠡湖晚归

彭蠡湖天晚,桃花水气春。鸟飞千白点,日没半红轮。何必为迁
客,无劳是病身。何来临此望,少有不愁人。

酬赠李炼师见招

几年司谏直承明,今日求真礼上清。曾犯龙鳞容不死,欲骑鹤背觅长生。刘纲有妇仙同得,伯道无儿累更轻。若许移家相近住,便驱鸡犬上层城。

西河雨夜送客

云黑雨脩脩,江昏水暗流。有风催解缆,无月伴登楼。酒罢无多兴,帆开不少留。唯看一点火,遥认是行舟。

登西楼忆行简

每因楼上西南望,始觉人间道路长。碍日暮山青簇簇,漫天秋水白茫茫。风波不见三年面,书信难传万里肠。早晚东归来下峡,稳乘船舫过瞿唐。

罗　子

有女名罗子,生来才两春。我今年已长,日夜二毛新。顾念娇啼面,思量老病身。直应头似雪,始得见成人。

读僧灵彻诗

东林寺里西廊下,石片镌题数一作四首诗。言句怪来还校别,看名知是老汤师。

听李士良琵琶 人各赋二十八字

声似胡儿弹舌语,愁如塞月恨边云。闲人暂听犹眉敛,可使和蕃公主闻。

昭　君　怨

明妃风貌最娉婷,合在椒房应四星。只得当_{一作长}年备宫掖,何曾专夜奉帏屏。见疏从道迷图画,知屈那教配虏庭。自是君恩薄如纸_{一作命卑如纸薄},不须一向恨丹青。

闲　吟

自从苦学空门法,销尽平生种种心。唯有诗魔降未得,每逢风月一闲吟。

戏问山石榴

小树山榴近砌栽,半含红萼带花来。争知司马夫人妒,移到庭前便不开。

编集拙诗成一十五卷因题卷末戏赠元九李二十

一篇长恨有风情,十首秦吟近正声。每被老元偷格律,_{元九向江陵日,尝以拙诗一轴赠行,自后格变。}苦教短李伏歌行。_{李二十常自负歌行,近见予乐府五十首,默然心伏。}世间富贵应无分,身后文章合有名。莫怪气粗言语大,新排十五卷诗成。

湖　上　闲　望

藤花浪拂_{一作沸}紫茸条,菰叶风翻_{一作飘}绿剪刀。闲弄水芳生楚思,时时合眼咏离骚。

全唐诗卷四四○

白居易

江南谪居十韵

自哂沉冥客,曾为献纳臣。壮心徒许国,薄命不如人。才展凌云翅,俄成失水鳞。葵枯犹向日,蓬断即一作欲辞春。泽畔长愁地,天边欲老身。萧条残活计,冷落旧交亲。草合门无径,烟消甑有尘。忧方知酒圣,贫始觉钱神。虎尾难容足,羊肠易覆轮。行藏与通塞,一切任陶钧。

江楼夜吟元九律诗成三十韵

昨夜江楼上,吟君数十篇。词飘朱槛底,韵堕渌江前。清楚音谐律,精微思入玄。收将白雪丽,夺尽碧云妍。寸截金为句,双雕玉作联。八风凄间发,五彩烂相宣。冰扣声声冷,珠排字字圆。文头交比绣,筋骨软于绵。颍涌同波浪,铮钹过管弦。醴泉流出地,钧乐下从天。神鬼闻如泣,鱼龙听似禅。星回疑聚集一作散,月落为留连。雁感无鸣者,猿愁亦悄然。交流迁客泪,停住贾人船。暗被歌姬乞,潜闻思妇传。斜行题粉壁,短卷写红笺。肉味经时忘,头风当日痊。老张知定伏,短李爱应颠。张十八籍、李二十绅皆攻律诗,故云。道屈才方振,身闲业始专。天教声炬赫,理合命迍邅。顾我文章劣,知他气力全。工夫虽共到,巧拙尚相悬。各有诗千首,俱抛海一边。白头吟处变,青眼望中穿。酬答朝妨食,披寻夜废眠。老偿文债负,宿结字因缘。每叹陈夫子,陈子昂著感遇诗,称于世。常嗟李谪仙。贺知章谓李白为谪仙人。名高折人爵,思苦减天年。李竟无官,陈亦早夭。不得当时遇,空令后代怜。相悲今若此,溢浦与通川。

浔阳岁晚寄元八郎中庾三十二员外

阅水年将暮,烧金道未成。丹砂不肯死,白发自一作事须生。病肺惭杯满,衰颜忌镜明。春深旧乡梦,岁晚故交情。一别浮云散,双瞻列宿荣。螭头阶下立,龙尾道前行。封事频闻奏,除书数见名。虚怀事僚友,平步取公卿。漏尽鸡人报,朝回幼女一作女使迎。可怜白司马,老大在溢城。

元九以绿丝布白轻 裆一作容
见寄制成衣服以诗报知

绿丝文布素轻裆一作容,珍重京华手自封。贫友远劳君寄附,病妻亲为我裁缝。袴花白似秋去薄,衫色青于春草浓。欲著却休知不称,折腰无复旧形容。

清明日送韦侍御一作郎贬虔州

寂寞清明日,萧条司马家。留饧和冷粥,出火煮新茶。欲别能无酒,相留亦有花。南迁更何处,此地已天涯。

九江春望

淼茫积水非吾土,飘泊浮萍自我身。身外信缘为活计,眼前随事觅交亲。炉烟岂异终南色,溢草宁殊渭北春。此地何妨便终老,譬一作匹如元是九江人。香炉峰上多烟,湓水岸边足草,因而记之。

晚题东林寺双池

向晚双池好,初晴百物新。裊枝翻翠羽,溅水跃红鳞。萍泛同游子,莲开当丽人。临流一惆怅,还忆曲江春。

赠　内　子

白发长兴叹,青娥亦伴愁。寒衣补灯下,小女戏床头。暗淡屏帏故,凄凉枕席秋。贫中有等级,犹胜嫁黔娄。

送客春游岭南二十韵

因叙岭南方物以谕之,并拟微之送崔二十二之作。

已讶游何远,仍嗟别太频。离容君蹙促,赠语我殷勤。迢递天南面,苍茫海北漘。呵陵国分界,交趾郡为邻。蓊郁三光晦,温暾四气匀。阴晴变寒暑,昏晓错星辰。瘴地难为老,蛮陬不易驯。土民稀白首,洞主尽黄巾。战舰犹惊浪,戎车未息尘。时黄家贼方动。红旗围卉服,紫绶裹文身。面苦桄榔裛一作制,浆酸橄榄新。牙樯迎海舶,铜鼓赛江神。不冻贪泉暖,无霜毒草春。云烟蟒蛇气,刀剑鳄鱼鳞。路足羁栖客,官多谪逐臣。天黄生飓母,飓母如断虹,欲大风即见。雨黑长枫人。枫人自夜雷雨辄暗长数丈。回使先传语,征轩早返轮。须防杯里蛊,南方蛊毒多置酒中。莫爱橐中珍。北与南殊俗,身将货孰亲。尝闻君子诚,忧道不忧贫。

自　题

功名宿昔人多许,宠辱斯须自不知。一旦失恩先左降,三年随例未量移。马头觅角生何日,石火敲光住几时。前事是身俱若此,空门不去欲何之。

自　悲

火宅煎熬地,霜松摧折身。因知群动内,易死不过人。

寻郭道士不遇

郡中乞假来相访,洞里朝元去不逢。看院只留双白鹤,入门惟见一青松。药炉有火丹应伏,云碓无人水自舂。庐山中云母多,故以水碓捣炼,俗呼为云碓。欲问参同契中事,更期何日得从容。一作未知何日得相从。

浔阳春三首 元和十二年作

春　生

春生何处暗周游,海角天涯遍始休。先遣和风报消息,续教啼鸟说来由。展张草色长河畔,点缀花房小树头。若到故园应觅我,为传沦落在江州。

春　来

春来触地故乡情,忽见风光忆两京。金谷蹋花香骑入,曲江碾草钿车行。谁家绿酒欢连夜,何处红楼睡失明。独有不眠不醉客,经春冷坐古溢城。

春　去

一从泽畔为迁客,两度江头送暮春。白发更添今日鬓,青衫不改去年身。百川未有回流水,一老终无却少人。四十六时三月尽,送春争得不殷勤。

梦微之 十二年八月二十日夜

晨起临风一惆怅,通川溢水断相闻。不知忆我因何事,昨夜三回一
作更梦见君。

赠 韦 炼 师

浔阳迁客为居士,身似浮云心似灰。上界女仙无嗜欲,何因相顾两
裴回。共疑过去人间世,曾作谁家夫妇来。

问 刘 十 九

绿蚁新醅酒,红泥小火炉。晚来天欲雪,能饮一杯无。

得行简书闻欲下峡先以诗寄

朝来又得东川信,欲取春初发梓州。书报九江闻暂喜,路经三峡想
还愁。潇湘瘴雾加餐饭,滟滪惊波稳泊舟。欲寄两行迎尔泪,长江
不肯向西流。

南 湖 早 春

风回云断雨初晴,返照湖边暖复明。乱点碎红山杏发,平铺新绿水
蘋生。翅低白雁飞仍重,舌涩黄鹂语未成。不道江南春不好,年年
衰病减心情。

元十八从事南海欲出庐山临别旧
居有恋泉声之什因以投和兼伸别情

贤侯辟士礼从容,莫恋泉声问所从。雨露初承黄纸诏,烟霞欲别紫
霄峰。伤弓未息新惊鸟,得水难留久卧龙。我正退藏君变化,一杯

可易得相逢。

题韦家泉池

泉落青山出白云，萦村绕郭几家分。自从引作池中水，深浅方圆一任君。

醉中对红叶

临风杪秋树，对酒长年人。醉貌如霜叶，虽红不是春。

遣　怀

羲和走驭趁年光，不许人间日月长。遂使四时都似电，争教两鬓不成霜。荣销枯去无非命，壮尽衰来亦是常。已共身心要约定，穷通生死不惊忙。

点　额　鱼

龙门点额意何如，红尾青鬐却返初。见说在天行雨苦，为龙未必胜为鱼。

闻龟儿咏诗

怜渠已解咏诗章，摇膝支颐学二郎。莫学二郎吟太苦，才年四十鬓如霜。

对　酒

未济卦中休卜命，参同契里莫劳心。无如饮此销愁物，一饷愁消直万金。

东墙夜合树去秋为风雨
所摧今年花时怅然有感

碧荑红缕今何在,风雨飘将去不回。惆怅去年墙下地,今春唯有荠
花开。

病　起

病不出门无限时,今朝强出与谁期。经年不上江楼醉,劳动春风飏
酒旗。

梦亡友刘太白同游彰—作章敬寺

三千里外卧江州,十五年前哭老刘。昨夜梦中彰敬寺,死生魂魄暂
同游。

与果上人殁时题此诀别兼简二林僧社

本一作愿结菩提香火社,为嫌烦恼电泡身。不须惆怅从师去,先请
西方作主人。

赠写真者

子骋丹青日,予当丑老时。无劳役神思,更画病容仪。迢递麒麟
阁,图功未有期。区区尺素上,焉用写真为。

刘十九同宿 时淮寇初破

红旗破贼非吾事,黄纸除书无一作非我名。唯共嵩阳刘处士,围棋
赌酒到天明。

十二年冬江西温暖喜元八寄金石棱_{一作凌}到因题此诗

今冬腊候不严凝,暖雾温风气上腾。山脚崦中才有雪,江流慢处亦无冰。欲将何药防春瘴,只有元家金石棱一作凌。

闲　意

不争荣耀任沉沦,日与时疏共道亲。北省朋僚音信断,东林长老往还频。病停夜食闲如社,慵拥朝裘暖似春。渐老渐谙闲气味,终身不拟作忙人。

送友人上峡赴东川辟命

见说瞿塘峡,斜衔一作横滟滪根。难于寻鸟路一作道,险过上龙门。羊角风头急,桃花水色浑。山回若鳌转,舟入似鲸吞。岸一作岩合愁天断,波跳恐地翻。怜君经此去,为感主人恩。

夜送孟司功

浔阳白司马,夜送孟功曹。江暗管弦急,楼明灯火高。湖波翻似箭,霜草杀如刀。且莫开征棹,阴风正怒号。

衰　病

老辞游冶寻花伴,病别荒狂旧酒徒。更恐五年三岁后,些些谭笑亦应无。

题诗屏风绝句 并序

十二年冬,微之犹滞通州,予亦未离溢上,相去万里,不见三年,郁郁相念，多以吟咏自解。前后辱微之寄示之什，殆数百篇，虽藏于箧中，永以为好，不若置之座右，如见所思。繇是掇律句中短小丽绝者，凡一百首，题录合为一屏风，举目会心参，若其人在于前矣。前辈作事，多出偶然，则安知此屏不为好事者所传，异日作九江一故事尔。因题绝句，聊以奖之。

相忆采君诗作障，自书自勘不辞劳。障成定被人争写，从此南中纸价高。

答 微 之

　　微之于阆州西寺手题予诗，予又以微之百篇题此屏上，各以绝句相报答之。

君写我诗盈寺壁，我题君句满屏风。与君相遇知何处，两叶浮萍大海中。

偶 宴 有 怀

遇兴寻文客，因欢命酒徒。春游忆亲故，夜会似京都。诗思闲仍在，乡愁醉暂无。狂来欲起舞，惭见白髭须。

山中酬江州崔使君见寄

眷昒情无恨，优容礼有馀。三年为郡吏，一半许山居。酒熟心相待，诗来手自书。庾楼春好醉，明月一作日且回车。

山 枇 杷

深山老去惜年华，况对东溪野枇杷。火树风来翻绛焰，琼枝日出晒红纱。回看桃李都无色，映得芙蓉不是花。争奈结根深石底，无因移得到人家。

闻李尚书拜相因以长句寄贺微之

怜君不久在通川,知已新提造化权。夔契定求才济世,张雷应辨气
冲天。那知沦落天涯日,正是陶钧海内年。肯向泥中抛折剑,不收
重铸作龙泉。

岁　暮

穷阴急景坐相催,壮齿韶颜去不回。旧病重因年老发,新愁多是夜
长来。膏明自炼缘多事,雁默先烹为不才。祸福细寻无会处,不如
且进手中杯。

雨中赴刘十九二林之期及
到寺刘已先去因以四韵寄之

云中台殿泥中路,既阻同游懒却还。将谓独愁犹对雨,不知多兴已
寻山。才应行到千峰里,只校来迟半日间。最惜杜鹃花烂漫,春风
吹尽不同攀。

蔷薇正开春酒初熟因招刘
十九张大夫崔二十四同饮

瓮头竹叶经春熟,阶底蔷薇入夏开。似火浅深红压架,如饧气味绿
粘台。试将诗句相招去,倘有风情或可来。明日早花应更好,心期
同醉卯时杯。

李　白　墓

采石江边李白坟,绕田无限草连云。可怜荒垅穷泉骨,曾有惊天动
地文。但是诗人多薄命,就中沦落不过君。

对　酒

漫把参同契,难烧伏火砂。有时成白首,无处问黄芽。幻世如泡影,浮生抵眼花。唯将绿醅酒,且替紫河车。

戏答诸少年

顾我长年头似雪,饶君壮岁气如云。朱颜今日虽欺我,白发他时不放君。

风雨晚一作夜泊

苦竹林边芦苇丛,停舟一望思无穷。青苔扑地连春一作香雨,白浪掀天尽日风。忽忽百年行欲半,茫茫万事坐成空。此生飘荡何时定,一缕鸿毛天地中。

题崔使君新楼

忧人何处可销忧,碧瓮红栏溢水头。从此浔阳风月夜,崔公楼替庾公楼。

山中戏问韦侍御 一作郎

我抱栖云志,君怀济世才。常吟反招隐,那得入山来。

赠昙禅师 梦中作

五年不入慈恩寺,今日寻师始一来。欲知火宅焚烧苦,方寸如今化作灰。

寄微之

帝城行乐日纷纷,天畔穷愁我与君。秦女笑歌春不见,巴猿啼哭夜常闻。何处琵琶弦似语,谁家〔呙〕(卤)堕髻如云。人生多少欢娱事,那独千分无一分。

醉吟二首

空王百法学未得,姹女丹砂烧即飞。事事无成身老也一作也老,醉乡不去欲何归。

两鬓千茎新似雪,十分一酌欲如泥。酒狂又引诗魔发,日午悲吟到日西。

晓寝

转枕重安寝,回头一欠伸。纸窗明觉晓,布被暖知春。莫强疏慵性,须安老大身。鸡鸣一觉一作犹独睡,不博早朝人。

答元八郎中杨十二博士

身觉一作学浮云无所著,心同止水有何情。但知潇洒疏朝市,不要崎岖隐姓名。尽日观鱼临涧坐,有时随鹿上山行。谁能抛得人间事,来共腾腾过此生。

湖亭与行简宿

浔阳少有风情客,招宿湖亭尽却回。水槛虚凉风月好,夜深谁一作惟共阿怜来。

八月十五日夜湓亭望月

昔年八月十五夜,曲江池畔杏园—作林边。今年八月十五夜,湓浦
沙头水馆前。西北望乡何处是,东南见月几回圆。临风一叹无人
会,今夜清光似往年。

赠 江 客

江柳影寒新雨地,塞鸿声急欲霜天。愁君独向—作自沙头宿,水—作
岸绕芦花月满船。

残 暑 招 客

云截山腰断,风驱雨脚回。早阴江上散,残热日中来。却取生衣
著,重拈竹—作小簟开。谁能淘晚热,闲饮两三杯。

浔阳秋怀赠许明府

霜红二林叶,风白九江波。暝色投烟鸟,秋声带雨荷。马闲无处
出,门冷少人过。卤莽还乡梦,依稀望阙歌。共思除醉外,无计奈
愁何。试问陶家酒,新篘得几多。

九 日 醉 吟

有恨头还白,无情菊自黄。一为州司马,三见岁重阳。剑匣尘埃
满,笼禽日月长。身从渔父笑,门任雀罗张。问疾因留客,听吟偶
置觞。叹时论倚伏,怀旧数存亡。奈老应无计,治—作医愁或有方。
无过学王绩—作勣,唯以醉为乡。

问韦山人山甫

身名身事两蹉跎,试就先生问若何。从此神仙学得否,白须虽有未为多。

送萧炼师步虚词十首卷后以二绝继之

欲上瀛州临别时,赠君十首步虚词。天仙若爱应相问,可一作向道江州司马诗。

花纸瑶缄松墨字,把将天上共谁开。试呈王母如堪唱,发遣双成更取来。

赠李兵马使

身得贰师馀气概,家藏都尉旧诗章。江南别有楼船将,燕颔虬须不姓杨。

题遗爱寺前溪松

偃亚长松树,侵临小石溪。静将流水对,高共远峰齐。翠盖烟笼密,花幢雪压低。与僧清影坐,借鹤稳枝栖。笔写形难似,琴偷韵易迷。暑天风槭槭一作瑟瑟,晴一作静夜露一作雨凄凄。独契一作憩依为舍,闲行绕作蹊。栋梁君莫采,留著伴幽栖。

庐山草堂夜雨独宿寄 牛二李七庾三十二员外

丹霄携手三君子,白发垂头一病翁。兰省花时锦帐下,庐山雨夜草庵中。终身胶漆心应在,半路云泥迹不同。唯有无生三昧观,荣枯一照两成空。

闻杨十二新拜省郎遥以诗贺

文昌新入有光辉,紫界宫墙白粉闱。晓日鸡人传漏箭,春风侍女护朝衣。雪飘歌句一作曲高难和,鹤拂烟霄老惯飞。官职声名俱入手,近来诗客似君稀。顷曾有赠杨诗,落句云:不用更教诗过好,折君官职是声名。今故云俱入手。

三月三日怀微之

良时光景长虚掷,壮岁风情已暗销。忽忆同为校书日,每年同醉是今朝。

赠　韦　八

辞君岁一作虽久见君初,白发惊嗟两有馀。容鬓别来今至此,心情料取合何如。曾同曲水花亭醉,亦共华阳竹院居。岂料天南相见夜,哀猿瘴雾宿匡庐。

春江闲步赠张山人

江景又妍和,牵愁发浩歌。晴沙金屑色,春水麹尘波。红簇交枝杏,青含卷叶荷。藉莎怜软暖,憩树爱婆娑。书信朝贤断,知音野老多。相逢不闲语,争奈日长何。

春听琵琶兼简长孙司户

四弦不似琵琶声,乱写真珠细撼铃。指底商风悲飒飒,舌头胡语苦醒醒。如言都尉思京国,似诉明妃厌虏庭。迁客共君想劝谏,春肠易断不须听。

吴宫辞

一入吴王殿，无人睹翠娥。楼高时见舞，宫静夜闻歌。半露胸如雪，斜回脸似波。妍媸各有分，谁敢妒恩多。

送韦侍御量移金州司马 时予官独未出

春欢雨露同沾泽，冬叹风霜独满衣。留滞多时如我少，迁移好处似君稀。卧龙云到须先起，蛰燕雷惊尚未飞。莫恨东西沟水别，沧溟长短拟同归。

自到浔阳生三女子因诠真理用遣妄怀

宦途本自安身拙，世累由来向老多。远谪四年徒已矣，晚生三女拟如何。预愁嫁娶真成患，细念因缘尽是魔。赖学空王治苦法，须抛烦恼入头陀。

江西裴常侍以优礼见待又 蒙赠诗辄叙鄙诚用伸感谢

一从簪笏事金貂，每借温颜放折腰。长觉身轻离泥滓，忽惊手重捧琼瑶。马因回顾虽增价，桐遇知音已半焦。他日秉钧如见念，壮心直气未全销。

自江州司马授忠州刺史仰荷圣泽聊书鄙诚

炎瘴抛身远，泥涂索脚难。网初鳞拨剌，笼久翅摧残。雷电颁时令，阳和变岁寒。遗簪承旧念，剖竹授新官。乡觉前程近，心随外事宽。生还应有分，西笑问长安。

除忠州寄谢崔相公

提拔出泥知力竭,吹嘘生翅见情深。剑锋缺折难冲斗,桐尾烧焦岂望琴。感旧两行年老泪,酬恩一寸岁寒心。忠州好恶何须问,鸟得辞笼不择林。

初除官蒙裴常侍赠鹘衔瑞草
绯袍鱼袋因谢惠贶兼抒离情

新授铜符未著绯,因君装束始光辉。惠深范叔绨袍赠,荣过苏秦佩印归。鱼缀白金随步跃,鹘衔红绶绕身飞。明朝恋别朱门泪,不敢多垂恐污衣。

洪州逢熊孺登

靖安院里辛夷_{一作新荑}下,醉笑狂吟气最粗。莫问别来多少苦,低头看取白髭须。

初著刺史绯答友人见赠

故人安慰善为辞,五十专城道未迟。徒使花袍红似火,其如蓬鬓白成_{一作如}丝。且贪薄俸君应惜,不称衰容我自知。银印可怜将底用,只堪归舍吓妻儿。

又　答　贺　客

银章暂假为专城,贺客来多懒起迎。似挂绯衫衣架上,朽株枯竹有何荣。

别草堂三绝句

正听山鸟向阳眠，黄纸除书落枕前。为感君恩须暂起，炉峰不拟住多年。

久眠褐被为居士，忽挂绯袍作使君。身出草堂心不出，庐山未要勒一作动移文。

三间茅舍向山开，一带山泉绕舍回。山色泉声莫惆怅，三年官满却归来。

钟 陵 饯 送

翠幕红筵高在云，歌钟一曲万家闻。路人指点滕王阁，看送忠州白使君。

浔阳宴别 此后忠州路上作

鞍马军城外，笙歌祖帐前。乘潮发溢口，带雪别庐山。暮景牵行色，春寒散醉颜。共嗟炎瘴地，尽室得生还。

戏赠户部李巡官

好去一作语民曹李判官，少贪公事且谋欢。男儿未死争能料，莫作忠州刺史看。

行次夏口先寄李大夫

连山断处大江流，红旆逶迤镇上游。幕下翱翔秦御史，军前奔走汉诸侯。曾陪剑履升鸾殿，欲谒旌幢入鹤楼。假著绯袍君莫笑，恩深始得向忠州。

重赠李大夫

早接清班登玉陛,同承别诏直金銮。凤巢阁上容身稳,鹤锁笼中展翅难。流落多年应是命,量移远郡未成官。惭君独不欺憔悴,犹作银台旧眼看。

对　镜　吟

闲看明镜坐清晨,多病姿容半老身。谁论情性乖时事,自想形骸非贵人。三殿失恩宜放弃,九宫推命合漂沦。如今所得须甘分,腰佩银龟朱两轮。

江州赴忠州至江陵已来舟中示舍弟五十韵

昔作咸秦客,常思江海行。今来仍尽室,此去又专城。典午犹为幸,分忧固是荣。箅星州乘送,艛艓驿船迎。共载皆妻子,同游即弟兄。宁辞浪迹远,且贵赏心并。云展帆高挂,飙驰棹迅征。溯流从汉浦,循路转荆衡。山逐时移色,江随地改名。风光近东早,水木向南清。夏口烟孤起,湘川雨半晴。日煎红浪沸,月射白砂明。北渚寒留雁,南枝暖待莺。骈朱桃露萼,点翠柳含萌。亥市鱼盐聚,神林鼓笛鸣。壶浆椒叶气,歌曲竹枝声。系缆怜沙静,垂纶爱岸平。水餐红粒稻,野茹紫花菁。瓯泛茶如乳,台粘酒似饧。脍长抽锦缕,藕脆削琼英。容易来千里,斯须进一程。未曾劳气力,渐觉有心情。卧稳添春睡,行迟带酒醒。忽愁牵世网,便欲濯尘缨。早接文场战,曾争翰苑盟。掉头称俊造,翘足取公卿。且昧随时义,徒输报国诚。众排恩易失,偏压势先倾。虎尾忧危切,鸿毛性命轻。烛蛾谁救活一作护,蚕茧自缠萦。敛手辞双阙,回眸望两京。长沙抛贾谊,漳浦卧刘桢。鶗鴂鸣还歇,蟾蜍破又盈。年光同激箭，乡思极摇旌。潦倒亲知笑，衰羸旧识惊。乌头因感白，鱼尾为劳赪。剑学将何用，丹烧竟不成。孤舟萍一叶，双鬓雪千茎。老见人情尽，闲思物理精。如汤探冷热，似博斗输赢。险路应须避，迷途莫共争。此心知止足，何物要经营。玉向泥中洁，松经雪后贞。无妨隐朝市，不必谢寰瀛。但在前非悟，期无后患婴。多知非景福，少语是元亨。晦即全身药，明为伐性兵。昏昏随世俗，蠢蠢学黎甿。鸟以能言缚，龟缘入梦烹。知之一何晚，犹足保馀生。

题 岳 阳 楼

岳阳城下水漫漫，独上危楼倚曲栏。春岸绿时连梦泽，夕波一作阳红处近长安。猿攀树立啼何苦，雁点湖飞渡亦难。此地唯堪画图障，华堂张与贵人看。

入峡次巴东

不知远郡何时到，犹喜全家此去同。万里王程三峡外，百年生计一舟中。巫山暮足沾花雨，陇水春多逆浪风。两片红旌数声鼓，使君艛艓上巴东。

十年三月三十日别微之于沣上十四年三月十一日夜遇微之于峡中停舟夷陵三宿而别言不尽者以诗终之因赋七言十七韵以赠且欲记一作寄所遇之地与相见之时为他年会话张本也

〔沣〕(澧)水店头春尽日，送君上马谪通川。夷陵峡口明月夜，此处逢君是偶然。一别五年方见面，相携三宿未回船。坐从日暮唯长叹,语到天明竟未眠。齿发蹉跎将五十,关河迢递过三千。生涯共寄沧江上,乡国俱抛白日边。往事渺茫都似梦,旧游流落半归泉。醉悲洒泪春杯里,吟苦支颐晓烛前。莫问龙钟恶官职,且听清脆好文一作诗篇。微之别来有新诗数百篇,丽绝可爱。别来只是成诗癖,老去何曾更酒颠。各限王程须去住,重开离宴贵留连。黄牛渡北移征棹,白狗崖东卷别筵。黄牛、白狗,皆峡中地名,即与微之遇别之所也。神女台云闲缭绕,使君滩水急潺湲,风凄暝色愁杨柳,月吊宵声哭杜鹃。万丈赤幢潭底日,一条白练峡中天。君还秦地辞炎徼,我向忠州入瘴烟。未死会应相见在,又知何地复何年。

题峡中石上

巫女庙花红似粉,昭君村柳翠于眉。诚知老去风情少,见此争无一句诗。

全唐诗卷四四一

白居易

夜入瞿唐峡

瞿唐天下险，夜上信难一作艰哉。岸似双屏合，天如匹帛一作练开。逆风惊浪起，拨簌暗船来。欲识愁多少，高于滟滪堆。

初到忠州赠李六 一作李大夫

好在天涯李使君，江头相见日黄昏。吏人生梗都如鹿，市井疏芜一作萧疏只抵村。一只兰一作叶船当驿路一作步，百层石磴上州门。更无平地堪行处，虚受朱轮五马恩。

郡斋暇日忆庐山草堂兼寄二林僧社三十韵多叙贬官已来出处之意

谏净知无补，迁移分所当。不堪一作能匡圣主，只合事空王。龙象投新社，鹓鸾失故行。沉吟辞北阙，诱引向西方。便住双林寺，仍开一草堂。平治行道路一作地，安置坐禅床。手版支为枕，头巾阁在墙。先生乌几舄，居士白衣裳。竟岁何曾闷，终身不拟忙。灭除残梦想，换尽旧心肠。世界多烦恼，形神久损伤。正从风鼓浪，转作日销霜。佛经云：此生死无休已，如风鼓海浪。又云：烦恼如霜露，慧日能消除。

吾道寻知止，君恩偶未忘。忽蒙颁凤诏，兼谢一作借剖鱼章。莲静
方依水，葵枯重仰阳。三车犹夕会，五马已晨装。去似寻前世，来
如别故乡。眉低出鹫岭，脚重下蛇冈。庐山冈名。渐望庐山远，弥愁
峡路长。香炉峰隐隐，巴字水茫茫。瓢挂留庭一作亭树，经收在屋
梁。春抛红药圃，夏忆白莲塘。唯一作准拟捐尘事，将何答宠光。
有期追永远，晋时永、远二法师曾居此寺。无政继龚黄。南国秋犹热，西
斋夜暂一作渐凉。闲吟四句偈，静对一炉香。身老同丘井，心空是
道场。觅僧为去伴，留俸作归粮。为报山中侣，凭看竹下房。会应
归去在一作住，松菊莫教荒。

赠康叟

八十秦翁老不归，南宾太守乞寒衣。再三怜汝非他意，天宝遗民见
渐稀。

鹦鹉

竟日语还默，中宵栖复惊。身囚缘彩翠，心苦为分明。暮起归巢
思，春多忆侣声。谁能拆笼破，从放快飞鸣。

京使回累得南省诸公书因以长句诗寄谢萧五刘二元八吴十一韦大陆郎中崔二十二牛二李七庾三十二李六李十杨三樊大杨十二员外

雪压泥埋未死身，每劳存问愧交亲。浮萍飘泊三千里，列宿参差十
五人。禁月落时君待漏，畲烟深处我行春。瘴乡得老犹为幸，岂敢
伤嗟白发新。

东 城 春 意

风软云不动,郡城东北隅。晚来春澹澹,天气似京都。弦管随宜
有,杯觞不道无。其如亲故远,无可共欢娱。

木莲树生巴峡山谷间巴民亦呼为黄
心树大者高五丈涉冬不凋身如青杨
有白文叶如桂厚大无脊花如莲香色
艳腻皆同独房蕊有异四月初始开自
开迨谢仅二十日忠州西北十里有鸣
玉溪生者秾茂尤异元和十四年夏命道
士毋丘元志写惜其遐僻因题三绝句云

如折芙蓉栽—作投旱地,似抛芍药挂高枝。云埋水隔无人识,唯有
南宾太守知。

红似燕支腻如粉,伤心好物不须臾。山中风起无时节,明日重来得
在无。

已愁花落荒岩底,复恨根生乱石间。几度欲移移不得,天教抛掷在
深山。

种 桃 杏

无论海角与天涯,大抵心安即是家。路远谁能念乡曲,年深兼欲忘
京华。忠州且作三年计,种杏栽桃拟待花。

新 秋

二毛生镜日,一叶落庭时。老去争由我,愁来欲泥谁。空销闲岁

月,不见旧亲知。唯弄扶床女,时时强展眉。

龙昌寺荷池

冷碧新秋水,残红半破莲。从来寥落意,不似此池边。

听竹枝赠李侍御

巴童巫女竹枝歌,懊恼何人怨咽多。暂听遣君犹怅望,长闻教我复如何。

寄胡饼与杨万州

胡麻饼样学京都,面脆油香新出炉。寄与饥馋杨大使,尝看得似辅兴无。

感樱桃花因招饮客

樱桃昨夜开如雪,鬓发今年白似霜。渐觉花前成老丑,何曾酒后更颠狂。谁能闻此来相劝,共泥春风醉一场。

东亭闲望 一作闲坐

东亭尽日坐,谁伴寂寥身。绿桂一作树为佳客,红蕉当美人。笑言虽不接,情状似相亲。不作一作若悠悠想,如何度晚春。

画木莲花图寄元郎中

花房腻似红莲朵,艳色鲜如紫牡丹。唯有诗人能一作应解爱,丹青写出与君看。

和李澧州题韦开州经藏诗

既悟莲花藏，须遗贝叶书。菩提无处所，文字本空虚。观指非知月，忘筌是得鱼。闻君登彼岸，舍筏复何如。

九日题涂溪

蕃一作蓍草席铺枫叶岸，竹枝歌送菊花杯。明年尚作一作任南宾守，或可重阳更一来。

即事寄微之

畲田涩米不耕锄，旱地荒园少菜蔬。想念一本缺，一作此。土风今若此，料看生计合何如。衣缝纰䋼黄丝绢，饭下腥咸白小鱼。饱暖饥寒何足道，此身长短是空虚。

题郡中荔枝诗十八韵兼寄万州杨八使君

奇果标南土，芳林对北堂。素华春漠漠，丹实夏煌煌。叶捧低垂户，枝擎重压墙。始因风弄色，渐与日争光。夕讶条悬火，朝惊树点妆。深于红踯躅，大校白槟榔。星缀连心朵，珠排耀眼房。紫罗裁衬壳，白玉裹填瓤。早岁曾闻说，今朝始摘尝。嚼疑天上味，嗅异世间香。润胜莲生水，鲜逾橘得霜。燕支掌中颗，甘露舌头浆。物少尤珍重，天高苦渺茫。已教生暑月，又使阻遐方。粹液灵难驻，妍姿嫩易伤。近南光景热，向北道途长。不得充工赋，无由寄帝乡。唯君堪掷赠，面白似潘郎。

留　北　客

峡外相逢远，樽前一会难。即须分手别，且强展眉欢。楚袖萧条舞,巴弦趣数_{从速}反弹。笙歌随分有,莫作帝乡看。

重寄荔枝与杨使君时闻杨
使君欲种植故有落句之戏

摘来正带凌晨露,寄去须凭下水船。映我绯衫浑不见,对公银印最相鲜。香连翠叶真堪画,红透青笼实可怜。闻道万州方欲种,愁君得吃是何年。

和万州杨使君四绝句

竞　渡

竞渡相传为汨罗,不能止遏意无他。自经放逐来憔悴,能校灵均死几多。

江 边 草

闻君泽畔伤春草,忆在天门街里时。漠漠凄凄愁_{一作秋}满眼,就中惆怅是江蓠。

嘉 庆 李

东都绿李万州栽,君手封题我手开。把得欲尝先怅望,与渠同别故乡来。

白 槿 花

秋槿晚英无艳色,何因栽种在人家。使君自_{一作只}别罗敷面,争解回头爱白花。

和行简望郡南山

反照前山云树明,从君苦道似华清。试听肠断巴猿叫,早晚骊山有此声。

种 荔 枝

红颗珍一作真珠诚可爱，白须太守亦何痴。十年结子知谁在，自向
庭中一作前种荔枝。

阴 雨

岚雾今朝重，江山此地深。滩声秋更急，峡气晓多阴。望阙云遮
眼，思乡雨一作泪滴心。将何慰幽独，赖此北窗琴。

送 客 归 京

水陆四千里，何时归到秦。舟辞三峡雨，马入九衢尘。有酒留行
客，无书寄贵人。唯凭远传语，好在曲江春。

送萧处士游黔南

能文好饮老萧郎，身似浮云鬓似霜。生计抛来诗是业，家园忘却酒
为乡。江从巴峡初成字，猿过巫阳始断肠。不醉黔中争去得，磨围
山月正苍苍。

东 楼 醉

天涯深峡无人地，岁暮穷阴欲夜天。不向东楼时一醉，如何拟过二
三年。

寄微之 时微之为虢州司马

高天默默物茫茫，各有来由致损伤。鹦为能言长剪翅，龟缘难死久
撑床。莫嫌冷落抛闲地，犹胜炎蒸卧瘴乡。外物竟关身底事，谩
排门戟系腰章。

东楼招客夜饮

莫辞数数醉东楼,除醉无因破得愁。唯有绿樽红烛下,暂时不似在忠州。

醉 后 戏 题

自知清冷似冬凌,每被人呼作律僧。今夜酒醺罗绮暖,被君融尽玉壶冰。

冬 至 夜

老去襟怀常濩落,病来须鬓转苍浪。心灰不及炉中火,鬓雪多于砌下霜。三峡南宾城最远,一年冬至夜偏长。今宵始觉房栊冷,坐索寒衣托—作诋孟光。

竹枝词四首

瞿唐峡口水—作冷烟低,白帝城头月向西。唱到竹枝声咽处,寒猿暗鸟一时啼。

竹枝苦怨怨何人,夜静山空歇又闻。蛮儿巴女齐声唱,愁杀江楼—作南病使君。

巴东船舫上巴西,波面风生雨脚齐。水蓼冷花红簇簇,江蓠湿叶碧凄凄。

江畔谁人唱竹枝,前声断咽后声迟。怪来调苦缘词苦,多是通州司马诗。

酬严中丞晚眺黔江见寄

江水三回曲,愁人两地情。磨围山下色,明月峡中声。晚后连天碧,秋来彻底清。临流有新恨,照见白须生。

寄题杨万州四望楼

江上新楼名四望,东西南北水茫茫。无由得与君携手,同凭栏干一望乡。

答杨使君登楼见忆

忠万楼中南北望,南州烟水北州云。两州何事偏相忆,各是笼禽作使君。

除 夜

岁暮纷多思,天涯渺未归。老添新甲子,病减旧容辉。乡国仍留念,功名已息机。明朝四十九,应转悟前非。

闻 雷

瘴地风霜早,温天气候催。穷冬不见雪,正月已闻雷。震蛰虫蛇出,惊枯草木开。空馀客方寸,依旧似寒灰。

春 至

若为南国春还至,争向东楼日又长。白片落梅浮涧水,黄梢新柳出城墙。闲拈蕉叶题诗咏,闷取藤枝引酒尝。乐事渐无身渐老,从今始拟负风光。

感 春

巫峡中心郡,巴城四面春。草青临水地,头白见花人。忧喜皆心火,荣枯是眼尘。除非一杯酒,何物更关身。

春 江

炎凉昏晓苦推迁,不觉忠州已二年。闭阁只听朝暮鼓,上楼空望往来船。莺声诱引来花下,草色勾留坐水边。唯有春江看未厌,紫砂绕石渌潺湲。

题东楼前李使君所种樱桃花

身入青云无见日,手栽红树又逢春。唯留花向楼前著一作看,故故抛愁与后人。

巴 水

城下巴江水,春来似麴尘。软沙如渭曲,斜岸忆天津。影蘸新黄柳,香浮小白蘋。临流搔首坐,惆怅为何人。

野 行

草润衫襟重,沙干屐齿轻。仰头听鸟立,信脚望花行。暇日无公事,衰年有道情。浮生短于梦,梦里莫营营。

送高侍御使回因寄杨八

明月峡边逢制使,黄茅岸上是忠州。到城莫说忠州恶,无益虚教杨八愁。

奉酬李相公见示绝句 时初闻国丧

碧油幢下捧新诗,荣贱虽殊共一悲。涕泪满襟君莫怪,甘泉侍从最多时。

喜山石榴花开 去年自庐山移来

忠州州里今日花,庐山山头去时树。已怜根损斩新栽,还喜花开依旧数。赤玉何人少琴轸,红缬谁家合罗袴。但知烂熳恣情开,莫怕南宾桃李妒。

戏赠萧处士清禅师

三杯嵬峨忘机客,百衲头陀任运僧。又有放慵巴郡守,不营一事共腾腾。

钱虢州以三堂绝句见寄因以本韵和之

同事空王岁月深,相思远寄定中吟。遥知清净中和化,只用金刚三昧心。予早岁与钱君同习读《金刚三昧经》,故云。

三　月　三　日

暮春风景初三日,流世光阴半百年。欲作闲游无好伴,半江惆怅却回船。

寒　食　夜

四十九年身老日,一百五夜月明天。抱膝思量何事在,痴男骏一作痴女唤秋千。

代　州　民　问

龙昌寺底开山路,巴子台前种柳林。官职家乡都忘却,谁人会得使君心。

答 州 民

宦情斗擞随尘去，乡思销磨逐日无。唯拟腾腾作闲事，遮渠不道使
君愚。

荔枝楼对酒

荔枝新熟鸡冠色，烧酒初开琥珀香。欲摘一枝倾一酜，西楼无客共
谁尝。

房家夜宴喜雪戏赠主人

风头向夜利如刀，赖此温炉软锦袍。桑落气薰珠翠暖，柘枝声引管
弦高。酒钩送酜推莲子，烛泪粘盘壘蒲萄。不醉遣侬争散得，门前
雪片似鹅毛。

醉 后 赠 人

香球趁拍回环匼，花酜抛巡取次飞。自入春来未_{一作不}同醉，那能
夜去独先归。

初除尚书郎脱刺史绯

亲宾相贺问何如，服色恩光尽反初。头白喜抛黄草峡，眼明惊拆紫
泥书。便留朱绂还铃阁，却著青袍侍玉除。无奈娇痴三岁女，绕腰
啼哭觅金_{一作银}鱼。

留题开元寺上方

东寺台阁好，上方风景清。数来犹未厌，长别岂无情。恋水多临
坐，辞花剩绕行。最怜新岸柳，手种未全成。

别种东坡花树两绝

三年留滞在江城,草树禽鱼尽有情。何处殷勤重回首,东坡桃李种新成。

花林好住莫憔悴,春至但知依旧春。楼上明年新太守,不妨还是爱花人。

别桥上竹

穿桥进竹不依行,恐碍行人被损伤。我去自惭遗爱少,不教君得似甘棠。

发白狗峡次黄牛峡登高寺却望忠州

白狗次黄牛,滩如竹节稠。路穿天地险,人续古今愁。忽见千花塔,因停一叶舟。畏途常迫促,静境暂淹留。巴曲春全尽,巫阳雨半收。北归虽引领,南望亦回头。昔去悲殊俗,今来念旧游。别僧山北寺,抛竹水西楼。郡树花如雪,军厨酒似油。时时大开口,自笑忆忠州。

棣华驿见杨八题梦兄弟诗

遥闻旅宿梦兄弟,应为邮亭名棣华。名作棣华来早晚,自题诗后属杨家。

商山路有感

万里路一作途长在,六年身始归。所经多旧馆,大半主人非。

商山路驿桐树昔与微之前后题名处

与君前后多迁谪,五度经过此路隅。笑问中庭老桐树,这回归去免来无。

恻 恻 吟

恻恻复恻恻,逐臣返乡国。前事难重论,少年不再得。泥涂绛老头班白,炎瘴灵均面黎黑。六年不死却归来,道著姓名人不识。

德宗皇帝挽歌词四首

执象宗玄祖,贻谋启孝孙。文高柏梁殿,礼薄霸陵原。宫仗辞天阙,朝仪出国门。生成不可报,二十七年恩。

虞帝南巡后,殷宗谅暗中。初辞铸鼎地,已闭望仙宫。晓落当陵月,秋生满旆风。前星承帝座,不使北辰空。

业大承宗祖,功成付子孙。睿文诗播乐,遗训史标言。节表中和德,方垂广利恩。悬知千载后,理代数贞元。

梦减三龄寿,哀延七月期。寝园愁望远,宫仗哭行迟。云日添寒惨,笳箫向晚悲。因山有遗诏,如葬汉文时。

昭德皇后挽歌词

仙去逍遥境,诗留窈窕章。春归金屋少,夜入寿宫长。凤引曾辞辇,蚕休昔采桑。阴灵何处感,沙麓月无光。

太平乐词二首 已下七首在翰林院时奉敕撰进

岁丰仍节俭,时泰更销兵。圣念长如此,何忧不太平。

湛露浮尧酒,薰风丘舜歌。愿同尧舜意,所乐在人和。

小曲新词二首

霁色鲜宫殿,秋声脆管弦。圣明千岁乐,岁岁似今年。

红裙—作裙明月夜,碧簟早秋时。好向昭阳宿,天凉玉漏迟。

闺怨词三首

朝憎莺百啭,夜妒燕双栖。不惯经春别,谁知到晓啼。

珠箔笼寒月,纱窗背晓灯。夜来巾上泪,一半是春冰。

关山征戍远,闺阁别离难。苦战应憔悴,寒衣不要宽。

残春曲 禁中口号

禁苑残莺三四声,景迟风慢暮春情。日西无事墙阴下,闲蹋宫花独
自行—作吟。

长 安 春

青门柳枝软无力,东风吹作黄金色。街东酒薄醉易醒,满眼春愁销
不得。

长乐坡送人赋得愁 —下有字字

行人南北分征路,流水东西接御沟。终日坡前恨离别,谩名长乐是
长愁。

独眠吟二首

夜长无睡起阶前,寥落星河欲曙—作晓天。十五年来明月夜,何曾
一夜不孤眠。

独眠客,夜夜可怜长寂寂。就中今夜最愁人,凉月清风满床席。

期 不 至

红烛清樽久延伫,出门入门天欲曙。星稀月落竟不来,烟柳胧胧鹊飞去。

长 洲 苑

春入长洲草又生,鹧鸪飞起少人行。年深不辨娃宫处,夜夜苏台空月明。

忆 江 柳

曾栽杨柳江南岸,一别江南两度春。遥忆青青江岸上,不知攀折是何人。

南 浦 别

南浦凄凄别,西风袅袅秋。一看肠一断,好去莫回头。

三 年 别

悠悠一别已三年,相望相思明月天。肠断青天望明月,别来三十六回圆。

伤 春 词

深浅檐花千万枝,碧纱窗外啭黄鹂。残妆含泪下帘坐,尽日伤春春不知。

后 宫 词

泪湿一作尽罗巾梦不成，夜深前殿按歌声。红颜未老恩先断，斜倚薰笼坐到明。

全唐诗卷四四二

白居易

吟元郎中白须诗兼饮雪水茶因题壁上

吟咏霜毛句,闲尝雪水茶。城中展眉处,只是有元家。

吴七郎中山人待制班中偶赠绝句

金马东门只日开,汉庭待诏重仙才。第三松树非华表,那得辽东鹤下来。

和张十八秘书谢裴相公寄马

齿齐膘足毛头腻,秘阁张郎—作家叱拨驹。洗了颔花翻假锦,走时蹄汗蹋真珠。青衫乍见曾惊否,红粟难赊得饱无。丞相寄来应有意,遣君骑去上云衢。

答 山 侣

颔下髭须半是丝,光阴向后几多时。非无解挂簪缨意,未有支持伏腊资。冒热冲寒徒自取,随行逐队欲何为。更惭山侣频传语,五十归来道未迟。

早朝思退居

霜严月苦欲明天，忽忆闲居思浩然。自问寒灯夜半起，何如暖被日高眠。唯惭老病披朝服，莫虑饥寒计俸钱。随有随无且归去，拟求丰足是何年。

曲江亭晚望

曲江岸北凭栏干，水面阴生日脚残。尘路行多绿袍故，风亭立久白须寒。诗成暗著闲心记，山好遥偷病眼看。不被马前提省印，何人信道是郎官。

初除主客郎中知制诰与王十一李七元九三舍人中书同宿话旧感怀

闲宵静话_{一作语}喜还悲，聚散穷通不自知。已分云泥行异路，忽惊鸡鹤宿同枝。紫垣曹署荣华地，白发郎官老丑时。莫怪不如君气味，此中来校十年迟。

西省对花忆忠州东坡新花树因寄题东楼

每看阙下丹青树，不忘天边锦绣林。西掖垣中今日眼，南宾楼上去年心。花含春意无分别，物感人情有浅深。最忆东坡红烂熳，野桃山杏水林檎。

寄题忠州小楼桃花

再游巫峡知何日，总是秦人说向谁。长忆小楼风月夜，红栏干上_{一作外}两三枝。

中书连直寒食不归因怀一作忆元九

去岁清明日，南巴古郡楼。今年寒食夜，西省凤池头。并上新人直，难随旧伴游。诚知视草贵，未免对花愁。鬓发茎茎白，光阴寸寸流。经春不同宿，何异在忠州。

春忆二林寺旧游因寄朗满晦三上人

一别东林三度春，每春常似忆情亲。头陀会里为逋客，供奉班中作老臣。清净久辞香火伴，尘劳难索幻泡身。最惭僧社题桥一作墙，又作名。处，十八人名一作中空去声一人。

和元少尹新授官

官稳身应泰，春风信马行。纵忙无苦事，虽病有心情。厚禄儿孙饱，前驱道路荣。花时八入一作十直，无暇贺元兄。

朝回和元少尹绝句

朝客朝回回望好，尽纡朱紫佩金银。此时独与君为伴，马上青袍唯两人。

重和元少尹

凤阁舍人京亚尹，白头俱未著绯衫。南宫起请无消息，朝散何时得入衔。

中书夜直梦忠州

阁下灯前梦，巴南城里一作底游。觅花来渡口，寻寺到山头。江色分明绿，猿声依旧愁。禁钟惊睡觉，唯不上东楼。

醉　后

酒后高歌且放狂,门前闲事莫思量。犹嫌小户长先醒,不得多时住
醉乡。

待漏入阁书事奉赠元九学士阁老

衙排宣政仗,门启紫宸关。彩笔停书命一作几,花砖趁立班。稀星
点银砾,残月堕金环一作镮。暗漏犹传水,明河渐下山。从东分地
色,向北仰天颜。碧缕炉烟直,红垂佩一作旆尾闲。纶闱一作帏惭并
入,翰苑忝先攀。笑我青袍故,饶君茜一作紫绶殷。诗仙归洞里,酒
病滞人间。好去鸳鸯侣,冲天便不还。

晚春重到集贤院

官曹清切非人境,风月鲜明是一作似洞天。满砌荆花铺紫毯,隔墙
榆荚撒青钱。前时谪去三千里,此地辞来十四年。虚薄至今惭旧
职,院一作殿名抬举号为贤。

紫薇花

丝纶阁下文书静,钟鼓楼中刻漏长。独坐黄昏谁是伴,紫薇花对紫
微郎。

后宫词

雨露由来一点恩,争能遍布及千门。三千宫女胭脂面,几个春来无
泪痕。

卜　居

游宦京都二十春,贫中无处可安贫。长羡蜗牛犹有舍,不如硕鼠解藏身。且求容立锥头地,免似漂流木偶人。但道吾庐心便足,敢辞湫隘与嚣尘。

题新居寄元八

青龙冈北近西边,移入新居便泰然。冷巷闭门无客到,暖檐移榻向阳眠。阶庭—作墀宽窄才容足,墙壁高低粗及肩。莫羡升平元八宅,自思买用几多钱。

登龙尾道南望忆庐山旧隐

龙尾道边来一望,香炉峰下去无因。青山举眼三千里,白发平头五十人。自笑形骸纡组绶,将何言语掌丝纶。君恩壮健犹难报,况被年年老逼身。

冯阁老处见与严郎中酬和诗因戏赠绝句

乍来天上宜清净,不用回头望故山。纵有旧游君莫忆,尘心起即堕人间。

见于给事暇日上直寄
南省诸郎官诗因以戏赠

倚作天仙弄地仙,夸张一日抵千年。黄麻敕胜长生箓,白纻词嫌内景篇。云彩误—作雪貌莫居青琐地,风流合在紫微天。东曹渐去西垣近,鹤驾无妨更著鞭。

题新昌所居

宅小人烦闷一作恼，泥深马钝顽。街东闲处住，日午热时还。院窄难栽竹，墙高不见山。唯应方寸内，此地觅一作觉宽闲。

西省北院新构小亭种竹开窗东通骑省与李常侍隔窗小饮各题四韵

结托白须伴，因依青竹丛。题诗新壁上，过酒小窗中。深院晚无日，虚檐凉有风。金貂醉看好，回首紫垣东。

酬元郎中同制加朝散大夫书怀见赠

命服虽同黄纸上，官班不共紫垣前。青衫脱早差三日，白发生迟校九年。曩者定交非势利，老来同病是诗篇。终身拟作卧云伴，逐月须收烧药钱。五品足为婚嫁主，绯袍著了好归田。

初著绯戏赠元九

晚遇缘才拙，先衰被病牵。那知垂白日，始是著绯年。身外名徒尔，人间事偶然。我朱君紫绶，犹未得差肩。

和韩侍郎苦雨

润气凝柱础，繁声注瓦沟。暗留窗不晓，凉引簟先秋。叶湿蚕应病，泥稀燕亦愁。仍闻放朝夜，误出到街头。

连　雨

风雨暗萧萧，鸡鸣暮复朝。碎声笼苦竹，冷翠落芭蕉。水鸟投檐宿，泥蛙入户跳。仍闻蕃客见，明日欲追朝。

初加朝散大夫又转上柱国

紫微今日烟霄地,赤岭前年泥土身。得水鱼还动鳞鬣,乘轩鹤亦长精神。且惭身忝官阶贵,未敢家嫌活计贫。柱国勋成私自问,有何功德及生人。

行简初授拾遗同早朝入阁因示十二韵

夜色尚苍苍,槐阴夹路长。听钟出长乐,传鼓到新昌。宿雨沙堤润,秋风桦烛香。马骄欺地软,人健得天凉。待漏排阊阖,停珂拥建章。尔随黄阁老,吾次紫微郎。并入连称籍,齐趋对折方。斗班花接萼,绰立雁分行。近职诚为美,微才岂合当。纶言难下笔,谏纸易盈箱。老去何侥幸,时来不料量。唯求杀一作致身地,相誓答恩光。

立秋日登乐游园

独行独语曲江头,回马迟迟上乐游。萧飒凉风与衰鬓,谁教计一作同会一时秋。

新秋早起有怀元少尹

秋来转觉此身衰,晨起临阶盥漱时。漆匣镜明头尽白,铜瓶水冷齿先知。光阴纵惜〔留难〕(难留)住,官职虽荣得已迟。老去相逢无别计,强开笑口展愁眉。

夜　筝

紫袖红弦明月中,自弹自感暗低容。弦凝指咽声停处,别有深情一万重。

妻初授邑号告身

弘农旧县授新封，钿轴金泥诰一通。我转官阶常自愧，君加邑号有何功。花笺印了排窠湿，锦褾装来耀手红。倚得身名便慵堕，日高犹睡绿窗中。

送客南迁

我说南中事，君应不愿听。曾经身困苦，不觉语叮咛。烧_{去声}处愁云梦，波时忆洞庭。春畲烟勃勃，秋瘴露冥冥。蚊蚋经冬活，鱼龙欲雨腥。水虫能射影，山鬼解藏形。穴掉巴蛇尾，林飘鸩鸟翎。飓风千里黑，葶草四时青。客似惊弦雁，舟如委浪萍。谁人劝言笑，何计慰漂零。慎勿琴离膝，长须酒满瓶。大都从此去，宜醉不宜醒。

暮　归

不觉百年半，何曾一日闲。朝随烛影出，暮趁鼓声还。瓮里非无酒，墙头亦有山。归来长困卧，早晚得开颜。

寄　远

欲忘忘未得，欲去去无由。两腋不生翅，二毛空满头。坐看新落叶，行上最高楼。暝色无边际，茫茫尽眼愁。

旧　房

远_{一作绕}壁秋声虫络丝，入檐新影月低眉。床帷半故帘旌断，仍是初寒欲夜时。

钱侍郎使君以题庐山草堂诗见寄因酬之

殷勤江郡守,怅望掖垣郎。惭见新琼什,思归旧草堂。事随心未得,名与道相妨。若不休官去,人间到老忙。

寄山僧 时年五十

眼看过半百,早晚扫岩扉。白首谁能一作留住,青山自不归。百千万劫障,四十九年非。会拟抽身去,当一作东风斗擞衣。

慈恩寺有感 时杓直初逝,居敬方病。

自问有何惆怅事,寺门临入却迟回。李家哭泣元家病,柿叶红时独自来。

酬严十八郎中见示

口厌含香握厌兰,紫微青琐举头看。忽惊鬓后苍浪发,未得心中本分官。夜酌满容花色暖,秋吟切骨玉声寒。承明长短君应入,莫忆家江七里滩。

寄王秘书

霜菊花萎日,风梧叶碎时。怪来秋思苦,缘咏秘书诗。

中书寓直 一作中书直堂

缭绕宫墙围禁林一作苑,半开阊阖晓沉沉。天晴更觉南山近,月出方知西掖深。病对词头惭彩笔,老看镜面愧华簪。自嫌野物将何用,土木形骸麋鹿心。

自　问

黑花满眼丝满头,早衰因病病因愁。宦途气味已谙尽,五十不休何
日休。

曲江独行招张十八

曲江新岁后,冰与水相和。南岸犹残雪,东风未有波。偶游身独
自,相忆意如何。莫待春深去,花时鞍马多。

新居早春二首

静巷无来客,深居不出门。铺沙盖苔面,扫雪拥松根。渐暖宜闲
步,初晴爱小园。觅花都未有,唯觉树枝繁。
地润东风暖,闲行蹋草芽。呼童遣移竹,留客伴尝茶。溜滴檐冰
尽,尘浮隙日斜。新居未曾到,邻里是谁家。

新昌新居书事四十韵因寄元郎中张博士

冒宠已三迁,归期始二年。囊中贮馀俸,园外买闲田。狐兔同三
径,蒿莱共一廛。新园聊划秽,旧屋且扶颠。檐漏移倾瓦,梁敧换
蠹椽。平治绕台路,整顿近阶砖。巷狭开容驾,墙低垒过肩。门闲
堪驻盖,堂室可铺筵。丹凤楼当后,青龙寺在前。市街尘不到,宫
树影相连。省史嫌坊远,豪家笑地偏。敢劳宾客访,或望子孙传。
不觅他人爱,唯将自性便。等闲栽树木,随分占风烟。逸致因心
得,幽期遇境牵。松声疑涧底,草色胜河边。虚润冰销地,晴和日
出天。苔行滑如簟,莎坐软于绵。帘每当山卷,帷多带月褰。篱东
花掩映,窗北竹婵娟。迹慕青门隐,名惭紫禁仙。假归思晚沐,朝
去恋春眠。拙薄才无取,疏慵职不专。题墙书命笔,沽酒率分钱。

柏杵舂灵药,铜瓶漱暖泉。炉香穿盖散,笼烛隔纱然。陈室何曾扫,陶琴不要弦。屏除俗事尽,养活道情全。尚有妻孥累,犹为组绶缠。终须抛爵禄,渐拟断腥膻。大抵宗庄叟,私心事竺乾。浮荣水划字,真谛火生莲。梵部经十二,玄书字五千。是非都付梦,语默不妨禅。博士官犹冷,郎中病已痊。多同僻处住,久结静中缘。缓步携筇杖,徐吟展蜀笺。老宜闲语话,闷忆好诗篇。蛮榼来方泻,蒙茶到始煎。无辞数相见,鬓发各苍然。

喜敏中及第偶示所怀

自知群从为儒少,岂料词场中第频。桂折一枝先许我,杨穿三叶尽惊人。始予进士及第,行简次之,敏中又次之。转于文墨须留意,贵向烟霄早致身。莫学尔兄年五十,蹉跎始得掌丝纶。

久不见韩侍郎戏题四韵以寄之

近来韩阁老,疏我我心知。户大嫌甜酒,才高笑小诗。静吟乖一作乘月夜,闲醉旷花时。还有愁同处,春风满鬓丝。

寄白头陀

近见头陀伴,云师老更慵。性灵闲似鹤,颜状古于松。山里犹难觅,人间岂易逢。仍闻移住处,太白最高峰。

和韩侍郎题杨舍人林池见寄

渠水暗流春冻解,风吹日炙不成凝。凤池冷暖君谙在,二月因何更有冰。

勤政楼西老柳

半朽临风树，多情立马人。开元一株柳，长庆二年春。

偶题阁下厅

静爱青苔院，深宜白鬓翁。貌将松共瘦，心与竹俱空。暖有低檐日，春多飐幕风。平生闲境界一作思，尽在五言中。

予与故刑部李侍郎早结道友以药术为事与故京兆元尹晚为诗侣有林泉之期周岁之间二君长逝李住曲江北元居升平西追感旧游因贻同志

从哭李来伤道气，自亡元后减诗情。金丹同学都无益，水竹邻居竟不成。月夜若为游曲水，花时那忍到升平。如年七十身犹在，但恐伤心无处行。

送冯一作马舍人阁老往襄阳

紫微阁底送君回，第二一作一厅帘下不开。莫恋汉南风景好，岘山花尽早归来。

莫走柳条词送别 一本无莫走二字

南陌伤心别，东风满把春。莫欺杨柳弱，劝酒胜于人。

酬韩侍郎张博士雨后游曲江见寄

小园新种红樱树，闲绕花行便当游。何必更随鞍马队，冲泥蹋雨曲江头。

元 家 花

今日元家宅,樱桃发几枝。稀稠与颜色,一似去年时。失却东园
主,春风可得知。

代人赠王员外

好在王员外,平生记得不。共赊黄叟酒,同上莫愁楼。静接殷勤
语,狂随烂熳游。那知今日眼,相见冷于秋。

惜 小 园 花

晓来红萼凋零尽,但见空枝四五株。前日狂风昨夜雨,残芳更合得
存无。

萧相公宅遇自远禅师有感而赠

宦途堪笑不胜一作劳悲,昨日荣华今日衰。转似秋蓬无定处,长于
春梦几多时。半头白发惭萧相,满面红尘问远师。应是世间缘未
尽,欲抛官去尚迟疑。

草词毕遇芍药初开因咏小谢红药当
阶翻诗以为一句未尽其状偶成十六韵

罢草紫泥诏,起吟红药诗。词头封送后,花口拆开时。坐对钩帘
久,行观步履迟。两三丛烂熳,十二叶参差。背日房微敛,当阶朵
旋欹。钗荤抽碧股,粉蕊扑黄丝。动荡情无限,低斜力不支。周回
看未足,比谕语难为。勾漏丹砂里,僬侥火焰旗。彤云剩根蒂,绛
帻欠缨緌。况有晴风度,仍兼宿露垂。疑香薰罨画,似泪著胭脂。

有意留连我，无言怨思谁。应愁明日落，如恨隔年期。菡萏泥连
萼，玫瑰刺绕枝。等量无胜者，唯眼与心知。

喜张十八博士除水部员外郎

老何殁后吟声绝，虽有郎官不爱诗。无复篇章传道路，空留风月在
曹司。长嗟博士官犹屈，亦恐骚人道渐衰。今日闻君除水部，喜于
身得省郎时。

与沈杨二舍人阁老同食敕
赐樱桃玩物感恩因成十四韵

清晓趋丹禁，红樱降紫宸。驱禽养得熟，和叶摘来新。圆转盘倾
玉，鲜明笼透银。内园题两字，四掖赐三臣。荧惑晶华赤，醍醐气
味真。如珠未穿孔，似火不烧人。杏俗难为对，桃顽讵可伦。肉嫌
卢橘厚，皮笑荔枝皱。琼液酸甜足，金丸大小匀。偷须防曼倩，惜
莫掷安仁。手擘才离核，匙抄半是津。甘为舌上露，暖作腹中春。
已惧长尸禄，仍惊数食珍。最惭恩未报，饱喂不才身。

送严大夫赴桂州

地压坤方重，官兼宪府雄。桂林无瘴气，柏署有清风。山水衙门
外，旌旗艛艓中。大夫应绝席，诗酒与谁同。

春 夜 宿 直

三月十四夜，西垣东北廊。碧梧叶重叠，红药树低昂。月砌漏幽
影，风帘飘暗香。禁中无宿客，谁伴紫微郎。

夏夜宿直

人少庭宇旷,夜凉风露清。槐花满院气,松子落阶声。寂寞-作默
挑灯坐,沉吟蹋月行。年衰自无趣,不是厌承明。

七言十二句赠驾部吴郎中七兄

时早夏朝归,闲斋独处,偶题此什。

四月天气和且清,绿槐阴合沙堤平。独骑善马衔镫稳,初著单衣肢
体轻。退朝下直少徒侣,归舍闭门无送迎。风生竹夜窗间卧,月照
松时台上行。春酒冷尝三数酽,晓琴闲弄十馀声。幽怀静境何人
别,唯有南宫老驾兄。

玉真张观主下小女冠阿容

绰约小天仙,生来十六年。姑山半峰雪,瑶水一枝莲。晚院花留
立,春窗月伴眠。回眸虽欲语,阿母在傍边。

龙花寺主家小尼

郭代公爱姬薛氏,幼尝为尼,小名仙人子。

头青眉眼细,十四女沙弥。夜静双林怕,春深一食饥。步慵行道
困,起晚诵经迟。应似仙人子,花宫未嫁时。

访 陈 二

晓垂朱绶带,晚著白纶巾。出去为朝客,归来是野人。两餐聊过
日,一榻足容身。此外皆闲事,时时访老陈。

晚亭逐凉

送客出门后，移床下砌初。趁凉行绕竹，引睡卧看书。老更为官拙，慵多向事疏。松窗倚藤杖，人道似僧居。

曲江忆李十一

李君殁后共谁游，柳岸荷亭两度秋。独绕曲江行一匝，依前还立水边愁。

江亭玩春

江亭乘晓阅众芳，春妍景丽草树光。日消石桂绿岚气，风坠木兰红露浆。水蒲渐展书带叶，山榴半含琴轸房。何物春风吹不变，愁人依旧鬓苍苍。

闻夜砧

谁家思妇秋捣帛，月苦风凄砧杵悲。八月九月正长夜，千声万声无了时。应到天明头尽白，一声添得一茎丝。

板桥路

梁苑城西二十里，一渠春水柳千条。若为此路今重过，十五年前旧板桥。曾共玉颜桥上别，不知消息到今朝。

青门柳

青青一树伤心色，曾入几人离恨中。为近都门多送别，长条折尽减春风。

梨园弟子

白头垂泪话梨园,五十年前雨露恩。莫问华清今日事,满山红叶锁宫门。

暮江吟

一道残阳铺水中,半江瑟瑟半江红。可怜九月初三夜,露似真珠月似弓。

思妇眉

春风摇荡自东来,折尽樱桃绽尽梅。惟馀思妇愁眉结,无限春风吹不开。

怨词

夺宠心那惯,寻思倚殿门。不知移旧爱,何处作新恩。

空一作寒闺怨

寒月沉沉洞房静,真珠帘外梧桐影。秋霜欲下手先知,灯底裁缝剪刀冷。

秋房夜

云露青天月漏光,中庭立久却归房。水窗席冷未能卧,挑尽残灯秋夜长。

采莲曲

菱叶萦波荷飐风一作水,荷花深处小船通。逢郎欲语低头笑,碧玉搔头落水中。

邻　女

娉婷十五胜天仙,白日姮娥旱地莲。何处闲教鹦鹉语,碧纱窗下绣
床前。

闺　妇

斜凭绣床愁不动,红绡带缓绿鬟低。辽阳春尽无消息,夜合花前日
又西。

移 牡 丹 栽

金钱买得牡丹栽,何处辞丛别主来。红芳堪惜还堪恨,百处移将百
处开。

听夜筝有感

江州去日听筝夜,白发新生不愿闻。如今格_{一作况}是头成雪,弹到
天明亦任君。

代谢好妓答崔员外 <small>谢好,妓也。</small>

青娥小谢娘,白发老崔郎。谩爱胸前雪,其如头上霜。别后曹家碑
背上,思量好字断君肠。

琵　琶

弦清拨剌语铮铮,背却残灯就月明。赖是心无惆怅事,不然争奈子
弦声。

和殷协律琴思

秋水莲冠春草裙,依稀风调似文君。烦君玉指分明语,知是琴心伴不闻。

寄李苏州兼示杨琼

真娘墓头春草碧,心奴鬓上秋霜白。为问苏台酒席中,使君歌笑与谁同。就中犹有杨琼在,堪上东山伴谢公。

听弹湘妃怨

玉轸朱弦瑟瑟徽,吴娃徵调奏湘妃。分明曲里愁云雨,似道萧萧郎不归。江南新词有云:暮雨萧萧郎不归。

闲　坐

暖拥红炉火,闲搔白发头。百年慵里过,万事醉中休。有室同摩诘,无儿比邓攸。莫论身在日,身后亦无忧。

不　睡

焰短寒缸尽,声长晓漏迟。年衰自无睡,不是守三尸。

全唐诗卷四四三

白居易

初罢中书舍人

自惭拙宦叨清贵一作贵,还有痴心怕素餐。或望君臣相献替,可图妻子免饥寒。性疏岂合承恩久,命薄元知济事难。分寸宠光酬未得,不休更拟觅何官。

宿阳城驿对月 自此后诗赴杭州路中作

亲故寻回驾,妻孥未出关。凤凰池上月,送我过商一作南山。

商山路有感 并序

前年夏,予自忠州刺史除书归阙。时刑部李十一侍郎、户部崔二十员外亦自澧、果二郡守征还,相次入关,皆同此路。今年,予自中书舍人授杭州刺史,又由此途出。二君已逝,予独南行。追叹兴怀,慨然成咏。后来有与予杓直、虞平游者,见此短什,能无恻恻乎?倘未忘情,请为继和。长庆二年七月三十日,题于内乡县南亭云尔。

忆昨征还日,三人归路同。此生都是梦,前事旋成空。杓直泉埋玉,虞平烛过风。唯残乐天在,头白向江东。

重　感

停骖歇路隅,重感一长吁。扰扰生还死,纷纷荣又枯。困支青竹杖,闲捋白髭须。莫叹身衰老,交游半已无。

逢张十八员外籍

旅思正茫茫,相逢此道傍。晓岚一作晚风林叶暗,秋露草花香。白发江城守,青衫水部郎。客亭同宿处,忽似夜归乡。

赴杭州重宿棣华驿见杨八旧诗感题一绝

往恨今愁应不殊,题诗梁下又踟蹰。羡君犹梦见兄弟,我到天明睡亦无。

寓　言　题　僧

劫风火起烧荒宅,苦海波生荡破船。力小无因救焚溺,清凉山下且安禅。

内乡一有县字村路作

日下风高野路凉,缓驱疲马暗思乡。渭村秋物应如此,枣赤梨红稻穗黄。

路上寄银匙与阿龟

谪宦心都惯,辞乡去不难。缘留龟子住,涕泪一阑干。小子须娇养,邹婆为好看。银匙封寄汝,忆我即加餐。

山泉煎茶有怀

坐酌泠泠水,看煎瑟瑟尘。无由持一碗,寄与爱茶人。

鄜州赠别王八使君

昔是诗狂客,今为酒病夫。强吟翻怅望,纵醉不欢娱。鬓发三分白,交亲一半无。鄜城君莫厌,犹校近京都。

吉祥寺见钱侍郎题名

云雨三年别,风波万里行。愁来一作秋心正萧索,况见古人名。

重到江州感旧游题郡楼十一韵

掌纶知是忝,剖竹信为荣。才薄官仍重,恩深责尚轻。昔征从典午,今出自承明。凤诏休挥翰,渔歌欲濯缨。还乘小舴艋,却到古湓城。醉客临江待,禅僧出郭迎。青山满眼在,白发半头生。又校三年老,何曾一事成。重过萧寺宿,再上庾楼行。云水新秋思,闾阎旧日情。郡民犹认得,司马咏诗声。

赠江州李十使君员外十二韵

我本江湖上,悠悠任运身。朝随卖药一作采樵客,暮伴钓一作打鱼人。迹为烧丹隐,家缘嗜酒贫。经过剡溪雪,寻觅武陵春。岂有疏狂性,堪为侍从臣。仰头惊凤阙,下口触龙鳞。剑佩辞天上,风波向海滨。非贤虚偶圣,无屈敢一作可求伸。昔去曾同日,今来即后尘。元和末,余与李员外同日黜官,今又相次出为刺史。中年俱白发,左宦各朱轮。长短才虽异,荣枯事略均。殷勤李员外,不合不相亲。

题别遗爱草堂兼呈李十使君

李亦庐山人,常隐白鹿洞。

曾住炉峰下,书堂对药台。斩新萝径合,依旧竹窗开。砌水亲开决,池荷手自栽。五年方暂至,一宿又须回。纵未长归得,犹胜不到来。君家白鹿洞,闻道亦生苔。

重 题 一作重题别遗爱草堂

泉石尚依依,林疏僧亦稀。何年辞水阁,今夜宿云扉。谩献长杨赋,虚抛薜荔衣。不能成一事,赢得白头归。

夜 泊 旅 望

少睡多愁客,中宵起望乡。沙明连浦月,帆白满船霜。近海江弥阔,迎秋夜更长。烟波三十宿,犹未到钱唐。

九江北岸遇风雨

黄梅县边黄梅雨,白头浪里白头翁。九江阔处不见岸,五月尽时一作将尽多恶风。人间稳路应无限,何事抛身在一作来此中。

舟 中 晚 起

日高犹掩水窗眠,枕簟清凉八月天。泊处或依沽酒店,宿时多伴钓鱼船。退身江海应无用,忧国朝廷自有贤。且向钱唐湖上去,冷吟闲醉二三年。

秋 寒

雪鬓年颜老,霜庭景气秋。病看妻检药,寒遣婢梳头。身外名何有，人间事且休。澹然方寸内，唯拟学虚舟。

初到郡斋寄钱湖州李苏州

聊取二郡一哂，故有落句之戏。

俱来沧海郡，半作白头翁。谩道风烟接，何曾笑语同。吏稀秋税
毕，客散晚庭一作亭空。霁后当楼月，潮来满座风。雪溪殊冷僻，茂
苑太繁雄。唯此一作有钱唐郡，闲忙恰得中。

对　酒　自　勉

五十江城守，停杯一自思。头仍未尽白，官亦不全卑。荣宠寻过
分，欢娱已校迟。肺伤虽怕酒，心健尚夸诗。夜舞吴娘袖，春歌蛮
了词。犹堪三五岁，相伴醉花时。

郡楼夜宴留客

北客劳相访，东楼为一开。褰一作卷帘待月出，把火看潮来。艳听
一作唱竹枝曲，香传莲子杯。寒天殊未晓，归骑且迟回。

醉题候仙亭

蹇步垂朱绶，华缨映白须。何因驻衰老，只有且欢娱。酒兴还应
在，诗情可便无。登山与临水，犹未要人扶。

东　院

松下轩廊竹下房，暖檐晴日满绳床。净名居士经三卷，荣启先生琴
一张。老去齿衰嫌橘醋，病来肺渴觉茶香。有时闲酌无人伴，独自
腾腾入醉乡。

虚白堂

虚白堂前衙退后,更无一事到中心。移床就日檐间卧,卧咏闲诗侧枕琴。

闲夜咏怀因招周协律刘薛二秀才

世名检束为朝士,心性疏慵是野夫。高置寒灯如客店,深藏夜火似僧炉。香浓酒熟能尝否,冷淡诗成肯和无。若厌雅吟须俗饮,妓筵勉力为君铺。

晚　兴

极浦收残雨,高城驻落晖。山明虹半出,松暗鹤双归。将吏随衙散,文书入务稀。闲吟倚新竹,筍粉污朱衣。

衰　病

老与病相仍,华簪发不胜。行多朝散药,睡少夜停灯。禄食分供鹤,朝衣减施僧。性多移不得,郡政谩如绳。

病中对病鹤

同病病夫怜病鹤,精神不损翅翎伤。未堪再举摩霄汉,只合相随觅稻粱。但作悲吟和嘹唳,难将俗貌对昂藏。唯应一事宜为伴,我发君毛俱似霜。

夜　归

半醉闲行湖岸东,马鞭敲镫辔珑璁。万株松树青山上,十里沙堤明月中。楼角渐移当路影,潮头欲过满江风。归来未放笙歌散,画戟门开蜡烛红。

腊后岁前遇景咏意

海梅半白柳微黄，冻水初融日欲长。度腊都无苦霜霰，迎春先有好
风光。郡中起晚听衙鼓，城上行慵倚女墙。公事渐闲身且健，使君
殊未厌馀杭。

白　发

雪发随梳落，霜毛绕鬓垂。加添老气味，改变旧容仪。不肯长如
漆，无过总作丝。最憎明镜里，黑白半头时。

钱湖州以箸下酒李苏州以五酘
酒相次寄到无因同饮聊咏所怀

劳将箸下忘忧物，寄与江城爱酒翁。铠脚三州何处会，瓮头一酘几
时同。倾如竹叶盈樽绿，饮作桃花上面红。莫怪殷勤醉相忆，曾陪
西省与南宫。

花楼望雪命宴赋诗

连天际海白皑皑，好上高楼望一回。何处更能分道路，此时兼不认
池台。万重云树山头翠，百尺花楼江畔开。素壁联题分韵句，红炉
巡饮暖寒杯。冰铺湖水银为面，风卷汀沙玉作堆。绊惹舞人春艳
曳，勾留醉客夜裴回。输将虚白堂前鹤，失却樟亭驿后梅。别有故
情偏忆得，曾经穷苦照书来。

晚　岁

壮岁忽已去，浮荣何足论。身为百口长，官是一州尊。不觉白双

鬓,徒言朱两辖。病难施郡政,老未答君恩。岁暮别兄弟,年衰无子孙。惹愁谙世网,治苦赖空门。揽带知腰瘦,看灯觉眼昏。不缘衣食系,寻合返丘园。

宿竹阁

晚坐松檐下,宵眠竹阁间。清虚当服药,幽独抵归山。巧未能胜拙,忙应不及闲。无劳别修道,即此是玄关。

岁暮枉衢州张使君书并诗因以长句报之

西州彼此意何如,官职蹉跎岁欲除。浮石潭边停五马,望涛楼上得双鱼。万言旧手才难敌,五字新题思有馀。贫薄诗家无好物,反投桃李报琼琚。张曾应万言登科。

和薛秀才寻梅花同饮见赠

忽惊林下发寒梅,便试花前饮冷杯。白马走迎诗客去,红筵铺待舞人来。歌声怨处微微落,酒气熏时旋旋开。若到岁寒无雨雪,犹应醉得两三回。

与诸客空腹饮

隔宿书招客,平明饮暖寒。麴神寅日合,酒圣卯时欢。促膝才飞白,酡颜已渥丹。碧筹攒米碗,红袖拂骰盘。醉后歌尤异,狂来舞不难。抛杯语同坐,莫作老人看。

小岁日对酒吟钱湖州所寄诗

独酌无多兴,闲吟有所思。一杯新岁酒,两句故人诗。杨柳初黄日,髭须半白时。蹉跎春气味,彼此老心知。

钱唐湖春行

孤山寺北贾亭西,水面初平云脚低。几处早莺争暖树,谁家新燕啄春泥。乱花渐欲迷人眼,浅草才能没马蹄。最爱湖东行不足,绿杨阴里白沙堤。

题灵隐寺红辛夷花戏酬光上人

紫粉笔含尖火焰,红胭脂染小莲花。芳情乡一作香思知多少,恼得山僧悔出家。

重　向　火

火销灰复死,疏弃已经旬。岂是人情薄,其如天气春。风寒忽再起,手冷重相亲。却就红炉坐,心如逢故人。

候仙一作山亭同诸客醉作

谢安山下空携妓,柳恽洲边只赋诗。争一作不及湖亭今日会一作醉,嘲花咏水赠蛾眉。

城　上

城上冬冬鼓,朝衙复晚衙。为君慵不出,落尽绕城花。

早 行 林 下

披衣未冠栉,晨起入前林。宿露残花气,朝光新叶阴。傍松人迹少,隔竹鸟声深。闲倚小桥立,倾头时一吟。

送李校书趁寒食归义兴山居

大见腾腾诗酒客,不忧生计似君稀。到舍将何作寒食,满船唯载树阴归。

题孤山寺山石榴花示诸僧众

山榴花似结红巾,容艳新妍占断春。色相故关一作开行道地,香尘拟触坐禅人。瞿昙弟子君知否,恐是天魔女化身。

独　行

暗诵黄庭经在口,闲携青竹杖随身。晚花新笋堪为伴,独入林行不要人。

二月五日花下作

二月五日花如雪,五十二人头似霜。闻有酒时须笑乐,不关身事莫思量。羲和趁日沉西海,鬼伯驱人葬北邙。只有且来花下醉,从人笑道老颠狂。

戏题木兰花

紫房日照胭脂拆,素艳风吹腻粉开。怪得独饶脂粉态,木兰曾作女郎来。

清明日观妓舞听客诗

看舞颜如玉,听诗韵似金。绮罗从许笑,弦管不妨吟。可惜春风老,无嫌酒醆深。辞花送寒食,并在此时心。

西湖晚归回望孤山寺赠诸客

柳湖松岛莲花寺,晚动归桡出道场。卢橘子低山雨重,棕一作枒桐
叶战水风凉。烟波澹荡摇空碧,楼殿参差倚夕阳。到岸请君回首
望,蓬莱宫在海中央。

湖中自照

重重照影看容鬓,不见朱颜见白丝。失却少年无处觅,泥他一作池
湖水欲何为。

赠苏炼师

两鬓苍然心浩然,松窗深处药炉前。携将道士通宵语,忘却花时一
作光尽日眠。明镜懒开长在匣,素琴欲弄半无弦。犹嫌庄子多词
句,只读逍遥六七篇。

杭州春望

望海楼明照曙霞,城东楼名望海楼。护江堤白蹋晴沙。涛声夜入伍员
庙,柳色春藏苏小家。红袖织绫夸柿蒂,杭州出柿,蒂花者尤佳。青旗
沽酒趁梨花。其俗酿酒,趁梨花时熟,号为梨花春。谁开湖寺西南路,草绿
裙腰一道斜。孤山寺路在湖洲中,草绿时,望如裙腰。

饮散夜归赠诸客

鞍马夜纷纷,香街起暗尘。回鞭招饮妓,分火送归人。风月应堪
惜,杯觞莫厌频。明朝三月尽,忍不送残春。

湖 亭 晚 归

尽日湖亭卧，心闲事亦稀。起因残醉醒，坐待晚凉归。松雨飘藤帽，江风透葛衣。柳堤行不厌，沙软絮霏霏。

东楼南望八韵

不厌东南望，江楼对海门。风涛生有信，天水合无痕。鹢带云帆动，鸥和雪浪翻。鱼盐聚为市，烟火起成村。日脚金波碎，峰头钿点繁。送秋千里雁，报暝一声猿。已豁烦襟闷，仍开病眼昏。郡中登眺处，无胜此东轩。

醉中酬殷协律

泗水亭边一分散，浙江楼上重游陪。挥鞭二十年前别，命驾三千里外来。醉袖放狂相向舞，愁眉和笑一时开。留君夜住非无分，且尽青娥红烛台。

孤山寺遇雨

拂波云色重，洒叶雨声繁。水鹭一作鸟双飞起，风荷一向翻。空濛连北岸，萧飒入东轩。或拟湖中宿，留船在寺门。

樟亭双樱树

南馆西轩两树樱，春条长足夏阴成。素华朱实今虽尽，碧叶风来别有情。

湖 上 夜 饮

郭外迎人月，湖边醒酒风。谁留使君饮，红烛在舟中。

赠 沙 鸥

老逼教垂白，官科遣著绯。形骸虽有累，方寸却无机。遇酒多先醉，逢山爱晚归。沙鸥不知我，犹避隼旟飞。

馀 杭 形 胜

馀杭形胜四方无，州傍青山县枕湖。绕郭荷花三十里，拂城松树一千株。梦儿亭古传名谢，教妓楼新道姓苏。州西灵隐山，上有梦谢亭，即是杜明浦梦谢灵运之所，因名客儿也。苏小小本钱唐妓人也。独有使君年太老，风光不称白髭须。

江楼夕望招客

海天东望夕茫茫，山势川形阔复长。灯火万家城四畔，星河一道水中央。风吹古木晴天雨，月照平沙夏夜霜。能就江楼销暑否，比君茅舍较清凉。

新 秋 病 起

一叶落梧桐，年光半又空。秋多上阶日，凉足入怀风。病瘦形如鹤，愁焦鬓似蓬。损心诗思里，伐性酒狂中。华盖何曾惜，金丹不致功。犹须自惭愧，得作白头翁。

木芙蓉花下招客饮

晚凉思饮两三杯，召得江头酒客来。莫怕秋无伴醉物，水莲花尽木莲开。

悲　歌

白头新洗镜新磨,老逼身来不奈何。耳里频闻故人死,眼前唯觉少年多。塞鸿遇暖犹回翅,江水因潮亦反波。独有衰颜留不得,醉来无计但悲歌。

江楼晚眺景物鲜奇吟玩成篇寄水部张员外

澹烟疏雨间斜阳,江色鲜明海气凉。蜃散云收破楼阁,虹残水照断桥梁。风翻白浪花千片,雁点青天字一行。好著丹青图画一作写取,题诗寄与水曹郎。

夜招周协律兼答所赠

满眼虽多客,开眉复向谁。少年非我伴,秋夜与君期。落魄俱耽酒,殷勤共爱诗。相怜别有意,彼此老无儿。

重酬周判官

秋爱冷吟春爱醉,诗家眷属酒家仙。若教早被浮名系,可得闲游三十年。

饮后夜醒

黄昏饮散归来卧,夜半人扶强起行。枕上酒容和睡醒,楼前海月伴潮生。将归梁燕还重宿,欲灭窗灯却复明。直至晓来犹妄想,耳中如有管弦声。

代卖薪女赠诸妓

乱蓬为鬓布为巾一作裙,晓踏寒山自负薪。一种钱唐江畔女,著红骑马是何人。

奉和李大夫题新诗二首各六韵

因严亭 一作固严

箕颖人穷独,蓬壶路阻难。何如兼吏隐,复得事跻攀。岩树罗阶下,江云贮栋间。似移天目石,疑入武丘山。清景徒堪赏,皇恩肯放闲。遥知兴未足,即被诏征还。

忘筌亭

翠巘公门对,朱轩野径连。只开新户牖,不改旧风烟。虚室闲生白,高情澹入玄。酒容同座劝,诗借属城传。自笑沧江畔,遥思绛帐前。亭台随处一作事有,争敢比忘筌。

予以长庆二年冬十月到杭州明年秋九月始与范阳卢贾汝南周元范兰陵萧悦清河崔求东莱刘方舆同游恩德寺之泉洞竹石籍甚久矣及兹目击果惬心期因自嗟云到郡周岁方来入寺半日复去俯视朱绶仰睇白云有愧于心遂留绝句

云水埋藏恩德洞一作寺,簪裾束缚使君身。暂来不宿归州去,应被山呼作俗人。

早　冬

十月江南天气好,可怜冬景似春华。霜轻未杀萋萋草,日暖初干漠漠沙。老柘叶黄如嫩树,寒樱枝白是狂花。此时却羡闲人醉,五马无由入酒家。

岁假内命酒赠周判官萧协律

共知欲老流年急,且喜新正假日频。闻健此时相劝醉,偷闲何处共寻春。脚随周叟行犹疾,头比萧翁白未匀。岁酒先拈辞不得,被君推作少年人。

与诸客携酒寻去年梅花有感

马上同携今日杯,湖边共觅去春梅。年年只是人空老,处处何曾花不开。诗思又牵吟咏发,酒酣闲唤管弦来。樽前百事皆依旧,点检惟无薛秀才。去年与薛景文同赏,今年长逝。

醉送李协律赴湖南辟命因寄沈八中丞

富阳山底樟亭畔,立马停舟飞酒盂。曾共中丞情缱绻,暂留协律语踟蹰。紫微星北承恩去,青草湖南称意无。不羡君官羡君幕,幕中收得阮元瑜。

内道场永谦上人就郡见访善
说维摩经临别请诗因以此赠

五夏登坛内殿师,水为心地玉为仪。正传金粟如来偈,何用钱唐太守诗。苦海出来应有路,灵山别后可无期。他生莫忘今朝会,虚白亭中法乐一作发药时。

见李苏州示男阿武诗自感成咏

遥羡青云里,祥鸾正引雏。自怜沧海伴,老蚌不生珠。

正月十五日夜月

岁熟人心乐,朝游复夜游。春风来海上,明月在江头。灯火家家市,笙歌处处楼。无妨思帝里,不合厌杭州。

题州北路傍老柳树

皮枯缘受风霜久,条短为应攀折频。但见半衰当此路,不知初种是何人。雪花零碎逐年减,烟叶稀疏随分新。莫道老株芳意少,逢春犹胜不逢春。

题清头陀

头陀独宿寺西峰,百尺禅庵半夜钟。烟月苍苍风瑟瑟,更无杂树对山松。

自叹二首

形羸自觉朝餐减,睡少偏知夜漏长。实事渐消虚事在,银鱼金带绕腰光。

二毛晓落梳头懒,两眼春昏点药频。唯有闲行犹得在,心情未到不如人。

湖上醉中代诸妓寄严郎中

笙歌杯酒止欢娱,忽忆仙郎望帝都。借问连宵直南省,何如尽日醉西湖。蛾眉别久心知否,鸡舌含多口厌无。还有些些惆怅事,春来山路见蘼芜。

自　咏

闷发每吟诗引兴,兴来兼酌一作着酒开颜。欲逢假一作暇日先招客,
正对衙时亦望山。句检簿书多卤莽,堤防官吏少机关。谁能头白
劳心力,人道无才也是闲。

晚　兴

草浅马翩翩,新晴薄暮天。柳条春拂面,衫袖醉垂鞭。立语花堤
上,行吟水寺前。等闲消一日,不觉过三年。

早　兴

晨光出照屋梁明,初打开门鼓一声。犬上阶眠知地湿,鸟临窗语报
天晴。半销宿酒头仍重,新脱冬衣体乍轻。睡觉心空思想尽,近来
乡梦不多成。

竹　楼　宿

小书楼下千竿竹,深火炉前一盏灯。此处与谁相伴宿,烧丹道士坐
禅僧。

湖上招客送春泛舟

欲送残春招酒伴,客中谁最有风情。两瓶箬下新开得,一曲霓裳初
教成。时崔湖州寄新箬下酒来,乐妓按《霓裳羽衣曲》初毕。排比管弦行翠袖,
指麾船舫点红旌。慢牵好向湖心去,恰似菱花镜上行。

戏　醉　客

莫言鲁国书生懦,莫把杭州刺史欺。醉客请君开一作闲眼望,绿杨

风下有红旗。

紫 阳 花

招贤寺有山花一树,无人知名,色紫气香,芳丽可爱,颇类仙物,因以紫阳花名之。

何年植向仙坛上,早晚移栽到梵家。虽在人间人不识,与君名作紫阳花。

全唐诗卷四四四

白居易

郡斋旬假始命宴呈座客示郡寮 自此后在苏州作

公门日两衙,公假月三旬。衙用决簿领,旬以会亲宾。公多及私少,劳逸常不均。况为剧郡长,安得闲宴频。下车已二月,开筵始今晨。初黔军厨突,一拂郡榻尘。既备献酬礼,亦具水陆珍。萍醅箬溪醋,水鲙松江鳞。侑食乐悬动,佐欢妓席陈。风流吴中一作地客,佳丽江南人。歌节点随袂,舞香遗在茵。清奏凝未阕,酡一作朱颜气一作酡已春。众宾勿遽起,群一作郡寮且逡巡。无轻一日醉,用犒九日勤。微彼九日勤,何以治吾民。微此一日醉,何以乐吾身。

题 西 亭

朝亦视簿书,暮亦视簿书。簿书视未竟,蟋蟀鸣座隅。始觉芳岁晚,复嗟尘务拘。西园景多暇,可以少踌躇。池鸟澹容与,桥柳高扶疏。烟蔓袅青薜,水花披白蕖。何人造兹亭,华敞绰有馀。四檐轩鸟翅,复屋罗蜘蛛。直廊抵曲房,窈窕深且虚。修竹夹左右,清风来徐徐。此宜宴佳一作嘉宾,鼓瑟吹笙竽。荒淫即不可,废旷将何如。幸有酒与乐,及时欢且娱。忽其解郡印,他人来此居。

郡中西园

闲园多芳草,春夏香靡靡。深树足佳禽,旦暮鸣不已。院门闭松竹,庭径穿兰芷。爱彼池上桥,独来聊徙倚。鱼依藻长乐,鸥见人暂起。有时舟随风,尽日莲照水。谁知郡府内,景物闲如此。始悟喧静缘,何尝系远迩。

北亭卧

树一作远绿晚阴合,池凉朝气清。莲开有佳色,鹤唳无凡声。唯此闲寂境,惬我幽独情。病假十五日,十日卧兹亭。明朝吏呼起,还复视黎甿。

一叶落

烦暑郁未退,凉飙潜已起。寒温与盛衰,递相为表里。萧萧秋林下,一叶忽先委。勿言微摇落一作一叶微,摇落从此始。

崔湖州赠红石琴荐焕如
锦文无以答之以诗酬谢

赪锦支绿绮,韵同相感深。千年古涧石,八月秋堂琴。引出山水思,助成金玉音。人间无可比,比我与君心。

九日宴集醉题郡楼兼呈周殷二判官

前年九日馀杭郡一作在馀杭,呼宾命宴虚白堂。去年九日到东洛,今年九日来吴乡。两边蓬鬓一时白,三处菊花同色黄。一日日知添老病一作态,一年年觉惜重阳。江南九月未摇落,柳青蒲绿稻穗香。姑苏台榭倚苍霭,太湖山水含清光。可怜假日好天色,公门吏静风景凉。榜舟鞭马取宾客，扫楼拂席排壶觞。胡琴铮铄指拨刺。吴娃美一作细丽眉眼长。笙歌一曲思凝绝，金钿再拜光低昂。日脚欲落备灯烛，风头渐高加酒浆。觥酸艳翻菡萏叶，舞鬟摆落茱萸房。半酣凭槛起四顾，七堰八门六十坊。远近高低寺间出，东西南北桥相望。水道脉分棹鳞次，里闾棋布城册方。人烟树色无隙罅，十里一片青茫茫。自问有何才与政，高厅大馆居中央。铜鱼今乃泽国节，刺史是古吴都王。郊无戎马郡无事，门有棨戟腰有章。盛时俇来合惭愧，壮岁忽去还感伤。从事醒归应不可，使君醉倒亦何妨。请君停杯听我语，此语真实非虚狂。五旬已过不为夭，七十为期盖是常。须知菊酒登高会，从此多无二十场。

同微之赠别郭虚舟炼师五十韵

我为江司马，君为荆判司。俱当愁悴日，始识虚舟师。师年三十馀，白晳好容仪。专心在铅汞，馀力工琴棋。静弹弦数声，闲饮酒一卮。因指尘土下，蜉蝣良可悲。不闻姑射上，千岁冰雪肌。不见辽城外，古今冢累累。嗟我天地间，有术人莫知。得可逃死籍，不唯走三尸。授我参同契，其辞妙且微。六一阂扃锔，子午守雄雌。我读随日悟，心中了无疑。黄芽与紫车，谓其坐致之。自负因自叹，人生号男儿。若不佩金印，即合翳玉芝。高谢人间世，深结山中期。泥坛方合矩，铸鼎圆中规。炉橐一以动，瑞气红辉辉。斋心独叹拜，中夜偷一窥。二物正迕合，厥状何怪奇。绸缪夫妇体，狎猎鱼龙姿。简寂馆钟后，紫霄峰晓时。心尘未净洁，火候遂参差。万寿觊刀圭，千功失毫厘。先生弹指起，姹女随烟飞。始知缘会间，阴骘不可移。药灶今夕罢，诏书明日追。追我复追君，次第承恩私。官虽小大殊，同立白玉墀。我直紫微阁，手进赏罚词。君侍玉皇座，口含生杀机。直躬易媒蘖，浮俗我瑕疵。转徙今安在，越峤吴江湄。一提支郡印，一建连帅旗。何言四百里，不见如天涯。秋风旦夕来，白日西南驰。雪霜各满鬓，朱紫徒为衣。师从庐山洞，访旧来于斯。寻君又觅我，风驭纷逶迤。帔裾曳黄绢，须发垂青丝。逢人但敛手，问道亦颔颐。孤云难久留，十日告将归。款曲话平昔，殷勤勉衰羸。后会杳何许，前心日磷缁。俗家无异物，何以充别资。素笺一百句，题附元家诗。朱顶鹤一只，与师云间骑。云间鹤背上，故情若相思。时时摘一句，唱作步虚辞。

霓裳羽衣—有舞字歌 和微之

我昔元和侍宪皇，曾陪内宴宴昭阳。千歌百—作万舞不可数，就中最爱霓裳舞。舞时寒食春风天，玉钩栏下香案前。案前舞者颜如玉，不著人家—作间俗衣服。虹裳霞帔步摇冠，钿璎累累佩珊珊。娉婷似不任罗绮，顾听乐悬行复止。磬箫筝笛递相搀，击擫弹吹声逦迤。凡法曲之初，众乐不齐。唯金石丝竹次第发声。霓裳序初，亦复如此。散序六奏未动衣，阳台宿云慵不飞。散序六遍无拍，故不舞也。中序擘騞初入拍，秋竹竿裂春冰拆。中序始有拍，亦名拍序。飘然转旋去声回雪轻，嫣然纵送游龙惊。小垂手后柳无力，斜曳裾时云欲生。四句皆霓裳舞之初态。烟蛾敛略不胜态，风袖低昂如有情。上元点鬟招萼绿，王母挥袂别飞琼。许飞琼、萼绿华，皆女仙也。繁音急节十二遍，跳珠撼玉何铿铮。霓裳破凡十二遍而终。翔鸾舞了却收翅，唳鹤曲终长引声。凡曲将毕，皆声拍促速，唯霓裳之末，长引一声也。当时乍见惊心目，凝视谛听殊未足。·落人问八九年，耳冷不曾闻此曲。溢城但听山魈语，巴峡唯闻杜鹃哭。予自江州司马转忠州刺史。移领钱唐第二年，始有心情问—作闻丝竹。玲珑箜篌谢好筝，陈宠觱栗沈平笙。清弦脆管纤纤手，教得霓裳一曲成。自玲珑以下，皆杭之妓名。虚白亭前湖水畔，前后祇应三度按。便除庶子抛却来，闻道如今各星散。今年五月至苏州,朝钟暮角催白头。贪看案牍常侵夜,不听笙歌直到秋。秋来无事多闲闷,忽忆霓裳无处问。闻君部内多乐徒,问有霓裳舞者无。答云七县十一作州千万户,无人知有霓裳舞。唯寄长歌与我来,题作霓裳羽衣谱。四幅花笺碧间红,霓裳实录在其中。千姿万状分明见,恰与〔昭〕(朝)阳舞者同。眼前仿佛睹形质,昔日今朝想如一。疑从魂梦呼召来,似著丹青图写出。我爱霓裳君合知,发于歌咏一作引形于诗。君不见我歌云,惊破霓裳羽衣曲。《长恨歌》云。又不见我诗云,曲爱霓裳未拍时。《钱唐》诗云。由来能事皆有主,杨氏创声君造谱。开元中西凉府节度杨敬述造。君言此舞难得一作其人,须是一作得倾城可怜女。吴妖小玉飞作烟,夫差女小玉死后,形见于王,其母抱之,霏微若烟雾散空。越艳西施化为土。娇花巧笑久寂寥,娃馆苎萝空处所。如君所言诚有是,君试从容听我语。若求国色始翻传,但恐人间废此舞。妍媸优劣宁相远,大都只在人抬举。李娟一作婵张态君莫嫌,亦拟随宜一作时且教取。娟、态,苏妓之名。

小童薛阳陶吹觱栗歌 和浙西李大夫作

剪削干芦插寒竹,九孔漏声五音足。近来吹者谁得名,关璀老死李衮生。衮今又老谁其嗣,薛氏乐一作小童年十二。指点之下师授声,含嚼之间天与气。润州城高霜月明,吟霜思月欲发声。山头江一作水底何悄悄,猿声不喘鱼龙听。翕然声作疑管裂,讪然声尽疑刀截。有时婉一作脆软无筋骨,有时顿挫生棱节。急声圆转促不断,栎栎一作栗栗轹轹似珠贯。缓声展一作辰引长有条一作馀,有一作条条直直如笔描。下声乍坠石沉重,高声忽举云飘萧。明旦公堂陈宴席,主人命乐娱宾客一作僚。碎丝细竹徒纷纷,宫调一声雄出群。众音觑缕不落道,有如部伍随将军。嗟尔阳陶方稚齿,下手发声已如此。若教头白吹不休,但恐声名压关李。

啄木曲 《才调集》《英华》题并作四不如酒

莫买宝剪刀，虚费千金直。我有心中愁，知君剪不得。莫磨解结锥，徒劳人气力一作费心力。我有肠中结，知君解不得。莫染红丝线，徒夸好颜色。我有双泪珠，知君穿不得。莫近红炉火，炎气徒相逼。我有两鬓霜，知君销不得。刀不能剪心愁，锥不能解肠结。线不能穿泪珠，火不能销鬓雪。不如饮此神圣一作且饮长命杯，万念千忧一作愁一时歇。

题灵岩寺 寺即吴馆娃宫，鸣屧廊、砚池、采香径遗迹在焉。

娃宫屧廊寻已倾，砚池香径又欲平。二三月时何草绿，几百年来空月明。使君虽老颇多思，携觞领妓处处行。今愁古恨入丝竹，一曲凉州无限情。直自当时到今日，中间歌吹更无声。

双　石

苍然两片石，厥状怪且丑。俗用无所堪，时人嫌不取。结从胚浑始，得自洞庭口。万古遗水滨，一朝入吾手。担舁来郡内，洗刷去泥垢。孔黑烟痕深，罅青苔色厚。老蛟蟠作足，古剑插为首。忽疑天上落，不似人间有。一可支吾琴，一可贮吾酒。峭绝高数尺，坳泓容一斗。五弦倚其左，一杯置其右。洼樽酌未空，玉山颓已久。人皆有所好，物各求其偶。渐恐少年场，不容垂白叟。回头问双石，能伴老大否。石虽不能言，许我为三友。

宿东亭晓兴

温温土炉火，耿耿纱笼烛。独抱一张琴，夜入东斋宿。窗声度残漏，帘影浮初旭。头痒晓梳多，眼昏春睡足。负暄檐宇下，散步池塘曲。南雁去未回,东风来何速。雪依瓦沟白,草绕墙根绿。何言万户州,太守常幽独。

日渐长赠周殷二判官

日渐长,春尚早。墙头半露红萼枝,池岸新铺绿芽草。蹋草攀枝仰头叹,何人知此春怀抱。年颜盛壮名未成,官职欲高身已老。万茎白发真堪恨,一片绯衫何足道。赖得君来劝一杯,愁开闷破心头好。

花 前 叹

前岁花前五十二,今年花前五十五。岁课年功头发知,从霜成雪君看取。_{五年前在杭州,有诗云:五十二人头似霜。}几人得老莫自嫌,樊李吴韦尽成土。_{樊绛州宗师、李谏议景俭、吴饶州丹、韦侍郎颛,皆旧往还,相继丧逝。}南州桃李北州梅,且喜年年作花主。花前置酒谁相劝,容坐唱歌满起舞。_{容、满,皆妓名也。}欲散重拈花细看,争知明日无风雨。

自 咏 五 首

朝亦随群动,暮亦随群动。荣华瞬息间,求得将何用。形骸与冠盖,假合相戏弄。但异睡著人,不知梦是梦。

一家五十口,一郡十万户。出为差科头,入为衣食主。水旱合心忧,饥寒须手抚。何异食蓼虫,不知苦是苦。

公私颇多事,衰惫殊少欢。迎送宾客懒,鞭笞黎庶难。老耳倦声乐,病口厌杯盘。既无可恋者,何以不休官。

一日复一日,自问何留滞。为贪逐日俸,拟作归田计。亦须随丰约,可得无限剂。若待足始休,休官在何岁。

官舍非我庐,官园非我树。洛中有小宅,渭上有别墅。既无婚嫁累,幸有归休处。归去诚已迟,犹胜不归去。

和微之听妻弹别鹤操因
为解释其义依韵加四句

义重莫若妻,生离不如死。誓将死同穴,其奈生无子。商陵追^{一作}
迫礼教,妇出不能止。舅姑明旦辞,夫妻中夜起。起闻双鹤别,若
与人相似。听其悲唳声,亦如不得已。青田八九月,辽城一万里。
裴回去住云,呜咽东西水。写之在琴曲,听者酸心髓。况当秋月
弹,先入忧人耳。怨抑掩朱弦,沉吟停玉指。一闻无儿叹,相念两
如此。无儿虽薄命,有妻偕老矣。幸免生别离,犹胜商陵氏。

题故元少尹集后二首

黄壤讵知我,白头徒忆君。唯将老年泪,一洒故人文。
遗文三十轴,轴轴金玉声。龙门原上土,埋骨不埋名。

和微之四月一日作

四月一日天,花稀叶阴薄。泥新燕影忙,蜜熟蜂声乐。麦风低冉
冉,稻水平漠漠。芳节或蹉跎,游心稍牢落。春华信为美,夏景亦
未恶。飐浪嫩青荷,重栏晚红药。吴宫好风月,越郡多楼阁。两地
诚可怜,其奈久离索。

吴中好风景二首

吴中好风景,八月如三月。水荇叶仍香,木莲花未歇。海天微雨
散,江郭纤埃灭。暑退衣服干,潮生船舫活。两衙渐多暇,亭午初
无热。骑吏语使君,正是游时节。
吴中好风景,风景无朝暮。晓色万家烟,秋声八月树。舟移管弦动, 桥拥旌旗驻。改号齐云楼, 重开武丘路。况当丰岁熟, 好是欢游处。州民劝使君, 且莫抛官去。

答刘禹锡白太守行

吏满六百石, 昔贤辄去之。秩登二千石, 今我方罢归。我秩讶已多, 我归惭已迟。犹胜尘土下, 终老无休期。卧乞百日告, 起吟五篇诗。谓将罢官自咏五首。朝与府吏别, 暮与州民辞。去年到郡时, 麦穗黄离离。今年去郡日, 稻花白霏霏。为郡已周岁, 半岁罹旱饥。襦袴无一片, 甘棠无一枝。何乃老与幼, 泣别尽沾衣。下惭苏人泪, 上愧刘君辞。

别 苏 州

浩浩姑苏民, 郁郁长洲城。来惭荷宠命, 去愧无能名。青紫行将吏, 班白列黎氓。一时临水拜, 十里随舟行。饯筵犹未收, 征棹不可停。稍隔烟树色, 尚闻丝竹声。怅望武丘路, 沉吟浒水亭。还乡信有兴, 去郡能无情。

卯 时 酒

佛法赞醍醐, 仙方夸沆瀣。未如卯时酒, 神速功力倍。一杯置掌上, 三咽入腹内。煦若春贯肠, 暄如日炙背。岂独肢体畅, 仍加志气大。当时遗形骸, 竟日忘冠带。似游华胥国, 疑反混元代。一性既完全, 万机皆破碎。半醒思往来, 往来吁可怪。宠辱忧喜间, 惶惶二十载。前年辞紫闼, 今岁抛皂盖。去矣鱼返泉, 超然蝉离蜕。是非莫分别, 行止无疑碍。浩气贮胸中, 青云委身外。扪心私自语, 自语谁能会。五十年来心, 未如今日泰。况兹杯中物, 行坐长相对。

自问行何迟

前月发京口,今辰次淮涯。二旬四百里,自问行何迟。还乡无他计,罢郡有馀资。进不慕富贵,退未忧寒饥。以此易过日,腾腾何所为。逢山辄倚棹,遇寺多题诗。酒醒夜深后,睡足日高时。眼底一无事,心中百不知。想到京国日,懒放亦如斯。何必冒风水,促促赴程归。

除日答梦得同发楚州

共作千里伴,俱为一郡回。岁阴中路尽,乡思先春来。山雪晚犹在,淮冰晴欲开。归歌吟可作,休恋主人杯。

问　杨　琼

古人唱歌兼唱情,今人唱歌唯唱声。欲说向君君不会,试将此语问杨琼。

有　感　三　首

鬓发一作毛已斑白,衣绶方朱紫。穷贱当壮年,富荣临暮齿。车舆红尘合,第宅青烟起。彼来此须去,品物之常理。第宅非吾庐,逆旅暂留止。子孙非我有,委蜕而已矣。有如蚕造茧,又似花生子。子结花暗凋,茧成蚕老死。悲哉可奈何,举世皆如此。

莫养瘦马驹,莫教小妓女。后事在目前,不信君看取。马肥快行走,妓长能歌舞。三年五岁间,已闻换一主。借问新旧主,谁乐谁辛苦。请君大带上,把笔书此语。

往事勿追思,追思多悲怆。来事勿相迎,相迎已一作亦惆怅。不如兀然坐,不如塌然卧。食来即开口,睡来即合眼。二事最关身,安寝加餐饭。忘怀任行止,委命随修短。更若有兴来,狂歌酒一酴。

宿荥阳

生长在荥阳,少小辞乡曲。迢迢四十载,复向荥阳宿。去时十一二,今年五十六。追思儿戏时,宛然犹在目。旧居失处所,故里无宗族。岂唯变市朝,兼亦迁陵谷。独有溱洧水,无情依旧绿。

经溱洧

落日驻行骑,沉吟怀古情。郑风变已尽,溱洧至今清。不见士与女,亦无芍药名。

就花枝

就花枝,移酒海,今朝不醉明朝悔。且算欢娱逐日来,任他容鬓随年改。醉翻衫袖抛小令,笑掷骰盘呼大采。自量气力与心情,三五年间犹得在。

喜雨

圃旱忧葵堇,农旱忧禾菽。人各有所私,我旱忧松竹。松干竹焦死,眷眷在心目。洒叶溅其根,汲水劳僮仆。油云忽东起,凉雨凄相续。似面洗垢尘,如头得膏沐。千柯习习润,万叶欣欣绿。千日浇灌功,不如一霡霂。方知宰生灵,何异活草木。所以圣与贤,同心调玉烛。

题道宗上人十韵 并序

　　普济寺律大德宗上人法堂中,有故相国郑司徒、归尚书、陆刑部、元少尹及今吏部郑相、中书韦相、钱左丞诗,览其题,皆与上人唱酬;阅其人,皆朝贤;省其文,皆义语。予始知上人之文,为义作,为法作,为方便智作,为解脱性作,不为诗而作也。知上人者云尔,恐不知上人者,谓为护国、法振、灵一、皎然之徒与! 故予题二十句以解之。

如来说偈赞,菩萨著论议。是故宗律师,以诗为佛事。一音无差别,四句有诠次。欲使第一流,皆知不二义。精洁沾戒体,闲淡藏禅味。从容恣语言,缥缈离文字。旁延邦国彦,上达王公贵。先以诗句牵,后令入佛智。人多爱师句,我独知师意。不似休上人,空多碧云思。

寄皇甫宾客

名利既两忘,形体方自遂。卧掩罗雀门,无人惊我睡。睡足斗擞衣,闲步中庭地。食饱摩挲腹,心头无一事。除却玄晏翁,何人知此味。

寄庾侍郎

一双华亭鹤,数片太湖石。巉巉苍玉峰,矫矫青云翮。是时岁云暮,淡薄烟景夕。庭霜封石棱,池雪印鹤迹。幽致竟谁别,闲静聊自适。怀哉庾顺之,好是今宵客。

寄崔少监

微微西风生,稍稍东方明。入秋神骨爽,琴晓丝桐清。弹为古宫调,玉水寒泠泠。自觉弦指下,不是寻常声。须臾群动息,掩琴坐空庭。直至日出后,犹得心和平。惜哉意未已,不使崔君听。

醉题沈子明壁

不爱君池东池东一作家十丛菊,不爱君池南池南一作家万竿竹。爱君帘下唱歌人,色似芙蓉声似玉。我有阳关君未闻,若闻亦应愁杀君。

劝 酒

劝君一酲一作杯,下同。君莫辞,劝君两酲君莫疑,劝君三酲君始知。面上今日老昨日,心中醉时胜醒时。天地迢遥自一作迢日长久,白兔赤乌相趁走。身后堆金挂北斗,不如生前一樽酒。君不见春明门外天欲明,喧喧歌哭半死生。游人驻马出不得,白舆素车争路行。归去来,头已白,典钱将用买酒吃。

落 花

留春春不住,春归人寂寞。厌风风不定,风起花萧索。既兴风前叹,重命花下酌。劝君尝绿醅,教人拾红萼。桃飘火焰焰,梨堕雪漠漠。独有病眼花,春风吹不落。

对 镜 吟

白头老人照镜时,掩镜沉吟吟旧诗。二十年前一茎白,如今变作满头丝。余二十年前尝有诗云:白发生一茎,朝来明镜里。勿言一茎少,满头从此始。今则满头矣。吟罢回头索杯酒,醉来屈指数亲知。老于我者多穷贱,设使身存寒且饥。少于我者半为土,墓树已抽三五枝。我今幸得见头白,禄俸不薄官不卑。眼前有酒心无苦,只合欢娱不合悲。

耳顺吟寄敦诗梦得

三十四十五欲牵,七十八十百病缠。五十六十却不恶,恬淡清净心安然。已过爱贪声利后,犹在病羸昏耄前。未无筋力寻山水,尚有心情听管弦。闲开新酒尝数酲,醉忆旧诗吟一篇。敦诗梦得且相劝,不用嫌他耳顺年。

别毡帐火炉

忆昨腊月天,北风三尺雪。年老不禁寒,夜长安可彻。赖有青毡帐,风前自张设。复此红火炉,雪中相暖热。如鱼入渊水,似兔藏深穴。婉软蛰鳞苏,温燉冻肌活。方安阴惨夕,遽变阳和节。无奈时候迁,岂是恩情绝。毳兼逐日卷,香燎随灰灭。离恨属三春,佳期在十月。但令此身健,不作多时别。

六年春赠分司东都诸公 时为河南尹

我为同州牧,内愧无才术。忝擢恩已多,遭逢幸非一。偶当谷贱岁,适值民安日。郡县狱空虚,乡闾盗奔逸。其间最幸者,朝客一作夕多分秩。行接鸳鹭群,坐成芝兰室。时联拜表骑,间动题诗笔。夜雪秉烛游,春风携榼出。花教莺点检,柳付风排比。法酒淡清浆,含桃裛红实。洛童调去声金管,卢女铿瑶瑟。黛惨歌思深,腰凝舞拍密。每因同醉乐,自觉忘衰疾。始悟肘后方,不如杯中物。生涯随日过,世事何时毕。老子苦乖慵,希君数牵率。

九日代罗樊二妓招舒著作 齐梁格

罗敷敛双袂,樊姬献一杯。不见舒员外,秋菊为谁开。

忆旧游 寄刘苏州

忆旧游,旧游安在哉。旧游之人半白首,旧游之地多苍苔。江南旧游凡几处,就中最忆吴江隈。长洲苑绿柳万树,齐云楼春酒一杯。阊门晓严旗鼓出,皋桥夕闹船舫回。修蛾慢脸灯下醉,急管繁弦头上催。六七年前狂烂熳,三千里外思裴回。李娟张态一春梦,周五殷三归夜台。虎丘月色为谁好,娃宫花枝应自开。赖得刘郎解吟咏,江山气色合归来。娟、态,苏州妓名。周、殷,苏州从事。

答崔宾客晦叔十二月四日见寄 来篇云,共相呼唤醉归来。

今岁日馀二十六,来岁年登六十二。尚不能忧眼下身,因何更算人间事。居士忘筌默默坐,先生枕麹昏昏睡。早晚相从归醉乡,醉乡去此无多地。

劝 我 酒

劝我酒,我不辞。请君歌,歌莫迟。歌声长,辞亦切,此辞听者堪愁绝。洛阳女儿面似花,河南大尹头如雪。

赠韦处士六年夏大热旱

骄阳连毒暑,动植皆枯槁。旱日乾密云,炎烟焦茂草。少壮犹困苦,况予病且老。脱一作既无白栴檀,何以除热恼。《华严经》云:以白栴檀涂身,能除一切热恼而得清凉也。汗巾束头鬓,膻食熏襟抱。始觉韦山人,休粮散发好。

全唐诗卷四四五

白居易

和微之诗二十三首 并序

　　微之又以近作四十三首寄来，命仆继和。其间《瘀絮》四百字，《车斜》二十篇者流，皆韵剧辞殚，瑰奇怪谲。又题云：奉烦只此一度，乞不见辞。意欲定霸取威，置仆于穷地耳。大凡依次用韵，韵同而意殊。约体为文，文成而理胜。此足下素所长者，仆何有焉。今足下果用所长，过蒙见窘。然敌则气作，急则计生。四十二章，魔扫并毕。不知大敌，以为如何。夫劚石破山，先观镵迹。发矢中的，兼听弦声。以足下来章，惟求相困。故老仆报语，不觉大夸。况曩者唱酬，近来因继，已十六卷，凡千馀首矣。其为敌也，当今不见。其为多也，从古未闻。所谓天下英雄，唯使君与操耳。戏及此者，亦欲三千里外，一破愁颜。勿示他人，以取笑诮。乐天白。

和晨霞 此后在上都作

君歌仙氏真，我歌慈氏真。慈氏发真念，念此阎浮人。左命大迦叶，右召桓提因。千万化菩萨，百亿诸鬼神。上自非相顶，下及风水轮。胎卵湿化类，蠢蠢难具陈。弘愿在救拔，大悲忘辛勤。无论善不善，岂间冤与亲。抉开生盲眼，摆去烦恼尘。烛以智慧日，洒之甘露津。千界一时度，万法无与邻。借问晨霞子，何如朝玉宸。

和送刘道士游天台

闻君梦游仙，轻举超世雰。握持尊皇节，统卫吏兵军。灵旗星月象，天衣龙凤纹。佩服交带篆，讽吟蕊珠文。阆宫缥缈间，钧乐依稀闻。斋心谒西母，暝一作膜拜朝东君。烟霏子晋裾，霞烂麻姑裙。倏忽别真侣，怅望随归云。人生同大梦，梦与觉谁分。况此梦中梦，悠哉何足云。假如金阙顶，设使银河濆。既未出三界，犹应在五蕴。饮咽日月精，茹嚼沆瀣芬。尚是色香味，六尘之所熏。仙中有大一作天仙，首出梦幻群。慈光一照烛，奥法相缊缊。不知万龄暮，不见三光曛。一性自了了，万缘徒纷纷。苦海不能漂，劫火不能焚。此是竺乾教，先生垂典坟。

和栉沐寄道友

栉沐事朝谒，中门初动关。盛服去尚早，假寐须臾间。钟声发东寺，夜色藏南山。停骖待五漏，人马同时闲。高星粲金粟，落月沉玉环。出门向关一作阙路，坦坦无阻艰。始出里北闹，稍转市西阛。晨烛照朝服，紫烂复朱殷。由来朝廷士，一入多不还。因循掷白日，积渐凋朱颜。青云已难致，碧落安能攀。但且知止足，尚可销忧患。

和祝苍华 苍华，发神名。

日居复月诸，环回照下土。使我玄云发，化为素丝缕。禀质本羸劣，养生仍莽卤。痛饮困连宵，悲吟饥过午。遂令头上发，种种无尺五。根稀比黍苗，梢细同钗股。岂是乏膏沐，非关栉风雨。最为悲伤多，心焦衰落苦。馀者能有几，落者不可数。秃似鹊填河，堕如鸟解羽。苍华何用祝，苦辞亦休吐。匹如剃头僧，岂要巾冠主。

和我年三首

我年五十七，荣名得几许。甲乙三道科，苏杭两州主。才能本浅薄,心力虚劳苦。可一作何能随众人,终老于尘土。

我年五十七,归去诚已迟。历官十五政,数若珠累累。野萍始宾荐,场苗初絷维。因读管萧书,窃慕大有为。及遭荣遇来,乃觉才力羸。黄纸诏频草,朱轮车载脂。妻孥及仆使,皆免寒与饥。省躬私自愧,知我者微之。永怀山阴守,未遂嵩阳期。如何坐留滞,头白江之湄。

我年五十七,荣名得非少。报国竟何如,谋身犹未了。昔尝速官谤,恩大而惩小。一黜鹤辞轩,七年鱼在沼。将枯鳞再跃,经铄翮重矫。白日上昭昭,青云高渺渺。平生颇同病,老大宜相晓。紫绶足可荣,白头不为夭。夙怀慕箕颍,晚节期松筱。何当阙下来,同拜陈情表。

和三月三十日四十韵

送春君何在,君在山阴署。忆我苏杭时,春游亦多处。为君歌往事,岂敢一作取辞劳虑。莫怪言语狂,须知酬答遽。江南腊月半,水冻凝如瘵。寒景尚苍茫,和风已吹嘘。女墙城似灶,雁齿桥如锯。鱼尾上翕沦,草芽生沮洳。律迟太簇管,日缓羲和驭。布泽木龙催,迎春土牛助。雨师习习洒,云将飘飘翥。四野万里晴,千山一时曙。杭土丽且康,苏民富而庶。善恶有惩劝,刚柔无吐茹。两衙少辞牒,四境稀书疏。俗以劳徕安,政因闲暇著。仙亭日登眺,虎丘时游豫。望仙亭在杭,虎丘寺在苏。寻幽驻旌轩,选胜回宾御。舟移溪鸟避,乐作林猿觑。池古莫耶沉,石奇罗刹踞。剑池在苏州,罗刹石在杭州。水苗泥易耨,畬粟灰难锄。紫蕨抽出畦,白莲埋在淤。菱花红带黯,湿叶黄含菸。楚辞云:叶菸色而就黄。镜动波飐菱,雪回风旋絮。手经攀桂馥,齿为尝梅楚。坐并船脚欹,行多马蹄跙。圣贤清浊醉,水陆鲜肥饫。鱼鲙芥酱调,水葵盐豉絮。救虑反。虽微五袴咏,幸免兆人诅。但令乐不荒,何必游无倨。吴苑仆寻罢,越城公尚据。旧游几客存,新宴谁人与去声。莫空文举酒,强下何曾箸。
江上易优游,城中多毁誉。分应当自尽一作画,事勿求人恕。我既
无子孙,君仍毕婚娶。久为云雨别,终拟江湖去。范蠡有扁舟,陶
潜有篮舆。两心苦相忆,两口遥相语。最恨七年春,春来各一处。

和 寄 乐 天

贤愚类相交,人情之大率。然自古今来,几人号胶漆。近闻屈指
数,元某与白乙。旁爱及弟兄,中权一作欢避家室。松筠与金石,未
足喻坚密。在车如轮辕,在身如肘腋。又如风云会,天使相召一作
终匹。不似势利交,有名而无实。顷我在杭岁,值君之越日。望愁
来仪迟,宴惜流景疾。坐耀黄金带,酌酡颓玉质。酣歌口不停,狂
舞衣相拂。平生赏心事,施展十未一。会笑始哑哑,离嗟乃唧唧。
饯筵才收拾,征棹遽排〔比〕(北)。后恨苦绵绵,前欢何卒卒。居人
色惨淡,行子心纡郁。风袂去时挥,云帆望中失。宿醒和别思,目
眩心忽忽。病魂黯然销,老泪凄其出。别君只如昨,芳岁换六七。
俱是官家身,后期难自必。《籍田赋》云:难望岁而自必。

和寄问刘白 时梦得与乐天方舟西上

正与刘梦得,醉笑大开口。适值此诗来,欢喜君知否。遂令高卷
幕,兼遣重添酒。起望会稽云,东南一回首。爱君金玉句,举世谁
人有。功用随日新,资材本天授。吟哦不能散,自午将及酉。遂留
梦得眠,匡床宿东牖。

和新楼北园偶集从孙公度周
巡官韩秀才卢秀才范处士小饮
郑侍御判官周刘二从事皆先归

闻君新楼宴,下对北园花。主人既贤豪,宾客皆才华。初筵日未
高,中饮景已斜。天地为幕席,富贵如泥沙。嵇刘陶阮徒,不足置

齿牙。卧瓮鄙毕卓,落帽嗤孟嘉。芳草供枕藉,乱莺助喧哗。醉乡
得道路,狂海无津涯。一岁春又尽,百年期不赊。同醉君莫辞,独
醒古所嗟。销愁若沃雪,破闷如割一作剖瓜。称觞起为寿,此乐无
以加。歌声凝贯珠,舞袖飘乱麻。相公谓四座,今日非自夸。有奴
善吹笙,有婢弹琵琶。十指纤若笋,双鬟黳如鸦。履舄起交杂,杯
盘散纷拏。归去勿拥遏,倒载逃难遮。明日宴东武,后日游若耶。
岂独相公乐,讴歌千万家。

和除夜作

君赋此诗夜,穷阴岁之馀。我和此诗日,微和春之初。老知颜状
改,病觉肢体虚。头上毛发短,口中牙齿疏。一落老病界,难逃生
死墟。况此促促世,与君多索居。君在浙江东,荣驾方伯舆。我在
魏阙下,谬乘大夫车。妻孥常各饱,奴婢亦盈庐。唯是利人事,比
君全不如。我统十郎官,君领百吏胥。我掌四曹局,君管十乡闾。
君为父母君,大惠在资储。我为刀笔吏,小恶乃诛锄。君提七郡
籍,我按三尺书。俱已佩金印,尝同趋玉除。外宠信非薄,中怀何
不摅。恩光未报答,日月空居诸。磊落尝许君,踽促应笑予。所以
自知分,欲先歌归欤。

和知非

因君知非问,诠较天下事。第一莫若禅,第二无如醉。禅能泯人
我,醉可忘荣悴。与君次第言,为我少留意。儒教重礼法,道家养
神气。重礼足滋彰,养神多避忌。不如学禅定,中有甚深味。旷廓
了如空,澄凝胜于睡。屏除默默念,销尽悠悠思。春无伤春心,秋
无感秋泪。坐成真谛乐,如受空王赐。既得脱尘劳,兼应离惭愧。
除禅其次醉,此说非无谓。一酌机即忘,三杯性咸遂。逐臣去室
妇,降虏败军帅。思苦膏火煎,忧深扃锁秘。须凭百杯沃,莫惜千
金费。便似罩中鱼,脱飞生两翅。劝君虽老大,逢酒莫回避。不然

即学禅,两途同一致。

和望晓

休吟稽山晓,听咏秦城旦。鸣鸡初有声,宿鸟犹未散。丁丁漏向尽,冬冬鼓过半。南山青沉沉,东方白漫漫。街心若流水,城角如断岸。星河稍隅落,宫阙方轮焕。朝车雷四合,骑火星一贯。赫奕冠盖盛,荧煌朱紫烂。沙堤亘蟆池,_{子城东北低下处,旧号虾蟆池。}市路绕龙断。白日忽照耀,红尘纷散乱。贵教过客避,荣任行人看。祥烟满虚空,春色无边畔。鹓行候暮刻,龙尾登霄汉。台殿暖宜攀,风光晴可玩。草铺地茵褥,云卷天帏幔。莺杂佩锵锵,花饶_{一作绕}衣粲粲。何言终日乐,独起临风叹。叹我同心人,一别春七换。相望山隔碍,欲去官羁绊。何日到江东,超然似张翰。

和李势女

减一分太短,增一分太长。不朱面若花,不粉肌如霜。色为天下艳,心乃女中郎。自言重不幸,家破身未亡。人各有一死,此死职所当。忍将先人体,与主为疣疮。妾死主意快,从此两无妨。愿信赤心语,速即白刃光。南郡忽感激,却立舍锋铓。抚背称阿姊,归我如归乡。竟以恩信待,岂止猜妒忘。由来几上肉,不足挥干将。南郡死已久,骨枯墓苍苍。愿于墓上头,立石镌此章。劝诫天下妇,不令阴胜阳。

和酬郑侍御东阳春闷放怀追越游见寄

君得嘉鱼置宾席,乐如南有嘉鱼时。劲气森爽竹竿竦,妍文焕烂芙蓉披。载笔在幕名已重,补衮于朝官尚卑。一缄疏入掩谷永,三都赋成排左思。自言拜辞主人后,离心荡飔风前旗。东南门馆别经岁,春眼怅望秋心悲。_{已上叙嘉鱼。}昨日嘉鱼来访我,方驾同出何所之。乐游原头春尚早,百舌新语声桿桿。日趁花忙向南拆,风催柳急从东吹。流年恼悦不饶我,美景鲜妍来为谁。红尘三条界

阡陌,碧草千里铺郊畿。馀霞断时绮幅裂,斜云展处罗文纰。暮钟
远近声互动,暝鸟高下飞追随。酒酣将归未能去,怅然回望天四
垂。生何足养嵇著论,途何足泣杨涟洏。胡不花下伴春醉,满酌绿
酒听黄鹂。嘉鱼点头时一叹,听我此言不知疲。语终兴尽各分散,
东西轩骑分逶迤。此诗勿遣闲人见,见恐与他为笑资。白首旧寮
知我者,凭君一咏向周师。周判官师范,苏杭旧判官。去范字叶韵。

和自劝二首

稀稀疏疏绕篱竹,窄窄狭狭向阳屋。屋中有一曝背翁,委置形骸如
土木。日暮半炉麸炭火,夜深一盏纱笼烛。不知有益及民无,二十
年来食官禄。就暖移盘檐下食,防寒拥被帷中宿。秋官月俸八九
万,岂徒遣尔身温足。勤操丹笔念黄沙,莫使饥寒囚滞狱。

急景凋年急于水,念此揽衣中夜起。门无宿客共谁言,暖酒挑灯对
妻子。身一作自饮数杯妻一盏,馀酌分张与儿女。微酣静坐未能
眠,风霰萧萧打窗纸。自问有何才与术,入为丞郎出刺史。争知一
作如寿命短复长,岂得营营心不止。请看韦孔与钱崔,半月之间四
人死。韦中书、孔京兆、钱尚书、崔华州,十五日间,相次而逝。

和雨中花

真宰倒持生杀柄,闲物命长人短命。松枝上鹤薹下龟,千年不死仍
无病。人生不得似龟鹤,少去老来同旦暝。何异花开旦暝间,未落
仍遭风雨横。草得经年菜一作莱连月,唯花不与多时节。一年三百
六十日,花能几日供攀折。桃李无言难自诉,黄莺解语凭君说。莺
虽为说不分明,叶底枝头谩饶舌。

和晨兴因报问龟儿

冬旦寒惨澹,云日无晶辉。当此岁暮感,见君晨兴诗。君诗亦多
苦,苦在兄远离。我苦不在远,缠绵肝与脾。西院病媚妇,后床孤
侄儿。黄昏一恸后,夜半十起时。病眼两行血一作泪,衰一作悲鬓万

茎丝。咽绝五脏脉,瘦消—作消渗百骸脂。双目失一目,四肢断两肢。不如溘然逝—作尽,安用半活为。谁谓荼檗苦,荼檗甘如饴。谁谓汤火热,汤火冷如澌。前时君寄诗,忧念问阿龟。喉燥声气窒,经年无报辞。及睹晨兴句,未吟先涕垂。因兹涟洳—作涟际,一吐心中悲。茫茫四海间,此苦唯君知。去我四千里,使我告诉谁。仰头向青天,但见雁南飞。凭雁寄一语,为我达微之。弦绝有续胶,树斩可接枝。唯我中肠断,应无连得期。

和朝回与王炼师游南山下

蔼蔼春景徐,峨峨夏云初。躞蹀退朝骑,飘飖随风裾。晨从四丞相,入拜白玉除。暮与一道士,出寻青溪居。吏隐本齐致,朝野孰云殊。道在有中适,机忘无外虞。但愧烟霄上,鸾凤为吾徒。又惭云林—作水间,鸥鹤不我疏。坐倾数杯酒,卧枕一卷书。兴酣头兀兀,睡觉心于于。以此送日月,问师为何如。

和尝新酒

空腹尝新酒,偶成卯时醉。醉来拥褐裘,直至斋时睡。睡酣不语笑,真寝无梦寐。殆欲忘形骸,讵知属天地。醒—作醒徐和未散,起坐澹无事。举臂一欠伸,引琴弹秋思。

和顺之琴者

阴阴花院月,耿耿兰房烛。中有弄琴人,声貌俱如玉。清泠石泉引,雅澹—作澹泞风松曲。遂使君子心,不爱凡丝竹。

感旧写真

李放写我真,写来二十载。莫问真何如,画亦销光彩。朱颜与玄鬓,日夜改复改。无磋貌遽非,且喜身犹在。

授太子宾客归洛 自此后东都作

南省去拂衣，东都来掩扉。病将老齐至，心与身同归。白首外缘少，红尘前事非。怀哉紫芝叟，千载心相依。

秋池二首

身闲无所为，心闲无所思。况当故园夜，复此新秋池。岸暗鸟栖后，桥明月出时。菱风香散漫，桂露光参差。静境多独得，幽怀竟谁知。悠然心中语，自问来何迟。

朝衣薄且健，晚簟清仍滑。社近燕影稀，雨馀蝉声歇。闲中得诗境，此境幽难说。露荷珠自倾，风竹玉相戛。谁能一同宿，共玩新秋月。暑退早凉归，池边好时节。

中　隐

大隐住朝市，小隐入丘樊。丘樊太冷落，朝市太嚣喧。不如作中隐，隐在留司官。似出复似处，非忙亦非闲。不劳心与力，又免饥与寒。终岁无公事，随月有俸钱。君若好登临，城南有秋山。君若爱游荡，城东有春园。君若欲一醉，时出赴宾筵。洛中多君子，可以恣欢言。君若欲高卧，但自深掩关。亦无车马客，造次到门前。人生处一世，其道难两全。贱即苦冻馁，贵则多忧患。唯此中隐士，致身吉且安。穷通与丰约，正在四者间。

问秋光

殷卿领北镇，崔尹开南幕。外事信为荣，中怀未必乐。何如不才者，兀兀无所作。不引窗下琴，即举池上酌。淡交唯对水，老伴无如鹤。自适颇从容，旁观诚濩落。身心转恬泰，烟景弥淡泊。回首语秋光,东来应不错。

引　泉

一为止足限,二为衰疾牵。邴罢不因事,陶归非待年。归来嵩洛下,闭户何脩然。静扫林下地,闲疏池畔泉。伊流狭似带,洛石大如拳。谁教明月下,为我声溅溅。竟夕舟中坐,有时桥上眠。何用施屏障,水竹绕床前。

知足吟 和崔十八未贫作

不种一陇田,仓中有馀粟。不采一株一作枝桑,箱中有馀服。官闲离忧责,身泰无羁束。中人百户税,宾客一年禄。樽中不乏酒,篱下仍多菊。是物皆有馀,非心无所欲。吟君未贫作,同歌知足曲。自问此时心,不足何时足。

酬集贤刘郎中对月见寄兼怀元浙东

月在洛阳天,天高净如水。下有白头人,揽衣中夜起。思远镜亭上,光深书殿里。眇然三处心,相去各千里。

太　湖　石

远望老嵯峨,近观怪嵌崟。才高八九尺,势若千万寻。嵌空华阳洞,重叠匡一作屏山岑。邈矣仙掌迥,呀然剑门深。形质冠今古,气色通晴阴。未秋已瑟瑟,欲雨先沉沉。天姿信为异,时用非所任。磨刀不如砺,捣帛不如砧。何乃主人意,重之如万金。岂伊造物者,独能知我心。

偶 作 二 首

扰扰贪生人，几何不夭阏。遑遑爱名人，几何能贵达。伊余信多幸，拖紫垂白发。身为三品官，年已五十八。筋骸虽早衰，尚未苦羸惙。资产虽不丰，亦不甚贫竭。登山力犹在，遇酒兴时发。无事日月长，不羁天地阔。安身有处所，适意无时节。解带松下风，抱琴池上月。人间所重者，相印将军钺。谋虑系安危，威权主生杀。焦心一身苦，炙手旁人热。未必方寸间，得如吾快活。

日出起盥栉，振衣入道场。寂然无他念，但对一炉香。日高始就食，食亦非膏粱。精粗随所有，亦足饱充肠。日午脱巾簪，燕息窗下床。清风飒然至，卧可致羲皇。日西引杖屦，散步游林塘。或饮茶一醆，或吟诗一章。日入多不食，有时唯命觞。何以送闲夜，一曲秋霓裳。一日分五时，作息率有常。自喜老后健，不嫌闲中忙。是非一以贯，身世交相忘。若问此何许，此是无何乡。

葺池上旧亭

池月夜凄凉，池风晓萧飒。欲入池上冬，先葺池上阁。向暖窗户开，迎寒帘幕合。苔封旧瓦木，水照新朱蜡。软火深土炉，香醪小瓷榼。中有独宿翁，一灯对一榻。

崔十八新池

爱君新小池，池色无人知。见底月明夜，无波风定时。忽看不似水，一泊稀琉璃。

玩 止 水

动者乐流水，静者乐止水。利物不如流，鉴形不如止。凄清早霜

降,渐沥微风起。中面红叶开,四隅绿萍委。广狭八九丈,湾环有
涯涘。浅深三四尺,洞彻无表里。净分鹤翘足,澄见鱼掉尾。迎眸
洗眼尘,隔胸荡心滓。定将禅不别,明与诚相似。清能律贪夫,淡
可交君子。岂唯空狎玩,亦取相伦拟。欲识静者心,心源只如此。

闻崔十八宿予新昌弊宅时予亦宿崔家依仁新亭一宵偶同两兴暗合因而成咏聊以写怀

陌巷掩弊庐,高居敞华屋。新昌七株松,依仁万茎竹。松前月台
白,竹下风池绿。君向我斋眠,我在君亭宿。平生有微尚,彼此多
幽独。何必本一作求主人,两心聊自足。

日　长

日长昼加餐,夜短朝馀睡。春来寝食间,虽老犹有味。林塘得芳
景,园曲生幽致。爱水多棹舟,惜花不扫地。幸无眼下病,且向樽
前醉。身外何足言,人间本无事。

三月三十日作

今朝三月尽,寂寞春事毕。黄鸟渐无声,朱樱新结实。临风独长
叹,此叹意非一。半百过九年,艳阳残一日。随年减欢笑,逐日添
衰疾。且遣花下歌,送此杯中物。

慵　不　能

架上非无书,眼慵不能看。匣中亦有琴,手慵不能弹。腰慵不能
带,头慵不能冠。午后恣情寝,午时随事餐。一餐终日饱,一寝至
夜安。饥寒亦闲事,况乃不饥寒。

晨　兴

宿鸟动前林,晨光上东屋。铜炉添早香,纱笼灭残烛。头醒风稍愈,眼饱睡初足。起坐兀无思,叩齿三十六。何以解宿斋,一杯云母粥。

朝　课

平甃白石渠,静扫青苔院。池上好风来,新荷大如扇。小亭中何有,素琴对黄卷。蕊珠讽数篇,秋思弹一遍。从容朝课毕,方与客相见。

天竺寺七叶堂避暑

郁郁复郁郁,伏热何时毕。行入七叶堂,烦暑随步失。檐雨稍霏微,窗风正萧瑟。清宵一觉睡,可以销百疾。

香山寺石楼潭夜浴

炎光昼方炽,暑气宵弥毒。摇扇风甚微,褰裳汗霢霂。起向月下行,来就潭中一作上浴。平石为浴床,洼石为浴斛。绡巾薄露顶,草屦轻乘足。清凉咏而归,归上石楼宿。

嗟发落

朝亦嗟发落,暮亦嗟发落。落尽诚可嗟,尽来亦不恶。既不劳洗沐,又不烦梳掠。最宜湿暑天,头轻无髻缚。脱置垢巾帻,解去尘缨络。银瓶贮寒泉,当顶倾一勺。有如醍醐灌,坐受清凉乐。因悟自在僧,亦资于剃削。

安　稳　眠

家虽日渐贫,犹未苦饥冻。身虽日渐老,幸无急病痛。眼逢闹处合,心向闲时用。既得安稳眠,亦无颠倒梦。

池　上　夜　境

晴空星月落池塘,澄鲜净绿表里光。露簟清莹迎夜滑,风襟潇洒先秋凉。无人惊处野禽下,新睡觉时幽草香。但问尘埃能去否,濯缨何必向沧浪。

书　绅

仕有职役劳,农有畎亩勤。优哉分司叟,心力无苦辛。岁晚头又白,自问何欣欣。新酒始开瓮,旧谷犹满囷。吾尝静自思,往往夜达晨。何以送吾老,何以安吾贫。岁计莫如谷,饱则不干人。日计莫如醉,醉则兼忘身。诚知有道理,未敢劝交亲。恐为人所哂,聊自书诸绅。

秋游平泉赠韦处士闲禅师

秋景引闲步,山游不知疲。杖藜舍舆马,十里与僧期。昔尝忧六十,四体不支持。今来已及此,犹未苦衰羸。予往年有诗云:三十气大壮,胸中多是非。六十年太老,四体不支持。今故云。心兴遇境发,身力因行知。寻云到起处,爱泉听滴时。南村韦处士,西寺闲禅师。山头与涧底,闻健且相随。

游坊口悬泉偶题石上 时为河南尹

济源山水好,老尹知之久。常日听人言,今秋入吾手。孔山刀剑立,沁水龙蛇走。危磴上悬泉,澄湾转坊口。虚明见深底,净绿无纤垢。仙棹浪悠扬,尘缨风斗薮。岩寒松柏短,石古莓苔厚。锦坐缨高低,翠屏张左右。虽无安石妓,不乏文举酒。谈笑逐身来,管弦随事有。时逢杖锡客,或值垂纶叟。相与澹忘归,自辰将及酉。公门欲返驾,溪路犹回首。早晚重来游,心期罢官后。

对火玩雪

平生所心爱,爱火兼怜雪。火是腊天春,雪为阴夜月。鹅毛纷正堕,兽炭敲初折。盈尺白盐寒,满炉红玉热。稍宜杯酌动,渐引笙歌发。但识欢来由,不知醉时节。银盘堆柳絮,罗袖拚琼屑。共愁明日销,便作经年别。

六年寒食洛下宴游赠冯李二少尹

丰年寒食节,美景洛阳城。三尹皆强健,七日尽晴明。东郊蹋青草,南园攀紫荆。风拆海榴艳,露坠木兰英。假开春未老,宴合_{一作}洽日屡倾。珠翠混花影,管弦藏水声。佳会不易得,良辰亦难并。听吟歌暂辍,看舞杯徐行。米价贱如土,酒味浓于饧。此时不尽醉,但恐负平生。殷勤二曹长,各捧一银觥。

苦热中寄舒员外

何堪日衰病,复此时炎燠。厌对俗杯盘,倦听凡丝竹。藤床铺晚雪,角枕截寒玉。安得清瘦人,新秋夜同宿。非君固不可,何夕枉高躅。

闲　夕

一声早蝉发,数点新萤度。兰釭耿无烟,筠簟清有露。未归后房寝,且下前轩步。斜月入低廊,凉风满高树。放怀常自适,遇境多成趣。何法使之然,心中无细故。

寄　情

灼灼早春梅,东南枝最早。持来玩未足,花向手中老。芳香销掌握,怅望生怀抱。岂无后开花,念此先开好。

舒员外游香山寺数日不归兼
辱尺书大夸胜事时正值坐衙
虑囚之际走笔题长句以赠之

香山石楼倚天开,翠屏壁立波环回。黄菊繁时好客到,碧云合处佳人来。谓遣英、茜二妓与舒君同游。酡颜一笑夭桃绽,清吟数声寒玉哀。轩骑逶迟棹容与,留连三日不能回。白头老尹府中坐,早衙才退暮衙催。庭前阶上何所有,累囚成贯案成堆。岂无池塘长秋草,亦有丝竹生尘埃。今日清光昨夜月,竟无人来劝一杯。

早冬游王屋自灵都抵阳台上方望天
坛偶吟成章寄温谷周尊师中书李相公

霜降山水清,王屋十月时。石泉碧漾漾,岩树红离离。朝为灵都游,暮有阳台期。飘然世尘外,鸾鹤如可追。忽念公程尽,复惭身力衰。天坛在天半,欲上心迟迟。尝闻此游者,隐客与损之。各抱贵仙骨,俱非泥垢姿。二人相顾言,彼此称男儿。若不为松乔,即须作皋夔。今果如其语,光彩双葳蕤。一人佩金印,一人翳玉芝。我来高其事,咏叹偶成诗。为君题石上,欲使故山知。

吴 宫 辞

淡红花帔浅檀蛾,睡脸初开似剪波。坐对珠笼闲理曲,琵琶鹦鹉语相和。

全唐诗卷四四六

白居易

元微之除浙东观察使喜得杭越邻州先赠长句 十七首并与微之和答

稽山镜水欢游地，犀带—作角金章荣贵身。官职比君虽校小，封疆与我且为邻。郡楼对玩千峰—作望千山月，江界平分两岸春。杭越风光诗酒主，相看更合与何人。

席上答微之

我住浙江西，君去浙江东。勿言一水隔，便与千里同。富贵无人劝君酒，今宵为我尽杯中。

答微之上船后留别

烛下尊前一分手，舟中岸上两回头。归来虚白堂中梦，合眼先应到越州。

答微之泊西陵驿见寄 —无泊字

烟波尽处一点白，应是西陵古驿台。知在台边望不见，暮潮空送渡船回。

答微之夸越州州宅

贺上人回得报书,大夸州宅似仙居。厌看冯翊风沙久,喜见兰亭烟景初。日出旌旗生气色,月明楼阁在空虚。知君暗数江南郡,除却馀杭尽不如。

微之重夸州居其落句有西州罗刹之谑因嘲兹石聊以寄怀

君问西州城下事,醉中叠纸为君书。嵌空石面标罗刹,压捺潮头敌子胥。神鬼曾鞭犹不动,波涛虽打欲何如。谁知太守心相似,抵滞坚顽两有馀。

张十八员外以新诗二十五首见寄郡楼月下吟玩通夕因题卷后封寄微之

秦城南省清秋夜,江郡东楼明月时。去我三千六百里,得君二十五篇诗。阳春曲调高难和,淡水交情老始知。坐到天明吟未足,重封转寄与微之。

酬 微 之

微之题云:郡务稍简,因得整集旧诗,并连缀删削。封章谏草,繁委箱笥,仅逾百轴。偶成自叹,兼寄乐天。

满帙—作箧填箱唱和诗,少年为戏老成悲。声声丽曲敲寒玉,句句妍辞缀色丝。吟玩独当明月夜,伤嗟同是白头时。由来才命相磨折,天遣无儿欲怨谁。微之句云:天遣两家无嗣子,欲将文字付谁人。故以此答之。

馀思未尽加为六韵重寄微之

一作微之整集旧诗及文笔为百轴,以七言长句寄乐天。乐天次韵
酬之,馀思未尽,加为六韵。

海内声华并在身,箧中文字绝无伦。美微之也。遥知独对封章草,忽
忆同为献纳臣。走笔往来盈卷轴,予与微之前后寄和诗数百篇,近代无如此
多有也。除官递互掌丝纶。予除中书舍人,微之撰制词。微之除翰林学士,予撰
制词。制从长庆辞高古,微之长庆初知制诰,文格高古,始变俗体,继者效之也。
诗到元和体变新。众称元白为千字律诗,或号元和格。各有文姬才稚齿,蔡
邕无儿,有女琰,字文姬。俱无通子继馀尘。陶潜小儿名通子。琴书何必求
王粲,与女犹胜与外人。

答微之咏怀见寄

阁中同直前春事,船里相逢昨日情。分袂二年劳梦寐,并床三宿话
平生。紫微北畔辞宫阙,沧海西头对郡城。聚散穷通何足道,醉来
一曲放歌行。

酬微之夸镜湖

我嗟身老岁方徂,君更官高兴转孤。军门郡阁曾闲否,禹穴耶溪得
到无。酒盏省陪波卷白,骰盘思共彩呼卢。一泓镜水谁能羡,自有
胸中万顷湖。微之诗云:孙园虎寺随宜看,不必遥遥羡镜湖。故以此戏言答之。

雪中即事答一作寄微之

连夜江云黄惨澹,平明山雪白模糊。银河沙涨三千里,梅岭花排一
万株。北市风生飘散面,东楼日出照凝酥。谁家高士关门户,何处
行人失道途。舞鹤庭前毛稍定,捣衣砧上练新铺。戏团稚女呵红

手,愁坐衰翁对白须。压瘴一州除疾苦,呈丰万井尽欢娱。润含玉德怀君子,寒助霜威忆大夫。莫道烟波一水隔,何妨气候两乡殊。越中地暖多成雨,还有瑶台琼树无。

醉封诗筒寄微之

一生休戚与穷通,处处相随事事同。未死又怜沧海郡,无儿俱作白头翁。展眉只仰三杯后,代面唯凭五字中。为向两州邮吏道,莫辞来去递诗筒。

除夜寄微之

鬓毛不觉白毵毵,一事无成百不堪。共惜盛时辞阙下,同嗟除夜在江南。家山泉石寻常忆,世路风波子细谙。老校于君合先退,明年半百又加三。

苏州李中丞以元日郡斋感怀诗寄微之及予辄依来篇七言八韵走笔奉答兼呈微之

白首馀杭白太守,落魄一作拓抛名来已久。一辞渭北故园春,再把江南新岁酒。杯前笑歌徒勉强,镜里形容渐衰朽。领郡惭当潦倒年,邻州喜得平生友。长洲草接松江岸,曲水花连镜湖口。老去还能痛饮无,春来曾作闲游否。凭莺传语报李六,倩雁将书与元九。莫嗟一日日催人,且贵一年年入手。

早春西湖闲游怅然兴怀忆与微之同赏因思在越官重事殷镜湖之游或恐未暇偶成十八韵寄微之

上马复呼宾,湖边景气新。管弦三数事,骑从十馀人。立换登山屐,行携漉酒巾。逢花看当妓,遇草坐为茵。西日笼黄柳,东风荡白蘋。小桥装雁齿,轻浪鳖鱼鳞。画舫牵徐转,银船酌慢巡。野情遗世累,醉态任天真。彼此年将老,平生分最亲。高天从所愿,远地得为邻。云树分三驿,烟波限一津。翻嗟寸步隔,却厌尺书频。浙右称雄镇,山阴委重臣。贵垂长紫绶,荣驾大朱轮。出动刀枪队,归生道路尘。雁惊弓易散,鸥怕鼓难驯。百吏瞻相面,千夫捧拥身。自然闲兴少,应负镜湖春。

答微之见寄 时在郡楼对雪

可怜风景浙东西,先数馀杭次会稽。禹庙未胜天竺寺,钱湖不羡若耶溪。摆尘野鹤春毛暖,拍水沙鸥湿翅低。更对雪楼君爱否,红栏碧鳖点银泥。

祭社宵兴灯前偶作

城头传鼓角,灯下整衣冠。夜镜藏须白,秋泉漱齿寒。欲将闲送老,须著病辞官。更待年终后,支持归计看。

闲　卧

尽日前轩卧,神闲境亦空。有山当枕上,无事到心中。帘卷侵床日,屏遮入座风。望春春未到,应在海门东。

新春江次

浦干潮未应,堤湿冻初销。粉片妆梅朵,金丝刷柳条。鸭头新绿水,雁齿小红桥。莫怪珂声碎,春来五马骄。

春题湖上

湖上春来似画图,乱峰围绕水平铺。松排山面千重翠,月点波心一颗珠。碧毯线头抽早稻,青罗裙带展新蒲。未能抛得杭州去,一半勾留是此湖。

早春忆微之

昏昏老与病相和,感物思君叹复歌。声早鸡先知夜短,色浓柳最占春多。沙头雨染斑斑草,水面风驱瑟瑟波。可道眼前光景恶,其如难见故人何。

失　鹤

失为庭前雪,飞因海上风。九霄应得侣,三夜不归笼。声断碧云外,影沉明月中。郡斋从此后,谁伴白头翁。

自　感 一作自叹

宴游寝食渐无味,杯酒管弦徒绕身。宾客欢娱僮仆饱,始知官职为他人。

得湖州崔十八使君书喜与杭越邻郡因成长句代贺兼寄微之

三郡何因此结缘,贞元科第忝同年。故情欢喜开书后,旧事思量在

眼前。越国封疆吞碧海，杭城楼阁入青烟。吴兴卑小君应屈，为是
蓬莱最后仙。贞元初，同登科，崔君名最在后。当时崔自咏云：人间不会云间事，应
笑蓬莱最后仙。

同诸客携酒早看樱桃花

晓报樱桃发，春携酒客过。绿饧粘盏杓，红雪压枝柯。天色晴明
少，人生事故多。停杯替花语，不醉拟如何。

柳　絮

三月尽是头白日，与春老别更依依。凭莺为向杨花道，绊惹春风莫
放归。

早饮湖州酒寄崔使君

一榼扶头酒，泓澄泻玉壶。十分蘸甲酌，潋艳满银盂。捧出光华
动，尝看气味殊。手中稀琥珀，舌上冷醍醐。瓶里有时尽，江边无
处沽。不知崔太守，更有寄来无。

病　中　书　事

三载卧山城，闲知节物情。莺多过春语，蝉不待秋鸣。气嗽因寒
发，风痰欲雨生。病身无所用，唯解卜阴晴。

与微之唱和来去常以竹筒贮
诗陈协律美而成篇因以此答

拣得琅玕截作一作短筒，缄题章句写心胸。随风每喜飞如鸟，渡水
常忧化作龙。粉节坚如太守信，霜筠冷称大夫容。烦君赞咏心知
愧，鱼目骊珠同一封。

醉戏诸妓

席上争飞使君酒,歌中多唱舍人诗。不知明日休官后,逐我东山去
是谁。

北　院

北院人稀到,东窗事最偏。竹烟行灶上,石壁卧房前。性拙身多
暇,心慵事少缘。还如病居士,唯置一床眠。

酬周协律

五十钱唐守,应为送老官。滥蒙辞客爱,犹作近臣看。凿落愁须
饮,琵琶闷遣弹。白头虽强醉,不似少年欢。

题石山人

腾腾兀兀在人间,贵贱贤愚尽往还。膻腻筵中唯饮酒,歌钟会处独
思山。存神不许三尸住,混俗无妨两鬓斑。除却馀杭白太守,何人
更解爱君闲。

诗　解

新篇日日成,不是爱声名。旧句时时改,无妨悦性情。但令长守
郡,不觉一作觅却归城。只拟江湖上,吟哦过一生。

潮

早潮才落晚潮来,一月周流六十回。不独光阴朝复暮,杭州老去被
潮催。

闻歌妓唱严郎中诗因以绝句寄之 严前为郡守

已留旧政布中和，又付新词与艳歌。但是人家有遗爱，就中苏小感恩多。

柘　枝　妓

平铺一合锦筵开，连击三声画鼓催。红蜡烛移桃叶起，紫罗衫动柘枝来。带垂钿胯花腰重，帽转金铃一作钿雪面回。看即曲终留不住，云飘雨送向阳台。

急乐世辞 《乐府诗》作《急世乐》

正抽碧线绣红罗，忽听黄莺敛翠蛾。秋思冬愁春怅望，大都不称一作得意时多。

天竺寺送坚上人归庐山

锡杖登高寺，香炉忆旧峰。偶来舟不系，忽去鸟无踪。岂要留离偈，宁劳动别容。与师俱是梦，梦里暂相逢。

除官赴阙留赠微之

去年十月半，君来过浙东。今年五月尽，我发向关中。两乡默默心相别，一水盈盈路不通。从此津人应省事，寂寥无复递诗筒。

留题郡斋

吟山歌水嘲风月，便是三年官满时。春为醉眠多闭阁，秋因晴望暂褰帷。更无一事移风俗，唯化州民解咏诗。

别 州 民

耆老遮归路，壶浆满别筵。甘棠无一树，那得泪潸然。税重多贫户，农饥足旱田。唯留一湖水，与汝救凶年。今春增筑钱唐湖堤，贮水以防天旱，故云。

留题天竺灵隐两寺

在郡六百日，入山十二回。宿因月桂落，醉为海榴开。天竺尝有月中桂子落，灵隐多海石榴花也。黄纸除书到，青宫诏命催。僧徒多怅望，宾从亦裴回。寺暗烟埋竹，林香雨落梅。别桥怜白石，辞洞恋青苔。石桥在天竺，明洞在灵隐。渐出松间路，犹飞马上杯。谁教冷泉水，送我下山来。

西 湖 留 别

征途行色惨风烟，祖帐离声咽管弦。翠黛不须留五马，皇恩只许住三年。绿藤阴下铺歌席，红藕花中泊妓船。处处回头尽堪恋，就中难别是湖边。

重寄别微之

凭仗江波寄一辞，不须惆怅报微之。犹胜往岁峡中别，滟滪堆边招手时。

重题别东楼

东楼胜事我偏知，气象多随昏旦移。湖卷衣裳白重叠，山张屏障绿参差。海仙楼塔晴方出，江女笙箫夜始吹。春雨星攒寻蟹火，秋风霞贴弄涛旗。徐杭风俗，每寒食雨后夜凉，家家持烛寻蟹，动盈万人。每岁八月，迎涛弄水者,悉举旗帜焉。宴宜云髻新梳后,曲爱霓裳未拍时。太守三年嘲不尽,郡斋空作百篇诗。

别 周 军 事

主人头白官仍冷,去后怜君是底人。试谒会稽元相去,不妨相见却殷勤。

看常州柘枝赠贾使君

莫惜新衣舞柘枝,也从尘污汗沾垂。料君即却归朝去,不见银泥衫故时。

汴河路有感

三十年前路,孤舟重往还。绕身新眷属,举目旧乡关。事去唯留水,人非但见山。啼襟与愁鬓,此日两成斑。

埇 桥 旧 业

别业埇城北,抛来二十春。改移新径路,变换旧村邻。有税田畴薄,无官弟侄贫。田园何用问,强半属他人。

茅 城 驿

汴河无景思,秋日又凄凄。地薄桑麻瘦,村贫屋舍低。早苗多间草,浊水半和泥。最是萧条处,茅城驿向西。

河阴夜泊忆微之

忆君我正泊行舟,望我君应上郡楼。万里月明同此夜,黄河东面海西头。

杭 州 回 舫

自别钱塘山水后，不多饮酒懒吟诗。欲将此意凭回棹，报与西湖风月知。

途 中 题 山 泉

决决涌岩穴，溅溅出洞门。向东应入海，从此不归源。似叶飘辞树，如云断别根。吾身亦如此，何日返乡园。

欲到东洛得杨使君书因以此报

向公心切向财疏，淮上休官洛下居。三郡政能从独步，十年生计复何如。使君滩卜久分手，别驾渡头先得书。且喜平安又相见，其馀外事尽空虚。

洛 下 寓 居

秋馆清凉日，书因解闷看。夜窗幽独处，琴不为人弹。游宴慵多废，趋朝老渐难。禅僧教断酒，道士劝休官。渭曲庄犹在，钱唐俸尚残。如能便归去，亦不至饥寒。

味　道

叩齿晨兴秋院静，焚香冥坐晚窗深。七篇真诰论仙事，一卷檀经说佛心。此日尽知前境妄，多生曾被外尘侵。自嫌习性犹残处，爱咏闲诗好听琴。

好听一作弹琴

本性好一作爱丝桐，尘机闻即空。一声来耳里，万事离心中。清畅堪销疾,恬和好养蒙。尤宜听三乐,安慰白头翁。

爱 咏 诗

辞章讽咏成千首,心行归依向一乘。坐倚绳床闲自念,前生应是一诗僧。

酬皇甫庶子见寄

掌纶不称吾应笑,典郡无能我自知。别诏忽惊新命出,同寮偶与夙心期。春坊潇洒优闲地,秋鬓苍浪老大时。独占二疏应未可,龙楼见拟觅分司。

卧 疾

闲官卧疾绝经过,居处萧条近洛河。水北水南秋月夜,管弦声少杵声多。

远 师

东宫白庶子,南寺远禅师。何处遥相见,心无一事时。

问 远 师

荤膻停夜食,吟咏散秋怀。笑问东林老,诗应不破斋。

小 院 酒 醒

酒醒闲独步,小院夜深凉。一领新秋簟,三间明月廊。未收残盏杓,初换热衣裳。好是幽眠处,松阴六尺床。

赠侯三郎中

老爱东都好寄身,足泉多竹少埃尘。年丰最喜唯贫客,秋冷先知是瘦人。幸有琴书堪作伴,苦无田宅可为邻。洛中纵未长居得,且与苏田游过春。

求分司东都寄牛相公十韵

忽忽心如梦,星星鬓似丝。纵贫长有酒,虽老未抛诗。俭薄身都惯,疏顽性颇宜。饭粗餐亦饱,被暖起常迟。万里归何得,三年伴是谁。华亭鹤不去,天竺石相随。余罢杭州,得华亭鹤、天竺石,同载而归。王尹贳将马,田家卖与池。开门闲坐日,绕水独行时。懒慢交游许,衰羸相府知。官僚幸无事,可惜不分司。

酬杨八

君以旷怀宜静境,我因蹇步称闲官。闭门足病非高士,劳作云心鹤眼看。

履道新居二十韵

履道坊西角,官河曲北头。林园四邻好,风景一家秋。门闭深沉树,池通浅沮秋夜反沟。拔青松直上,铺碧水平流。篱菊黄金合,窗筠绿玉稠。疑连紫阳洞,似到白蘋洲。僧至多同宿,宾来辄少留。岂无诗引兴,兼有酒销忧。移榻临平岸,携茶上小舟。果穿闻鸟啄,萍破见鱼游。地与尘相远,人将境共幽。泛潭菱点镜,沉浦月生钩。厨晓烟孤起,庭寒雨半收。老饥初爱粥,瘦冷早披裘。洛下招新隐,秦中忘旧游。辞章留凤阁,班籍寄龙楼。病惬官曹静,闲惭俸禄优。琴书中有得,衣食外何求。济世才无取,谋身智不周。

应须共心语,万事一时休。

九日思杭州旧游寄周判官及诸客

忽忆郡南山顶上,昔时同醉是今辰。笙歌委曲声延耳,金翠动摇光
照身。风景不随宫相去,欢娱应逐使君新。江山宾客皆如旧,唯是
当筵换主人。

秋　晚

烟景淡濛濛,池边微有风。觉寒蛩近壁,知暝鹤归笼。长貌随年
改,衰情与物同。夜来霜厚薄,梨叶半低红。

分　司

散秩留司殊有味,最宜病拙不才身。行香拜表为公事,碧洛青嵩当
主人。已出闲游多到夜,却归慵卧又经旬。钱唐五马留三匹,还拟
骑游搅扰春。

河南王尹一作王仆射初到以诗代书先问之

别来王阁老,三岁似须臾。鬓上斑多少,杯前兴有无。官从分紧
慢,情莫问荣枯。许入朱门否,篮舆一病夫。

池 西 亭

朱栏映晚树,金魄落秋池。还似钱唐夜,西楼月出时。

临 池 闲 卧

小竹围庭匝,平池与砌连。闲多临水坐,老爱向阳眠。营役抛身
外,幽奇送枕前。谁家卧床脚,解系钓鱼船。

吾 庐

吾庐不独贮妻儿，自觉年侵身力衰。眼下营求容足地，心中准拟挂冠时。新昌小院松当户，履道幽居竹绕池。莫道两都空有宅，林泉风月是家资。

题新居寄宣州崔相公 所居南邻，即崔家池。

门庭有水巷无尘，好称闲官作主人。冷似雀罗虽少客，宽于蜗舍足容身。疏通竹径将迎月，扫掠莎台欲待春。济世料君归未得，南园北曲谩为邻。

忆杭州梅花因叙旧游寄萧协律

三年闲闷在馀杭，曾为梅花醉几场。伍相庙边繁似雪，孤山园里丽如妆。蹋随游骑心长惜，折赠佳人手亦香。赏自初开直至落，欢因小饮便成狂。薛刘相次埋新垅，沈谢双飞出故乡。薛、刘二客，沈、谢二妓，皆当时歌酒之侣。歌伴酒徒零散尽，唯残头白老萧郎。

病中辱张常侍题集贤院诗因以继和

天禄阁门开，甘泉侍从回。图书皆帝籍，寮友尽仙才。骑省通中掖，龙楼隔上台。犹怜病宫相，诗寄洛阳来。

早 春 晚 归

晚归骑马过天津，沙白桥红返照新。草色连延多隙地，鼓声闲缓少忙人。还如南国饶沟水，不似西京足路尘。金谷风光依旧在，无人管领石家春。

赠 杨 使 君

曾嗟放逐同巴峡,且喜归还会洛阳。时命到来须作用,功名未立莫思量。银衔叱拨欺风雪,金屑琵琶费酒浆。更待城东桃李发,共君沉醉两三场。

赠皇甫庶子

何因散地共徘徊,人道君才我不才。骑少马蹄生易蹶,用稀印锁涩难开。妻知年老添衣絮,婢报天寒拨酒醅。更愧小胥咨拜表,单衫冲雪夜深来。

池上竹下作

穿篱绕舍碧逶迤,十亩闲居半是池。食饱窗间新睡后,脚轻林下独行时。水能性淡为吾友,竹解心虚即我师。何必悠悠人世上,劳心费目觅亲知。

闲出觅春戏赠诸郎官

年来数出觅风光,亦不全闲亦不忙。放鞁体安骑稳马,隔袍身暖照晴阳。迎春日日添诗思,送老时时放酒狂。除却髭须白一色,其馀未伏少年郎。

别 春 炉

暖阁春初入,温炉兴稍阑。晚风犹冷在,夜火且留看。独宿相依久,多情欲别难。谁能共天语,长遣四时寒。

泛小舫二首

水一塘,舫一只。舫头漾漾知风起,舫背萧萧闻雨滴。醉卧船中
欲醒时,忽疑身是江南客。

船缓进,水平流。一茎竹篙剔船尾,两幅青幕覆船头。亚竹乱藤多
照岸,如从凤口向湖州。

梦　行　简

天气妍和水色鲜,闲吟独步小桥边。池塘草绿无佳句,虚卧春窗梦
阿怜一作连。

题新居呈王尹兼简府中三掾

弊宅须重葺,贫家乏羡财。桥凭川守造,树倩府僚栽。朱板新犹
湿,红英暖渐开。仍期更携酒,倚槛看花来。

云　和

非琴非瑟亦非筝,拨柱推弦调未成。欲散白头千万恨,只消红袖两
三声。

春　老

欲随年少强游春,自觉风光不属身。歌舞屏风花障上,几时曾画白
头人。

春雪过皇甫家

晚来篮舆雪中回,喜遇君家门正开。唯要主人青眼待,琴诗谈笑自
将来。

崔侍御以孩子三日示其所
生诗见示因以二绝句和之

洞房门上挂桑弧,香水盆中浴凤雏。还似初生三日魄,嫦娥满月即成珠。

爱惜肯将同宝玉,喜欢应胜得王侯。弄璋诗句多才思,愁杀无儿老邓攸。

与皇甫庶子同游城东

闲游何必多徒侣,相劝时时举一杯。博望苑中无职役,建春门外足池台。绿油剪叶蒲新长,红蜡黏枝杏欲开。白马朱衣两宫相,可怜天气出城来。

洛城东花下作

记得旧诗章,花多数洛阳。旧诗云:洛阳城东面,今来花似雪。又云:更待城东桃李发。又云:花满洛阳城。及逢枝似雪,已是鬓成霜。向后光阴促,从前事意忙。无因重年少,何计驻时芳。欲送愁离面,须倾酒入肠。白头无藉在,醉倒亦何妨。

晚春寄微之并崔湖州

洛阳陌上少交亲,履道城边欲暮春。崔在吴兴元在越,出门骑马觅何人。

城东闲行因题尉迟司业水阁

闲绕洛阳城,无人知姓名。病乘篮舆出,老著茜衫行。处处花相引,时时酒一倾。借君溪阁上,醉咏两三声。

寄皇甫七

孟夏爱吾庐,陶潜语不虚。花樽飘落酒,风案展开书。邻女偷新果,家僮漉小鱼。不知皇甫七,池上兴何如。

访皇甫七

上马行数里,逢花倾一杯。更无停泊处,还是觅君来。

全唐诗卷四四七

白居易

除苏州刺史别洛城东花

乱雪千花落，新丝两鬓生。老除吴郡守，春别洛阳城。江上今重去，城东更一行。别花何用伴，劝酒有残莺。

奉和汴州令狐令公二十二韵 同用淹字

客有东征者，夷门一落帆。二年方得到，五日未为淹。_{相府领镇，隔年}居易方到。既到，陪奉游宴，凡经五日。在浚旌重葺，游梁馆更添。心因好善乐，貌为礼贤谦。俗阜知敦劝，民安见察廉。仁风扇_{平声}道路，阴雨膏_{去声}间阎。文律操将柄，兵机钓得钤。碧幢油叶叶_{一作业业}，红旆火襜襜。景象春加丽，威容晓助严。枪森赤豹尾，纛吒黑龙髯。门静尘初敛，城昏日半衔。选幽开后院，占胜坐前檐。平展丝头毯，高褰锦额帘。雷捶柘枝鼓，雪摆胡_{音鹘，一作鹘}腾衫。发滑歌钗坠，妆光舞汗沾。回灯花簇簇，过酒玉纤纤。馔盛盘心殊，醅浓盏底黏。陆珍熊掌烂，海味蟹螯咸。福履千夫祝，形仪四座_{一作海}瞻。羊公长在岘，傅说莫归岩。_{盖祝者词意也。}眷爱人人遍，风情事事兼。犹嫌客不醉，同赋夜厌厌。

船夜援琴

鸟栖鱼不动,月照夜江深。身外都无事,舟中只有琴。七弦为益友,两耳是知音。心静即声淡,其间无古今。

答刘和州禹锡

换印虽频命未通,历阳湖上又秋风。不教才展休明代,为罚诗争造化功。我亦思归田舍下,君应厌卧郡斋中。好相收拾为闲伴,年齿官班约略同。

渡　淮

淮水东南阔,无风渡亦难。孤烟生乍直,远树望多圆。春浪棹声急,夕阳帆影残。清流宜映月,今夜重吟看。

赴苏州至常州答贾舍人

杭城隔岁转苏台,还拥前时五马回。厌见簿书先眼合,喜逢杯酒暂眉开。未酬恩宠年空去,欲立功名命不来。一别承明三领郡,甘从人道是粗才。

去岁罢杭州今春领吴郡惭
无善政聊写鄙怀兼寄三相公

为问三丞相,如何秉国钧。那将最剧郡,付与苦慵人。岂有吟诗客,堪为持节臣。不才空饱暖,无惠及饥贫。昨卧南城月,今行北境春。铅刀磨欲尽,银印换何频。杭老遮车辙,吴童扫路尘。虚迎复虚送,惭见两州民。

宣武令狐相公以诗寄赠传播吴中聊奉短草用申酬谢

新诗传咏忽纷纷，楚老吴娃耳遍闻。尽解呼为好才子，不知官是一作在上将军。辞人命薄多无位，战将功高少有文。谢朓篇章韩信钺，一生双得不如君。

自　咏

形容瘦薄诗情苦，岂是人间有相人。只合一生眠白屋，何因三度拥朱轮。金章未佩虽非贵，银榼常携亦不贫。唯是无儿头早白，被天磨折恰平均。

吟前篇因寄微之

君颜贵茂不清羸，君句雄华不苦悲。何事遣君还似我，髭须早白亦无儿。

紫薇花

紫薇花对紫微翁，名目虽同貌不同。独占芳菲当夏景，不将颜色托春风。浔阳官舍双高树，兴善僧庭一大丛。何似苏州安置处，花堂栏下月明中。

自到郡斋仅经旬日方专公务未及宴游偷闲走笔题二十四韵兼寄常州贾舍人湖州崔郎中仍呈吴中诸客

渭北离乡客，江南守土臣。涉途初改月，入境已经旬。甲郡标天下,环封极海滨。版图十万户,兵籍五千人。自顾才能少,何堪宠命频。冒荣惭印绶,虚奖负丝纶。除苏州制云:藏于己为道义,施于物为政能。在公形骨鲠之志,阖境有裤襦之乐。候病须通脉,防流要塞津。救烦无若静,补拙莫如勤。削使科条简,摊令赋役均。以兹为报效,安敢不躬亲。襦袴提于手,韦弦佩在绅。敢辞称俗吏,且愿活疲民。常常州未征黄霸,湖湖州犹借寇恂。愧无铠脚政,河北三郡相邻,皆有善政,时为铠脚刺史。见《唐书》。徒忝犬牙邻。制诰一作诏夸黄绢,美贾常州也。诗篇占白蘋。美崔吴兴也。铜符抛不得,自谓也。琼树见无因。警寐钟传夜,催衙鼓报晨。唯知对胥吏,未暇接亲宾。色变云迎夏,声残鸟过春。麦风非逐扇,梅〔雨〕(两)异随轮。武寺山如故,武丘寺也。王楼月自新。郡内东南楼名也。池塘闲长草,丝竹废生尘。暑遣烧神酎,晴教晾舞茵。待还公事了,亦拟乐吾身。

题 笼 鹤

经旬不饮酒,逾月未闻歌。岂是风情少,其如尘事多。虎丘惭客问,娃馆妒人过。莫笑笼中鹤,相看去几何。

答客问杭州

为我踟蹰停酒盏,与君约略说杭州。山名天竺堆青黛,湖号钱唐泻绿油。大屋檐多装雁齿,小航船亦画龙头。所嗟水路无三百,官系何因得再游。

登阊门闲望

阊门四望郁苍苍,始觉州雄土俗强。十万夫家供课税,五千子弟守封疆。阛阓城碧铺秋草,乌鹊桥红带夕阳。处处楼前飘管吹,家家门外泊舟航。云埋虎寺山藏色,月耀娃宫水放光。曾赏钱唐姊一作兼茂苑,今来未敢苦夸张。

代诸妓赠送周判官

妓筵今夜别姑苏,客棹明朝向镜湖。莫泛扁舟寻范蠡,且随五马觅罗敷。兰亭月破能回否,娃馆秋凉却到无。好与使君为老伴,归来休染白髭须。

秋寄微之十二韵

娃馆松江北,稽城浙水东。屈君为长吏,伴我作衰翁。旌旆知非远,烟云望不通。忙多对酒榼,兴少阅诗筒。比在杭州,两浙唱和诗赠答,于筒中递来往。淡白秋来日,疏凉雨后风。馀霞数片绮,新月一张弓。影满衰桐树,香凋晚蕙丛。饥啼春谷鸟,寒怨络丝虫。览镜头虽白,听歌耳未聋。老愁从此遣,醉笑与谁同。清旦方堆案,黄昏始退公。可怜朝暮景,销在两衙中。

池 上 早 秋

荷芰绿参差,新秋水满池。早凉生北槛,残照下东篱。露饱蝉声懒,风干柳意衰。过潘二十岁,何必更愁悲。

郡西亭偶咏

常爱西亭面北林,公私尘事不能侵。共闲作伴无如鹤,与老相宜只有琴。莫遣是非分作界,须教吏隐合为心。可怜此道人皆见,但要修行功用深。

故 衫

暗淡绯衫称老身,半披半曳出朱门。袖中吴郡新诗本,襟上杭州旧酒痕。残色过梅看向尽,故香因洗嗅犹存。曾经烂熳三年著,欲弃空箱似少恩。

郡中夜听李山人弹三乐

风琴秋拂匣,月户夜开关。荣启先生乐,姑苏太守闲。传声千古后,得意一时间。却怪钟期耳,唯听水与山。

东城桂三首 并序 一作桂华曲

苏之东城,古吴都城也,今为樵牧之场。有桂一株,生乎城下,惜其不得地,因赋三绝句以唁之。

子堕本从天竺寺,根盘今在阖闾城。当时应逐南风落,落向人间取次生。旧说,杭州天竺寺每岁秋中,有月桂子堕。

霜雪一作雪霰压多虽不死,荆榛长疾欲相埋。长忧落在樵人手,卖作苏州一束柴。

遥知一作可怜天上桂花孤,试问嫦娥更要无。月宫幸有闲田地,何不中央种两株。

闻行简恩赐章服喜成长句寄之

吾年五十加朝散,尔亦今年赐服章。齿发恰同知命岁,官衔俱是客曹郎。予与行简,俱年五十始著绯,皆是主客郎中。荣传锦帐花联萼,彩动绫袍雁趁行。绯多以雁衔瑞莎为之也。大抵著绯宜老大,莫嫌秋鬓数茎霜。

唤 笙 歌

露坠萎花槿,风吹败叶荷。老心欢乐少,秋眼感伤多。芳岁今如此,衰翁可奈何。犹应不如醉,试遣唤笙歌。

对酒吟

一抛学士笔,三佩使君符。未换银青绶,唯添雪白须。公门衙退掩,妓席客来铺。履舄从相近,讴吟任所须。金衔嘶五马,钿带舞双姝。不得当年有,犹胜到老无。合声歌汉月,齐手拍吴歈。今夜还先醉,应烦红袖扶。

偶　饮

三盏醺醺四体融,妓亭檐下夕阳中。千声方响敲相续,一曲〔云〕(才)和戛未终。今日心情如往日,秋风气味似春风。唯憎小吏樽前报,道去衙时水五筒。

早发赴洞庭舟中作

阊门曙色欲苍苍,星月高低宿水光。棹举影摇灯烛动,舟移声拽管弦长。渐看海树红生日,遥见包山白带霜。出郭已行十五里,唯消一曲慢霓裳。

宿　湖　中

水天向晚碧沉沉,树影霞光重叠深。浸月冷波千顷练,苞霜新橘万株金。幸无案牍何妨醉,纵有笙歌不废吟。十只画船何处宿,洞庭山脚太湖心。

拣贡橘书情

洞庭贡橘拣宜精,太守勤王请自行。珠颗形容随日长,琼浆气味得霜成。登山敢惜驽骀力,望阙难伸蝼蚁情。疏贱无由亲跪献,愿凭朱实表丹诚。

夜泛阳坞入明月湾即事寄崔湖州

湖山处处好淹留，最爱东湾北坞头。掩映橘林千点火，泓澄潭水一
盆油。龙头画舸衔明月，鹊脚红旗蘸碧流。为报茶山崔太守，与君
各是一家游。尝羡吴兴每春茶山之游，泊入太湖，羡意减矣，故云。

泛太湖书事寄微之

烟渚云帆处处通，飘然舟似入虚空。玉杯浅酌巡初匝，金管徐吹曲
未终。黄夹缬林寒有叶，碧琉璃水净无风。避旗飞鹭翩翩白，惊鼓
跳鱼拨剌红。涧雪压多松偃蹇，岩泉滴久石玲珑。书为故事留湖
上，所见胜景，多记在湖中石上。吟作新诗寄浙东。军府威容从道盛，江
山气色定知同。报君一事君应羡，五宿澄波皓月中。

题　新　馆

曾为白社羁游子，今作朱门醉饱身。十万户州尤觉贵，二千石禄敢
言贫。重裘每念单衣士，兼味尝思旅食人。新馆寒来多少客，欲回
歌酒暖风尘。

西楼喜雪命宴

宿云黄惨澹，晓雪白飘飖。散面遮槐市，堆花压柳桥。四郊铺缟
素，万室甃琼瑶。银榼携桑落，金炉上丽谯。光迎舞妓动，寒近醉
人销。歌乐虽盈耳，惭无五袴谣。

新　栽　梅

池边新种七株梅，欲到花时点检来。莫怕长洲桃李妒，今年好为使
君开。

酬刘和州戏赠

钱唐山水接苏台,两地寨帷愧不才。政事素无争学得,风情旧有且将来。双蛾解珮啼相送,五马鸣珂笑却回。不似刘郎无景行,长抛春恨在天台。

戏和贾常州醉中二绝句

闻道毗陵诗酒兴,近来积渐学姑苏。罨头新令从偷去,刮骨清吟得似无。

越调管吹留客曲,吴吟诗送暖寒杯。娃宫无限风流事,好遣孙心暂学来。

岁暮寄微之三首

微之别久能无叹,知退书稀岂免愁。甲子百年过半后,光阴一岁欲终头。池冰晓合胶船底,楼雪晴销露瓦沟。自觉欢情随日减,苏州心不及杭州。

荣进虽频退亦频,与君才命不调匀。若不九重中掌事,即须千里外抛身。紫垣南北厅曾对,沧海东西郡又邻。唯欠结庐嵩洛下,一时归去作闲人。

白头岁暮苦相思,除却悲吟无可为。枕上从妨一夜睡,灯前读尽十年诗。读前后唱和诗。龙钟校正骑驴日,憔悴通江司马时。通州,江州。若并如今是全活,纡朱拖紫且开眉。

岁日家宴戏示弟侄等兼呈张
侍御二十八丈殷判官二十三兄

弟妹妻孥小侄甥,娇痴弄我助欢情。岁盏后推蓝尾酒,春盘先劝胶去声牙伤。形骸潦倒虽堪叹,骨肉团圆亦可荣。犹有夸张少年处,笑呼张丈唤殷兄。

正月三日闲行

黄鹂巷口莺欲语,乌鹊河头冰欲销。黄鹂,坊名。乌鹊,河名。绿浪东西南北水,红栏三百九十桥。苏之官桥大数。
鸳鸯荡漾双双翅,杨柳交加万万条。借问春风来早晚,只从前日到今朝。

夜　归

逐胜移朝宴,留欢放晚衙。宾寮多谢客,骑从半吴娃。到处销春景,归时及月华。城阴一道直,烛焰两行斜。东吹先催柳,南霜不杀花。皋桥夜沽酒,灯火是谁家。

自　叹

岂独年相迫,兼为病所侵。春来痰气动,老去嗽声深。眼暗犹操笔,头斑未挂簪。因循过日月,真是俗人心。

郡中闲独寄微之及崔湖州

少年宾旅非吾辈,晚岁簪缨束我身。酒散更无同宿客,诗成长作独吟人。蘋洲会面知何日,镜水离心又一春。两处也应相忆在,官高年长少情亲。

小　舫

小舫一艘新造了,轻装梁柱库安篷。深坊静岸游应遍,浅水低桥去尽通。黄柳影笼随棹月,白蘋香起打头风。慢牵欲傍樱桃泊,借问谁家花最红。

马坠强出赠同座

足伤遭马坠,腰重倩人抬。只合窗间卧,何由花下来。坐依桃叶枝,行呷地黄杯。强出非他意,东风落尽梅。

夜闻贾常州崔湖州茶山境会想羡欢宴因寄此诗

遥闻境会茶山夜,珠翠歌钟俱绕身。盘下中分两州界,灯前合作一家春。青娥递舞应争妙,紫笋齐尝各斗新。自叹花时北窗下,蒲黄酒对病眠人。时马坠损腰,正劝蒲黄酒。

酬微之开拆新楼初毕相报末联见戏之作

海山郁郁石棱棱,新豁高居正好登。南临赡部三千界,东对蓬宫十二层。报我楼成秋望月,把君诗读夜回灯。无妨却有他心眼,妆点亭台即不能。

病中多雨逢寒食

水国多阴常懒出,老夫饶病爱闲眠。三旬卧度莺花月,一半春销风雨天。薄暮何人吹觱篥,新晴几处缚秋千。彩绳芳树长如旧,唯是年年换少年。

清 明 夜

好风胧月清明夜,碧砌红轩刺史家。独绕回廊行复歇,遥听弦管暗看花。

苏 州 柳

金谷园中黄袅娜,曲江亭畔碧婆一作毿娑。老来处处游行一作行应遍,不似苏州柳最多。絮扑白头条拂面,使君无计奈春何。

三月二十八日赠周判官

一春惆怅残三日,醉问周郎忆得无。柳絮送人莺劝酒,去年今日别东都。

偶 作

红杏初生叶,青梅已缀枝。阑珊花落后,寂寞酒醒时。坐闷低眉久,行慵举足迟。少年君莫怪,头白自应知。

重答刘和州

来篇云:苏州刺史例能诗,西掖〔今〕(吟)来替左司。又云:若共吴王斗百草,不如唯是欠西施。

分无佳丽敌西施,敢有文章替左司。随分笙歌聊自乐,等闲篇咏被人知。花边妓引寻香径,月下僧留宿剑池。可惜当时好风景,吴王应不解吟诗。采香径在馆娃宫。

奉 送 三 兄

少年曾管二千兵,昼听笙歌夜斫营。自反丘园头尽白,每逢旗鼓眼犹明。杭州暮醉连床卧,吴郡春游并马行。自愧阿连官职慢,只教兄作使君兄。

城上夜宴

留春不住登城望,惜夜相将秉烛游。风月万家河两岸,笙歌一曲郡西楼。诗听越客吟何苦,酒被吴娃劝不休。从道人生都是梦,梦中欢笑亦胜愁。

重题小舫赠周从事兼戏微之

细〔篷〕(蓬)青篾织鱼鳞,小眼红窗衬麴尘。阔狭才容从事座,高低恰称使君身。舞筵须拣腰轻女,仙棹难胜骨重人。不似镜湖廉使出,高樯大舳闹惊春。

吴　樱　桃

含桃最说出东吴,香色鲜秾气味殊。治恰举头千万颗,婆娑拂面两三株。鸟偷飞处衔将火,人摘争时蹋破珠。可惜风吹兼雨打,明朝后日即应无。

春尽劝客酒

林下春将尽,池边日半斜。樱桃落砌颗,夜合隔帘花。尝酒留闲客,行茶使小娃。残杯劝不饮,留醉向谁家。

仲夏斋居偶题八韵寄微之及崔湖州

腥血与荤蔬,停来一月馀。肌肤虽瘦损,方寸任清虚。体适通宵坐,头慵隔日梳。眼前无俗物,身外即僧居。水榭风来远,松廊雨过初。褰帘放巢燕,投食施池鱼。久别闲游伴,频劳问疾书。不知湖与越,吏隐兴何如。

官 宅

红紫共纷纷,祗承老使君。移舟木兰棹,行酒石榴裙。水色窗窗见,花香院院闻。恋他官舍住,双鬓白如云。

六月三日夜闻蝉

荷香清露坠,柳动好风生。微月初三夜,新蝉第一声。乍闻愁北客,静听忆东京。我有竹林宅,别来蝉再鸣。不知池上月,谁拨小船行。

莲 石

青石一两片,白莲三四枝。寄将东洛去,心与物相随。石倚风前树,莲栽月下池。遥知安置处,预想发荣时。领郡来何远,还乡去已迟。莫言千里别,岁晚有心期。

眼 病 二 首

散乱空中千片雪,蒙笼物上一重纱。纵逢晴景如看雾,不是春天亦见花。已上四句,皆病眼中所见者。僧说客尘来眼界,医言风眩在肝家。两头治疗何曾瘥,药力微茫佛力赊。

眼藏损伤来已久,病根牢固去应难。医师尽劝先停酒,道侣多教早罢官。案上谩铺龙树论,盒中虚撚决明丸。人间方药应无益,争得金篦试刮看。

题东武—作虎丘寺六韵

香刹看非远,祗园入始深。龙蟠松矫矫,玉立竹森森。怪石千僧坐,灵池一剑沉。海当亭两面,山在寺中心。酒熟—作热凭花劝,诗成情鸟吟。寄言轩冕客,此地好抽簪。

夜游西武_{一作虎}丘寺八韵

不厌西丘寺,闲来即一过。舟船转云岛,楼阁出烟萝。路入青松
影,门临白月波。鱼跳惊秉烛,猿觑怪鸣珂。摇曳双红旆,娉婷十
翠娥。_{容、满、蝉、态等十妓从游也。}香花助罗绮,钟梵避笙歌。领郡时将
久,游山数几何。一年十二度,非少亦非多。

咏　怀

苏杭自昔称名郡,牧守当今当好官。两地江山蹋得遍,五年风月咏
将_{一作来}残。几时酒醆曾抛却,何处花枝不把看。白发满头归得
也,诗情酒兴渐阑珊。

重　咏

日觉双眸暗,年惊两鬓苍。病应无处避,老更不宜忙。徇俗心情
少,休官道理长。今秋归去定,何必重思量。

百 日 假 满

心中久有归田计,身上都无济世才。长告初从百日满,故乡元约一
年回。马辞辕下头高举,鹤出笼中翅大开。但拂衣行莫回顾,的无
官职趁人来。

九日寄微之

眼暗头风事事妨,绕篱新菊为谁黄。闲游日久心慵倦,痛饮年深肺
损伤。吴郡两回逢九月,越州四度见重阳。怕飞杯酒多分数,厌听
笙歌旧曲章。蟋蟀声寒初过雨,茱萸色浅未经霜。去秋共数登高

会,又被今年减一场。

题 报 恩 寺

好是清凉地,都无系绊身。晚晴宜野寺,秋景属闲人。净石堪敷坐,寒泉可濯巾。自惭容鬓上,犹带郡庭尘。

晚 起

卧听冬冬衙鼓声,起迟睡足长心情。华簪脱后头虽白,堆案抛来眼校明。闲上篮舆乘兴出,醉回花舫信风行。明朝更濯尘缨去,闻道松江水最清。

自思益寺次楞伽寺作

朝从思益峰游后,晚到楞伽寺歇时。照水姿容虽已老,上山筋力未全衰。行逢禅客多相问,坐倚渔舟一自思,犹去悬车十五载,休官非早亦非迟。

松江亭携乐观渔宴宿

震泽平芜岸,松一作吴江落叶波。在官常梦想,为客始经过。水面排罾网,船头簇绮罗。朝盘鲙红鲤,夜烛舞青娥。雁断知风急,潮一作湖平见一作得月多。繁丝与促管,不解和渔歌。

宿灵岩寺上院

高高白月上青林,客去僧归独夜深。荤血屏除唯对酒,歌钟放散只留琴。更无俗物当人眼,但有泉声洗我心。最爱晓亭东望好,太湖烟水绿沉沉。

酬别周从事二首

腰痛拜迎人客倦，眼昏勾押簿书难。辞官归去缘衰病，莫作陶潜范
蠡看。

洛下田园久抛掷，吴中歌酒莫留连。嵩阳云树伊川月，已校归迟四
五年。

武丘寺路 去年重开寺路，桃李莲荷，约种数千株。

自开山寺路，水陆往来频。银勒牵骄马，花船载丽人。芰荷生欲
遍，桃李种仍新。好住湖堤上，长留一道春。

齐云楼晚望偶题十韵兼
呈冯侍御周殷二协律 楼在苏州

潦倒宦情尽，萧条芳岁阑。欲辞南国去，重上北城看。复叠江山
壮，平铺井邑宽。人稠过杨府，坊闹半长安。插雾峰头没，穿霞日
脚残。水光红漾漾，树色绿漫漫。约略留遗爱，殷勤念旧欢。病抛
官职易，老别友朋难。九月全无热，西风亦未寒。齐云楼北面，半
日凭栏干。

河亭晴望 九月八日

风转云头敛，烟销水面开。晴虹桥影出，秋雁橹声来。郡静官初
罢，乡遥信未回。明朝是重九，谁劝菊花杯。

留 别 微 之

干时久与本心违，悟道深知前事非。犹厌劳形辞郡印，那将一作能
趁伴著朝衣。五千言里教知足，三百篇中劝式微。少室云边伊水

畔，比君校老合先归。

自　喜

自喜天教我少缘，家徒行计两翩翩。身兼妻子都三口，鹤与琴书共一船。僮仆减来无冗食，资粮算外有馀钱。携将贮作丘中费，犹免饥寒得数年。

武丘寺路宴留别诸妓

银泥裙映锦障泥，画舸停桡马簇蹄。清管曲终鹦鹉语，红旗影动𩥇𩥠一作泼汗嘶。渐消醉色朱颜浅，欲语离情翠黛低。莫忘使君吟咏处，女坟湖北武一作虎丘西。

江上对酒二首

酒助疏顽性，琴资缓慢情。有慵将送老，无智可劳生。忽忽忘机坐，伥伥任运行。家乡安处是，那独在神京。

久贮沧浪意，初辞桎梏身。昏昏常带酒，默默不应人。坐稳便箕踞，眠多爱欠伸。客来存礼数，始著白纶巾。

望亭驿酬别周判官

何事出长洲，连宵饮不休。醒应难作别，欢渐少于愁。灯火穿村市，笙歌上驿楼。何言五十里，已不属苏州。

见小侄龟儿咏灯诗并腊娘制衣因寄行简

已知腊子能裁服，复报龟儿解咏灯。巧妇才人常薄命，莫教男女苦多能。

酒筵上答张居士

但要前尘—作程减，无妨外相同。虽过酒肆上，不离道场中。弦管声非实，花钿色是空。何人知此义，唯有净名翁。

鹦　鹉

陇西鹦鹉到江东，养得经年觜渐红。常恐思归先剪翅，每因喂食暂开笼。人怜巧语情虽重，鸟忆高飞意不同。应似朱门歌舞妓，深藏牢闭后房中。

听琵琶妓弹略略

腕软拨头轻，新教略略成。四弦千遍语，一曲万重情。法向师边得，能从意上生。莫欺江外手，别是一家声。

写新诗寄微之偶题卷后

写了吟看满卷愁，浅红笺纸小银钩。未容寄与微之去，已被人传到越州。

宝历二年八月三十日夜梦后作

尘缨忽解诚堪喜，世网重来未可知。莫忘全吴馆中梦，岭南泥雨步行时。

与梦得同登栖灵塔 —无栖字

半月悠悠在广陵，何楼何塔不同登。共怜筋力犹堪在，上到栖灵第九层。

梦苏州水阁寄冯侍御

扬州驿里梦苏州,梦到花桥水阁头。觉后不知冯侍御一作御史,此中昨夜共谁游。

喜罢郡

五年两郡亦堪嗟,偷出游山走看花。自此光阴为己有,从前日月属官家。樽前免被催迎使,枕上休闻报坐衙。睡到午时欢到夜,回看官职是泥沙。

答次休上人 来篇云:闻有馀霞千万首,何妨一句乞闲人。

姓白使君无丽句,名休座主有新文。禅心不合生分别,莫爱馀霞嫌碧云。

全唐诗卷四四八

白居易

感悟妄缘题如上人壁

自从为骇童，直至作衰翁。所好随年异，为忙终日同。弄沙成佛塔，锵玉谒王宫。彼此皆儿戏，须臾即色空。有营非了义，无著是真宗。兼恐勤修道，犹应在妄中。

思子台有感二首

凡题思子台者，皆罪江充，予观祸胎，不独在此，偶以二绝句辨之。

曾家机上闻投杼，尹氏园中见掇蜂。但以恩情生隙罅，何人不解作江充。

暗生魑魅蠹生虫，何异谗生疑阻中。但使武皇心似烛，江充不敢作江充。

赋得边城角

边角两三枝，霜天陇上儿。望乡相并立，向月一时吹。战马头皆举，征人手尽垂。呜呜三奏罢，城上展旌旗。

忆洛中所居

忽忆东都宅,春来事宛然。雪销行径里,水上卧房前。厌绿栽黄竹,嫌红种白莲。醉教莺送酒,闲遣鹤看船。幸是林园主,惭为食禄牵。宦情薄似纸,乡思争于弦。岂合姑苏守,归休更待年。

想 归 田 园

恋他朝市求何事,想取丘园乐此身。千首恶诗吟过日,一壶好酒醉消春。归乡年亦非全老,罢郡家仍未苦贫。快活不知如我者,人间能有几多人。

琴　茶

兀兀寄形群动内,陶陶任性一生间。自抛官后春多醉,不读书来老更闲。琴里知闻唯渌水,茶中故旧是蒙山。穷通行止长相伴,谁道吾今无往还。

赠楚州郭使君

淮水东南第一州,山围雉堞月当楼。黄金印绶悬腰底,白雪歌诗落笔头。笑看儿童骑竹马,醉携宾客上仙舟。当家美事堆身上,何啻林宗与细侯。

和郭使君题枸杞 一作枸杞寄郭使君

山阳一作阴太守政严明,吏一作夜静人安无犬惊。不知灵药根成狗,怪得时闻吠夜声。

初到洛下—作阳闲游

汉庭重少身宜退,洛下闲居迹可逃。趁伴入朝应老丑,寻春放醉尚粗豪。诗携彩纸新装卷,酒典绯花旧赐袍。曾在东方千骑上,至今蹭蹬马头高。

醉赠刘二十八使君

为我引杯添酒饮,与君把箸击盘歌。诗称国手徒为尔,命压人头不奈何。举眼风光长寂寞,满朝官职独蹉跎。亦知合被才名折,二十三年折太多。

太 湖 石

烟翠三秋色,波涛万古痕。削成青玉片,截断碧云根。风气通岩穴,苔文护洞门。三峰具体小,应是华山孙。

过 敷 水

垂鞭欲渡罗敷水,处分鸣驺且缓驱。秦氏双蛾久冥漠,苏台五马尚踟蹰。村童店女仰头笑,今日使君真是愚。

南 院

林院无情绪,经春不一开。杨花飞作穗,榆荚落成堆。壮气—作志从中减,流年逐后催。只应如过客,病去老迎来。

闲 咏

步月怜清景,眠松爱绿阴。早年诗思苦,晚岁道情深。夜学禅多坐,秋牵兴暂吟。悠然两事外,无处更留心。

初授秘监拜赐金紫闲吟小酌偶写所怀

紫袍新秘监，白首旧书生。鬓雪人间寿，腰金世上荣。子孙无可念，产业不能营。酒引眼前兴，诗留身后名。闲倾三数酌，醉咏十馀声。便是羲皇代，先从心太平。

新昌闲居招杨郎中兄弟

纱巾角枕病眠翁，忙少闲多谁与同。但有双松当砌下，更无一事到心中。金章紫绶堪如梦，皂盖朱轮别似空。暑月贫家何所有，客来唯赠北窗风。

秘 省 后 厅

槐花雨润新秋地，桐叶风翻欲夜天。尽日后厅无一事，白头老监枕书眠。

松 斋 偶 兴

置心思虑外，灭迹是非间。约俸为生计，随官换往还。耳烦闻晓角一作鼓，眼醒见秋山。赖此松檐下，朝回半日闲。

和杨郎中贺杨仆射致仕
后杨侍郎门生合宴席上作

业重关西继大名，恩深阙下遂高情。祥鳣降伴趋庭鲤，贺燕飞和山谷莺。范蠡舟中无子弟，疏家席上欠门生。可怜玉树连桃李，从古无如此会荣。

松下琴赠客

松寂风初定,琴清夜欲阑。偶因群动息,试拨一声看。寡鹤当徽怨,秋泉应指寒。惭君此倾听,本不为君弹。

秋　斋

晨起秋斋冷,萧条称病容。清风两窗竹,白露一庭松。阮籍谋身拙,嵇康向事慵。生涯别有处,浩气在心胸。

涂山寺独游

野径行无伴,僧房宿有期。涂山来去熟,唯是马蹄知。

登观音台望—作贤城

百千家似围棋局,十二街如种菜畦。遥认微微入朝火,一条星宿五门西。

登灵—作宝应台北望

临高始见人寰小,对远方知色界空。回首却归朝市去,一稊米落太仓中。

酬裴相公题兴化小池见招长句

为爱小塘招散客,不嫌老监与新诗。山公—作翁倒载无妨学,范蠡扁舟未要追。蓬断偶飘桃李径,鸥惊误拂凤凰池。敢辞课拙酬高韵,一勺争禁万顷陂。

闲　行

五十年来思虑熟,忙人应未胜闲人。林园傲逸真成贵,衣食单疏不是贫。专掌图书无过地,遍寻山水自由身。倘年七十犹强健,尚得闲行十五春。

闲　出

兀兀出门何处去,新昌街晚树阴斜。马蹄知意缘行熟,不向杨家即庾家。

与僧智如夜话

懒钝尤知命,幽栖渐得朋。门闲无谒客,室静有禅僧。炉向初冬火,笼停半夜灯。忧劳缘智巧,自喜百无能。

忆庐山旧隐及洛下新居

形骸黾勉班行内,骨肉勾留俸禄中。无奈攀缘随手长,亦知恩爱到头空。草堂久闭庐山下,竹院新抛洛水东。自是未能归去得,世间谁要白须翁。

晚　寒 晚一作暝

急景流如箭,凄风利似刀。暝催鸡翅敛,寒束树枝高。缩水浓和酒,加绵厚絮袍。可怜冬计毕,暖卧醉陶陶。

偶　眠 偶一作醉

放杯书案上,枕臂火炉前。老爱寻思事一作睡,慵多一作便取次眠。妻教卸乌帽,婢与展青毡。便是屏风样,何劳画古贤。

华城西北雉堞最高崔相公首创楼台钱左丞继种花果合为胜境题在雅篇岁暮独游怅然成咏 时华州未除刺史

高居称君子,潇洒四无邻。丞相栋梁久,使君桃李新。凝情看丽句,驻步想清尘。况是寒天客,楼空无主人。

奉使途中戏赠张常侍

早风吹土满长衢,驿骑星轺尽疾驱。共笑篮舁—作舆亦称使,日驰一驿向东都。

有小白马乘驭多时奉使东行至稠桑驿溘然而毙足可惊伤不能忘情题二十韵

能骤复能驰,翩翩白马儿。毛寒一团雪,鬃薄万条丝。皂盖春行日,骊驹晓从—作促时。双旌前独步,五马内偏骑。芳草承蹄叶,垂杨拂顶枝。跨将迎好客,惜不换妖姬。慢鞚游萧寺,闲驱醉习池。睡来乘作梦,兴发倚成诗。鞭为驯难下,鞍缘稳不离。北归还共到,东使亦相随。赭白何曾变,玄黄岂得知。嘶风觉声—作声觉急,踏雪怪行迟。昨夜犹刍秣,今朝尚縶维。卧槽应不起,顾主遂长辞。尘灭骎骎迹,霜留皎皎姿。度关形未改,过隙影难追。念倍燕求—作来骏,情深项别骓。银收钩臆带,金卸络头羁。何处埋奇骨,谁家觅弊帷。稠桑驿门外,吟罢涕双垂。

题喷玉泉 泉在寿安山下,高百馀尺,直泻潭中。

泉喷声如玉,潭澄色似空。练垂青嶂—作障上,珠泻绿盆中。溜滴三秋雨,寒生六月风。何时此岩下,来作濯缨翁。

酬皇甫宾客

闲官兼慢使,著处易停轮。况欲逢新岁,仍初见故人。冒寒寻到洛,待暖始归秦。亦拟同携手,城东略看春。

种白莲

吴中白藕洛中栽,莫恋江南花懒开。万里携归尔知否,红蕉朱槿不将来。

答苏庶子

偶作关东使,重陪洛下游。病来从断酒,老去可禁愁。款曲偏青眼,蹉跎各白头。蓬山闲气味,依约似龙楼。

答尉迟少监水阁重宴

人情依旧岁华新,今日重招往日宾。鸡黍重回千里驾,林园暗换四年春。水轩平写琉璃镜,草岸斜铺翡翠茵。闻道经营费心力,忍教成后属他人。时主人欲卖林亭。

和刘郎中伤鄂姬

不独君嗟我亦嗟,西风北雪杀南花。不知月夜魂归处,鹦鹉洲头第几家。姬,鄂人也。

赠东邻王十三

携手池边月,开襟竹下风。驱愁知酒力,破睡见茶功。居处东西接,年颜老少同。能来为伴否,伊上作渔翁。

早春同刘郎中寄宣武令狐相公

梁园不到一年强，遥想清吟对绿醑。更有何人能饮酌，新添几卷好
篇章。马头拂柳时回鞚，豹尾穿花暂亚枪。谁引相公开口笑，不逢
白监与刘郎。

寄太原李相公

闻道北都今一变，政和军乐万人安。绮罗二八围宾榻，组练三千夹
将坛。蝉鬓应夸丞相少，貂裘不觉太原寒。世间大有虚荣贵，百岁
无君一日欢。

雪中寄令狐相公兼呈梦得

兔园春雪梁王会，想对金罍咏玉尘。今日相如身在此，不知客右坐
何人。

出使在途所骑马死改乘肩舆将
归长安偶咏旅怀寄太原李相公

驿路崎岖泥一作况雪寒，欲登篮舆一长叹。风光不见桃花骑，尘土
空留杏叶鞍。丧乘独归殊不易，脱骖相赠岂为难。并州好马应无
数，不怕旌旄试觅看。

有双鹤留在洛中忽见刘郎中依然鸣顾
刘因为鹤叹二篇寄予予以二绝句答之

辞乡远隔华亭水，逐我来栖缑岭云。惭愧稻粱长不饱，未曾回眼向
鸡群。

荒草院中池水畔，衔恩不去又经春。见君惊喜双回顾，应为吟声似

主人。

宿窦使君庄水亭

使君何在在江东,池柳初黄杏欲红。有兴即来闲便宿,不知谁是主人翁。

龙 门 下 作

龙门涧下濯尘缨,拟作闲人过此生。筋力不将诸处用,登山临水咏诗行。

姚侍御见过戏赠

晚起春寒慵裹头,客来池上偶同游。东台御史多提举,莫按金章系布裘。

履 道 春 居

微雨洒园林,新晴好一寻。低风洗池面,斜日拆花心。暝助岚阴重,春添水色深。不如陶省事,犹抱有弦琴。

题洛中第宅

水木谁家宅,门高占地宽。悬鱼挂青甃,行马护朱栏。春榭笼烟暖,秋庭锁月寒。松胶黏琥珀,筲粉扑琅玕。试问池台主,多为将相官。终身不曾到,唯展宅图看。

寄殷协律 多叙江南旧游

五岁优游同过日,一朝消散〔似〕(侣)浮云。琴诗酒伴皆抛我,雪月花时最忆君。几度听鸡歌白日,亦曾骑马咏红裙。予在杭州日,有歌

云：听唱黄鸡与白日。又有诗云：著红骑马是何人。吴娘暮雨萧萧曲，自别江
南更不闻。江南吴二娘曲词云：暮雨萧萧郎不归。

洛下诸客就宅相送偶题西亭

几榻临池坐，轩车冒雪过。交亲致杯酒，僮仆解笙歌。流岁行将
晚，浮荣得几多。林泉应问我，不住意如何。

答　林　泉

好住旧林泉，回头一怅然。渐知吾潦倒，深愧尔留连。欲作栖云
计，须营种黍钱。更容求一郡，不得亦归田。

将发洛中枉令狐相公手札
兼辱二篇宠行以长句答之

尺素忽惊来梓泽，双金不惜送蓬山。八行落泊飞云雨，五字枪钑
动珮环。玉韵乍听堪醒酒，银钩细读当披颜。收藏便作终身宝，何
啻三年怀袖间。

临都驿答梦得六言二首

扬子津头月下，临都驿里灯前。昨日老于前日，去年春似今年。
谢守归为秘监，冯公老作郎官。前事不须问著，新诗且更吟看。

喜钱左丞再除华州以诗伸贺

左辖辍中台，门东委上才。彤襜经宿到，绛帐及春开。民望恳难
夺，天心慈易回。那知不隔岁，重借寇恂来。

和钱华州题少华清光绝句

高情雅韵三峰守，主领清光管白云。自笑亦曾为刺史，苏州肥腻不如君。

送陕府王大夫

金马门前回剑珮，铁牛城下拥旌旗。他时万一为交代，留取甘棠三两枝。

代迎春花招刘郎中

幸与松筠相近栽，不随桃李一时开。杏园岂敢妒君去，未有花时且看来。

玩迎春花赠杨郎中

金英翠萼带春寒，黄色花中有几般。恁君与一作语向游人道，莫作蔓菁花眼看。

闲　出

身外无羁束，心中少是非。被花留便住，逢酒醉方归。人事行时少，官曹入日稀。春寒游正好，稳马薄绵衣。

座上赠卢判官

把酒承花花落频，花香酒味相和春。莫言不是江南会，虚白亭中旧主人。

曲 江 有 感

曲江西岸又春风，万树花前一老翁。遇酒逢花还且醉，若一作莫论惆怅事何穷。

杏园花下赠刘郎中

怪君把酒偏惆怅，曾是贞元花下人。自别花来多少事，东风二十四回春。

花前有感兼呈崔相公刘郎中

落花如雪鬓如霜，醉把一作拾花看益自伤。少日为名一作文多检束，长年无兴可颠狂。四时轮转春常少，百刻支分夜苦长。何事同生一作共同壬子岁，老于崔相及刘郎。余与崔、刘年同，独早衰白。

微之就拜尚书居易续除
刑部因书贺意兼咏离怀

我为宪部入南宫，君作尚书镇浙东。老去一时成白首，别来七度换春风。簪缨假合虚名在，筋力销磨实事空。远地官高亲故少，些些谈笑与谁同。

喜与韦左丞同入南省因叙旧以赠之

早年同遇陶钧主，利钝精粗共在熔。宪宗朝与韦同入翰林。金剑淬来长透匣，铅刀磨尽不成锋。差肩北省惭非据，接武南宫幸再容。跛鳖虽迟骐骥疾，何妨中路亦相逢。

伊　州

老去将何散老愁,新教小玉唱伊州。亦应不得多年听,未教成时已白头。

早　朝

鼓动出新昌,鸡鸣赴建章。翩翩稳鞍马,楚楚健衣裳。宫漏传残夜,城阴送早凉。月堤槐露气,风烛桦烟香。双阙龙相对,千官雁一行。汉庭方尚少,惭叹鬓如霜。

答裴相公乞鹤 一作酬裴相公乞予双鹤

警露声音好,冲天相貌殊。终宜向辽廓,不称在泥涂。白首劳为伴,朱门幸见呼。不知疏野性,解爱凤池无。

晚 从 省 归

朝回北阙值清晨,晚出南宫送暮春。入去丞郎非散秩,归来诗酒是闲人。犹思泉石多成梦,尚叹簪裾未离身。终是不如山下去,心头眼底两无尘。

北 窗 闲 坐

虚窗两丛竹,静室一炉香。门外红尘合,城中白日忙。无烦寻道士,不要学仙方。自有延年术,心闲岁月长。

酬严给事 闻玉蕊花下有游仙绝句

嬴女偷乘凤去时,洞中潜歇弄琼枝。不缘啼鸟春饶舌,青琐仙郎可得知。

京　路

西来为看秦山雪,东去缘寻洛苑春。来去腾腾两京路,闲行除我更无人。

华　州　西

每逢人静慵多歇,不计程行困即眠。上得篮舆未能去,春风敷水店门前。

从陕至东京

从陕至东京,山低路渐平。风光四百里,车马十三程。花共垂鞭看,杯多并箸倾。笙歌与谈笑,随分自将行。

送　春

银花凿落从君劝,金屑琵琶为我弹。不独送春兼送老,更尝一着更听看。

宿杜曲花下

觅得花千树,携来酒一壶。懒归兼拟宿,未醉岂劳扶。但惜春将晚,宁愁日渐晡。篮舆为卧舍,漆盝是行厨。斑竹盛茶柜,红泥罨饭炉。眼前无所阙,身外更何须。小面琵琶婢,苍头觱篥奴。从君饱富贵,曾作此游无。

逢　旧

久别偶相逢,俱疑是一作似梦中。即今欢乐事,放酰又成空。

绣 妇 叹

连枝花样绣罗襦,本拟新年饷小姑。自觉逢春饶怅望,谁能每日趁功夫。针头不解愁眉结,线缕难穿泪脸珠。虽凭绣床都不绣,同床绣伴得知无。

春 词

低花树映小妆楼,春入眉心两点愁。斜倚栏干背一作臂鹦鹉,思量何事不回头。

恨 词

翠黛眉低敛,红珠泪暗销。从来恨人意,不省似今朝。

山石榴花十二韵

晔晔复煌煌,花中无比方。艳天宜小院,条短称低廊。本是山头物,今为砌下芳。千丛相向背,万朵互低昂。照灼连朱槛,玲珑映粉墙。风来添意态,日出助晶光。渐绽胭脂萼,犹含琴轸房。离披乱剪彩,斑驳未匀妆。绛焰灯千炷,红裙妓一行。此时逢国色,何处觅天香。恐合栽金阙,思将献玉皇。好差青鸟使,封作百花王。

送敏中归幽宁幕

六十衰翁儿女悲,傍人应笑尔应知。弟兄垂老相逢日,杯酒临欢欲散时。前路加餐须努力,今宵尽醉莫推辞。司徒知我难为别,直过秋归未讶迟。

宴　散

小宴追凉散，平桥步月回。笙歌归院落，灯火下楼台。残暑蝉催尽，新秋雁带^{一作戴}来。将何迎睡兴，临卧举残杯。

人　定

人定月胧明，香消枕簟清。翠屏遮烛影，红袖下帘声。坐久吟方罢，眠初梦未成。谁家教鹦鹉，故故语相惊。

池　上

袅袅凉风动，凄凄寒露零。兰衰花始白，荷破叶犹青。独立栖沙鹤，双飞照水萤。若为寥落境，仍值酒初醒。

池　窗

池晚莲芳谢，窗秋竹意深。更无人作伴，唯对一张琴。

花　酒

香醅浅酌浮如蚁，雪鬓新梳薄似蝉。为报洛城花酒道，莫辞送老二三年。

题崔常侍济源庄

谷口谁家住，云扃锁竹泉。主人何处去，萝薜换貂蝉。籍在金闺内，班排玉扆前。诚知忆山水，归得是何年。

认春戏呈冯少尹李郎中陈主簿

认得春风先到处，西园南面水东头。柳初变后条犹重，花未开时枝已稠。暗助醉欢寻绿酒,潜添睡兴著红楼。知君未别阳和意,直待春深始拟游。

魏 堤 有 怀

魏王堤下水,声似使君滩。惆怅回头听,踟蹰立马看。荡风波眼急,翻雪浪心寒。忆得瞿唐事,重吟行路难。

柘 枝 词

柳暗长廊合,花深小院开。苍头铺锦褥,皓腕捧银杯。绣帽珠稠缀,香衫袖窄裁。将军挂球杖,看按柘枝来。

代 梦 得 吟

后来变化三分贵,同辈凋零太半无。世上争先从尽上声汝,人间斗在不如吾。竿头已到应难久,局势虽迟未必输。不见山苗与林叶,迎春先绿亦先枯。

寄答周协律 来诗多叙苏州旧游

故人叙旧寄新篇,惆怅江南到眼前。暗想楼台万馀里,不闻歌吹一周年。桥头谁更看新月,池畔犹应泊旧船。最忆后庭杯酒散,红屏风掩绿窗眠。

全唐诗卷四四九

白居易

太和戊申岁大有年诏赐百僚出城观稼谨书盛事以俟采诗

清晨承诏命,丰岁阅田间。膏雨抽苗足,凉风吐穗初。早禾黄错落,晚稻绿扶疏。好入诗家咏,宜令史馆书。散为万姓食,堆作九年储。莫道如云稼,今秋云不如。

赠悼怀太子挽歌辞二首 奉诏撰进

竹马书薨岁,铜龙表葬时。永言窀穸事,全用少阳仪。寿夭由天命,哀荣出圣慈。恭闻褒赠诏,轸念在与夷。

剪叶藩封早,承华册命尊。笙歌辞洛苑,风雪蔽梁园。卤簿凌霜宿,铭旌向月翻。宫僚不逮事,哭送出都门。

雨中招张司业宿

过夏衣香润,迎秋簟色鲜。斜支花石枕,卧咏蕊珠篇。泥泞非游日,阴沉好睡天。能来同宿否,听雨对床眠。

和集贤刘学士早朝作

吟君昨日早朝诗，金御炉前唤仗时。烟吐白龙头宛转，扇开青雉尾
参差。暂留春一作书殿多称屈，合入纶闱即可知。从此摩霄去非
晚，鬓边一作间未有一茎丝。

送陕州王司马建赴任 建，善诗者。

陕州司马去何如，养静一作病资贫两有馀。公事闲忙同少尹，料钱
多少敌尚书。只携美酒为行伴，唯一作独作新诗趁下车。自有一作
得铁牛无咏者，料君投刃必应虚。

对 琴 待 月

竹院新晴夜，松窗未卧时。共琴为老伴，与月有秋期。玉轸临风
久，金波出雾迟。幽音待清景，唯是我心知。

杨 家 南 亭

小亭门向月斜开，满地凉风满地苔。此一作北院好弹秋思处，终须
一夜抱琴来。

早 寒

黄叶聚墙角，青苔围柱根。被经霜后薄，镜遇雨来昏。半卷寒檐
幕，斜开暖阁门。迎冬兼送老，只仰酒盈尊。

斋 月 静 居

病来心静一无思，老去身闲百不为。忽忽眼尘犹爱睡，些些口业尚
夸诗。荤腥每断斋居月，香火常亲宴坐时。万虑消停百神泰，唯应

寂寞杀三尸。

宿裴相公兴化池亭 兼蒙借船舫游泛

林亭一出宿风尘,忘却平津是要津。松阁晴看山色近,石渠秋放水
声新。孙弘阁闹无闲客,傅说舟忙不借人。何似抡才济川外,别开
池馆待交亲。

和刘郎中望终南山秋雪

遍览古今集,都无秋雪诗。阳春先唱后,阴岭未消时。草讶霜凝
重,松疑鹤散迟。清光莫独占,亦一作还对白云司。

广府胡尚书频寄诗因答绝句

尚书清白临南海,虽饮贪泉心不回。唯向诗中得珠玉,时时寄到帝
乡来。

送鹤与裴相临别赠诗

司空爱尔尔须知,不信听吟送一作乞鹤诗。羽翮势高宁惜别,稻粱
恩厚一作重莫愁饥。夜栖少一作莫共鸡争树,晓一作日浴先饶凤占池。
稳上青云勿回顾,的应胜在白家时。

令狐相公拜尚书后有喜从一作罢
镇归朝之作刘郎中先和因以继之

车骑新从梁苑回,履声珮响入中台。凤池望在终重去,龙节功成且
纳来。金勒最宜乘雪出,玉觞何必待花开。尚书首唱郎中和,不计
官资只计才。

送河南尹冯学士赴任

石渠金谷中间路，轩骑翩翩十日程。清洛饮冰添苦节，碧嵩看雪助高情。谩夸河北操旄钺，莫羡江西一作南拥旆旌。时新除二镇节度。何似府僚京令外，别教三十六峰迎。

读鄂公传

高卧深居不见人，功名斗薮似灰尘。唯留一部清商乐，月下风前伴老身。

乌夜啼 一有赋得字

城上归时晚，庭前宿处危。月明无叶树，霜滑有风枝。啼涩饥喉咽，飞低冻翅垂。画堂鹦鹉鸟，冷暖不相知。

镜 换 杯

欲将珠一作朱匣青铜镜，换取金尊白玉卮。镜里老来无避处，尊前愁至有消时。茶能散闷为功浅，萱纵忘忧得力迟。不似一作是杜康神用速，十分一盏便开眉。

冬 夜 闻 虫

虫声冬思苦于秋，不解愁人闻亦愁。我是老翁听不畏，少年莫听白君头。

双 鹦 鹉

绿衣整顿双栖起，红嘴分明对语时。始觉琵琶弦莽卤，方知吉了舌参差。郑牛识字吾常叹，谚云：郑玄家牛触墙成八字。丁鹤能歌尔亦知。

若称白家鹦鹉鸟，笼中兼合解吟诗。

赠 朱 道 士

仪容白皙上仙郎，方寸清虚内道场。两翼化生因服药，三尸卧一作
饿死为休粮。醮坛北向宵占斗，寝室东开早纳阳。尽日窗间更无
事，唯烧一炷降真香。

昨以拙诗十首寄西川杜相公
相公亦以新作十首惠然报示首数
虽等工拙不伦重以一章用伸答谢

诗家律手在成都，权与寻常将相殊。剪截五言兼用钺，陶钧六义别
开炉。惊人卷轴须知有，随事文章不道无。篇数虽同光价异，十鱼
目换十骊珠。

和汴州令狐相公新于郡内栽竹百
竿拆壁开轩旦夕对玩偶题七言五韵

梁园修竹旧传名，园废年深竹不生。千亩荒凉寻一作栽未得，百竿
青翠种新成。墙开乍见重添兴，窗静时闻别有情。烟叶蒙笼侵夜
色，风枝萧飒欲秋声。更登楼望尤堪重，千万人家无一茎。汴州人家
并无竹。

重答汝州李六使君见和忆吴中旧游五首

为忆娃宫与虎丘，玩君新作不能休。蜀笺写出篇篇好，吴调吟时句
句愁。洛下林园终共住，江南风月会重游。先与李六有此二句之约。由
来事过多堪惜，何况苏州胜汝州。李前刺苏，故有是句。

见殷尧藩侍御忆江南诗三十首诗中
多叙苏杭胜事余尝典二郡因继和之

江南名郡数苏杭,写在一作题写殷家三十章。君是旅人犹苦忆,我为刺史更难忘。境牵吟咏真诗国,兴入笙歌好醉乡。为念旧游终一去,扁舟直拟到沧浪。

闻新蝉赠刘二十八

蝉发一声时,槐花带两枝。只应催我老,兼遣报君知。白发生头速,青云入手迟。无过一杯酒,相劝数开眉。

赠 王 山 人

玉芝观里王居士,服气餐霞善养身。夜后不闻龟喘息,秋来唯长鹤精神。容颜尽怪长如故,名姓多疑不是真。贵重荣华轻寿命,知君闷见世间人。

和刘郎中学士题集贤阁

朱阁青山高库齐,与君才子作诗题。傍闻大内笙歌近,下视诸司屋舍低。万卷图书天禄上,一条风景月华西。欲知丞相优贤意,百步新廊不蹋泥。

观 幻

有起皆因灭,无暌不暂同。从欢终作戚,转苦又成空。次第花生眼,须臾烛一作竹过风。更无寻觅处,鸟迹印空中。

病假中庞少尹携鱼酒相过

宦情牢落年将暮，病假联绵日渐深。被老相催虽白首，与春无分未甘心。闲停茶碗从容语，醉把花枝取次吟。劳动故人庞阁老，提鱼携酒远相寻。

听田顺儿歌

戛玉敲冰声未停，嫌云不遏入青冥。争得黄金满衫袖，一时抛与断年听。

听曹刚琵琶兼示重莲

拨拨弦弦意不同，胡啼番语两玲珑。谁能截得曹刚手，插向重莲衣袖中。

酬令狐相公春日寻花见寄六韵

病卧帝王州，花时不得游。老应随日至，春肯为人留。粉坏杏将谢，火繁桃尚稠。白飘僧院地，红落酒家楼。空里雪相似，晚来风不休。吟君怅望句，如到曲江头。

和刘郎中曲江春望见示

芳景多游客，衰翁独在家。肺伤妨饮酒，眼痛忌看花。寺路随江曲，宫一作官墙夹道斜。羡君犹壮健，不枉度年华。

送东都留守令狐尚书赴任

翠华黄屋未东巡，碧洛青嵩付大臣。地称高情多水竹，山宜闲望少风尘。龙门即拟为游客，金谷先凭作主人。歌酒家家花处处，莫空管领上阳春。

自题新昌居止因招杨郎中小饮

地偏坊远巷仍斜,最近东头是白家。宿雨长齐邻舍柳,晴光照出夹城花。春风小榼三升酒,寒食深炉一碗茶。能到南园同醉否,笙歌随分有些些。

南园试小乐

小园斑驳花初发,新乐铮捵教欲成。红萼紫房皆手植,苍头碧玉尽家生。高调管色吹银字,慢拽歌词唱渭城。不饮一杯听一曲,将何安慰老心情。

和微之春日投简阳明洞天五十韵

青阳行已半,白日坐将徂。越国强仍大,稽城高且孤。利饶盐煮海,名胜水澄湖。牛斗天垂象,台明地展图。天台、四明二山。瑰奇填市井,佳丽溢闤阓。勾践遗风霸,西施旧俗姝。船头龙夭矫,桥脚兽睢盱。乡味珍螃蚏一作彭越,时鲜贵鹧鸪。语言诸夏异,衣服一方殊。捣练蛾眉婢,鸣榔蛙角奴。江清敌伊洛,山翠胜荆巫。华表双栖鹤,联樯几点乌。烟波分渡口,云树接城隅。涧远松如画,洲平水似铺。绿科秧早稻,紫笋折新芦。暖蹋泥中藕,香寻石上蒲。雨来萌尽达,雷后蛰全苏。柳眼黄丝额,花房绛蜡珠。林风新竹折,野烧老桑枯。带荸长枝蕙,钱穿短贯榆。暄和生野菜,卑湿长街芜。女浣纱相伴,儿烹鲤一呼。山魈啼稚子,林狖挂山都。产业论蚕蚁,孳生计鸭雏。泉岩雪飘洒,苔壁锦漫糊。堰限舟航路,堤通车马途。耶溪岸回合,禹庙径盘纡。洞穴何因凿,星槎谁与刳。石凹仙药臼,峰峭佛香炉。去为投金简,来因挈玉壶。贵仍招客

宿，健未要人扶。闻望贤丞相，仪形美丈夫。前驱驻旌旆，偏坐列
笙竽。刺史艄翻隼，尚书履曳凫。学禅超后有，观妙造虚无。髻里
传僧宝，环中得道枢。登楼诗八咏，置砚赋三都。捧拥罗将绮，趋
跄紫与朱。庙谟藏稷契，兵略贮孙吴。令下三军整，风高四海趋。
千家得慈母，六郡事严姑。重士过三哺，轻财抵一铢。送觥歌宛
转，嘲妓笑卢胡。佐饮时炮鳖，蠲醒数鲙鲈。醉乡虽咫尺，乐事亦
须臾。若不中贤圣，何由外智愚。伊予一生志，我尔百年躯。江上
三千里，城中十二衢。出多无伴侣，归只对妻孥。白首青山约，抽
身去得无。

酬郑侍御多雨春空过诗三十韵 <small>次用本韵</small>

南雨来多滞，东风动即狂。月行离毕急，龙走召云忙。鬼转雷车
响，蛇腾电策光。浸淫天似漏，沮洳地成疮。惨淡阴烟白，空濛宿
雾黄。暗遮千里目，闷结九回肠。寂寞羁臣馆，深沉思妇房。镜昏
鸾灭影，衣润麝消香。兰湿难纫珮，花凋易落妆。沾黄莺翅重，滋
绿草心长。紫陌皆泥泞，黄污共森茫。恐霖成怪沴，望霁剧祯祥。
楚柳腰肢瘅，湘筠涕泪滂。昼昏疑是夜，阴盛胜于阳。居士巾皆
垫，行人盖尽张。跳蛙还屡出，移蚁欲深藏。端坐交游废，闲行去
步妨。愁生垂白叟，恼杀蹋青娘。变海常须虑，为鱼慎勿忘。此时
方共惧，何处可相将。<small>此以下叙浙东政事。</small>已望东溟祷，仍封北户禳。
却思逢旱魃，谁喜见商羊。预怕为蚕病，先忧作麦伤。惠应施浃
洽，政岂假揄扬。祀典修咸秩，农书振满床。丹诚期恳苦，白日会
昭彰。赈廪阍饥户，苦城备坏墙。且当营岁事，宁暇惜年芳。德胜
令灾弭，人安在吏良。尚书心若此，不枉系金章。

和春深二十首

何处春深好,春深富贵家。马为中路鸟,妓作后庭花。罗绮驱论队,金银用断一作短车。眼前何所苦,唯苦日西斜。

何处春深好,春深贫贱家。荒凉三径草,冷落四邻花。奴困归佣力,妻愁出赁车。途穷平路险,举足剧褒斜。

何处春深好,春深执政家。凤池添砚水,鸡树落衣花。诏借当衢宅,恩容上殿车。延英开对久,门与日西斜。

何处春深好,春深方镇家。通犀排带胯,瑞鹘一作鹤勘袍花。飞絮冲球马,垂杨拂妓车。戎装拜春设,左握宝刀斜。

何处春深好,春深刺史家。阴繁棠布叶,岐秀麦分花。五匹鸣珂马,双轮画轼一作载车。和风引行乐,叶叶隼旟斜。

何处春深好,春深学士家。凤书裁五色,马鬣剪三花。蜡炬开明火,银台赐物车。相逢不敢揖,彼此帽低斜。

何处春深好,春深女学家。惯看温室树,饱识浴堂花。御印提随仗,香笺把下车。宋家宫样髻,一片绿云斜。

何处春深好,春深御史家。絮萦骢马尾,蝶绕绣衣花。破柱行持斧,埋轮立驻车。入班遥认得,鱼贯一行斜。

何处春深好,春深迁客家。一杯寒食酒,万里故园花。炎瘴蒸如火,光阴走似车。为忧鹏鸟至,只恐日光斜。

何处春深好,春深经业家。唯求太常第,不管曲江花。折桂名惭郄,收萤志慕车。官场泥补处,最怕寸阴斜。

何处春深好,春深隐士家。野衣裁薜叶,山饭晒松花。兰索纫幽珮,蒲轮驻软车。林间箕踞坐,白眼向人斜。

何处春深好,春深渔父家。松湾随棹月,桃浦落船花。投饵移轻楫,牵轮转小车。萧萧芦叶里,风起钓丝斜。

何处春深好，春深潮户家。涛翻三月雪，浪喷四时花。曳练驰千马，惊雷走万车。馀波落何处，江转富阳斜。

何处春深好，春深痛饮家。十分杯里物，五色眼前花。铺歠眠糟瓮，流涎见麴车。_{杜甫诗云：路见麴车口流涎。}中山一沉醉，千度日西斜。

何处春深好，春深上巳家。兰亭席上酒，曲洛岸边花。弄水游童棹，湔裙小妇车。齐桡争渡处，一匹锦标斜。

何处春深好，春深寒食家。玲珑镂鸡子，宛转彩球花。碧草追游骑，红尘拜扫车。秋千细腰女，摇曳逐风斜。

何处春深好，春深博弈家。一先争破眼，六聚斗成花。鼓应投壶马，兵冲象戏车。弹棋局上事，最妙是长斜。

何处春深好，春深嫁女家。紫排襦上雉，黄帖鬓边花。转烛初移障，鸣环欲上车。青衣传_{去声}毡褥，锦绣一条斜。

何处春深好，春深娶妇家。两行笼里烛，一树扇间花。宾拜登华席，亲迎障幰车。催妆诗未了，星斗渐倾斜。

何处春深好，春深妓女家。眉欺杨柳叶，裙妒石榴花。兰麝熏行被，金铜钉坐车。杭州苏小小，人道最夭_{伊耶反}斜。

咏家酝十韵

独醒从古笑灵均，长醉如今斆伯伦。旧法依稀传自杜_{杜康}，新方要妙得于陈。_{陈郎中岵传受此法。}井泉王相资重九，麴蘖精灵用上寅。_{水用九月九日，用七月上寅。}酿糯岂劳炊范黍，撇篘何假漉陶巾。常嫌竹叶犹凡浊，始觉榴花不正真。瓮揭开时香酷烈，瓶封贮后味甘辛。捧疑明水从空化，饮似阳和满腹春。色洞玉壶无表里，光摇金醆有精神。能销忙事成闲事，转得忧人作乐人。应是世间贤圣物，与君还往拟终身。

池 鹤 二 首

高竹笼前无伴侣,乱鸡群里有风标。低头乍恐丹砂落,晒翅常疑白雪消。转觉鸬鹚毛色下,苦嫌鹦鹉语声娇。临风一唳思何事,怅望青田云水遥。

池中此鹤鹤中稀,恐是辽东老令威。带雪松枝翘膝胫,放花菱片缀毛衣。低回且向林一作笼间宿,奋迅终须天外飞。若问故巢知处在,主人相恋未能归。

对 酒 五 首

巧拙贤愚相是非,何如一醉尽忘机。君知天地中宽窄,雕鹗鸾凰各自飞。

蜗牛角上争何事,石火光中寄此身。随富随贫且欢乐,不开口笑是痴人。

丹砂见火去无迹,白发泥人来不休。赖有酒仙相暖热,松乔醉即到前头。

百岁无多时壮健,一春能几日晴明。相逢且莫推辞醉,听唱阳关第四声。第四声:劝君更尽一杯酒,西出阳关无故人。

昨日低眉问疾来,今朝收泪吊人回。眼前流例君看取,且遣琵琶送一杯。

僧 院 花

欲悟色空为佛事,故栽芳树在僧家。细看便是华严偈,方便风开智慧花。

老　戒

我有白头戒,闻于韩侍郎。老多忧活计,病更恋班行。矍铄夸身健,周遮说话长。不知吾免否,两鬓已成霜。

洛桥寒食日作十韵

上苑风烟好,中桥道路平。蹴球尘不起,泼火雨新晴。宿醉头仍重,晨游眼乍明。老慵虽省事,春诱尚多情。遇客踟蹰立,寻花取次行。连钱嚼金勒,凿落写银罂。府酝伤—作觞教送,官娃岂—作喜,—作气。要迎。舞腰那及柳,歌舌不如莺。乡国真堪恋,光阴可合轻。三年遇寒食—作寒食节,尽在洛阳城。

快　活

可惜莺啼花落处,一壶浊酒送残春。可怜月好风凉夜,一部清商伴老身。饱食安眠消日月,闲谈冷笑接交亲。谁知将相王侯外,别有优游快活人。

送令狐相公赴太原

六蘸双旌万铁衣,并汾旧路满光辉。青衫书记何年去,红旆将军藩镇例驱红旆昨日归。诗作马蹄随笔走,猎酣鹰翅伴觥飞。此—作北都莫作多时计,再为苍生入紫微。

不　出

檐前新叶覆残花,席上馀杯对早茶。好是老身销日处,谁能骑马傍人家。

惜 落 花

夜来风雨急，无复旧花林。枝上三分落，园中二一作一寸深。日斜
啼鸟思，春尽老人心。莫怪添杯饮，情多酒不禁。

老 病

昼听笙歌夜醉眠，若非月下即花前。如今老病须知分，不负春来二
十年。

忆 晦 叔

游山弄水携诗卷，看月寻花把酒杯。六事尽思君作伴，几时归到洛
阳来。

送徐州高仆射赴镇

大红旆引碧幢一作油旌，新拜将军指点行。战将易求何足贵，书生
难得始堪荣。离筵歌舞花丛散，候骑刀枪雪队迎。应笑蹉跎白头
尹，风尘唯管洛阳城。

琴 酒

耳根得听琴初畅，心地忘机酒半酣。若使启期兼解醉，应言四乐不
言三。

听 幽 兰

琴中古曲是幽兰，为我殷勤更弄看。欲得身心俱静好，自弹不及听
人弹。

六年秋重题白莲

素房含露玉冠鲜,绀叶摇风钿扇圆。本是吴州供进藕,今为伊水寄生莲。移根到此三千里,结子经今六七年。不独池中花故旧,兼乘旧日采花船。

元相公挽歌词三首

铭旌官重威仪盛,骑吹声繁卤簿长。后魏帝孙唐宰相,六年七月葬咸阳。

墓门已闭筎箫去一作远,唯有夫人哭不休。苍苍露草咸阳垄,此是千秋第一秋。

送葬万人皆惨澹,反虞驷马亦悲鸣。琴书剑珮谁收拾,三岁遗孤新学行。

卧听法曲霓裳

金磬玉笙调一作和已久,牙床角枕睡常迟。朦胧闲梦初成后,宛转柔声入破时。乐可理心应不谬,酒能陶性信一作定无疑。起尝残酌听馀曲,斜背银缸半下帷。

结　之

欢爱今何在,悲啼亦是空。同为一夜梦,共过十年中。

五凤楼晚望 六年八月十日作

晴阳晚照湿烟销,五凤楼高天沇寥。野绿全经朝雨洗,林红半被暮云烧。龙门翠黛眉相对,伊水黄金线一条。自入秋来风景好,就中最好是今朝。

寄刘苏州

去年八月哭微之,今年八月哭敦诗。何堪老泪交流日,多是秋风摇
落时。泣罢几回深自念,情来一倍苦相思。同年同病同心事,除却
苏州更是_{一作}有谁。

送　客

病上篮舆相送来,衰容秋思两悠哉。凉风袅袅吹槐子,却请行人劝
一杯。

秋　思

夕照红于烧,晴空碧胜蓝。兽形云不一,弓势月初三。雁思来天
北,砧愁满水南。萧条秋气味,未老已深谙。

酬梦得秋夕不寐见寄 次用本韵

碧簟绛纱帐,夜凉风景清。病闻和药气,渴听碾茶声。露竹偷灯
影,烟松护月明。何言千里隔,秋思一时生。

题周家歌者

清紧如敲玉,深圆似转簧。一声肠一断,能有几多肠。

忆梦得 梦得能唱竹枝,听者愁绝。

齿发各蹉跎,疏慵与病和。爱花心在否,见酒兴如何。年长风情
少,官高俗虑多。几时红烛下,闻唱竹枝歌。

赠 同 座

春黛双蛾嫩一作敛，秋蓬两鬓侵。谋欢身太晚，恨老意弥深。薄解
灯前舞，尤能酒后吟。花丛便不入，犹自未甘心。

失　婢 今集本脱此首

宅院小墙庳，坊门帖榜迟。旧恩惭自薄，前事悔难追。笼鸟无常
主，风花不恋枝。今宵在何处，唯有月明知。

夜 招 晦 叔

庭草留霜池结冰，黄昏钟绝冻云凝。碧毡帐上正飘雪，红火炉前初
炷灯。高调秦筝一两弄，小花蛮榼二三升。为君更奏湘神曲，夜就
侬来一作家能不能。

戏答皇甫监 时皇甫监初丧偶

寒宵劝酒君须饮，君是孤眠七十身。莫道非人身不暖，十分一酦暖
于人。

和杨师皋伤小姬英英

自从娇骑一相依，共见杨花七度飞。玳瑁床空收枕席，琵琶弦断倚
屏帏。人间有梦何曾入，泉下无家岂是归。坟上少啼留取泪，明年
寒食更沾衣。

池 边 即 事

毡帐胡琴出塞曲，兰塘越棹弄潮声。何言此处同风月，蓟北江南万
里情。

闻 乐 感 邻

老去亲朋零落尽，秋来弦管感伤多。尚书宅畔悲邻笛，廷尉门前叹雀罗。东邻王大理去冬云亡，南邻崔尚书今秋甍逝。绿绮窗空分妓女，绛纱帐掩罢笙歌。欢娱未足身先去，争奈书生薄命何。

全唐诗卷四五〇

白居易

戊申岁暮咏怀三首

穷冬月末两三日,半百年过六七时。龙尾趁朝无气力,牛头参道有心期。荣华外物终须悟,老病傍人岂得知。犹被妻儿教渐退,莫求致仕且分司。

唯生一女才十二,只欠三年未六旬。婚嫁累轻何怕老,饥寒心惯不忧贫。紫泥丹笔皆经手,赤绂金章尽到身。更拟踟蹰觅何事,不归嵩洛作闲人。

七年囚闭作笼禽,但愿开笼便入林。幸得展张今日翅,不能辜负昔时心。人间祸福愚难料,世上风波老不禁。万一差池似前事,又应追悔不抽簪。

赠 梦 得

心中万事不思量,坐倚屏风卧向阳。渐觉咏诗犹老丑,岂宜凭酒更粗狂。头垂白发我思退,脚蹋青云君欲忙。只有今春相伴在,花前剩醉两三场。

想东游五十韵 并序

太和三年春，予病免官后，忆游浙右数郡，兼思到越一访微之。故两浙之间、一物以上，想皆在目，吟且成篇，不能自休，盈五百字，亦犹孙兴公想天台山而赋之也。

海内时无事，江南岁有秋。生民皆乐业，地主尽贤侯。郊静销戎马，城高逼斗牛。平河七百里，沃壤二三州。自常及杭，凡三百里。坐有湖山趣，行无风浪忧。食宁妨解缆，寝不废乘流。泉石谙天竺，烟霞识虎丘。天竺、虎丘寺，皆领郡时旧游最熟处。馀芳认兰泽，遗咏思蘋洲。古诗云："兰泽多芳草。"又柳恽诗云："汀洲采白蘋。"菡萏红涂粉，菰蒲绿泼油。鳞差渔户舍，绮错稻田沟。紫洞藏仙窟，玄泉贮怪湫。精神昂老鹤，姿彩媚潜虬。大谢诗云："潜虬媚幽姿。"静阅天工妙，闲窥物状幽。投竿出比目，掷果下猕猴。味苦莲心小，浆甜蔗节稠。橘苞从自结，藕孔是谁锼。逐日移潮信，随风变棹讴。递夫交烈火，候吏次鸣驺。梵塔形疑踊重玄阁，阊门势欲浮吴阊门。客迎携酒榼，僧待置茶瓯。小宴闲谈笑，初筵雅献酬。稍催朱蜡炬，徐动碧牙筹。圆酏飞莲子，长裾曳石榴。柘枝随画鼓，调笑从香球。幕飐云飘槛，帘褰月露钩。舞繁红袖凝去声，歌切翠眉愁。弦管宁容歇，杯盘未许收。良辰宜酪酊，卒岁好优游。鲙缕鲜仍细，莼丝滑且柔。饱餐为日计，稳睡是身谋。名愧空虚得，官知止足休。自嫌犹屑屑，众笑大悠悠。物表疏形役，人寰足悔尤。蛾须远灯烛，兔勿近罝罘。幻世春来梦，浮生水上沤。百忧中莫入，一醉外何求。未死痴王湛，无儿老邓攸。蜀琴安膝上，周易在床头。去去无程客，行行不系舟。劳君频问讯，劝我少淹留。自此后，并属微之。云雨多分散，关山苦阻修。一吟江月别，七见日星周。昔在杭州别微之，微之留诗云："明朝又向江头别，月落潮平是去时。"珠玉传新什，鹡鸰念故俦。悬旌心宛转，

束楚意绸缪。驿舫妆青雀，官槽秫紫駵。镜湖期远泛，禹穴约冥
搜。预扫题诗壁，先开望海楼。饮思亲履舄，宿忆并衾裯。志气吾
衰也，风情子在不。应须相见后，别作一家游。"吾衰"、"子在"，并出《家
语》。

病免后喜除宾客

卧在漳滨满十旬，起为商皓伴三人。从今且莫嫌身病，不病何由索
得身。

长乐亭留别

灞浐风烟函谷路，曾经几度别长安。昔时蹙促为迁客，今日从容自
去官。优诏幸分四皓秩，祖筵惭继二疏欢。尘缨世网重重缚，回顾
方知出得难。

陕府王大夫相迎偶赠

紫微阁老自多情，白首园公岂要迎。伴我绿槐阴下歇，向君红旆影
前行。纶巾发少浑敧厌，篮舆肩齐甚稳平。但问主人留几日，分司
宾客去无程。

别陕州王司马

笙歌惆怅欲为别，风景阑珊初过春。争得遣君诗不苦，黄河岸上白
头人。

将至东都先寄令狐留守

黄鸟无声叶满枝，闲吟想到洛城时。惜逢金谷三春尽，恨拜铜楼一
月迟。诗境忽来还自得，醉乡潜去与谁期。东都添个狂宾客，先报

壶觞风月知。

答崔十八见寄

明朝欲见琴尊伴,洗拭金杯拂玉徽。君乞曹州刺史替,我抛刑部侍郎归。倚疮老马收蹄立,避箭高鸿尽翅飞。岂料洛阳风月夜,故人垂老得相依。

赠皇甫宾客

轻衣稳马槐阴路,渐近东来渐少尘。耳闹久憎闻俗事,眼明初喜见闲人。昔曾对作承华相,今复连为博望宾。始信淡交宜久远,与君转老转相亲。

归履道宅

驿吏引藤舆,家童开竹扉。往时多暂住,今日是长归。眼下有衣食,耳边无是非。不论贫与富,饮水亦应肥。

问江南物

归来未及问生涯,先问江南物在耶。引手摩挲青石笋,回头点检白莲花。苏州舫故龙头暗,王尹桥倾雁齿斜。别有夜深惆怅事,月明双鹤在裴家。

萧庶子相过

半日停车马,何人在白家。殷勤萧庶子,爱酒不嫌茶。

答尉迟少尹问所须

乍到频劳问所须,所须非玉亦非珠。爱君水阁宜闲咏,每有诗成许去无。

咏　闲

但有闲销日,都无事系怀。朝眠因客起,午饭伴僧斋。树合阴交户,池分水夹阶。就中今夜好,风月似江淮。

同崔十八寄元浙东王陕州

未能同隐云林下,且复相招禄仕间。随月有钱胜卖药,终年无事抵归山。镜湖水远何由泛,棠树枝高不易攀。惆怅八科残四在,两人荣闹两人闲。

答苏庶子月夜闻家僮奏乐见赠

墙西明月水东亭,一曲霓裳按小伶。不敢邀君无别意,弦生管涩未堪听。

偶　吟

里巷多通水,林园尽不扃。松身为外户,池面是中庭。元氏诗三峡,陈家酒一瓶。醉来狂发咏,邻女映篱听。

白莲池泛舟

白藕新花照水开,红窗小舫信风回。谁教一片江南兴,逐我殷勤万里来。

池上即事

行寻蹙石引新泉,坐看修桥补钓船。绿竹挂衣凉处歇,清风展簟困时眠。身闲当贵真天爵,官散无忧即地仙。林下水边无厌日,便堪终老岂论年。

酬裴相公见寄二绝

习静心方泰,劳生事渐稀。可怜安稳地,舍此欲何归。
一双垂翅鹤,数首解嘲文。总是迂闲物,争堪伴相君。

答梦得闻蝉见寄 一作新蝉酬刘梦得见寄

开缄思浩然,独咏晚风前。人貌非前日,蝉声似去年。槐花新雨
后,柳影欲秋天。听罢无他计,相思又一篇。

令狐尚书许过弊居先赠长句

不矜轩冕爱林泉,许到池头一醉眠。已遣平治行药径,兼教扫拂钓
鱼船。应将笔砚随诗主,定有笙歌伴酒仙。只候高情无别物,苍苔
石笋白花莲。

自　题

老宜官冷静,贫赖俸优饶。热月无堆案,寒天不趁朝。傍看应寂
寞,自觉甚逍遥。徒对盈尊酒,兼无愁可销。

答崔十八

劳将白叟比黄公,今古由来事不同。我有商山君未见,清泉白石在
胸中。

偶　咏

御热蕉衣健,扶羸竹杖轻。诵经凭槛立,散药绕廊行。暝槿无风
落,秋虫欲雨鸣。身闲当将息,病亦有心情。

答苏六

但喜暑随三伏去,不知秋送二毛来。更无别计相宽慰,故遣阳关劝一杯。

秋　游

下马闲行伊水头,凉风清景胜春游。何事古今诗句里,不多说著洛阳秋。

偶　作

张翰一杯酒,荣期三乐歌。聪明伤混沌,烦恼污头陀。簟冷秋生早,阶闲日上多。近来门更静,无雀可张罗。

游平原赠晦叔

照水容虽老,登山力未衰。欲眠先命酒,暂歇亦吟诗。且喜身无缚,终惭鬓有丝。回头语闲伴,闲校十年迟。

不　出　门

不出门来又数旬,将何销日与谁亲。鹤笼开处见君子,书卷展时逢古人。自静其心延寿命,无求于物长精神。能行便是真修道,何必降魔调伏身。

叹—作劝鹤病

右翅低垂左胫伤,可怜风貌甚昂藏。亦知白日青天好,未要高飞且养疮。

临都驿送崔十八

勿言临都五六里,扶病出城相送来。莫道长安一步地,马头西去几时回。与君后会知何处,为我今朝尽一杯。

对　镜

三分鬓发二分丝,晓镜秋容相对时。去作忙官应太老,退为闲叟未全迟。静中得味何须道,稳处安身更莫疑。若使至今黄绮在,闻吾此语亦分司。

劝酒十四首 并序

予分秩东都,居多暇日。闲来辄饮,醉后辄吟。若(一作苦)无词章,不成谣咏。每发一意,则成一篇。凡十四篇,皆主于酒,聊以自劝,故以《何处难忘酒》、《不如来饮酒》命篇。

何处难忘酒七首

何处难忘酒,长安喜气新。初登高第后,乍作好官人。省壁明张榜,朝衣稳称身。此时无一酲,争奈帝城春。

何处难忘酒,天涯话旧情。青云俱不达,白发递相惊。二十年前别,三千里外行。此时无一酲,何以叙平生。

何处难忘酒,朱门羡少年。春分花发后,寒食月明前。小院回罗绮,深房理管弦。此时无一酲,争过艳阳天。

何处难忘酒,霜庭老病翁。暗声啼蟋蟀,干叶落梧桐。鬓为愁先白,颜因醉暂红。此时无一酲,何计奈秋风。

何处难忘酒,军功第一高。还乡随露布,半路授旌旄。玉柱剥葱手,金章烂椹袍。此时无一酲,何以骋雄豪。

何处难忘酒,青门送别多。敛襟收涕泪,簇马听笙歌。烟树灞陵岸,风尘长乐坡。此时无一醆,争奈去留何。

何处难忘酒,逐臣归故园。赦书逢驿骑,贺客出都门。半面瘴烟色,满衫乡泪痕。此时无一醆,何物可招魂。

不如来饮酒七首

莫隐深山去,君应到自嫌。齿伤朝水冷,貌苦夜霜严。渔去风生浦,樵归雪满岩。不如来饮酒,相对醉厌厌。

莫作农夫去,君应见自愁。迎春犁瘦地,趁晚喂羸牛。数被官加税,稀逢岁有秋。不如来饮酒,酒伴醉悠悠。

莫作商人去,恓惶君未谙。雪霜行塞北,风水宿江南。藏镪百千万,沉舟十二三。不如来饮酒,仰面醉酣酣。

莫事长征去,辛勤难具论。何曾画麟阁,只是老辕门。虮虱衣中物,刀枪面上痕。不如来饮酒,合眼醉昏昏。

莫学长生去,仙方误杀君。那将薤上露,拟待鹤边云。矻矻皆烧药,累累尽作坟。不如来饮酒,闲坐醉醺醺。

莫上青云去,青云足爱憎。自贤夸智慧,相纠斗功能。鱼烂缘吞饵,蛾焦为扑灯。不如来饮酒,任性醉腾腾。

莫入红尘去,令人心力劳。相争两蜗角,所得一牛毛。且灭嗔中火,休磨笑里刀。不如来饮酒,稳卧醉陶陶。

和令狐相公寄刘郎中兼见示长句

日月天衢仰面看,尚淹池凤滞台鸾。碧幢千里空移镇,赤笔三年未转官。别后纵吟终少兴,病来虽饮不多欢。酒军诗敌如相遇,临老犹能一据鞍。

即　事

见月连宵坐,闻风尽日眠。室香罗药气,笼暖焙茶烟。鹤啄新晴地,鸡栖薄暮天。自看淘酒米,倚杖小池前。

期宿客不至

风飘雨洒帘帷故,竹映松遮灯火深。宿客不来嫌冷落,一尊酒对一
张琴。

问 移 竹

问君移竹意如何,慎勿排行但间—作见窠。多种少栽皆有意,大都
少校不如多。

重阳席上赋白菊

满园花菊郁金黄,中有孤丛色似霜。还似今朝歌酒席,白头翁入少
年场。

偶 吟 二 首

眼下有衣兼有食,心中无喜亦无忧。正如身后有何事,应向人间无
所求。静念道经深闭目,闲迎禅客小低头。犹残少许云泉兴,一岁
龙门数度游。

晴教晒药泥茶灶,闲看科松洗竹林。活计纵贫长净洁,池亭虽小颇
幽深。厨香炊黍调和酒,窗暖安弦拂拭琴。老去生涯只如此,更无
馀事可劳心。

何处春先到

何处春先到,桥东水北亭。冻花开未得,冷酒酌—作著难醒。就日
移轻榻,遮风展小屏。不劳人劝醉,莺语渐丁宁。

勉闲游

天时人事常多故，一岁春能几处游。不是尘埃便风雨，若非疾病即
悲忧一人愁。贫穷心苦多无兴，富贵身忙不自由。唯有分司官恰
好，闲游虽老未能休。

寄两银榼与裴侍郎因题两绝句

贫无好物堪为信，双榼虽轻意不轻。愿奉谢公池上酌，丹心绿酒一
时倾。

惯和麴糵堪盛否，重用盐梅试洗看。小器不知容几许，襄阳米贱酒
升宽。银匠洗银，多以盐花梅浆也。

小桥柳

细水涓涓似泪流，日西惆怅小桥头。衰杨叶尽空枝在，犹被霜风吹
不休。

哭微之二首

八月凉风吹白幕，寝门廊下哭微之。妻孥朋友来相吊，唯道皇天无
所知。

文章卓荦生无敌，风骨英灵殁有神。哭送咸阳北原上，可能随例作
灰尘。

马上晚吟

人少街荒已寂寥，风多尘起重萧条。上阳落叶飘宫树，中渡流澌拥
渭桥。出早冒寒衣校薄，归迟侵黑酒全消。如今不是闲行日，日短
天阴坊曲遥。

醉中重留梦得

刘郎刘郎莫先起,苏台苏台隔云水。酒酕来从一百分,马头去便三千里。

雪夜喜李郎中见访兼酬所赠

可怜今夜鹅毛雪,引得高情鹤氅人。红蜡烛前明似昼,青毡帐里暖如春。十分满酕黄金液,一尺中庭白玉尘。对此欲留君便宿,诗情酒分合相亲。

任　老

不愁陌上春光尽,亦任庭前日影斜。面黑眼昏头雪白,老应无可更增加。

劝　欢

火急欢娱慎—作切勿迟,眼看老病悔难追。尊前花下歌筵里,会有求来不得时。

答王尚书问履道池旧桥

虹梁雁齿随年换,素板朱栏逐日修。但恨尚书能久别,莫忘州—作川守不频游。重移旧柱开中眼,乱种新花拥两头。李郭小船何足问,待君乘过济川舟。

晚　归　府

晚从履道来归府,街路虽长尹不嫌。马上凉于床上坐,绿槐风透紫蕉衫。

从龙潭寺至少林寺题赠同游者

山屐田衣六七贤,搴芳蹋翠弄潺湲。九龙潭月落杯酒,三品松风飘管弦。强健且宜游胜地,清凉不觉过炎天。始知驾鹤乘云外,别有逍遥地上仙。

夜从法王寺下归岳寺

双刹夹虚空,缘云一径通。似从忉利下,如过剑门中。灯火光初合,笙歌曲未终。可怜狮子座,异出净名翁。

宿　龙　潭　寺

夜上九潭谁是伴,云随飞盖月随杯。明年尚作三川守,此地兼将歌舞来。

嵩阳观夜奏霓裳

开元遗曲自凄凉,况近秋天调是商。爱者谁人唯白尹,奏时何处在嵩阳。回临山月声弥怨,散入松风韵更长。子晋少姨闻定怪,人间亦便有霓裳。

过元家履信宅

鸡犬丧家分散后,林园失主寂寥时。落花不语空辞树,流水无情自入池。风荡宴船初破漏,雨淋歌阁欲倾欹。前庭后院伤心事,唯是春风秋月知。

和杜录事题红叶

寒山十月旦,霜叶一时新。似烧非因火,如花不待春。连行排绛帐,乱落剪红巾。解驻篮舆看,风前唯两人。

题崔常侍济上别墅 时常侍以长告罢归,今故先报泉石。

求荣争宠任纷纷,脱叶金貂只有君。散员疏去未为贵,小邑陶休何足云。山色好当晴后见,泉声宜向醉中闻。主人忆尔尔知否,抛却青云归白云。

过温尚书旧庄

白石清泉抛济口,碧幢红旆照河阳。村人都不知时事,犹自呼为处士庄。

天坛峰下赠杜录事

年颜气力渐衰残,王屋中峰欲上难。顶上将探小有洞,小有洞在天坛顶上。喉中须咽大还丹。时杜方炼伏火砂次。河车九转宜精炼,火候三年在好看。他日药成分一粒,与君先去扫天坛。

赠僧五首

钵塔院如大师

师年八十三,登坛秉律,凡六十年,每岁于师处授八关戒者九度。

百千万劫菩提种,八十三年功德林。若不秉持僧行苦,将何报答佛恩深。慈悲不瞬诸天眼,清净无尘几地心。每岁八关蒙九授,殷勤一戒重千金。

神照上人 照以说坛为佛事

心如定水随形应,口似悬河逐病治。曾向众中先礼拜,西方去日莫相遗。

自远禅师 远以无事为佛事

自出家来长自在,缘身一衲一绳床。令人见即心无事,每一相逢是
道场。

宗实上人 实即樊司空之子,舍官位妻子出家。

荣华恩爱弃成唾,戒定真如和作香。今古虽殊同一法,瞿昙抛却转
轮王。

清闲上人 自蜀入洛,于长寿寺说法度人。

梓潼眷属何年别,长寿坛场近日开。应是蜀人皆度了,法轮移向洛
中来。

弹 秋 思

信意闲弹秋思时,调清声直韵疏迟。近来渐喜无人听,琴格高低心
自知。

自　咏

随宜饮食聊充腹,取次衣裳亦暖身。未必得年非瘦薄,无妨长福是
单贫。老龟岂羡牺牲饱,蟠木宁争桃李春。随分自安心自断,是非
何用问闲人。

分司初到洛中偶题六韵兼戏呈冯尹

相府念多病,春宫容不才。官衔依－人随口得,俸料－作禄逐身来。
白首林园在,红尘车马回。招呼新客侣－作旅,扫掠旧池台。小舫
宜携乐,新荷好盖杯。不知金谷主,早晚贺筵开。

春　风

春风先发苑中梅,樱杏桃梨次第开。荠花榆荚深村里,亦道春风为我来。

全唐诗卷四五一

白居易

洛 阳 春

洛阳陌上春长在,惜一作昔别今来二十年。唯觅少年心不得,其馀万事尽依然。

恨 去 年

老去唯一作犹耽酒,春来不著家。去年来校晚,不见洛阳花。

早 出 晚 归

早起或因携酒出,晚归多是看花回。若抛风景长闲坐,自问东京作底来。

魏 王 堤

花寒懒发鸟慵啼,信马闲行到日西。何处未春先有思,柳条无力魏王堤。

尝黄醅新酎忆微之

世间好物黄醅酒,天下闲人白侍郎。爱向卯时谋洽乐,亦曾酉日放

粗狂。醉来枕麴贫如富诗云一醉日富,身后堆金有若亡。元九计程
殊未到,瓮头一酦共谁尝。

劝 行 乐

少年信美何曾久,春日一作到虽迟不再中一作逢。欢笑胜愁歌胜哭,
请君莫道等头空。

老 慵

岂是交亲向我疏,老慵自爱闭门居。近来渐喜知闻断,免恼嵇康索
报书。

酬别微之 临都驿醉后作

〔沣〕(澧)头峡口钱唐岸,三别都经二十年。且喜筋骸俱健在,勿嫌
须鬓各皤然。君归北阙朝天帝,我住东京作地仙。博望自来非弃
置,承明重入莫拘牵。醉收杯杓停灯语,寒展衾裯对枕眠。犹被分
司官系绊,送君不得过甘泉。

予与微之老而无子发于言叹著在诗篇今年冬各有一子戏作二什一以相贺一以自嘲

常忧到老都无子,何况新生又是儿。阴德自然宜有庆,于公阴德,其后
蕃昌。皇天可得道无知。皇天无知,伯道无儿。一园水竹今为主,微之履
信新居,多水竹也。百卷文章更付谁。微之义集凡一百卷。莫虑鸾雏无浴
处,即应重入凤凰池。

五十八翁方有后,静思堪喜亦堪嗟。一珠甚小一作少还惭蚌,八一作
九子虽多不羡鸦。秋月晚生丹桂实,春风新长紫兰芽。持杯祝愿
无他语,慎勿顽愚似汝爷。

自　问

年来私自问，何故不归京。佩玉腰无力，看花眼不明。老慵难发
遣，春病易滋生。赖有弹琴女，时时听一声。

晚　桃　花

一树红桃亚拂池，竹遮松荫晚开时。非因斜日无由见，不是闲人岂
得知。寒地生材遗校易，贫家养女嫁常迟。春深一作风欲落谁怜
惜，白侍郎来折一枝。

夜调琴忆崔少卿

今夜调琴忽有情，欲弹惆怅忆崔卿。何人解爱中徽上，秋思头边八
九声。

阿　崔

谢病卧东都，羸然一老夫。孤单同伯道，迟暮过商瞿。岂料鬓成
雪，方看掌弄珠。已衰宁望有，虽晚亦胜无。兰入前春梦，桑悬昨
日弧。里闾多庆贺，亲戚共欢娱。腻剃新胎发，香绷小绣襦。玉芽
开手爪，酥颗点肌肤。弓冶将传汝，琴书勿坠吾。未能知寿夭，何
暇虑贤愚。乳气初离壳，啼声渐变雏。何时能反哺，供养白头乌。

赠邻里往还

问予何故独安然，免被饥寒婚嫁牵。骨肉都卢无十口，粮储依约有
三年。但能斗薮人间事，便是逍遥地上仙。唯恐往还相厌贱，南家
饮酒北家眠。

王 子 晋 庙

子晋庙前山月明,人闻—作间往往夜吹笙。鸾吟凤唱听无拍,多似霓裳散序声。

晚 起

起晚怜春暖,归迟爱月明。放慵长饱睡,闻健且闲行。北阙停朝簿,西方入社名。唯吟一句偈,无念是无生。

酬皇甫宾客

玄晏家风黄绮身,深居高卧养精神。性慵无病常称病,心足虽贫不道贫。竹院君闲销永日,花亭我醉送残春。自嫌诗酒犹多兴,若比先生是俗人。

池上赠韦山人

新竹夹平流,新荷拂小舟。众皆嫌好拙,谁肯伴闲游。客为忙多去,僧因饭暂留。独怜韦处士,尽日共悠悠。

无 梦

老眼花前暗,春衣雨后寒。旧诗多忘却,新酒且尝看。拙定于身稳,慵应趁伴难。渐销名利想,无梦到长安。

对小潭寄远上人

小潭澄见底,闲客坐开襟。借问不流水,何如无念心。彼惟清且浅,此乃寂而深。是义谁能答,明朝问道林。

闲 吟 二 首

留司老宾客,春尽兴如何。官寺行香少,僧房寄宿多。闲倾一酘
酒,醉听两声歌。忆得陶潜语,羲皇无以过。

闲游来早晚,已得一周年。嵩洛供云水,朝廷乞俸钱。长歌时独
酌,饱食后安眠。闻道山榴发,明朝向玉泉。

独游玉泉寺 三月三十日

云树玉泉寺,肩舁半日程。更无人作伴,只共酒同行。新叶千万
影,残莺三两声。闲游竟未足,春尽有馀情。

晚出寻人不遇

篮舆不乘乘晚凉,相寻不遇亦无妨。轻衣稳马槐阴下,自要闲行一
两坊。

苦 热

头痛汗盈巾,连宵复达晨。不堪逢苦热,犹赖是闲人。朝客应烦
倦,农夫更苦辛。始惭当此日,得作自由身。

销 暑

何以销烦暑,端居一院中。眼前无长物,窗下有清风。热散由心
静,凉生为室空。此时身自得,难更与人同。

行 香 归

出作行香客,归如坐夏僧。床前双草屦,檐下一纱灯。珮委腰无
力,冠欹发不胜。鸾台龙尾道,合尽上声少年登。

同王十七庶子李六员外郑二侍御同年四人游龙门有感而作

一曲悲歌酒一尊,同年零落几人存。世如阅水应堪叹,名是浮云岂足论。各从仕禄休明代,共感平生知己恩。今日与君重上处,龙门不是旧龙门。

池上小宴问程秀才

洛下林园好自知,江南景一作境物暗相随。净淘红粒罾香饭,薄切紫鳞烹水葵。雨滴篷声青雀舫,浪摇花影白莲池。停杯一问苏州客,何似吴松江上时。

桥亭卯饮

卯时偶饮斋时卧,林下高桥桥上亭。松影过窗眠始觉,竹风吹雨醉初醒。就荷叶上包鱼鲊,当石渠中浸酒瓶。生计悠悠身兀兀,甘从妻唤作刘伶一作灵。

舟中夜坐

潭边霁后多清景,桥下凉来足好风。秋鹤一双船一只,夜深相伴月明中。

戏和微之答窦七行军之作 依本韵

旌钺从櫜鞬,宾僚礼数全。夔龙来要地,鹓鹭下辽天。赭汗骑骄马,青娥舞醉仙。合成江上作,散到洛中传。陋巷能无酒,贫池亦有船。春装秋未寄,谩道有闲钱。

闲　忙

奔走朝行内，栖迟林墅间。多因病后退，少及健时还。斑白霜侵
鬓，苍黄日下山。闲忙俱过日，忙校不如闲。

西　风

西风来几日，一叶已先飞。新霁乘轻屐，初凉换熟衣。浅渠销一作
铺慢水，疏竹漏斜晖。薄暮青苔巷，家僮引鹤归。

题 西 亭

多见朱门富贵人，林园未毕即无身。我今幸作西亭主，已见池塘五
度春。

观 游 鱼

绕池闲步看鱼游，正值儿童弄钓舟。一种爱鱼心各异，我来施食尔
垂钩。

看 采 莲

小桃闲上小莲船，半采红莲半白莲。不似江南恶风浪，芙蓉池在卧
床前。

看 采 菱

菱池如镜净无波，白点花稀青角多。时唱一声新水调，谩人道是采
菱歌。

夭　老

早世身如风里烛,暮年发似镜中丝。谁人断得人间事,少夭堪伤老又悲。

秋　池

洗浪清风透水霜,水边闲坐一绳床。眼尘心垢见皆尽,不是秋池是道场。

登天宫阁

午时乘兴出,薄暮未能还。高上烟中阁,平看雪后山。委形群动里,任性一生间。洛下多闲客,其中我最闲。

新雪二首 寄杨舍人

不思北省烟霄地,不忆南宫风月天。唯忆静恭杨阁老,小园新雪暖炉前。

不思朱雀街东鼓,不忆青龙寺后钟。唯忆夜深新雪后,新昌台上七株松。

日　高　卧

怕寒放懒日高卧,临老谁言牵率身。夹幕绕房深似洞,重裯衬枕暖于春。小青衣动桃根起,嫩绿醅浮竹叶新。未裹头前倾一醆,何如冲雪趁朝人。

和微之任校书郎日过三乡

三乡过日君年几,今日君年五十馀。不独年催身亦变,校书郎变作尚书。

和微之十七与君别及陇月花枝之咏

别时十七今头白,恼乱君心三十年。垂老休吟花月句,恐君更结后
身缘。

和微之叹槿花

朝荣殊可惜,暮落实堪嗟。若向花中比,犹应胜眼花。

思往喜今

忆除司马向江州,及此凡经十五秋。虽在簪裾从俗累,半寻山水是
闲游。谪居终带乡关思,领郡犹分邦国忧。争似如今作宾客,都无
一念到心头。

题平泉薛家雪堆庄

怪石千年应自结,灵泉一带是谁开。蹙为宛转青蛇项,喷作玲珑白
雪堆。赤日旱天长看雨,玄阴腊月亦闻雷。所嗟地去都门远,不得
肩舁每日来。

和微之道保生三日

相看鬓似丝,始作弄璋诗。且有承家望,谁论得力时。莫兴三日
叹,犹胜七年迟。予老微之七岁。我未能忘喜,君应不合悲。嘉名称
道保,乞姓号崔儿。但恐持相并,兼葭琼树枝。

哭皇甫七郎中湜

志业过玄晏,词华似祢衡。多才非福禄,薄命是聪明。不得人间

寿,还留身后名。涉江文一首,便可敌公卿。持正奇文甚多,《涉江》一章
尤著。

晚　起

烂熳朝眠后,频伸晚起时。暖炉生火早,寒镜裹头迟。融雪煎香
茗,调酥煮乳糜。慵馋还自哂,快活亦谁知。酒性温无毒,琴声淡
不悲。荣公三乐外,仍弄小男儿。

疑 梦 二 首

莫惊宠辱虚忧喜,莫计恩雠浪苦辛。黄帝孔丘无处问,安知不是梦
中身。

鹿疑郑相终难辨,蝶化庄生讵可知。假使如今不是梦,能长于梦几
多时。

夜 宴 惜 别

笙歌旖旎曲终头,转作离声满坐愁。筝怨朱弦从此断,烛啼红泪为
谁流。夜长似岁欢宜尽,醉未如泥饮莫休。何况鸡鸣即须别,门前
风雨冷修修。

归来二周岁

归来二周岁,二岁似须臾。池藕重生叶,林鸦再引雏。时丰实仓
廪,春暖茸庖厨。更作三年计,三年身健无。

吾　土

身心安处为吾土,岂限长安与洛阳。水竹花前谋活计,琴诗酒里到
家乡。荣先生老何妨乐,楚接舆歌未必狂。不用将金买庄宅,城东

无主是春光。

题岐王旧山池石壁

树深藤老竹回环,石壁重重锦翠斑。俗客看来犹解爱,忙人到此亦
须闲。况当霁景凉风后,如在千岩万壑间。黄绮更归何处去,洛阳
城内有商山。

病　眼　花

头风目眩乘衰老,只有增加岂有瘳。《传》云:有加而无瘳。花发眼中犹
足怪,柳生肘上亦须休。大窠罗绮看才辨,小字文书见便愁。必若
不能分黑白,却应无悔复无尤。

早饮醉中除河南尹敕到

雪拥衡门水满池,温炉卯后暖寒时。绿醅新酎尝初醉,黄纸除书到
不知。厚俸自来诚忝滥,老身欲起尚迟疑。应须了却丘中计,女嫁
男婚三径资。

除　夜

病眼少眠非守岁,老心多感又临春。火销灯尽天明后,便是平头六
十人。

府　西　池

柳无气力枝先动,池有波纹冰尽开。今日不知谁计会,春风春水一
时来。

天 津 桥

津桥东北斗亭西,到此令人诗思迷。眉月晚生神女浦,脸波春傍窈娘堤。柳丝袅袅风缲出,草缕茸茸雨剪齐。报道前驱少呼喝,恐惊黄鸟不成啼。

不准拟二首

篮舆腾腾一老夫,褐裘乌帽白髭须。早衰饶病多蔬食,筋力消磨合有无。不准拟身年六十,上山仍未要人扶。

忆昔谪居炎瘴地,巴猿引哭虎随行。多于贾谊长沙苦,予自左迁江峡,凡经七年。小校潘安白发生。不准拟身年六十,游春犹自有心情。

府 中 夜 赏

樱桃厅院春偏好,石井栏堂夜更幽。白粉墙头花半出,绯纱烛下水平流。闲留宾客尝新酒,醉领笙歌上小舟。舞袖飘飖棹容与,忽疑身是梦中游。

府西池北新葺水斋即事招宾偶题十六韵

缭绕府西面,潺湲池北头。凿开明月峡,决破白蘋洲。清浅漪澜急,黄缘浦屿幽。直冲行径断,平入卧斋流。石叠青棱玉,波翻白片鸥。喷时千点雨,澄处一泓油。绝境应难别悲列反,同心岂易求。少逢人爱玩,多是我淹留。夹岸铺长簟,当轩泊小舟。枕前看鹤浴,床下见鱼游。洞户斜开扇,疏帘半上钩。紫浮萍泛泛,碧亚竹修修。读罢书仍展,棋终局未收。午茶能散睡,卯酒善销愁。檐雨晚初霁,窗风凉欲休。谁能伴老尹,时复一闲游。

哭崔儿

掌珠一颗儿三岁，鬓_{一作发}雪千茎父六旬。岂料汝先为异物，常忧吾不见成人。悲肠自断非因剑，啼眼加昏不是尘。怀抱又空天默默，依前重作邓攸身。

初丧崔儿报微之晦叔

书报微之晦叔知，欲题崔字泪先垂。世间此恨偏敦我，_{敦音堆，见诗注。}天下何人不哭儿。蝉老悲鸣抛蜕后，龙眠惊觉失珠时。文章十一_{作千}帙官三品，身后传谁庇荫谁。

府斋感怀酬梦得

> 时初丧崔儿，梦得以诗相安云："从此期君比琼树，一枝吹折一枝生。"故有此落句以报之。

府伶呼唤争先到，家酝提携动辄随。合是人生开眼日，自当年老敛眉时。丹砂炼作三铢土，玄发看成一把丝。劳寄新诗远安慰，不闻枯树再生枝。

斋居

香火多相对，荤腥久不尝。黄耆数匙粥，赤箭一瓯汤。厚俸将何用，闲居不可忘。明年官满后，拟买雪堆庄。

与诸道者同游二室至九龙潭作

喜逢二室游仙子，厌作三川守土臣。举手摩挲潭上石，开襟斗薮府中尘。他日终为独往客，今朝未是自由身。若言尹是嵩山主，三十六峰应笑人。

履道池上作

家池动作经旬别,松竹琴鱼好在无。树暗小巢藏巧妇,渠荒新叶长慈姑。不因车马时时到,岂觉林园日日芜。犹喜春深公事少,每来花下得踟蹰。

六十拜河南尹

六十河南尹,前途足可知。老应无处避,病不与人期。幸遇芳菲日,犹当强健时。万金何假藉,一酹莫推辞。流水光阴急,浮云富贵迟。人间若无酒,尽合鬓成丝。

重修府西水亭院

因下疏为沼,随高筑作台。龙门分水入,金谷取花栽。绕岸行初匝,凭轩立未回。园西有池位,留与后人开。

与诸公同出城观稼

老尹醉醺醺,来随年少群。不忧头似雪,但喜稼如云。岁望千箱积,秋怜五谷分。何人知帝力,尧舜正为君。

水堂醉卧问杜三十一

闻君洛下住多年,何处春流最可怜。为问魏王堤岸下,何如同德寺门前。无妨水色堪闲玩,不得泉声伴醉眠。那似此堂帘幕底,连明连夜碧潺湲。

岁暮言怀

职与才相背,心将口自言。磨铅教切玉,驱鹤_{一作雁}遣乘轩。只合居岩窟,何因入府门。年终若无替,转恐负君恩。

座中戏呈诸少年

衰容禁得无多酒,秋鬓新添几许霜。纵有风情应淡薄,假如老健莫夸张。兴来吟咏从成癖,饮后酣歌少放狂。不为倚官兼挟势,因何入得少年场。

雪后早过天津桥偶呈诸客

官桥晴雪晓峨峨,老尹行吟独一过。紫绶相辉应不恶,白须同色复如何。悠扬短景凋年急,牢落衰情感事多。犹赖洛中饶醉客,时时泥我唤笙歌。

新制绫袄成感而有咏

水波文袄造新成,绫软绵匀温复轻。晨兴好拥向阳坐,晚出宜披蹋雪行。鹤氅毳疏无实事,木棉花冷得虚名。宴安往往欢侵夜,卧稳昏昏睡到明。百姓多寒无可救,一身独暖亦何情。心中为念农桑苦,耳里如闻饥冻声。争得大裘长万丈,与君都盖洛阳城。

早春雪后赠洛阳李长官长水郑明府二同年

献岁晴和风景新,铜驼街郭暖无尘。府庭一作亭共贺三川雪,县道分行百里春。朱绂洛阳官位屈,青袍长水俸钱贫。有何功德纡金紫,若比同年是幸人。

醉　吟

醉来忘渴复忘饥,冠带形骸杳若遗。耳底斋钟初过后,心头卯酒未消时。临风朗咏从人听,看雪闲行任马迟。应被众疑公事慢,承前府尹不吟诗。

府酒五绝

变　法

自惭到府来周岁,惠爱威棱一事无。唯是改张官酒法,渐从浊水作
醍醐。

招　客

日午微风且暮寒,春风冷峭雪干残。碧毡帐下红炉畔,试为来尝一
酽看。

辨　味

甘露太甜非正味,醴泉虽洁不芳馨。杯中此物何人别,柔旨之中有
典刑。

自　劝

忆昔羁贫应举年,脱衣典酒曲一作出江边。十千一斗犹赊饮,何况
官供不著钱。

谕　妓

烛泪夜黏桃叶袖,酒痕春污石榴裙。莫辞辛苦供欢宴,老后思量悔
煞君。

晚归早出

筋力年年减,风光日日新。退衙归逼夜,拜表出侵晨。何处台无
月,谁家池不春。莫言无胜地,自是少闲人。坐厌推囚案,行嫌引
马尘。几时辞府印,却作自由身。

南龙兴寺残雪

南龙兴寺春晴后,缓步徐吟绕一作到四廊。老趁风花应不称,闲寻

松雪正相当。吏人引从多乘舆,宾客逢迎少下堂。不拟人间更求事,些些疏懒亦何妨。

天宫阁早春

天宫高阁上何频,每上令人耳目新。前日晚登缘看雪,今朝晴望为迎春。林莺何处吟筝柱,墙柳谁家晒麹尘。可惜三川虚作主,风光不属白头人。

履道居三首

莫嫌地窄林亭小,莫厌贫家活计微。大有高门锁宽宅,主人到老不曾归。

东里素帷犹未彻,南邻丹旐又新悬。衡门蜗舍自惭愧,收得身来已五年。

世事平分众所知,何尝苦乐不相随。唯馀耽酒狂歌客,只有乐时无苦时。

和梦得冬日晨兴

漏传初五点,鸡报第三声。帐下从容起,窗间晱晱明。照书灯未灭,暖酒火重生。理曲弦歌动,先闻唱渭城。

雪夜对酒招客

帐小青毡暖,杯香〔绿〕(醅)蚁新。醉怜今夜月,欢忆去年人。暗落灯花烬,闲生草座尘。殷勤报弦管,明日有嘉宾。

赠晦叔忆梦得

自别崔公四五秋,因何临老转风流。归来不说秦中事,歇定唯谋洛下游。酒面浮花应是喜,歌眉敛黛不关愁。得君更有无厌意,犹恨尊前欠老刘。

醉后重赠晦叔

老伴知君少,欢情向我偏。无论疏与数,相见辄欣然。各以诗成癖,俱因酒得仙。笑回青眼语,醉并白头眠。岂是今投分,多疑宿结缘。人间更何事,携手送衰年。

睡　觉

星河耿耿漏绵绵,月暗灯微欲曙天。转枕频伸书帐下,披裘箕踞火炉前。老眠早觉常残夜,病力先衰不待年。五欲已销诸念息,世间无境可勾牵。

全唐诗卷四五二

白居易

咏兴五首 并序

　　七年四月,予罢河南府,归履道第,庐舍自给,衣储自充,无欲无营,或歌或舞,颓然自适,盖河洛间一幸人也。遇兴发咏,偶成五章,各以首句,命为题目。

解印出公府

解印出公府,斗薮尘土衣。百吏放尔散,双鹤随我归。归来履道宅,下马入柴扉。马嘶返旧枥,鹤舞还故池。鸡犬何忻忻,邻里亦依依。年颜老去日,生计胜前时。有帛御冬寒,有谷防岁饥。饱于东方朔,乐于荣启期。人生且如此,此外吾不知。

出府归吾庐

出府归吾庐,静然安且逸。更无客干谒,时有僧问疾。家僮十馀人,枥马三四匹。慵发经旬卧,兴来连日出。出游爱何处,嵩碧伊瑟瑟。况有清和天,正当疏散日。身闲自为贵,何必居荣秩。心足即非贫,岂唯金满室。吾观权势者,苦以身徇物。炙手外炎炎,履冰中栗栗。朝饥口忘味,夕惕心忧失。但有富贵名,而无富贵实。

池上有小舟

池上有小舟,舟中有胡床。床前有新酒,独酌还独尝。熏若春日

气,皎如秋水光。可洗机巧心,可荡尘垢肠。岸曲舟行迟,一曲进
一觞。未知几曲醉,醉入无何乡。夤缘潭岛间,水竹深青苍。身闲
心无事,白日为我长。我若未忘世,虽闲心亦忙。世若未忘我,虽
退身难藏。我今异于是,身世交相忘。

四月池水满

四月池水满,龟游鱼跃出。吾亦爱吾池,池边开一室。人鱼虽异
族,其乐归于一。且与尔为徒,逍遥同过日。尔无羡沧海,蒲藻可
委质。吾亦忘青云,衡茅足容膝。况吾与尔辈,本非蛟龙匹。假如
云雨来,只是池中物。

小庭亦有月

小庭亦有月,小院亦有花。可怜好风景,不解嫌贫家。菱角执笙
簧,谷儿抹琵琶。红绡信手舞,紫绡随意歌。菱、谷、紫、红,皆小臧获名
也。村歌与社舞,客哂主人夸。但问乐不乐,岂在钟鼓多。客告暮
将归,主称日未斜。请客稍深酌,愿见朱颜酡。客知主意厚,分数
随口一作后加。堂上烛未秉,座中冠已峨。左顾短红袖,右命小青
娥。长跪谢贵客,蓬门劳见过。客散有馀兴,醉卧独吟哦。幕天而
席地,谁奈刘伶何。

秋 凉 闲 卧

残暑昼犹长,早凉秋尚嫩。露荷散清香,风竹含疏韵。幽闲竟日
卧,衰病无人问。薄暮宅门前,槐花深一寸。

酬思黯相公见过弊居戏赠

轩盖光照地,行人为裴回。呼传君子出,乃是故人来。访我入穷
巷,引君登小台。台前多竹树,池上无尘埃。贫家何所有,新酒三
两杯。停杯款曲语,上马复迟回。一本作款曲语上马,从容复迟回。留守

不外宿，日斜宫漏催。但留金刀赠，未接玉山颓。家酝不敢惜，待
君来即开。村妓不辞出，恐君靧然咍。

再授宾客分司

优稳四皓官，清崇三品列。伊予再尘忝，内愧非才哲。俸钱七八
万，给受无虚月。分命在东司，又不劳朝谒。既资闲养疾，亦赖慵
藏拙。宾友得从容，琴觞恣怡悦。乘篮城外去，系马花前歇。六游
金谷春，五看龙门雪。吾若默无语，安知吾快活。吾欲更尽言，复
恐人豪夺。应为时所笑，苦<small>一作古</small>惜分司阙。但问适意无，岂论官
冷热。

把　酒

把酒仰问天，古今谁不死。所贵未死间，少忧多欢喜。穷通谅在
天，忧喜即由己。是故达道人，去彼而取此。勿言未富贵，久忝居
禄仕。借问宗族间，几人拖金紫。勿忧渐衰老，且喜加年纪。试数
班行中，几人及暮齿。朝餐不过饱，五鼎徒为尔。夕寝止求安，一
衾而已矣。此外皆长<small>去声</small>物，于我云相似。有子不留金，何况兼无
子。

首　夏

林静蚊未生，池静蛙未鸣。景长天气好，竟日和且清。春禽馀哢
在，夏木新阴成。兀尔水边坐，倏然桥上行。自问一何适，身闲官
不轻。料钱随月用，生计逐日营。食饱惭伯夷，酒足愧渊明。<small>陶潜
诗云："饮酒常不足。"</small>寿倍颜氏子，富百黔娄生。有一即为乐，况吾四者
并。所以私自慰，虽老有心情。

代　鹤

我本海上鹤,偶逢江南客。感君一顾恩,同来洛阳陌。洛阳寡族类,皎皎唯两翼。貌是天与高,色非日浴白。主人诚可恋,其奈轩庭窄。饮啄杂鸡群,年深损标格。故乡渺何处,云水重重隔。谁念深笼中,七换摩天翮。

立秋夕有怀梦得

露簟荻竹清,风扇蒲葵轻。一与故人别,再见新蝉鸣。是夕凉飙起,闲境入幽情。回灯见栖鹤,隔竹闻吹笙。夜茶一两杓,秋吟三数声。所思渺千里,云外一作水长洲城。

哭崔常侍晦叔

顽贱一拳石,精珍百炼金。名价既相远,交分何其深。中诚一以合,外物不能侵。逶迤二十年,与世同浮沉。晚有退闲一作寒约,白首归云林。垂老忽相失,悲哉口语心。春日嵩高一作高嵩阳,秋夜清洛阴。丘园共谁卜,山水共谁寻。风月共谁赏,诗篇共谁吟。花开共谁看,酒熟共谁斟。惠死庄杜口,钟殁师废琴。道理使之然,从古非独今。吾道自此孤,我情安可任。唯将病眼泪,一洒秋风襟。

新秋晓兴

浊暑忽已退,清宵未全长。晨釭耿残焰,宿阁凝微香。喔喔鸡下树,辉辉日上梁。枕低茵席软,卧稳身入床。睡足景犹早,起初风乍凉。展张小屏幛,收拾生衣裳。还有惆怅事,迟迟未能忘。拂镜梳白发,可怜冰照霜。

秋日与张宾客舒著作同游龙门醉中狂歌凡二百三十八字

秋天高高秋光清，秋风袅袅秋虫鸣。嵩峰馀霞锦绮卷，伊水细浪鳞甲生。洛阳闲客知无数，少出游山多在城。商岭老人自追逐，蓬丘逸士相逢迎。南出鼎门十八里，庄店逦迤桥道平。不寒不热好时节，鞍马稳快衣衫轻。并辔踟蹰下西岸，扣舷容与绕中汀。开怀旷达无所系，触目胜绝不可名。荷衰欲黄荇犹绿，鱼乐自跃鸥不惊。翠藻蔓长孔雀尾，彩船橹急寒雁声。家酝一壶白玉液，野花数把黄金英。昼游四看西日暮，夜话三及东方明。暂停杯箸辍吟咏，我有狂言君试听。丈夫一生有二志，兼济独善难得并。不能救疗生民病，即须先濯尘土缨。况吾头白眼已暗，终日戚促何所成。不如展眉开口笑，龙门醉卧香山行。

履信池樱桃岛上醉后走笔送别舒员外兼寄宗正李卿考功崔郎中

樱桃岛前春，去春花万枝。忽忆与宗卿闲饮日，又忆与考功狂醉时。岁晚无花空有叶，风吹满地干重叠。踏叶悲秋复忆春，池边树下重殷勤。今朝一酌临寒水，此地三回别故人。樱桃花，来春千万朵，来春共谁花下坐。不论崔李上青云，明日舒三亦抛我。

秋 池 独 泛

萧疏秋竹篱，清浅秋风池。一只短舫艇，一张斑鹿皮。皮上有野叟，手中持酒卮。半酣箕踞坐，自问身为谁。严子垂钓日，苏门长啸时。悠然意自得，意外何人知。

冬日早起闲咏

水一作冰塘耀初旭，风竹飘馀霰。幽境虽目前，不因闲不见。晨起对炉香，道经寻两卷。晚坐拂琴尘，秋思弹一遍。此外更无事，开尊时自劝。何必东风来，一杯春上面。

岁 暮

惨澹岁云暮，穷阴动经旬。霜风裂人面，冰雪摧车轮。而我当是时，独不知苦辛。晨炊廪有米，夕爨厨有薪。夹帽长覆耳，重裘宽裹身。加之一杯酒，煦妪如阳春。洛城士与庶，比屋多饥贫。何处炉有火，谁家甑无尘。如我饱暖者，百人无一人。安得不惭愧，放歌聊自陈。

南池早春有怀

朝游北桥上，晚憩南塘畔。西日雪全销，东风冰尽泮。莲莲鱼尾掉，瞥瞥鹅毛换。泥暖草芽生，沙虚泉脉散。晴芳冒苔岛，宿润侵蒲岸。洛下日初长，江南春欲半。时光共抛掷，人事堪嗟叹。倚棹忽寻思，去年池上伴。

古 意

脉脉复脉脉，美人千里隔。不见来几时，瑶草三四碧。玉琴声悄悄，鸾镜尘幂幂。昔为连理枝，今作分飞翮。寄书多不达，加饭终无益。心肠不自宽，衣带何由窄。

山游示小妓

双鬟垂未合，三十才过半。本是绮罗人，今为山水伴。春泉共挥弄,好树同攀玩。笑容共底迷,酒思风前乱。红凝舞袖急,黛惨歌声缓。莫唱杨柳枝,无肠与君断。

神照禅师同宿

八年三一作二月晦,山梨花满枝。龙门水西寺,夜与远公期。晏坐自相对,密语谁得一作能知。前后际断处,一念不生时。

张常侍相访

西亭晚寂寞,莺散柳阴繁。水户帘不卷,风床席自翻。忽闻车马客,来访蓬蒿门。况是张常侍,安得不开尊。

早夏游宴

虽慵兴犹在,虽老心犹健。昨日山水游,今朝花酒宴。山榴艳似火,王蕊飘如霰。荣落逐瞬迁,炎凉随刻变。未收木绵褥,已动蒲葵扇。且喜物与人,年年得相见。

感 白 莲 花

白白芙蓉花,本生吴江渍。不与红者杂,色类自区分。谁移尔至此,姑苏白使君。初来苦憔悴,久乃芳氛氲。月月叶换叶,年年根生根。陈根与故叶,销化成泥尘。化者日已远,来者日复新。一为池中物,永别江南春。忽想西凉州,中有天宝民。埋殁汉父祖,孳生胡子孙。已忘乡土恋,岂念君亲恩。生人尚复尔,草木何足云。

咏 所 乐

兽乐在山谷,鱼乐在陂池。虫乐在深草,鸟乐在高枝。所乐虽不同,同归适其宜。不以彼易此,况论是与非。而我何所乐,所乐在分司。分司有何乐,乐哉人不知。官优有禄料,职散无羁縻。懒与道相近,钝将闲自随。昨朝拜表回,今晚行香归。归来北窗下,解巾脱尘衣。冷泉灌我顶,暖水濯四肢。体中幸无疾,卧任清风吹。心中又无事,坐任白日移。或开书一篇,或引酒一卮。但得如今日,终身无厌时。

思　旧

闲日一思旧,旧游如目前。再思今何在,零落归下泉。退之服硫黄,一病讫不痊。微之炼秋石,未老身溘然。杜子得丹诀,终日断腥膻。崔君夸药力,经冬不衣绵。或疾或暴夭,悉不过中年。唯予不服食,老命反迟延。况在少壮时,亦为嗜欲牵。但耽荤与血,不识汞与铅。饥来吞热物,渴来饮寒泉。诗役五藏神,酒汩三丹田。随日合破坏,至今粗完全。齿牙未缺落,肢体尚轻便。已开第七秩,饱食仍安眠。且进一作尽杯中物,其馀皆付天。

寄卢少尹 一作卿

老海心不乱,庄戒形太劳。生命既能保,死籍亦可逃。嘉肴与旨酒,信是腐肠膏。艳声与丽色,真为伐性刀。补养在积功,如裘集众毛。将欲致千里,可得差一毫。心不乱,形太劳,至差一毫,皆出老庄及诸道书、仙方、禁诫。颜回何为者,箪瓢才自给。肥酞不到口,年不登三十。张苍何为者,染爱浩无际。妾媵填后房,竟寿百馀岁。苍寿有何德,回夭有何辜。谁谓具圣体,不如肥孤躯。遂使世俗心,多疑仙道书。寄问卢先生,此理当何如。

池上清晨候皇甫郎中

晓景丽未热,晨飙鲜且凉。池幽绿蘋合,霜洁白莲香。深扫竹间径,静拂松下床。玉柄鹤翎扇,银罂云母浆。屏除无俗物,瞻望唯清光。何人拟相访,嬴女从萧郎。

咏 怀

我知世无幻,了无干世意。世知我无堪,亦无责我事。由兹两相忘,因得长自遂。自遂意何如,闲官在闲地。闲地唯东都,东都少名利。闲官是宾客,宾客无牵累。嵇康日日懒,毕卓时时醉。酒肆夜深归,僧房日高睡。形安不劳苦,神泰无忧畏。从官三十年,无如今气味。鸿虽脱罗弋,鹤尚居禄位。唯此未忘怀,有时犹内愧。

北 窗 三 友

今日北窗下,自问何所为。欣然得三友,三友者为谁。琴罢辄举酒,酒罢辄吟诗。三友递相引,循环无已时。一弹惬中心,一咏畅四肢。犹恐中有间,以酒弥缝之。岂独吾拙好,古人多若斯。嗜诗有渊明,嗜琴有启期。嗜酒有伯伦,三人皆吾师。或乏儋石储,或穿带索衣。弦歌复觞咏,乐道知所归。三师去已远,高风不可追。三友游甚熟,无日不相随。左掷白玉卮,右拂黄金徽。兴酣不叠纸,走笔操狂词。谁能持此词,为我谢亲知。纵未以为是,岂以我为非。

吟四虽 杂言

酒酣后,歌歇时。请君添一酌,听我吟四虽。年虽老,犹少于韦长史。命虽薄,犹胜于郑长水。眼虽病,犹明于徐郎中。家虽贫,犹富于郭庶子。省躬审分何侥幸,值酒逢歌且欢喜。忘荣知足委天和,亦应得尽生生理。分司同官中,韦长史绩年七十馀,郭庶子求贫苦最甚,徐郎中晦因疾丧明。予为河南尹时,见同年郑俞始受长水县令,因叹四子而成此篇也。

裴侍中晋公以集贤林亭即事
诗三十六韵见赠猥蒙征和才
拙词繁辄广为五百言以伸酬献

三江路千里，五湖天一涯。何如集贤第，中有平津池。池胜主见
觉，景新人未知。竹森翠琅玕，水深洞琉璃。水竹以为质，质立而
文随。文之者何人，公来亲指麾。疏凿出人意，结构得地宜。灵襟
一搜索，胜概无遁遗。因下张沼沚，依高筑阶基。嵩峰见数片，伊
水分一支。南溪修且直，长波碧逶迤。北馆壮复丽，倒影红参差。
东岛号晨光，呆一作泉曜迎朝曦。西岭名夕阳，杳暖留落晖。前有
水心亭，动荡架涟漪。后有开阖堂，寒温变天时。幽泉镜泓澄，怪
石山歃危。以上八所，各具本名。春葩雪漠漠谓杏花岛，夏果珠离离谓樱桃
岛。主人命方舟，宛在水中坻。亲宾次第至，酒乐前后施。解缆始
登泛，山游仍水嬉。沿洄无滞碍，向背穷幽奇。瞥过远桥下，飘旋
深涧陲。管弦去缥缈，罗绮来霏微。棹风逐舞回，梁尘随歌飞。宴
馀日云暮，醉客未放归。高声索彩笺，大笑催金卮。唱和笔走疾，
问答杯行迟。一咏清两耳，一酣畅四肢。主客忘贵贱，不知俱是
谁。客有诗魔者，吟哦不知疲。乞公残纸墨，一扫狂歌词。维云社
稷臣，赫赫文武姿。十授丞相印，五建大将旗。四朝致勋华，一身
冠皋夔。去年才七十，决赴悬车期。公志不可夺，君恩亦难希一作
违。从容就中道，勉强来保厘。貂蝉虽未脱，鸾凤已不羁。历征今
与古，独步无等夷。陆贾功业少，二疏官秩卑。乘舟范蠡惧，辟谷
留侯饥。岂若公今日，身安家国肥。羊祜在汉南，空留岘首碑。柳
恽在江南，只赋汀洲诗。谢安入东山，但说携蛾眉。山简醉高阳，
唯闻倒接䍦。岂如公今日，馀力兼有之。愿公寿如山，安乐长在

兹。愿我比蒲稗,永得相因依。_{谢灵运诗云:"蒲稗相因依。"}

晚归香山寺因咏所怀

我年日已老,我身日已闲。闲出都门望,但见水与山。关塞碧岩岩,伊流清潺潺。中有古精舍,轩户无扃关。岸草歇可藉,径萝行可攀。朝随浮云出,夕与飞鸟还。吾道本迂拙,世途多险艰。尝闻嵇吕辈,尤悔生疏顽。巢悟入箕颍,皓知返商巅_{一作颜}。岂唯乐肥遁,聊复祛忧患。吾亦从此去,终老伊嵩间。

张常侍池凉夜闲宴赠诸公

竹桥新月上,水岸凉风至。对月五六人,管弦三两事。留连池上酌,款曲城外意。或啸或讴吟,谁知此闲味。回看市朝客,矻矻趋名利。朝忙少游宴,夕困多眠睡。清凉属吾徒,相逢勿辞醉。

和皇甫郎中秋晓同登天宫阁言怀六韵

碧天忽已高,白日犹未短。玲珑晓楼阁,清脆秋丝管。张翰一杯酎,嵇康终日懒。尘中足忧累,云外多疏散。病木斧斤遗,冥鸿羁绁断。逍遥二三子,永愿为闲伴。

送吕漳州

今朝一壶酒,言送漳州牧。半自要闲游,爱花怜草绿。花前下鞍马,草上携丝竹。行客饮数杯,主人歌一曲。端居惜风景,屡出劳僮仆。独醉似无名,借君作题目。

短歌曲 _{一作行}

世人求富贵,多为奉嗜欲。盛衰不自由,得失常相逐。问君少年日,苦学将干禄。负笈尘中游,抱书雪前读。布衾不周体,藜茹一作茄才充腹。三一作四十登宦途,五十被朝服。奴温新一作已挟纩,马肥初食粟。未敢议欢游,尚为名检束。耳目聋暗后,堂上调丝竹。牙齿缺落时,盘中堆酒肉。彼来此已去,外馀中不足。少壮与荣华,相避如寒燠。青云去地远,白日经天速。从古无奈何,短歌听一作空一曲。

咏　怀

高人乐丘园,中人慕官职。一事尚难成,两途安可得。遑遑干世者,多苦时命塞。亦有爱闲人,又为穷饿逼。我今幸双遂,禄仕兼游息。未尝羡荣华,不省劳心力。妻孥与婢仆,亦免愁衣食。所以吾一家,面无忧喜色。

府西亭纳凉归

避暑府西亭,晚归有闲思。夏浅蝉未多,绿槐阴满地。带宽衫解领,马稳人拢辔。面上有凉风,眼前无俗事。路经府门过,落日照官次。牵联缧绁囚,奔走尘埃吏。低眉悄不语,谁复知兹意。忆得五年前,晚衙时气味。

老　热

一饱百情足,一酣万事休。何人不衰老,我老心无忧。仕者拘职役,农者劳田畴。何人不苦热,我热身自由。卧风北窗下,坐月南池头。脑凉脱乌帽,足热濯清流。慵发昼高枕,兴来夜泛舟。何乃有馀适,只缘无过求。或问诸亲友,乐天是与不。亦无别言语,多道天一作大悠悠。悠悠君不知,此味深且幽。但恐君知后,亦来从我游。

新秋喜凉因寄兵部杨侍郎

外强火未退,中锐金方战。一夕风雨来,炎凉随数变。徐徐炎景度,稍稍凉飙扇。枕簟忽凄清,巾裳亦轻健。老夫纳秋候,心体殊安便。睡足一屈伸,搔首摩挲面。褰帘对池竹,幽寂如僧院。俯观游鱼群,仰数浮云片。闲忙各有趣,彼此宁相见。昨日闻慕巢,召对延英殿。

懒放二首呈刘梦得吴方之

青衣报平旦,呼我起盥栉。今早天气寒,郎君应不出。又无宾客至,何以销闲日。已向微阳前,暖酒开诗帙。
朝怜一床日,暮爱一炉火。床暖日高眠,炉温夜深坐。雀罗门懒出,鹤发头慵裹。除却刘与吴,何人来问我。

六 十 六

病知心力减,老觉光阴速。五十八归来,今年六十六。鬓丝千万白,池草八九绿。童稚尽成人,园林半乔木。看山倚高石,引水穿深竹。虽有潺湲声,至今听未足。

三适赠道友

褐绫袍厚暖,卧盖行坐披。紫毡履宽稳,蹇步颇相宜。足适已忘履,身适已忘衣。况我心又适,兼忘是与非。三适今一作合为一,怡怡复熙熙。禅那不动处,混沌未凿时。此固不可说,为君强言之。

洛阳春赠刘李二宾客 齐梁格

水南冠盖地,城东桃李园。雪消洛阳堰,春入永通门。淑景方霭霭,游人稍喧喧。年丰酒浆贱,日晏歌吹繁。中有老朝客,华发映朱轩。从容三两人,藉草开一尊。尊前春可惜,身外事勿论。明日期何处,杏花游赵村。洛城东有赵村,杏花千馀树。

寒　食

人老何所乐,乐在归乡国。我归故园来,九度逢寒食。故园在何处,池馆东城侧。四邻梨花时,二月伊水色。岂独好风土,仍多旧亲戚。出去恣欢游,归来聊燕息。有官供禄俸,无事劳心力。但恐优稳多,微躯销不得。

和裴令公一日日一年年杂言见赠

一日日,作老翁。一年年,过春风。公心不以贵隔我,我散唯将闲伴公。我无才能忝高秩,合是人间闲散物。公有功德在生民,何因得作自由身。前日魏王潭上宴连夜,今日午桥池头游拂晨。山客砚前吟待月,野人尊前醉送春。不敢与公闲中争第一,亦应占得第二第三人。

全唐诗卷四五三

白居易

题裴晋公女几山刻石

诗后 并序。一本此篇无此题,序即题也。

裴侍中晋公出讨淮西时,过女几山下,刻石题诗。末句云:"待平贼垒报天子,莫指仙山示武夫。"果如所言,克期平贼,由是淮蔡迄今底宁,殆二十年,人安生业。夫嗟叹不足则咏歌之,故居易作诗二百言,继题公之篇末,欲使采诗者、修史者、后之往来观者,知公之功德本末前后也。

何处画功业,何处题诗篇。麒麟高阁上,女几小山前。尔后多少时,四朝二十年。贼骨化为土,贼垒犁为田。一从贼垒平,陈蔡民晏然。骡军成牛户。蔡寇号骡子军,陈蔡间农骁锐者、人畜牛者,呼为牛户。鬼火变人烟。生子已嫁婆,种桑亦丝绵。皆云公之德,欲报无由缘。公今在何处,守都镇三川。旧宅留永乐,新居开集贤。公今在何官,被衮珥貂蝉。战袍破犹在,髀肉生欲圆。襟怀转萧洒,气力弥精坚。登山不拄杖,上马能掉鞭。利泽浸入池,福降升自一作自升天。昔号天下将,今称地上仙。勿追赤松游,勿拍洪崖肩。商山有遗老,可以奉周旋。

洛阳有愚叟

洛阳有愚叟,白黑无分别。浪迹虽似狂,谋身亦不拙。点检盘中饭,非精亦非枥。点检身上衣,无馀亦无阙。天时方得所,不寒复不热。体气正调和,不饥仍不渴。闲将酒壶出,醉向人家歇。野食或烹鲜,寓眠多拥褐。抱琴荣启乐,荷锸刘伶达。放眼看青山,任头生白发。不知天地内,更得几年活。从此到终身,尽为闲日月。

饱食闲坐

红粒陆浑稻,白鳞伊水鲂。庖童呼我食,饭热鱼鲜香。箸箸适我口,匙匙充我肠。八珍与五鼎,无复心思量。扪腹起盥漱,下阶振衣裳。绕庭一作亭行数匝,却上檐下床。箕踞拥裘坐,半身在日旸。可怜饱暖味,谁肯来同尝。是岁太和八,兵销时渐康。朝廷重经术,草泽搜贤良。尧舜求理切,夔龙启沃忙。怀才抱智者,无不走遑遑。唯此不才叟,顽慵恋洛阳。饱食不出门,闲坐不下堂。子弟多寂寞,僮仆少精光。衣食虽充给,神意不扬扬。为尔谋则短,为吾谋甚长。

闲居自题

门前有流水,墙上多高树。竹径绕荷池,萦回百馀步。波闲戏鱼鳖,风静下鸥鹭。寂无城市喧,渺有江湖趣。吾庐在其上,偃卧朝复暮。洛下安一居,山中亦慵去。时逢过客爱,问是谁家住。此是白家翁,闭门终老处。

览镜喜老

今朝览明镜,须鬓尽成丝。行年六十四,安得不衰羸。亲属惜我老,相顾兴叹咨。而我独微笑,此意何人知。笑罢仍命酒,掩镜捋白髭。尔辈且安坐,从容听我词。生若不足恋,老亦何足悲。生若苟可恋,老即生多时。不老即须夭,不夭即须衰。晚衰胜早夭,此理决不疑。古人亦有言,浮生七十稀。我今欠六岁,多幸或庶几。倘得及此限,何羡荣启期。当喜不当叹,更倾酒一卮。

风雪中作

岁暮风动地,夜寒雪连天。老夫何处宿,暖帐温炉前。两重褐绮衾,一领花茸一作丛毡。粥熟呼不起,日高安稳眠。是时心与身,了无闲事牵。以此度风雪,闲居来六年。忽思远游客,复想早朝士。踊冻侵夜行,凌寒未明起。心为身君父,身为心臣子。不得身自由,皆为心所使。我心既知足,我身自安止。方寸语形骸,吾应不负尔。

对琴酒

西窗明且暖,晚坐卷书帷。琴匣拂开后,酒瓶添满时。角尊白螺醆,玉轸黄金徽。未及弹与酌,相对已依依。泠泠秋泉韵,贮在龙凤池。油油春云心,一杯可致之。自古有琴酒,得此味者稀。只因康与籍,及我三心知。

雪中晏起偶咏所怀兼呈张常侍韦庶子皇甫郎中杂言

穷阴苍苍雪雰雰,雪深没胫泥埋轮。东家典钱归碍夜,南家贳米出凌晨。我独何者无此弊,复帐重衾暖若春。怕寒放懒不肯动,日高眠足方频伸。瓶中有酒炉有炭,瓮中有饭庖有薪。奴温婢饱身晏起,致兹快活良有因。上无皋陶伯益廊庙材,的不能匡君辅国活生

民。下无巢父许由箕颍操，又不能食薇饮水自苦辛。君不见南山
悠悠多白云，又不见西京—作北阙浩浩唯红尘。红尘闹热白云冷，
好于冷热中间安置身。三年倖幸忝洛尹，两任优稳为商宾。非贤
非愚非智慧，不贵不富不贱贫。冉冉老去过六十，腾腾闲来经七
春。不知张韦与皇甫，私唤我作何如人。

和裴侍中南园静兴见示

池馆清且幽，高怀亦如此。有时帘动风，尽日桥照水。静将鹤为
伴，闲与云相似。何必学留侯，崎岖觅松子。

春　寒

今朝春气寒，自问何所欲。酥暖薤白酒，乳和地黄粥。岂惟厌馋
口，亦可调病腹。助酌有枯鱼，佐餐兼旨蓄。省躬念前哲，醉饱多
惭忸。君不闻靖节先生尊长空，广文先生饭不足。

菩提寺上方晚望香山寺寄舒员外

晚登西宝刹，晴望东精舍。反照转楼台，辉辉似图画。冰浮水明
灭，雪压松偃亚。石阁僧上来，云汀雁飞下。西京闹于市，东洛闲
如社。曾忆旧游无，香山明月夜。

二月一日作赠韦七庶子

园杏红萼坼，庭兰紫芽出。不觉春已深，今朝二月一。去冬病疮
痏，将养遵医术。今春入道场，清净依僧律。尝闻圣贤语，所慎斋
与疾。遂使爱酒人，停杯一百日。明朝二月二，疾平斋复毕。应须
挈一壶，寻花觅韦七。

犬鸢

晚来天气好，散步中门前。门前何所有，偶睹犬与鸢。鸢饱凌风飞，犬暖向日眠。腹舒稳贴地，翅凝去声高摩天。上无罗弋忧，下无羁锁牵。见彼物遂性，我亦心适然。心适复何为，一咏逍遥篇。此仍著于适一作迹，尚未能忘言。

梦刘二十八因诗问之

昨夜梦梦得，初觉思蹰躇。忽忘来汝郡，犹疑在吴都。吴都三千里，汝郡二百馀。非梦亦不见，近与远何殊。尚能齐近远，焉用论荣枯。但问寝与食，近日两何如。病后能吟否，春来曾醉无。楼台与风景，汝又何如苏。相思一相报，勿复慵为书。

闲吟

贫穷汲汲求衣食，富贵营营役心力。人生不富即贫穷，光阴易过闲难得。我今幸在穷富间，虽在朝廷不入山。看雪寻花玩风月，洛阳城里七年闲。

西行

衣裘不单薄，车马不羸弱。蔼蔼三月天，闲行亦不恶。寿安流水馆，硖石青山郭。官道柳阴阴，行宫花漠漠。常闻俗间语，有钱在处乐。我虽非富人，亦不苦寂寞。家僮解弦管，骑从携杯杓。时向春风前，歇鞍开一酌。

东归

翩翩平肩舆一作舁，中有醉老夫。膝上展诗卷，竿头悬酒壶。食宿无定程,仆马多缓驱。临水歇半日,望山倾一盂。藉草坐嵬峨并上声,攀花行踟蹰。风将景共暖,体与心同舒。始悟有营者,居家如在途。方知无系者,在道如安居。前夕宿三堂三堂在陕,今旦游申湖申湖在陕。残春三百里,送我归东都。

途 中 作

早起上肩舁一作舆,一杯平旦醉。晚憩下肩舁,一觉残春睡。身不经营物,心不思量事。但恐绮与里,只如吾气味。

小 台

新树低如帐,小台平似掌。六尺白藤床,一茎青竹杖。风飘竹皮落,苔印鹤迹上。幽境与谁同,闲人自来往。

睡后茶兴忆杨同州

昨晚饮太多,嵬峨并上声连宵醉。今朝餐又饱,烂漫移时睡。睡足摩挲眼,眼前无一事。信脚绕池行,偶然得幽致。婆娑绿阴树,斑驳青苔地。此处置绳床,傍边洗茶器。白瓷瓯甚洁,红炉炭方炽。沫下麹尘香,花浮鱼眼沸。盛来有佳色,咽罢馀芳气。不见杨慕巢,谁人知此味。

题 文 集 柜

破柏作书柜,柜牢柏复坚。收贮谁家集,题云白乐天。我生业文字,自幼及老年。前后七十卷,小大三千篇。诚知终散失,未忍遽弃捐。自开自锁闭,置在书帷前。身是邓伯道,世无王仲宣。只应分付女,留与外孙传。

旱 热 二 首

彤云散不雨,赫日吁可畏。端坐犹挥汗,出门岂容易。忽思公府
内,青衫折腰吏。复想驿路中,红尘走马使。征夫更辛苦,逐客弥
憔悴。日入尚趋程,宵分不遑寐。安知北窗叟,偃卧风飒至。簟拂
碧龙鳞,扇摇白鹤翅。岂唯身所得,兼示心无事。谁言苦热天,元
有清凉地。

勃勃旱尘气,炎炎赤日光。飞禽飔将坠,行人渴欲狂。壮者不耐
饥,饥火烧其肠。肥者不禁热,喘急汗如浆。此时方自悟,老瘦亦
何妨。肉轻足健逸,发少头清凉。薄食不饥渴,端居省衣裳。数匙
粱饭冷,一领绡衫香。持此聊过日,焉知畏景长。

偶 作 二 首

战马春放归,农牛冬歇息。何独徇名人,终身役心力。来者殊未
已,去者不知还。我今悟已晚,六十方退闲。犹胜不悟者,老死红
尘间。

名无高与卑,未得多健羡。事无小与大,已得多厌贱。如此常自
苦,反此或自安。此理知甚易,此道行甚难。勿信人虚语,君当事
上看。

池上作　西溪、南潭皆池中胜地也

西溪风生竹森森,南潭萍开水沉沉。丛翠万竿湘岸色,空碧一泊松
江心。浦派萦回误远近,桥岛向背迷窥临。澄澜方丈若万顷,倒影
咫尺如千寻。泛然独游邈然坐,坐念行心思古今。菟裘不闻有泉
沼,西河亦恐无云林。岂如白翁退老地,树高竹密池塘深。华亭双
鹤白矫矫,太湖四石青岑岑。眼前尽日更无客,膝上此时唯有琴。

洛阳冠盖自相索,谁肯来此同抽簪。

何处堪避暑

何处堪避暑,林间背日楼。何处好追凉,池上随风舟。日高饥始食,食竟饱还游。游罢睡一觉,觉来茶一瓯。眼明见青山,耳醒闻碧流。脱袜闲濯足,解巾快搔头。如此来几时,已过六七秋。从心至百骸,无一不自由。拙退是其分,荣耀非所求。虽被世间笑,终无身外忧。此语君莫怪,静思吾亦愁。如何三伏月,杨尹谪虔州。

诏　下

昨日诏下去罪人,今日诏下得贤臣。进退者谁非我事,世间宠辱常纷纷。我心与世两相忘,时事虽闻如不闻。但喜今年饱饭吃,洛阳禾稼如秋云。更倾一尊歌一曲,不独忘世兼忘身。

七月一日作

七月一日天,秋生履道里。闲居见清景,高兴从此始。林间暑雨歇,池上凉风起。桥竹碧鲜鲜,岸莎青靡靡。苍然古磐石,清浅平流水。何言中门前,便是深山里。双僮侍坐卧,一杖扶行止。饥闻麻粥香,渴觉云汤美。胡麻粥,云母汤。平生所好物,今日多在此。此外更何思,市朝心已矣。

开　襟

开襟何处好,竹下池边地。馀热体犹烦,早凉风有味。黄萎槐蕊结,红破莲芳一作房坠。无奈每年秋,先来入衰思。

自宾客迁太子少傅分司

头上渐无发，耳间新有毫。形容逐日老，官秩随年高。优饶又加俸，闲稳仍分曹。饮食免藜藿，居处非蓬蒿。何言家尚贫，银榼提绿醽。勿谓身未贵，金章照紫袍。诚合知止足，岂宜更贪饕。默默_{一作然}心自问，于国有何劳。

自　在

杲杲冬日光，明暖真可爱。移榻向阳坐，拥裘仍解带。小奴捶我足，小婢搔我背。自问我为谁，胡然独安泰。安泰良有以，与君论梗概。心了事未了，饥寒迫于外。事了心未了，念虑煎于内。我今实多幸，事与心和会。内外及中间，了然无一碍。所以日阳中，向君言自在。

咏　史 九年十一月作

秦磨利刀斩李斯，齐烧沸鼎烹郦其。可怜黄绮入商洛，闲卧白云歌紫芝。彼为菹醢机上尽，此为鸾凰天外飞。去者逍遥来者死，乃知祸福非天为。

因梦有悟 一作寤

交友沦殁尽，悠悠劳梦思。平生所厚者，昨夜梦见之。梦中几许事，枕上无多时。款曲数杯酒，从容一局棋。_{棋酒皆梦中所见事。}初见_{一作是}韦尚书弘景，金紫何辉辉。中遇李侍郎建，笑言甚怡怡。终为崔常侍玄亮，意色苦依依。一夕三改变，梦心不惊疑。此事人尽怪，此理谁得知。我粗知此理，闻于竺乾师。识行妄分别，智隐迷是非。若转识为智，菩提其庶几。

春　游

上马临出门，出门复逡巡。回头问妻子，应怪春游频。诚知春游频，其奈老大身。朱颜去复去，白发新更新。请君屈十指，为我数交亲。大限年一作言百岁，几人及七旬。我今六十五，走若下坂轮。假使得七十，只有五度春。逢春不游乐，但恐是痴人。

题天竺南院赠闲元旻清四上人

杂芳涧草合，繁绿岩树新。山深景候晚，四月有馀春。竹寺过微雨，石径无纤尘。白衣一居士，方袍四道人。地是佛国土，人非俗交亲。城中山下别，相送亦殷勤。

哭　师　皋

南康丹旐引魂回，洛阳篮舁送葬来。北邙原边尹村一作草树畔，月苦烟愁夜过半。妻孥兄弟号一声，十二人肠一时断。往者何人送者谁，乐天哭别师皋时。平生分义向人尽，今日哀冤唯我知。我知何益徒垂泪，篮舆回竿马回辔。何日重闻扫市歌，谁家收得琵琶伎。师皋醉后善歌扫市词，又有小妓工琵琶，不知今落何处。萧萧风树白杨影，苍苍露草青蒿气。更就坟前哭一声，与君此别终天地。

隐　几　赠　客

宦情本淡薄，年貌又老丑。紫绶与金章，于予亦何有。有时独一作犹隐几，答音塔然无所偶。卧枕一卷书，起尝一杯酒。书将引昏睡，酒用扶衰朽。客到忽已酣，脱巾坐搔首。疏顽倚老病，容恕惭交友。忽思庄生言，亦拟鞭其后。

夏 日 作

葛衣疏且单,纱帽轻复宽。一衣与一帽,可以过炎天。止于便吾体,何必被罗纨。宿雨林笋嫩,晨露园葵鲜。烹葵炮嫩笋,可以备朝餐。止于适吾口,何必饫腥膻。饭讫盥漱已,扪腹方果然。婆娑庭前步,安稳窗下眠。外养物不费,内归心不烦。不费用难尽,不烦神易安。庶几无夭阏,得以终天年。

晚 凉 偶 咏

日下西墙西,风来北窗北。中有逐凉人,单床独栖息。飘萧过云雨,摇曳归飞翼。新叶多好阴,初筠有佳色。幽深小池馆,优稳闲官职。不爱勿复论,爱亦不易得。

酬牛相公宫城早秋寓
言见示兼呈梦得 时梦得有疾

七月中气后,金与火交争。一闻白雪唱,暑退清风生。碧树未摇落,寒蝉始悲鸣。夜凉枕簟滑,秋燥衣巾轻。疏受老慵出,刘桢疾未平。何人伴公醉,新月上宫城。

小台晚坐忆梦得

汲泉洒小台,台上无纤埃。解带面西坐,轻襟随风开。晚凉闲兴动,忆同倾一杯。月明候柴户,藜杖何时来。

种 桃 歌

食桃种其核,一年核生芽。二年长枝叶,三年桃有花。忆昨五六岁,灼灼盛芬华。追兹八九载,有减而无加。去春已稀少,今春渐无多。明年后年后，芳意当如何。命酒树下饮，停杯拾馀葩。因桃忽自感，悲吒成狂歌。

狂言示诸侄

世欺不识字，我亦攻文笔。世欺不得官，我亦居班秩。人老多病苦，我今幸无疾。人老多忧累，我今婚嫁毕。心安不移转，身泰无牵率。所以十年来，形神闲且逸。况当垂老岁，所要无多物。一裘暖过冬，一饭饱终日。勿言舍宅小，不过寝一室。何用鞍马多，不能骑两匹。如我优幸身，人中十有七。如我知足心，人中百无一。傍观愚亦见，当己贤多失。不敢论他人，狂言示诸侄。

偶以拙诗数首寄呈裴少尹侍郎蒙以 盛制四篇一时酬和重投长句美而谢之

投君之文甚荒芜，数篇价直一束刍。报我之章何璀璨，累累四贯骊龙珠。毛诗三百篇后得，文选六十卷中无。一麋丽龟绝报赛，五鹿连柱难支梧。高兴独因秋日尽，清吟多与好风俱。银钩金错两殊重，宜上屏风张座隅。

全唐诗卷四五四

白居易

六年冬暮赠崔常侍晦叔 时为河南尹

鬓毛霜一色,光景水争流。易过唯冬日,难销是老愁。香开绿蚁酒,暖拥褐绫裘。已共崔君约,尊前倒即休。

戏招诸客

黄醅绿醑迎冬熟,绛帐红炉逐夜开。谁道洛中多逸客,不将书唤不曾来。

十二月二十三日作兼呈晦叔

案头历日虽未尽,向后唯残六七行。床下酒瓶虽不满,犹应醉得两三场。病身不许依年老,拙宦虚教逐日忙。闻健偷闲且勤一作欢饮,一杯之外莫思量。

七年元日对酒五首

庆吊经过懒,逢迎跪拜迟。不因时节日,岂觉此身羸一作时衰。
众老忧添岁,余衰喜春。年开第七秩,屈指几多人。
三杯蓝尾酒,一碟胶牙饧。除却崔常侍,无人共我争。

今朝吴与洛，相忆一欣然。梦得君知否，俱过本命年。余与苏州刘郎
中同壬子岁，今年六十二。

同岁崔何在，同年杜又无。余与吏部崔相公甲子同岁与循州杜相公及第同年。
秋、冬二人俱逝。应无藏避处，只有且欢娱。

七年春题府厅

潦倒守三川，因循涉四年。推诚废钩距，示耻用蒲鞭。以此称公
事，将何销俸钱。虽非好官职，岁久亦妨贤。

早春醉吟寄太原令狐相公苏州刘郎中

雪夜闲游多秉烛，花时暂出亦提壶。别来少遇新诗敌，老去难逢旧
饮徒。大振威名降北虏，勤行惠化活东吴。不知歌酒腾腾兴，得似
河南醉尹无。

洛下送牛相公出镇淮南

北阙至东京，风光十六程。坐移丞相阁，春入广陵城。红旆拥双
节，白须无一茎。万人开路看，百吏立班迎。阃外君弥重，尊前我
亦荣。何须身自得，将相是门生。元和初，牛相公应制策登第三等，予为翰
林考核官。

筝

云髻飘萧绿，花颜旖旎红。双眸剪秋水，十指剥春葱。楚艳为门
阀，秦声是女工。甲明银玓瓅，柱触玉玲珑。猿苦啼嫌月，莺一作鸾
娇语�一作泥风。移愁来手底，送恨入弦中。赵瑟清一作情相似，胡
琴闹一作调不同。慢弹回断雁，急奏转飞蓬。霜珮锵还委，冰泉咽
复通。珠联千拍碎，刀截一声终。倚丽精神定，矜能意态融。歇时

情不断,休去思无穷。灯下青春夜一作清歌夜,尊前白首翁。且听应得在,老耳未多聋。

洛中春游呈诸亲友

莫叹年将暮,须怜岁又新。府中三遇腊,洛下五逢春。春树花珠颗,春塘水麴尘。春娃无气力,春马有精神。咏春游一时之态。并辔鞭徐动,连盘酒慢巡。经过旧邻里,追逐好交亲。笑语销闲日,酣歌送老身。一生欢乐事,亦不少于人。

酬舒三员外见赠长句

自请假来多少日,五旬光景似须臾。已判到老为狂客,不分当春作病夫。杨柳花飘新白雪,樱桃子缀小红珠。头风不敢多多饮,能酌三分相劝无。

将 归 一 绝

欲去公门返野扉,预思泉竹已依依。更怜家酝迎春熟,一瓮醍醐待我归。

罢府归旧居　自此后重授宾客归履道宅作

陋巷乘篮入,朱门挂印回。腰间抛组绶,缨上拂尘埃。屈曲闲池沼,无非手自开。青苍好竹树,亦是眼看栽。石片抬琴匣,松枝阁酒杯。此生终老处,昨日却归来。

睡 觉 偶 吟

官初罢后归来夜,天欲明前睡觉时。起坐思量更无事,身心安乐复谁知。

问支琴石

疑因星陨空中落,叹被泥埋涧底沉。天上定应胜地上,支机未必及支琴。提携拂拭知恩否,虽不能言合有心。

自　喜

身慵难勉强,性拙易迟回。布被辰时起,柴门午后开。忙驱能者去,闲逐钝人来。自喜谁能会,无才胜有才。

裴常侍以题蔷薇架十八韵
见示因广为三十韵以和之

托质依高架,攒花对小堂。晚开春去后,独秀院中央。霁景朱明早,芳时白昼长。秾因天与色,丽共日争光。剪碧排千萼,研朱染万房。烟条涂石绿,粉蕊扑雌一作雄黄。根动彤云涌,枝摇赤羽翔。九微灯炫转,七宝帐荧煌。淑气熏行径,清阴接步廊。照梁迷藻棁,耀壁变雕墙。烂若丛然火,殷于叶得霜。胭脂含脸笑,苏合裛衣香。浃洽濡晨露,玲珑漏夕阳。合罗排勘缬,醉晕浅深妆。乍见疑回面,遥看误断肠。风朝舞飞燕,雨夜泣萧娘。桃李惭无语,芝兰让不芳。山榴何细碎,石竹苦寻常。蕙惨偎栏避,莲羞映浦藏。怯教蕉叶战,妒得柳花狂。岂可轻嘲咏,应须痛比方。画屏风自展,绣伞盖谁张。翠锦挑成字,丹砂印著行。猩猩凝血点,瑟瑟蹙金匡。散乱萎红片,尖纤嫩紫芒。触僧飘毳褐,留妓冒罗裳。寡和阳春曲,多情骑省郎。缘夸美颜色,引出好文章。东顾辞仁里,语曰:里仁为美。又裴君所居名仁和里。西归入帝乡。假如君爱杀,留著莫移将。裴君题诗之次,而常侍诏到,唱和未竟,而轩骑西归,故云。

感旧诗卷

夜深吟罢一长吁，老泪灯前湿白须。二十年前旧诗卷，十人酬和九
人无。

酬李二十侍郎

笋老兰长花渐稀，衰翁相对惜芳菲。残莺著雨慵休啭，落絮无风凝
不飞。行掇木芽供野食，坐牵萝蔓挂朝衣。十年分手今同醉，醉未
如泥莫道归。

和 梦 得

　　梦得来诗云：谩读图书四十年，年年为郡老天涯。一生不得文章
　　力，百口空为饱暖家。

纶阁沉沉天宠命，苏台籍籍有能声。岂唯不得清文力，但恐空传冗
吏名。郎署回翔何水部，江湖留滞谢宣城。所嗟非独君如此，自古
才难共命争。

赠草堂宗密上人

吾师道与佛相应，念念无为法法能。口藏宣传十二一作五部，心台
一作传照耀百千灯。尽离文字非中道，长住虚空是小乘。少有人知
菩萨行，世间只是重高僧。

喜照密闲实四上人见过

紫袍一作衫朝士白髯翁，与俗乖疏与道通。官秩三回分洛下，交游
一半在僧中。臭帤世界终须出，香火因缘久愿同。斋后将何充供
养，西轩泉石北窗风。

赠皇甫六张十五李二十三宾客

昨日三川新罢守,今年四皓尽分司。幸陪散秩闲居日,好是登山临水时。家未苦贫常酝酒,身虽衰病尚吟诗。龙门泉石香山月,早晚同游报一期。

微之敦诗晦叔相次长逝岿然自伤因成二绝

并失鹓鸾侣,空留麋鹿身。只应嵩洛下,长作独游人。
长夜君先去,残年我几何。秋风满衫泪,泉下故人多。

池 上 闲 咏

青莎台上起书楼,绿藻潭中系钓舟。日晚爱行深竹一作径里,月明多上一作在小桥头。暂尝新酒还成醉,亦出中门便当游。一部清商聊送老,白须萧飒管弦秋。

凉 风 叹

昨夜凉风又飒然,萤飘叶坠卧床前。逢秋莫叹须知分,已过潘安三十年。

和高仆射罢节度让尚书授
少保分司喜遂游山水之作

暂辞八座罢双旌,便作登山临水行。能以忠贞酬重任,不将富贵碍高情。朱门出去簪缨从,绛帐归来歌吹迎。鞍辔闹装光满马,何人信道是书生。

送考功崔郎中赴阙

称意新官又少年,秋凉身健好朝天。青云上了无多路,却要徐驱稳著鞭。

重修香山寺毕题二十二韵以纪之

阙塞龙门口,祇园鹫岭头。曾随减劫坏,今遇胜缘修。再莹新金刹,重装旧石楼。病僧皆引起,忙客亦淹留。四望穷沙界,孤标出赡州。地图铺洛邑,天柱倚嵩一作松丘。两面苍苍岸,中心瑟瑟流。波翻八滩雪,堰护一潭油。台殿朝弥丽,房廊夜更幽。千花高下塔,一叶往来舟。岫合云初吐,林开雾半收。静闻樵子语,远听棹郎讴。官散殊无事,身闲甚自由。吟来携笔砚,宿去抱衾裯。霁月当窗一作轩白,凉风满簟秋。烟香封药灶,泉冷洗茶瓯。南祖心应学,西方社可投。先宜知止足,次要悟浮休。觉路随方乐,迷涂到老愁。须除爱名障,莫作恋家囚。便合穷年住,何言竟日游。可怜终老地,此是我菟裘。

送杨八给事赴常州

无嗟别青琐,且喜拥朱轮。五十得三品,百千无一人。须勤念黎庶,莫苦忆交亲。此外无过醉,毗陵何限春。

闻歌者唱微之诗

新诗绝笔声名歇,旧卷生尘箧笥深。时向歌中闻一句,未容倾耳已伤心。

醉送李二十常侍赴镇浙东

靖安客舍花枝下，共脱青衫典浊醪。今日洛桥还醉别，金杯翻污麒麟袍。喧阗凤驾君脂辖，酩酊离筵我藉糟。好去商山紫芝伴，珊瑚鞭动马头高。

醉别程秀才

五度龙门点额回，却缘多艺复多才。贫泥客路黏难出，愁锁乡心掣不开。何必更游京国去，不如且入醉乡来。吴弦楚调潇湘弄，为我殷勤送一杯。程生善琴，尤能沉湘曲。

自　咏

白衣居士紫芝仙，半醉行歌半坐禅。今日维摩兼饮酒，当时绮季不请平声钱。等闲池上留宾客，随事灯前有管弦。但问此身销得否，分司气味不论年。

把酒思闲事二首

把酒思闲事，春愁谁最深。乞钱羁客面，落第举人心。月下低眉立，灯前抱膝吟。凭君劝一醉，胜与万黄金。

把酒思闲事，春娇何处多。试鞍新白马，弄镜小青娥。掌上初教舞，花前欲按歌。凭君劝一醉，劝了问如何。

衰　荷

白露凋花花不残，凉风吹叶叶初干。无人解爱萧条境，更绕衰丛一匝看。

池上送考功崔郎中兼别房窦二妓

文昌列宿征还日，洛浦行云放散时。鸂鶒上天花逐水，无因一作由
再会白家池。

自　问

依仁台废悲风晚，履信池荒宿草春。晦叔亭台在依仁，微之池馆在履信。
自问老身骑马出，洛阳城里觅何人。

送陈许高仆射赴镇

敦诗说礼中军帅，重士轻财大丈夫。常与师徒同苦乐，不教亲故隔
荣枯。花钿坐绕黄金印，丝管一作竹行随白玉壶。商皓老狂唯爱
醉，时时能寄酒钱无。

青毡帐二十韵

合聚千羊一作年毳，施张百子弮。司马迁书云张空弮。骨盘边柳健，色
染塞蓝鲜。北制因戎创，南移逐虏迁。汰音阗风吹不动，御雨湿弥
坚。有顶中央耸，无隅四向圆。傍通门豁尔，内密气温然。远别关
山外，初安庭户前。影孤明月夜，价重苦寒年。软暖围毡毯，枪拟
束管弦。最宜霜后地，偏称雪中天。侧置低歌座，平铺小舞筵。闲
多揭帘入，醉便拥袍眠。铁檠去声移灯背，银囊带火悬。深藏晓兰
焰，暗贮宿香烟。兽炭休亲近，狐裘可弃捐。砚温融冻墨，瓶暖变
春泉。蕙帐徒招隐，茅庵浪坐禅。贫僧应叹羡，寒士定留连。客宾
于中接，儿孙向后传。王家夸旧物，未及此青毡。王子敬语偷儿云：“青
毡我家旧物。”

答梦得秋日书怀见寄

幸免非常病，甘当本分衰。眼昏灯最觉，腰瘦带先知。树叶霜红日，髭须雪白时。悲愁缘欲老，老过却无悲。

同诸客题于家公主旧宅

平阳旧宅少人游，应是游人到即愁。布一作春谷鸟啼桃李院，络丝虫怨凤凰楼。台倾滑石犹残砌，帘断珍珠不满钩。闻道至今萧史在，髭须雪白向明一作韶州。

答梦得八月十五日夜玩月见寄

南国碧云客，东京白首翁。松江初有一作上月，伊水正无风。远思两乡断，清光千里同。不知娃馆上，何似石楼中。其夜，余在龙门石楼上望月。

初冬早起寄梦得

起戴乌纱帽，行披白布裘。炉温先暖酒，手冷未梳头。早起一作景烟霜白，初寒鸟雀愁。诗成遣谁和，还是寄苏州。

秋夜听高调凉州

楼上金风声渐紧，月中银字韵初调。促张弦柱吹高管，一曲凉州入沉寥。

香山寺二绝

空山寂静老夫闲，伴鸟随云往复还。家酝满瓶书满架，半移生计入香山。

爱风岩上攀松盖,恋月潭边坐石一作住日棱。且共云泉结缘境,他生当作此山僧。

送舒著作重授省郎赴阙

三岁相依在洛都,游花宴月饱欢娱。惜别笙歌多怨咽,愿留轩盖少踟蹰。剑磨光彩依前出,鹏举风云逐后驱。从此求闲应不得,更能重醉白家无。

同诸客嘲雪中马上妓

珊瑚鞭䇲马踟蹰,引手低蛾索一盂。腰为逆风成弱柳,面因冲冷作凝酥。银篦稳篸去声乌罗帽,花襜宜乘叱拨驹。雪里君看何所似,王昭君妹写真图。

喜刘苏州恩赐金紫遥〔想〕(相)贺宴以诗庆之

海内姑苏太守贤,恩加章绶岂徒然。贺宾喜色欺杯酒,醉妓欢声遏管弦。鱼珮茸鳞光照地,鹘衔瑞带势冲天。莫嫌鬓上些些白,金紫由来称长年。

蓝田刘明府携酌一作酬相过与
皇甫郎中卯时同饮醉后赠之

腊月九日暖寒客,卯时十分空腹杯。玄晏舞狂乌帽落,蓝田醉倒玉山颓。貌偷花色老暂去,歌踏柳枝春暗来。不为刘家贤圣物,愁翁笑口大难开。

刘苏州以华亭一鹤远寄以诗谢之

老鹤风姿异,衰翁诗思深。素毛如我鬓,丹顶似君心。松际雪相映,鸡群尘不侵。殷勤远来意,一只重千金。

早春忆苏州寄梦得

吴苑四时风景好,就中偏好是春天。霞光曙后殷于火,水色晴来嫩似烟。士女笙歌宜月下,使君金紫称花前。诚知欢乐堪留恋,其奈离乡已四年。

尝新酒忆晦叔二首

尊里看无色,杯中动有光。自君抛我去,此物共谁尝。
世上强欺弱,人间醉胜醒。自君抛我去,此语更谁听。

负　春

病来道士教调气,老去山僧劝坐禅。孤负春风杨柳曲,去年断酒到今年。

池上闲吟二首

高卧闲行自在身,池边六见柳条新。幸逢尧舜无为日,得作羲皇向上人。四皓再除犹且健,三州罢守未全贫。莫愁客到无供给,家酝香浓野菜春。
非庄非宅非兰若,竹树池亭十亩馀。非道非僧非俗吏,褐裘乌帽闭门居。梦游信意宁殊蝶,心乐身闲便是鱼。虽未定知生与死,其间胜负两何如。

早春招张宾客

久雨初晴天气新,风烟草树尽欣欣。虽当冷落衰残日,还有阳和暖活身。池色溶溶蓝染水,花光焰焰火烧春。商山老伴相收拾,不用随他年少人。

营闲事

自笑营闲事,从朝到日斜。浇畦引泉脉,扫径避兰芽。暖变墙衣色,晴催木笔花。桃根知酒渴,晚送一瓯茶。

感春

老思不禁春,风光照眼新。花房红鸟嘴,池浪碧鱼鳞。倚棹谁为伴,持杯自问身。心情多少在,六十二三人。

春池上戏赠李郎中

满池春水何人爱,唯我回看指似君。直似挼蓝新汁色,与君南宅染罗裙。

玩半开花赠皇甫郎中 八年寒食日池东小楼上作

勿讶春来晚,无嫌花发迟。人怜全盛日,我爱半开时。紫蜡黏为蒂,红苏点作蕤。成都新夹缬,梁汉碎胭脂。树杪真珠颗,墙头小女儿。浅深妆驳落,高下火参差。蝶戏争香朵,莺啼选稳枝。好教郎作伴,合共酒相随。醉玩无胜此,狂嘲更让谁。犹残少年兴,不似一作未是老人诗。西日凭轻照,东风莫杀去声吹。明朝应烂漫,后夜更一作即离披。林下遥相忆,尊前暗有期。衔杯嚼蕊思,唯我与君知。

池边

柳老香丝宛,荷新钿扇圆。残春深树里,斜日小楼前。醉遣收杯杓,闲听理管弦。池边更无事,看补采莲船。

家酿新熟每尝辄醉妻侄等
劝令少饮因成长句以谕之

君应怪我朝朝饮，不说向君君不知。身上幸无疼痛处，瓮头正是撇尝时。刘妻劝谏夫休醉，王侄分疏叔不痴。六十三翁头雪白，假如醒黠欲何为。

送常秀才下第东归

东归多旅恨，西上少知音。寒食看花眼，春风落日心。百忧当二月，一醉直千金。到处公卿席，无辞酒酽深。

且　游

手里一杯满，心中百事休。春应唯仰醉，老更不禁愁。弄水回船尾，寻花信马头。眼看筋力减，游得且须游。

题王家庄临水柳亭

弱柳缘堤种，虚亭压水开。条疑逐风去，波欲上阶来。翠羽偷鱼入，红腰学舞回。春愁正无绪，争不尽残杯。

题令狐家木兰花

腻如玉指涂朱粉，光似金刀剪紫霞。从此时时春梦里，应添一树女郎花。

拜表回闲游

玉珮金章紫花绶，纻衫藤带白纶巾。晨兴拜表称朝士，晚出游山作野人。达磨传心令息念，玄元留意遣同尘。八关净戒斋销日，一曲狂歌醉送春。酒肆法堂方丈室,其间岂是两般身。

西街渠中种莲垒石颇有幽致偶题小楼

朱槛低墙上,清流小阁前。雇人栽菡萏,买石造潺湲。影落江心月,声移谷口泉。闲看卷帘坐,醉听掩窗眠。路笑淘官水,家愁费料钱。是非君莫问,一对一翛然。

晚春闲居杨工部寄诗杨常州寄茶同到因以长句答之

宿醒寂寞眠初起,春意阑珊日又斜。劝我加餐因早笋,恨人休醉是残花。闲吟工部新来句,渴饮毗陵远到茶。兄弟东西官职冷,门前车马向谁家。

玉泉寺南三里涧下多深红踯躅繁艳殊常感惜题诗以示游者

玉泉南涧花奇怪,不似花丛似火堆。今日多情唯我到,每年无故为谁开。宁辞辛苦行三里,更与留连饮两杯。犹有一般辜负事,不将歌舞管弦来。

早服云母散

晓服云英漱井华,寥然身若在烟霞。药销日晏三匙饭,酒渴春深一碗茶。每夜坐禅观水月,有时行醉玩风花。净名事理人难解,身不出家心出家。

三月晦日—下又有日字晚闻鸟声

晚来林鸟语殷勤,似惜风光说向人。遣脱破袍劳报暖,催沽美酒敢辞贫。声声劝醉应须醉,一岁唯残半日春。

早夏游平原回

夏早日初长,南风草木香。肩舆颇平稳,涧路甚清凉。紫蕨行看采,青梅旋摘尝。疗饥兼解渴,一酨冷云浆。

宿天竺寺回

野寺经三宿,都城复一还。家仍念婚嫁,身尚系官—作朝班。萧洒秋临水,沉吟晚下山。长闲犹未得,逐日且偷闲。

侍中晋公欲到东洛先蒙书问
期宿龙门思往感今辄献长句

昔蒙兴化池头送,太和三年春,居易授宾客,分司东来,特蒙侍中于兴化里池上宴送。今许龙门潭上期。聚散但惭长见念,荣枯安敢道相思。功成名遂来虽久,云卧山游去未迟。闻说风情筋力在,只如初破蔡州时。

奉和晋公侍中蒙除留守行及
洛师感悦发中斐然成咏之作

鸾凤翱翔在寥廓,貂蝉萧洒出埃尘。致成尧舜升平代,收得夔龙强健身。抛掷功名还史册,分张欢乐与交亲。商山老皓虽休去,终是留侯门下人。

送刘五司马赴任硖州兼寄崔使君

位下才高多怨天,刘兄道胜独恬然。贫于扬子两三倍,老过荣公六七年。笔砚莫抛留压案,箪瓢从陋也销钱。郡丞自合当优礼,何况夷陵太守贤。

菩提寺上方晚眺

楼阁高低树浅深,山光水色暝沉沉。嵩烟半卷青绡幕,伊浪平铺绿
绮衾。飞鸟灭时宜极目,远风来处好开襟。谁知不离簪缨内,长得
逍遥自在心。

杨柳枝词八首

六幺水调家家唱,白雪梅花处处吹。古歌旧曲君休听,听取新翻杨
柳枝。

陶令门前四五树,亚夫营里百千条。何似东都正二月,黄金枝映洛
阳桥。

依依袅袅复青青,勾引春一作清风无限情。白雪花繁空扑地,绿丝
条弱不胜莺。

红板江桥青酒旗,馆娃宫暖日斜时。可怜雨歇东风定,万树千条各
自垂。

苏州杨柳任君夸,更有钱唐胜馆娃。若解多情寻小小,绿杨深处是
苏家。

苏家小女旧知名,杨柳风前别有情。剥条盘作银环样,卷叶吹为玉
笛声。

叶含浓露如啼眼,枝袅轻风似舞腰。小树不禁攀折苦,乞君留取两
三条。

人言柳叶似愁眉,更有愁肠似柳丝。柳丝挽断肠牵断,彼此应无续
得期。

全唐诗卷四五五

白居易

读 老 子

言者不如—作知知者默，此语吾闻于老君。若道老君是知者，缘何自著五千文。

读 庄 子

庄生齐物同归一，我道同中有不同。遂性逍遥虽一致，鸾凰终校胜蛇虫。《万首绝句》作：去国辞家谪异方，中心自怪少忧伤。为寻庄子知归处，认得无何是本乡。

读 禅 经

须知诸相皆非相，若住无馀却有馀。言下忘言一时了，梦中说梦两重虚。空花岂得兼求果，阳—作物焰如何更觅鱼。摄动是禅禅是动，不禅不动即如如。

感 兴 二 首

吉凶祸福有来由，但要深知不要忧。只见火光烧润屋，不闻风浪覆虚舟。名为公器无多取，利是身灾合少求。虽异匏瓜难不食，大都食足早宜休。

鱼能深入宁忧钓,鸟解高飞岂触罗。热处先争炙手去,悔时其奈噬脐何。尊前诱得猩猩血,幕上偷安燕燕窠。我有一言君记取,世间自取苦人多。

问　鹤

乌鸢争食雀争窠,独立池边风雪多。尽日蹋冰翘一足,不鸣不动意如何。

代　鹤　答

鹰爪攫鸡鸡肋折,鹘拳蹴雁雁头垂。何如敛翅水边立,飞上云松栖稳枝。

闲卧一作居有所思二首

向夕褰帘卧枕琴,微凉入户起开襟。偶因明月清风夜,忽想迁臣逐客心。何处投荒初恐惧,谁人绕泽正悲吟。始知洛下分司坐,一日安闲直万金。

权门要路是一作足身灾,散地闲居少祸胎。今日怜君岭南去,当时笑我洛中来。虫全性命缘无毒,木尽天年为不才。大抵吉凶多自致,李斯一去二疏回。

喜　闲

萧洒伊嵩下,优游黄绮间。未曾一日闷,已得六年闲。鱼鸟为徒侣,烟霞是往还。伴僧禅闭目,迎客笑开颜。兴发宵游寺,慵时昼掩关。夜来风月好,悔不宿香山。

诗酒琴人例多薄命予酷好三事雅当此科
而所得已多为幸斯甚偶成狂咏聊写愧怀

爱琴爱酒爱诗客，多贱多穷多苦辛。中散步兵终不贵，孟郊张籍过
于贫。一之已叹关于命，三者何堪并在身。只合飘零随草木，谁教
凌厉出风尘。荣名厚禄二千石，乐饮闲游三十春。何得无厌时咄
咄，犹言薄命不如人。

寄明州于驸马使君三绝句

有花有酒有笙歌，其奈难逢亲故何。近海饶风春足雨，白须太守闷
时多。

平阳音乐随都尉，留滞三年在浙东。吴越声邪无法用，莫教偷入管
弦中。

何郎小妓歌喉好，严老呼为一串珠。严尚书与于驸马诗云："莫惜歌喉一串
珠。"海味腥咸损声气，听看犹得断肠无。

闲　卧

薄食当斋戒，散班同隐沦。佛容为弟子，天许作闲人。唯置床临
水，都无物近身。清风散发卧，兼不要纱巾。

春早秋初因时即事兼寄浙东李侍郎

春早秋初昼夜长，可怜天气好年光。和风细动帘帷暖，清露微凝枕
簟凉。窗下晓眠初减被，池边晚坐乍移床。闲从蕙草侵阶绿，静任
槐花满地黄。理曲管弦闻后院，熨衣灯火映深房。四时新景一作境
何人别，遥忆多情李侍郎。

新秋喜凉

过得炎蒸月,尤宜老病身。衣裳朝不润,枕簟夜相亲。楼月纤纤早,波风裛裛新。光阴与时节,先感是诗人。

初夏闲吟兼呈韦宾客

孟夏清和月,东都闲散官。体中无病痛,眼下未饥寒。世事闻常闷,交游见即欢。杯觞留客切,妓乐取人宽。雪鬓随身老,云心著处安。此中殊有味,试说向君看。

哭崔二十四常侍

崔好酒放歌,忘怀生死,知疾不起,自为志文。

貂冠初别九重门,马鬣新封四尺坟。薤露歌词非白雪,旌铭官爵是浮云。伯伦每置随身锸,元亮先一作初为自祭文。莫道高风无继者,一千年内有崔君。

奉酬侍中夏中雨后游城南庄见示八韵

岛树间林峦,云收雨气残。四山岚色重,五月水声寒。老鹤两三只,新篁千万竿。化成天竺寺,移得子陵滩。心觉闲弥贵,身缘健更欢。帝将风后待,人作谢公看。甪里年虽老,高阳兴未阑。佳辰不见召,争免趁杯盘。来诗云:"何处趁杯盘。"

送兖州崔大夫驸马赴镇 唐人绝句作送崔驸马赴兖州

戚里夸为贤驸马,儒家认作好诗人。鲁侯不得辜风景,沂水年年有暮春。

少 年 问

少年怪我问如何,何事朝朝醉复歌。号作乐天应不错,忧愁时少乐时多。

问 少 年

千首诗堆青玉案,十分酒写白金罍。回头却问诸年少,作个狂夫得了无。

代琵琶弟子谢女师曹供奉寄新调弄谱

琵琶师在九重城,忽得书来喜且惊。一纸展看非旧谱,四弦翻出是新声。蕤宾掩抑娇多怨,散水玲珑峭更清。珠颗泪沾金捍拨,红妆弟子不胜情。蕤宾、散水皆新调名。

代林园戏赠

裴侍中新修集贤宅成,池馆甚盛,数往游宴,醉归自戏耳。
南院今秋游宴少,西坊近日往来频。假如宰相池亭好,作客何如作主人。

戏 答 林 园

岂独西坊来往频,偷闲处处作游人。衡门虽是栖迟地,不可终朝锁老身。

重 戏 赠

集贤池馆从他盛,履道林亭勿自轻。往往归来嫌窄小,年年为主莫无情。

重　戏　答

小水低亭自可亲,大池高馆不关身。林园莫妒裴家好,憎故怜新岂是人。

早秋登天宫寺阁赠诸客

天宫阁上醉萧辰,丝管闲听酒慢巡。为向凉风清景道,今朝属我两三人。

晓上天津桥_{一作阁}闲望偶逢卢郎中张员外携酒同倾

上阳宫里晓钟后,天津桥头残月前。空阔境疑非下界,飘飘身似在寥天。星河隐映初生日,楼阁葱茏半出烟。此处相逢倾一酸,始知地上有神仙。

八月十五日夜同诸客玩月

月好共传唯此夜,境闲皆道是东都。嵩山表里千重雪,洛水高低两颗珠。清景难逢宜爱惜,白头相劝强欢娱。诚知亦有来年会,保得晴明强健无。

对晚开夜合花赠皇甫郎中

移晚校一月,花迟过半年。红开杪秋日,翠合欲昏天。白露滴未_{一作不死},凉风吹更鲜。后时谁肯顾,唯我与君怜。

醉　游　平　泉

狂歌箕踞酒尊前,眼不看人面向天。洛客最闲唯有我,一年四度到平泉。

题赠平泉韦征君拾遗

箕颍千年后,唯君得古风。位留丹陛上,身入白云中。躁静心相背,高低迹不同。笼鸡与梁燕,不信有冥鸿。

酬皇甫郎中对新菊花见忆

爱菊高人吟逸韵,悲秋病客感衰怀。黄花助兴方携酒,红叶添愁正满阶。居士荤腥今已断,仙郎杯杓为谁排。愧君相忆东篱下,拟废重阳一日斋。

夜宴醉后留献裴侍中

九烛台前十二姝,主人留醉任欢娱。翩翩舞袖双飞蝶,宛转歌声一索珠。坐久欲醒还酩酊,夜深初散又踟蹰。南山宾客东山妓,此会人间曾有无。

和韦庶子远坊赴宴未夜先归之作兼呈裴员外员外亦爱先逃归

促席留欢日未曛,远坊归思已纷纷。无妨按辔行乘月,何必逃杯走似云。银烛忍一作忽抛杨柳曲,金鞍潜送石榴裙。到时常晚归时早,笑乐三分校一分。

集贤池答侍中问

主人晚入皇城宿,问客裴回何所须。池月幸闲无用处,今宵能借客游无。

杨柳枝二十韵 并序

　　杨柳枝，洛下新声也。洛之小妓，有善歌之者，词章音韵，听可动人，故赋之。

小妓携桃叶，新声蹋柳枝。妆成剪烛后，醉起拂衫时。绣履娇行缓，花筵笑上迟。身轻委回雪，罗薄透凝脂。笙引簧频暖，筝催柱数移。乐童翻怨调，才子与妍词。便想人如树，先将发比丝。风条摇两带，烟叶贴双眉。口动樱桃破，鬟低翡翠垂。枝柔腰袅娜，荑嫩手葳蕤。唤鹤晴呼侣，哀猿夜叫儿。玉敲音历历，珠贯字累累。袖为收声点，钗因赴节遗。重重遍头别，一一拍心知。塞北愁攀折，江南苦别离。黄遮金谷岸，绿映杏园池。春惜芳华好，秋怜颜一作翠色衰。取来歌里唱，胜向笛中吹。曲罢那能别，情多不自持。缠头无别物，一首断肠诗。

答皇甫十郎中秋深酒熟见忆

烟景冷苍茫，秋深夜夜霜。为思池上酌，先觉瓮头香。未暇倾巾漉，还应染指尝。醍醐惭气味，琥珀让晶光。若许陪歌席，须容散道场。月终斋戒毕，犹及菊花黄。

老　去

老去愧妻儿，冬来有劝词。暖寒从饮酒，冲冷少吟诗。战胜心还壮，斋勤体校羸。由来世间法，损益合相随。

送宗实上人游江南

忽辞洛下缘何事，拟向江南住几时。每过渡一作船头应一作伤问法，无妨菩萨是船师。

和同州杨侍郎夸柘枝见寄

细吟冯翊使君诗,忆作馀杭太守时。君有一般输我事,柘枝看校十年迟。

冬初酒熟二首

霜繁脆庭柳,风利剪池荷。月色晓弥苦,鸟声寒更多。秋怀久寥落,冬计又如何。一瓮新醅酒,萍浮春水波。

酒熟无来客,因成独酌谣。人间老黄绮,地上散松乔。忽忽醒还醉,悠悠暮复朝。残年多少在,尽付此中销。

送姚杭州赴任因思旧游二首

与君细话杭州事,为我留心莫等闲。闾里固宜勤抚恤,楼台亦要数跻攀。笙歌缥缈虚空里,风月依稀梦想间。且喜诗人重管领,遥飞一酹贺江山。

渺渺钱唐路几千,想君到后事依然。静逢竺寺猿偷橘,闲看苏家女采莲。故妓数人凭问讯,新诗两首倩留传。舍人虽健无多兴,老校当时八九年。杭民至今呼余为白舍人。

寄李相公

渐老只谋欢,虽贫不要官。唯求造化力,试为驻春看。

冬日平泉路晚归

山路难行日易斜,烟村霜树欲栖鸦。夜归不到应闲事,热饮三杯即是家。

利仁北街作

草色斑斑春雨晴,利仁坊北面西行。踟蹰立马缘何事,认得张家歌
吹声。

洛阳堰闲行

洛阳堰上新晴日,长夏门前欲暮春。遇酒即沽逢树歇,七年此地作
闲人。

过　永　宁

村杏野桃繁似雪,行人不醉为谁开。赖逢山县卢明府,引我花前劝
一杯。

往年稠桑曾丧白马题诗厅壁
今来尚存又复感怀更题绝句

路傍埋骨蒿草合,壁上题诗尘藓生。马死七年犹怅望,自知无乃太
多情。

罗　敷　水

野店东头花落处,一条流水号罗敷。芳魂艳骨知何处,春草茫茫墓
亦无。

路逢青州王大夫赴镇立马赠别

大旆拥金羁,书生得者稀。何劳问官职,岂不见光辉。赫赫人争
看,翩翩马欲飞。不期一作欺前岁尹,驻节语依依。前年春,余为河南尹,
王为少尹。

和杨同州寒食乾坑会后闻杨
工部欲到知予与工部有宿醒

夜饮归常晚，朝眠起更迟。举头中酒后，引手索茶时。拂枕青长袖，欹簪白接䍦。宿醒无兴味，先是肺神知。

和刘汝州酬侍中见寄长句
因书集贤坊胜事戏而问之

洛川汝海封畿接，履道集贤来往频。一复时程虽不远，百馀步地更相亲。汝去洛程一宿，履道、集贤两宅，相去一百三十步。朱门陪宴多投辖，青眼留欢任吐茵。闻道郡斋还有酒，花前月下对何人。

池 上 二 绝

山僧对棋坐，局上竹阴清。映竹无人见，时闻下子声。
小娃撑小艇，偷采白莲回。不解藏踪迹，浮萍一道开。

白 羽 扇

素是自然色，圆因裁制功。飒如松起籁，飘似鹤翻空。盛夏不销雪，终年无尽风。引秋生手里，藏月入怀中。麈尾斑非匹，蒲葵陋不同。何人称相对，清瘦白须翁。

五月斋戒罢宴彻乐闻韦宾客皇甫郎中饮
会亦稀又知欲携酒馔出斋先以长句呈谢

妓房匣镜满红埃，酒库封瓶生绿苔。居士尔时缘护戒，车公何事亦停杯。散斋香火今朝散，开素盘筵后日开。随意往还君莫怪，坐禅僧去饮徒来。

闲园独赏 因梦得所寄蜂鹤之咏,因成此篇以和之。

午后郊园静,晴来景物新。雨添山气色,风借水精神。永日若为
度,独游何所亲。仙禽狎君子,芳树倚佳人。蚁斗王争肉,蜗移舍
逐身。蝶双知伉俪,蜂分见君臣。蠢蠕形虽小,逍遥性即均。不知
鹏与鷃,相去几微尘。

种 柳 三 咏

白头种松桂,早晚见成林。不及栽杨柳,明年便有阴。春风为催
促,副取老人心。

从君种杨柳,夹水意如何。准拟三年后,青丝拂绿波。仍教小楼
上,对唱柳枝歌。

更想五年后,千千条麹尘。路傍深映月,楼上暗藏春。愁杀闲游
客,闻歌不见人。

偶 吟

好官病免曾三度,散地归休已七年。老自退闲非世弃,贫蒙强健是
天怜。韦荆南去留春服,王侍中来乞酒钱。便得一年生计足,与君
美食复甘眠。

池 上 即 事

移床避日依松竹,解带当风挂薜萝。钿砌池心绿蘋合,粉开花面白
莲多。久阴新霁宜丝管,苦热初凉入绮罗。家酝瓶空人客绝,今宵
争奈月明何。

南塘暝兴

水色昏犹白,霞光暗渐无。风荷摇破扇,波月动连珠。蟋蟀啼相应,鸳鸯宿不孤。小僮频报夜,归步一作路尚踟蹰。

小宅

小宅里闾接,疏篱鸡犬通。渠分南巷水,窗借北家风。庾信园殊小,陶潜屋不丰。何劳问宽窄,宽窄在心中。

谕亲友

适情处处皆安乐,大抵园林胜市朝。烦闹荣华犹易过,优闲福禄更难销。自怜老大宜疏散,却被交亲叹寂寥。终日相逢不相见,两心相去一何遥。

龙门送别皇甫泽州赴任韦山人南游

隼旟归洛知何日,鹤驾还嵩莫过春。惆怅香山云水冷,明朝便是独游人。

刘苏州寄酿酒糯米李浙东寄杨柳枝舞衫偶因尝酒试衫辄成长句寄谢之

柳枝谩蹋试双袖,桑落初香尝一杯。金屑醅浓吴米酿,银泥衫稳越娃裁。舞时已觉愁眉展,醉后仍教笑口开。惭愧故人怜寂寞,三千里外寄欢来。

诏授同州刺史病不赴任因咏所怀

同州慵不去,此意复谁知。诚爱俸钱厚,其如身力衰。可怜病判案,何似醉吟诗。劳逸悬相远,行藏决不疑。徒烦人劝谏,只合自寻思。白发来无限,青山去有期。野心惟怕闹,家口莫愁饥。卖却新昌宅,聊充送老资。

寄杨六侍郎 时杨初授户部,予不赴同州。

西户最荣君好去,左冯虽稳我慵来。秋风一箸鲈鱼鲙,张翰摇头唤不回。

韦七自太子宾客再除秘书监
以长句贺而饯之 韦往年尝与予同为秘监

离筵莫怆且同欢,共贺新恩拜旧官。屈就商山伴麋鹿,好归芸阁狎鹓鸾。落星石上苍苔古,画鹤厅前白露寒。老监姓名应一作题在壁,相思试为拂尘看。

酒熟忆皇甫十

新酒此时熟,故人何日来。自从金谷别,不见玉山颓。疏索柳花碗,寂寥荷叶杯。今冬问毡帐,雪里为谁开。

九年十一月二十一日感事而作 其日独游香山寺

祸福茫茫不可期,大都早退似先知。当君白首同归日,是我青山独往时。顾索素琴应不暇,忆牵黄犬定难追。麒麟作脯龙为醢,何似泥中曳尾龟。

即 事 重 题

重裘暖帽宽毡履,小阁低窗深地炉。身稳心安眠未起,西京朝士得知无。

将归渭村先寄舍弟

一年年觉此身衰，一日日知前事非。咏月嘲风一作花先要减，登山临水亦宜稀。子平嫁娶贫中毕，元亮田园醉里归。为报阿连寒食下，与吾酿酒扫柴扉。

看嵩洛有叹

今日看嵩洛，回头叹世间。荣华急如水，忧患大于山。见苦方知乐，经忙始爱闲。未闻笼里鸟，飞出肯飞还。

咏　怀

随缘逐处便安闲，不入一作住朝廷不住一作入山。心似虚舟浮水上，身同宿鸟寄林间。尚平婚嫁了无累，冯翊符章封却还。时阿罗初嫁，及同州官吏放归。处分贫家残活计，匹一作正如身后莫相关。

咏老赠梦得

与君俱老也，自问老何如。眼涩夜先卧，头慵朝未梳。有时扶杖出，尽日闭门居。懒照新磨镜，休看小字书。情于故人重，迹共少年疏。唯是闲谈兴，相逢尚有馀。

全唐诗卷四五六

白居易

从同州刺史改授太子少傅分司

承华东署三分务，履道西池七过春。歌酒优游聊卒岁，园林萧洒可终身。留侯爵秩诚虚贵，疏受生涯未苦贫。月俸百千官二品，朝廷雇我作闲人。张良、疏受并为太子少傅。

奉和裴令公新成午桥庄绿野堂即事

旧径开桃李，新池凿凤凰。只添丞相阁，不改午桥庄。远处尘埃少，闲中日月长。青山为外屏，绿野是前堂。引水多随势，栽松不趁行。年华玩风景，春事看农桑。花妒谢家妓，兰偷荀令香。游丝飘酒席，瀑布溅琴床。巢许终身稳，萧曹到老忙。千年落公便，进退处中央。时裴加中书令。

自题小草亭

新结一茅茨，规模俭且卑。土阶全垒块，山木半留皮。阴合连藤架，丛香近菊篱。壁宜藜杖倚，门称荻帘垂。窗里风清夜，檐间月好时。留连尝酒客，勾引坐禅师。伴宿双栖鹤，扶行一侍儿。绿醅量醆饮，红稻约升炊。醒醒豪家笑，酸寒富室欺。陶庐闲自爱，颜巷陌谁知。蝼蚁谋深穴,鹪鹩占小枝。各随其分足,焉用有馀为。

自　咏

细故随缘尽,衰形具体微。斗闲僧尚闹,较瘦鹤犹肥。老遣宽裁袜,寒教厚絮衣。马从衔草展,鸡任啄笼飞。只要天和在,无令物性违。自馀君莫问,何是复何非。

新亭病后独坐招李侍郎公垂

新亭未有客,竟日独何为。趁暖泥茶灶,防寒夹竹篱。头风初定后,眼暗欲明时。浅把三分酒,闲题数句诗。应须置两榻,一榻待公垂。

闲卧寄刘同州

软褥短屏风,昏昏醉卧翁。鼻香茶熟后,腰暖日阳中。伴老琴长在,迎春酒不空。可怜闲气味,唯欠与君同。

残酌晚餐

闲倾残酒后,暖拥小炉时。舞看新翻曲,歌听自作词。鱼香肥泼火,饭细滑流匙。除却慵馋外,其馀尽不知。

喜见刘同州梦得

紫绶白髭须,同年二老夫。论心共牢落,见面且欢娱。酒好携来否,诗多记得无。应须为春草,五马少踟蹰。

裴令公席上赠别梦得

年老官高多别离,转难相见转相思。雪销酒尽梁王起,便是邹枚分散时。

寻春题诸家园林

闻健朝朝出,乘春处处寻。天供闲日月,人借好园林。渐以狂为
态,都无闷到心。平生身得所,未省似而今。

又 题 一 绝

貌随年老欲何如,兴遇春牵尚有馀。遥见人家花便入,不论贵贱与
亲疏。

家 园 三 绝

沧浪峡水子陵滩,路远江深欲去难。何似家池通小院,卧房阶下插
鱼竿。

篱下先生时得醉,瓮间吏部暂偷闲。何如家酝双鱼榼,雪夜花时长
在前。

鸳鸯怕捉竟难亲,鹦鹉虽笼不著人。何似家禽双白鹤,闲行一步亦
随身。

老 来 生 计

老来生计君看取,白日游一作闲行夜醉吟。陶令有田唯种黍,邓家
无子不留金。人间荣耀因缘浅,林下幽闲气味深。烦虑渐消虚白
长,一年心胜一年心。

早春题少室东岩

三十六峰晴,雪销岚翠一作气生。月留三夜宿,春引四山行。远草
初含色,寒禽未变声。东岩最高石,唯我有题名。

早春即事

眼重朝眠足,头轻宿酒醒。阳光满前户,雪水半中庭。物变随天气,春生逐地形。北檐梅晚白,东岸柳先青。葱垅抽羊角,松巢堕鹤翎。老来诗更拙,吟罢少人听。

叹一作笑春风兼赠李二十侍郎二绝

树根雪尽催花发,池岸冰消放草生。唯有须霜依旧白,春风于我独无情。

道场斋戒今初毕,酒伴欢娱久不同。不把一杯来劝我,无情亦得似春风。

春来频与李二宾客郭外同游因赠长句

风光引步酒开颜,送老消春嵩洛间。朝蹋落花相伴出,暮随飞鸟一时还。我为病叟诚宜退,君是才臣岂合闲。可惜济时心力在,放教临水复登山。

二 月 二 日

二月二日新雨晴,草芽菜甲一时生。轻衫细马春年少,十字津头一字行。

奉和令公绿野堂种花

绿野堂开占物华,路人指道令公家。令公桃李满天下,何用堂前更种花。

清明日登老君阁望洛城赠韩道士

风光烟火清明日,歌哭悲欢城市间。何事不随东洛水,谁家又葬北邙山。中桥车马长无已,下渡舟航亦不闲。冢墓累累人扰扰,辽东怅望鹤飞还。

三 月 三 日

画堂三月初三日,絮扑窗纱燕拂檐。莲子数杯尝冷酒,柘枝一曲试春衫。阶临池面胜看镜,户映花丛当下帘。指点楼南玩新月,玉钩素手两纤纤。

雨中听琴者弹别鹤操

双鹤分离一何苦,连阴雨夜不堪闻。莫教迁客孀妻听,嗟叹悲啼诮一作泥杀君。

酬郑二司录与李六郎中寒
食日相过同宴见赠 二人并是同年

偶因冷节会嘉宾,况是平生心所亲。迎接须矜疏傅老,祗供莫笑阮家贫。杯盘狼藉宜侵一作亲夜,风景阑珊欲过春。相对喜欢还怅望,同年只有此三人。

喜杨六侍御同宿 一喜下有与字

岸帻静言明月夜,匡床闲卧落花朝。二三月里饶春睡,七八年来不早朝。浊水清尘难会合,高鹏低鷃各逍遥。眼看又上青云去,更卜同衾一两宵。

残春咏怀赠杨慕巢侍郎

位逾三品日，太子少傅官三品。年过六旬时。予今年六十五。不道官班
下，其如筋力衰。犹怜好风景，转重旧亲知。少壮难重得，欢娱且
强为。兴来池上酌，醉出袖中诗。静话开襟久，闲吟放酒迟。落花
无限雪，残鬓几多丝。莫说伤心事，春翁易酒悲。

闲 居 春 尽

闲泊池舟静掩扉，老身慵出客来稀。愁应暮雨留教住，春被残莺唤
遣归。揭瓮偷尝新熟酒，开箱试著旧生衣。冬裘夏葛相催促，垂老
光阴速似飞。

春尽日天津桥醉吟偶一无偶字呈李尹侍郎

宿雨洗天津，无泥未有尘。初晴迎早夏，落照送残春。兴发诗随
口，狂来酒寄身。水边行鬼峨，桥上立逡巡。疏傅心情老，吴公政
化新。三川徒有主，风景属闲人。

池上逐凉二首

青苔地上消残暑，绿树阴前逐晚凉。轻屐单衫薄纱帽，浅池平岸库
藤床。簪缨怪我情何薄，泉石谙君味甚长。遍问交亲为老计，多言
宜静不宜忙。

窗间睡足休高枕，水畔闲一作行来上小船。棹遣秃头奴子拨，茶教
纤手侍儿煎。门前便是红尘地，林外无非赤日天。谁信好风清簟
上，更无一事但脩然。

香山避暑二绝

六月滩声如猛雨,香山楼北畅师房。夜深起凭阑干立,满耳潺湲满面凉。

纱巾草履竹疏衣,晚下香山蹋翠微。一路凉风十八里,卧乘篮舆睡中归。

老　夫

七八年来游洛都,三分游伴二分无。风前月下花园里,处处唯残个老夫。世事劳心非富贵,人间一作生实事是欢娱。谁能逐我来闲坐,时共酣歌倾一壶。

香山下一无下字卜居

老须为老计,老计在抽簪。山下初投足,人间久息心。乱藤遮石壁,绝涧护云林。若要深藏处,无如此处深。

无　长　物

莫訝家居窄,无嫌活计贫。只缘无长物,始得作闲人。青竹单床簟,乌纱独幅巾。其馀皆称是,亦足奉吾身。

宿香山寺酬广陵牛相公见寄

来诗云:"唯羡东都白居士,月明香积问禅师。"时牛相三表乞退,有诏不许。

手札八行诗一篇,无由相见但依然。君匡圣主方行道,我事空王正坐禅。支许徒思游白月,夔龙未放下青天。应须且为苍生住,犹去悬车十四年。牛相公今年五十七。

以诗代书寄户部杨侍郎劝买东邻王家宅

劝君买取东邻宅,与我衡门相并开。云映嵩峰当户牖,月和伊水入池台。林园亦要闲闲置,筋力应须及健回。莫学因循白宾客,欲年六十始归来。

赠　谈　客

上客清谈何亹亹,幽人闲思自寥寥。请君休说长安事,膝上风清琴正调。

初入香山院对月 太和六年秋作

老住香山初到夜,秋逢白月正圆时。从今便是家山月,试问清光知不知。

题龙门堰西涧

东岸菊丛西岸柳,柳阴烟合菊花开。一条秋水琉璃色,阔狭才容小舫一作艇回。除却悠悠白少傅,何人解入此中来。

秋霖中奉裴令公见招
早出赴会马上先寄六韵

雨暗三秋日,泥深一尺时。老人平旦出,自问欲何之。不是寻医药,非干送别离。素书传好语,绛帐赴佳期。续借桃花马,催迎杨柳姬。只愁张录事,罚我怪来迟。

尝酒听歌招客

一瓮香一作新醪新插刍一作笴,双鬟小妓薄能讴。管弦渐好新教得,

罗绮虽贫免外求。世上贪忙不觉苦,人间除醉即须愁。不知此事
君知否,君若知时从我游。

八月三日夜作 一无夜字

露白月微明,天凉景物清。草头珠颗冷,楼角玉钩生。气爽衣裳
健,风疏砧杵鸣。夜衾香有思,秋簟冷无情。梦短眠频觉,宵长起
暂行。烛凝临晓影,虫怨欲寒声。槿老花先尽,莲凋子始成。四时
无了日,何用叹衰荣。

病中赠南邻觅酒

头痛牙疼三日卧,妻看煎药婢来扶。今朝似校抬头语,先问南邻有
酒无。

晓眠后寄杨户部

软绫腰褥薄绵被,凉冷秋天稳暖身。一觉晓眠殊有味,无因寄与早
朝人。

秋 雨 夜 眠

凉冷三秋夜,安闲一老翁。卧迟灯灭后,睡美雨声中。灰宿温瓶
火,香添暖被笼。晓晴寒未起,霜叶满阶红。

喜梦得自冯翊归洛兼呈令公

上客新从左辅回,高阳兴助洛阳才。已将四海声名去,又占三春风
景来。甲子等头怜共老,文章敌手莫相猜。邹枚未用争诗酒,且饮
梁王贺喜杯。

斋戒满夜戏招梦得

纱笼灯下道场前,白日持斋夜坐禅。无复更思身外事,未能全尽世间缘。明朝又拟亲杯酒,今夕先闻理管弦。方丈若能来问疾,不妨兼有散花天。

和令公问刘宾客归来称意无之作

水南秋一半,风景未萧条。皂盖回沙苑,蓝舆上洛桥。闲尝黄菊酒,醉唱紫芝谣。称意那劳问,请平声钱不早朝。

酬梦得穷秋夜坐即事见寄

焰细灯将尽,声遥漏正长。老人秋向火,小女夜缝裳。菊悴篱经雨,萍销水得霜。今冬暖寒酒,先拟共君尝。

偶于维扬牛相公处觅得筝筝未到先寄诗来走笔戏答 来诗云:但愁封寄去,魔物或惊禅。

楚匠饶巧思,秦筝多好音。如能惠一面,何啻直双金。玉柱调须品,朱弦染要深。会教魔女弄,不动是禅心。

答梦得秋庭独坐见赠

林梢隐映夕阳残,庭际萧疏夜气寒。霜草欲枯虫思急,风枝未定鸟栖难。容衰见镜同惆怅,身健逢杯且喜欢。应是天教相暖热,一时垂老与闲官。

长斋月满携酒先与梦得对酌
醉中同赴令公之宴戏赠梦得

斋宫一作公前日满三旬，酒榼今朝一拂尘。乘兴还同访戴客，解酲仍对姓刘人。病心汤沃寒灰活，老面花生朽木春。若怕平原怪先醉，知君未惯吐车茵。

奉酬淮南牛相公思黯
见寄二十四韵 每对双关分叙两意

白老忘机客，牛公济世贤。鸥栖心恋水，鹏举翅摩天。累就优闲一作贤秩，连操造化权。贫司甚萧洒，荣路自喧阗。望苑三千日，台阶十五年。是人皆弃忘，何物不陶甄。居易三任宫寮，皆分司东都，于兹八载。思黯出入外内，凡十五年，皆同平章事。篮舆游嵩岭，油幢镇海堧。竹篙撑钓艇，金甲拥楼船。雪夜寻僧舍，春朝列妓筵。长斋俨香火，密宴簇花钿。自觉闲胜闹，遥知醉笑禅。是非分未定，会合杳无缘。我正思扬府，君应望洛川。西来风袅袅，南去雁连连。日落龙门外，潮生瓜步前。秋同一时尽，月共两乡圆。旧眷交欢在，新文气调全。惭无白雪曲，难答碧云篇。金谷诗谁赏，芜城赋众传。珠应哂鱼目，铅未伏龙泉。远讯一作许惊魔物，深情寄酒钱。霜纨一百匹，玉柱十三弦。思黯远寄筝来，先寄诗云："但愁封寄去，魔物或惊禅。"仍与酒资同去。楚醴来尊里，秦声一作筝送耳边。何时一作如红烛下，相对一陶然。

吴秘监每有美酒独酌独醉但
蒙诗报不以饮招辄此戏酬兼呈梦得

蓬山仙客下烟霄，对酒唯吟独酌谣。不怕道狂挥玉爵，记云：饮玉爵者弗挥。亦曾乘兴解金貂。吴监前任散骑常侍。君称名士夸能饮，王孝伯云："但常无事，读《离骚》，痛饮，即可称名士。"我是愚夫肯一作可见招。《独酌谣》云：愚夫子不招。赖有伯伦为醉伴，何愁不解傲松乔。

酬梦得霜夜对月见怀

凄清冬夜景，摇落长年情。月带新霜色，砧和远雁声。暖怜炉火近，寒觉被衣轻。枕上酬佳句，诗成梦不成。

初冬月夜得皇甫泽州手札
并诗数篇因遣报书偶题长句

清泠玉韵两三章，落箔银钩七八行。心逐报书悬雁足，梦寻来路绕羊肠。水南地空多明月，山北天寒足早霜。履道所居在水南，泽州在太行之北地也。最恨泼醅新熟酒，迎冬不得共君尝。

雪中酒熟欲携访吴监先寄此诗

新雪对新酒，忆同倾一杯。自然须访戴，不必待延枚。《云赋》云：延枚叟。陈榻无辞解，袁门莫懒开。笙歌与谈笑，随事自将来。

酬令公雪中见赠讶不与梦得同相访

雪似鹅毛飞散乱，人披鹤氅立裴回。邹生枚叟非无兴，唯待梁王召即来。

题酒瓮呈梦得

若无清酒两三瓮，争向白须千万茎。麹糵销愁真得力，光阴催老苦无情。凌烟阁上功无分，伏火炉中药未成。更拟共君何处去，且来同作醉先生。

迁叟

一辞魏阙就商宾，散地闲居八九春。初时被目为迁叟，近日蒙呼作隐人。冷暖俗情谙世路，是非闲论任交亲。应须绳墨机关外，安置疏愚钝滞身。

洛下闲居寄山南令狐相公

已收身向园林下，犹寄名于禄仕间。不锻嵇康弥懒静，无金疏傅更贫闲。支分门内馀生计，谢绝朝中旧往还。唯是相君忘未得，时思汉水梦巴山。

惜春赠李尹

春色有时尽，公门终日忙。两衙但平声不阙，一醉亦何妨。芳树花团雪，衰翁鬓扑霜。知君倚年少，未苦惜风光。

对酒劝令公开春游宴

时泰岁丰无事日，功成名遂自由身。前头更有忘忧日，向上应无快活人。自去年来多事故，从今日去少交亲。宜须数数谋欢会，好作开成第二春。

与梦得偶同到敦诗宅感而题壁

山东才副苍生愿，《汉书》云：山东出相。川上俄惊逝水波。履道凄凉新第宅，敦诗宅在履道，修造初成。宣城零落旧笙歌。崔家妓乐，多归宣州也。园荒唯有薪堪采，门冷兼无雀可罗。今日相逢一作随偶同到，伤心不是故经过。

杨六尚书新授东川节度
使代妻戏贺兄嫂二绝

刘纲与妇共升仙，弄玉随夫亦上天。何似沙哥领崔嫂，碧油幢引向东川。

金花银碗饶君_{一作兄}用，罨画罗衣尽_{上声}嫂裁。觅得黔娄为妹婿，可能空寄蜀茶来。

闲 游 即 事

郊野游行熟，村园次第过。蓦山寻浥涧，蹋水渡伊河。寒食青青草，春风瑟瑟波。逢人共杯酒，随马有笙歌。胜事经非少，芳辰过亦多。还须自知分，不老拟如何。

六 十 六

七十欠四岁，此生那足论。每因悲物故，还且喜身存。安得头长黑，争教眼不昏。交游成拱木，婢仆见曾孙。瘦觉腰金重，衰怜鬓雪繁。将何理老病，应付与空门。

池上早春即事招_{英华作嘲}梦得

老更惊年改，闲先觉日长。晴熏榆荚黑，春染柳梢黄。云_{一作雪}破山呈色，冰融水放光。低平稳船舫，轻暖好衣裳。白角三升榼，红茵六尺床。偶游难得伴，独醉不成狂。我有中心乐，君无外事忙。经过莫慵懒，相去两三坊。

因梦得题公垂所寄蜡烛因寄公垂

照梁初日光相似，出水新莲艳不如。却寄两条君令_{一作领取}，明年双引入中书。宰相入朝举双烛,馀官各一。

令公南庄花柳正盛欲偷一赏先寄二篇

最忆楼花千万朵,偏怜堤柳两三株。拟提社酒携村妓,擅入朱门莫
怪无。映楼桃花,拂堤垂柳,是庄上最胜绝处,故举以为对。

可惜亭台闲度日,欲偷风景暂游春。只愁花里莺饶舌,飞入宫城报
主人。

春夜宴席上戏赠裴淄川

九十不衰真地仙,裴年九十不衰赢。六旬犹健亦天怜。予自谓也。今年
相遇莺花月,此夜同欢歌酒筵。四座齐声和丝竹,两家随分斗金
钿。留君到晓无他意,图向君前作少年。

赠　梦　得

年颜老少与君同,眼未全昏耳未聋。放醉卧为春日伴,趁欢行入少
年丛。寻花借马烦川守,弄水偷船恼令公。闻道洛城人尽怪,呼为
刘白二狂翁。

晚春欲携酒寻沈四著作先以六韵寄之

病容衰惨澹,芳景晚蹉跎。无计留春得,争能奈老何。篇章慵报
答,杯宴喜经过。顾我酒狂久,负君诗债多。沈前后惠诗十馀首,春来多
醉,竟未酬答,今故云尔。敢辞携绿蚁,只愿见青娥。最忆阳关唱,真珠
一串歌。沈有讴者,善唱西出阳关无故人词。

三月三日祓禊洛滨 并序。《才调集》

作祓禊日游于斗门亭。一本无此题,序即题也。

开成二年三月三日,河南尹李待价以人和岁稔,将禊于洛滨。前一日,启留守裴令公。令公明日,召太子少傅白居易、太子宾客萧籍、李仍叔、刘禹锡、前中书舍人郑居中、国子司业裴恽、河南少尹李道枢、仓部郎中崔晋、司封员外郎张可续(一作绩)、驾部员外郎卢言、虞部员外郎苗愔、和州刺史裴俦、淄州刺史裴洽、检校礼部员外郎杨鲁士、四门博士谈弘谟等一十五人,合宴于舟中,由斗亭历魏堤,抵津桥,登临溯沿。自晨及暮,簪组交映,歌笑间发。前水嬉而后妓乐,左笔砚而右壶觞。望之若仙,观者如堵,尽风光之赏,极游泛之娱,美景良辰,赏心乐事,尽得于今日矣。若不记录,谓洛无人。晋公首赋一章,铿然玉振,顾谓四座。继而和之。居易举酒抽毫,奉十二韵以献(座上作)。

三月草萋萋,黄莺歇又啼。柳桥晴有絮,沙路润无泥。禊事修初半一作毕,游人到欲齐。金钿耀桃李,丝管骇凫鹥。转岸回船尾,临流簇马蹄。闹翻一作于扬子渡,蹋破魏王堤。妓接谢公宴,诗陪荀令题。舟同李膺泛,醴为穆生携。水引春心荡,花牵醉眼迷。尘街从鼓动,烟树任鸦栖。舞急红腰软一作凝,歌迟翠黛低。夜归何用烛,新月凤楼西。

同梦得暮春寄贺东西川二杨尚书

龙节对持真可爱,雁行相接更堪夸。两川风景同三月,千里江山属一家。鲁卫定知连气色,潘杨亦觉有光华。予与二公皆忝姻眷。应怜洛下分司伴,冷宴闲游老看花。

喜小楼西新柳抽条

一行弱柳前年种,数尺柔条今日新。渐欲拂他骑马客,未多遮得上楼人。须教碧玉羞眉黛，莫与红桃作麴尘。为报金堤千万树，饶伊未敢苦争春。

晚春酒醒寻梦得

料合同惆怅，花残酒亦残。醉心忘老易，醒眼别春难。独出虽慵懒，相逢定喜欢。还携小蛮去，试觅老刘看。小蛮,酒榼名也。

感　事

服气崔常侍晦叔,烧丹郑舍人居中。常期生羽翼，那忽化灰尘。每遇凄凉事，还思潦倒身。唯知趁杯酒，不解炼金银。睡适三尸性，慵安五藏神。无忧亦无喜，六十六年春。

和裴令公南庄绝句 裴云:野人不识中书令,唤作陶家与谢家。

陶庐僻陋那堪比，谢墅幽微不足攀。何似嵩峰三十六，长随申甫作家山。

宅西有流水墙下构小楼临玩之时颇有幽趣因命歌酒聊以自娱独醉独吟偶题五绝句

伊水分来不自由，无人解爱为谁流。家家抛向墙根底，唯我栽莲越一作起小楼。

水色波文何所似，麴尘罗带一条斜。莫言罗带春无主，自置楼来属白家。

日滟水光摇素壁，风飘树影拂朱栏。皆言此处宜弦管，试奏霓裳一曲看。

霓裳奏一作试罢唱梁州，红袖斜翻翠黛愁。应是遥闻胜近听，行人欲过尽回头。

独醉还须得歌舞,自娱何必要亲宾。当时一部清商乐,亦不长将乐外人。

偶　作

篮舆出即忘归舍,柴户昏犹未掩关。闻客病时惭体健,见人忙处觉心闲。清凉秋寺行香去,和暖春城拜表还。木雁一篇须记取,致身才与不才间。

因梦得酬牛相公初到洛中

小饮见赠 时牛相公辞罢扬州节度,就拜东都留守。

淮南挥手抛红旆,洛下回头向白云。政事堂中老丞相,制科场里旧将军。宫城烟月饶全占,关塞风光请半分。诗酒放狂犹得在,莫欺白叟与刘君。

幽居早秋闲咏

幽僻嚣尘外,清凉水木间。卧风秋拂簟,步月夜开关。且得身安泰,从他世险艰。但休争要路,不必入深山。轩鹤留何用,泉鱼放不还。谁人知此味,临老十年闲。

和令狐仆射小饮听阮咸

掩抑复凄清,非琴不是筝。还弹乐府曲,别占阮家名。古调何人识,初闻满座惊。落盘珠历历,摇珮玉玲玲。似劝杯中物,如含林下情。时移音律改,岂是昔时声。

烧药不成命酒独醉

白发逢秋王去声,丹砂见火空。不能留姹女,争免作衰翁。赖有杯中绿,能为面上红。少年心不远,只在半酣中。

送卢郎中赴河东裴令公幕

别时暮雨洛桥岸,到日凉风汾水波。荀令见君应问我,为言秋草闭
门多。

送 李 滁 州

君于觉路深留意,我亦禅门薄致功。未悟病时须去病,已知空后莫
依空。白衣卧病一作疾嵩山下,皂盖行春楚水东。谁道三年千里
别,两心同在道场中。

长斋月满寄思黯

一日不见如三月,一月相思如七年。似隔山河千里地,仍当风雨九
秋天。明朝斋满相寻去,挈榼抱衾同醉眠。

冬夜对酒寄皇甫十

霜杀中庭草,冰生后院池。有风空动树,无叶可辞枝。十月苦长
夜,百年强半时。新开一瓶酒,那得不相思。

岁除夜对酒

衰翁岁除夜,对酒思悠然。草白经霜地,云黄欲雪天。醉依乌皆切
香枕坐,慵傍暖炉眠。洛下闲来久,明朝是十年。

全唐诗卷四五七

白居易

寄献北都留守裴令公 并序。今本以序为题,此从《英华》本增。

司徒令公分守东洛,移镇北都,一心勤王,三月成政,形容盛德,实在歌诗,况辱知音,敢不先唱。辄奉五言四十韵寄献,以抒下情。

天上中台正,人间一品高。中书令上应中台,司徒官一品。休明值尧舜,勋业过萧曹。始擅文三捷,进士及第、博学、制策,连登三科。终兼武六韬。动人名赫赫,忧国意忉忉。荡一作伐蔡擒封豕吴元济也,平齐斩巨鳌李师道也。两河收土宇,四海定波涛。宠重移宫衞,自东都留守授北京留守。恩新换阃旄。保厘东宅静,周公、召公东治洛邑。守护北门牢。晋国封疆阔,并州士马豪。胡兵惊赤帜,边雁避乌号。令下流如水,仁沾泽似膏。路喧歌五袴,军醉感单醪。将校森罴武,宾僚俨隽髦。客无烦夜析,吏不犯秋毫。神在台骀助,魂亡獊狁逃。德星销彗孛,霖雨灭腥臊。烽戍高临代,关河远控洮。汾云晴一作时漠漠,朔吹冷飔飔。豹尾交牙戟,虬须捧佩刀。通天白犀带,照地紫麟袍。羌管吹杨柳,燕姬酌蒲萄。蒲萄酒出太原。银含凿落盏一作线,金屑琵琶槽。遥想从军乐,应忘报国劳。紫微留一作含北阙,中书令即紫微令也。绿野寄东皋。绿野堂在东都午桥庄也。忽忆前时会,多惭下客叨。清宵陪宴话,美景从游遨。花月还同赏,琴诗雅自操。

朱弦拂宫徵,洪笔振风骚。近竹开方丈,依林架桔槔。春池八九曲,画舫两三艘。径滑苔黏屐,潭深水没篙。绿丝萦岸柳,红粉映楼桃。皆午桥庄中佳境。为穆先陈醴,居易每十斋日在会,常蒙以二勒汤代酒也。招刘共藉糟。刘梦得也。舞鬟金翡翠,歌颈玉蟏蟥。盛德终难过一作退,明时岂易遭。公虽慕张范,张良、范蠡。帝未舍伊皋。眷恋心方结,踟蹰首已搔。鸾凤上寥廓,燕雀任蓬蒿。欲献文狂简,徒烦思郁陶。可怜四百字,轻重抵鸿毛。

和东川杨慕巢尚书府中
独坐感戚在怀见寄十四韵

慕巢感戚虔州弟丧逝,感己之荣,盛有归洛之意,故叙而和之也。

我是知君者,君今意若何。穷通时不定,苦乐事相和。东蜀欢殊渥,西江叹逝波。只缘荣贵极,翻使感伤多。行断风惊雁,慕巢及杨九、杨十,前年来,兄弟三人,各在一处。年侵日下坡。片心休惨戚,双鬓已蹉跎。紫绶黄金印,青幢白玉珂。老将荣补贴,愁用道销磨。外府饶杯酒,中堂有绮罗。应须引满饮,何不放狂歌。锦水通巴峡,香山对洛河。将军驰铁马,少傅步铜驼。深契怜松竹,高情忆薜萝。悬车年甚远,未敢故一作放相过。

分司洛中多暇数与诸客宴游醉后狂吟
偶成十韵因招梦得宾客兼呈思黯奇章公

性与时相远,身将世两忘。寄名朝士籍,寓兴少年场。老岂无谈笑,贫犹有酒浆。随时来伴侣,逐日用风光。数数游何爽,些些病未妨。天教荣启乐,人恕接舆狂。改业为通客,移家住醉乡。不论招梦得,兼拟诱奇章。要路风波险,权门市井忙。世间无可恋,不是不思量。

小岁日喜谈氏外孙女孩满月

今旦夫妻喜,他人岂得知。自嗟生女晚,敢讶见孙迟。物以稀为贵,情因老更慈。新年逢吉日,满月乞名时。因名引珠。桂燎熏花果,兰汤洗玉肌。怀中有可抱,何必是男儿。

闲吟赠皇甫郎中亲家翁 新与皇甫结姻

谁能嗟叹光阴暮,岂复忧愁活计贫。忽忽不知头上事,时时犹忆眼中人。早为良友非交势,晚接嘉姻不失亲。最喜两家婚嫁毕,一时抽得尚平身。

梦得卧病携酒相寻先以此寄

病来知少客,谁可以为娱。日晏开门未,秋寒有酒无。自宜相慰问,何必待招呼。小疾无妨饮,还须挈一壶。

酬思黯戏赠同用狂字

钟乳三千两,金钗十二行。妒他心似火,欺我鬓如霜。思黯自夸前后服钟乳三千两,甚得力,而歌舞之妓颇多。来诗谑予羸老,故戏答之。慰老资歌笑,销愁仰酒浆。眼看狂不得,狂得且须狂。

又戏答绝句 来句云:不是道公狂不得,恨公逢我不教狂。

狂夫与我两相忘,故态些些亦不妨。纵酒放歌聊自乐,接舆争解教人狂。

令狐相公与梦得交情素深眷予分亦
不浅一闻薨逝相顾泫然旋有使来得
前月未殁之前数日书及诗寄赠梦得
哀吟悲叹寄情于诗诗成示予感而继和

缄题重叠语殷勤,存没交亲自此分。前月使来犹理命,今朝诗到是遗文。银钩见晚书无报,玉树埋深哭不闻。最感一行绝笔字,尚言千万乐天君。令狐与梦得手札后云:"见乐天君,为伸千万之诚也"。

洛下雪中频与刘李二宾
客宴集因寄汴州李尚书

水南水北雪纷纷,雪里欢游莫厌频。日日暗一作多来唯老病,年年少去是交亲。碧毡帐暖梅花湿,红燎炉香竹叶春。今日邹枚俱在洛,梁园置酒召何人。

看梦得题答李侍郎诗
诗中有文星之句因戏和之

看题锦绣报琼瑰,俱是人天第一才。好遣文星守醴次,亦须防有客星来。

闲　适

禄俸优饶官不卑,就中闲适是分司。风光暖助游行一作人处,雨雪寒供饮宴时。肥马轻裘还且有,粗歌薄酒亦相随。微躬所要今皆得,只是蹉跎得校迟。

戏答思黯 思黯有能筝者，以此戏之。

何时得见十三弦，待取无云有月天。愿得金波明似镜，镜中照出月中仙。

酬裴令公赠马相戏

裴诗云：“君若有心求逸足，我还留意在名姝。”盖引妾换马戏，意亦有所属也。

安石风流无奈何，欲将赤骥换青娥。不辞便送东山去，临老何人与唱歌。

新岁赠梦得

暮齿忽将及，同心私自怜。渐衰宜减食，已喜更加年。紫绶行联袂，篮舆出比肩。与君同甲子，岁酒合谁先。

早春持斋答皇甫十见赠

正月晴和风气一作景新，纷纷已有醉游人。帝城花笑长斋客，三一作二十年来负早春。

戏赠梦得兼呈思黯

霜一作双鬓莫欺今老矣，《传》曰：“今老矣，无能为也。”一杯莫笑便陶然。陈郎中处为高户，裴使君前作少年。陈商郎中酒户涓滴，裴洽使君年九十馀。顾我独狂多自哂，与君同病最相怜。月终斋满谁开素，须拟一作说奇章置一筵。

早春忆游思黯南庄因寄长句

南庄胜处心常忆，借问轩车早晚游。美景难忘竹廊下，好风争奈柳

桥头。冰消见水多于地,雪霁看山尽入楼。若待春深始同赏,莺残
花落却堪愁。

酬皇甫十早春对雪见赠

漠漠复霏霏,东风散玉尘。明催竹窗晓,寒退柳园春。绿酝一作醅
香堪忆,红炉暖可亲。忍心三两日,莫作破斋人。

奉和思黯自题南庄见示兼呈梦得

谢家别墅最新奇,山展屏风花夹篱。晓月渐沉桥脚底,晨光初照屋
梁时。台头有酒莺呼客,水面无尘风洗池。除却吟诗两闲客,此中
情状更谁知。

送蕲春李十九使君赴郡

可怜官职好文词,五十专城未是迟。晓日镜前无白发,春风门外有
红旗。郡中何处堪携酒,席上谁人解和诗。唯共交亲开口笑,知君
不及洛阳时。

自 题 酒 库

野鹤一辞笼,虚舟长任风。送愁还闹处,移老入闲中。身更求何
事,天将富此翁。此翁何处当,酒库不曾空。刘仁轨诗云"天将富此翁,以
一醉为富"也。

寒食日寄杨东川

不知杨六逢寒食,作古做字底欢娱过此辰。兜率寺高宜望月,嘉陵
江近好游春。蛮旗似火行随马,蜀妓如花坐绕身。不使黔娄夫妇
看,夸张富贵向何人。

醉后听唱桂华曲

诗云:"遥知天上桂华孤,试问嫦娥更要无。月宫幸有闲田地,何不中央种两株。"此曲韵怨切,听辄感人,故云尔。

桂华词意苦丁宁,唱到常娥醉便醒。此是人间肠断曲,莫教不得意人听。

酬梦得以予五月长斋
延僧徒绝宾友见戏十韵

宾客懒逢迎,脩然池馆清。檐闲空燕语,林静未蝉鸣。荤血还一作初休食,杯筋亦罢倾。三春多放逸,五月暂修行。香印朝烟细,纱灯夕焰明。交游诸长老,师事古先生。竺乾,古先生也。禅后心弥寂,斋来休更轻。不唯忘肉味,兼拟灭风情。蒙以声闻待,难将戏论争。虚空若有佛,灵运恐先成。

奉和裴令公三月上巳日游太原
龙泉忆去岁褉洛见示之作 依来体杂言

去岁暮春上巳,共泛洛水中流。今岁暮春上巳,独立香山下头。风光闲寂寂,旌旃远悠悠。丞相府归晋国,太行山碍并州。鹏背负天龟曳尾,云泥不可得同游。

又和令公新开龙泉晋水二池

旧有潢污泊,今为白水塘。诗云:"方塘含白水。"竽歌闻四面,楼阁在中央。春变烟波色,晴添树木光。龙泉信为美,莫忘午桥庄。

早夏晓兴赠梦得

窗明帘薄透朝光,卧整巾簪起下床。背壁灯残经宿焰,开箱衣带隔年香。无情亦任他春去，不醉争销得昼长。一部清商一壶酒，与君明日暖新堂。

春日题乾元寺上方最高峰亭

危亭绝顶四无邻，见尽三千世界春。但觉虚空无障碍，不知高下几由旬。回看官路三条线，却望都城一片尘。宾客暂游无半日，王侯不到便终身。始知天造空闲境，不为忙人富贵人。

奉和思黯相公以李苏州所寄太湖石
奇状绝伦因题二十韵见示兼呈梦得

错落复崔嵬，苍然玉一堆。峰骈仙掌出，鳞坼剑门开。峭顶高危矣，盘根下壮哉。精神欺竹树，气色压亭台。隐起磷磷状，凝成瑟瑟胚。廉棱露锋刃，清越扣琼瑰。岌嶪形将动，巍峨势欲摧。奇应潜鬼怪，灵合蓄云一作风雷。黛润沾新雨，斑明点古苔。未曾栖鸟雀，不肯染尘埃。尖削琅玕笋，洼剜玛瑙罍。海神移碣石，画障簇天台。在世为尤物，如人负逸才。渡江一苇载，入洛五丁推。出处虽无意，升沉亦有媒。媒为李苏州。拔从水府底，置向相庭隈。对称吟诗句，看宜把酒杯。终随金砺用，不学玉山颓。疏傅心偏爱，园公眼屡回。共嗟无此分，虚管太湖来。居易与梦得俱典姑苏而不获此石。

奉和思黯相公雨后林园四韵见示

新晴夏景好，复此池边地。烟树绿含滋，水风清有味。便成林下隐，都忘门前事。骑吏引归轩，始知身富贵。

晚夏闲居绝无宾客欲寻梦得先寄此诗

鱼笋朝餐饱，蕉纱暑服轻。欲为窗下寝，先傍水边行。晴引鹤双舞，秋生蝉一声。无人解相访，有酒共谁倾。老更谙时事，闲多见物情。只应刘与白，二叟自相迎。

寄李蕲州

下车书奏龚黄课，动笔诗传鲍谢风。江郡讴谣夸杜母，洛城一作阳欢会忆车公。笛愁春尽梅花里，簟冷秋生薤叶中。蕲州出好笛，并薤叶簟。不道蕲州歌酒少，使君难称与谁同。

酬思黯相公晚夏雨后感秋见赠

暮去朝来无歇期，炎凉暗向雨中移。夜长只合愁人觉，秋冷先应瘦客知。两幅彩笺挥逸翰，一声寒玉振清辞。无忧无病身荣贵，何故沉吟亦感时。

久雨闲闷对酒偶吟

凄凄苦雨暗铜驼，袅袅凉风起漕在到切河。自夏及秋晴日少，从朝至暮闷时多。鹭临池立窥鱼笥，隼傍林飞拂雀罗。赖有杯中神圣物，百忧无奈十分何。

雨后秋凉

夜来秋雨后，秋气飒然新。团扇先辞手，生衣不著身。更添砧引思，难与簟相亲。此境谁偏觉，贫闲老瘦人。

酬梦得早秋夜对月见寄

吾衰寡情趣，君病懒经过。其奈西楼上，新秋明月何。庭芜凄白露，池色澹金波。况是初长夜，东城砧杵多。

题谢公东山障子

贤愚共在浮生内，贵贱同趋群动间。多见忙时已衰病，少闻健日肯休闲。鹰饥受绁从难退，鹤老乘轩亦不还。唯有风流谢安石，拂衣携妓入东山。

谢杨东川寄衣服

年年衰老交游少，处处萧条书信稀。唯有巢兄不相忘，春茶未断寄秋衣。

咏怀寄皇甫朗之

老大多情足往还，招僧待客夜开关。学调气后衰中健，不用心来闹处闲。养病未能辞薄俸，忘名何必入深山。与君别有相知分，同置身于木雁间。

东 城 晚 归

一条邛杖悬龟榼，双角吴童控马衔。晚入东城谁识我，短靴低帽白蕉衫。

与梦得沽酒闲饮且约后期

少时犹不忧生计，老后谁能惜酒钱。共把十千沽一斗，相看七十欠三年。闲征雅令穷经史，醉听清吟胜管弦。更待菊黄家酝熟，共君一醉一陶然。

与牛家妓乐雨后合宴

玉管清弦声旖旎，翠钗红袖坐参差。两家合奏洞房夜，八月连阴秋

雨时。歌脸有情凝睇久,舞腰无力转裙迟。人间欢乐无过此,上界
西方即不知。

和杨六尚书喜两弟汉公转吴兴鲁士
赐章服命宾开宴用庆恩荣赋长句见示

华筵贺客日纷纷,剑外欢娱洛下闻。朱绂宠光新照地,彤襜喜气远
凌云。荣联花萼诗难和,乐助埙篪酒易〔醺〕(曛)。感羡料应知我
意,今生此事不如君。

自　咏

须白面微红,醺醺半醉中。百年随手过,万事转头空。卧疾瘦居
士,行歌狂老翁。仍闻好事者,将我画屏风。

梦得相过援琴命酒因弹秋思
偶咏所怀兼寄继之待价二相府

闲居静侣偶相招,小饮初酣琴欲调。我正风前弄秋思,君应天上听
云韶。云韶雅曲,上多与宰相同听之。时和始见陶钧力,物遂方知盛圣
朝。双凤栖梧鱼在藻,飞沉随分各逍遥。

九月八日酬皇甫十见赠

君方对酒缀诗章,我正持斋坐道场。处处追游虽不去,时时吟咏亦
无妨。霜蓬旧鬓三分白,露菊新花一半黄。惆怅东篱不同醉,陶家
明日是重阳。

慕巢尚书书云室人欲为置<small>一作买一</small>
歌者非所安也以诗相报因而和之

东川已过二三春，南国须求一两人。富贵大都多老大，欢娱太半为亲宾。如愁翠黛应堪重，买笑黄金莫诉贫。他日相逢一杯酒，尊前还要落梁尘。

杪　秋　独　夜

无限少年非我伴，可怜清夜与谁同。欢娱牢落中心少，亲故凋零四面空。红叶树飘风起后，白须人立月明中。前头更有萧条物，老菊衰兰三两丛。

凭李睦州访徐凝山人<small>凝即睦州之民也</small>

郡守轻诗客，乡人薄钓翁。解怜徐处士，唯有李郎中。

苏　州　故　吏

江南故吏别来久，今日池边识我无。不独使君头似雪，华亭鹤死白莲枯。<small>莲鹤皆苏州同来。</small>

得杨湖州书颇夸抚民接
宾纵酒题诗因以绝句戏之

岂独爱民兼爱客，不唯能饮又能文。白蘋洲上春传语，柳使君输杨使君。

天宫<small>一作官</small>阁秋晴晚望

洛城秋霁后，梵阁暮登时。此日风烟好，今秋节候迟。霞光红泛艳，树影碧参差。莫虑言归晚，牛家有宿期。

酬梦得暮秋晴夜对月相忆

霁月光如练，盈庭复满池。秋深无热后，夜浅未寒时。露叶团荒菊，风枝落病梨。相思懒相访，应是各年衰。

同梦得和思黯见赠来诗中先叙三人同宴之欢次有叹鬓发渐衰嫌孙子催老之意因酬—作继妍唱兼吟鄙怀

醉伴腾腾白与刘，何朝何夕不同游。留连灯下明犹饮，断送尊前倒即休。催老莫嫌孙稚长，加年须喜鬓毛秋。教他伯道争存活，无子无孙亦白头。

听　歌

管妙弦清歌入云，老人合眼醉醺醺。诚知不及当年听，犹觉闻时胜不闻。

三年冬随事铺设小堂寝处稍似稳暖因念衰病偶吟所怀

小宅非全陋，中堂不甚卑。聊堪会亲族，足以贮妻儿。暖帐迎冬设，温炉向夜施。裘新青兔褐，褥软白猿皮。似鹿眠深草，如鸡宿稳枝。逐身安枕席，随事有屏帏。病致衰残早，贫营活计迟。由来蚕老后，方是茧成时。

初冬即事呈梦得

青毡帐暖喜微雪，红地炉深宜早寒。走笔小诗能和否，泼醅新酒试尝看。僧来乞食因留宿，客到开尊便共欢。临老交亲零落尽，希君恕我取人宽。

自罢河南已换七尹每一入府怅然旧
游因宿内厅偶题西壁兼呈韦尹常侍

每入河南府，依然似到家。杯尝七尹酒，七官酒味不同，备尝之矣。树看十年花。即府中新果园。且健须欢喜，虽衰莫叹嗟。迎门无故吏，侍坐有新娃。暖阁谋宵宴，寒庭放晚衙。主人留宿定，一任夕阳斜。

天寒晚起引酌咏怀寄
许州王尚书汝州李常侍

叶覆冰池雪满山，日高慵起未开关。寒来更亦无过醉，老后何由可得闲。四海故交唯许汝，十年贫健是樊蛮。相思莫忘樱桃会，一放狂歌一破颜。樱桃花时，数与许汝二君欢会，甚乐。

四 年 春

柳梢黄嫩草芽新，又入开成第四春。近日放慵多不出，少年嫌老可相亲。分司吉傅频过舍，致仕崔卿拟卜邻。时辈推迁年事到，往还多是白头人。

白 发

白发生来三十年，而今须鬓尽皤然。歌吟终日如狂叟，衰疾多时似瘦仙。八戒夜持香火印，三光一作元朝念蕊珠篇。其馀便被春收拾，不作闲游即醉眠。

追 欢 偶 作

追欢逐乐少闲时，补贴一作帖平生得事迟。何处花开曾后看，谁家酒熟不先知。石楼月下吹芦管，金谷风前舞柳枝。十听春啼变莺舌，三嫌老丑换蛾眉。乐天一过难知分，犹自咨嗟两鬓丝。芦管、柳枝已下，皆十年来洛中之事。

公垂尚书以白马见寄光洁稳善以诗谢之

翩翩白马称金羁，领缀银花尾曳丝。毛色鲜明人尽爱，性灵驯善主偏知。免将妾换惭来处，试使奴牵欲上时。不蹶不惊行步稳，最宜山简醉中骑。

西 楼 独 立

身著白衣头似雪，时时醉立小楼中。路人回顾应相怪，十一年来见此翁。

书 事 咏 怀

官俸将生计，虽贫岂敢嫌。金多输陆贾，酒足胜陶潜。陶潜诗云："常苦酒不足。"床暖僧敷坐，楼晴妓卷帘。日遭斋破用，每月常持十斋。春赖闰加添。是年闰正月也。老向欢弥切，狂于饮不廉。十年闲未足，亦恐涉无厌。

酬梦得比萱草见赠 来篇云：唯君比萱草，相见可忘忧。

杜康能散闷，萱草解忘忧。借问萱逢杜，何如白见刘。老衰胜少夭，闲乐笑忙愁。试问同年内，何人得白头。

问皇甫十

苦乐心由我,穷通命任他。坐倾张翰酒,行唱接舆歌。荣盛傍看好,优闲自适多。知君能断事,胜负两如何。

早春独登天宫阁 一作阙

天宫日暖阁门开,独上迎春饮一杯。无限游人遥怪我,缘何最老最先来。

送苏州李使君赴郡二绝句

忆抛印绶辞吴郡,衰病当时已有馀。今日贺君兼自喜,八回看换旧铜鱼。予自罢苏州及兹,换八刺史也。

馆娃宫深春日长,馆娃宫,今灵岩寺也。乌鹊桥高秋夜凉。乌鹊桥在苏州南门。风月不知人世变,奉君直似奉吴王。

长洲曲新词

茂苑绮罗佳丽地,女湖桃李艳阳时。心奴已死胡容老,后辈风流是阿谁。

忆江南词三首 此曲亦名《谢秋娘》,每首五句。

江南好,风景旧曾谙。日出江花红胜火,春来江水绿如蓝。能不忆江南?

江南忆,最忆是杭州。山寺月中寻桂子,郡亭枕上看潮头。何日更重游?

江南忆,其次忆吴宫。吴酒一杯春竹叶,吴娃双舞醉芙蓉。早晚复相逢。

全唐诗卷四五八

白居易

病中诗十五首 并序

　　开成己未岁,余蒲柳之年六十有八。冬十月甲寅旦,始得风痹之疾,体瘝(音关)目眩,左足不支,盖老病相乘时而至耳。余早栖心释梵,浪迹老庄,因疾观身,果有所得。何则? 外形骸而内忘忧患,先禅观而后顺医治。旬月以还,厥疾少间,杜门高枕,澹然安闲,吟讽兴来,亦不能遏。因成十五首,题为《病中诗》,且贻所知,兼用自广。昔刘公幹病漳浦,谢康乐卧临川,咸有篇章,抒咏其志。今引而序之者,虑不知我者或加诮焉。

初 病 风

六十八衰翁,乘衰百疾攻。朽株难免蠹,空穴易来风。肘痹宜生柳,头旋剧转蓬。恬然不动处,虚白在胸中。

枕 上 作

风疾侵凌临老头,血凝筋滞不调柔。甘从此后支离卧,赖是从前烂漫游。回思往事纷如梦,转觉馀生杳若浮。浩气自能充静室,惊飙何必荡虚舟。腹空先进松花酒,膝冷重装桂布裘。若问乐天忧病否,乐天知命了无忧。

答闲上人来问因何风疾

一床方丈向阳开,劳动文殊问疾来。欲界凡夫何足道,四禅天始免风灾。色界四天,初禅具三灾,二禅无火灾,三禅无水灾,四禅无风灾。

病中五绝句

世间生老病相随,此事心中久自知。今日行年将七十,犹须惭愧病
来迟。

方寸成灰鬓作丝,假如强健亦何为。家无忧累身无事,正是安闲好
病时。

李君墓上松应拱,元相池头竹尽枯。多幸乐天今始病,不知合要苦
治无。李、元,皆予执友也。杓直少予八岁,即世已九年。微之少予七年,薨已八年
矣。今予始病,得非幸乎?

目昏思一作畏寝即安眠,足软妨行便坐禅。身作医王心是药,不劳
和扁到门前。

交亲不要苦相忧,亦拟时时强出游。但有心情何用脚,陆乘肩舆水
乘舟。

送嵩客

登山临水分无期,泉石烟霞今属谁。君到嵩阳吟此句,与教二一作
三十六峰知。

罢〔灸〕(炙)

病身佛说将何喻,变灭须臾岂不闻。莫遣净一作浮名知一作和我笑,
休将火艾〔灸〕(炙)浮云。《维摩经》云:是身如浮云,须臾变灭也。

卖骆马

五年花下醉骑行,临卖回头嘶一声。项籍顾骓犹解叹,乐天别骆岂
无情。

别柳枝

两枝杨柳小楼中,袅袅多年伴醉翁。明日一作白放归归去后,世间
应不要春风。

就暖偶酌戏诸诗酒旧侣

低屏软褥卧藤床,异向前轩就日阳。一足任他为外物,三杯自要沃
中肠。头风若见诗应愈,齿折仍夸笑不妨。细酌徐吟犹得在,旧游
未必便相忘。

岁暮呈思黯相公皇甫朗之及梦得尚书

岁暮皤然一老夫,十分流辈九分无。莫嫌身病人扶侍,犹胜无身可
遣扶。

自　解

房传往世为禅客,世传房太尉前生为禅僧,与娄师德友善,慕其为人,故今生有娄
之遗风也。王道前生应画师。王右丞(相)诗云:"宿世是词客,前身应画师。"我
亦定中观宿命,多生债负是歌诗。不然何故狂吟咏,病后多于未病
时。

岁暮病怀赠梦得 时与梦得同患足疾

十年四海故交亲,零落唯残两病身。共遣数奇从是命,同教步蹇有
何因。眼随老减嫌长夜,体待阳舒望早春。新乐堂前旧池上,相过
亦不要他人。

雪后过集贤裴令公旧宅有感

梁王捐馆后,枚叟过门时。有泪人还泣,无情雪不知。台亭留尽
在,宾客散何之。唯有萧条雁,时来下故池。

酬梦得贫居咏怀见赠

岁阴生计两蹉跎,相顾悠悠醉且歌。厨冷难留乌止屋,诗云:"赡乌爰
止,于谁之屋。"言乌止富家之屋也。门闲可与雀张罗。病添庄舄吟声苦,
贫欠韩康药债多。日望挥金贺新命,来篇云:"若有金挥胜二疏。"俸钱依

旧又如何。时梦得罢宾客,除秘监,禄俸略同,故云。

酬梦得见喜疾瘳

暖卧摩绵褥,晨一作寒倾药酒螺。昏昏布裘底,病醉睡相和。末疾徒云尔,《传》云:风淫末疾,末谓四肢。馀年有几何。须知差与否,相去校无多。

夜闻筝中弹潇湘送神曲感旧

缥缈巫山女,归来七八年。殷勤湘水曲,留在十三弦。苦调吟还出,深情咽不传。万重云水思,今夜月明前。

感苏州旧舫

画梁朽折红窗破,独立池边尽日看。守得苏州船舫烂,此身争合不衰残。

感旧石上字

闲拨船行寻旧池,幽情往事复谁知。太湖石上镂三字,十五年前陈结之。

见敏中初到邠宁秋日登城楼诗诗中颇多乡思因以寄和 从殿中侍御出副邠宁

想尔到边头,萧条正值秋。二年贫御史,八月古邠州。丝管闻虽乐,风沙见亦愁。望乡心若苦,不用数登楼。

斋　戒

每因斋戒断荤腥,渐觉尘劳染爱轻。六贼定知无气色,三尸应恨少恩情。酒魔降伏终须尽,诗债填还亦欲平。从此始堪为弟子,竺乾师是古先生。

戏礼经老僧

香火一炉灯一盏,白头夜礼佛名经。何年饮著声闻酒,直到如今醉未醒。

近见慕巢尚书诗中屡有叹老思退之意又于洛下新置郊居然宠寄方深归心大速因以长句戏而谕之

近见诗中叹白发,遥知阃外忆东都。烟霞偷眼窥来久,富贵黏身摆得无。新置林园犹濩落,未终婚嫁且踟蹰。应须待到悬车岁,然后东归伴老夫。

对镜偶吟赠张道士抱元

闲来对镜自思量,年貌衰残分所当。白发万茎何所怪,丹砂一粒不曾尝。眼昏久被书料理,肺渴多因酒损伤。今日逢师虽已晚,枕中治老有何方。

病　入　新　正

枕上惊新岁,花前念旧欢。是身老所逼,非意病相干。风月情犹在,杯觞兴渐一作又阑。便休心未伏,更试一春看。

卧疾来早晚

卧疾来早晚,悬悬将十旬。婢能寻本草,犬不吠医人。酒瓮全生醆,歌筵半委尘。风光还欲好,争向枕前春。

强起迎春戏寄思黯

杖策人扶废病身,晴和强起一迎春。他时蹇踬纵行得,笑杀平原楼
上人。

梦得前所酬篇有炼尽美少年之句因思往事兼咏今怀重以长句答之

炼尽少年成白首,忆初相识到今朝。昔饶春桂长先折,今伴寒松取
一作后凋。昔登科第,梦得多居先。今同暮年,洛下为老伴。生事纵贫犹可
过,风情虽老未全销。声华宠命人皆得,若个如君历七朝。梦得贞元
中及今,凡仕七朝也。

病 后 寒 食

故纱绛帐旧青毡,药酒醺醺引醉眠。斗擞弊袍春晚后,摩挲病脚日
阳前。行无筋力寻山水,坐少精神听管弦。抛掷风光负寒食,曾来
未省似今年。

老病相仍以诗自解

荣枯忧喜与彭殇,都是人间戏一场。虫臂鼠肝犹不怪,鸡肤鹤发复
何伤。昨因风发甘长往,今遇阳和又小康。春暖来,风痹稍退也。还似
远行装束了,迟回且住亦何妨。

皇甫郎中亲家翁赴任绛州宴送出城赠别

慕贤入室交先定,结援通家好复成。新妇不嫌贫活计,娇孙同慰老
心情。洛桥歌酒今朝散,绛路风烟几日行。欲识离群相恋意,为君

扶病出都城。

春　暖

风痹宜和暖,春来脚较轻。莺留花下立,鹤引水边行。发少嫌巾重,颜衰讶镜明。不论亲与故,自亦昧平生。

残春晚起伴客笑谈

掩户下帘朝睡足,一声黄鸟报残春。披衣岸帻日高起,两角青衣扶老身。策杖强行过里巷,引杯闲酌伴亲宾。莫言病后妨谈笑,犹恐多于不病人。

送唐州崔使君侍亲赴任

连持使节历专城,独贺崔侯最庆荣。乌府一抛霜简去,朱轮四从板舆行。崔郎中从殿中连典四郡,皆侍亲赴任。发时止许沙鸥送,到日方乘竹马迎。唯虑郡斋宾友少,数杯春酒共谁倾。

春晚咏怀赠皇甫朗之

艳阳时节又蹉跎,迟暮光阴复若何。一岁平分春日少,百年通计老时多。多中更被愁牵引,少处兼遭病折磨。赖有销忧治闷药,君家浓酎我狂歌。

春尽日宴罢感事独吟 开成五年三月三十日作

五年三月今朝尽,客散筵空独掩扉。病共乐天相伴住,春随樊子一时归。闲听莺语移时立,思逐杨花触处飞。金带缒腰衫委地,年年衰瘦不胜衣。

病中辱崔宣城长句见寄兼有
觥绮之赠因以四韵总而酬之

刘〔桢〕(祯)病发经春卧,谢朓诗来尽日吟。三道旧夸收片玉,昔予考制策,崔君登科也。一章新喜获双金。信题霞绮缄情重,酒试银觥表分深。科第门生满霄汉,岁寒少得似君心。

前有别杨柳枝绝句梦得继和云春尽
絮飞留不得随风好去落谁家又复戏答

柳老春深日又斜,任他飞向别人家。谁能更学孩童戏,寻逐春风捉柳花。

池上早夏

水积春塘晚,阴交夏木繁。舟船如野渡,篱落似江村。静拂琴床席,香开酒库门。慵闲无一事,时弄小娇孙。

谈氏外孙生三日喜是
男偶吟成篇兼戏呈梦得

玉芽珠颗小男儿,罗荐兰汤浴罢时。茉苡春来盈女手,梧桐老去长孙枝。庆传媒氏燕先贺,喜报谈家乌预知。明日贫翁具鸡黍,应须酬赛引雏诗。前年谈氏外孙女初生,梦得有贺诗云:"从此引鸳雏。"今幸是男,前言似有征,故云。

开成大行皇帝挽歌词四首奉敕撰进

御宇恢皇化,传家叶至公。华夷臣妾内,尧舜弟兄中。制度移民俗,文章变国风。开成与贞观,实录事多同。

晏驾辞双阙，灵仪出九衢。上云归碧落，下席葬苍梧。冀晚馀尧历，龟新启夏图。三朝联棣萼，从古帝王无。

严恭七月礼，哀恸万人心。地感胜秋气，天愁结夕阴。鼎湖龙渐远，濛汜日初沉。唯有云韶乐，长留治世音。

化成同轨表清平，恩结连枝感圣明。帝与九龄虽吉梦，山呼万岁是虚声。月低仪仗辞兰路，风引笳箫入柏城。老病龙髯攀不及，东周退傅最伤情。

时热少客因咏所怀

冠帻心多懒，逢迎兴渐微。况当时热甚，幸遇客来稀。湿洒池边地，凉开竹下扉。露床青篾簟，风架白蕉衣。院静留僧宿，楼空放妓归。衰残强欢宴，此事久知非。

宣州崔大夫阁老忽以近诗数十首见示 吟讽之下窃有所喜因成长句寄题郡斋

谢玄晖殁吟声寝，郡阁寥寥笔砚闲。无复新诗题壁上，虚教远岫列窗间。谢宣城《郡内》诗云："窗中列远岫。"忽惊歌雪今朝至，必恐文星昨夜还。再喜宣城章句动，飞觞遥贺敬亭山。谢又有《题敬亭山》诗，并见《文选》中。

足　疾

足疾无加亦不瘳，绵春历夏复经秋。开颜且酌尊中酒，代步多乘池上舟。幸有眼前衣食在，兼无身后子孙忧。应须学取陶彭泽，但委心形任去留。

晚池泛舟遇景成咏赠吕处士

岸浅桥平池面宽,飘然轻棹泛澄澜。风宜扇引开怀入,树爱舟行仰卧看。别境客稀知不易,能诗人少咏应难。唯怜吕叟时相伴,同把磻溪旧钓竿。

梦 微 之

夜来携手梦同游,晨起盈巾泪莫收。漳浦老身三度病,咸阳草树一作宿草八回秋。君埋泉下泥销骨,我寄人间雪满头。阿卫韩郎相次去,夜台茫昧得知不。阿卫,微之小男。韩郎,微之爱婿。

感 秋 咏 意

炎凉迁次速如飞,又脱生衣著熟衣。绕壁暗蛩无限思,恋巢寒燕未能归。须知流辈年年失,莫叹衰容日日非。旧语相传聊自慰,世间七十老人稀。

老病幽独偶吟所怀

眼渐昏昏耳渐聋,满头霜雪半身风。已将身出浮云外,《维摩经》云:是身如浮云也。犹寄形于逆旅中。觞咏罢来宾阁闭,笙歌散后妓房空。世缘俗念消除尽,别是人间清净翁。

和杨尚书罢相后夏日游永安水亭兼招本曹杨侍郎同行

道行无喜退无忧,舒卷如云得自由。良冶动时为哲匠,巨川济了作虚舟。竹亭阴合偏宜夏,水槛风凉不待秋。遥爱翩翩双紫凤,入同官署出同游。

在 家 出 家

衣食支吾婚嫁毕,从今家事不相仍。夜眠身是投林鸟,朝饭心同乞食僧。清唳数声松下鹤,寒光一点竹间灯。中宵入定跏趺坐,女唤妻呼多不应。

夜 凉

露白风清庭户凉,老人先著夹衣裳。舞腰歌袖抛何处,唯对无弦琴一张。

继之尚书自余病来寄遗非一又蒙览醉吟先生传题诗以美之今以此篇用伸酬谢

衰残与世日相疏,惠好唯君分有馀。茶药赠多因病久,衣裳寄早及寒初。所寄赠之物,皆及时。交情郑重金相似,诗韵清锵玉不如。醉傅狂言人尽笑,独知我者是尚书。

五年秋病后独宿香山寺三绝句

经年不到龙门寺,今夜何人知我情。还向畅师房里宿,新秋月色旧滩声。

饮徒歌伴今何在,雨散云飞尽不回。从此香山风月夜,只应长是一身来。

石盆泉畔石楼头,十二年来昼夜游。更过今年年七十,假如无病亦宜休。

题香山新经堂招僧

烟满秋堂月满庭,香花漠漠磬泠泠。谁能来此寻真谛,白老新开一藏经。

偶题邓公 <small>公即给事中斑之子也，饥穷老病，退居此村。</small>

偶因携酒寻村客，聊复回车访薜萝。且值雪寒相慰问，不妨春暖更经过。翁居山下年空老，我得人间事校多。一种共翁头似雪，翁无衣食自<small>一作又</small>如何。

早入皇城赠王留守仆射

津桥残月晓沉沉，风露凄清禁署深。城柳宫槐谩摇落，悲愁不到贵人心。

寄题庐山旧草堂兼呈二林寺道侣

三十年前草堂主，而今虽在鬓如丝。登山寻水应无力，不似江州司马时。渐伏酒魔休放醉，犹残口业未抛诗。君行过到炉峰下，为报东林长老知。<small>此诗凭钱知进侍御往题草堂中也。</small>

改　业

先生老去饮无兴，居士病来闲有馀。犹觉醉吟多放逸，不如禅定更清虚。<small>予先有《醉吟先生传》，今故云。</small>柘枝紫袖教丸药，羯鼓苍头遣种蔬。却被山僧戏相问，一时改业意何如。

山下留别佛光和尚

劳师送我下山行，此别何人识此情。我已七旬师九十，当知后会在他生。

山中五绝句

游嵩阳见五物,各有所感,感兴不同,随兴而吟,因成五绝。

岭 上 云

岭上白云朝未散,田中青麦旱将枯。自生自灭一作减成何事,能逐东风作雨无。

石 上 苔

漠漠斑斑石上苔,幽芳静绿绝纤埃。路傍凡草荣遭遇,曾得七香车碾来。

林 下 樗

香檀文桂苦雕镌,生理何曾得自全。知我无材老樗否,一枝不损尽天年。

涧 中 鱼

海水桑田欲变时,风涛翻覆沸天池。鲸吞蛟斗波成血,深涧游鱼乐不知。

洞 中 蝙 蝠

千年鼠化白蝙蝠,黑洞深藏避网罗。远害全身诚得计,一生幽暗又如何。

自戏三绝句 闲卧独吟,无人酬和,聊假身心相戏往复,偶成三章。

心 问 身

心问身云何泰然,严冬暖被日高眠。放君快活知恩否,不早朝来十一年。

身 报 心

心是身王身是宫,君今居在我宫中。是君家舍君须爱,何事论恩自说功。

心 重 答 身

因我疏慵休罢早,遣君安乐岁时多。世间老苦人何限,不放君闲奈我何。

会昌元年春五绝句

病后喜过刘家 一作梦得

忽忆前年初病后,此生甘分不衔杯。谁能料得今春事,又向刘家饮酒来。

赠举之仆射 今春与仆射三为寒食之会

鸡球饧粥屡开筵,谈笑讴吟间管弦。一月三回寒食会,春光应不负今年。

卢尹贺梦得会中作

病闻川守贺筵开,起伴尚书饮一杯。任意少年长笑我,老人自觅老人来。

题朗之槐亭

春风可惜无多日,家酝唯残软半瓶。犹望君归同一醉,篮舁早晚入槐亭。

劝 梦 得 酒

谁人功画麒麟阁,何一作酒客新投魑魅乡。两处荣枯君莫问,残春更醉两三场。

过裴令公宅二绝句

裴令公在日,常同听杨柳枝歌,每遇雪天,无非招宴,二物如故,因成感情。

风吹杨柳出墙枝，忆得同欢共醉时。每到集贤坊地一作北过，不曾一度不低眉。

梁王旧馆雪濛濛，愁杀邹枚二老翁此句兼属梦得。假使明朝深一尺，亦无人到兔园中。

百日假满少傅官停自喜言怀

长告今朝满十旬，从兹萧洒便终身。老嫌手重抛牙笏，病喜头轻换角巾。疏傅不朝悬组绶，尚平无累毕婚姻。人言世事何时了，我是人间事了人。

早　热

畏景又加旱，火云殊未收。篱暄饥有雀，池涸渴无鸥。岸帻头仍痛，褰裳汗亦流。若为当此日，迁客向炎州。时杨、李二相各贬潮、韶。

题崔少尹上林坊新居

坊静居新深且幽一作深居新且幽，忽疑缩地到沧洲。宅东篱缺嵩峰出，堂后池一作门开洛水流。高下三层盘野径，沿洄十里泛渔舟。若能为客烹鸡黍，愿伴田苏日日游。

新　涧　亭

烟萝初合涧新开，闲上西亭日几回。老病归山应未得，且移泉石就身来。

对酒有怀寄李十九郎中

往年江外抛桃叶结之也，去岁楼中别柳枝樊蛮也。寂寞春来一杯酒，此情唯有李君知。吟君旧句情难忘，风月何时是尽时。李君尝有《悼故妓》诗云:"直应人世无风月,始是心中忘却时。"今故云。

杨六尚书频寄新诗诗中多有思
闲相就之志因书鄙意报而谕之

君年殊未及悬车,未合将闲逐老夫。身健正宜金印绶,位高方称白
髭须。若论尘事何由了,但问云心自在无。进退是非俱是梦,丘中
阙下亦何殊。

偶吟自慰兼呈梦得 予与梦得甲子同,今俱七十。

且喜同年满七旬,莫嫌衰病莫嫌贫。已为海内有名客,又占世间长
命人。耳里声闻新将相,眼前失尽故交亲。尊荣富寿难兼得,闲坐
思量最要身。

寄潮州杨继之

相府潮阳俱梦中,梦中何者是穷通。他时事过方应悟,不独荣空辱
亦空。

雪暮偶与梦得同致仕裴宾客王尚书饮

黄昏惨惨雪霏霏,白首相欢醉不归。四个老人三百岁,裴年九十馀,王
八十馀,予与梦得俱七十,合三百馀岁,可谓希有之会也。人间此会亦应稀。

雪朝乘兴欲诣李司徒留守先以五韵戏之

夜寒生酒思,晓雪引诗情。热饮一两盏,冷吟三五声。铺花怜地
冻,销玉畏天晴。好拂乌巾出,宜披鹤氅行。梁园应有兴,何不召
邹生。

赠　思　黯

前以《履道新小滩》诗寄思黯,报章云:"请向归仁砌下看。"思黯归仁宅,亦有小滩。

为怜清浅爱潺湲,一日三回到水边。若道归仁滩更好,主人何故别三年。

听歌六绝句

听都子歌 词云:试问嫦娥更要无。

都子新歌有性灵,一声格转已堪听。更听唱到嫦娥字,犹有樊家旧典刑。

乐　世 一名六幺

曾急弦一作丝繁拍渐稠,绿腰宛转曲终头。诚知乐世声声乐,老病人听未免愁。

水　调 第五遍乃五言调,调韵最切。

五言一遍最殷勤,调少情多似有因。不会当时翻曲意,此声肠断为何人。

想夫怜 王维右丞词云:秦川一半夕阳开。此句尤佳。

玉管朱弦莫急催,容听歌送十分杯。长爱夫怜第二句,请君重唱夕阳开。

何　满　子

开元中,沧洲有歌者何满子,临刑,进此曲以赎死,上竟不免。

世传满子是人名,临就刑时曲始成。一曲四调一作词歌八叠,从头便是断肠声。

离别难 一下有词字

绿杨陌上送行人,马去车回一望尘。不觉别时红泪尽,归来无泪可一作更沾巾。

闲　乐

坐安卧稳舆仄声平肩，倚杖披衫绕四边。空腹三杯卯后酒，曲肱一觉醉中眠。更无忙苦吟闲乐，恐是人间自在天。

全唐诗卷四五九

白居易

立秋夕凉风忽至炎暑稍消即事咏怀寄汴州节度使李二十尚书

袅袅檐树动，好风西南来。红缸霏微灭，碧幌飘飖开。披襟有馀凉，拂簟无纤埃。但喜烦暑退，不惜光阴催。河秋稍清浅，月午方裴回。或行或坐卧，体适心悠哉。美人在浚都，旌旗绕楼台。虽非沧溟阻，难见如蓬莱。蝉迎节又换，雁送书未回。君位日宠重，我年日摧颓。无因风月下，一举平生一作与共持杯。

开成二年夏闻新蝉赠梦得

十年来，常与梦得索居，同在洛下，每闻蝉，多有寄答，今喜以此篇唱之。

十载与君别，常感新蝉鸣。今年共君听，同在洛阳城。噪处知林静，闻时觉景清。凉风忽袅袅，秋思先秋生。残槿花边立，老槐阴下行。虽无索居恨，还动长年情。且喜未聋耳，年年闻此声。

题牛相公归仁里宅新成小滩

平生见流水，见此转留连。况此朱门内，君家新引泉。伊流决一

带,洛石砌千拳。与君三伏月,满耳作潺湲。深处碧磷磷,浅处清
溅溅。碕岸束鸣_{一作鸣咽},沙汀散沦涟。翻浪雪不尽,澄波空共鲜。
两岸滟滪口,一泊潇湘天。曾作天南客,漂流六七年。何山不倚
杖,何水不停船。巴峡声心里,松江色眼前。今朝小滩上,能不思
悠然。

春日闲居三首

陶云爱吾庐,吾亦爱吾屋。屋中有琴书,聊以慰幽独。是时三月
半,花落庭芜绿。舍上晨鸠鸣,窗间春睡足。睡足起闲坐,景晏方
栉沐。今日非十斋,庖童馈鱼肉。饥来恣餐歠,冷热随所欲。饱竟
快搔爬,筋骸无检束。岂徒畅肢体,兼欲遗耳目。便可傲松乔,何
假杯中渌。

广池春水平,群鱼恣游泳。新林绿阴成,众鸟欣相鸣_{叶韵}。时我亦
潇洒,适无累与病。鱼鸟人则殊,同归于遂性。缅思山梁雉,时哉
感孔圣。圣人不得所,慨然叹时命。我今对鳞羽,取乐成谣咏。得
所仍得时,吾生一何幸。

劳者不觉歌,歌其劳苦事。逸者不觉歌,歌其逸乐意。问我逸如
何,闲居多兴味。问我乐如何,闲官少忧累。又问俸厚薄,百千随
月至。又问年几何,七十行欠二。所得皆过望,省躬良可愧。马闲
无羁绊,鹤老有禄位。设自为化工,优饶只如是。安得不歌咏,默
默受天赐。

小 阁 闲 坐

阁前竹萧萧,阁下水潺潺。拂簟卷帘坐,清风生其间。静闻新蝉
鸣,远见飞鸟还。但有巾挂壁,而无客叩关。二疏返故里,四老归
旧山。吾亦适所愿,求闲而得闲。

游平泉宴浥涧宿香山石楼赠座客

逸少集兰亭,季伦宴金谷。金谷太繁华,兰亭阙丝竹。何如今日
会,浥涧平泉曲。杯酒与管弦,贫中随分足。紫鲜林笋嫩,红润园
桃熟。采摘助盘筵,芳滋盈口腹。闲吟暮云碧,醉藉春草绿。舞妙
艳流风,歌清叩寒玉。古诗惜昼短,劝我令秉烛。是夜勿言归,相
携石楼宿。

池 上 幽 境

袅袅过水桥,微微入林路。幽境深谁知,老身闲独步。行行何所
爱,遇物自成趣。平滑青盘石,低密绿阴树。石上一素琴,树下双
草屦。此是荣先生,坐禅三乐处。

夏 日 闲 放

时暑不出门,亦无宾客至。静室深下帘,小庭新扫地。褰裳复岸
帻,闲傲得自ész。朝景枕簟清,乘凉一觉睡。午餐何所有,鱼肉一
两味。夏服亦无多,蕉纱三五事。资身既给足,长音丈物徒烦费。
若比箪瓢人,吾今太富贵。

和思黯居守独饮偶醉见示六韵时梦得 和篇先成颇为丽绝因添两韵继而美之

宫漏滴渐阑,城乌啼复歇。此时若不醉,争奈千门月。主人中夜起
一作坐,妓烛前罗列。歌袂默收声,舞鬟低赴节。弦吟玉柱品,酒透
金杯热。朱颜忽已酡,清奏犹未阕。妍词黯先唱,逸韵刘继发。铿
然双雅音,金石相磨戛。

和梦得洛中早春见赠七韵

众皆赏春色,君独怜春意。春意竟如何,老夫知此味。烛馀减夜
漏,衾暖添朝睡。恬和台上风,虚润池边地。开迟花养艳,语懒莺
含思。似讶隔年斋,如劝迎春醉。何日同宴游,心期二月二。此时
出斋,故云。

樱桃花下有感而作　开成三年春季美周宾客南池者

蔼蔼美周宅,樱繁春日斜。一为洛下客,十见池上花。烂熳岂无
意,为君占年一作物华。风光饶此树,歌舞胜诸家。失尽白头伴,长
成红粉娃。停杯两相顾,堪喜亦堪嗟。白头伴、红纷娃,皆有所属。

洗　竹

布裘寒拥颈,毡履温承足。独立冰池前,久看洗霜竹。先除老且
病,次去纤而曲。剪弃犹可怜,琅玕十馀束。青青复簇簇,颇异凡
草木。依然若有情,回头语僮仆。小者截鱼竿,大者编茅屋。勿作
箮与箕,而令粪土辱。

新　沐　浴

形适外无恙,心恬内无忧。夜来新沐浴,肌发舒且柔。宽裁夹乌
帽,厚絮长白裘。裘温裹我足,帽暖覆我头。先进酒一杯,次举粥
一瓯。半酣半饱时,四体春悠悠。是月岁阴暮,惨冽天地愁。白日
冷无光,黄河冻不流。何处征戍行,何人羁旅游。穷途绝粮客,寒
狱无灯囚。劳生彼何苦,遂性我何优。抚心但自愧,孰知其所由。

三 年 除 夜

晰晰燎火光,氲氲腊酒香。嗤嗤童稚戏,迢迢岁夜长。堂上书帐前,长幼合成行。以我年最长,次第来称觞。七十期渐近,万缘心已忘。不唯少欢乐,兼亦无悲伤。素屏应居士,青衣侍孟光。夫妻老相对,各坐一绳床。顾虎头画维摩居士图,白衣素屏也。

自 题 小 园

不斗门馆华,不斗林园大。但斗为主人,一坐十馀载。回看甲乙第,列在都城内。素垣夹朱门,蔼蔼遥相对。主人安在哉,富贵去不回。池乃为鱼凿,林乃为禽栽。何如小园主,拄杖闲即来。亲宾有时会,琴酒连夜开。以此聊自足,不羡大池台。

病 中 宴 坐

有酒病不饮,有诗慵不吟。头眩平声罢垂钩,手痹休援琴。竟日悄无事,所居闲且深。外安支离体,中养希夷心。窗户纳秋景,竹木澄夕阴。宴坐小池畔,清风时动襟。

戒 药

促促急景中,蠢蠢微尘里。生涯有分限,爱恋无终已。早夭羡中年,中年羡暮齿。暮齿又贪生,服食求不死。朝吞太阳精,夕吸秋石髓。徼福反成灾,药误者多矣。以之资嗜欲,又望延甲子。大人阴骘间,亦恐无此理。域中有真道,所说不如此。后身始身存,吾闻诸老氏。

赠 梦 得

前日君家饮,昨日王家宴。今日过我庐,三日三会面。当歌聊自
放,对酒交相劝。为我尽一杯,与君发三愿。一愿世清平,二愿身
强健。三愿临老头,数与君相见。

逸　老 庄子云:劳我以生,逸我以老,息我以死也。

白日下骎骎,青天高浩浩。人生在其中,适时即为好。劳我以少
壮,息我以衰老。顺之多吉寿,违之或凶夭。我初五十八,息老虽
非早。一闲十三年,所得亦不少。况加禄仕后,衣食常温饱。又从
风疾来,女嫁男婚了。胸中一无事,浩气凝襟抱。飘若云信风,乐
于鱼在藻。桑榆坐已暮,钟漏行将晓。皤然七十翁,亦足称寿考。
筋骸本非实,一束芭蕉草。眷属偶相依,一夕同栖鸟。去何有顾
恋,住亦无忧恼。生死尚复然,其馀安足道。是故临老心,冥然合
玄造。

遇物感兴因示子弟

圣择狂夫言,俗信老人语。我有老狂词,听之吾语汝。吾观器用
中,剑锐锋多伤。吾观形骸内,骨劲一作劲骨齿先亡。寄言处世者,
不可苦刚强。龟性愚且善,鸠心钝无恶。人贱拾支床,鹊欺擒暖
脚。寄言立身者,不得全柔弱。彼固一作因罹祸难,此未免忧患平
声。于何保终吉,强弱刚柔间。上遵周孔训,旁鉴老庄言。不唯鞭
其后,亦要轭其先。

首夏南池独酌

春尽杂英歇,夏初芳草深。薰风自南至,吹我池上林。绿蘋散还

合,赪鲤跳复沉。新叶有佳色,残莺犹好音。依然谢家物,池酌对风琴。惭无康乐作,秉笔思沉吟。境胜才思劣,诗成不称心。

官俸初罢亲故见忧以诗谕之

七年为少傅,品高俸不薄。乘轩已多惭,况是一病鹤。又及悬车岁,筋力转衰弱。岂以贫是忧,尚为名所缚。今春始病免,缨组初摆落。蜩甲有何知,云心无所著。困中残旧谷,可备岁饥恶。园中多新蔬,未至食藜藿。不求安师卜,不问陈生药。但对丘中琴,时开池上酌。信风舟不系,掉尾鱼方乐。亲友不我知,而忧我寂寞。
安与陈皆洛下艺术精者。

闲居偶吟招郑庶子皇甫郎中

自哂此迂叟,少迂老更迂。家计不一问,园林聊自娱。竹间琴一张,池上酒一壶。更无俗物到,但与秋光俱。古石苍错落,新泉碧萦纡。焉用车马客,即此是吾徒。犹有所思人,各在城一隅。杳然爱不见,搔首方踟蹰。玄晏风韵远,子真云貌孤。诚知厌朝市,何必忆江湖。能来小涧上,一听潺湲无。

亭西墙下伊渠水中置石激流
潺湲成韵颇有幽趣以诗记之

嵌巉嵩石峭,皎洁伊流清。立为远峰势,激作寒玉声。夹岸罗密树,面滩丌小亭。忽疑严子濑,流入洛阳城。是时群动息,风静微月明。高枕夜悄悄,满耳秋泠泠。终日临大道,何人知此情。此情苟自惬,亦不要人听。

闲题家池寄王屋张道士

有石白磷磷,有水清潺潺。有叟头似雪,婆娑乎其间。进不趋要路,退不入深山。深山太濩落,要路多险艰。不如家池上,乐逸无忧患。有食适吾口,有酒酡吾颜。恍惚游醉乡,希夷造玄关。五千言下一作不悟,十二年来闲。富者我不顾,贵者我不攀。唯有天坛子,时来一往还。

李卢二中丞各创山居俱夸胜绝然去城稍远来往颇劳弊居新泉实在宇下偶题十五韵聊戏二君

龙门苍石壁李所有也,泡涧碧潭水卢所有也。各在一山隅,迢遥一作迢几十里。清镜碧屏风,惜哉信为美。爱而不得见,亦与无相似。闻君每来去,矻矻事行李。脂辖复裹粮,心力颇劳止。未如吾舍下,石与泉甚迩。凿凿复溅溅,昼夜流不已。洛石千万拳,衬波铺锦绮。海珉一两片,激濑含宫徵。绿宜春濯足,净可朝漱齿。绕砌紫鳞游,拂帘白鸟起。何言履道叟,便是沧浪子。君若趁归程,请君先到此。愿以潺湲声,洗君尘土耳。

北窗竹石 一作石竹

一片瑟瑟石,数竿青青竹。向我如有情,依然看不足。况临北窗下一作檐,复近西塘曲。筠风散馀清,苔雨含微绿。有妻亦衰老,无子方茕独。莫掩夜窗扉,共渠相伴宿。

饮后戏示弟子

吾为尔先生，尔为吾弟子。孔门有遗训，复坐吾告尔。先生馔酒
食，弟子服劳止。孝敬不在他，在兹而已矣。欲我少忧愁，欲我多
欢喜。无如酝好酒，酒须多且旨。旨即宾可留，多即酺不耻。吾更
有一言，尔宜听入耳。人老多忧贫，人病多忧死。我今虽老病，所
忧不在此。忧在半酣时，尊空座客起。

闲坐看书贻诸少年

雨砌长寒芜，风庭落秋果。窗间有闲叟，尽日看书坐。书中见往
事，历历知福祸。多取终厚亡，疾驱必先堕。劝君少干名，名为锢
身锁。劝君少求利，利是焚身火。我心知已久，吾道无不可。所以
雀罗门，不能寂寞我。

梦上山 时足疾未平

夜梦上嵩山，独携藜杖出。千岩与万壑，游览皆周毕。梦中足不
病，健似少年日。既悟神返初，依然旧形质。始知形神内，形病神
无疾。形神两是幻，梦寐一作悟俱非实。昼行虽蹇涩，夜步颇安逸。
昼夜既平分，其间何得失。

对酒闲吟赠同老者

人生七十稀，我年幸过之。远行将尽路一作路尽，春梦欲觉时。家
事口不问，世名心不思。老既不足叹，病亦不能治。扶持仰婢仆，
将养信妻儿。饥饱进退食，寒暄加减衣。声妓放郑卫，裘马脱轻
肥。百事尽除去，尚馀酒与诗。兴来吟一篇，吟罢酒一卮。不独适
情性，兼用扶衰羸。云液洒六腑，阳和生四肢。于中我自乐，此外

吾不知。寄问同老者,舍此将安归。莫学蓬心叟,胸中残是非。

晚起闲行

皤然一老子,拥裘仍隐几。坐稳夜忘眠,卧安朝不起。起来无可作,闭目时叩齿。静对铜炉香,暖漱银瓶水。午斋何俭洁,饼与蔬而已。西寺讲楞伽,闲行一随喜。

香山居士写真诗 并序

元和五年,予为左拾遗、翰林学士,奉诏写真于集贤殿御书院,时年三十七。会昌二年,罢太子少傅,为白衣居士,又写真于香山寺藏经堂,时年七十一。前后相望,殆将三纪,观今照昔,慨然自叹者久之。形容非一,世事几变,因题六十字以写所怀。

昔作少学士,图形入集贤。今为老居士,写貌寄香山。鹤毳变玄发,鸡肤换朱颜。前形与后貌,相去三十年。勿叹韶华子,俄成皤叟仙。请看东海水,亦变作桑田。

二年三月五日斋毕开素当食偶吟赠妻弘农郡君

睡足肢体畅,晨起开中堂。初旭泛帘幕,微风拂衣裳。二婢扶盥栉,双童舁簟床。庭东有茂树,其下多阴凉。前月事斋戒,昨日散道场。以我久蔬素,加笾仍异粮。鲂鳞白如雪,蒸炙加桂姜。稻饭红似花,调沃新酪浆。佐以脯醢味,间之椒薤芳。老怜口尚美,病喜鼻闻香。娇骍三四孙,索哺绕我傍。山妻未举案,馋叟已先尝。忆同牢卺初,家贫共糟糠。今食且如此,何必烹猪羊。况观姻族间,夫妻半存亡。偕老不易得,白头何足伤。食罢酒一杯,醉饱吟又狂。缅想梁高士,乐道喜文章。徒夸五噫作,不解赠孟光。

不 出 门

弥月不出门,永日无来宾。食饱更拂床,睡觉一鼙伸。轻箑白鸟羽,新簟青箭筎。方寸方丈室,空然两无尘。披衣腰不带,散发头不巾。袒跣北窗下,葛天之遗民。一日亦自足,况得以终身。不知天壤内,目我为何人。

感 旧 并序

> 故李侍郎杓直,长庆元年春薨;元相公微之,太和六年秋薨;崔侍郎晦叔,太和七年夏薨;刘尚书梦得,会昌二年秋薨。四君子,予之执友也。二十年间,凋零共尽,唯予衰病,至今独存。因咏悲怀,题为感旧。

晦叔坟荒草已陈,梦得墓湿土犹新。微之捐馆将一纪,杓直归丘二十春。城中虽有故第宅,庭芜园废生荆榛。箧中亦有旧书札,纸穿字蠹成灰尘。平生定交取人窄,屈指相知唯五人。四人先去我在后,一枝蒲柳衰残身。岂无晚岁新相识,相识面亲心不亲。人生莫羡苦长命,命长感旧多悲辛。

送毛仙翁 江州司马时作

仙翁已得道,混迹寻岩泉。肌肤冰雪莹,衣服云霞鲜。绀发丝并致,韶容花共妍。方瞳点玄漆,高步凌非一作飞烟。几见桑海变,莫知龟鹤年。所憩九清外,所游五岳巅。轩昊旧为侣,松乔难比肩。每嗟人世人,役役如狂颠。孰能脱羁鞅,尽遭名利牵。貌随岁律换,神逐光阴迁。惟余负忧谴,憔悴溢江壖。衰鬓忽霜白,愁肠如火煎。羁旅坐多感,裴回私自怜。晴眺五老峰,玉洞多神仙。何当悯湮厄,授道安虚屝。我师惠然来,论道穷重玄。浩荡八溟阔,志泰心超然。形骸既无束,得丧亦都捐。岂识椿菌异,那知鹏鷃悬。

丹华既相付，促景定当延。玄功曷可报，感极惟勤拳。霓旌不肯
驻，又归武夷川。语罢倏然别，孤鹤升遥天。赋诗叙明德，永续步
虚篇。

达哉乐天行 一作健哉乐天行

达哉达哉白乐天，分司东都十三年。七旬才满冠已挂，半禄未及车
先悬。或伴游客春行乐，或随山僧夜坐禅。二年忘却问家事，门庭
多草厨少烟。庖童朝告盐米尽，侍婢暮诉衣裳穿。妻孥不悦甥侄
闷，而我醉卧方陶然。起来与尔画生计，薄产处置有后先。先卖南
坊十亩园，次卖东都五顷田。然后兼卖所居宅，仿佛获缗二三千。
半与尔充衣食费，半与吾供酒肉钱。吾今已年七十一，眼昏须白头
风眩平声。但恐此钱用不尽，即先朝露归夜泉。未归且住亦不恶，
饥餐乐饮安稳眠。死生无可无不可，达哉达哉白乐天。此卷自此首以
上，俱题作半格诗。

春 池 闲 泛

绿塘新水平，红槛小舟轻。解缆随风去，开襟信意行。浅怜清演
漾，深爱绿澄泓。白扑柳飞絮，红浮桃落英。古文科斗出，新叶剪
刀生。树集莺朋友，云行雁弟兄。飞沉皆适性，酣咏自怡情。花助
银杯气一作器，松添玉轸声。鱼跳何事乐，鸥起复谁惊。莫唱沧浪
曲，无尘可濯缨。

池上寓兴二绝

濠梁庄惠谩相争，未必人情知物情。獭捕鱼来鱼跃出，此非鱼乐是
鱼惊。
水浅鱼稀白鹭饥，劳心瞪目待鱼时。外容闲暇中心苦，似是而非谁

得知。

宴后题府中水堂赠卢尹中丞 昔予为尹日创造之

水斋岁久渐荒芜,自愧甘棠无一株。新酒客来方宴饮,旧堂主在重欢娱。莫言杨柳枝空老,府妓有歌杨柳枝曲者,因以名焉。直致樱桃树已枯。府西有樱桃厅,因树为名,今树亦枯也。从我到君十一尹,相看自置府来无。自予罢后至中丞,凡十一尹也。

和敏中洛下即事 时敏中为殿中分司

昨日池塘春草生,阿连新有好诗成。花园到处莺呼入,骢马游时客避行。水暖鱼多似南国,人稀尘少胜西京。洛中佳境应无限,若欲谙知问老兄。

送敏中新授户部员外郎西归

千里归程三伏天,官新身健马翩翩。行冲赤日加餐饭,上到青云稳著鞭。长庆老郎唯我在,客曹故事望君传。前鸿后雁行难续,相去迢迢二十年。长庆初,予为主客郎中、知制诰,迁中书舍人,去今二十一年也。

南侍御以石相赠助成水声因以绝句谢之

泉石磷磷声似琴,闲眠静听洗尘心。莫轻两片青苔石,一夜潺湲直万金。

闲居自题戏招宿客

水畔竹林边,闲居二十年。健常携酒出,病即掩门眠。解绶收朝佩,褰裳出野船。屏除身外物,摆落世间缘。报曙窗何早,知秋簟最先。微风深树里,斜日小楼前。渠口添新石,篱根写乱泉。欲招同宿客,谁解爱潺湲。西亭墙下,泉石有声。

李留守相公见过池上泛舟举
酒话及翰林旧事因成四韵以献之

引棹寻池岸,移尊就菊丛。何言济川后,相访钓船中。白首故情
在,青云往事空。同时六学士,五相一渔翁。

闰九月九日独饮

黄花丛畔绿尊前,犹有些些旧管弦。偶遇闰秋重九日,东篱独酌一
陶然。自从九月持斋戒,不醉重阳十五年。

览卢子蒙侍御旧诗多与微之
唱和感今伤昔因赠子蒙题于卷后

早闻元九咏君诗,恨与卢君相识迟。今日逢君开旧卷,卷中多道赠
微之。相看掩泪情难说,别有伤心事岂知。闻道咸阳坟上树,已抽
三丈白杨枝。

寒 亭 留 客

今朝闲坐石亭中,炉火销残尊又空。冷落若为留客住,冰池霜竹雪
髯翁。

新 小 滩

石浅沙平流水寒,水边斜插一渔竿。江南客见生乡思,道似严陵七
里滩。

和李中丞与李给事山居雪夜同宿小酌

宪府触邪峨豸角，琐闱驳正犯龙鳞。二人当官盛事，为时所称也。那知近
地斋居一作名客，忽作深山同宿人。一盏寒灯云外夜，数杯温酎雪
中春。林泉莫作多时计，谏猎登封忆旧臣。

履道西门二首

履道西门有弊居，池塘竹树绕吾庐。豪华肥壮虽无分，饱暖安闲即
有馀。行灶朝香炊早饭，小园春暖掇新蔬。夷齐黄绮夸芝蕨，比我
盘飧恐不如。

履道西门独掩扉，官休病退客来稀。亦知轩冕荣堪恋，其奈田园老
合归。跛鳖难随骐骥足，伤禽莫趁凤凰飞。世间认得身人少，今我
虽愚亦庶几。

偶　　吟

人生变改故无穷，昔是朝官今野翁。久寄形于朱紫内，渐抽身入蕙
荷中。荷衣、蕙带，是楚词也。无情水任方圆器，不系舟随去住风。犹
有鲈鱼莼菜兴，来春或拟往江东。

雪夜小饮赠梦得

同为懒慢园林客，共对萧条雨雪天。小酌酒巡销永夜，大开口笑送
残年。久将时背成遗老，多被人呼作散仙。呼作散仙应有以，曾看
东海变桑田。

岁暮夜长病中灯下闻卢尹夜
宴以诗戏之且为来日张本也

荣闹兴多嫌昼短,衰闲睡少觉明迟。当君秉烛衔杯夜,是我停飧一作灯服药时。枕上愁吟堪发病,府中欢笑胜寻医。明朝强出须谋乐,不拟车公更拟一作诮谁。

病中数会张道士见讥以此答之

亦知数出妨将息,不可端居守寂寥。病即药窗眠尽日,兴来酒席坐通宵。贤人易狎须勤饮,姹女难禁莫慢烧。张道士输白道士,一杯沆〔瀣〕(瀣)便逍遥。

卯　饮

短屏风掩卧床头,乌帽青毡白氎裘。卯饮一杯眠一觉,世间何事不悠悠。

寄题馀杭郡楼兼呈裴使君

官历二十政,宦游三十秋。江山与风月,最忆是杭州。北郭沙堤尾,西湖一作潮石岸头。绿觞春送客,红烛夜回舟。不敢言遗爱,空知念旧游。凭君吟此句,题向望涛楼。

杨六尚书留太湖石在洛下
借置庭中因对举杯寄赠绝句

借君片石意何如,置向庭中慰索居。每就玉山倾一酌,兴来如对醉尚书。

喜入新年自咏 时年七十一

白须如雪五朝臣，又值新正第七旬。老过占他蓝尾酒，病馀收得到头身。销磨岁月成高位，比类时流是幸人。大历年中骑竹马，几人得见会昌春。

滩　声

碧玉班班沙历历，清流决决响泠泠。自从造得滩声后，玉管朱弦可要听。

题 石 泉

殷勤傍石绕泉行，不说何人知我情。渐恐耳聋兼眼暗，听泉看石不分明。

送王卿使君赴任苏州因思花迎新使感旧游寄题郡中木兰西院一别 一无此二字

一别苏州十八载，时光人事随年改。不论竹马尽成人，亦恐桑田半为海。莺入故宫含意思，花迎新使生光彩。为报江山风月知，至今白使君犹在。

出斋日喜皇甫十早访

三旬斋满欲衔杯，平旦敲门门未开。除却朗之携　榼，的应不是别人来。

会昌二年春题池西小楼

花边春水水边楼，一坐经今四十秋。望月桥倾三遍换，采莲船破五回修。园林一半成乔木,邻里三分作白头。苏李冥蒙随烛灭,陈樊漂泊逐萍流。苏庶子弘、李中丞道枢及陈、樊二妓,十馀年皆楼中歌酒中伴,或殁或散,独予在焉。虽贫眼下无妨乐,纵病心中不与愁。自笑灵光岿然在,春来游得且须游。

酬南洛阳早春见赠

物华春意尚迟回,赖有东风昼夜催。寒缒柳腰收未得,暖熏花口噤初开。古诗云:“口噤不能开。”欲披云雾联襟去,先喜琼琚入袖来。久病长斋诗老退,争禁年少洛阳才。

对新家酝玩自种花

香麹亲看造,芳丛手自栽。迎春报酒熟,垂老看花开。红蜡半含萼,绿油新酦醅。玲珑五六树,潋滟两三杯。恐有狂风起,愁无好客来。独酌还独语,待取月明回。

携酒往朗之庄居同饮

慵中又少经过处,别后都无劝酒人。不挈一壶相就醉,若为将老度残春。

以诗代书酬慕巢尚书见寄

慕巢书中,颇切归休结侣之意,故以此答。

书意诗情不偶然,苦一作若云梦想在林泉。愿为愚谷烟霞侣,思结空门香火缘。每愧尚书情眷眷,自怜居士病绵绵。不知待得心期否,老校于君六七年。

春 尽 日

芳景销残暑气生，感时思事坐含情。无人开口共谁语，有酒回头还自倾。醉对数丛红芍药，渴尝一碗绿昌明蜀茶之名也。春归似一作自遣莺留语，好住园林三两声。

招 山 僧

能入城中乞食否，莫辞尘土污袈裟。欲知住处东城下，绕竹泉声是白家。

夏日与闲禅师林下避暑

洛景城一作落景城西尘土红，伴僧闲坐竹泉东。绿萝潭上不见日，白石滩边长有风。热恼一作熟闹渐知随念尽，清凉常愿与人同。每因毒暑悲亲故，多在炎方瘴海中。是岁潮、韶等郡皆有亲友谪居。

题新涧亭兼酬寄朝中亲故见赠

何处披襟风快哉，一亭临涧四门开。金章紫绶辞腰去，白石清泉就眼来。自得所宜还独乐，各行其志莫相咍。禽鱼出得池笼后，纵有人呼可更回。

病中看经赠诸道侣

右眼昏花左足风，金篦石水用无功。金篦刮眼病，见《涅槃经》；磁石水治风，见《外台方》。不如回念三乘乐，便得浮生百病空。无子同居草庵下见《法华经》，有妻偕老道场中。何烦更请僧为侣，月上新归伴一作侍病翁。时适谈氏女子自太原初归，维摩诘有女，名月上也。

游丰乐招提佛光三寺

竹鞋葵扇白绡巾，林野为家云是身。山寺每游多寄宿，都城暂出即
经旬。汉容黄绮为逋客，尧放巢由作外臣。昨日制书临郡县，不该
_{一作谈}愚谷醉乡人。

醉中得上都亲友书以予停俸
多时忧问贫乏偶乘酒兴咏而报之

头白醉昏昏，狂歌秋复春。一生耽酒客，五度弃官人。_{苏州、刑部侍}
_{郎、河南尹、同州刺使、太子少傅，皆以病免也。}异世陶元亮，前生刘伯伦。卧
将琴作枕，行以锸随身。岁要衣三对，年支谷一囷。园葵烹佐饭，
林_{一作秋}叶扫添薪。没齿甘蔬食，摇头谢缙绅。自能抛爵禄，终不
恼交亲。但得杯中渌，从生甑上尘。烦君问生计，忧醒不忧贫。

池 畔 逐 凉

风清泉冷竹修修，三伏炎天凉似秋。黄犬引迎骑马客，青衣扶下钓
鱼舟。衰容自觉宜闲坐，蹇步谁能更远游。料得此身终老处，只应
林下与滩头。

池鹤八绝句

> 池上有鹤，介然不群。乌鸢鸡鹅，次第嘲噪。诸禽似有所诮，鹤亦
> 时复一鸣。予非冶长，不通其意，因戏与赠答，以意斟酌之，聊亦自取笑
> 耳。

鸡 赠 鹤

一声警露君能薄，五德司晨我用多。不会悠悠时俗士，重君轻我意
如何。

鹤　答　鸡

尔争伉俪泥中斗,吾整羽仪松上栖。不可遣他天下眼,却轻野鹤重家鸡。

乌　赠　鹤

与君白黑大分明,纵不相亲莫见轻。我每夜啼君怨别,玉徽琴里忝同声。琴曲有《乌夜啼》、《别鹤怨》。

鹤　答　乌

吾爱栖云上华表,汝多攫肉下田中。吾音中羽汝声角,琴曲虽同调不同。《别鹤怨》在羽调,《乌夜啼》在角调。

鸢　赠　鹤

君夸名鹤我名鸢,君叫闻天我戾天。更有与君相似处,饥来一种啄腥膻。

鹤　答　鸢

无妨自是莫相非,清浊高低各有归。鸢鹤群中彩云里,几时曾见喘鸢飞。

鹅　赠　鹤

君因风送一作起入青云,我被人驱向鸭群。雪颈霜毛红网掌,请看何处不如君。

鹤　答　鹅

右军殁后欲何依,只合随鸡逐鸭飞。未必牺牲及吾辈,大都我瘦胜君肥。

谈氏小外孙玉童

外翁七十孙三岁,笑指琴书欲遣传。自念老夫今耄矣,因思稚子更茫然。中郎徐庆一作祚钟羊祜,子幼能文似马迁。才与不才争料得,东床空后且娇怜。谈氏初逝。

送后集往庐山东林寺兼寄云皋上人

后集寄将何处去,故山迢递在匡庐。旧僧独有云皋在,三二年来不得书。别后道情添几许,老来筋力又何如。来生缘会应非远,彼此年过七十馀。

客有说 客即李浙东也,所说不能具录其事。

近有人从海上回,海山深处见楼台。中有仙龛虚一室,多传此待乐天来。

答 客 说

吾学空门非学仙,恐君此说是虚传。海山不是吾归处,归即应归兜率天。予晚年结弥勒上生业,故云。

哭刘尚书梦得二首

四海齐名白与刘,百年交分两绸缪。同贫同病退闲日,一死一生临老头。杯酒英雄君与操,曹公曰:“天下英雄,唯使君与操耳。”文章微婉我知丘。仲尼云:“后世知丘者。”《春秋》又云:“春秋之旨,微而婉也。”贤豪虽殁精灵在,应共微之地下游。

今日哭君吾道孤,寝门泪满白髭须。不知箭折弓何用,兼恐唇亡齿亦枯。窅窅穷泉埋宝玉,骎骎落景挂桑榆。夜台暮齿期非远,但问前头相见无。

全唐诗卷四六〇

白居易

昨日复今辰

昨日复今辰,悠悠七十春。所经多故处,却想似前身。散秩优游老,闲居净洁一作清净贫。螺杯中有物,鹤氅上无尘。解佩收朝带,抽簪换野巾。风仪与名号,别是一生人。

病疮

门有医来往,庭无客送迎。病销谈笑兴,老足叹嗟声。鹤伴临池立,人扶下砌行。脚疮春断酒,那得有心情。

游赵村杏花 一无游字

赵村红杏每年开,十五年来看几回。七十三人难再到,今春来是别花来。

刑部尚书致仕

十五年来洛下居,道缘俗累两何如。迷路心回因向佛,宦途事了是悬车。全家遁世曾无闷,半俸资身亦有馀。唯是名衔人不会,毗耶长者白尚书。

初致仕后戏酬留守牛相公并呈分司诸僚友

南北东西无所羁,挂冠自在胜分司。探花尝酒多先到,拜表行香尽
不知。炮笋烹鱼饱餐后,拥袍枕臂醉眠时。报君一语君应笑,兼亦
无心羡保厘。

问 诸 亲 友

七十人难到,过三更较稀。占花租野寺,定酒典朝衣。趁醉春多
出,贪欢夜未归。不知亲故口,道我是耶非。

戏问牛司徒

抖擞尘缨捋白须,半酣扶起问司徒。不知诏下悬车后,醉舞狂歌有
例无。

不与老为期

不与老为期,因何两鬓丝。才应免夭促,便已及衰羸。昨夜梦何
在,明朝身不知。百忧非我所,三乐是吾师。闭目常闲坐,低头每
静思。存神机虑息,养气语言迟。行亦携诗箧,眠多枕酒卮。自惭
无一事,少有不安时。

开龙门八节石滩诗二首 并序

　　东都龙门潭之南,有八节滩、九峭石。船筏过此,例及破伤。舟人
楫师,推挽束缚,大寒之月,裸跣水中,饥冻有声,闻于终夜。予尝有愿,
力及则救之。会昌四年,有悲智僧道遇,适同发心,经营开凿,贫者出
力,仁者施财。於戏,从古有碍之险,未来无穷之苦,忽乎一旦尽除去
之,兹吾所用适愿快心拔苦施乐者耳,岂独以功德福报为意哉? 因作二

诗,刻题石上。以其地属寺,事因僧,故多引僧言见志。

铁凿金锤殷若雷,八滩九石剑棱摧。竹篙桂楫飞如箭,百筏千艘鱼贯来。振锡导师凭众力,挥金退傅施家财。他时相逐四方去,莫虑尘沙路不开。

七十三翁旦暮身,誓开险路作通津。夜舟过此无倾覆,朝胫从今免苦辛。十里吼滩变河汉,八寒阴狱化阳春。八寒地狱见佛名及《涅槃经》,故以八节滩为比。我身虽殁心长在,暗施慈悲与后人。

闲　坐

婆娑放鸡犬,嬉戏任儿童。闲坐槐阴下,开襟向晚风。沤麻池水里,晒枣日阳中。人物何相称,居然田舍翁。

酬寄牛相公同宿话旧劝酒见赠

每来政事堂中宿,共忆华阳观里时。日暮独归愁米尽,泥深同出借驴骑。交游今日唯残我,富贵当年更有谁。彼此相看头雪白,一杯可合重推辞。

道场独坐

整顿衣巾拂净床,一瓶秋水一炉香。不论烦恼先须去,直到菩提亦拟忘。朝谒久停收剑珮,宴游渐罢废壶觞。世间无用残年处,只合逍遥坐道场。

偶作寄朗之

历想为官日,无如刺史时。欢娱接宾客,饱暖及妻儿。自到东都后,安闲更得宜。分司胜刺史,致仕胜分司。何况园林下,欣然得朗之。仰名同旧识,为乐即新知。有雪先相访,无花不作期。斗酦干酿酒,夸妙细吟诗。里巷千来往,都门五别离。岐分两回首,书到一开眉。叶落槐亭院,冰生竹阁池。雀罗谁问讯,鹤氅罢追随。身与心俱病,容将力共衰。老来多健忘,唯不忘相思。

狂吟七言十四韵 十六句缺二字,十七句缺一字。

亦知世是休明世,自想身非富贵身。但恐人间为长物,不如林下作遗民。游依二室成三友,住近双林当四邻。性海澄渟平少浪,心田洒扫净无尘。香山闲宿一千夜,梓泽连游十六春。是客相逢皆故旧,无僧每见不殷勤。药停有喜闲销疾,金尽无忧醉忘贫。补绽衣裳愧妻女,支持酒肉赖交亲。俸随日计钱盈贯,禄逐年支粟满囷。尚书致仕,请半俸,百斛亦五十千,岁给禄粟二千,可为。洛堰鱼鲜供取足,游村果熟馈争新。诗章人与传千首,寿命天教过七旬。点检一生微幸事,东都除我更无人。

喜裴涛使君携诗见访醉中戏赠

忽闻扣户醉吟声,不觉停杯倒屣迎。共放诗狂同酒癖,与君别是一亲情。

得潮州杨相公继之书并诗以此寄之

诗情书意两殷勤,来自天南瘴海滨。初睹银钩还启齿,细吟琼什欲沾巾。凤池隔绝三千里,蜗舍沉冥十五春。唯有新昌故园月,至今分照两乡人。凤池,属杨相也。蜗舍,自谓也。

宿府池西亭

池上平桥桥下亭,夜深睡觉上桥行。白头老尹重来宿,十五年前旧月明。

闲　眠

暖床斜卧日曛腰，一觉闲眠百病销。尽日一餐茶两碗，更无所要到明朝。

杨 柳 枝 词

《云溪友议》：居易有妓樊素，善歌；小蛮，善舞。尝为诗曰："樱桃樊素口，杨柳小蛮腰。"年既高迈，而小蛮方丰艳，因《杨柳词》以托意云。

一树春风千万枝，嫩于金色软于丝。永丰西角荒园里，尽日无人属阿谁。

诏取永丰柳植禁苑感赋

又云：宣宗朝，国乐唱前词，上问谁作，永丰在何处。左右具以对。遂因东使，命取永丰柳两枝，植于禁中。居易感上知其名，且好尚风雅，又为诗一章。

一树衰残委泥土，双枝荣耀植天庭。定知玄象今春后，柳宿光中添两星。

斋居春久感事遣怀

斋戒坐三旬，笙歌发四邻。月明停酒夜，眼暗看花人。赖学空为观，深知念是尘。犹思闲语笑，未忘旧交亲。久作龙门主，多为兔苑宾。水嬉歌尽日，雪宴烛通晨。事事皆过分，时时自问身。风光抛得也，七十四年春。

每见吕南二郎中新文辄窃
有所叹惜因成长句以咏所怀

双金百炼少人知，纵我知君徒尔为。望梅阁老无妨渴，二贤词藻赡丽，众多以予曾忝制诰,故呼阁老。画饼尚书不救饥。喻无益,自戏也。白日回头看又晚,青云举足蹑何迟。壮年可惜虚销掷,遣把闲杯吟咏诗。

胡吉郑刘卢张等六贤皆多年寿
予亦次焉偶于弊居合成尚齿之会
七老相顾既醉且欢静而思之此会
稀有因成七言六韵以纪之传好事者

七人五百七十岁一作八十四,拖紫纡朱垂白须。手里无金莫嗟叹,尊中有酒且欢娱。诗吟两句一作吟成六韵神还王,酒饮一作饮到三杯气尚粗。兀峨狂歌教婢拍,婆娑醉舞遣孙扶。天年高过二疏傅,人数多于四皓图。除却三山五天竺,人间此会更应无。三仙山、五天竺国多老寿者。前怀州司马安定胡杲,年八十九。卫尉卿致仕冯翊吉皎,年八十六。前右龙武军长史荥阳郑据,年八十四。前磁州刺史广平刘真,年八十二。前侍御史内供奉官范阳卢真,年七十二。前永州刺史清河张浑,年七十四。刑部尚书致仕太原白居易,年七十四。已上七人,合五百七十岁。会昌五年三月二十一日,于白家履道宅同宴,宴罢赋诗。时秘书监狄兼谟、河南尹卢贞,以年未七十,虽与会而不及列。

欢喜二偈

得老加年诚可喜,当春对酒亦宜欢。心中别有欢喜事,开得龙门八节滩。

眼暗头旋耳重听,唯馀心口尚醒醒。今朝欢喜缘何事,礼彻佛名百部经。

闲居贫活计

冠盖闲居少,箪瓢陋巷深。称家开户牖,量力置园林。俭薄身都惯,营为力不任。饥烹一斤肉,暖卧两重衾。尊有陶潜酒,囊无陆贾金。莫嫌贫活计,更富即劳心。

赠诸少年

少年莫笑我蹉跎,听我狂翁一曲歌。入手荣名取虽少,关心稳事得还多。老惭退马沾刍秣谓致仕半俸也,高喜归鸿脱弋罗。官给俸钱天与寿,些些贫病奈吾何。

感所见

巧者焦劳智者愁,愚翁何喜复何忧。莫嫌山木无人用,大胜笼禽不自由。网外老鸡因断尾,盘中鲜鲙为吞钩。谁人会我心中事,冷笑时时一掉头。

寄黔州马常侍

闲看双节信为贵,乐饮一杯谁与同。可惜风情与心力,五年抛掷在黔中。

和李相公留守题漕上新桥六韵 同用黎字

选石铺新路,安桥压古堤。似从银汉下,落傍玉川西。影定栏杆倒,标高华表齐。烟开虹半见,月冷鹤双栖。材映夒龙小,功嫌元凯低。从容济世后,馀力及黔黎。

闲居

风雨萧条秋少客,门庭冷静昼多关。金羁骆马近卖一作贾却,罗袖柳枝寻放还。书卷略寻聊取睡,酒杯浅把粗开颜。眼昏入夜休看月,脚重经春不上山。心静无妨喧处寂,机忘兼觉梦中闲。是非爱恶销停尽,唯寄空身在世间。

新 秋 夜 雨

蟋蟀暮啾啾，光阴不少留。松檐半夜雨，风幌满床秋。曙早灯犹在，凉初簟未收。新晴好天气，谁伴老人游。

春　眠

枕低被暖身安稳，日照房门帐未开。还有少年春气味，时时暂到梦中来。

喜 老 自 嘲

面黑头雪白，自嫌还自怜。毛龟著下老，蝙蝠鼠中仙。名籍同通客，衣装类古贤。裘轻被白氎，靴暖蹋乌毡。周易休开卦，陶琴不上弦。任从人弃掷，自与我周旋。铁马因疲退，铅刀以钝全。行开第八秩，可谓尽天年。时俗谓七十已上为开第八秩。

能 无 愧

十两新绵褐，披行暖似春。一团香絮枕，倚坐稳于人。婢仆遣他尝药草，儿孙与我拂衣巾。回看左右能无愧，养活枯残废退身。

河阳石尚书破回鹘迎贵主过上党射鹭鸶绘画为图猥蒙见示称叹不足以诗美之

塞北虏郊随手破，山东贼垒掉鞭收。乌孙公主归秦地，白马将军入潞州。剑拔青鳞蛇尾活，弦抨赤羽火星流。须知鸟目犹难漏，尚书将入潞府，偶逢水鸟鹭鸶，引弓射之，一发中目，三军踊跃。其事上闻，诏下美之。纵有天狼岂足忧。画角三声刁斗晓，清商一部管弦秋。他时麟阁图勋业，更合何人居上头。

自咏老身示诸家属

寿及七十五,俸沾五十千。夫妻偕老日,甥侄聚居年。粥美尝新米,袍温换故绵。家居虽濩落,眷属幸团圆。置榻素屏下,移炉青帐前。书听孙子读,汤看侍儿煎。走笔还诗债,抽衣当药钱。支分闲事了,爬背向阳眠。

自问此心呈诸老伴

朝问此心何所思,暮问此心何所为。不入公门慵敛手,不看人面免低眉。居士室间眠得所,少年场上饮非宜。闲谈亹亹留诸老,美酝徐徐进一卮。心未曾求过分事,身常少有不安时。此心除自谋身外,更问其馀尽不知。

六年立春日人日作

二日立春人七日,盘蔬饼饵逐时新。年方吉郑犹为少,家比刘韩未是贫。乡园节岁应堪重,亲故欢游莫厌频。试作循潮封眼想,何由得见洛阳春。分司致仕官中,吉傅、郑咨议最老,韩庶子、刘员外尤贫。循、潮、封三郡迁客,皆洛下旧游也。

斋居偶作

童子装炉火,行添一炷香。老翁持麈尾,坐拂半张床。卷缦看天色,移斋近日阳。甘鲜新饼果,稳暖旧衣裳。止足安生理,悠闲乐性场。是非一以遣,动静百无妨。岂有物相累,兼无情可忘。不须忧老病,心是自医王。

咏　身

自中风来三历闰，病风八年，凡三闰矣。从悬车后几逢春。周南留滞称
遗老见《太史公传》，汉上羸残号半人见《习凿齿传》。薄有文章传子弟，
断无书札答交亲。馀年自问将何用，恐是人间剩长身。

予与山一作荆南王仆射起淮南李仆射绅
事历五朝逾三纪海内年辈今唯三人荣路
虽殊交情不替聊题长句寄举之公垂二相公

故交海内只三人，二坐岩廊一卧云。老爱诗书还似我一作应是我荣
兼将相不如君。百年胶漆初心在，万里烟霄中路分。阿阁鸾凰野
田鹤，何一作谁人信道旧同群。

读 道 德 经

玄元皇帝著遗文，乌角先生仰后尘。金玉满堂非己物，子孙委蜕是
他人。世间尽不关吾事，天下无亲于我身。只有一身宜爱护，少教
冰炭逼心神。

禽虫十二章 并序

　　庄列寓言，风骚比兴，多假虫鸟，以为笙蹄。故诗义始于《关雎》、
《鹊巢》，道说先乎鲲鹏蜩鹦之类，是也。予闲居乘兴，偶作一十二章，颇
类志怪放言，每章可致一哂。一哂之外，亦有以自警其衰耄封执之惑
焉。顷如此作，多与故人微之、梦得共之。微之、梦得尝云：此乃九奏中
新声，八珍中异味也。有旨哉，有旨哉。今则独吟，想二君在目，能无恨

乎!

燕违戊己鹊避岁,兹事因何羽族知。疑有凤凰一作王颁鸟历,一时
一日不参差。不知其然也,燕衔泥常避戊己日,鹊巢口常避太岁,验之皆信。

水中科斗长成蛙,林下桑虫老作蛾。蛙跳蛾舞仰头笑,焉用鹍鹏鳞
羽多。齐物也。

江鱼群从称妻妾,塞雁联行号弟兄。但恐世间真眷属,亲疏亦是强
为名。故名也。江沱间有鱼,每游辄三,如媵随妻,一先二后,土人号为婢妾鱼。礼
云:雁兄弟行。

蚕老茧成不庇身,蜂饥蜜熟属他人。须知年老忧家者,恐是二虫虚
苦辛。自警也。

阿阁鹓鸾田舍乌,妍蚩贵贱两悬殊。如何闭向深笼里,一种摧颓触
四隅。有所感也。

兽中刀枪多怒吼,鸟遭罗弋尽哀鸣。羔羊口在缘何事,暗死屠门无
一声。有所悲也。

蟭螟杀敌蚊巢上,蛮触交争蜗角中。应是诸天观下界,一微尘内斗
英雄。自照也。

蟏蛸网上罥蜉蝣,反覆相持死始休。何异浮生临老日,一弹指顷报
恩雠。诚报也。

蚁王化饭为臣妾,螺母偷虫作子孙。彼此假名非本物,其间何怨复
何恩。

豆苗鹿嚼解乌毒,艾叶雀衔夺燕巢。鸟兽不曾看本草,谙知药性是
谁教。尝猎者说云:鹿若中箭,发即嚼豆叶食之,多消。解箭毒多用乌头,故云乌毒。
又燕恶艾,雀欲夺其巢,先衔一艾致其巢,辄避去,因而有之。

一鼠得仙生羽翼,众鼠相看有羡色。岂知飞上未半空,已作乌鸢口
中食。

鹅乳养雏遗在水,鱼心想子变成鳞。细微幽隐何穷事,知者唯应是

圣人。 鹅放乳水中,不能离群。雏从而食之,皆饱而去之。又如鱼想子,子成鱼,并是佛经中说。

全唐诗卷四六一

白居易 以下别集

窗中列远岫

题中以平声为韵。　见本集《宣州试射中正鹄赋》后。

天静秋山好,窗开晓翠通。遥怜峰窈窕,不隔竹朦胧一作蒙笼。万点当虚室,千重叠远空。列槛攒秀气,缘隙助清风。碧爱新晴后,明宜反照中。宣城郡斋在,望与古时一作古诗同。

玉水记方流

以流字为韵,六十字成。　见本集省试《性习相远近赋》后。　中书侍郎高郢下试,贞元十六年二月十四日及第第四人。

良璞含章久,寒泉彻底幽。矩浮光滟滟一作尹和光泛泛,方折浪悠悠。凌乱波纹异,萦回水性柔。似风摇浅濑,疑一作如月落清流。潜颖应傍达,藏真岂上浮。玉人如不见,沦弃即千秋。

大社观献捷诗

以功字为韵,四韵成。　元和二年十一月四日,自集贤院召赴银台候旨。五日,召入翰林,奉敕试制书诏批答诗等五首。翰林院使梁守谦奉宣宜授翰林学士,数月,除左拾遗。

淮海妖氛灭,乾坤嘉一作喜气通。班师郊社内,操袂凯歌中。庙算无遗策,天兵不战功。小臣同鸟兽,率舞向皇风。

自　诲

乐天乐天,来与汝言。汝宜拳拳,终身行焉。物有万类,锢人如锁。事有万感,爇人如火。万类递来,锁汝形骸。使汝未老,形枯如柴。万感递至,火汝心怀。使汝未死,心化为灰。乐天乐天,可不大哀,汝胡不惩往而念来。人生百岁七十稀,设使与汝七十期。汝今年已四十四,却后二十六年能几时。汝不思二十五六年来事,疾速倏忽如一瞚。往日来日皆瞥然,胡为自苦于其间。乐天乐天,可不大哀。而今而后,汝宜饥而食,渴而饮;昼而兴,夜而寝;无浪喜,无妄忧;病则卧,死则休。此中是汝家,此中是汝乡,汝何舍此而去,自取其遑遑。遑遑兮欲安往哉,乐天乐天归去来。

三　谣 并序

余庐山草堂中,有朱藤杖一,蟠木机一,素屏风二。时多杖藤而行,隐机而坐,掩屏而卧。宴息之暇,笔砚在前,偶为三谣,各导其意,亦犹座右、陋室铭之类尔。

蟠木谣

蟠木蟠木,有似我身;不中乎器,无用于人。下拥肿而上轮囷,桷不桷兮轮不轮。天子建明堂兮既非梁栋,诸侯斫大辂兮材又不中。唯我病夫,或有所用。用尔为几,承吾臂支吾颐而已矣。不伤尔性,不枉尔理。尔怏怏为几之外,无所用尔。尔既不材,吾亦不材,胡为乎人间裴回?蟠木蟠木,吾与汝归草堂去来。

素屏谣

素屏素屏,胡为乎不文不饰,不丹不青?当世岂无李阳冰之篆字、张旭之笔迹、边鸾之花鸟、张璪之松石？吾不令加一点一画于其上，欲尔保真而全白。吾于香炉峰下置草堂，二屏倚在东西墙。夜如明月入我室一作怀，晓如白云围我床。我心久养浩然气，亦欲与尔表里相辉光。尔不见当今甲第与王宫，织成步障银屏风。缀珠陷钿贴云母，五金七宝相玲珑。贵豪待此方悦目，晏然寝卧乎其中。素屏素屏，物各有所宜，用各有所施。尔今木为骨兮纸为面，舍吾草堂欲何之？

朱　藤　谣

朱藤朱藤，温如红玉，直如朱绳。自我得尔以为杖，大有裨于股肱。前年左选，东南万里。交游别我于国门，亲友送我于浐水。登高山兮车倒轮摧，渡汉水兮马踸踔开。中途不进，部曲多回。唯此朱藤，实随我来。瘴疠之乡，无人之地。扶卫衰病，驱诃魑魅。吾独一身，赖尔为二。或水或陆，自北徂南。泥粘雪滑，足力不堪。吾本两足，得尔为三。紫霄峰头，黄石岩下。松门石磴，不通舆马。吾与尔披云拨水，环山绕野。二年蹋遍匡庐间，未尝一步而相舍。虽有佳子弟、良友朋，扶危助蹇，不如朱藤。嗟乎，穷既若是，通复何如，吾不以常杖待尔，尔勿以常人望吾。朱藤朱藤，吾虽青云之上、黄泥之下，誓不弃尔于斯须。

无可奈何歌 一无歌字

无可奈何兮，白日走而朱颜颓。少日往而老日催，生者不住兮死者不回。况乎宠辱丰悴之外物，又何常不去而一来？去不可挽兮来不可推，无可奈何兮，已焉哉。惟天长而地久，前无始兮后无终。嗟吾生之几何，寄瞬息乎其中。又如太仓之稊米，委一粒于万钟。何不与道逍遥，委化从容，纵心放志，泄泄融融。胡为乎分爱恶于生死，系忧喜于穷通。倔强其骨髓，龃龉其心胸。合冰炭以交战，只自苦兮厥躬。彼造物者，云何不为？此与化者，云何不随？或煦或吹，或盛或衰，虽千变与万化，委一顺以贯之。为彼何非，为此何是？谁冥此心，梦蝶之子。何祸非福，何吉非凶？谁达此观，丧马之翁。俾吾为秋毫之杪，吾亦自足，不见其小；俾吾为泰山之阿，吾亦无馀，不见其多。是以达人静则吻然与阴合迹，动则浩然与阳同波。委顺而已，孰知其他。时邪命邪，吾其无奈彼何；委邪顺邪，彼亦无奈吾何。夫两无奈何，然后能冥至顺而合太和。故吾所以饮太和，扣至顺，而为无可奈何之歌。

池上篇 并序

都城风土水木之胜，在东南偏。东南之胜，在履道里，里之胜在西北隅。西闾北垣第一第，即白氏叟乐天退老之地，地方十七亩，屋室三之一，水五之一，竹九之一，而岛树桥道间之。初乐天既为主，喜，且曰："虽有台，无粟不能守也。"乃作池东粟廪。又曰："虽有子弟，无书不能训也。"乃作池北书库。又曰："虽有宾朋，无琴酒不能娱也。"乃作池西琴亭，加石樽焉。乐天罢杭州刺史时，得天竺石一、华亭鹤二以归，始作西平桥，开环池路；罢苏州刺史时，得太湖石、白莲、折腰菱、青版舫以归，又作中高桥，通三岛径。罢刑部侍郎时，有粟千斛、书一车，泊臧获之习管磬弦歌者指百以归。先是颍川陈孝山与酿法，酒味甚佳。博陵崔晦叔与琴，韵甚清；蜀客姜发授秋思，声甚淡；弘农杨贞一与青石三，方长平滑，可以坐卧。太和三年夏，乐天始得请为太子宾客，分秩于洛下，息躬于池上。凡三任所得，四人所与，泊吾不才身，今率为池中物矣。每至池风春，池月秋，水香莲开之旦，露清鹤唳之夕，拂杨石，举陈酒，援崔琴，弹姜秋思，颓然自适，不知其他。酒酣琴罢，又命乐童登中岛亭，合奏霓裳散序，声随风飘，或凝或散，悠扬于竹烟波月之间者久之，曲未竟而乐天陶然，已醉睡于石上矣。睡起偶咏，非诗非赋，阿龟握笔，因题石间，视其粗成韵章，命为池上篇云尔。

十亩之宅,五亩之园。有水一池,有竹千竿。勿谓土狭,勿谓地偏。足以容膝,足以息肩。有堂有庭,有桥有船。有书有酒,有歌有弦。有叟在中,白须飘然。识分知足,外无求焉。如鸟择木,姑务巢安。如龟居坎,不知海宽。灵鹤怪石,紫菱白莲。皆吾所好,尽在吾前。时饮一杯,或吟一篇。妻孥熙熙,鸡犬闲闲。优哉游哉,吾将终老乎其间。

齿落辞 并序

开成二年,予春秋六十六,瘠黑衰白,老状具矣。而双齿又堕,慨然感叹者久之。因为齿落辞以自广,其辞曰:

嗟嗟乎双齿,自吾有之尔,俾尔嚼肉咀蔬,衔杯漱水;丰吾肤革,滋吾血髓;从幼逮老,勤亦至矣。幸有辅车,非无龈腭。胡然舍我,一旦双落。齿虽无情,吾岂无情。老与齿别,齿随涕零。我老日来,尔去不回。嗟嗟乎双齿,孰谓而来哉,孰谓而去哉?齿不能言,请以意宣。为口中之物,忽乎六十馀年。昔君之壮也,血刚齿坚;今君之老矣,血衰齿寒。辅车龈腭,日削月朘。上参差而下疏虥,曾何足以少安。嘻,君其听哉:女长辞姥,臣老辞主。发衰辞头,叶枯辞树。物无细大,功成者去。君何嗟嗟,独不闻诸道经:我身非我有也,盖天地之委形。君何嗟嗟,又不闻诸佛说:是身如浮云,须臾变灭。由是而言,君何有焉?所宜委百骸而顺万化,胡为乎嗟嗟于一牙一齿之间。吾应曰:吾过矣,尔之言然。

不能忘情吟 并序

乐天既老,又病风。乃录家事,会经费,去长物。妓有樊素者,年二十馀,绰绰有歌舞态,善唱杨枝,人多以曲名名之,由是名闻洛下。籍在经费中,将放之。马有骆者,驵壮骏稳,乘之亦有年。籍在经物中,将鬻之。圉人牵马出门,马骧首反顾一鸣,声音间似知去而旋恋者。素闻马嘶,惨然立且拜,婉娈有辞(辞具下)。辞毕,泣下。予闻素言,亦愍默不能对。且命回勒反袂,饮素酒,自饮一杯,快吟数十声,声成文,文无定句,句随吟之短长也,凡二百五十五言。噫,予非圣达,不能忘情。又不至于不及情者,事来搅情,情动不可枙。因自哂,题其篇曰《不能忘情吟》。吟曰:

鬻骆马兮放杨柳枝,掩翠黛兮顿金羁。马不能言兮长鸣而却顾,杨柳枝再拜长跪而致辞。辞曰:主乘此骆五年,凡千有八百日。衔橛之下,不惊不逸。素事主十年,凡三千有六百日。巾栉之间,无违无失。今素貌虽陋,未至衰摧。骆力犹壮,又无骶陨。即骆之力,尚可以代主一步;素之歌,亦可以送主一杯。一旦双去,有去无回。故素将去,其辞也苦;骆将去,其鸣也哀。此人之情也,马之情也,岂主君独无情哉? 予俯而叹,仰而咍,且曰:骆,骆,尔勿嘶;素,素,尔勿啼。骆反厩,素反闺。吾疾虽作,年虽颓,幸未及项籍之将死。何必一日之内,弃骓兮而别虞兮。乃目素兮素兮,为我歌杨柳枝。我姑酌彼金罍,我与尔归醉乡去来。

全唐诗卷四六二

白居易 以下补遗

劝　酒 以下见《文苑英华》

昨与美人对尊酒,朱颜如花腰似柳。今与美人倾一杯,秋风飒飒头上来。年光似水向东去,两鬓不禁白日催。东邻起楼高百尺,璇题照日光相射。珠翠无非二八人,盘筵何啻三千客。邻家儒者方下帷,夜诵古书朝忍饥。身年三十未入仕,仰望东邻安可期。一朝逸翮乘风势,金榜高张登上第。春闱未了冬登科,九万抟风谁与继。不逾十稔居台衡,门前车马纷纵横。人人仰望在何处,造化笔头云雨生。东邻高楼色未改,主人—作父云亡息犹在。金玉车马一不存,朱门更有何人待。墙垣反锁长安春,楼台渐渐属西邻。松篁薄暮亦栖鸟—作鸣栖鸟,桃李无情还笑人。忆昔东邻宅初构,云甍彩栋皆非旧。玳瑁筵前翡翠栖,芙蓉池上鸳鸯斗。日往月来凡几秋,一衰一盛何—作皆悠悠。但教帝里笙歌在,池上年年醉五侯。

南阳小将张彦硖口镇税人场射虎歌

海内昔年狎太平,横目穰穰何峥嵘。天生天杀岂天怒,忍使朝朝喂猛虎。关东驿路多丘荒,行人最忌税人场。张彦雄特制残暴,见之叱起如叱羊。鸣弦霹雳越幽阻,往往依林犹旅拒。草际旋看委锦茵,腰间不更一作见抽白羽。老饕已毙众雏恐,童稚揶揄皆自勇。忠良效顺势亦然,一剑猜狂敢轻动。有文有武方为国,不是英雄伏不得。试征张彦作将军,几个将军愿策勋。

阴　雨

润叶濡枝浃四方,浓云来去势何长。旷然寰宇清风满,救旱功高暑气凉。

喜　雨

西北油然云势浓,须臾滂沛雨飘空。顿疏万物焦枯意,定看秋郊稼穑丰。

过　故　洛　城

故城门前春日斜,故城门里无人家。市朝欲认不知处,漠漠野田飞草花。

江南喜逢萧九彻因话长安旧游戏赠五十韵 见《才调集》

忆昔嬉游伴,多陪欢宴场。寓居同永乐,幽会共平康。师子寻前曲,声儿出内坊。花深态奴宅,竹错得怜堂。庭晚开红药,门闲荫绿杨。经过悉同巷,居处尽连墙。时世高梳髻,风流澹作妆。戴花红石竹,帔晕紫槟榔。鬓动悬蝉翼,钗垂小凤行。拂胸轻粉絮,暖手小香囊。选胜移银烛,邀欢举玉觞。炉烟凝麝气,酒色注鹅黄。急管停还奏,繁弦慢更张。雪飞回舞袖,尘起绕歌梁。旧曲翻调笑,新声打义扬。名情推阿軏,巧语许秋娘。风暖春将暮,星回夜未央。宴馀添粉黛,坐久换衣裳。结伴归深院,分头入洞房。彩帷开翡翠,罗荐拂鸳鸯。留宿争牵袖,贪眠各占床。绿窗笼水影,红壁背灯光。索镜收花钿,邀人解袷裆。暗娇妆靥笑,私语口脂香。怕听钟声坐,羞明映缦藏。眉残蛾翠浅,鬟解绿云长。聚散知无定,忧欢事不常。离筵开夕宴,别骑促晨装。去住青门外,留连浐水傍。车行遥寄语,马驻共相望。云雨分何处,山川共异方。野行初寂寞,店宿乍栖惶。别后嫌宵永,愁来厌岁芳。几看花结子,频见露为霜。岁月何超忽,音容坐渺茫。往还书断绝,来去梦游扬。自我辞秦地,逢君客楚乡。常嗟异歧路,忽喜共舟航。话旧堪垂泪,思乡数断肠。愁云接巫峡,泪竹近潇湘。月落江湖阔,天高节候凉。浦深烟渺渺,沙冷月苍苍。红叶江枫老,青芜驿路荒。野风吹蟋蟀,湖水浸菰蒋。帝路何由见,心期不可忘。旧游千里外,往事十年强。春昼提壶饮,秋林摘橘尝。强歌还自感,纵饮不成狂。永夜长相忆,逢君各共伤。殷勤万里意,并写赠萧郎。

赠薛涛 _{见张为《主客图》}

蛾眉山势接云霓,欲逐刘郎北路迷。若似剡中容易到,春风犹隔武陵溪。

酬令狐留守尚书见赠十韵

长庆清风在,夔龙燮理馀。太和膏雨降,周邵保厘初。嵩少当宫署,伊瀍入禁渠。晓关开玉兔,夕钥纳银鱼。旧眷怜移疾,新吟念索居。离声双白鹇,行色一篮舆。罢兔无馀俸,休闲有敝庐。慵于嵇叔夜,渴似马相如。酒每蒙酤我,《诗》郑笺云:酤,卖也,音沽。诗尝许起予。洛中归计定,一半为尚书。

听芦管

幽咽新芦管,凄凉古竹枝。似临猿峡唱,疑在雁门吹。调为高多切,声缘小乍迟。粗豪嫌觱篥,细妙胜参差。云水巴南客,风沙陇上儿。屈原收泪夜,苏武断肠时。仰秣胡驹听,惊栖越鸟知。何言胡越异,闻此一同悲。

送滕庶子致仕归婺州

春风秋月携歌酒,八十年来玩物华。已见曾孙骑竹马,犹听侍女唱梅花。入乡不杖归时健,出郭乘轺到处夸。儿著绣衣身衣锦,东阳门户胜滕家。

送刘郎中赴任苏州

仁风膏雨去随轮,胜境欢游到逐身。水驿路穿儿店月,花船棹入女湖春。语儿店、女坟湖,皆胜地也。宣城独咏窗中岫,柳恽单题汀上蘋。何似姑苏诗太守,吟诗相继有三人。领吴郡日,刘尝赠予诗云:"苏州刺史例能诗,西掖今来替左司。"故有三人之戏耳。

福先寺雪中饯刘苏州

送君何处展离筵,大梵王宫大雪天。庾岭梅花落歌管,谢家柳絮扑金田。乱从纨袖交加舞,醉入篮舆取次眠。却笑召邹兼访戴,只持空酒驾空船。

除夜言怀兼赠张常侍

三百六旬今夜尽,六十四年明日催。不用叹身随日老,亦须知寿逐年来。加添雪兴凭毡帐,消杀春愁付酒杯。唯恨诗成君去后,红笺纸卷为一作共谁开。

送张常侍西归

二年花下为闲伴,一旦尊前弃老夫。西午桥街行怅望,南龙兴寺立踟蹰。洛城久住留情否,省骑重归称意无。出镇归朝但相访,此身应不离东都。

和河南郑尹新岁对雪

白雪吟诗铃阁开,故情新兴两裴回。昔经勤苦照书卷,今助欢娱飘酒杯。楚客难酬郢中曲,吴公兼占洛阳才。铜街金谷春知否,又有诗人作尹来。

吹笙内人出家

雨露难忘君念重,电泡易灭妾身轻。金刀已剃头然发,佛经云:若救头然。玉管休吹肠断声。新戒珠从衣里得,初心莲向火中生。道场夜半香花冷,犹在灯前礼佛名。

醉中见微之旧卷有感

今朝何事一沾襟,检得君诗醉后吟。老泪交流风病眼,春笺摇动酒杯心。银钩尘覆年年暗,玉树泥埋日日深。闻道墓松高一丈,更无消息到如今。

寿安歇马重吟

春衫细薄马蹄轻,一日迟迟进一程。野枣花含新蜜气,山禽语带破匏声。垂鞭晚就槐阴歇,低倡闲冲柳絮行。忽忆家园须速去,樱桃欲熟笋应生。

赠张处士山人

萝襟蕙带竹皮巾,虽到尘中不染尘。每见俗人多惨澹,惟逢美酒即殷勤。浮云心事谁能会,老鹤风标不可亲。世说三生如不谬,共疑巢许是前身。

池畔闲坐兼呈侍中

池畔最平处,树阴新合时。移床解衣带,坐任清风吹。举棹鸟先觉,垂纶鱼未知。前头何所有,一卷晋公诗。

初冬即事忆皇甫十

冷竹风成韵,荒街叶作堆。欲寻联句卷,先饮暖寒杯。帽为迎霜戴,炉因试火开。时时还有客,终不当君来。

小庭寒夜寄梦得

庭小同蜗舍,门闲称雀罗。火将灯共尽,风与雪相和。老睡随年减,衰情向夕多。不知同病者,争奈夜长何。

西还寿安路西歇马

槐阴歇鞍马,柳絮惹衣巾。日晚独归路,春深多思人。去家才百里,为客只三旬。已念纱窗下,应生宝瑟尘。

雨中访崔十八

肩舁仍挈榼,莫怪就君来。秋雨经三宿,无人劝一杯。

梦得得新诗

池上今宵风月凉,闲教少乐理霓裳。集仙殿里新词到,便播笙歌作乐章。

初见刘二十八郎中有感

欲话毗陵君反袂,欲言夏口我沾衣。谁知临老相逢日,悲叹声多语笑稀。

夜　题　玉　泉

遇客多言爱山水,逢僧尽道厌嚣尘。玉泉潭畔松间宿,要且经年无一人。

拜表早出赠皇甫宾客

一月一回同拜表,莫辞侵早过中桥。老于君者应无数,犹趁西京十五朝。

赠　郑　尹

府池东北旧亭台,久别长思醉一回。但请主人空扫地,自携杯酒管弦来。

别杨同州后却寄

潘驿桥南醉中别,下邽村北醒时归。春风怪我君知否,榆叶杨花扑面飞。

狐泉店前作

野狐泉上柳花飞,逐水东流便不归。花水悠悠两无意,因风吹落偶相依。

赠 卢 绩

馀杭县里卢明府,虚白亭中白舍人。今日相逢头似雪,一杯相劝送残春。

与裴华州同过敷水戏赠

使君五马且踟蹰,马上能听绝句无。每过桑间试留意,何妨后代有罗敷。

闲 游

欲笑随情酒逐身,此身虽老未辜春。春来点检闲游数,犹自多于年少人。

招韬光禅师 见《咸淳临安志》

白屋炊香饭,荤膻不入家。滤泉澄葛粉,洗手摘藤花。青芥除黄叶,红姜带紫芽。命师相伴食,斋罢一瓯茶。

和柳公权登齐云楼

楼外春晴百鸟鸣,楼中春酒美人倾。路旁花日添衣色,云里天风散珮声。向此高吟谁得意,偶来闲客独多情。佳时莫起兴亡恨,游乐今逢四海清。

毛 公 坛

毛公坛上片云闲,得道何年去不还。千载鹤翎归碧落,五湖空镇万重山。

灵 岩 寺

馆娃宫畔千年寺,水阔云多客到稀。闻说春来更惆怅,百花深处一僧归。

白 云 泉

天平山上白云泉,云自无心水自闲。何必奔冲山下去,更添波浪向人间。

寄韬光禅师

一山门一作分作两山门,两寺原从一寺分。东涧水流西涧水,南山云起北山云。前台花发后台见,上界钟声下界闻。遥想吾师行道处,天香桂子落纷纷。

和梦得夏至忆苏州呈卢宾客

忆在苏州日,常谙夏至筵。粽香筒竹嫩,炙脆子鹅鲜。水国多台榭,吴风尚管弦。每家皆有酒,无处不过船。交印君相次,褰帷我在前。此乡俱老矣,东望共依然。予与刘、卢三人,前后相次典苏州,今同分司,老于洛下。洛下麦秋月,江南梅雨天。齐云楼上事,已上十三年。

曲 江

细草岸西东,酒旗摇水风。楼台在花杪,鸥鹭下烟中。翠幄晴相接,芳洲夜暂空。何人赏秋景,兴与此时同。

岁夜咏怀兼寄思黯

遍数故交亲,何人得六旬。与思黯、梦得数还沦没者,少过得六十。今年已
入手,馀事岂关身。老自无多兴,春应不拣人。陶窗与弘阁,风景
一时新。

寒食日过枣团店

寒食枣团店,春低杨柳枝。酒香留客住,莺语和人诗。困立攀花
久,慵行上马迟。若为将此意,前字与僧期。

宿张云举院

不食胡麻饭,杯中自得仙。隔房_{一作篱}招好客,可室致芳筵。美_{一作}
家酝香醪嫩,时新异果鲜。夜深唯畏晓,坐稳不_{一作岂}思眠。棋罢
嫌无敌,诗成愧在前。明朝题壁上,谁得众人传。

惜 花

可怜夭_{一作妍}艳正当时,刚被狂风一夜吹。今日流莺来旧处,百般
言语泥_{一作啼}空枝。

七 夕

烟霄微月澹长空,银汉秋期万古同。几许欢情与离恨,年年并在此
宵中。

宿诚禅师山房题赠

不出孤峰上,人间四十秋。视身如传舍,阅世任东流。法为因缘

立,心从次第修。中宵问真偈,有住是吾忧。

新　池

数日自穿凿,引泉来近陂。寻渠通咽处,绕岸待清时。深好求鱼养,闲堪与鹤期。幽声听难尽,入夜睡常迟。

南　池

萧条微雨绝,荒岸抱清源。入舫山侵塞,分泉道接村。秋声依树色,月影在蒲根。淹泊方难遂,他宵关梦魂。

宿　池　上

泉来从绝壑,亭敞在中流。竹密无空岸,松长可绊舟。螮蛄潭上夜,河汉岛前秋。异夕期新涨,携琴却此游。

翻经台　见《咸淳临安志》

一会灵山犹未散,重翻贝叶有来由。是名精进才开眼,岩石无端亦点头。

寄题上强山精舍寺　见王象之《舆地纪胜》

惯游山水住南州,行尽天台及虎丘。惟有上强精舍寺,最堪游处未曾游。

一字至七字诗　赋得诗

乐天分司东洛,朝贤悉会兴化池亭送别。酒酣,各请一字至七字诗,以题为韵。

诗。绮美,瑰奇。明月夜,落花时。能助欢笑,亦伤别离。调清金石怨,吟苦鬼神悲。天下只应我爱,世间唯有君知。自从都尉别苏句,便到司空送白辞。

九老图诗 并序

　　会昌五年三月,胡、吉、刘、郑、卢、张等六贤,于东都敝居履道坊合尚齿之会。其年夏,又有二老,年貌绝伦,同归故乡,亦来斯会。续命书姓名年齿,写其形貌,附于图右,与前七老,题为九老图,仍以一绝赠之。(二老谓洛中遗老李元爽,年一百三十六归洛;僧如满,年九十五岁。)

雪作须眉云作衣,辽东华表鹤双归。当时一鹤犹希有,何况今逢两令威。

和裴相公傍水闲行绝句

行寻春水坐看山,早出中书晚未还。为报野僧岩客道,偷闲气味一作意味胜长闲。

全唐诗卷四六三

胡 杲

胡杲,安定人,怀州司马。诗一首。

七老会诗 杲年八十九

闲居同会在三春,大抵愚年最出群。霜鬓不嫌杯酒兴,白头仍爱玉炉熏。裴回玩柳心犹健,老大看花意却勤。凿落满斟判酩酊,香囊高挂任氤氲。搜神得句题红叶,望景长吟对白云。今日交情何不替,齐年同事圣明君。

吉 皎

吉皎,冯翊人,卫尉卿致仕。诗一首。

七老会诗 皎年八十八

休官罢任已闲居,林苑园亭兴有馀。对酒最宜花藻发,邀欢不厌柳条初。低腰醉舞垂绯袖,击筑讴歌任褐裾。宁用管弦来合杂,自亲松竹且清虚。飞觞酒到须先酌,赋咏成诗不住书。借问商山贤四皓,不知此后更何如。

刘　真 一作贞

刘真,广平人,磁州刺史。诗一首。

七老会诗 真年八十七

垂丝今日幸同筵,朱紫居身是大年。赏景尚知心未退,吟诗犹觉力
完全。闲庭饮酒当三月,在席挥毫象七贤。山茗煮时秋雾碧,玉杯
斟处彩霞鲜。临阶花笑如歌妓,傍竹松声当管弦。虽未学穷生死
诀,人间岂不是神仙。

郑　据

郑据,荥阳人,右龙武军长史。诗一首。

七老会诗 据年八十五

东洛幽闲日暮春,邀欢多是白头宾。官班朱紫多相似,年纪高低次
第匀。联句每言松竹意,停杯多说古今人。更无外事来心肺,空有
清虚入思神。醉舞两回迎劝酒,狂歌一曲会娱身。今朝何事偏情
重,同作明时列任臣。

卢　真

卢真,范阳人,侍御史内供奉。诗一首。

七老会诗 真年八十三

三春已尽洛阳宫，天气初晴景象中。千朵嫩桃迎晓日，万株垂柳逐和风。非论官位皆相似，及至年高亦共同。对酒歌声犹觉妙，玩花诗思岂能穷。先时共作三朝贵，今日犹逢七老翁。但愿醁醽常满酌，烟霞万里会应同。

张　浑

张浑，清河人，永州刺史。诗一首。

七老会诗 浑年七十七

幽亭春尽共为欢，印绶居身是大官。遁迹岂劳登远岫，垂丝何必坐谿磻。诗联六韵犹应易，酒饮三杯未觉难。每况襟怀同宴会，共将心事比波澜。风吹野柳垂罗带，日照庭花落绮纨。此席不烦铺锦帐，斯筵堪作画图看。

韦　式

韦式，太和中人。诗一首。

一字至七字诗 以题为韵，同王起诸公送白居易分司东都作。

竹

竹。临池，似玉。裛露静，和烟绿。抱节宁改，贞心自束。渭曲偏种多，王家看不足。仙杖正惊龙化，美实当随凤熟。唯愁吹作别离声,回首驾骖舞阵速。

张　彤

张彤,长庆时人。诗一首。

奉和白太守拣橘

凌霜远涉太湖深,双卷朱旗望橘林。树树笼烟疑带火,山山照日似
悬金。行看采掇方盈手,暗觉馨香已满襟。拣选封题皆尽力,无人
不感近臣心。

周元范

周元范,句曲人。诗一首。

和白太守拣贡橘

离离朱实绿丛中,似火烧山处处红。影下寒林沉绿水,光摇高树照
晴空。银章自竭人臣力—作分,玉液谁知造化功。看取明朝船发
后,馀香犹尚逐仁风。

句

谁云嵩上烟,随云依碧落。 投白公
莫怪西陵风景别,镜湖花草为先春。 贺朱庆馀及第　已上并见张为《主客
图》

繁知一

繁知一，秭归令。诗一首。

书巫山神女祠

《云溪友议》：白居易除忠州刺史，自峡沿流赴郡。时秭归县繁知一闻居易将过巫山，先于神女祠粉壁大书此诗。居易睹之，怅然，邀知一至，曰："历山刘郎中禹锡，三年理白帝，欲作一诗于此，怯而不为。罢郡经过，悉去诗板千余首，但留沈佺期、王无竞、皇甫冉、李端四章而已。此四章古今绝唱，人造次不合为之。"与知一同济，卒不赋诗。

忠州刺史今才子，行到巫山必有诗。为报高唐神女道，速排云雨候清词。

严休复

严休复，官散骑常侍，平卢节度使。诗二首。

唐昌观玉蕊花折有仙人游怅然成二绝

《剧谈录》：长安安业坊唐昌观，有玉蕊花，每发若琼林瑶树。元和中，见一女子，年可十七八，容色婉娩，从二女冠造花所，伫立良久，折花数枝，曰："暂有玉峰之期，可以行矣。"行百许步，不复见。

终日斋心祷玉宸，魂销目断未逢真。不如满树琼瑶蕊，笑对藏花洞里人。

羽车潜下玉龟山，尘世何由睹舜颜。唯有多情枝上雪，好风吹缀绿云鬟。

卢　拱

卢拱,秘书郎,终申州刺史,与白居易同时。诗二首。

江亭寓目

江郭带林峦,津亭倚槛看。水风蒲叶战,沙雨鹭鸶寒。晚木初凋柳,秋丛欲败兰。哀猿自相叫,乡泪好无端。

中元日观法事

西孟逢秋序,三元得气中。云迎碧落步,章奏玉皇宫。坛滴槐花露,香飘柏子风。羽衣凌缥缈,瑶毂辗虚空。久慕餐霞客,常悲习蓼虫。青囊如可授,从此访鸿蒙。

句

地鼇如拳石,溪横似叶舟。　骆浚春日　见《语林》

李　谅

李谅,字复言。三宰剧县,再为郡牧,终京兆尹。诗一首。

苏州元日郡斋感怀寄越州元相公杭州白舍人 时长庆四年也

称庆还乡郡吏归,端忧明发俨朝衣。首开三百六旬日一作历,新知四十九年非。当官补拙犹勤恳,游宦量才已息机。举族共资随月倖,一身惟忆故山薇。旧交邂近封疆近,老牧萧条宴赏稀。书札每来同笑语,篇章时到借光辉。丝纶暂厌分符竹,舟楫初登拥羽旗。未知今日情何似,应与幽人事有违。

刘 猛

　　刘猛,梁州进士,与元稹同时。诗三首。

月 生

月生十五前,日望光彩圆。月满十五后,日畏光彩瘦。不见夜花色,一尊成暗酒。匣中苔背铜,光短不照一作遍空。不惜补明月,惭无此良工。

苦 雨

自念数年间,两手中藏钩。于心且无恨,他日为我羞。古老传童歌,连淫亦兵象。夜梦戈甲鸣,苦不愿年长。

晓

朝梳一把白,夜泪千滴雨。可耻垂拱时,老作在家女。

万彤云

　　万彤云,为白居易所赏。诗一首。

献卢尚书

　　《云溪友议》云:彤云游梓州,谒卢尚书弘宣,为阍人艰阻,为诗以献。公怒闻者,而礼万生焉。

荷衣拭泪几回穿,欲谒朱门抵上天。不是尚书轻下客,山家无物与
王权。

卢　贞

　　卢贞,字子蒙,官河南尹。开成中,为大理卿,终福建观察
使。诗二首。

和白尚书赋永丰柳 有序

　　永丰坊西南角有垂柳一株,柔条极茂。白尚书曾赋诗,传入乐府,
遍流京都。近有诏旨取两枝植于禁苑,乃知一顾增十倍之价,非虚言
也。因此偶成绝句,非敢继和前篇。

一树依依在永丰,两枝飞去杳无踪。玉皇曾采人间曲,应逐歌声入
九重。

和刘梦得岁夜怀友

文翰走天下,琴尊卧洛阳。贞元朝士尽,新岁一悲凉。名早缘才
大,官迟为寿长。时来知病已,莫叹步趋妨。

全唐诗卷四六四

王　起

　　王起，字举之，扬州人，宰相播之弟。贞元十四年进士第，又登制策直言极谏科，累官尚书左仆射，终山南西道节度使。起书无不读，一经目弗忘，三典贡举，皆得人。集一百二十卷，今存诗六首。

和李校书雨中自秘省见访知早入朝便入集贤不遇诗 有序

　　起顷任集贤校书，及升柏台，又与秘阁相对。今直书殿有张学士，尝忝同幕，而与秘书稍远，故瞻望之词多。

台庭才子来款扉，典校初从天禄归。已惭陋巷回玉趾，仍闻细雨沾彩衣。诘朝始趋凤阙去，此日遂愁鸡黍违。忆昨谬官在乌府，喜君对门讨鱼鲁。直庐相望夜每阑，高阁遥临月时吐。昔闻三入承明庐，今来重入中一作今日重来入秘书。校文复忝丞相属，博物更与张侯居。新冠峨峨不变铁，旧泉脉脉犹在渠。忽枉情人吐芳讯，临风不羡潘锦舒。忆见青天霞未卷，吟玩瑶华不知晚。自怜岂是风引舟，如何渐与蓬山远。

贡举人谒先师闻雅乐

蔼蔼观光士,来同鹓鹭群。鞠躬遗像在,稽首雅歌闻。度曲飘清汉,馀音遏晓云。两楹凄已合,九仞杳难分。断续同清吹,洪纤入紫氛。长言听已罢,千载仰斯文。

浊 水 求 珠

行潦沉明月,光辉也不浮。识珍能洞鉴,精宝一作意此来求。几被泥沙杂,常随混浊流。润川终自媚,照乘且何由。的皪终难掩,晶荧愿见收。蛇行无胫至,饮德已闻酬。

和周侍郎见寄

> 会昌三年,起三典举场,周侍郎墀时刺华州,以诗贺之。起因答和,门生亦皆有和。

贡院离来二十霜,谁知更忝主文场。杨叶纵能穿旧的,桂枝何必爱新香。九重每忆同仙禁,六义初吟得夜光。莫道相知不相见,莲峰之下欲征黄。

赠 毛 仙 翁

冰霜肌骨称童年,羽驾何由到俗间。丹灶化金留秘诀,仙宫嗽玉叩玄关。壶中世界青天近,洞里烟霞白日闲。若许随师去尘网,愿陪鸾鹤向三山。

赋 花 并序

> 乐天分司东都,起与朝贤悉会兴化亭送别,酒酣,各赋一字至七字诗,以题为韵。

花。点缀，分葩。露初裛，月未斜。一枝曲水，千树山家。戏蝶未成梦，娇莺语更夸。既见东园成径，何殊西子同车。渐觉风飘轻似雪，能令醉者乱如麻。

王损之

王损之，贞元十四年进士第。诗一首。

赋得浊水求珠

积水非澄彻，明珠不易求。依稀沉极浦，想像在中流。瞪目思清浅，褰裳恨暗投。徒看川色媚，空爱夜光浮。月入疑龙吐，星归似蚌游。终希识珍者，采掇冀冥搜。

王　炎

王炎，宰相播之弟，铎之父。登贞元进士第，累官至太常博士。诗一首。

赋得行不由径

邪径趋时捷，端心恶此名。长衢贵高步，大路自规行。且虑一作避萦纡僻，将求一作还多坦荡情。讵同流俗好，方保立身一作心贞。远迹如违险，修仁在履平。始知夫子道，从此得坚诚。

封孟绅 一作孟对，又作孟封。

封孟绅，贞元十五年进士第一人，官终太常卿。诗一首。

赋得行不由径 一作萧昕诗

欲速意一作竟何成,康庄欲一作亦砥平。天衢皆利往,吾道泰一作本方
行。不复由莱一作荒径,无由见一作因访蒋生。三条遵广达一作道,九
轨尚安贞。紫陌悠悠去,芳尘步步清。澹台千载后,公正一作道有
遗名。

邵楚苌

　　邵楚苌,字待伦,闽县人。贞元十五年进士第,官校书郎。
诗一首。

题马侍中燧木香亭

春日迟迟木香阁,窈窕佳人褰绣幕。淋漓玉露滴紫蕤,绵蛮黄鸟窥
朱萼。横汉碧云歌处断,满地花钿舞时落。树影参差斜入檐,风动
玲珑水晶箔。

郑　俞

　　郑俞,贞元十六年登进士第,为长水县令。诗一首。

赋得玉水记方流

积水綦文动,因知玉产幽。如天涵素色,俸地引方流。潜润滋云
起,荧华射浪浮。鱼龙泉不夜,草木岸无秋。璧沼宁堪比,瑶池讵
可俦。若非悬坐测,谁复寄冥搜。

吴　丹

　　吴丹,字真存,吴人。贞元十六年登第,历官至镇州宣慰副使、尚书郎、饶州刺史。诗一首。

赋得玉水记方流

玉泉何处记,四折水纹浮。润下宁逾矩,居方在上流。映空虚漾漾,涵白净悠悠。影碎疑冲斗,光清耐触一作掩舟。圭璋分辨状,沙砾共怀柔一作愁。愿赴朝宗日一作愿献朝宾海,萦回入御沟。

王　鉴

　　王鉴,贞元十六年登进士第。诗一首。

赋得玉水记方流

玉润在中洲,光临碕岸幽。氤氲冥瑞影,演漾度方流。乍似轻涟合,还疑骇浪收。夤缘知有异,洞彻信无俦。比德称殊赏,含辉处至柔。沉沦如见念,况乃属时休。

陈昌言

　　陈昌言,贞元十六年进士。诗二首。

赋得玉水记方流

明媚如怀玉,奇姿自托幽。白虹深不见,绿水折空流。方珏清沙遍,纵横气色浮。类圭才有角,写月让成钩。久处沉潜贵,希当特达收。滔滔在何许,揭厉愿从游。

白日丽江皋 一作鲍溶诗

迟景临遥水,晴空似不高。清明开晓镜,昭晰辨秋毫。郁郁长堤土,离离浅渚毛。烟销占一候,风静拥千艘。独媚青春柳,宜看白鹭涛。何年谢公赏,遗韵在江皋。

杜元颖

　　杜元颖,杜陵人,如晦五世孙。贞元十六年登第,又擢宏词,累官司勋员外。穆宗时,拜中书舍人。不阅岁,至宰相,再期,出为剑南西川节度使。太和中,贬循州司马。有五题诗一卷,今存一首。

赋得玉水记方流

重泉生美玉,积水异常流。始玩清堪赏,因知宝可求。斗回虹气见,磬折紫光浮。中矩皆明德,同方叶至柔。月华偏共映,风暖仁将游。遇鉴终无暗,逢时愿见收。一作异宝虽无胫,逢时愿俯收。

胡直钧

　　胡直钧,登贞元十九年进士第。诗一首。

太常观阅骠国新乐

异音来骠国,初被奉常人。才可宫商辨,殊惊节奏新。转规回绣面,曲折度文身。舒散随鸾吹,喧呼杂鸟春。襟袩怀旧识,丝竹变恒陈。何事留中夏,长令表化淳。

俞 简

俞简,贞元进士。诗一首。

行 不 由 径

古人心有尚,乃是孔门生。为计安贫乐,当从大道行。讵应流远迹,方欲料前程。捷径虽云易,长衢岂不平。后来无枉路,先达擅前名。一示遵途意,微衷益自精。

杨嗣复

杨嗣复,字继之,於陵子也。贞元中擢第,初署幕府,进右拾遗,累迁中书舍人。牛僧孺、李宗闵引之,由户部侍郎擢尚书右丞。太和中,宗闵罢相,嗣复出为剑南东川节度使。宗闵复知政事,入为户部侍郎,俄拜同中书门下平章事。武宗立,贬潮州刺史。宣宗大中初,以吏部尚书召。卒,谥孝穆。诗五首。

丁巳岁八月祭武侯祠堂因题临淮公旧碑

斋庄修祀事,旌旆出效圃。薙草轩墀狭,涂墙楮翚新。谋猷期一作开作圣,风俗奉为神。酹酒成坳泽,持兵列偶人。非才膺宠任,异代揖芳尘。况是平津客,碑前泪满巾。

仪　凤

八方该帝泽,威凤忽来宾。向日朱光动,迎风翠羽新。低昂多异趣,饮啄迥无邻。郊薮今翔集,河图意等伦。闻韶知鼓舞,偶圣愿逡巡。比屋初同俗,垂恩击壤人。

赠 毛 仙 翁

天上玉郎骑白鹤,肘后金壶盛妙药。暂游下界傲五侯,重看当时旧城郭。羽衣茸茸轻似雪,云上双童持绛节。王母亲缝紫锦囊,令向怀中藏秘诀。令威子晋皆俦侣,东岳同寻太真女。搜奇缀韵和阳春,文章不是人间语。药成自固黄金骨,天地齐兮身不没。日月宫中便是家,下视昆仑何突兀。童姿玉貌谁方比,玄发绿鬒光弥弥。满朝将相门弟子,随师尽愿抛尘滓。九转琅玕必有馀,愿乞刀圭救生死。

题李处士山居

卧龙决起为时君,寂寞匡庐惟白云。今日仲容修故业,草堂焉敢更移文。

谢寄新茶　嗣复作相后,止贬观察郡守,此称司马,疑非嗣复诗。

石上生芽二月中,蒙山顾渚莫争雄。封题寄与杨司马,应为前衔是相公。

全唐诗卷四六五

杨　衡

　　杨衡,字仲师,吴兴人。初与符载、崔群、宋济隐庐山,号山中四友。后登第,官至大理评事。诗一卷。

卢十五竹亭送侄偁归山

落叶寒拥壁,清霜夜沾石。正是忆山时,复送归山客。殷勤一尊酒,晓月当窗白。

旅次江亭

扣舷不能寐,皓露清衣襟。弥伤孤舟夜,远结万里心。幽兴惜瑶草,素怀寄鸣琴。三奏月初上,寂寥寒江深。

赋得夜雨滴空阶送魏秀才

委檐方滴滴,沾红复洒绿。醉听乍朦胧,愁闻多断续。始兼泉一作松向细,稍杂更声促。百虑自萦心,况有人如玉。

征　人　一作思归

西风屡鸣雁,东郊未升日。繁烟幕幕昏,暗骑萧萧出。望云愁玉塞,眠月想蕙质。借问露沾衣,何如香满室。

游陆先生故岩居

独壑临万一作高嶂，苍苔绝行迹。仰窥猿挂树一作松，俯对鹤巢石。
上有一岩屋，相传灵人宅。深林无阳晖，幽水转鲜碧。拾薪遇遗
鼎，探穴得古籍。结念候一作俟云兴，烧香坐终夕。

题玄和师仙药室

山边萧寂一作寥室，石掩浮云扃。绕室微有路，松烟深冥冥。入松
汲寒水，对鹤问仙经。石几香未尽，水花风欲零。何年去华表，几
度穷苍冥。却顾宦游子，眇如霜中萤。

宿陆氏斋赋得残灯诗

殷勤照永夜，属思未成眠。馀辉含薄雾，落烬迸空筵。谁比秦楼
晓，缄愁别幌前。

夷陵郡内叙别

礼娶嗣明德，同牢夙所钦。况蒙生死契，岂顾蓬蒿心。雁币任野
薄，恩爱缘义深。同声若鼓瑟，合韵似鸣琴。将迓空未立，就赘意
难任。皎月托言誓，沧波信浮沉。荆台理晨辙，巫渚疑宵襟。惘惘
百虑起，回回万恨深。候更促徒侣，先晓彻夜禽。灯彩凝寒风，蝉
思噪密林。留念同心带，赠远芙蓉簪。抚怀极投漆，感物重黄金。
分鸾岂遐阻，别剑念相寻。倘甘蓬户贱，愿俟故山岑。

将之荆州南与张伯刚马惣钟陵夜别

荆台别路长，密绪分离状。莫诉杯来促，更筹屡已倡。烛花侵雾
暗，瑟调寒风亮。谁一作讵念晓帆开，默睇一作点参差浪。

经端溪峡中

阴岸东流水,上有微风生。素羽漾翠涧,碧苔敷丹英。重林宿雨晦,远岫孤霞明。飞猱相攀牵,白云乱纵横。有客溯轻楫,阅胜匪羁程。逍遥一息间,粪土五侯荣。塞茗庶躅热,漱泉聊析酲。《礼乐志》:秦尊枯浆析朝酲。寄言丝竹者,讵识松风声。

南海苦雨寄赠王四侍御

炎风杂海气,暑雨每成霖。涂泥亲杖屦,苔藓渍衣襟。念近剧怀远,涉浅定知深。暗沟夜滴滴,荒庭昼霉霉。折简展离旷,理径俟招寻。处阴诚多惨,况乃触隅禽。

秋夜闲居即事寄庐山郑员外蜀郡符处士

忧思繁未整,良辰会无由。引领迟佳音,星纪屡以周。蓬阆绝华耀,况乃处穷愁。坠叶寒拥砌,灯火一作光夜悠悠。开琴弄清弦,窥月俯澄流。冉冉鸿雁度,萧萧帷箔秋。怅怀石门咏,缅慕碧鸡游。仿佛蒙颜色,崇兰隐芳洲。

寄赠田仓曹湾

芳兰媚庭除,灼灼红英舒。身为陋巷客,门有绛辕车。朝览夷胡一作吴传,暮习颍阳书。盼云高羽翼,待贾蕴璠玙。缨弁虽云阻,音尘岂复疏。若因风雨晦,应念寂寥居。

咏 春 色

霭霭复濛濛,非一作霏雾满晴空。密添宫柳翠,暗泄路一作露桃红。縈丝光乍失,缘隙影才通。夕迷鸳枕上,朝漫绮弦中。促驷驰香陌,劳莺转艳丛。可怜肠断望,并在洛城东。

送　春

三月三十日,春归日复暮。惆怅问春风,明朝应不住。送春曲江
上,眷眷东西顾。但见扑水花,纷纷不知数。人生似行客,两足无
停步。日日进前程,前程几多路。兵刃与水火,尽可违之去。惟有
老到来,人间无避处。感时良未已,独倚池南树。今日送春心,心
如别亲故。

游 峡 山 寺

结构天南畔,胜绝固难俦。幸蒙时所漏,遂得恣闲游。路石荫松
盖,槛藤维鹤舟。雨霁花木润,风和景气柔。宝殿敞丹扉,灵幡垂
绛旒。照曜芙蓉壶,金人居上头。翔禽拂危刹,落日避层楼。端溪
弥漫驶,曲涧潺湲流。高居何重沓,登览自夷犹。烟霞无隐态,岩
洞讵遗幽。奔驷非久耀,驰波肯暂留。会从香火缘,灭迹此山丘。

宿陟岵寺云律师院

像宇郁参差,宝林疏复密。中有弥天子,燃灯坐虚室。心证红莲
喻,迹羁青眼律。玉炉扬翠烟,金经开缥帙。肆陈坚固学,破我梦
幻质。碧水洒尘缨,凉扇当夏日。宿禽讵相保,进火烟欲失。愿回
戚促劳,趋隅事休逸。

秋夜桂州宴送郑十九侍御

秋至触物愁,况当离别筵。短歌销夜烛,繁绪遍高弦。桂水舟始
泛,兰堂榻讵悬。一杯勾〔一作勿〕离阻,三载奉周旋。鸦噪更漏飒,露
濡风景鲜。斯须不共此,且为更留连。

九日陪樊尚书龙山宴集

孟嘉从宴地，千乘复登临。缘危陟高步，凭旷写幽襟。黄花玩初馥，翠物喜盈斟。云杂组绣色，乐和山水音。旆摇秋吹急，筵卷夕光沉。都人瞻骑火，犹知隔寺深。

江陵送客归河北

远客归故里，临路结裴回。山长水复阔，无因重此来。聊将歌一曲，送子手中杯。

送郑丞之罗浮中习业

百年泛飘忽，万事系衰荣。高鸿脱矰缴，达士去簪缨。始从天目游，复作罗浮行。云卧石林密，月窥花洞明。全形在气和，习默凭境清。夙秘绛囊诀，屡投金简名。钟管促离觞，烟霞随去程。何当真府内，重得款平生。

送王秀才往安南

君为蹈海客，客路谁谙悉。鲸度乍疑山，鸡鸣先见日。所嗟回棹晚，倍结离情密。无贪合浦珠，念守江陵橘。

送公孙器自桂林归蜀

桂林浅复碧，潺浂半露石。将乘触物舟，暂驻飞空锡。蜀乡异青眼，蓬户高朱戟。风度杳难寻，云飘讵留迹。旧户闲花草，驯鸽傍檐隙。挥手共忘怀，日堕千山夕。

赠罗浮易炼师

海上多仙峤,灵人信长生。荣卫冰雪姿,咽嚼日月精。默书绛符遍,晦步斗文成。翠发披肩长,金盖凌风轻。晓籁息尘响,天鸡一作鹿叱幽声。碧树来户阴,丹霞照窗明。焚香叩虚寂,稽首回太清。鸾鹭振羽仪,飞翻拂旆旌。左挹玉泉液,右搴云芝英。念得参龙驾,攀天度赤城。

登紫霄峰赠黄仙师

紫霄不可涉,灵峰信穹崇。下有琼树枝,上有翠发翁。鸡鸣秋汉侧,日出红霞中。璨璨真仙子,执炬为侍童。焚香杳忘言,默念合一作思含太空。世华徒熠耀,虚室自朦胧。云飞琼瑶圃,龟息芝兰丛。玉箓掩不开,天窗微微风。兹焉悟佳旨,尘境亦幽通。浩渺临广津,永用挹无穷。

乌啼曲

可怜杨叶复杨花,雪净烟深碧玉家。乌栖不定枝条弱,城头夜半声哑哑。浮萍流荡门前水,任冑芙蓉莫浣纱。

白纻歌一作词二首

玉缨翠佩杂轻罗,香汗微渍朱颜酡。为君起唱白纻歌,清声袅云繁思一作思繁多,凝笳哀瑟一作琴时相和。金壶半倾芳夜促,梁尘霏霏暗红烛。令君安坐听终曲,坠叶飘花难再复。
躧珠履,步琼筵,轻身起舞红烛前。芳姿艳态妖且妍,回眸转袖暗催弦。凉风萧萧漏一作流水急,月华泛艳红莲湿,牵裙揽带翻成泣。

长 门 怨

丝声繁兮管声急,珠帘不卷风吹入。万遍凝愁枕上听,千回候命花间立。望望昭阳信不来。回眸独掩红巾泣。

寄 彻 公

北风吹霜霜月明,荷叶枯尽越水清。别来几度龙宫宿,雪山童子应相逐。

哭 李 象

白鸡黄犬不将去,寂寞空馀葬时路。草死花开年复一作更几年,后人知是何人墓。忆君思君独不眠,夜寒月照青枫树。

宿云溪观赋得秋灯引送客

云房寄宿秋夜客,一灯荧荧照虚壁。虫声呼客客未眠,几人语话清景侧。不可离别愁纷多,秋灯秋灯奈别何。

采 莲 曲

凝鲜雾渚夕,阳艳绿波风。鱼游乍散藻,露重稍攲红。楚客伤暮节,吴娃泣败丛。促令芳本固,宁望雪霜中。

他乡七夕 一本无他乡二字

汉渚一作浦常多别,山一作星桥忽重游。向云迎翠辇,当月拜珠旒。寝幌凝宵态,妆奁闭晓一作晚愁。不堪鸣杼日,空对白榆秋。

春日偶题

何处春先到，桥东水北亭。冻花开未得，冷酒酌难醒。就日移轻榻，遮风展小屏。更无一作不劳人劝饮一作醉，莺语渐叮咛。

题 山 寺

千峰白露后，云一作雪壁挂残灯。曙色海边日一作月，经声松下僧。意闲门不闭，年去水空澄。稽首如何问，森罗尽一乘。

广州石门寺重送李尚赴朝时兼宗正卿

象阙趋云陛，龙宫憩石门。清铙犹启路，黄发重攀辕。藻变朝天服，珠怀委地言。那令蓬蒿客，兹席未一作咏离尊。

送孔周之南海谒王尚书

泛棹若一作送流萍，桂寒山更青。望云生碧落，看日下沧溟。潮尽收珠母，沙闲拾翠翎。自趋龙戟下，再为诵芳馨。

冬夜举公房送崔秀才归南阳

闻君动征棹，犯夜故来寻。强置一尊酒，重款百年心。灯白霜气冷，室虚松韵深。南阳三顾地，幸偶价千金。

送陈房谒抚州周使君

匡山一亩宫，尚有桂兰丛。凿壁年虽异，穿杨志幸同。貌羸缘塞苦，道蹇为囊空。去谒临川守，因怜鹤在笼。

山斋独宿赠晏上人

幢一作石幢云树秋，黄叶下山头。虫响夜难一作空度，梦闲神不游。窗灯寒几尽一作净，帘雨晓阶愁。何以禅栖客，灰心在沃州。

桂州与陈羽念别

惨戚损志抱，因君时解颜。重叹今夕会，复在几夕间。碧桂水连海，苍梧云满山。茫茫从此去，何路入秦关。

经赵处士居

云居避世客，发白习儒经。有地水空绿，无人山自青。废梁悲逝水，卧木思荒庭。向夕霏烟敛，徒看处士星。

病中赴袁州次香馆

病舆憩上馆，缭绕向山隅。荒葛漫敧壁，幽禽啄朽株。力微怯升降，意欲结踟躇。谁能挹香水，一为濯烦纡。

送人流雷州

逐客指天涯，人间此路赊。地图经大庾，水驿过长沙。腊月雷州雨，秋风桂岭花。不知荒徼外，何处有人家。

送一作赠彻公

白首年空度，幽居俗岂知。败蕉依晚日，孤鹤立秋墀一作池。久客何由造，禅门不可窥。会同尘外友，斋沐奉威仪。

赠庐山道士

寂寥高室古松寒,松下仙人字委鸾。头垂白发朝鸣磬,手把青芝夜绕坛。物像自随尘外灭,真源长向性中看。悠悠万古皆如此,秋比松枝春比兰。

赋得直如朱丝弦

寂寞瑶琴上,深知直者情。幸传朱鹭曲,那止素丝名。瑞草人空仰,王言世久行。大方闻正位,乐府动清声。文武音初合,宫商调屡更。谁能向机杼,终日泣无成。

早春即事

眼重朝眠足,头轻宿醉醒。阳光满前户,雪水半中庭。候—作物变随天气,春生逐地形。北檐梅晚白,东岸柳先青。葱垄抽羊角,松巢堕鹤翎。老来诗更拙,吟罢少人听。

题花树

都无看花意,偶到树边来。可怜枝上色,一一为愁开。

宿吉祥寺寄庐山隐者

风—作凤鸣云外钟,鹤宿千年松。相思杳不见,月出山重重—作孤月出山重。

边思

苏武节旄尽,李陵音信稀。梅—作花当陇上发,人向陇头归。

夜半步次古城

茫茫死复生一作行复坐,惟有古时城。夜半无鸟雀,花枝当月明。

春　梦

空庭日照花如锦,红妆美人当昼寝。傍人不知梦中事,唯见玉钗时坠枕。

宿青牛谷 一本此下有梁炼师仙居五字

随云步入青牛谷,青牛道士留我宿。可怜夜久月明中,唯有坛边一枝竹。

槿 一作戎昱诗

自用金钱买槿栽,二年方始一花开。怜红未许家一作佳人见,胡蝶争知早到来。

九　日

黄菊一作花紫菊傍篱落,摘菊泛酒爱芳新。不堪今日望乡意,强插茱萸随众人。

仙女词

玉京一作箫初侍紫皇君,金缕鸳鸯满绛裙。仙宫一闭无消息,遥结芳心向碧云。

句

贤人处霄汉,荒泽自耕耘。

陇首降时雨,雷声出夏云。　答崔钱二补阙　见《诗式》

——鹤声飞上天。　见《纪事》

全唐诗卷四六六

牛僧孺

牛僧孺,字思黯,陇西人。贞元中,擢进士第,历相穆、敬两朝,封奇章郡公,后出为武昌节度使。文宗朝,征入再相。夙与李德裕相恶,会昌中,贬循州长史。大中初,还为太子少师,卒。集五卷,今存诗四首。

享太庙乐章

湜湜颀颀,融昭德辉。不纽不舒,贯成九围。武烈文经,敷施当宜。纂尧付启,亿万熙熙。

乐天梦得有岁夜诗聊以奉和

惜岁岁今尽,少年应不知。凄凉数流辈,欢喜见孙儿。暗减一身力,潜添满鬓丝。莫愁花笑老,花自几多时。

李苏州遗太湖石奇状绝伦
因题二十韵奉呈梦得乐天

胚浑何时结,嵌空此日成。掀蹲龙虎斗,挟怪鬼神惊。带雨新水静,轻敲碎玉鸣。搀叉锋刃簇,缕络钓丝萦。近水摇奇冷,依松助澹清。通身鳞甲隐,透穴洞天明。丑凸隆胡准,深凹刻兕觥。雷风疑欲变, 阴黑讶将行。噤瘁微寒早, 轮困数片横。地祗愁垫压, 鳌足困支撑。珍重姑苏守, 相怜懒慢情。为探湖里—作底物, 不怕浪中鲸。利涉馀千里, 山河仅百程。池塘初展见, 金玉自凡轻。侧眩魂犹悚, 周观意渐平。似逢三益友, 如对十年兄。旺兴添魔力, 消烦破宿酲。媲人当绮皓, 视秩即公卿。南朝有司空石, 盖以定石之流品。念此园林宝, 还须别识精。诗仙有刘白, 为汝数逢迎。

席上赠刘梦得

粉署为郎四十春, 今来名辈更无人。休论世上升沉事, 且斗樽前见在身。珠玉会应成咳唾, 山川犹觉露精神。莫嫌恃酒轻言语, 曾把文章谒后尘。

句

但愁封寄去, 魔物或惊禅。《赠白乐天筝》

惟羡东都白居士, 年年香积问禅师。《赠白》, 下同。

不是道公狂不得, 恨公逢我不教狂。

地瘦草丛短。

求人气色沮, 凭酒意乃伸。

叶季良

叶季良, 登贞元进士第。诗三首。

赋得月照冰池

霁夕云初敛, 栖娥月未亏。圆光生碧海, 素色满瑶池。天迥轮空见, 波凝影讵窥。浮霜玉比彩, 照像镜同规。皎洁寒偏净, 裴回夜转宜。谁怜幽境在,长与赏心随。

赋得琢玉成器

片玉寄幽石,纷纶当代名。荆人献始遇,良匠琢初成。冰映寒光动,虹开晚一作晓色明。雅容看更澈,馀响扣弥清。自与琼瑶比,方随掌握荣。因知君有用,高价仵连城。

省试吴宫教美人战

强吴矜霸略,讲武在深宫。尽出娇娥妓,先观上将风。挥戈罗袖卷,摄甲汗妆红。掩笑分旗下,含羞入队中。鼓停行未正,刑举令才崇。自可威邻国,何劳逞战功。

湛　贲

　　湛贲,宋长史茂之十二世孙。本家毗陵,后为宜春人。贞元中登第,尝以江阴县主簿权知无锡县事,后为毗陵守。诗三首。

题历山司徒右长史祖宅

隳官长史籍,高步历山椒。丽句传黄绢,香名播宋朝。分能知止足,迹贵出尘嚣。松竹心长固,池台兴自饶。龙宫欣访旧,莺谷忝迁乔。从事叨承乏,铜章愧在腰。

伏览吕侍郎渭丘员外丹旧题 十三代祖历山草堂诗因书记事

名遂贵知己,道胜方晦迹。高居葺莲宫,遗文焕石壁。桑田代已变,池草春犹碧。识曲遇周郎,知音荷宗伯。调逸南平兆,风清建安迹。祖德今发扬,还同书史册。

别慧山书堂

卷帘晓望云平槛,下榻宵吟月半窗。病守未能依结社,更施何术去为邦。

薛存诚

薛存诚,字资明,河东人。登贞元进士第。元和末,官至御史中丞。诗十二首。

暮春自南台丞再除给事中 仍是本厅,几榻杖履,宛然如旧。

再入青锁闱,忝官诚自非。拂尘惊物在,开户似一作待僧归。积草渐无径,残花犹洒衣。禁垣偏日近,行坐是恩辉。

御制段太尉碑 一作薛有诚诗

葬仪从俭礼,刊石荷尧君。露迹垂繁字一作藁,天哀洒丽文。诏深荣嗣子,海变记孤坟。宝思皆涵象,皇心永念勋。雅词黄绢妙,渥泽紫泥分。青史应同久,芳名万古闻。

御题国子监门

宸翰符玄造,荣题国子门。笔锋回日月,字势动乾坤。檐下云光绝,梁间鹊影翻。张英圣莫拟,索靖妙难言。为著盘龙迹,能彰舞凤蹲。更随垂露像,常以沐皇恩。

御箭连中双兔

宸游经上苑,羽猎向闲田。狡兔初迷窟,纤骊讵著鞭。三驱仍百步,一发遂双连。影射含霜草,魂消向月弦。欢声动寒木,喜气满晴天。那似陈王意,空随乐府篇。

太学创置石经

圣唐复古制,德义功无替。奥旨悦诗书,遗文分篆隶。银钩互交映,石壁靡尘翳。永与乾坤期,不逐日月逝。儒林道益广,学者心弥锐。从此理化成,恩光遍遐裔。

观南郊回仗

传警千门寂,南郊彩仗回。但惊龙再见,谁识日双开。德泽施云雨,恩光变烬灰。阅兵貔武振,听乐凤凰来。候刻移宸辇,遵时集观台。多惭远臣贱,不得礼容陪。

闻 击 壤

尧年听野老,击壤复何云。自谓欢由己,宁知德在君。气平闲易畅,声贺作难分。耕凿方随日,恩威比望云。簧栖均下调,和木等南薰。无落于吾事,谁将帝已闻。

膏泽多丰年

帝德方多泽,莓莓井径同。八方甘雨布,四远报年丰。廒庾千厢在,幽流万壑通。候时勤稼穑,击壤乐农功。畎亩人无惰,田庐岁不空。何须忧伏腊,千载贺尧风。

东都父老望幸

銮舆秦地久,羽卫洛阳空。彼土虽凭固,兹川乃得中。龙颜觐白日,鹤发仰清风。望幸诚逾邈,怀来意不穷。昔因封泰岳,今仁蹋维嵩。天地心无异,神祇理亦同。翠华翔渭北,玉检候关东。众愿其难阻,明君早勒功。

嵩山望幸

峻极位何崇,方知造化功。降灵逢圣主,望幸表维嵩。隐映连青壁,嵯峨向碧空。象车因叶瑞,龙驾愿升中。万岁声长在,千岩气转雄。东都歌盛事,西笑仁皇风。

华清宫望幸

骊岫接新丰,岧峣驾碧空。凿山开秘殿,隐雾蔽仙宫。绛阙犹栖凤,雕梁尚带虹。温泉曾浴日,华馆旧迎风。肃穆瞻云辇,深沉闭绮栊。东郊望幸处,瑞气霭濛濛。

谒见日将至双阙

晓色临双阙,微臣礼位陪。远惊龙凤睹,谁识冕旒开。蔼蔼千年盛,颙颙万国来。天文标日月,时令布云雷。迥出黄金殿,全分白玉台。雕虫竟何取,瞻恋不知回。

裴次元

裴次元,贞元中第进士。元和中,为福州刺史、河南尹,终江西观察使。诗三首。

南至日隔仗望含元殿炉香 一作烟

冕旒初负扆,卉服尽朝天。旸谷初移—作移时日,金炉渐起—作出御烟。芬馨流远近,散漫入貂蝉。霜仗凝逾白,朱栏映转鲜。始看浮阙在,稍见逐风迁。为沐皇家庆,来瞻羽卫前。

律中应钟 —作裴元诗

律穷方数寸,室暗在三重。伶管灰先动,秦正节已逢。商声辞玉笛,羽调入金钟。密叶翻霜彩,轻冰敛水容。望鸿南去绝,迎气北来浓。愿托无凋性,寒林自比松。

赋得亚父碎玉斗

雄谋竟不决,宝玉将何爱。倏尔霜刃挥,飒然春冰碎。飞光动旗帜,散响惊环珮。霜浓绣帐前,星流锦筵内。图王业已失,为虏言空悔。独有青史中,英风冠千载。

句

积高依郡城,迥拔凌霄汉。 题望京山 见《闽志》

李宣远

李宣远,贞元进士登第。诗二首。

并州路 —作杨达诗,题云《塞下作》。

秋日并州路,黄榆落故关—作照间。孤城吹角罢,数骑射雕还。帐幕遥临水,牛羊自下山。征人正垂泪,烽火起云间。

近无西耗 一作李敬方诗

远戎兵压境,迁客泪横襟。烽堠惊秦塞,囚居困越吟。自怜牛马走,未识犬羊心。一月无消息,西看日又沉。

李君何

李君何,贞元中进士第。诗一首。

曲江亭望慈恩寺杏园花发

春晴凭水轩,仙杏发南园。开蕊风初晓,浮香景欲暄。光华临御陌,色相对空门。野雪遥添净,山烟近借繁。地闲分鹿苑,景胜类桃源。况值新晴日,芳枝度彩鸳。

周弘亮

周弘亮,登贞元进士第。诗三首。

除 夜 书 情

何处风尘岁,云阳古驿前。三冬不再稔,晓日又明年。春入江南柳,寒归塞北天。还伤知候客,花景对韦编。

曲江亭望慈恩寺杏园花发

江亭闲望处,远近见秦源。古寺迟春景,新花发杏园。尊中轻蕊密,枝上素姿繁。拂雨云初起,含风雪欲翻。容辉明十地,香气遍千门。愿莫随桃李，芳菲不为言。

故 乡 除 夜

三百六十日云终，故乡还与异乡同。非唯律变情堪恨，抑亦才疏命未通。何处夜歌销腊酒，谁家高烛候春风。诗成始欲吟将看，早是去年牵课中。

陈　翥

陈翥，贞元进士第。诗一首。

曲江亭望慈恩寺杏园花发

曲江晴望好，近接梵王家。十亩开金地，千林发杏花。映雪犹误雪，煦日欲成霞。紫陌传香远，红泉落影斜。园中春尚早，亭上路非赊。芳景堪游处，其如惜物华。

曹　著

曹著，贞元进士第。诗一首。

曲江亭望慈恩寺杏园花发

渚亭临净域，凭望一开轩。晚日分初地，东风发杏园。异香飘九陌，丽色映千门。照灼瑶华散，葳蕤玉露繁。未教游妓折，乍听早莺喧。谁复争桃李，含芳自不言。

王公亮

王公亮,登贞元进士第。长庆初,自司门郎中为商州刺史。诗一首。

鱼 上 冰

春生寒气减,稍动久潜鱼。乍喜东风至,来看曲岸初。出冰朱鬣见,望日锦鳞舒。渐觉流渐近,还欣掉尾馀。唵喁情自乐,沿溯意宁疏。倘得随鲲化,终能上太虚。

张仲方

张仲方,韶州始兴人,九龄族孙。贞元中,擢进士宏词,历散骑常侍、京兆尹。左迁华州刺史,入为秘书监。集三十卷,今存诗二首。

赋得竹箭有筠

东南生绿竹,独美有筠箭。枝叶讵曾凋,风霜孰云变。偏宜林表秀,多向岁寒见。碧色乍葱茏,清光常葆练。皮开凤彩出,节劲龙文现。爱此守坚贞,含歌属时彦。

赠 毛 仙 翁

毛仙翁,毛仙翁,容貌常如二八童。几岁头梳云鬓绿,无时面带桃花红。眼前人世阅沧海,肘后药成辞月宫。方口秀眉编贝齿,了然

炅炅双瞳子。芝椿禀气本坚强，龟鹤计年应不死。四海五山长独
游，矜贫傲富欺王侯。灵通一作通灵指下砖甓一作龙虎化，瑞气炉中
金玉流。定是烟霞列仙侣，暂来尘俗救危苦。紫霞妖女琼华飞，秘
法虔心传付与。阴功足，阴功成，羽驾何年归上清。待我休官了婚
嫁，桃源洞里觅仙兄。

句

入门池色静，登阁雨声来。　见《三山志》

崔玄亮

　　崔玄亮，字晦叔，磁州人。贞元中，与元白同登第。宪宗
时，为监察御史，历密、歙、湖三州刺史。太和中，由谏议大夫
迁散骑常侍，终虢州刺史。有《三州倡和集》，今存诗二首。

和白乐天 时以太子宾客分司东都

病馀归到洛阳头，拭目开眉见白侯。凤诏恐君今岁去，龙门欠我旧
时游自到未游龙门。几人樽下同歌咏，数盏灯前共献酬。相对忆刘
刘在远，寒宵耿耿梦长洲。

临　终　诗

暂荣暂悴石敲火，即空即色眼生花。许时为客今归去，大历元年是
我家。

句

共相呼唤醉归来。

徐　牧

徐牧,贞元进士。诗一首。

省试临渊—作川羡鱼

清泚濯缨处,今来喜一临。惭无下钓处,空有羡鱼心。退省时频
改,谋身岁屡沉。鬣成川上媚,网就水宁深。赪尾临波里,朱须破
浪浔。此时倘不漏,江上免行吟。

王　播

王播,字明易父,其先太原人,父恕,为扬州仓曹参军,遂
家焉。播与弟炎、起皆有文名,并擢进士。长庆初,拜相。太
和初,复专政。卒,赠太尉。诗三首。

淮南游故居感旧酬西川李尚
书德裕 —本题作为淮南节度使游故居感旧

昔年献赋去江湄,今日行春到却悲。三径仅存新竹树,四邻惟见旧
孙儿。壁间潜认偷光处,川上宁忘结网时。更见桥边记名姓,始知
题柱免人嗤。

题木兰院—作惠寺二首

播少孤贫,尝客扬州惠照寺木兰院,随僧斋餐。僧厌怠,乃斋罢而
后击钟。后二纪,播自重位出镇是邦,因访旧游。向之题名,皆以碧纱
幕其诗,播继以二绝句。

三十年前此院游，木兰花发院新修。如今再到经行处，树老无花僧白头。

上堂已了各西东，惭愧阇黎饭后钟。三十年来尘扑面，如一作而今始得碧纱笼。

独孤良弼

独孤良弼，贞元间进士，官左司郎中。诗一首。

上巳接清明游宴

上巳欢初罢，清明赏又追。闰年侵旧历，令节并芳时。细一作幕雨莺飞重，春风酒酽迟。寻花迷白雪，看柳拆青丝。淑气如相待，天和意为谁。吁嗟名未立，空咏宴游诗。

沈传师

沈传师，字子言，吴人。贞元末登第，历官拾遗、翰林学士、中书舍人。宝历中，由尚书右丞出为宣歙观察使，复入为吏部侍郎。有才行，工楷法。诗五首。

次潭州酬唐侍御姚员外游道林岳麓寺题示

承明年老辄自论，乞得湘守东南奔。为闻楚国富山水，青嶂逦迤僧家园。含香珥笔皆眷旧，谦抑一作挹自忘台省尊。不令执简候亭馆，直许携手游山樊。忽惊列岫晓一作晚来逼，朔雪洗尽烟岚昏。碧波回屿三山转，丹槛缭郭千艘屯。华镳蹙蹀绚砂步，大旆彩错辉松门。樛枝竞骛龙蛇势,折干不灭风霆痕。相重古殿倚岩腹,别引新径萦云根。目伤平楚虞帝魂,情多思远聊开樽。危弦细管逐歌飘一作飔,画鼓绣靴随节翻。镂金七言凌老杜,入木八法蟠高轩。嗟余潦倒久不利一作知,忍复感激论元元。

和李德裕观玉蕊花见怀之作

曾对金銮直,同依玉树阴。雪英飞舞近,烟叶动摇深。素萼年年密,衰容日日侵。劳君想华发,近欲不胜簪。德裕元倡有"今来想颜色,还似忆琼枝"之句,故云。

赠 毛 仙 翁

安期何事出云烟,为把仙方与世传。只向人间称百岁,谁知洞里过千年。青牛到日迎方朔,丹灶开时共稚川。更说桃源更深处,异花长占四时天。

寄大府兄侍史 见《云烟过眼录》

积雪山阴马过难,残更深夜铁衣寒。将军破了单于阵,更把兵书仔细看。

蒙 泉 见《方舆胜览》

京路马骎骎,尘劳日向深。蒙泉聊息驾,可以洗君心。

白行简

　　白行简,字知退,白居易之弟。贞元末第进士,累官度支郎中。有兄风,尝从居易谪所,天性友爱,当时无比。集二十卷,今存诗七首。

春从何处来

欲识春生处,先从木德来。入门潜报柳,度岭暗惊梅。透雪寒光散,消冰水镜开。晓迎郊骑发,夜逐斗杓回。淑气空中变,新声雨后催。偏宜资律吕,应是候阳台。

贡院楼北新栽小松

华省春霜曙,楼阴植小松。移根依厚地,委质别危峰。北户知犹远,东堂幸见容。心坚终待鹤,枝嫩未成龙。夜影看仍薄,朝岚色渐浓。山苗不可荫,孤直俟秦封。

金　在　熔

巨橐方熔物,洪炉欲范金。紫光看渐发,赤气望逾深。焰热晴云变,烟浮昼景阴。坚刚由我性,鼓铸任君心。踊跃徒标异,沉潜自可钦。何当得成器,待叩向知音。

归　马　华　山

牧野功成后,周王战马闲。驱驰休伏皂,饮龁任依山。逐日朝仍去,随风暮自还。冰生疑陇坂,叶落似榆关。蹙蹀仙峰下,腾骧渭水湾。幸逢时偃武,不复鼓鼙间。

夫子鼓琴得其人

宣父穷玄奥,师襄授素琴。稍殊流水引,全辨圣人心。慕德声逾感,怀人意自深。泠泠传妙手,撼撼振空林。促调清风至,操弦白日沉。曲终情不尽,千古仰知音。

李都尉重阳日得苏属国书

降虏意何如，穷荒九月初。三秋异乡节，一纸故人书。对酒情无极，开缄思有馀。感时空寂寞，怀旧几踌躇。雁尽平沙迥，烟销大漠虚。登台南望处，掩泪对双鱼。

在巴南望郡南山呈乐天　时从乐天忠州

临江一嶂白云间，红绿层层锦绣班。不作巴南天外意，何殊昭应望骊山。

裴　澄

　　裴澄，闻喜人。德宗朝登第，官至苏州刺史。诗一首。

春　云

漠漠复溶溶，乘春任所从。映林初展叶，触石未成峰。旭日消寒翠，晴烟点净容。霏微将似灭，深浅又如重。薄彩临溪散，轻阴带雨浓。空馀负樵者，岭上自相逢。

罗立言

　　罗立言，宣州人。太和中历司农少卿，李训引为京兆少尹，知府事，同谋诛宦官，被害。诗一首。

赋得沽美玉

谁怜被褐士，怀玉正求沽。成器终期达，逢时岂见诬。宝同珠照乘,价重剑论都。浮彩朝虹满,悬光夜月一作月影孤。几年沦瓦砾,今日出泥涂。采斫资良匠,无令瑕掩瑜。

张　灿

张灿,贞元、元和间进士。诗一首。

寒食遣怀

繁华泣清露,悄悄落衣巾。明日逢寒食,春风见故人。病来羞滞楚,西去欲迷秦。憔悴此时久一作夜,青山归四邻。

全唐诗卷四六七

牟　融

牟融，有赠欧阳詹、张〔籍〕（藉）、韩翃诸人诗，盖贞元、元和间人也。诗一卷。

春日山亭

醉来重整华阳巾，搔首惊看白发新。莫道愁多因病酒，只缘命薄不辞贫。龙鱼失水难为用，龟玉蒙尘未见珍。正是圣朝全盛日，讵知林下有闲人。

寄周韶州

十年学道困穷庐，空有长才重老儒。功业要当垂永久，利名那得在须臾。山中荆璞谁知玉，海底骊龙不见珠。寄语故人休怅怏，古来贤达事多殊。

秋夜醉归有感而赋

衔杯谁道易更阑，沉醉归来不自欢。惆怅后时孤剑冷，寂寥无寐一灯残。竹窗凉雨鸣秋籁，江郭清砧捣夜寒。多少客怀消不得，临风搔首浩漫漫。

寄范使君

未秋为别已终秋，咫尺娄江路阻修。心上惟君知委曲，眼前独我逐漂流。从来姑息难为好，到底依栖总是诹。西望家山成浩叹，临风搔首不胜愁。

送罗约

雨晴江馆柳依依，握手那堪此别离。独鹤孤琴随远旆，红亭绿酒惜分岐。月明野店闻鸡早，花暗关城匹马迟。后夜定知相忆处，东风回首不胜悲。

题李昭训山水

卜筑藏修地自偏，尊前诗酒集群贤。半岩松暝时藏鹤，一枕秋声夜听泉。风月谩劳酬逸兴，渔樵随处度流年。南州人物依然在，山水幽居胜辋川。

处厚游杭作诗寄之

江村摇落暂逢秋，况是闻君独远游。浙水风烟思吊古，楚乡人物赋登楼。书沉寒雁云边影，梦绕清猿月下愁。念我故人劳碌久，不如投老卧沧洲。

山中有怀李十二　第七句缺三字，第八句缺一字。

林前风景晚苍苍，林下怀人路杳茫。白发流年淹旧业，碧山茅屋卧斜阳。客边秋兴悲张翰，病里春情笑沈郎。何事登楼□□□，几回搔首□思归。

客 中 作

异乡岁晚怅离怀,游子驱驰愧不才。夜夜砧声催客去,年年雁影带寒来。半林残叶迎霜落,三径黄花近节开。几度无聊倍惆怅,临风搔首独兴哀。

山寺律僧画兰竹图

偶来绝顶兴无穷,独有山僧笔最工。绿径日长袁户在,紫茎秋晚谢庭空。离花影度湘江月,遗珮香生洛浦风。欲结岁寒盟不去,忘机相对画图中。

送 客 之 杭

西风吹冷透貂裘,行色匆匆不暂留。帆带夕阳投越浦,心随明月到杭州。风清听漏惊乡梦,灯下闻歌乱别愁。悬想到杭州兴地,尊前应与话离忧。

有 感 二 首

何事离怀入梦频,贫居寂寞四无邻。诗因韵险难成律,酒为愁多不顾身。眼底故人惊岁别,尊前华发逐时新。十年飘泊如萍迹,一度登临一怅神。

搔首临风独倚栏,客边惊觉岁华残。栖迟未遇常镈荐,邂逅宁弹贡禹冠。有兴不愁诗韵险,无聊只怕酒杯干。何如日日长如醉,付与诗人一笑看。

送沈侯之京

悠悠旌旆出东楼,特出仙郎上帝州。刘晏才高能富国,萧何人杰足

封侯。关河弱柳垂金缕,水驿青帘拂画楼。欲尽故人尊酒意,春风
江上暂停舟。

寄 羽 士

别来有路隔仙凡,几度临风欲去难。乐道无时忘鹤伴,谈玄何日到
星坛。山中胜景常留客,林下清风好炼丹。使我浮生尘鞅脱,相从
应得一盘桓。

题 赵 支

林间曲径掩衡茅,绕屋青青翡翠梢。一枕秋声鸾舞月,半窗云影鹤
归巢。曾闻贾谊陈奇策,肯学扬雄赋解嘲。我有清风高节在,知君
不负岁寒交。

司 马 迁 墓

落落长才负不羁,中原回首益堪悲。英雄此日谁能荐,声价当时众
所推。一代高风留异国,百年遗迹剩残碑。经过词客空惆怅,落日
寒烟赋黍离。

春 游

锦袍日暖耀冰蚕,上客陪游酒半酣。笑拂吟鞭邀好兴,醉欹乌帽逞
雄谈。楼前弱柳摇金缕,林外遥山隔翠岚。正是太平行乐处,春风
花下且停骖。

水西草堂 第四句缺二字,第七句缺一字。

萝径萧然曲业存,闲云流水四无邻。身留白屋潜踪迹,门□□吟学
隐沦。吟对琴尊江上月,笑看花木镜中春。遗书自有亲□处,何必

驱驰扰世尘。

送羽衣之京

羽衣缥缈拂尘嚣,怅别河梁赠柳条。阆苑云深孤鹤迥,蓬莱天近一身遥。香浮宝辇仙风润,花落瑶坛绛雨消。自是长生林下客,也陪鸳鹭入清朝。

题 道 院 壁

山中旧宅四无邻,草净云和迥绝尘。神枣胡麻能饭客,桃花流水荫通津。星坛火伏烟霞暝,林壑春香鸟雀驯。若使凡缘终可脱,也应从此度闲身。

赠 欧 阳 詹

为客囊无季子金,半生踪迹任浮沉。服勤因念劬劳重,思养徒怀感慨深。岛外断云凝远日,天涯芳草动愁心。家林千里遥相忆,几度停车一怅吟。

邵 公 母

搔首惊闻楚些歌,拂衣归去泪悬河。劬劳常想三春恨,思养其如寸草何。浙水梦怀千里远,苏台愁望白云多。伤心独有黄堂客,几度临风咏蓼莪。

客 中 作

千里云山恋旧游,寒窗凉雨夜悠悠。浮亭花竹频劳梦,别路风烟半是愁。芳草傍人空对酒,流年多病倦登楼。一杯重向樽前醉,莫遣相思累白头。

赠 杨 处 厚

十年学道苦劳神,赢得尊前一病身。天上故人皆自贵,山中明月独
相亲。客心淡泊偏宜静,吾道从容不厌贫。几度临风一回首,笑看
华发及时新。

重 赠 张 籍

旧日仪容只宛然,笑谈不觉度流年。凡缘未了嗟无子,薄命能孤不
怨天。一醉便同尘外客,百杯疑是酒中仙。人生随处堪为乐,管甚
秋香满鬓边。

赠 殷 以 道

世路红尘懒步趋,长年结屋傍岩隅。独留乡井诚非隐,老向山林不
自愚。肯信白圭终在璞,谁怜沧海竟遗珠。闲来抚景穷吟处,尊酒
临风不自娱。

翁 母 些

满头华发向人垂,长逝音容迥莫追。先垄每怀风木夜,画堂无复彩
衣时。停车遥望孤云影,翘首惊看吊鹤悲。独有贤人崇孝义,伤心
共咏蓼莪诗。

题 山 庄

萝屋萧萧事事幽,临风搔首远凝眸。东园松菊存遗业,晚景桑榆乐
旧游。吟对清尊江上月,笑谈华发镜中秋。床头浊酒时时漉,上客
相过一任留。

沈存尚林亭夜宴

草堂寂寂景偏幽,到此令人一纵眸。松菊寒香三径晚,桑榆烟景两
淮秋。近山红叶堆林屋,隔浦青帘拂画楼。终日忘情能自乐,清尊
应得遣闲愁。

题孙君山亭

长年乐道远尘氛,静筑藏修学隐沦。吟对琴樽庭下月,笑看花木槛
前春。闲来欲著登山屐,醉里还披漉酒巾。林壑能忘轩冕贵,白云
黄鹤好相亲。

题徐俞山居

青山重叠巧裁攒,引水流泉夜激湍。岚锁岩扉清昼暝,云归松壑翠
阴寒。不因李相门前见,曾向袁生画里看。老我不堪诗思杳,几回
吟倚曲栏干。

送范启东还京

萧萧行李上征鞍,满目离情欲去难。客里故人尊酒别,天涯游子弊
裘寒。官桥杨柳和愁折,驿路梅花带雪看。重到京华旧游处,春风
佳丽好盘桓。

楼城叙别

故人为客上神州,倾盖相逢感昔游。屈指年华嗟远别,对床风雨话
离愁。清樽不负花前约,白发惊看镜里秋。此际那堪重分手,绿波
芳草暂停舟。

写 意 二 首

寂寥荒馆闭闲门，苔径阴阴屐少痕。白发颠狂尘梦断，青毡泠落客
心存。高山流水琴三弄，明月清风酒一樽。醉后曲肱林下卧，此生
荣辱不须论。

萧萧华发满头生，深远蓬门倦送迎。独喜冥心无外慕，自怜知命不
求荣。闲情欲赋思陶令，卧病何人问马卿。林下贫居甘困守，尽教
城市不知名。

赠浙西李相公

长庚烈烈独遥天，盛世应知降谪仙。月里昔曾分兔药，人间今喜得
椿年。文章政事追先达，冠盖声华羡昔贤。尊酒与君称寿毕，春风
入醉绮罗筵。

天　台

碧溪流水泛桃花，树绕天台迥不赊。洞里无尘通客境，人间有路入
仙家。鸡鸣犬吠三山近，草静云和一径斜。此地不知何处去，暂留
琼珮卧烟霞。

送 陈 衡

秋江烟景晚苍苍，江上离人促去航。千里一官嗟独往，十年双鬓付
三霜。云迷楼曲亲庭远，梦绕通山客路长。不必临风悲泠落，古来
白首尚为郎。

送 沈 翔

江上西风一棹归，故人此别会应稀。清朝尽道无遗逸，当路谁曾访

少微。谩有才华嗟未达,闲寻鸥鸟暂忘机。临岐不用空惆怅,未必新丰老布衣。

过蠡湖

东湖烟水浩漫漫,湘浦秋声入夜寒。风外暗香飘落粉,月中清影舞离鸾。多情袁尹频移席,有道乔仙独倚阑。几度篝帘相对处,无边诗思到吟坛。

登环翠楼

山中地僻好藏修,寂寂幽居架小楼。云树四围当户暝,烟岚一带隔帘浮。举杯对月邀诗兴,抚景令人豁醉眸。我亦人间肥遁客,也将踪迹寄林丘。

游淮云寺

白云深锁沃州山,冠盖登临众仰攀。松径风清闻鹤唳,昙花香暝见僧还。玄机隐隐应难觉,尘事悠悠了不关。兴尽凡缘因未晚,裴回依旧到人间。

游报本寺

山房寂寂荜门开,此日相期社友来。雅兴共寻方外乐,新诗争羡郢中才。茶烟袅袅笼禅榻,竹影萧萧扫径苔。醉后不知明月上,狂歌直到夜深回。
了然尘事不相关,锡杖时时独看山。白发任教双鬓改,黄金难买一生闲。不留活计存囊底,赢得诗名满世间。自笑微躯长碌碌,几时来此学无还。

题陈侯竹亭

曾向幽亭一榻分，清风满座绝尘氛。丹山凤泣钩帘听，沧海龙吟对酒闻。漠漠暝阴笼砌月，盈盈寒翠动湘云。岁寒高节谁能识，独有王猷爱此君。

送报本寺分韵得通字 第七句第八句缺

几度乘闲谒梵宫，此郎声价重江东。贵侯知重曾忘势，闲客频来也悟空。满地新蔬和雨绿，半林残叶带霜红。□□□□□□□，□□□□□□□。

寄永平友人

故人十里隔天涯，几度临风动远思。贾谊上书曾伏阙，仲舒陈策欲匡时。高风落落谁同调，往事悠悠我独悲。何日归来话畴昔，一樽重叙旧襟期。

朔风猎猎惨寒沙，关月寥寥咽暮笳。放逐一心终去国，驱驰千里未还家。青蝇点玉原非病，沧海遗珠世所嗟。直道未容淹屈久，暂劳踪迹寄天涯。

陈使君山庄

新卜幽居地自偏，士林争羡使君贤。数椽潇洒临溪屋，十亩膏腴附郭田。流水断桥芳草路，淡烟疏雨落花天。秋成准拟重来此，沉醉何妨一榻眠。

题寺壁

僧家胜景瞰平川，雾重岚深马不前。宛转数声花外鸟，往来几叶渡

头船。青山远隔红尘路,碧殿深笼绿树烟。闻道此中堪遁迹,肯容
一榻学逃禅。

送　徐　浩

渡口潮平促去舟,莫辞尊酒暂相留。弟兄聚散云边雁,踪迹浮沉水
上鸥。千里好山青入楚,几家深树碧藏楼。知君此去情偏切,堂上
椿萱雪满头。

谢　惠　剑

感君三尺铁,挥摧鬼神惊。浩气中心发,雄风两腋生。犬戎从此
灭,巢穴不时平。万里横行去,封侯赖有成。

送　僧

梵王生别思,之子事遐征。烟水浮杯渡,云山只履行。三生尘梦
醒,一锡衲衣轻。此去家林近,飘飘物外情。

送　友　人

有客棹扁舟,相逢不暂留。衣冠重文物,诗酒足风流。官路生归
兴,家林想旧游。临岐分手后,乘月过苏州。

题朱庆馀闲居四首

潇洒藏修处,琴书与画图。白丁门外远,俗子眼前无。楚楚临轩
竹,青青映水蒲。道人能爱静,诸事近清枯。
尽日衡门闭,苍苔一径新。客心非厌静,悟道不忧贫。白屋悬尘
榻,清樽忆故人。近来疏懒甚,诗债后吟身。
闲客幽栖处,潇然一草庐。路通元亮宅,门对子云居。按剑心犹

壮,琴书乐有馀。黄金都散尽,收得郇侯书。

寂寥荒馆下,投老欲何为。草色凝陈榻,书声出董帷。闲云长作伴,归鹤独相随。才薄知无用,安贫不自危。

寄 张 源

咫尺西江路,悲欢暂莫闻。青年俱未达,白社独离群。曲径荒秋草,衡茅掩夕曛。相思不相见,愁绝赋停云。

题 竹

潇洒碧玉枝,清风追晋贤。数点渭川雨,一缕湘江烟。不见凤凰尾,谁识珊瑚鞭。柯亭丁相遇,惊听奏钧天。

有 感

盛世嗟沉伏,中情怏未舒。途穷悲阮籍,病久忆相如。无客空尘榻,闲门闭草庐。不胜岑绝处,高卧半床书。

题 山 房 壁

珠林春寂寂,宝地夜沉沉。玄奥凝神久,禅机入妙深。参同大块理,窥测至人心。定处波罗蜜,须从物外寻。

访 请 上 人

曲径绕丛林,钟声杂梵音。松风吹定衲,萝月照禅心。抚景吟行远,谈玄入悟深。不能尘鞅脱,聊复一登临。

送 范 启 东

杨柳春江上,东风一棹轻。行囊归客兴,尊酒故人情。画史名当代,声华重两京。临岐分手处,无奈别离生。

客 中 作

十年江汉客,几度帝京游。迹比风前叶,身如水上鸥。醉吟愁里
月,羞对镜中秋。怅望频回首,西风忆故丘。

赠 韩 翃

京国久知名,江河近识荆。不辞今日醉,便有故人情。细雨孤鸿
远,西风一棹轻。暂时分手去,应不负诗盟。

禁 烟 作

柳拖金缕拂朱栏,花扑香尘满绣鞍。尊酒临风酬令节,越罗衣薄觉
春寒。

闽 中 回

帆影随风过富阳,橹声摇月下钱塘。千山积雪凝寒碧,梦入枫宸绕
御床。

全唐诗卷四六八

刘言史

刘言史,邯郸人,与李贺同时。歌诗美丽恢赡,自贺外,世莫能比。亦与孟郊友善。初客镇冀,王武俊奏为枣强令,辞疾不受,人因称为刘枣强。后客汉南,李夷简署司空掾,寻卒。歌诗六卷,今编一卷。

苦 妇 词

地远易骄崇,用刑匪精研。哀哉苦妇身,夫死百殃缠。草草催出门,衣堕发披肩。独随军吏行,当夕余—作途欲迁—作还。来时已厌生—作坐,到此自不全。临江卧黄砂,二子死在边。气哕不发声,背头血涓涓。有时强为言,只是尤青天。稿荐无一枝,冷气两悬悬。穷荒夷教卑,骨肉病弃捐。况非本族音—作姻,肌露谁为怜。事痛感行宾,住得贪程船。必当负严法,岂有胎孕篇。游畋复释麛,羔兔尚免鬻。何处摈逐深,一罪三见颠。校尉勋望重—作崇,幕府才且贤。兰裙间珠履,食玉处花筵。但勿轻所暗,莫虑无人焉。

与孟郊洛北野泉上煎茶

粉细越笋芽,野煎寒溪滨。恐乖灵草性,触事皆手亲。敲石取鲜火,撇泉避腥鳞。荧荧爨风铛,拾得坠巢薪。洁色既爽别,浮馣亦

殷勤。以兹委曲静,求得正味真。宛如摘山时,自歠指下春。湘瓷
泛轻花,涤尽昏渴神。此游惬醒趣,可以话高人。

七　夕　歌

星寥寥兮月细轮,佳期可想兮不可亲。云衣香薄妆态新,彩轺悠悠
度天津。玉幌相逢夜将极,妖红惨黛生愁色。寂寞低容入旧机,歇
著金梭思往夕。人间不见因谁知,万家闺艳求此时。碧空露重彩
盘湿,花上乞得蜘蛛丝。

立　秋　日

商风动叶初,萧索一贫居。老性容茶少,羸肌与簟疏。旧醅难重
漉,新菜未胜锄。才薄无潘兴,便便画一作昼偃庐。

题茅山仙台药院

扰扰浮生外,华阳一洞春。道书金字小,仙圃玉苗新。芝草迎飞
燕,桃花笑俗人。楼台争耸汉,鸡犬亦嫌秦。愿得青芽散,长年驻
此身。

送婆罗门归本国

刹利王孙字迦摄,竹锥横写叱萝叶。遥知汉地未有经,手牵白马绕
天行。龟兹碛西胡雪黑,大师冻死来不得。地尽年深始到船,海里
更行三十国。行多耳断金环落,冉冉悠悠不停脚。马死经留却去
时,往来应尽一生期。出漠一作汉独行人绝处,碛西天漏雨丝丝。

潇　湘　游

夷女采山蕉,缉纱浸江水。野花满髻妆色新,闲歌〔欻〕(款)乃深峡

里。〔欵〕(款)乃知从何处生,当时泣舜肠断声。翠华寂寞婵娟没,野筱空馀红泪情。青烟冥冥覆杉桂,崖壁凌天风雨细。昔人幽恨此地遗,绿芳红艳含怨姿。清猿未尽鼯鼠切,泪水流到湘妃祠。北人莫作潇湘游,九疑云入苍梧愁。

放萤怨

放萤去,不须留,聚时年少今白头。架中科斗万馀卷,一字千回重照见。青云杳渺不可亲,开囊欲放增馀怨。且逍遥,还酩酊,仲舒漫不窥园井。那将寂寞老病身,更就微虫借光影。欲放时,泪沾裳。冲篱落,千点光。一作去冲篱落千点光。

观绳伎 潞府李相公席上作

泰陵遗乐何最珍,彩绳冉冉天仙人。广场寒食风日好,百夫伐鼓锦臂新。银画青绡抹云发,高处绮罗香更切。重肩接立三四层,著屐背行仍应节。两边丸一作圆剑渐相迎,侧身交步何轻盈。闪然欲落却收得,万人肉上寒毛生。危机险势无不有,倒挂纤腰学垂柳。下来一一芙蓉姿,粉薄钿稀态转奇。坐中还有沾巾者,曾见先皇初教时。

买一作卖花谣

杜陵村人不田穑,入谷经谿复缘壁。每至南山草木春,即向侯家取金碧。幽艳凝华春景曙,林一作村大一作采来移得将何处。蝶惜芳丛送下山,寻断孤香始回去。豪少居连鸡鹊东,千金使买一株红。院多花少栽未得,零落绿娥纤指中。咸阳亲戚长安里,无限将金买花子。浇红湿绿千万家,青丝玉𫐄声哑哑。

王中丞宅夜观舞胡腾 王中丞武俊也

石国胡儿人见少,蹲舞尊前急如鸟。织成蕃帽虚顶尖,细氎胡衫双
袖小。手中抛下蒲萄盏,西顾忽思乡路远。跳身转毂宝带鸣,弄脚
缤纷锦靴软。四座无言皆瞪目,横笛琵琶遍头促。乱腾新毯雪朱
毛,傍拂轻花下红烛。酒阑舞罢丝管绝,木槿花西见残月。

竹 里 梅

竹里一作与梅花相并枝,梅花正发竹枝垂。风吹总向竹枝上,直似
王家雪下时。

春 过 赵 墟

下马邯郸陌头歇,寂寥崩隧临车辙。古柏重生枝亦干,馀燎一作漆
见风幽焰灭。白蒿微发紫槿新,行人感此复悲春。

初下东周赠孟郊

鹤老身一作耳更印一作工,龟死壳亦灵。正信一作性非外沿,终始全本
情。童子不戏尘,积书就岩扃。身著木叶衣,养鹿兼牸耕。偶随下
山云,茌苒失故程。渐入机险中,危思难太行。十发九缕丝,悠然
东周城。言词野麇态,出口多累形。因依汉元寮,未似羁细轻。冷
灶助新热,静砧与寒声。断蓬在门栏,岂当桃李荣。寄食若蠹虫,
侵损利微生。固非拙为强,懦劣外一作寂疒并。素坚冰蘗心,洁持
保坚贞。修文返正风,刊字齐古经。惭将衰末分,高栖喧世名。

过 春 秋 峡

峭壁苍苍苔色新,无风晴景自胜春。不知何树一作事幽崖里,腊月

开花似北人。

长 门 怨

独坐炉边结夜愁，暂时思一作恩去亦难留一作收。手持金箸垂红泪，
乱拨寒灰不举头。

春 游 曲 一作乐府

花颔红骏一作颜鬃发一何一作向偏，绿槐香陌欲朝天。仍嫌众里娇行
疾，傍镫深藏白玉鞭。
喷沫一作珠喷团香小桂条，玉鞭兼赐霍嫖姚。弄影便从天禁出，碧
蹄声碎五门桥。

广州王园寺伏日即事寄北中亲友

南越逢初伏，东林度一朝。曲池煎畏景，高阁绝微飙。竹簟移先
洒，蒲葵破复摇。地偏毛瘴近，山毒火威饶。裛汗绤如濯，亲床枕
并烧。坠枝伤翠羽，萎叶惜红蕉。且困流金炽，难成独酌谣。望霖
窥润础，思吹候生一作鸣条。旅恨生乌浒，乡心系洛桥。谁怜在炎
客，一夕壮容销。

立 秋

兹晨戒流火，商飙早已惊。云天收夏色，木叶动秋声。

别 落 花

风艳霏霏去，羁人处处游。明年纵相见，不在此枝头。

登甘露台

偶至无尘空翠间,雨花甘露境闲闲。身心未寂终为累,非想天中独
退还。

夜泊润州江口

秋江欲起白头波,贾客瞻风无渡河。千船火绝寒宵半,独听钟声觉
寺多。

看山木瓜花二首

裛露凝氛紫艳新,千般婉娜不胜春。年年此树花开日,出尽丹阳郭
里人。

柔枝湿艳亚朱栏,暂作庭芳便欲残。深藏数片将归去,红缕金针绣
取看。

题十三弟竹园

绕屋扶疏耸翠茎,苔滋粉漾有幽情。丹阳万户春光静,独自君家秋
雨声。

乐府杂词三首

紫禁梨花飞雪毛,春风丝管翠楼高。城里万家闻不见,君王试舞郑
樱桃。

蝉鬓红冠粉黛轻,云和新教羽衣成。月光如雪金阶上,进却颇梨义
甲声。

不耐檐前红槿枝,薄妆春寝觉仍迟。梦中无限风流事,夫婿多情亦
未知。

岁暮题杨录事江亭　杨生,蜀客。

垂丝蜀客涕濡衣,岁尽长沙未得归。肠断锦帆风日好,可怜桐鸟出花飞。

冬日峡中旅泊

霜月明明雪复残,孤舟夜泊使君滩。一声钟出远山里,暗想雪窗僧起寒。

泊花石浦

旧业丛台废苑东,几年为梗复为蓬。杜鹃啼断回家梦,半在邯郸驿树中。

闻崔倚旅葬

远客那能返故庐,苍梧埋骨痛何如。他时亲戚空相忆,席上同悲一纸书。

赋蕃子牧马

碛净山高见极边,孤烽引上一条烟。蕃落多晴尘扰扰,天军猎到鸒鹈泉。

牧马泉

平沙漫漫马悠悠,弓箭闲抛郊水头。鼠毛衣里取羌笛,吹向秋天眉眼愁。

越 井 台 望

独立阳台望广州,更添羁客异乡愁。晚潮未至早潮落,井邑暂依沙上头。

扶 病 春 亭

强梳稀发著纶巾,舍杖空行试病身。花间自欲裴回立,稚子牵衣不许人。

赠 童 尼

旧时艳质如明玉,今日空心是冷灰。料得襄王惆怅极,更无云雨到阳台。

读 故 友 于 君 集

大底从头总是悲,就中偏怆筑城词。依然想得初成日,寄出秋山与我时。

病 僧 二 首

竺国乡程算不回,病中衣锡遍浮埃。如今汉地诸经本,自过流沙远背来。
空林衰病卧多时,白发从成数寸丝。西行却过流沙日,枕上寥寥心独知。

右 军 墨 池

永嘉人事尽归空,逸少遗居蔓草中。至今池水涵馀墨,犹共诸泉色不同。

送僧归山

楚俗翻—作蕃花自送迎，密人来往岂知情。夜行独自寒山寺，雪径泠泠金锡声。

题源分竹亭

绕屋扶疏千万竿，年年—作人相诱独行看。日光不透烟常在，先校诸家一月寒。

山寺看樱桃花题僧壁

楚寺春风腊尽时，含桃先坼一千枝。老僧不语傍边坐，花发人来总不知。

伤清江上人

往年偏共仰师游，闻过流沙泪不休。此身岂得多时住，更著尘心起外愁。

山寺看海榴花

琉璃地上绀宫前，发翠凝红已—作几十年。夜久月明人去尽，火光霞焰递相燃。

赠成炼师四首

花冠蕊帔色婵娟，一曲清箫凌紫烟。不知今日重来意，更住人间几百年。
黄昏骑得下天龙，巡遍茅山数十峰。采芝却到蓬莱上，花里犹残碧玉钟。

等闲何处得灵方,丹脸云鬟日月长。大罗过却三千岁,更向人间魅
阮郎。

曾随阿母汉宫斋,凤驾龙轩列玉—作御阶。当时白燕无寻处,今日
云鬟见玉钗。

上巳日陪襄阳李尚书宴光风亭

碧池萍嫩柳垂波,绮席丝镛舞翠娥。为报会稽亭上客,永和应不胜
元和。

奉 酬

闰馀春早景沉沉,禊饮风亭恣赏心。红袖青娥留永夕,汉阴宁肯羡
山阴。

病中客散复—作后言怀

华发离披卧满头,暗虫衰草入乡愁。枕前人去空庭暮,又见芭蕉白
露秋。

处州月夜穆中丞席和主人

羌竹繁弦银烛红,月光初出柳城东。忽见隐侯裁一咏,还须书向郡
楼中。

寻 花

游春未足春将度,访紫寻红少在家。借〔问〕(闻)流莺与飞蝶,更知
何处有幽花。

赠陈长史妓 本内宫人

宝钿云和玉禁仙，深含媚靥裛朱弦。春风不怕君王恨，引出幽花落外边。

题王况故居

入巷萧条起悲绪，儿女犹居旧贫处。尘满空床屋见天，独作驴鸣一声去。

偶　题

迟日新妆游冶娘，盈盈彩艇白莲塘。掬水远湿岸边郎，红绡缕中玉钏光。

恸柳论

孀妻栖户仍无嗣，欲访孤坟谁引至。裴回无处展哀情，惟有衣襟知下泪。

夜入简子古城

远火荧荧聚寒鬼，绿焰欲销还复起。夜深风雪古城空，行客衣襟汗如水。

桂江中题香顶台

岩岩香积凌空翠，天上名花落幽地。老僧相对竟无言，山鸟却呼诸佛字。

僧檐前独竹咏

乱石田中寄孤本,亭亭不住凌虚引。欲以袈裟拂著来,一边碧玉无
轻粉。

送人随姊夫任云安令

闲逐维私向武城,北风青雀片时行。孤帆瞥过荆州岸,认得瞿塘急
浪声。

山中喜崔补阙见寻

鹿袖青藜鼠耳巾,潜夫岂解拜朝臣。白屋藜床还共入,山妻老大不
羞人。

偶 题 二 首

金榜荣名俱失尽,病身为庶更投魃。春娥慢笑无愁色,别向人家舞
柘枝。

得罪除名谪海头,惊心无暇与身愁。中使不知何处住,家书莫寄向
春州。

嘉 兴 社 日

消渴天涯寄病身,临邛知我是何人。今年社日分馀肉,不值陈平又
不均。

席上赠李尹

伛偻山夫发似丝,松间石上坐多时。瓢饮不曾看酒肆,世人空笑亦
何为。

弼公院问病

一头细发两分丝,卧见芭蕉白露滋。欲令居士身无病,直待众生苦尽时。

惜 花

年少共怜含露色,老人偏惜委尘红。如何遂得心中事,每要花时不厌风。

代胡僧留别

此地缘疏语未通,归时老病去无穷。定知不彻南天竺,死在条支阴碛中。

桂江逢王使君旅榇归

故人丹旐出南威,少妇随丧哭渐归。遥想北原新垄上,日寒光浅水松稀。

玉 京 词

绝景寥寥日更迟,人间甲子不同时。未知樵客终何得,归后无家是看棋。

葛巾歌 贝州漳南县赠杨炯炯

一片白葛巾,潜夫自能结。篱边折枯蒿,聊用簪华发。有时醉倒长松侧,酒醒不见心还忆。谷鸟衔将却趁来,野风吹去还寻得。十年紫竹溪南住,迹同玄豹依深雾。草堂窗底漉春醅,山寺门前逢暮雨。临汝袁郎得相见,闲云引到东阳县。鲁性将他类此身,还拈野物赠傍人。空留桄仗犊鼻裈,濛濛烟雨归山村。

北原情三首

错莫天色愁,挽歌出重闉。谁家白网车,送客入幽尘。铭旌下官道,葬舆去辚辚。萧条黄蒿中,奠酒花翠新。米雪晚霏微,墓成悄无人。乌鸢下空地,烟火残荒榛。生人更多苦,入户事盈身。营营日易深,却到不得频。寂寥孤隧头,草绿棠梨春。

洛阳城北山,古今葬冥客。聚骨朽成泥,此山土多白。近来送葬人,亦去闻归声。岂能车轮疾,渐是墓侵城。城中人不绝,哀挽相次行。莫非北邙后,重向洛城生。

卜地起孤坟,全家送葬去。归来却到时,不复重知处。叠叠葬相续,土干草已绿。列纸泻壶浆,空向春云哭。

林 中 独 醒

晚来林沼静,独坐间瓢尊。向已非前迹,齐心欲不言。微凉生乱筱,轻馥起孤萱。未得浑无事,瓜田草正繁。

江陵客舍留别樊尚书

信陵门馆下,多病有归思。坠履忘情后,寒灰更湿时。委栏芳蕙晚,凭几雪鬓垂。明日秋关外,单车风雨随。

全唐诗卷四六九

长孙佐辅

长孙佐辅,德宗时人。其弟公辅为吉州刺史,往依焉。其诗号《古调集》,今存十七首。

拟古咏河边枯树

野火－作人烧枝水洗根,数围孤树－作枯朽半心存。应是无机承雨露,却将春色寄苔痕。

别 友 人

愁多不忍醒时别,想极还寻静处行。谁遣同衾又分手,不如行路本无情。

伤故人歌妓

愁脸无红衣满尘,万家门户不容身。曾将一笑君前去,误杀几多回顾人。

南中客舍对雨送故人归北

猿声啾啾雁声苦,卷帘相对愁不语。几年客吴君在楚,况送君归我犹阻。家书作得不忍封,北风吹断阶前雨。

杭州秋日别故友

相见又相别,大江秋水深。悲欢一世事,去住两乡心。淅沥篱下叶,凄清阶上琴。独随孤棹去,何处更同衾。

代别后梦别

别中还梦别,悲后更生悲。觉梦俱千里,追随难再期。翻思梦里苦,却恨觉来迟。纵是非真事,何妨梦会时。

答边信 一作代答边信同心结

征人去年戍辽水,夜得边书字盈纸。挥刀就烛裁红绮,结作同心答千里。君寄边书书莫绝,妾答同心心自结。同心再解心不离,书字频看字愁灭。结成一夜和泪封,贮书只在怀袖中。莫如书字故难久,愿学同心长可同。

对 镜 吟

忆昔逢君新纳娉,青铜铸出千年镜。意怜光彩固无瑕,义比恩情永相映。每将鉴面兼鉴心,鉴来不辍情逾深。君非结心空结带,结处尚新恩已背。开帘览镜悲难语,对面相看孟门阻。掩匣徒惭双凤飞,悬台欲效孤鸾舞。王安石《百家诗选》此下有“妆成持照尚当时,只畏愁多遽变衰”二句。昔日照来人共许,今朝照罢自生疑。镜上有尘犹可淬一作拂,君恩讵肯无回时。

山 行 书 事

日落风矚矚,驱车行远郊。中心有所悲,古墓穿黄茅。茅中狐兔窠,四面乌鸢巢。鬼火时独出,人烟不相交。行行近破村,一径欹还坳。迎霜听蟋蟀，向月看蟏蛸。翁喜客来至一作坐，客业羞厨庖。
浊醪夸泼一作拨蚁，时果仍新苞。相劝对寒灯，呼儿爇枯梢。性朴
颇近古，其言无斗筲。忧欢世上并，岁月途中抛。谁知问津客，空
作扬雄嘲。

古宫怨

窗前好树名玫瑰，去年花落今年开。无情春色尚识返，君心忽断何
时来。忆昔妆成候仙仗，宫琐玲珑日新上。拊心却笑西子颦，掩鼻
谁忧郑姬谤。草染文章衣下履，花黏甲乙床前帐。三千玉貌休自
夸，十二金钗独相向。盛衰倾夺欲何如，娇爱翻悲逐佞谀。重远岂
能惭沼鹄，弃前方见泣船鱼。看笼不记熏龙脑，咏扇空曾秃鼠须。
始喜一作意类萝新托柏，终伤如茅却甘荼。院深一作深院独开还独
闭，鹦鹉惊飞苔覆地。满箱旧赐前日衣，渍枕新垂夜来泪。痕多开
镜照还悲，绿鬓青蛾尚未衰。莫道新缣长绝比，犹逢故剑会相追。

关山月

凄凄还切切，戍客多离别。何处最伤心，关山见秋月。关月竟如
何，由来远近过。始经玄菟塞，终绕一作照白狼河。忽忆秦楼妇，流
光应共有。已得并蛾眉，还知揽纤手。去岁照同行，比翼复连形。
今宵照独立，顾影自荧荧。馀晖惭西落，夜夜看如昨。借问映旌
旗，何如鉴帷幕。拂晓朔风悲，蓬惊雁不飞。几时征戍罢，还向月
中归。

陇西行

阴云凝朔气，陇上正飞雪。四月草不生，北风劲如切。朝来羽书
急，夜救长城窟。道隘行不前，相呼抱鞍歇。人寒指欲堕，马冻蹄

亦裂。射雁旋充饥,斧冰还止渴。宁辞解围斗,但恐乘疲没。早晚
边候空,归来养赢卒—一作骨。

寻山家 见《才调集》。《纪事》作羊士谔诗。

独访山家歇还涉—一作步还歇,茅屋斜连隔松叶。主人闻语未开门,绕
篱野菜飞黄蝶。

山　居

看书爱幽寂,结宇青冥间。飞泉引风听,古桂和云攀。地深草木
稠,境静鱼鸟闲。阴气晚出谷,朝光先照山。有时独杖藜,入夜犹
启关。星昏归鸟过,火出樵童还。神体自和适,不是离人寰。

楚州盐壔古墙望海

混沌本冥冥,泄为洪川流。雄哉大造化,万古横中州。我从西北
来,登高望蓬丘。阴晴乍开合,天地相沉浮。长风卷繁云,日出扶
桑头。水净露鲛室,烟销凝蜃楼。时来会云翔,道蹇即津游。明发
促归轸,沧波非宿谋。

闻韦驸马使君迁拜台州

溟藩轸帝忧,见说初鸣驺。德胜祸先戢,情闲思自流。蚕殷桑柘
空,廪实雀鼠稠。谏虎昔赐骏,安人将问牛。曾陪后乘光,共逐平
津游。旌斾拥追赏,歌钟催献酬。音徽一寂寥,贵贱双沉浮。北郭
乏中崖,东方称上头。跻山望百城,目尽增遐愁。海逼日月近,天
高星汉秋。无阶异渐鸿,有志惭驯鸥。终期促孤棹,暂访天台幽。

山行经村径

一径有人迹，到来唯数家。依稀听机杼，寂历看桑麻。雨湿渡头草，风吹坟上花。却驱羸马去，数点归林鸦。

张　碧

张碧，字太碧，贞元时人。孟郊读其集，诗云："天宝太白没，六义已消歇。先生今复生，斯文信难缺。下笔证兴亡，陈辞备风骨。高秋数奏琴，澄潭一轮月。"推之者至矣。诗十六首。

野　田　行

风昏昼色飞斜雨，冤骨千堆髑髅语。八纮牢落人物悲—作稀，是个一作尽是田园荒废主。悲嗟自古争天下一作子，几度乾坤复如此。秦皇矻矻筑长城，汉祖一作主区区白蛇死。野田之骨兮又成尘，楼阁风烟兮还复新。愿得华山之下长归马，野田无复堆冤者。

贫　女

岂是昧容华，岂不知机织。自是生寒门，良媒不相识。

幽　思

金炉烟霭微，银釭残影灭。出户独裴回，落花满明月。

惜 花 三 首

千枝万枝占春开，彤霞著地红成堆。一窖闲愁驱不去，殷勤对尔酌金杯。

老鸦拍翼盘空疾,准拟浮生如瞬息。阿母蟠桃香未齐,汉皇骨葬秋
山碧。

朝开暮落煎人老,无人为报东君道。留取秾红伴醉吟,莫教少女来
吹扫。

游春引三首

句芒爱弄春风权,开萌发翠无党偏。句芒小女精神巧,机罗杼绮满
平川。

五陵年少轻薄客,蛮锦花多春袖窄。酌桂鸣金玩物华,星蹄绣毂填
香陌。

千条碧绿轻拖水,金毛泣怕春江死。万汇俱含造化恩,见我春工无
私理。

农　父

运锄耕劚侵星起,陇亩丰盈满家喜。到头禾黍属他人,不知何处抛
妻子。

古　意

銮舆不碾香尘灭,更残三十六宫月。手持纨扇独含情,秋风吹落横
波血。

秋日登岳阳楼晴望

三秋倚练飞金盏,洞庭波定平如刬。天高云卷绿罗低,一点君山碍
人眼。漫漫万顷铺琉璃,烟波阔远无鸟飞。西南东北竞一作竟无
际,直疑侵断青天涯。屈原回日牵愁吟,龙宫感激致应沉。贾生憔

悴说不得，茫茫烟霭堆湖心。又云：范蠡张帆一掌风，无人来往继其中。

鸿 沟

毒龙衔日天地昏，八纮堠壈生愁云。秦园走鹿无藏处，纷纷争处蜂成群。四溟波立鲸相—作用吞，荡摇五岳崩山根。鱼虾舞浪—作渡狂鳅鲲，龙蛇胆战登鸿门。星旗羽镞强者尊，黑风白雨东西屯。山河欲拆人烟分，壮士鼓勇君王存。项庄愤气吐不得，亚父斗声天上闻。玉光堕地惊昆仑，留侯气魄吞太华。舌头一寸生阳春，神农女娲愁不言。蛇枯老媪啼泪痕，星曹定秤秤王孙。项籍骨轻迷精魂，沛公仰面争乾坤。须臾垓下贼星起，歌声缭绕凄人耳。吴娃捧酒横秋波，霜天月照空城垒。力拔山兮忽—作呼到此，骓嘶懒渡乌江水。新丰瑞色生楼台，西楚寒蒿哭愁鬼。三尺霜鸣金匣里，神光一掉—作透八千里。汉皇骤马意气生，西南扫地迎天子。

美人梳头

玉堂花院小枝红，绿窗一片春光晓。玉容惊觉浓睡醒，圆蟾挂出妆台表。金盘解下丛鬓碎，三尺巫云绾朝翠。皓指高低寸黛愁，水精梳滑参差坠。须臾拢掠蝉鬓生，玉钗冷透冬冰明。芙蓉拆向新开脸，秋泉慢转眸波横。鹦鹉偷来话心曲，屏风半倚遥山绿。

题祖山人池上怪石

寒姿数片奇突兀，曾作秋江秋水骨。先生应是厌风云—作雷，著向江边塞龙窟。我来池上倾酒尊，半酣书破青烟痕。参差翠缕摆不落，笔头惊怪黏秋云。我闻吴中项容水墨有高价—作溶溶水墨有高价，邀得将来倚松下。铺却双绡直道难，掉首空归不成画。

山居雨霁即事 一作长孙佐辅诗

结茅苍岭下,自与喧卑隔。况值雷雨晴,郊原转岑寂。出门看反
照,绕屋残溜滴。古路绝人行,荒陂响蟏蛸。篱崩瓜豆蔓,圃坏牛
羊迹。断续古祠鸦,高低远村笛。喜闻东皋润,欲往未通屐。杖策
试危桥,攀萝瞰苔壁。邻翁夜相访,缓酌聊跂石。新月出污尊,浮
云在巾舄。常嗟腐儒操,谬习经邦画。有待时未知,非关慕沮溺。

张　瀛

张瀛,碧之子。事广南刘氏,官至曹郎。诗一首。

赠琴棋僧歌

我尝听师法一说,波上莲花水中月。不垢不净是色空,无法无空亦
无灭。我尝听师禅一观,浪溢鳌头蟾魄满。河沙世界尽空空,一寸
寒灰冷灯畔。我又听师琴一抚,长松唤住秋山雨。弦中雅弄若铿
金,指下寒泉流太古。我又听师棋一著,山顶坐沉红日脚。阿谁称
是国手人,罗浮道士赌却鹤,输却药。法怀斟下红霞丹,束手不敢
争头角。

全唐诗卷四七〇

卢　殷 宋时避讳,改作隐。

卢殷,范阳人,为登封尉。诗十三首。

妾换马

伴凤楼中妾,如龙枥上宛。同年辞旧宠,异地受新恩。香阁更衣
处,尘蒙喷草痕。连嘶将忍泪,俱恋主人门。

七夕

河耿月凉时,牵牛织女期。欢娱方在此一作此在,漏刻竟由谁。定
不嫌秋驶,唯当乞夜迟。全胜客子妇,十载泣生离。

月夜

露下凉生簟,无人月满庭。难闻逆河浪,徒望白榆星。树绕孤栖
鹊,窗飞就暗萤。移时宿兰影,思共习芳馨。

仲夏寄江南

五月行将近,三年客未回。梦成千里去,酒醒百忧来。晚暮时看
槿,悲酸不食梅。空将白团扇,从寄复裴回。

欲　销　云

欲隐从龙质,仍馀触石文。霏微依碧落,仿佛误非云。度月光无
隔,倾河影不分。如逢作霖处,当为起氤氲。

遇　边　使

累年无的信,每夜梦边城。袖掩千行泪,书封一尺情。

移住别居 一作友

自到西川住,唯君别有情。常逢对门远,又隔一重城。

塌口逢友人

艰难别离久,中外往还深。已改当时法,空馀旧日心。

雨霁登北岸 一作原 寄友人

稻黄扑扑黍油油,野树连山涧自 一作北流。忆得年时冯翊部,谢郎
相引上楼头。

长　安　亲　故

楚兰不佩佩吴钩,带酒城头别旧游。年事已多筋力在,试将弓箭到
并州。

悲　秋

秋空雁度青天远,疏树蝉嘶白露寒。阶下败兰犹有气,手中团扇渐
无端。

晚　蝉

深藏高柳背斜晖,能轸孤愁减昔围。犹畏旅人头不白,再三移树带声飞。

维扬郡西亭赠友人

萍飒风池香满船,杨花漠漠暮春天。玉人此日心中事,何似乘羊入市年。

独孤申叔

独孤申叔,字子重,以博学宏词为校书郎。诗一首。

终南精舍月中闻磬

精庐残夜景,天宇灭埃氛。幽磬此时击,馀音几处闻。随风树杪去,支策月中分。断绝如残漏,凄清不隔云。羁人方罢梦,独雁忽迷群。响尽河汉落,千山空纠纷。

严公弼

严公弼,梓州人,擢进士第,袭父震爵,封郧国公。诗一首。

题汉州西湖

西湖创置自房公,心匠纵横造化同。见说凤池推独步,高名何事滞川中。

严公贶

严公贶,公弼之弟。诗一首。

题汉州西湖

凤沼才难尽,馀思凿西湖。珍木罗修岸,冰光映坐隅。琴台今寂寞,竹岛尚萦纡。犹蕴济川志,芳名终不渝。

庄南杰

庄南杰,进士,与贾岛同时。《杂歌行》一卷,今存诗五首。

湘 弦 曲

楚云铮铮戞秋露,巫云峡雨飞朝暮。古磬高敲百尺楼,孤猿夜哭千丈树。云轩碾火声珑珑,连山卷尽长江空。莺啼寂寞花枝雨,鬼啸荒郊松柏风。满堂怨咽悲相续,苦调中含古离曲。繁弦响绝楚魂遥,湘江水碧湘山绿。

黄 雀 行

穿屋穿墙不知止,争树争巢入营死。林间公子挟弹弓,一丸致毙花丛里。小口黄雏未有知,青天不解高高飞。虞人设网当要路,白日啾嘲祸万机。

雁门太守行

旌旗闪闪摇天末,长笛横吹虏尘阔。跨下嘶风白练狞,腰间切玉青
蛇活。击革抈金燧牛尾,犬羊兵败如山死。九泉寂寞葬秋虫,湿云
荒草啼秋思。

阳　春　曲

紫锦红囊香满风,金鸾玉轼摇丁冬。沙鸥白羽剪晴碧,野桃红艳烧
春空。芳草绵延锁平地,垄蝶双双舞幽翠。凤叶龙吟白日长,落花
声底仙娥醉。

伤　歌　行

兔走乌飞不相见,人事依稀速如电。王母夭桃一度开,玉楼红粉千
回变。车驰马走咸阳道,石家旧宅空荒草。秋雨无情不惜花,芙蓉
一一惊香倒。劝君莫谩栽荆棘,秦皇虚费一作负驱山力。英风一去
更无言,白骨沉埋暮山碧。

李　溟

李溟,与贾岛同时。诗一首。

无　题

乔木挂斗邑一作色,水驿坏门开。向月片帆去,背云行雁来。晚年
名利迹,宁免路岐哀。前计不能息,若为玄鬓回。

贺兰朋吉

贺兰朋吉，与贾岛同时。诗一首。

客舍喜友人相访

荒居无四邻，谁肯访来频。古树秋中叶，他乡病里身。雁声风送急，萤影月流新。独为成名晚，多惭见友人。

王鲁复

王鲁复，字梦周，连江人，从事邕府。诗四首。

诣李侍郎

文字元无底，功夫转到难。苦心三百首，暂请侍郎看。

吊灵均

万古汨罗深，骚人道不沉。明明唐日月，应见楚臣心。

吊韩侍郎

星落少微宫，高人入古风。几年才子泪，并写五言中。

故白岩禅师院

能师还世名还在，空闭禅堂满院苔。花树不随人寂寞，数枝犹自出墙来。

徐希仁

徐希仁，与卢仝同时。诗一首。

招玉川子咏新文

清气宿我心，结为清泠音。一夜吟不足，君来相和吟。

全唐诗卷四七一

雍裕之

雍裕之,贞元后诗人也。诗一卷。

五 杂 组

五杂组,刺绣窠。往复还,织锦梭。不得已,戍交河。

剪 彩 花

敢竞桃李色,自呈刀尺功。蝶犹迷剪翠,人岂辨裁红。

春晦送客 一作三月晦日郊外送客

野酌乱无巡,送君兼送春。明年春色至,莫作未归人。

自君之出矣

自君之出矣,宝镜为谁明。思君如陇水,长闻呜咽声。

四 气

春禽犹竞啭,夏木忽交阴。稍觉秋山远,俄惊冬霰深。

四　色

壶中冰始结，盘上露初圆。何意瑶池雪，欲夺鹤毛鲜。
道士牛已至，仙家鸟亦来。骨为神不朽，眼向故人开。
劳鲂莲渚内，汗马火旂间。平生血诚尽，不独左轮殷。
已见池尽墨，谁言突不黔。漆身恩未报，貂裘弊岂嫌。

大　言

四溟杯渌醑，五岳髻青螺。挥汗曾成雨，画地亦成河。

细　言

蚊眉自可托，蜗角岂劳争。欲效丝毫力，谁知蝼蚁诚。

山　中　桂

八树拂丹霄，四时青不凋。秋风何处起，先袅最长条。

芦　花

夹岸复连沙，枝枝摇浪花。月明浑似雪，无处认渔家。

江　边　柳

袅袅古堤边，青青一树烟。若为丝不断，留取系郎船。

江上山一本无山字

绮霞明赤岸，锦缆绕丹枝。楚客正愁绝，西风且莫吹。

游　丝

游丝何所似，应最似春心。一向风前乱，千条不可寻。

柳　絮

无风才到地，有风还满空。缘渠偏似雪，莫近鬓毛生。

残　莺

花阑莺亦懒，不语似含情。何言百啭舌，唯馀一两声。

早　蝉

一声清溽暑，几处促流年。志士心偏苦，初闻独泫然。

秋　虫

雨绝苍苔地，月斜青草阶。虫鸣谁不怨，况是正离怀。

江上闻猿

枫岸月斜明，猿啼旅梦惊。愁多肠易断，不待第三声。

折柳赠行人

那言柳乱垂，尽日任风吹。欲识千条恨，和烟折一枝。

题蒲葵扇

倾心曾向日，在手幸摇风。羡尔逢提握，知名自谢公。

赠苦行僧

幽深红叶寺,清净白毫僧。古殿长鸣磬,低头礼昼灯。

两头纤纤

两头纤纤八字眉,半白半黑灯影帷。腷腷膊膊晓禽飞,磊磊落落秋果垂。

了语

扫却烟尘寇初剿,深水高林放鱼鸟。鸡人唱绝残漏晓,仙乐拍终天悄悄。

不了语

浮名世利知多少,朝市喧喧尘扰扰。车马交驰往复来,钟鼓相催天又晓。

听弹沉湘

贾谊投文吊屈平,瑶琴能写此时情。秋风一奏沉湘曲,流水千年作恨声。

豪家夏冰咏

金错银盘贮赐冰,清光如耸玉山棱。无论尘客闲停扇,直到消时不见蝇。

宿棣华馆闻雁

不堪旅宿棣花馆,况有离群鸿雁声。一点秋灯残影下,不知寒梦几回惊。

农 家 望 晴

尝闻秦地西风雨,为问西风早晚回。白发老农如鹤立,麦场高处望云开。

宫 人 斜

几多红粉委黄泥,野鸟如歌又似啼。应有春魂化为燕,年来_{一作年}年飞入未央栖。

曲 江 池 上

殷勤春在曲江头,全藉群仙占胜游。何必三山待鸾鹤,年年此地是瀛洲。

全唐诗卷四七二

段弘古

段弘古,澧州人。吕温守道州,尝客焉。后谒窦群容州,殁旅舍。诗一首。

奉陪吕使君—作郎中楼上夜—本下有把火二字看花

城上芳园花满枝,城头太守夜看时。为—作与报林中高举烛,感人情思欲题诗。

何元上 —作玄之

何元上,自称峨眉山人,尝居道州。诗一首。

所居寺院凉夜书情呈上吕和叔温郎中

庾公念病宜清暑,遣向僧家占上方。月光似水衣裳湿,松气如秋枕簟凉。幸以薄才当客次,无因弱羽逐鸾翔。何由一示云霄路,肠断星星两鬓霜。

宋　济

宋济,德宗时人,与杨衡、符载同栖青城。诗二首。

塞上闻笛　一作和王七度玉门关上吹笛

胡儿吹笛戍楼间,楼上萧条海月闲。借问梅花何处落,风吹一夜满关山。

东邻美人歌

花暖江城斜日阴,莺啼绣户晓云深。春风不道珠帘隔,传得歌声与客心。

符　载

符载,字厚之,蜀人。初隐庐山,后辟西川掌书记,加授监察御史。集十四卷,今存诗二首。

题李八百洞

太极之年混沌坼,此山亦是神仙宅。后世何人来飞升,紫阳真人李八百。

甘　州　歌

月里嫦娥不画眉,只将云雾作罗衣。不知梦逐青鸾去,犹把花枝盖面归。

句

绿迸穿篱笋，红飘隔户花。见《杨慎外集》

张　俨

　　张俨，贞元中人。诗三首。

贞元八年十二月谒先主庙绝句三首

仗顺继皇业，并吞势由己。天命屈雄图，谁歌大风起。
得股肱贤明，能以奇用兵。何事伤客情，何人归帝京。
雄名垂竹帛，荒陵压阡陌。终古更何闻，悲风入松柏。

先　汪

　　先汪，合江人，贞元中举孝廉。诗一首。

题安乐山　合江青溪上六七里，隋刘珍登真之地，有祠。

碧峰横倚白云端，隋氏真人化迹残。翠柏不凋龙骨瘦，石泉犹在镜
光寒。

李　赤

　　李赤，吴郡举子。尝自比李白，故名赤。诗十首。

姑熟杂咏　一作李白诗

姑　熟　溪

爱此溪水闲,乘流兴无极。击楫怕鸥惊,垂竿待鱼食。波翻晓霞影,岸叠春山色。何处浣纱人,红颜未相识。

丹　阳　湖

湖与元气通,风波浩难止。天外贾客归,云间片帆起。龟游莲叶上,鸟宿芦花里。少女棹舟归,歌声逐流水。

谢　公　宅

青山日将暝,寂寞谢公宅。竹里无人声,池中虚月白。荒庭衰草遍,废井苍苔积。唯有清风闻,时时起泉石。

凌〔歊〕(歒)台

旷望登古台,台高极人目。叠嶂列远空,闲花杂平陆。白云入窗牖,野翠生松竹。欲览碑上文,苔侵岂堪读。

桓　公　井

桓公名已古,废井曾未竭。石甃冷苍苔,寒泉湛孤月。秋来桐暂落,春至桃还发。路远人罕窥,谁能见清澈。

慈　姥　竹

野竹攒石生,含烟映江岛。翠色落波深,虚声带寒早。龙吟曾未听,凤曲吹应好。不学蒲柳凋,贞心常自保。

望　夫　山

颙望临碧空,怨情感离别。芳草不知愁,岩花但争发。云山万重隔,音信千里绝。春去秋复来,相思几时歇。

牛　渚　矶

绝壁临巨川,连峰势相向。乱石流洑间,回波自成浪。但惊群木秀,莫测精灵状。更听猿夜啼,忧心醉江上。

灵墟山

丁令辞世人,拂衣向仙路。伏炼九丹成,方随五云去。松萝蔽幽洞,桃杏深隐处。不知曾化鹤,辽海归几度。

天门山

迥出江水上,双峰自相对。岸映松色寒,石分浪花碎。参差远天际,缥缈晴霞外。落日舟去遥,回首沉青霭。

薛昇

薛昇,河东人,德宗朝诗人也。诗一首。

敕赠康尚书日知美人

天门喜气晓氛氲,圣主临轩召冠军。欲令从此行霖雨,先赐巫山一片云。

孙叔向

孙叔向,德宗时人。诗三首。

将赴东都上李相国

四海兵初偃,平津阁正开。谁知大炉火,还有不然灰。

题昭应温泉

一道温泉绕御楼,先皇曾向此中游。虽然水是无情物,也到宫前咽不流。

送咸安公主

卤簿迟迟出国门,汉家公主嫁乌孙。玉颜便向穹庐去,卫霍空承明主恩。

刘 皂

刘皂,贞元间人。诗五首。

边 城 柳

一株新柳色,十里断孤城。为近东西路,长悬离别情。

长门怨三首

雨一作泪滴长门秋夜长,愁心和雨到昭阳。泪痕不学一作共君恩断,拭却千行更万行。

宫殿沉沉月欲一作色分,昭阳更漏不堪闻。珊瑚枕上千行泪,不是思君是恨君。

蝉鬓慵梳倚帐门,蛾眉不扫惯承恩。旁人未必知心事,一面残妆空泪痕。

旅次朔方一作贾岛诗

客舍并州数十霜,归心日夜忆咸阳。无端又渡桑干水,却望并州似故乡。

杨　厚

杨厚,贞元间诗人。诗一首。

早　起

星汉转寒更,伊余索寞情。钟催归梦断,雁引远愁生。危壁兰光暗,疏帘露气清。闲庭聊一望,海日未分明。

裴交泰

裴交泰,贞元间诗人。诗一首。

长 门 怨

自闭长门经几秋,罗衣湿尽泪还流。一种蛾眉明月夜,南宫歌管一作吹北宫愁。

李　秘

李秘,唐宗室也,贞元、元和间人。诗一首。

禁中送任山人

此人自青城献伏火诸石,恩命令于本山更取大还。

子去非长往,君恩取大还。补天留彩石,缩地入青山。献寿千春一作秋外,来朝数月间。莫抛残药物,窃取一作切欲驻童颜。

殷尧 一作克恭

殷尧恭,元和间人。诗一首。

府试中元观道流步虚 一作殷尧藩诗

玄都开秘箓,白石礼先生。上界秋光静,中元夜景清。星辰朝帝处,鸾鹤步虚声。玉洞花长发,珠宫月最明。扫坛天地肃,投简鬼神惊。倘赐刀圭药,还成不死名。

林 杰

林杰,字智周,闽人。幼而秀异,六岁赋诗,援笔立成,唐扶见而赏之。又精琴棋草隶,举神童。年十七卒。诗二首。

王 仙 坛

羽客已登仙路去,丹炉草木尽凋残。不知千载归何日,空使时人扫旧坛。

乞 巧

七夕今宵看碧霄,牵牛织女渡河桥。家家乞巧望秋月,穿尽红丝几万条。

句

金盘摘下挂朱颗,红壳开时饮玉浆咏荔枝。 见《纪事》

郑立之

郑立之,贞元、元和中人。诗一首。

哭 林 杰

才高未及贾生年,何事孤魂逐逝川。萤聚帐中人已去,鹤离台上月空圆。

苏 郁

苏郁,贞元、元和间诗人。诗三首。

咏和亲 一作和戎

关月夜悬青冢镜,寒云秋薄汉宫罗。君王莫信和亲策,生得胡雏虏一作转更多。

鹦 鹉 词

莫把金笼闭鹦鹉,个个分明解人语。忽然更向君前言,三十六宫愁几许。

步 虚 词

十二楼藏玉堞中,凤凰双宿碧芙蓉一作梧桐。流霞浅酌谁同一作留君醉,今夜笙歌一作吹箫第几重。

句

吟倚雨残树,月收山下村。　见张为《主客图》

浩虚舟

　　浩虚舟,隰州刺史,聿之子。中宏词科。诗一首。

赋得琢玉成器

已沐识坚贞,应怜器未成。辉山方可重,散璞乍堪惊。玷灭随心正,瑕消夺眼明。琢磨虹气在,拂拭水容生。赏玩冰光冷,提携月魄轻。伫当亲捧握,瑚琏幸齐名。

蔡　京

　　蔡京,初为僧,令狐楚镇滑台,劝之学。后以进士举上第,官御史,谪澧州刺史,迁抚州。诗三首。

责商山四皓

秦末家家思逐鹿,商山四皓独忘机。如何鬓发霜相似,更出深山定是非。

假节邕交道由吴溪

停桡横水中,举目孤烟外。借问吴溪人,谁家有山卖。

咏　子　规

千年冤魄化为禽，永逐悲风叫远林。愁血滴花春艳死，月明飘浪冷光沉。凝成紫塞风前泪，惊破红楼梦里心。肠断楚词归不得，剑门迢递蜀江深。

张　顶

张顶，抚州人。诗一首。

献　蔡　京

蔡京刺抚州，州有放生池，京禁鱼罟。顶乘小舟垂钓，京捕之，因献此诗。

抛却长竿卷却丝，手持蓑笠献新诗。临川太守清如镜，不是渔人下钓时。

全唐诗卷四七三

李逢吉

李逢吉,字虚舟,陇西人,登进士第。元和、长庆两朝,尝再为宰相。太和中,以司徒致仕。卒,谥曰成。其诗与令狐楚同编者名《断金集》,今存八首。

享惠昭太子庙乐章

既洁酒醴,聿陈熟腥。肃将震念,昭格储灵。展矣礼典,薰然德馨。愔愔管磬,亦具是听。

望京楼—作台上寄令狐华州

祗役滞南服,颓思属暮年。闲上望京台,万山蔽其前。落日归飞翼,连翩东北天。涪江适在下,为我久潺湲。中叶成文教,德威清远边。颁条信徒尔,华发生苍然。寄怀三峰守,歧路隔云烟。

再赴襄阳辱宣武相公贻诗今用奉酬

解帔辞丹禁,扬旌去赤墀。自惊非素望,何力及清时。又据三公席,多惭四老祠。岘山风已远,棠树事难追。江汉饶春色,荆蛮足梦思。唯怜吐凤句,相示凿龙期。

奉送李相公重镇襄阳

海内埏埴遍,汉阴旌斾还。望留丹阙下,恩在紫霄间。冰雪背秦岭,风烟经武关。树皆人尚爱,辕即吏曾攀。自惜两心合,相看双鬓斑。终期谢戎务,同隐凿龙山。

和严揆省中宿斋遇令狐员外当直之作

致斋分直宿南宫,越石卢谌此夜同。位极班行犹念旧,名题章奏亦从公。曾驱爪士三边静,新赠犀参六义穷。竟夕文昌知有月,可怜如在庾楼中。

奉酬忠武李相公见寄

直继先朝卫与英,能移孝友作忠贞。剑门失险曾缚一作搏虎,淮水安流缘斩鲸。黄阁碧幢惟是俭,三公二伯未为荣。惠连忽赠池塘句,又遣赢师破胆惊。

酬致政杨祭酒见寄

初还相印罢戎旃,获守皇居在紫烟。妄比酂侯功蔑尔,每怀疏傅意一作思悠然。应将半俸沾闾里,料入中条访洞天。十载别离那可道,倍令惊喜见来篇。

送令狐秀才赴举

子有雄文藻思繁,龆年射策向金门。前随鸾鹤登霄汉,却望风沙走塞垣。独忆忘机陪出处,自怜何力继飞翻。那堪两地生离绪,蓬户长扃行旅喧。

于　頔

　　于頔,字允元,河南人。以荫补千牛,擢累驾部郎中,湖、苏二州刺史,襄州节度观察使。元和初,拜司空。寻贬恩王傅,终太子宾客。诗二首。

郡斋卧疾赠昼上人

夙陪翰墨徒,深论穷文格。丽则风骚后,公然我词客。晚依方外友,极理探精赜。吻合南北宗,昼公我禅伯。尤明性不染,故我行贞白。随顺令得解,故我言芳泽。雪水漾清浮,吴山横碧岑。含珠复蕴玉,价重双南金。的皪曜奇彩,凄清流雅音。商声发楚调,调切谱瑶琴。吴山为我高,雪水为我深。万景徒有象,孤云本无心。众木岂无声,椅桐有清响。众耳岂不聆,钟期有真赏。高洁古人操,素怀夙所仰。觌君冰雪姿,祛我淫滞想。常吟柳恽诗,苕浦久相思。逮此远为郡,蘋洲芳草衰。逢师年腊长,值我病容羸。共话无生理,聊用契心期。

和丘员外题湛长史旧居

萧条历山下,水木无氛滓。王门结长裾,岩扃怡暮齿。昔贤枕高躅,今彦仰知止。依依瞩烟霞,眷眷返墟里。湛生久已没,丘也亦同耻。立言咸不朽,何必在青史。

卢景亮

　　卢景亮,字长晦,范阳人。少孤,力学,善属文。德宗时,历右补阙,鲠毅无所回,贬斥二十年。至元和初,召还,再迁中书舍人。诗一首。

寒夜闻霜钟

洪钟发长夜,清响出层岑。暗入繁霜切,遥传古寺深。何城乱远漏,几处杂疏砧。已警离人梦,仍沾旅客襟。待时当命侣,抱器本无心。倘若无知者,谁能设此音。

李　渤

李渤,字浚之,洛阳人。少隐嵩山。元和中,征为著作郎。敬宗时,由考功郎中拜给事中。伉直敢言,出为桂管观察使。诗五首。

南溪诗 并序

桂水漓山,右汇阳江,数里馀得南溪口。溪左屏外崖巇,斗丽争高,其孕翠曳烟,逦迤如画。左连幽墅,园田鸡犬,疑非人间。溯流数百步至岩,岩下有湾壤沮洳,因导为新泉。山有二洞九室,西南曰白龙洞,横透巽维,蜕骨如玉;西北曰玄岩洞,曲通坎隅,晴眺漓水。玄岩之上曰丹室,白龙之右曰夕室,巽维北,梯险至仙窟。北又有石室,参差呀豁,延景宿云。其洞室并乳溜凝化,诡势奇状,俯而察之,如伞如盖,如栾栌支撑,如莲蔓藻井。左睨右瞰,似帘似帏,似松偃竹袅,似海荡云惊,其玉池井岚飙回遝交错,迷不可纪。从夕室,梁溪向郭,四里而近,去松衢二百步而遥,余获之,若获荆璆与蛇珠焉,亦疑夫大舜游此而忘归矣。遂命发潜敞深,磴危宅,既翼之以亭榭,又韵之以松竹。似宴方丈,似升瑶台。丽如也,畅如也。以溪在郡之南,因目为南溪,兼赋诗以纪之。宝历三年三月七日。

玄岩丽南溪,新泉发幽色。岩泉孕灵秀,云烟纷崖壁。斜峰信天插,奇洞固神辟。窈窕去未穷,环回势难极。玉池似无水,玄井昏不测。仙户掩复开,乳膏凝更滴。丹砂有遗址,石径无留迹。南眺苍梧云,北望洞庭客。萧条风烟外,爽朗形神寂。若值浮丘翁,从此谢尘役。

喜弟淑再至为长歌 第六句缺四字

前年别时秋九月,白露吹霜金吹烈。离鸿一别影初分,泪袖双挥心哽咽。别来几度得音书,南岳知□□□□。庐山峨峨倚天碧,捧排空崖千万尺。社榜长题高士名,食堂每记云山迹。我本开云此山住,偶为名利相萦误。自负心机四十年,羞闻社客山中篇。忧时魂梦忆归路,觉来疑在林中眠。昨日亭前乌鹊喜,果得今朝尔来此。吾吟行路五十篇,尽说江南数千里。自怜兄弟今五人,共萦儒素家尚贫。虽然廪饩各不一,就中总免拘常伦。长兄年少曾落托,拔剑沙场随卫霍。口里虽谭周孔文,怀中不舍孙吴略。次兄一生能苦节,夏聚流萤冬映雪。非论疾恶志如霜,更觉临泉心似铁。第三之兄更奇异,昂昂独负青云志。下看金玉不如泥,肯道王侯身可贵。却愁清逸不干时,高踪大器无人知。倘逢感激许然诺,必能万古留清规。念尔年来方二十,夙夜孜孜能独立。卷中笔落星汉摇,洞里丹灵鬼神泣。嗟余流浪心最狂,十年学剑逢时康。心中不解事拘束,世间谈笑多相妨。广海青山殊未足,逢著高楼还醉宿。朝走安公枥上驹,暮伦陶令篱边菊。近来诗思殊无况,苦被时流不相放。云腾浪走势未衰,鹤膝蜂腰岂能障。送尔为文殊不识,贵从一一传胸臆。若到湖南见紫霄,会须待我同攀陟。

留别南溪二首

常叹春泉去不回，我今此去更难来。欲知别后留情处，手种岩花次第开。

如云不厌苍梧远，似雁逢春又北归。惟有隐山溪上月，年年相望两依依。

桂林叹雁

三朝四黜倦遐征，往复皆愁万里程。尔解分飞却回去，我方从此向南行。

孟　简

　　孟简，字几道，德州人。举进士、宏词，皆及第。元和中，累官至户部侍郎，坐事贬吉州司马。诗七首。

享惠昭太子庙乐章

喧喧金石容既缺，肃肃羽驾就行列。缑山遗响昔所闻，庙庭进旅今攸设。

拟　古

剑客不夸貌，主人知此心。但营纤毫义，肯计千万金。勇发看鸷击，愤来听虎吟。平生贵酬德，刃敌无幽深。

咏欧阳行周事 并序

　　闽越之英，惟欧阳生，以能文擢第，爰始一命，食太学之禄，助成均

之教,有庸绩矣。我唐贞元年已卯岁,曾献书相府,论大事,风韵清雅,
词旨切直。会东方军兴,府县未暇慰荐。久之,倦游太原,还来帝京,卒
官灵台。悲夫,生于单贫,以徇名故,心专勤俭,不识声色,及兹筮仕,未
知洞房纤腰之为蛊惑。初抵太原,居大将军宴。席上有妓,北方之尤
者,屡目于生。生感悦之,留赏累月,以为燕婉之乐,尽在是矣。既而南
辕,妓请同行。生曰:“十目所视,不可不畏。”辞焉。请待至都而来迎,
许之,乃去。生竟以蹇连不克如约,过期,命甲遣乘,密往迎妓。妓因积
望成疾,不可为也。先死之夕,剪其云髻,谓侍儿曰:“所欢应访我,当以
髻为贶。”甲至,得之,以乘空归,授髻于生。生为之恸怨,涉旬而生亦
殁,则韩退之作何蕃书所谓欧阳詹生者也。河南穆玄道访予,常叹息其
事。呜呼,钟爱于男女,素期效死,夫亦不蔽也。大凡以断割,不为丽色
所泪,岂若是乎? 古乐府诗有《华山畿》,《玉台新咏》有庐江小吏,相死
或类于此。暇日偶作诗以继之云。

有客西北逐,驱马次太原。太原有佳人,神艳照行云。座上转横
波,流光注夫君。夫君意荡漾,即日相交欢。定情非一词,结念誓
青山。生死不变易,中诚无间言。此为太学徒,彼属北府官。中夜
欲相从,严城限军门。白日欲同居,君畏仁人闻。忽如陇头水,坐
作东西分。惊离肠千结,滴泪眼双昏。本达京师回,贺期相追攀。
宿约始乖阻,彼忧已缠绵。高髻若黄鹂,危鬟如玉蝉。纤手自整
理,剪刀断其根。柔情托侍儿,为我遗所欢。所欢使者来,侍儿因
复前。扻泪取遗寄,深诚祈为传。封来赠君子,愿言慰穷泉。使
者回复命,迟迟蓄悲酸。詹生喜言旋,倒履走迎门。长跪听未毕,
惊伤涕涟涟。不饮亦不食,哀心百千端。襟情一夕空,精爽旦日
残。哀哉浩然气,溃散归化元。短生虽别离,长夜无阻难。双魂终
会合,两剑遂蜿蜒。丈夫早通脱,巧笑安能干。防身本苦节,一去
何由还。后生莫沉迷,沉迷丧其真。

惜 分 阴

业广因功苦,拳拳志士心。九流难酌挹,四海易消沉。对景嗟移晷,窥园讵改阴。三冬劳聚学,驷景重兼金。刺股情方励,偷光思益深。再中如可冀,终嗣绝编音。

嘉 禾 合 颖

玉烛将成岁,封人亦自歌。八方沾圣泽,异亩发嘉禾。共秀芳何远,连茎瑞且多。颖低甘露滴,影乱惠风过。表稔由神化,为祥识气和。因知兴嗣岁,王道旧无颇。

赋得亚父碎玉斗

献谋既我违,秖愤从心痗。鸿门入已迫,赤帝时潜退。宝位方苦竞,玉斗何情爱。犹看虹气凝,讵惜冰姿碎。而嗟大事返,当起千里悔。谁为西楚王,坐见东城溃。

酬 施 先 辈

襄阳才子得声多,四海皆传古镜歌。乐府正声三百首,〔梨〕(黎)园新入教青娥。

王仲舒

　　王仲舒,字弘中,并州祁人。少客江南,与梁肃、杨凭游,并有文名。元和初,为职方郎中、知制诰。穆宗初,为中书舍人。终江南西道观察使。诗一首。

寄李十员外

百丈悬泉旧卧龙,欲将肝胆佐时雍。惟愁又入烟霞去,知在庐峰第几重。

孙　革 一作华

　　孙革,宪宗朝为监察御史。诗一首。

访羊尊师 一作贾岛诗

松下问童子,言师采药去。只在此山中,云深不知处。

汪万於

　　汪万於,字叔振,歙人。宪宗时为江陵户曹参军。诗一首。

晚　眺

杖策倚柴门,泉声隔岸闻。夕阳诸岭出,晴雪万山分。静对豺狼窟,幽观鹿豕群。今宵寒月近,东北扫浮云。

何儒亮

　　何儒亮,与孟简同时人。诗一首。

亚父碎玉斗

嬴女昔解网,楚王有遗躅。破关既定秦,碎首闻献玉。贞姿应刃散,清响因风续。匪徇切泥功,将明怀璧辱。莫量汉祖德,空受项君勖。事去见前心,千秋渭水绿。

李宗闵

　　李宗闵,字损之。擢进士,补洛阳尉,累官驾部郎中、知制诰。穆宗即位,拜中书舍人。宝历初,进兵部侍郎。太和中,同中书门下平章事,迁中书侍郎,出为山南西道节度使。寻复秉政,后贬死。诗一首。

赠毛仙翁

不知仙客占青春,肌骨才教称两旬。俗眼暂惊相见日,疑心未测几时人。闲推甲子经何代,笑说浮生老此身。残药倘能沾朽质,愿将霄汉永为邻。

韦表微

　　韦表微,字子明。擢进士第,数辟诸使府,入授监察御史里行,俄为翰林学士、知制诰。久之,迁中书舍人。文宗立,进户部侍郎。卒,赠礼部尚书。诗一首。

池州夫子庙麟台

二仪既闭,三象乃乖。圣道埋郁,人心不开。上无文武,下有定哀。

吁嗟麟兮,孰为来哉。周虽不纲,孔实嗣圣。诗书既删,礼乐大定。
劝善惩恶,奸邪乃正。吁嗟麟兮,克昭符命。圣与时合,代行位尊。
苟或乖戾,身穷道存。於昭鲁邑,栖迟孔门。吁嗟麟兮,孰知其仁。
运极数残,德至时否。楚国浸广,秦封益侈。墙仞迫厄,崎岖阙里。
吁嗟麟兮,靡有攸止。世治则麟,世乱则麛。出非其时,麋鹿同群。
孔不自圣,麟不自祥。吁嗟麟兮,天何所亡。

全唐诗卷四七四

徐 凝

徐凝,睦州人。元和中官至侍郎。诗一卷。

送马向入蜀

游子出咸京,巴山万里程。白云连鸟道,青壁遘猿声。雨雪经泥坂,烟花望锦城。工文人共许,应纪蜀中行。

送李补阙归朝

驷马归咸秦—作城阙,双凫出—作去海门。还从清切禁,再沐圣明恩。礼乐中朝贵—作盛,文章大雅存。江湖多放—作旅逸,献替欲谁论。

送日本使还

绝国将无外,扶桑更有东。来朝逢圣日,归去及秋风。夜泛潮回际,晨征苍莽中。鲸波腾水府,蜃气壮仙宫。天眷何期远,王文久已同。相望杳不见,离恨托飞鸿。

题开元寺牡丹

此花南地知难种,惭愧僧闲用意栽。海燕解怜频睥睨,胡蜂未识更徘徊。虚生芍药徒劳妒,羞杀玫瑰不敢开。惟有数苞红萼在,含芳只待舍人来。

香 炉 峰

香炉一峰绝,顶在寺门前。尽是玲珑石,时生旦暮烟。

白 铜 鞮

骢裘锦障泥,楼头日又西。留欢住不住,素齿白铜鞮。

杨 叛 儿

哀怨杨叛儿,骀荡郎知否。香死博山炉,烟生白门柳。

春 寒

乱雪从教舞,回风任听吹。春寒能作底,已被柳条欺。

庐 山 独 夜

寒空五老雪,斜月九江云。钟声知何处,苍苍树里闻。

天 台 独 夜

银地秋月色,石梁夜溪声。谁知履齿尽,为破烟一作苍苔行。

送寒岩归士

不挂丝纩衣,归向寒岩栖。寒岩风雪夜,又过岩前溪。

送 陈 司 马

家寄茅洞中,身游越城下。宁知许长史,不忆陈司马。

武夷山仙城

武夷无上路,毛径不通风。欲共麻姑住,仙城半在空。

避 暑 二 首

一株金染密,数亩碧鲜疏。避暑临溪坐,何妨直钓鱼。
斑多筒簟冷,发少角冠清。避暑长林下,寒蝉又有声。

浙西李尚书奏毁淫昏庙

传闻废淫祀,万里静山陂。欲慰灵均恨,先烧靳尚祠。

酬相公再游云门寺

远羡五云路,逶迤千骑回。遗簪唯一去,贵赏不重来。

杭州祝涛头二首

不道沙堤尽,犹欺石栈顽。寄言飞白雪,休去打青山。
倒打钱塘郭,长驱白浪花。吞吴休得也,输却五千家。

问 渔 叟

生事同漂梗,机心在野船。如何临逝水,白发未忘筌。

云 封 庵

登岩背山河,立石秋风里。隐见浙江涛,一尺东沟水。

汉 宫 曲

水色帘前流玉霜,赵家飞燕侍昭阳。掌中舞罢箫声绝,三十六宫秋夜长。

和嵩阳客月夜忆上清人

独夜嵩阳忆上仙,月明三十六峰前。瑶池月胜嵩阳月,人在玉清眠不眠。

八月望夕雨

今年八月十五夜,寒雨萧萧不可闻。如练如霜在何处,吴山越水万重云。

观浙江涛 一作看潮

浙江悠悠海西绿一作曲,惊涛日夜一作一日波涛两翻覆。钱塘郭里看潮人,直至一作到白头看不足。

庐 山 瀑 布

虚空落泉一作瀑布瀑布千仞一作丈直,雷奔入江一作海不暂息。今古长如白练飞,一条界一作解破青山色。

嘉 兴 寒 食

嘉兴郭里逢寒食,落日家家拜扫回。唯有县前苏小小,无人送与纸钱来。

忆 扬 州

萧娘脸下难胜泪,桃叶眉头一作尖易得愁。天下三分明月夜,二分无赖是扬州。

八月灯夕寄游越施秀才

四天净色寒如水,八月清辉冷似霜。想得越人今夜见,孟家珠在镜中央。

八月十五夜

皎皎秋空八月圆,常娥端正桂枝鲜。一年无似如今夜,十二峰前看不眠。

题 伍 员 庙

千载空祠云海头,夫差亡国已千秋。浙波只有灵涛在,拜奠青山人不休。

员 峤 先 生

员峤先生无白发,海烟深处采青芝。逢人借问陶唐主,欲进冰蚕五色丝。

莫 愁 曲

玳瑁床头刺战袍,碧纱窗外叶骚骚。若为教作辽西梦,月冷如丁一作针风似刀。

寄 白 司 马

三条九陌花时节,万户千车看牡丹。争遣江州白司马,五年风景忆长安。

相 思 林

游客远游新过岭,每逢芳树问芳名。长林遍是相思树,争遣愁人独
自行。

寄海峤丈人

万丈只愁沧海浅,一身谁测岁华遥。自言来此云边住,曾看秦王树
石桥。

寄 潘 先 生

至人知姓不知名,闻道黄金骨节轻。世上仙方无觅处,欲来西岳事
先生。

宫中曲二首

披香侍宴插山花,厌著龙绡著越纱。恃赖倾城人不及,檀妆唯约数
条霞。

身轻入宠尽恩私,腰细偏能舞柘枝。一日新妆抛旧样,六宫争画黑
烟眉。

七 夕

一道鹊桥横渺渺,千声玉佩过玲玲。别离还有经年客,怅望不如河
鼓星。

八月九月望夕雨

八月繁云连九月,两回三五晦漫漫。一年怅望秋将尽,不得常娥正
面看。

喜　雪

长爱谢家能咏雪，今朝见雪亦狂歌。杨花道即偷人句，不那杨花似雪何。

春　饮

乌家若下蚁还浮，白玉尊前倒即休。不是春来偏爱酒，应须得酒遣春愁。

二月望日

长短一年相似夜，中秋未必胜中春。不寒不暖看明月，况是从来少睡人。

读远书

两转三回读远书，画檐愁见燕归初。百花时节教人懒，云鬓朝来不欲梳。

古　树

古树欹斜临古道，枝不生花腹生草。行人不见树少时，树见行人几番老。

独住僧

百补袈裟一比丘，数茎长睫覆青眸。多应独住山林惯，唯照寒泉自剃头。

伤画松道芬上人 因画钓台江山而逝

百法驱驰百年寿,五劳消瘦五株松。昨来闻道严陵死,画到青山第几重。

观钓台画图

一水寂寥青霭合,两崖崔崒白云残。画人心到啼猿破,欲作三声出树难。

荆 巫 梦 思

楚水白波风裊裊,荆门暮色雨萧萧。相思合眼梦何处,十二峰高巴字遥。

浙东故孟尚书种柳

孟家种柳东城去,临水逶迤思故人。不似当时大司马,重来得见汉南春。

长 洲 览 古

吴王上国长洲奢,翠黛寒江一道斜。伤见摧残旧宫树,美人曾插九枝花。

却归旧山望月有寄

年年明月总相似,大抵人情自不同。今夜故山依旧见,班家扇样碧峰东。

再归松溪旧居宿西林

五粒松深溪水清,众山摇落月偏明。西林静夜重来宿,暗记人家犬
吠声。

玩 花 五 首

一树梨花春向暮,雪枝残处怨风来。明朝渐校无多去,看到黄昏不
欲回。

麴尘溪上素红枝,影在溪流半落时。时人自惜花肠断,春风却是等
闲吹。

朱霞焰焰山枝动,绿野声声杜宇来。谁为蜀王身作鸟,自啼还自有
花开。

谁家踯躅青林里,半见殷花焰焰枝。忆得倡楼人送客,深红衫子影
门时。

花到蔷薇明艳绝,燕支颗破麦风秋。一番弄色一番退,小妇轻妆大
妇愁。

长 庆 春

山头水色薄笼烟,久客新愁长庆年。身上五劳仍病酒,夭桃窗下背
花眠。

山 鹧 鸪 词

南越岭头山鹧鸪,传是当时守贞女。化为飞鸟怨何人,犹有啼声带
蛮语。

郑女出参丈人词

凤钗翠翘双宛转,出见丈人梳洗晚。掣曳罗绡跪拜时,柳条无力花枝软。

春　雨

花时闷见联绵雨,云入人家水毁堤。昨日春风源上路,可怜红锦枉抛泥。

和白使君木兰花

枝枝转势雕弓动,片片摇光玉剑斜。见说木兰征戍女,不知那作酒边花。

正月十五夜呈幕中诸公

宵游二万七千人,独坐重城圈一身。步月游山俱不得,可怜辜负白头春。

乐 府 新 诗

一声卢女十三弦,早嫁城西好少年。不羡越溪歌者苦,采莲归去绿窗眠。

春陪相公看花宴会二首

丞相邀欢事事同,玉箫金管咽东风。百分春酒莫辞醉,明日的无今日红。

木兰花谢可怜条,远道音书转寂寥。春去一年春又尽,几回空上望江桥。

牡　丹

何人不爱牡丹花,占断城中好物华。疑是洛川神女作,千娇万态破
朝霞。

过　马　当

风波隐隐石苍苍,送客灵鸦拂去樯。三月尽头云叶秀,小姑新著好
衣裳。

金　谷　览　古

金谷园中数尺土,问人知是绿珠台。绿珠歌舞天下绝,唯与石家生
祸胎。

上　阳　红　叶

洛下三分红叶秋,二分翻作上阳愁。千声万片御沟上,一片出宫何
处流。

洛　城　秋　砧

三川水上秋砧发,五凤楼前明月新。谁为秋砧明月夜,洛阳城里更
愁人。

和川守侍郎缑山题仙庙

王子缑山石殿明,白家诗句咏吹笙。安知散席人间曲,不是寥天鹤
上声。

和夜题玉泉寺

岁岁云山玉泉寺,年年车马洛阳尘。风清月冷水边宿,诗好官高能几人。

和秋游洛阳

洛阳自古多才子,唯爱春风烂漫游。今到白家诗句出,无人不咏洛阳秋。

和 嘲 春 风

源上拂桃烧水发,江边吹杏暗园开。可怜半死龙门树,懊恼春风作底来。

侍郎宅泛池

莲子花边回竹岸,鸡头叶上荡兰舟。谁知洛北朱门里,便到江南绿水游。

和侍郎邀宿不至

蟾蜍有色门应锁,街鼓无声夜自深。料得白家诗思苦,一篇诗了一弹琴。

自鄂渚至河南将归江外留辞侍郎

一生所遇唯元白,天下无人重布衣。欲别朱门泪先尽,白头游子白身归。

蛮入西川后

守隘一夫何处在，长桥万里只堪伤。纷纷塞外乌蛮贼，驱尽江头濯锦娘。

忆　紫　溪

长忆紫溪春欲尽，千岩交映水回斜。岩空水满溪自紫，水态更笼南烛花。

夸　红　槿

谁道槿花生感促，可怜相计半年红。何如桃李无多少，并打千枝一夜风。

题缙云山鼎池二首

黄帝旌旗去不回，空馀片石碧崔嵬。有时风卷鼎湖浪，散作晴天雨点来。

天地茫茫成古今，仙都凡有几人寻。到来唯见山高下，只是不知湖浅深。

宿冽上人房

浮生不定若蓬飘，林下真僧偶见招。觉后始知身是梦，更闻寒雨滴芭蕉。

汴河览古

炀帝龙舟向此行，三千宫女采桅轻。渡河不似如今唱，为是杨家怨思声。

柬白丈人

昔时丈人鬓发白,千年松下锄茯苓。今来见此松树死,丈人斩新鬓发青。

览 镜 词

宝镜磨来寒水清,青衣把就绿窗明。潘郎懊恼新秋发,拔却一茎生两茎。

寄玄阳先生

不能相见见人传,嶵岸山中岱岸边。颜貌只如三二十,道年三百亦藏年。

白 人

暖风入烟花漠漠,白人梳洗寻常薄。泥郎为插珑璁钗,争教一朵牙云落。

奉酬元相公上元

出拥楼船千万人,入为台辅九霄身。如何更羡看灯夜,曾见宫花拂面春。

奉 和 鹦 鹉

毛羽曾经翦处残,学人言语道暄寒。任饶长被金笼闭,也免栖飞雨雪难。

将至妙喜寺

清风袅袅越水陂,远树苍苍妙喜寺。自有车轮与马蹄,未曾到此波心地。

红　蕉

红蕉曾到岭南看,校小芭蕉几一般。差是斜刀剪红绢,卷来开去叶中安。

见　少　室

适我一箪孤客性,问人三十六峰名。青云无忘白云在,便可嵩阳老此生。

语儿见新月

几处天边见新月,经过草市忆西施。娟娟水宿初三夜,曾伴愁蛾到语儿。

回施先辈见寄新诗二首

九幽仙子西山卷,读了绦绳系又开。此卷玉清宫里少,曾寻真诰读诗来。

紫河车里丹成也,皂荚枝头早晚飞。料得仙宫列仙〔籍〕(藕),如君进士出身稀。

送沈亚之赴郢掾

千万乘骢沈司户,不须惆怅郢中游。几年白雪无人唱,今日唯君上雪楼。

答　白　公

高景争来草木头，一生心事酒前休。山公自是仙－作山人侣，携手
醉登城上楼。

句

青山旧路在，白首醉还乡。　别白公

试到第三桥，便入千顷花。　以上并见《纪事》

乱后见淮水，归心忽迢遥。　京都还汴口作

乍疑鲸喷浪，忽似鹢凌风。呀呷汀洲动，喧阗里巷空。　竞渡　见《诗
式》

全唐诗卷四七五

李德裕

　　李德裕,字文饶,赵郡人,宰相吉甫子也。以荫补校书郎,拜监察御史。穆宗即位,擢翰林学士,再进中书舍人。未几,授御史中丞。牛僧孺、李宗闵追怨吉甫,出德裕为浙江观察使。太和三年,召拜兵部侍郎。宗闵秉政,复出为郑滑节度使。逾年,徙剑南西川,以兵部尚书召,俄拜中书门下平章事,封赞皇县伯。宗闵罢,代为中书侍郎、集贤殿大学士。郑注、李训怨之,乃召宗闵,拜德裕为兴元节度使。入见帝,自陈愿留阙下,复拜兵部尚书,为王璠、李汉所谮,贬太子宾客,分司东都。再贬袁州刺史,未几徙滁州。开成初,起为浙西观察使,迁淮南节度使。武宗立,召为门下侍郎,同中书门下平章事,拜太尉,封卫国公,当国凡六年,威名独重于时。宣宗即位,罢为荆南节度使。白敏中、令狐绹使党人构之,贬崖州司户参军卒。德裕少力学,善为文,虽在大位,手不去书。《会昌一品集》二十卷,别集十卷,外集四卷。今编诗一卷。

奉和圣制南郊礼毕诗

磬管歌大吕,冕裘旅天神。烧萧辟闾阖,祈谷为蒸人。羽旗洒轻雪,麦陇含阳春。昌运岁<small>一作感</small>今会,王猷从此新。三臣皆就日,万国望如云。仁寿信非远,群生方在钧。

郊坛回舆中书二相公蒙圣慈召至
御马前仰感恩遇辄书是诗兼呈二相公

七萃和銮动,三条葆吹回。相星环_{一作还日道},苍_{一作臣}马近龙媒。_{古词歌,臣马苍。}咫尺天颜接,光华喜气来。自惭衰且病,无以效涓埃。

寒食日三殿侍宴奉进诗一首

宛转龙歌节,参差燕羽高。风光摇禁柳,霁色暖宫桃。春露明仙掌,晨霞照御_{一作日,一作锦袍}。雪凝陈组练,林植耸干旄。广乐初跄凤,神山欲抃鳌。鸣笳朱鹭起,叠鼓紫骍_{一作骝豪}。象舞严金铠,丰歌耀宝刀。不劳孙子法,自得太公韬。_{已上四句,奉述内乐破阵乐。}分席罗玄冕,行觞举绿醪。榖中时落羽,橦末乍升猱。瑞景开阴翳,薰风散郁陶。天颜欢益醉,臣节劲尤高_{一作馨忘劳}。楛矢方来贡,雕弓已载櫜。英威扬绝漠,神算尽临洮。_{已上四句,奉述北虏款塞,西戎畏威。}赤县阳和布,苍生雨露膏。野平惟有_{一作秀}麦,田辟久无蒿。禄秩荣三事,功勋_{一作勤}乏一毫。寝谋惭汲黯,秉羽贵孙敖。焕若游玄圃,欢如享太牢。轻生何以报,只自比鸿毛。

雨中自秘书省访王三侍御知早入朝便
入集贤侍御任集贤校书及升柏台又与秘
阁相对同院张学士亦余特厚故以诗赠之

共怜独鹤青霞姿,瀛洲故山归已迟。仁者焉能效鸷鹗,飞舞自合追长离。梧桐迥齐鹓鹊观,烟雨屡拂蛟龙旗。鸿雁冲飙去不尽,寒声

晚下天泉池。顾我蓬莱静无事,玉版宝书藏众瑞。青编尽以一作似
汲冢来,科斗皆从鲁室至。金门待诏何逍遥,名儒早问张子侨。王
褒轶材晚始入,宫女已能传洞箫。应令柏台长对户,别来相望独寥
寥。

奉和太原张尚书一作相公山亭书怀

岩石在朱户,风泉当翠楼。始知岘亭赏,难与清晖留。馀景淡将
夕,凝岚轻欲收。东山有归志,方接赤松游。

奉和韦侍御陪相公游开义五言六韵

羊公追胜概,兹地暂逍遥。风景同南岘,丹青见北朝。石渠清夏
气,高树激鲜飙。念法珍禽集,闻经醉象调。偶分甘露味,偏觉众
香饶,便食僧饭,故云。为问毗城一作田内,馀薰几日销。

赠圆明上人 圆公,悉佛顶之最。

远公说易长松下,龙树双经海藏中。今日导师闻佛慧,始知前路化
成一作城空。

赠奉律上人 律公精于维摩经

知君学地厌多闻,广渡群生出世氛。饭色不应殊宝器,树香皆遣入
禅薰。

戏赠慎微寺主道安上座三僧正

甘露洒空惟一味,旃檀移植自成薰。遥知畅献分南北,应用调柔致
六群。

长 安 秋 夜

内宫一作官传诏问戎机,载笔金銮夜始归。万户千门皆寂寂,月中
清露点朝衣。

清冷池怀古 余别有序刻石

区囿一作有三百里,常闻驷马来。旌旗朝甬道,箫鼓燕平台。追昔
赋文雅,从容游上才。竹园秋水净,风苑雪烟开。牛祸衅将发,羊
孙谋始回羊胜、公孙诡。袁丝徒伏剑,长孺欲成灰韩安国。兴废由所
感,湮沦斯可哀。空留故池雁,刷羽尚徘徊。

述梦诗四十韵 有序

去年七月,溽暑之后,骊降。其夕五鼓未尽,凉风凄然,始觉枕簟微
冷。俄而假寐斯熟,忽梦赋诗怀禁掖旧游,凡四十馀韵。初觉尚忆其
半,经时悉已遗忘。今属岁杪无事,羁怀多感,因缀其所遗,为《述梦
诗》,以寄一二僚友。

赋命诚非薄,良时幸已遭。君当尧舜日,官接凤凰曹。目睇烟霄
阔,心惊羽翼高。此六句梦中作。椅梧连鹤禁,坤埒接龙韬。内署北连
春宫,西接羽林军。我后怜词客,先朝曾宣谕,卿等是我门客。吾僚并隽髦。
著书同陆贾,待诏比王褒。重价连悬一作怜玄璧,英词淬宝刀。泉
流初落涧,《文赋》称言泉流于吻齿一作玄。露滴更濡毫。赤豹欣来献,彤
弓喜暂櫜。时西戎乞盟,幽镇二帅,束身赴阙,海内无事累月。诗称赤豹黄黑,盖蛮
貊之贡物。非烟含瑞气,驯雉洁霜毛。静室便幽独,虚楼散郁陶。学
士各有一室,西垣有小楼,时宴语于此。花光晨艳艳,松韵晚骚骚。画壁看
飞鹤,仙一作山图见巨鳌。内署垣壁,皆画松鹤。先是西壁画海中曲龙山,宪宗
曾欲临幸,中使惧而涂焉。倚一作傍檐阴药树,落格一作格蔓蒲桃。此八句悉
是内署物色,惟尝游者,依然可想也。荷静蓬池鲙,冰寒郢水醪。每学士初上

赐食，皆是蓬莱池鱼鲙。夏至后，颁赐冰及烧香酒，以酒味稍浓，每和冰而饮，禁中有郫酒坊也。荔枝来自远，卢橘赐仍—作常叻。先朝初监御，南方曾献荔枝。亦蒙颁赐，自后以道远罢献也。麝气随兰泽，霜华入杏膏。恩光惟觉重，携挈未为劳。此八句以述恩赐，每有赐与，常携挈而归。夕阅梨园骑，宵闻禁仗奏。每梨园猎回，或抵暮夜，院门常见归骑。扇回交彩翟，雕起飓银—作金绦。箸待袁丝揽，书期蜀客操。尽规常謇謇，退食—作舍尚忉忉。此八句述内庭所睹。龟顾垂金钮，鸾飞—作回曳锦袍。曾蒙赐锦袍。曳者，盖取诗人不曳不娄之义也。御沟杨柳弱，天厩骓骊豪。学士皆蒙借飞龙马。屡换青春直，闲随上苑遨。普济寺与芙蓉苑相连，常所游眺，芙蓉亦谓之南苑也。烟低行殿竹，风拆绕墙—作垣桃。此八句述休浣游戏。聚散俄成昔，悲愁益自熬。每怀仙驾远，更望茂陵号。地接三茅岭，川迎伍子涛。代称海涛是伍子愤气所作。花迷瓜步暗，石固蒜山牢。此两句又是梦中所作。兰野凝香管，梅洲动翠篙。泉鱼惊彩妓，溪鸟避干旄。感旧心犹绝，思归首更搔。无聊燃〔蜜〕(密)炬，谁复劝金舠。余自到此，绝无夜宴，酒器中大者呼为舠，宾僚顾形迹，未曾以此相劝。岚气朝生栋，城阴夜—作溟入濠。望烟归海峤，送雁渡江皋。宛马嘶寒栿，吴钩在锦弢。未能追狡兔，空觉长黄—作江蒿。水国逾千里，风帆过万艘。阅川终古恨，惟见暮滔滔。

招隐山观玉蕊树戏书即事奉寄江西沈大夫阁老 此树吴人不识，因予尝玩，乃得此名。

玉蕊天中树，金闺昔共窥。落英闲舞雪，密叶乍低帷。内署沈大夫所居门前有此树，每花落，空中同旋久之，方集庭际。大夫草诏之月，皆邀予同玩。旧赏烟霄远，前欢岁月移。今来想颜色，还似忆琼枝。

寄题惠林李侍郎旧馆

栋宇非吾室，烟山是我邻。百龄惟待尽，一世乐长贫。半壁悬秋日,空林满夕尘。只应双鹤吊,松路更无人。

寄茅山孙炼师

何地最脩然,华阳第八天。松风清有露,萝月净无烟。乍警瑶坛鹤,时嘶玉树蝉。欲驰千里恋—作思,惟有—作恋凤门泉。

又　二　绝

石上鼷荪发紫茸,碧山幽蔼水溶溶。菖花定是无人见,春日惟应羽客逢。

独寻兰渚玩迟晖,闲倚松窗望翠微。遥想春山明月曙—作晓,玉坛清磬步虚归。

题奇石 石在浙西公署

蕴玉抱清辉,闲庭日潇洒。块然天地间,自是孤生者。

送张中丞入台从事

驿骑朝天去,江城眷阙深。夜珠先去握,芳桂乍辞阴。泽国三千里,羁孤万感心。自嗟文废久,此曲为卢谌。

怀　京　国

海上东风犯雪来,腊前先折镜湖梅。遥思禁苑青春夜,坐待宫人画诏回。

追和太师颜—本此下有鲁字公
同—作刻清远道士游虎丘寺—作诗

茂苑有灵峰,嗟余未游观。藏山半—作在平陆,坏谷为高岸。冈绕数仞墙,岩潜千丈干。乃知造化意,回斡资奇玩。镠腾昔虎踞,剑没尝龙焕。潭黛入海底,巀嶪耸霄半。层峦未升日,哀狖宁知旦。绿筱夏凝阴,碧林秋不换。冥搜既窈窕,回一作迥望何萧散。川晴一作晓岚气收,江春杂英乱。逸人缀清藻,前哲留篇翰。共扣哀玉音,皆舒文绣段。难追彦回赏,徒起兴公叹。一夕如再升,含毫星斗烂。

东郡怀古二首 太和四年六日一日题

王 京 兆

河水昔将决,冲波溢川浔。峥嵘金堤下,喷薄风雷音。投马灾未弭,为鱼叹方深。惟公执圭璧,誓与身俱沉。诚信不虚发,神明宜尔临。湍流自此回,咫尺焉能侵。逮我守东郡,凄然怀所钦。虽非识君面,自谓知君心。意气苟相合,神明尤古今。登城见遗庙,日夕空悲吟。

阳 给 事

宋氏远家一作江左,豺狼满中州。阳君守滑台,终古垂英猷。数仞城既毁,万夫心莫留。跳身入飞镞,免胄临霜矛。毕命在旗下,僵尸横道周。义风激河汴,壮气沧山丘。嗟尔抱忠烈,古来谁与俦。就烹感汉使,握节悲阳秋。颜子缀清藻,铿然如素璆。徘徊望故垒,尚想精魂游。

秋日登郡楼望赞皇山感而成咏

昔人怀井邑,为有挂冠期一本此字缺。顾我飘蓬者,长随泛梗移。越吟因病感,潘鬓入秋悲。北指邯郸道,应无归去期。

雨后净望河西连山怆然成咏

宿雨初收晚吹繁,秋光极目自销魂。烟山北下归辽海,鸿雁南飞出蓟门。只恨无功书史籍,岂悲临老事戎轩。唯怀药饵躧衰病,为惜馀年报主恩。

秋日美晴郡楼闲眺寄荆南张书记

高槛凉风起,清川旭景开。秋声向野去,爽气自山来。霄外鸿初返,檐间燕已归。不因烟雨夕,何处梦阳台。

故人寄茶

剑外九华英,缄题下玉京。开时微月上,碾处乱泉声。半夜邀僧至,孤吟对竹烹。碧流霞脚碎,香泛乳花轻。六腑睡神去,数朝诗思清。其馀不敢费,留伴读一作肘书行。

奉送相公十八丈镇扬州 一作和王播游故居感旧

千骑风生大旆舒,春江重到武侯庐。共悬龟印衔新绶,同忆鳣庭访旧居。取履桥边啼鸟换,钓璜溪畔落花一作霞初一作野花疏。今来却笑临邛客,入蜀空驰使者车。

题 剑 门

奇峰百仞悬,清眺出岚烟。迥若戈回日,高疑剑倚天。参差霞壁耸,合沓翠屏连。想是三刀梦,森然在目前。

汉州月夕游房太尉一作房公西湖

丞相鸣琴地,何年闭一作黯玉徽。房公以好琴闻于四海。偶因明月夕,重敞故楼扉。桃柳黦空在，芙蓉客暂依。《南史》：安陆侯与王仲宝长史庚杲之书称："泛渌水，依芙蓉，何其丽也？"谁一作唯怜济川楫，长与夜舟归。

重　题

晚日临寒渚，微风发棹讴。凤池波自阔一作阁，鱼水运难留。亭古思宏栋，川长忆夜一作济舟。想公高世志，只似冶一作化城游。

房公旧竹亭闻琴缅慕风流
神期如在一作对因重题此作

流水音长在，青霞意不传。独悲形解后，谁听广陵弦。

忆金门旧游奉寄江西沈大夫

东望沧溟路几重，无因白首更相逢。已悲泉下双琪树，韦中令、武元昌，皆已沦没。又惜天边一卧龙。杜西川谪官南海。人事升沉才十载，宦游漂泊过千峰。思君远寄西山药，大夫尝镇钟陵，兼好金丹之术。岁暮相期向赤松。

早入中书行公主册礼事毕登集贤阁成咏

明星入东陌，灿灿光层宙。皎月映高梧，轻风发凉候。金门列葆吹，钟室传清漏。简册自中来，貂黄忝宣授。更登天禄阁，极眺终南岫。遥羡商山翁，闲歌紫芝秀。晨兴念始一作殆辱，夕惕思致寇。倾夺非我心，凄然感田窦。

题罗浮石 刻于石上

清景持芳菊，凉天倚茂松。名山何必去，此地有群峰。

重过列子庙追感顷年自淮服与居
守王仆射同题名于庙壁仆射已为
御史余尚布衣自后俱列紫垣继游
内署两为夏官之代复联左揆之荣
荷宠多同感涕何极因书四韵奉寄

白首过遗庙，朱轮入故城。已惭联左揆，犹喜抗前旌。曳履忘年
旧，弹冠久要情。重看题壁处，岂羡弃缥生。

遥伤茅山县孙尊师三首

蝉蜕遗虚白，蜺飞入上清。同人悲剑解，旧友觉衣轻。黄鹄遥将
举，斑麟俨未行。惟应鲍靓室，中夜识琴声。
金格期初至，飙轮去不停。山摧武担石，天陨少微星。弟子悲徐
甲，门人泣蔡经。空闻留玉舄，犹在阜乡亭。
空宇留丹灶，层霞被羽衣。旧山闻鹿化，遗舄尚凫飞。数日奇香
在，何年白鹤归。想君旋下泪一作游下泊，方款里闾扉。

尊师是桃源黄先生传法弟子常见尊师称
先师灵迹今重赋此诗兼寄题黄先生旧馆

后学方成市，吾师又上宾。今茅山宫观道士并是先生弟子。洞天应不夜，
源树只如春。此并述桃源事。棋客留童子，瞿山童即先生弟子，桃源得仙人棋
子，载在传记。山精避直神。先生初至茅山，童子触法坐有声，先生疑山神所为，书
符召至之，其灵异如此矣。无因握石髓，及一作分与养生人。

仆射相公偶话于故集贤张学士厅写得德裕与仆射旧唱和诗其时和者五人惟仆射与德裕皆列高位凄然怀旧献此诗

赋感邻人笛，诗留夫子墙。延年如有作，应不用山王。颜延年五君咏，山涛、王戎以贵不得列于五君之数。

惠　泉

兹泉由太洁，终不畜纤鳞。到底清何益，含虚势自贫。明玑一作珠难秘彩，美玉讵潜一作藏珍。未及黄陂量，滔滔岂有津。

无　题

松倚苍崖老，兰临碧洞一作涧衰。不劳邻舍笛，吹起旧时悲。

题冠盖里 在襄州南大山下

偶来冠盖里，愧是旧三公。自喜无兵术，轻裘上阆宫。

离平泉马上作 一作离东都平泉

十年紫殿掌洪钧，出入三朝一品身。文帝宠深陪雉尾，武皇恩厚一作重宴龙津。黑山永破和亲虏，乌领全坑跋扈臣。自是功高临尽处，祸来〔名〕(明)灭不由人。

谪岭南道中作

岭水争分路转迷，桃榔椰叶暗蛮溪。愁冲毒雾逢蛇草，畏落沙虫避燕泥。五月畲田收火米，三更津吏报潮鸡。不堪肠断思乡处，红槿花中越鸟啼。

到恶溪夜泊芦岛

甘露花香不再持,远公应怪负前期。青蝇岂独悲虞氏,黄犬应闻笑
李斯。风雨瘴昏蛮日月,烟波魂断恶溪时。岭头无限相思泪,泣向
寒梅近北枝。

登崖州城作

独上高楼望帝京,鸟飞犹是半年程。青山似欲留人住一作也恐人归
去,百匝千遭绕郡城。

鸳　鸯　篇

君不见昔时同心人,化作鸳鸯鸟。和鸣一夕不暂离,交颈千年尚为
少。二月草菲菲,山樱花未稀。金塘风日好,何处不相依。既逢解
佩游女,更值凌波宓妃。精光摇翠盖,丽色映珠玑。双影相伴,双
心莫违。淹留碧沙上,荡漾洗红衣。春光兮宛转,嬉游兮未反。宿
莫近天泉池,飞莫近长洲苑。尔愿欢爱不相忘,须去人间罗网远。
南有潇湘洲,且为千里游。洞庭无苦寒,沅江多碧流。昔为薄命
妾,无日不含愁。今为水中鸟,颉颃自相求。洛阳女儿在青阁,二
月罗衣轻更薄。金泥文彩未足珍,画作鸳鸯始堪著。亦有少妇破
瓜年,春闺无伴独婵娟。夜夜学织连枝锦,织作鸳鸯人共怜。悠悠
湘水滨,清浅漾初蘋。菖花发艳无人识,江柳逶迤空自春。唯怜独
鹤依琴曲,更念孤鸾隐镜尘。愿作鸳鸯被,长覆有情人。

南梁行 和二十二兄

江南郁郁春草长,悠悠汉水浮清光。杂英飞尽空和景,绿杨阴重官

舍静。此时醉客纵横书，公言可荐承明庐。青天诏下宠光至，颁籍金闺征石渠。重归山路烟岚隔，巫山未深晚花折。涧底红光夺目 一作日 燃，摇风有毒愁行客。杜鹃啼咽花亦殷，声悲绝艳连空山。斜阳瞥映浅深树，云雨翻迷崖谷间。山鸡锦质矜毛羽，透竹穿萝命俦侣。乔木幽谷上下同，雄雌不异飞栖处。望秦峰迥过商颜，浪叠云堆万簇山。行尽杳冥青嶂外，九重钟漏紫云间。元和列侍明光殿，谏草初焚市朝变。北阙趋臣半隙尘，南梁笑客皆飞霰。追思感叹却昏迷，霜鬓愁吟到晓鸡。故园岁深开断简，秋堂月晓掩遗袿。呜呜晓角霞辉粲，抚剑当楹一长叹。彐狗无由学圣贤，空持感激终昏旦。

近于伊川卜山居将命者画图而至欣然有感聊赋此诗兼寄上浙东元相公大夫使求青田胎化鹤 乙巳岁作

弱岁弄词翰，遂叨明主恩。怀章过越邸，建旆守吴门。西垠阴难驻，东皋意尚存。惭逾六百石，愧负五千言。寄世知 一作如 婴缴，辞荣类触藩。欲追绵上隐，况近子平村。邑有桐乡爱，山馀黍谷暄。既 一作虽 非逃相地，乃是故侯园。野竹多微径，岩泉岂一源。映池方 一作芳 树密，傍涧古藤繁。邛杖堪扶老，黄牛已服辕。只应将唳鹤，幽谷共翩翩。

忆平泉山居赠沈吏部一首 中书作

昔闻羊叔子，茅屋在东渠。岂不念归路，徘徊畏简书。乃知轩冕客，自与田园疏。殁世有遗恨，精诚何所如。嗟予寡时用，夙志在林间。虽抱山水癖，敢希仁智居。清泉绕舍下，修竹荫庭除。幽径松盖密,小池莲叶初。从来有好鸟,近复跃鲦鱼。少室映川陆,鸣皋对蓬庐。张何旧寮寀,予与吏部,乃金门寮故也。相勉在悬舆。常恐似伯玉,瞻前惭魏舒。

夏晚有怀平泉林居 宜春作

孟夏守畏途,舍舟在徂暑。愀然何所念,念我龙门坞。密竹无蹊径,高松有四五。飞泉鸣树间,飒飒如度雨。菌桂秀层岭,芳荪媚幽渚。稚子候我归,衡门独延伫。谁言圣与哲,曾是不怀土。公旦既思周,宣尼亦念鲁。矧余窜炎裔,日夕谁晤语。睠阙悲子牟,班荆感椒举。凄凄视环玦,恻恻步庭庑。岂待庄舄吟,方知倦羁旅。

早秋龙兴寺江亭闲眺忆
龙门山居寄崔张旧从事 宜春作

江亭感秋至,兰径悲露泫。粳稻秀晚川,杉松郁一作蔚晴巘。嗟予有林壑,兹夕念原一作繁衍。绿筱一作竹连岭多,青莎近溪浅。渊明菊犹在,仲蔚蒿莫剪。乔木粲凌苔一作霄,阴崖积幽藓。遥思伊川水,北渡龙门岘。苍翠双阙间,逶迤清滩一作溪转。故人在乡国,岁晏路悠缅。惆怅此生涯,无由共登践。

比闻龙门敬善寺有红桂树独秀伊川
尝于江南诸山访之莫致陈侍御知予
所好因访剡溪樵客偶得数株移植郊园
众芳色沮乃知敬善所有是蜀道菌一作茵
草徒得嘉名因赋是诗兼赠陈侍御 金陵作

昔闻红桂枝一作树,独秀龙门侧。越叟遗数株,周人未尝识。平生爱此树,攀玩无由得。君子知我心,因之为羽翼。岂烦嘉客誉,且就清阴息。来自天姥岑,长疑一作凝翠岚色。芬芳世所绝,偃蹇枝渐直。琼叶润不凋,珠英粲如织。犹疑翡翠宿,想待鹓雏一作鸾食。宁止暂淹留,终当更封植。

怀山居邀松阳子同作

我有爱山心,如饥复如渴。出谷一年馀,常疑十年别。春思岩花烂,夏忆寒泉冽。秋忆泛兰卮,冬思玩松雪。晨思小山桂,暝忆深潭月。醉忆剖红梨,饭思食紫蕨。坐思藤萝密,步忆莓苔滑。昼夜百刻中,愁肠几回绝。每念羊叔子,言之岂常辍。人生不如意,十乃居七八。我未及悬舆,今犹佩朝绂。焉能逐麋鹿,便得游林樾。范蠡沧波舟,张怀赤松列。惟应讵身恤,岂敢忘臣节。器满自当欹,物盈终有缺。从兹返樵径,庶可希前哲。

思归赤松村呈松阳子

昔人思避世,惟恐不深幽。禽庆潜名岳,鸱夷漾钓舟。顾余知止足,所乐在归休。不似寻山者,忘家恣远游。

近腊对雪有怀林居

蓬门常昼掩,竹径寂无人。鸟起飘松霰,麏行动谷榛。应知一作惟应禽鱼侣,合一作得与薜萝亲。遥忆平皋望,溪烟已发春。

思山居一十首

清明一作寒食后忆山中

遥思寒食后,野老林下醉。月照一山明,风吹百花气。飞泉与万籁,仿佛疑箫吹。不待曙华分,已应喧鸟至。

题寄商山石

绮皓岩中石,尝经伴一作坐隐沦。紫芝呈一作馀几曲,红藓闷千春。
聊用支琴尾,宁惟倚病身。自知来处所,何暇问严遵。

忆 种 苽 时

尚平方毕娶,疏广念归期。涧底松成盖,檐前桂长枝。径闲芳草
合,山静落花迟。虽有苽园在,无因及种时。

春日独坐思归

壮龄心已尽,孤赏意犹存。岂望图麟阁,惟思卧鹿门。无谋堪适
野,何力可拘原。只有容一作客身去,幽山自灌园。

思登家山林岭

自知无世用,只是爱山游。旧有嵇康懒,今惭赵武偷。登峦未觉
疾,泛水便忘忧。最惜残筋力,扪萝遍一丘。

思乡园老人

常羡荜门翁,所思惟岁稔。遥知松月曙,尚在山窗寝。兰气入幽
帘,禽言傍孤枕。晨兴步岩径,更酌寒泉饮。

寄 龙 门 僧

龙门有开士,爱我春潭碧。清景出东山,闲来玩松石。应怜林壑
主,远作沧溟客。为我谢此僧,终当理归策。

忆 药 苗

溪上药苗齐,丰茸正堪掇。皆能扶我寿,岂止坚肌骨。味掩商山
芝,英逾首阳蕨。岂如甘谷士,只得香泉啜。南阳甘谷有菊水,是胡广饮
者。

忆村中老人春酒 有刘、杨二叟善酿

二叟茅茨下,清晨饮浊醪。雨残红芍药,风落紫樱桃。巢燕衔泥
疾,檐虫挂网高。闲思春谷事,转觉宦途劳。

忆葛胜一作藤木禅床

忆我斋中榻,寒宵几独眠。管宁穿亦坐,徐孺去常悬。虫网垂应遍,苔痕染更鲜。何人及身在,归对老僧禅。

初夏有怀山居

山中有所忆,夏景始清幽。野竹阴无日,岩泉冷似秋。翠岑当累榭,皓月入轻舟。只有思归夕,空帘且梦游。

张公超谷中石

鼓箧依绿槐,横经起秋雾。有时连岳客,尚办弦歌处。自予去幽谷,谁人袭芳杜。空留古苔石,对我岩中树。

初归平泉过龙门南岭遥望山居即事

初归故乡陌,极望且徐轮。近野樵蒸至,平泉烟火新。农夫馈鸡黍,渔子荐霜鳞。惆怅怀杨仆,惭为关外人。

伊川晚眺

桑叶初黄梨叶红,伊川落日尽无风。汉储何假终南客,甪里先生在谷中。

潭上喜见新月

簪组十年梦,园庐今夕情。谁怜故乡月,复映碧潭生。皓彩松上见,寒光波际轻。还将孤赏意,暂寄玉琴声。

郊外即事寄侍郎大尹

高秋惭非隐,闲林喜退居。老农争席坐,稚子带经锄。竹径难回骑，仙舟但跂予。岂知陶靖节，只自爱吾庐。

山居遇雪喜道者相访

幽居近谷西，乔木与山齐。野竹连池合，岩松映雪低。喜君来白
社，值我在青谿。应笑於陵子，遗荣自灌畦。

雪霁晨起

雪覆寒溪竹，风卷野田蓬。四望无行迹，谁怜孤老翁。

洛中士君子多以平泉见呼愧获方外之名因以此诗为报奉寄刘宾客

非高柳下逸，自爱竹林闲。才异居东里，愚因在北山。径荒寒未
扫，门设昼长关。不及鸱夷子，悠悠烟水间。

早春至言禅公法堂忆平泉别业 金陵作

昔我伊原上，孤游竹树间。人依红桂静，鸟傍碧潭闲。松盖低春
雪，藤轮倚暮山。永怀桑梓邑，衰老若为还。

峡山亭月夜独宿对樱桃花有怀伊川别墅 金陵作

皎月照芳树，鲜葩含素辉。愁人惜春夜，达曙想岩扉。风静阴满
砌，露浓香入衣。恨无金谷妓，为我奏思归。

春暮思平泉杂咏二十首 自此并淮南作

望 伊 川

远村寒食后，细雨度川来。芳草连谿合，梨花映墅开。槿篱悬落

照,松径长新苔。向夕亭皋望,游禽几处回。

潭上紫藤

故乡春欲尽,一岁芳难再。岩树已青葱,吾庐日堪爱。幽溪人未去,芳草行应碍。遥忆紫藤垂,繁英照潭黛。

书楼晴望

幽居人世外,久厌市朝喧。苍翠连双阙,微茫认九原。东望尽见万安山南名臣丘垄。残红一作虹映巩树,斜日照辕辕。薄暮柴扉掩,谁知仲蔚园。

西岭望鸣皋山

高秋对凉野,四望何萧瑟。远见鸣皋山,青峰原上出。晨兴采薇蕨,向暮归蓬荜。讵假数挥金,餐和养馀日。

瀑泉亭

向老多悲恨,凄然念一丘。岩泉终古在,风月几年游。菌阁饶佳树,菱潭有钓舟。不如羊叔子,名与岘山留。

红桂树 此树白花红心,因以为号。

欲求尘外物,此树是瑶林。后素合馀绚,如丹见本心。妍姿无点辱,芳意托幽深。愿以鲜葩色,凌霜照碧浔。

金　松 出天台山,叶带金色。

台岭生奇树,佳名世未知。纤纤疑大菊,落落是松枝。照日含金晰,笼烟淡翠滋。勿言人去晚,犹有岁寒期。

月　桂 出蒋山,浅黄色。

何年霜夜月,桂子落寒山。翠干生岩下,金英在世间。幽崖空自老,清汉未知还。惟有凉秋夜,嫦娥来暂攀。

山　桂 此花紫色,英藻繁缛。

吾爱山中树,繁英满目鲜。临风飘碎锦,映日乱非烟。影入春潭底,香凝月榭前。岂知幽独客,赖此当朱弦。

柏　别树经霜暂红,惟此柏枝叶尽丹,四时一色。一本题作朱柏。

闻有三株树,惟应秘阆风。珊瑚不生叶,朱草又无丛。未若凌云
柏,常能终岁红。晨霞与落日,相照在岩中。

芳　荪　生茅山东溪,陶隐居谓之溪荪,花紫色,生浅水中。

楚客重兰荪,遗芳今未歇。叶抽清浅水,花照暄妍节。紫艳映渠
鲜,轻香含露洁一作结,一作发。离居若有赠,暂与幽人折。

流 杯 亭

激水自山椒,析波分浅濑。回环疑古篆,诘曲如紫带。宁恕羽觞
迟,惟欢一作贪亲友会。欲知中圣处,皓月临松盖。

东 谿

近蓄东谿水,悠悠起渌波。彩鸳留不去,芳草日应多。夹岸生奇
筱,缘岩覆女萝。兰桡思无限,为感濯缨歌。

鸂 鶒

清泚双鸂鶒,前年海上雏。今来恋洲屿,思若在江湖。欲起摇荷
盖,闲飞溅水珠。不能常泛泛,惟作逐波凫。

西 园

西园最多趣,永日自忘归。石濑流清浅,风岑澹翠微。晓翻红药
艳,晴裛碧潭辉。独望娟娟月,宵分半掩扉。

海 石 楠

昔见历阳山,鸡笼已孤秀。今看海峤树,翠盖何幽茂。霰雪讵能
侵,此树枝叶密,霜雪不侵。烟岚自相揉。攀条独临憩,况值清阴昼。

双 碧 潭

清剡与严湍,潺湲皆可忆。适来玩山水,无此秋潭色。莫辨幽兰
丛,难分翠禽翼。迟迟洲渚步,临眺忘餐食。

竹　径

野竹自成径,绕溪三里馀。檀栾被层阜,萧瑟荫清渠。日落见林静,风行知谷虚。田家故人少,谁肯共焚鱼。

花药栏 花药四时相续,常可留玩。

蕙草春已碧,兰花秋更红。四时发英艳,三径满芳丛。秀色濯清露,鲜辉摇蕙风。王孙未知返,幽赏竟谁同。

自　叙 非尚子遍游五岳

五岳径虽深,遍游心已荡。苟能知止足,所遇皆清旷。七十难可期,一丘乃微尚。遥怀少室山,常恐非吾望。

首夏清景想望山居 一本此下有赠幕僚三字

嘉树阴初合,山中赏更新。禽言未知夏,兰径尚馀春。散满萝垂带,扶疏桂长轮。丹青写不尽,宵梦叹非真。累榭空留月,虚舟若待人。何时倚兰棹,相与掇汀蘋。

思平泉树石杂咏一十首

钓　台

我有严湍思,怀人访故台。客星依钓隐,仙石逐槎回。倒影含清沚,凝阴长碧苔。飞泉信可挹,幽客未归来。

似鹿石

林中有奇石,仿佛兽潜行。乍似依岩桂,还疑食野苹。茸长绿薜映,斑细紫苔生。不是见羁者,何劳如顿缨。

海上石笋

常爱仙都山,奇峰千仞悬。迢迢一何迥,不与众山连。忽逢海峤石,稍慰平生忆。何以慰一作似我心,亭亭孤且直。

叠　石 此石韩给事所遗

潺湲桂水湍,漱石多奇状。鳞次冠烟霞,蝉联叠波浪。今来碧梧下,迥出秋潭上。岁晚苔藓滋,怀贤益惆怅。

重 台 芙 蓉

芙蓉含露时,秀色波中溢。玉女袭朱裳,重重映皓质。晨霞耀丹景一作紫,片片明秋日。兰泽多众芳,妍姿不相匹。

白 鹭 鹚

余心怜白鹭,潭上日相依。拂石疑星落,凌风似雪飞。碧沙常独立,清景自忘归。所乐惟烟水,徘徊恋钓矶。

海 鱼 骨

昔日任公子,期年钓此鱼。无由见成岳,聊喜识专车。皎皎连霜月,高高映碧渠。陶潜虽好事,观海只披图。

泛 池 舟

桂舟兰作枻,芬芳皆绝世。只可弄潺湲,焉能济大川。树悬凉夜月,风散碧潭烟。未得同鱼子,菱歌共扣舷。

舴 艋 舟

无轻舴艋舟,始自鸱夷子。双阙挂朝衣,五湖极烟水。时游杏坛下,乍入湘川里。永日歌濯缨,超然谢尘滓。

二　猿

钓濑水涟漪,富春山合沓。松上夜猿鸣,谷中清响合。冲网忽见羁,故山从此辞。无由碧潭饮,争接绿萝枝。

思在山居日偶成此咏邀松阳子同作

闲思昔岁事,忽忽念伊川。乘月一作兴步秋坂,满山闻石泉。回塘碧潭映,高树绿萝悬。露下叫田鹤,风来嘶晚蝉。怀兹长在梦,归去且无缘。幽谷人未至,兰苕应更鲜。

重忆山居六首

平泉源

山谷才浮芥,中园已滥觞。逶迤过竹坞,浩淼走兰塘。夜静闻鱼跃,风微见雁翔。从兹东向海,可泛济川航。

泰山石 兖州从事所寄

鸡鸣日观望,远与扶桑对一作外。沧海似熔金,众山如点黛。遥知碧峰首,独立烟岚内。此石依五松,苍苍几千载。

巫山石

十二峰前月,三声猿夜愁。此中多怪石,日夕漱寒流。必是归星渚,先求历斗牛扬州是斗牛分。还疑烟雨霁,仿佛是嵩丘。

罗浮山 番禺连帅所遗

龙伯钓鳌时,蓬莱一峰坼。裴渊《广州记》:罗浮山是蓬莱边山浮来。飞来碧海畔,遂与三山隔。其下多长溪,《茅君内传》:山下有七十二长溪。潺湲淙乱石。知君分一作介如此,赠逾荆山璧。

漏潭石 鲁客见遗

常疑六合外,未信漆园书。及此闻溪漏,方欣验尾闾。大哉天地气,呼吸有盈虚。美石劳相赠,琼瑰自不如。

钓 石 于黥人处求得

严光隐富春,山色黥又碧。所钓不在鱼,挥纶以自适。余怀慕君子,且欲坐潭石。持此返伊川,悠然慰衰疾。

怀伊川郊居

衰疾常怀土,郊园欲掩扉。虽知明目一作日地,不及有身归。巩树秋阴遍,伊原霁色微。此生看白首,良愿已应违。

晨起见雪忆山居

忽忆岩中雪,谁人拂薜萝。竹梢低未举,松盖偃应多。山溜随冰落,林麇带霰过。不劳闻鹤语,方奏苦寒歌。

忆平泉杂咏

忆 初 暖

今日初春暖,山中事若何。雪开喧鸟至,渐散跃鱼多。幽翠生松栝一作柏,轻烟起薜萝。柴扉常昼掩,惟有野人过。

忆辛夷 余赴金陵日,辛夷欲开。

昔年将出谷,几日对辛夷。倚树怜芳意,攀条惜岁滋。清阴须暂憩,秀色正堪思。只待挥金日,殷勤泛羽卮。

忆 寒 梅

寒塘数树梅,常近腊前开。雪映缘岩竹,香侵泛水苔。遥思清景暮,还有野禽来。谁是攀枝客,兹辰醉始回。

忆 药 栏

野人清旦起,扫雪见兰芽。始畎春泉入,惟愁暮景斜。未抽萱草叶,才发款冬花。谁念江潭老,中宵旅梦赊。

忆 茗 芽

谷中春日暖,渐忆掇茶英。欲及清明火,能销醉客醒。松花飘鼎泛,兰气入瓯轻。饮罢闲无事,扪萝溪上行。

忆野花 余未尝春到故园

虽游洛阳道,未识故园花。晓忆东谿雪,晴思冠岭霞。谷深兰色秀,村迥柳阴斜。怅望龙门晚,谁知小隐家。

忆春雨

春鸠鸣野树，细雨入池塘。潭上花微落，溪边草更长。梳风白鹭起，拂水彩鸳翔。最羡归飞燕，年年在故乡。

忆晚眺

伊川新雨霁，原上见春山。缑岭晴虹断，龙门宿鸟还。牛羊平野外，桑柘夕烟间。不及乡园叟，悠悠尽日闲。

忆新藤

遥闻碧潭上，春晚紫藤开。水似晨霞照，林疑彩凤来。清香凝岛屿，繁艳映莓苔。金谷如相并，应将锦帐回。

忆春耕

郊外杏花坼，林间布谷鸣。原田春雨后，谿水夕流平。野老荷蓑至，和风吹草轻。无因共沮溺，相与事岩耕。

余所居平泉村舍近蒙韦常侍大尹特改嘉名因寄诗以谢

未谢留侯疾，常怀仲蔚园。闲谣紫芝曲，归梦赤松村。忽改蓬蒿色，俄吹黍谷暄。多惭孔北海，传教及衡门。

山信至说平泉别墅草木滋长地转幽深怅然思归复此作

忽闻樵客语，暂慰野人心。幽径芳兰密，闲庭秀木深。麋麚来涧底，凫鹄遍川浔。谁念沧溟上，归欤起叹音。

临海太守惠予赤城石报以是诗

闻君采奇石，剪断赤城霞。潭上倒虹影，波中摇日华。仙岩接绛气，谿路杂桃花。若值客星去，便应随海槎。

上巳忆江南禊事

黄河西绕郡城流，上巳应无祓禊游。为忆渌江春水色，更无宵梦向吴州。

北 固 怀 古

自有此山川，于今几太守。近世二千石，毕公宣化厚。丞相量纳川，平阳气冲斗。三贤若时雨，所至跻仁寿。毕构政事为开元第一、陆丞相象先、平阳齐〔澣〕（幹），三贤皆为此郡。

汩 罗

远谪南荒一病身，停舟暂吊汩罗人。都缘靳尚图专国，岂是怀王厌直臣。万里碧潭秋景静，四时愁色野花新。不劳渔父重相问，自有招魂拭泪巾。

岭外守岁 —作李福业诗

冬逐更筹尽，春随斗柄回。寒暄一夜隔，客鬓两年催。

访韦楚老不遇

昔日征黄绮，余惭在凤池。今来招隐士，恨不见琼枝。

题柳郎中故居

下马荒阶日欲曛，潺潺石溜静中闻。鸟啼花发人声绝，寂寞山窗掩白云。

盘陀岭驿楼

嵩少心期杳莫攀,好山聊复一开颜。明朝便是南荒路,更上层楼望故关。

句

检经求绿字,凭酒借红颜。

君不见秋山寂历风飙歇,半夜青崖吐明月。寒光乍出松筱间,万籁萧萧从此发。忽闻歌管吟朔风,精魂想在幽岩中。霜夜听小童薛阳陶吹笛

银花悬院榜,神撼引铃䌈。题学士院

葳蕤轻风里,若衔若垂何可拟。以上并《事文类聚》

自从一梦高唐后,可是无人胜楚王。赋巫山神女　见《云溪友议》

牛羊具特俎。武昌诗　见《东观馀论》

心悟觉身劳,云中弃宝刀。久闲生髀肉,多寿长眉毫。有怀甘露寺自省上人　《京口志》

书空跷足睡,路险侧身行。德裕尝吟此句,云是先达诗。附记见《桂苑丛谈》

谁家幼女敲箸歌,何处丁妻点灯织。

鱼虾集橘市。以下并《海录碎事》

休咎占人甲,挨持见天丁。

洛下推年少,山东许地高。

世上文章士,谁为第一人。老生夸隐拙,时辈毁尖新。

温渼寒泉深百尺。

奇觚率尔操,讽谏欣然纳。

全唐诗卷四七六

熊孺登

熊孺登,钟陵人,登进士第。元和中,终藩镇从事。诗一卷。

至日荷李常侍过郊居

贱子守柴荆,谁人记姓名。风云千骑降,草木一阳生。礼异江河动,欢殊里巷惊。称觞容侍坐,看竹许同行。遇觉沧溟浅,恩疑太岳轻。尽搜天地物,无谕此时情。

日暮天无云

杳杳复苍然,无云日暮天。象分青气外,景尽赤霄前。渐吐星河色,遥生水木烟。从容一作龙难附丽,顾步欲澄鲜。但见收三素,何能测上玄。应非暂呈瑞,不许出山川。

新成小亭月夜

已被月知处,斩新风到来。无人伴幽境,多取木兰栽。

和窦中丞岁酒喜见小男两岁

更添十岁应为相,岁酒从今把未休。闻得一毛添五色,眼看相逐凤池头。

寒 食

东风泼火雨新休,旱尽春泥扫雪沟。走马犊车当御路,汉阳公主谢
鸡球。

送 僧 游 山

云身自在山山去,何处灵山不是归。日暮寒林投古寺,雪花飞满水
田衣。

雪中答僧书

八行银字非常草,六出天花尽是梅。无所与陈童子别,雪中辛苦远
山来。

题逍遥楼伤故韦大夫

利及生人无更为,落花流水旧城池。逍遥楼上雕龙字,便是羊公堕
泪碑。

戏赠费冠卿

但恐红尘虚白首,宁论蹇逸分先后。莫占莺花笑寂寥,长安春色年
年有。

与左兴宗泷城别

江逢九派人将别,猿到三声月为秋。不知相见更何日,此夜少年堪
白头。

八月十五夜卧疾

一年只有今宵月,尽上江楼独病眠。寂寞竹窗闲不闭,夜深斜影到
床前。

正月十五日

汉家遗事今宵见,楚郭明灯几处张。深夜行歌声绝后,紫姑神下月
苍苍。

曲池陪宴即事上窦中丞

水自山阿绕坐来,珊瑚台上木绵开。欲知举目无情罚,一片花流酒
一杯。

董　监　庙

仁杰淫祠废欲无,枯枫老栎两三株。神乌惯得商人食,飞趁征帆过
蠡湖。

赠　侯　山　人

一见清容惬素闻,有人传是紫阳君。来时玉女裁春服,剪破湘山几
片云。湘山在泉州邵治后。

送马判官赴安南

故人交趾去从军,应笑狂生挥阵云。省得蔡州今日事,旧曾都护帐
前闻。

送准上人归石经院

旃檀刻像今犹少，白石镌经古未曾。归去更寻翻译寺，前山应遇雁门僧。

寒食野望

拜扫无过骨肉亲，一年唯此两三辰。冢头莫种有花树，春色不关泉下人。

祗役遇风谢湘中春色

水生风熟布帆新，只_{一作唯}见公程不见春。应被百花撩乱笑，比来天地一闲人。

湘江夜泛

江流如箭月如弓，行尽三湘数夜中。无那子规知向蜀，一声声似怨春_{一作东}风。

蜀江水 _{来自蕃界}

日夜朝宗来万里，共怜江水引蕃心。若论巴峡愁人处，猿比滩声是好音。

寄安南马中丞

龙韬能致虎符分，万里霜台压瘴云。蕃客不须愁海路，波神今伏马将军。

甘子堂陪宴上韦大夫

武陵楼上春长早,甘子堂前花落迟。楚乐怪来声竞起,新歌尽是大
夫词。

青溪村居二首

家占溪南千个竹,地临湖上一群山。渔船多在马长放,出处自由闲
不闲。

深树黄〔鹂〕(骊)晓一声,林西江上月犹明。野人早起无他事,贪绕
沙泉看笋生。

奉和兴元郑相公早春送杨侍郎

征鞍欲上醉还留,南浦春生百草头。丞相新裁别离曲,声声飞出旧
梁州。

送舍弟孺复往庐山

能骑竹马辨西东,未省烟花暂不同。第一早归春欲尽,庐山好看过
湖风。

野别留少微上人

若为相见还分散,翻觉浮云亦不闲。何处留师暂且住,家贫唯有坐
中山。

经 古 墓

碑折松枯山火烧,夜台从闭不曾朝。那将逝者比流水,流水东流逢
上潮。

赠灵彻上人

诗句能生世界春,僧家更有姓汤人。况闻暗忆前朝事,知是修行第几身。

春郊醉中赠章八元

三月踏青能几日,百回添酒莫辞频。看君倒卧杨花里,始觉春光为醉人。

全唐诗卷四七七

李 涉

　　李涉，洛阳人。初与弟渤同隐庐山，后应陈许辟。宪宗时，为太子通事舍人，寻谪峡州司仓参军。太和中，为太学博士，复流康州。自号清谿子。集二卷，今编诗一卷。

怀 古

尼父未适鲁，屡屡倦迷津。徒怀教化心，纡郁不能伸。一遇知己言，万方始喧喧。至今百王则，孰不挹其源。

咏 古

大智思济物，道行心始休。垂纶自消息，岁月任春秋。纣虐武既贤，风云固可求。顺天行杀机，所向协良谋。况以丈人师，将济安川流。何劳问枯骨，再取阴阳筹。霸国不务仁，兵戈恣相酬。空令渭水迹，千古独悠悠。

题清溪鬼谷先生旧居

翠壁开天池，青崖列云树。水容不可状，杳若清河雾。常闻先生教，指示秦仪路。二子才不同，逞词过尺度。偶因从吏役，远到冥栖处。松月想旧山，烟霞了如故。未遑炼金鼎，日觉容光暮。万虑

随境生,何由返真素。寂寞天籁息,清迥鸟声曙。回首望重重,无
期挹风驭。

感　兴

隋氏造宫阙,峨峨倚云烟。搜奇竭四海,立制谋千年。秦兵半夜
来,烈火焚高台。万人聚筋血,一旦为尘埃。君看汴河路,尚说隋
家柳。但问哭陵人,秋草没来久。

鹧鸪词二首

湘江烟水深,沙岸隔枫林。何处鹧鸪飞,日斜斑竹阴。二女空_{一作}
虚垂泪,三闾枉自沉。惟有鹧鸪啼,独伤行客心。
越冈连越井,越鸟更南飞。何处鹧鸪啼,夕烟东岭归。岭外_{一作头}
行人少,天涯北客稀。鹧鸪啼别处,相对泪沾衣。

山　中

无奈牧童何,放牛吃我竹。隔林呼不应,叫笑如生鹿。欲报田舍
翁,更深不归屋。

寄荆娘写真

章华台南莎草齐,长河柳色连金堤。青楼瞳眬曙光蚤,梨花满巷莺
新啼。章台玉颜年十六,小来能唱西梁曲。教坊大使久知名,郢上
词人歌不足。少年才子心相许,夜夜高堂梦云雨。五铢香帔结同
心,三寸红笺替传语。缘池并戏双鸳鸯,田田翠叶红莲香。百年恩
爱两相许,一夕_{一作日}不见生愁肠。上清仙女征游伴,欲从湘灵住
河汉。只愁陵谷变人寰,空叹桑田归海岸。愿分精魄定形影,永似
银壶挂金井。召得丹青绝世工,写真与身真相同。忽然相对两不

语,疑是妆成来镜中。岂期人愿天不违,云辂却驻从山归。画图封
裹寄箱箧,洞房艳艳生光辉。良人翻作东飞翼,却遣江头问消息。
经年不得一封书,翠幕云屏绕空壁。结客有少年,名总身姓江。征
帆三千里,前月发豫章。知我别时言,识我马上郎。恨无羽翼飞,
使我徒怨沧波长。开箧取画图,寄我形影与客将。如今憔悴不相
似,恐君重见生悲伤。苍梧九疑在何处,斑斑竹泪连潇湘。

与弟渤新罗剑歌

我有神剑异人与,暗中往往精灵语。识者知从东海来,来时一夜因
风雨。长河临晓北斗残,秋水露背青螭寒。昨夜大梁城下宿,不借
跕跌光颜看。刃边飒飒尘沙缺,瘢痕半是蛟龙血。雷焕张华久已
无,沉冤知向何人说。我有爱弟都九江,一条直气今无双。青光好
去莫惆怅,必斩长鲸须少壮。

六　叹　并序　本六首,今存三首。

五噫、四愁、九歌、七启,皆创文者立意之终,纪其数而名之也。清
江、白云、孤山、远屿,皆得时之人吟咏性情耳。余无暇於是焉,穷居岁
阴,偶怀无惊,因追感闻见,成文六篇,目曰《六叹》。惧质文之不备,复
何全于比兴乎? 录之私斋,以示同道,格韵枯缺,多惭见知。

绮罗一作幕香风翡翠车,清明独傍芙蓉渠。上有云鬟洞仙女,垂罗
掩縠烟中语。风月频惊桃李时,沧波久别鸳鸿侣。欲传一札孤飞
翼,山长水远无消息。却锁重门一院深,半夜空庭明月色。

深院梧桐夹金井,上有辘轳青丝索。美人清昼汲寒泉,寒泉欲上银
瓶落。迢迢碧甃千馀尺,竟日倚阑空叹息。惆怅不来照明镜,却掩
洞房抱一作花寂寂。

汉臣一没丁零塞,牧羊西过阴沙外。朝凭南雁信难回,夜望北辰心

独在。汉家茅土横九州,高门长戟封—作分王侯。但将钟鼓悦私
爱,肯以犬羊—作戎为国羞。夜宿—作夜夜寒云卧冰雪,严风触刃垂
旌节。丁年奉使白头归,泣尽李陵衣上血。

春山三朅来

钓鱼朅来春日暖,沿溪不厌舟行缓。野竹初栽碧玉长,澄潭欲下青
丝短。昔人避世兼避雠,暮栖云外朝悠悠。我今无事亦如此,赤鲤
忽到长竿头。泛泛随波凡几里,碧莎如烟沙似砥。瘦壁横空怪石
危,山花斗日禽争水。有时带月归扣舷,身闲自是渔家仙。
山上朅来采新茗,新花乱发前山顶。琼英动摇钟乳碧,丛丛高下随
崖岭。未必蓬莱有仙药,能向鼎中云漠漠。越瓯遥见裂鼻香,欲觉
身轻骑白鹤。
采药朅来药苗盛,药生只傍行人径。世人重耳不重目,指似药苗心
不足。野客住山三十载,妻儿共寄浮云外。小男学语便分别,已辩
君臣知匹配。都市广长开大铺,疾来求者多相误。见说韩康旧姓
名,识之不识先相怒。

牧 童 词

朝牧牛,牧牛下江曲。夜牧牛,牧牛度村谷—作村口。荷蓑—作笠出
林春雨细,芦管卧吹莎草绿。乱插蓬蒿箭满腰,不怕猛虎欺黄犊。

醉中赠崔膺

与君兄弟匡岭故,与君相逢扬子渡。白浪南分吴塞云,绿杨深入隋
宫路。隋家文物今虽改,舞馆歌台基尚在。炀帝陵边草木深,汴河
流水空归海。古今悠悠人自别,此地繁华终未歇。大道青楼夹翠
烟,琼墀绣帐开明月。与君一言两相许,外舍形骸中尔女。扬州歌

酒不可追,洛神映箔湘妃语。白马黄金为身置,谁能独羡他人醉。
暂到香炉一夕间,能展愁眉百世一作年事。君看白日光如箭,一度
别来颜色变。早谋侯印佩腰间,莫遣看花鬓如霰。

岳阳别张〔祜〕(祐)

十年蹭蹬为逐臣,鬓毛白尽巴江春。鹿鸣猿啸虽寂寞,水蛟山魅多
精神。山疟困中闻有赦,死灰不望光阴借。半夜州符唤牧童,虚教
衰病生惊怕。巫峡洞庭千里馀,蛮陬水国何亲疏。由来真宰不宰
我,徒劳叹者怀吹嘘。霸桥昔与张生别,万变桑田何处说。龙蛇纵
在没泥涂,长衢却为驽骀设。爱君气坚风骨峭,文章真把江淹笑。
洛下诸生俱刺先,乌鸢不得齐鹰鹠。岳阳西南湖上寺,水阁松房遍
文字。新钉张生一首诗,自馀吟著皆无味。策马前途须努力,莫学
龙钟虚叹息。

寄河阳从事杨潜

忆昨天台寻石梁,赤城枕下看扶桑。金乌欲上海如血,翠色一点蓬
莱光。安期先生不可见,蓬莱目极沧海长。回舟偶得风水便,烟帆
数夕归潇湘。潇湘水清岩嶂曲,夜宿朝游常不足。一自无名身事
闲,五湖云月偏相属。进者恐不荣,退者恐不深。鱼游鸟逝两虽
异,彼此各有遂生心。身解耕耘妾能织,岁晏饥寒免相逼。稚子才
年七岁馀,渔樵一半分渠力。吾友从军在河上,腰佩吴钩佐飞将。
偶与嵩山道士期,西寻汴水来相访。见君颜色犹憔悴,知君未展心
中事。落日驱车出孟津,高歌共叹伤心地。洛邑秦城少年别,两都
陈事空闻说。汉家天子不东游,古木行宫闭烟月。洛滨老翁年八
十,西望残阳临水泣。自言生长开元中,武皇恩化亲沾及。当时天
下无甲兵,虽闻赋敛毫毛轻。红车翠盖满衢路,洛中欢笑争逢迎。

一从戎马来幽蓟,山谷虎狼无捍制。九重宫殿闭豺狼,万国生人自相噬。蹭蹬疮痍今不平,干戈南北常纵横。中原膏血焦欲尽,四郊贪将犹凭陵。秦中豪宠争出群,巧将言智宽明君。南山四皓不敢语,渭上钓人何足云。君不见昔时槐柳八百里,路傍五月清阴起。只今零落几株残,枯根半死黄河水。

重登滕王阁

滕王阁上唱伊州,二十年前向此游。半是半非君莫问,好山长在水长流。

重到襄阳哭亡友韦寿朋

故人坟树立秋风,伯道无儿迹便空。重到笙歌分散地,隔江吹笛月明中。

再 至 长 安

十年谪宦鬼方人,三遇鸿恩始到秦。今日九衢骑马望,却疑浑是刹那身。

赠道器法师

冰作形一作仪容雪作眉,早知谈论两川知。如今不用空求佛,但把令狐宰相诗。

庐山得元侍御书

惭君知我命龙钟,一纸书来意万重。正著白衣寻古寺,忽然邮递到云峰。

竹枝词 一作歌

荆门滩急水潺潺,两岸猿啼烟满山。渡头少年一作年少应官去,月落西陵望不还。

巫峡云开神女祠,绿潭红树影参差。不劳一作下牢戍口初相问,无义滩头剩别离。

石壁千重树万重,白云斜掩碧芙蓉。昭君溪上年年月,偏照一作独自婵娟色最浓。

十二峰头月欲低,空聆一作濛,又作淭。滩上子规啼。孤舟一夜东归客,泣向东一作春风忆建溪。

京口送朱昼之淮南 一作寄赠妓人

两行客泪愁中落,万树山花雨后一作里残。君到扬州见桃叶,为传风水渡江难。

题鹤林寺僧舍 寺在镇江

终日昏昏醉梦间,忽闻春尽强登山。因过竹院逢僧话,又一作偷得浮生半日闲。

重过文上人院

南随越鸟北燕鸿,松月三年别远公。无限心中不平事,一宵清话又成空。

双峰寺得舍弟书

暂入松门拜祖师,殷勤再读塔前碑。回头忽向一作见寻阳使,太守如今是惠持。

木 兰 花

碧落真人著紫衣，始堪相并木兰枝。今朝绕郭花看遍，尽是深村田舍儿。

过 招 隐 寺

每忆中林访惠持，今来正遇早春时。自从休去无心事，唯向高僧说便知。

酬举生许遇山居

琉璃潭上新秋月，清净泉中智惠珠。不似本宗疏二教，许过云壑访潜夫。

春晚游鹤林寺寄使府诸公

野寺寻花春已迟，背岩唯有两三枝。明朝携酒犹堪赏一作醉，为报春风且莫吹。

题 开 圣 寺

宿雨初收草木浓，群鸦飞散下堂钟。长廊无事僧归院，尽日门前独看松。

奉 使 淮 南

汉使征兵诏未休，两行一作南行旌旆接扬州。试上高楼望春色，一年风景尽堪愁。

登北固山亭

海绕重山江抱城，隋家宫苑此分明。居人不觉三吴恨，却笑关河一
作山又战争。

秋日过员太祝林园

望水寻山二里馀，竹林斜到地仙居。秋光何处堪消日，玄晏先生满
架书。

题　武　关

来往悲欢万里心，多从此路计浮沉。皆缘不得空门要，舜葬苍梧直
到今。

题温泉 一本此下有宫字

能使时平四十春，开元圣主得贤臣。当时姚宋并燕许，尽是骊山从
驾人。

经浈川馆寄使府群公

浈川水竹十家馀，渔艇蓬门对岸居。大胜尘中走鞍马，与他军府判
文书。

葺夷陵幽居

负郭依山一径深，万竿如束翠沉沉。从来爱物多成癖，辛苦移家为
竹林。

再游头陀寺

无因暂泊鲁阳戈，白发兼愁日日多。只恐雪晴花便尽，数来山寺亦无他。

看 射 柳 枝

玉弙朱弦救赐弓，新加二斗得秋风。万人齐看翻金勒，百步穿杨逐箭空。

寄峡州韦郎中

年过五十鬓如丝，不必前程更问师。幸得休耕乐尧化，楚山深处最相宜。

赠 田 玉 卿

长安里巷旧邻居，未解梳头五岁馀。今朝嫁得风流婿，歌舞闲时看读书。

题招隐寺即戴颙旧宅

两崖古树千般色，一井寒泉数丈冰。欲问前朝戴居士，野烟秋色一作草是丘陵。

山居送僧 一本题上有青溪二字

失意因休便买山，白云深处寄柴关。若逢城邑人相问，报道花时也不闲。

过襄阳上于司空頔

方城汉水旧城池,陵谷依然世自移。歇马独来寻故事,逢人唯说岘山碑。

送魏简能东游二首

献赋论兵命未通,却乘羸马出一作去关东。灞陵原上重回首,十载长安似一作是梦中。

燕市悲歌又送君,目随征雁过寒云。孤亭宿处时看剑,莫使尘埃蔽斗文。

中秋夜君山台望月

大堤花里锦江前,诗酒同游四十年。不料中秋最明夜,洞庭湖上见当天。

酬　彭　伉

公孙阁里见君初,衣锦南归二十馀。莫叹屈声犹未展,同年今日在中书。

硖　石　遇　赦

天网初开释楚囚,残骸已废自知休。荷蓑不是人间事,归去沧江有钓舟。

赠龙泉洞尘上人

八十山僧眼未昏,独寻流水到穷源。自言共得龙神语,拟作茅庵住洞门。

题　湖　台

山有松门江有亭，不劳他处问青冥。有时带月床舁到，一阵风来酒尽醒。

送　妻　入　道

人无回意似波澜，琴有离声为一弹。纵使空门再相见，还如秋月水中看。

遇湖州妓宋态宜二首

曾识一作尝忆云仙至小时，芙蓉头上绾青丝。当时惊觉高唐梦，唯有如一作而今宋玉知。

陵阳夜会一作宴使君筵，解语花枝出一作在眼前。一一作自从明〔月〕(目)西沉海，不见嫦娥二十年。

逢　旧　二　首

碧落高高云万重，当时孤鹤去无踪。不期陵谷迁朝市，今日辽东特地逢。

将作乘槎去不还，便寻云海住三山。不知留得支机石，却逐黄河到世间。

润州听暮角 一作晚泊润州闻角

江一作孤城吹角水茫茫，曲引边声一作风引胡笳怨思长。惊起暮天沙上雁，海门斜去两三行。

头陀寺看竹

寺前新笋已成竿,策马重来独自看。可惜班皮空满地,无人解取作头冠。

奉使京西

卢龙已复两河平,烽火楼边处处耕。何事书生走羸马,原州城下又添兵。

题连云堡

由来天地有关扃,断堑连山接杳冥。一出纵知边上事,满朝谁信语堪听。

再宿武关 _{一作从秦城回再题武关}

远别秦城万里游,乱山高下出商州。关门不锁寒溪水,一夜潺湲_{一作潺潺}送客愁。

长安闷作

宵分独坐到天明,又策羸骖信脚行。每日除书空_{一作虽}满纸,不曾闻有介推名。

和尚书舅见寄

欲随流水去幽栖,喜伴归云入虎溪。深谢陈蕃怜寂寞,远飞芳字警沉迷。

送王六觐巢县叔父二首

巢岸南分战鸟山，水云程尽到东关。弦歌自是君家事，莫怪今来一邑闲。

长忆山阴旧会时，王家兄弟尽相随。老来放逐潇湘路，泪滴秋风引—作别献之。

偶 怀

转知名—作久宦是悠悠，分付空源始到头。待送妻儿下山了，便随云水一生休。

秋夜题夷陵水馆

凝碧初高海气秋，桂轮斜落到江楼。三更浦上巴歌歇，山影沉沉水不流。

与梧州刘中丞

三代卢龙将相家，五分符竹到天涯。瘴山江上重相见，醉里同看豆蔻花。

听多美唱歌

黄莺慢转—作啭语引秋蝉，冲断行—作浮云直入天。一曲梁州听初了，为君别唱想夫怜。

题涧饮寺

百年如梦竟何成，白发重来此地行。还似萧郎许玄度，再看庭石悟前生。

题苏仙宅枯松

几年苍翠在仙家，一旦枝枯类海槎。不如酸涩棠梨树，却占高城独放花。

山　居

一从身世两相遗，往往关门到午时。想得俗流应大笑，不知年老识便宜。

听 邻 女 吟

含情遥夜几人知，闲咏风流小谢诗。还似霓旌下烟露，月边吹落上清词。

题宇文秀才樱桃

风光莫占少年家，白发殷勤最恋花。今日颠狂任君笑，趁愁得醉眼麻荼。

汉 上 偶 题

谪仙唐世游兹郡，花下听歌醉眼迷。今日汉江烟树尽，更无人唱白铜鞮。

送杨敬之倅湖南

久嗟尘匣掩青萍，见说除书试一听。闻君却作长沙傅，便逐秋风过洞庭。

送孙尧夫赴举

自说轩皇息战威,万方无复事戎衣。却教孙子藏兵法—作术,空把
文章向礼闱。

题 水 月 台

平流白日无人爱,桥上闲行若个知。水似晴天天似水,两重星点碧
琉璃。

早春霁后发头陀寺寄院中

红楼金刹倚晴冈,雨雪初收望汉阳。草檄可中能有暇,迎春一醉也
无妨。

哭 田 布

魏师临阵却抽营,谁管豺狼作信兵。纵使将军能伏剑,何人岛上哭
田横。

黄 葵 花

此花莫遣俗人看,新染鹅黄色未干。好逐秋风上天—作天上去,紫
阳宫女要头冠。

别南溪二首

如云不厌苍梧远,似雁逢春又北飞。唯有隐山溪上月,年年相望两
依依。

常叹春泉去不回,我今此去更难来。欲知别后留情处,手种岩花次
第开。

井栏砂宿遇夜客

涉尝过九江,至皖口。遇盗,问何人,从者曰:"李博士也。"其豪首曰:"若是李涉博士,不用剽夺,久闻诗名,愿题一篇足矣。"涉遂赠诗云云。

暮一作春雨萧萧江上村,绿林豪客夜知闻一作敲门。他时不用逃名姓,一作他时不用相回避,一作相逢不必论相识。世上如今半是君。

谢王连州送海阳图

谢家为郡实风流,画得青山寄楚囚。惊起草堂寒气晚,海阳潮水到床头。

再谪夷陵题长乐寺

当时谪宦向夷陵,愿得身闲便作僧。谁知渐渐因缘重,羞见长燃一盏灯。

谴谪康州先寄弟渤

唯将直道信苍苍,可料无名抵宪章。阴骘却应先有谓,已交鸿雁早随阳。

赠 廖 道 士

膏已明煎信矣哉,二年人世不归来。庭前为报仙桃树,今岁花时好好开。

山 花

六出花开赤玉盘,当中红湿耐春寒。长安若在五侯宅,谁肯将钱买牡丹。

听　歌

飒飒先飞梁上尘,朱唇不动翠眉颦。愿得春风吹更远,直教愁杀满
城人。

送颜觉赴举

颜子将才应四科,料量时辈更谁过。居然一片荆山玉,可怕无人是
卞和。

题 五 松 驿

云木苍苍数万株,此中言命的应无。人生不得如松树,却遇秦封作
大夫。

湘 妃 庙

斑竹林边有古祠,鸟啼花发尽堪悲。当时惆怅同今日,南北行人可
得知。

赠长安小主人

上清真一作童子玉童一作真颜,花态娇羞月思闲。仙路迷人应有术,
桃源不必在深山。

邠州词献高尚书三首

单于都护再分疆,西引双旌出帝乡。朝日诏书添战马,即闻千骑取
河湟。
将家难立是威声,不见多传卫霍名。一自元和平蜀后,马头行处即

长城。

朔方忠义旧来闻,尽是邠城父子军。今日兵符归上将,旄头不用更妖氛。

游 西 林 寺

十地初心在此身,水能生月即离尘。如今再结林中社,可羡当年会里人。

题白鹿兰若

只去都门十里强,竹阴流水绕回廊。满城车马皆知有,每唤同游尽道忙。

寄赵准乞湘川山居

闲说班超有旧居,山横水曲占商於。知君不用磻溪石,乞取终年独钓鱼。

晓过函谷关

因韩为赵两游秦,十月冰霜渡孟津。纵使鸡鸣遇关吏,不知余也是何人。

奉和九弟渤见寄绝句

忽启新缄吟近诗,诗中韵出碧云词。且喜陟冈愁已散,登舟只恨渡江迟。

赠友人孩子

骊龙颔下亦生珠,便与人间众宝殊。他时若要追风日,须得君家万里驹。

奉宣慰使鱼十四郎

年才二十众知名,孤鹤仪容彻骨清。口传天语来人世,却逐祥云上玉京。

题 善 光 寺

云门天竺旧姻缘,临老移家住玉泉。早到可中涢南寺,免得翻经住几年。

题宣化寺道光上人居

二十年前不系身,茸堂曾与雪为邻。常思和尚当时语,衣钵留将与此人。

柳 枝 词

锦池江上柳垂桥,风引蝉声送寂寥。不必如丝千万缕,只禁离恨两三条。

竹 枝 词

十二山晴花尽开,楚宫双阙对阳台。细腰争舞君沉醉,白日秦兵天下来。

竹 里

竹里编茅倚石〔根〕(门),竹茎疏处见前村。闲眠尽日无人到,自有春风为扫门。

失　题

华表千年一鹤归，丹砂为顶雪为衣。泠泠仙语人听尽，却向五云翻翅飞。

全唐诗卷四七八

陆　畅

陆畅,字达夫,吴郡人。元和元年登进士第,为皇太子僚属,后官凤翔少尹。诗一卷。

云安公主下降—本无此六字奉诏作催妆诗顺宗女下嫁刘士泾,百僚举畅为儐相。

云安公主贵,出嫁五侯家。天母亲调粉,日兄怜赐花。催铺百子帐,待障七香车。借问妆成未,东方欲晓霞。

山　出　云

灵山蓄云彩,纷郁出清晨。望树繁花白,看峰小雪新。映松张盖影,依涧布鱼鳞。高似从龙处,低如触石频。浓光藏半岫,浅色类飘尘。玉叶开天际,遥怜占早春。

惊—作对雪

怪得北风急,前庭如月辉。天人宁许—作底巧,剪水作花飞。

闻　早　蝉

落日早蝉急,客心闻更愁。一声来枕上,梦里故园秋。

别刘端公

连骑出都门,秋蝉噪高柳。落日辞故人,自醉不关酒。

新晴爱月 —作山斋玩月

野性平生惟爱—作好月,新晴半夜睹蝉娟。起来自擘纱窗破,恰—作教漏清光落枕前。

云安公主出降杂咏催妆二首 —作为僕相诗六首

天上琼花不避秋,今宵织女嫁牵牛。万人惟待乘鸾出,乞巧齐登明月楼。

少妆银粉饰金钿,端正天花贵自然。闻道禁中时节异,九秋香满镜台前。

坐　障

白—作碧玉为竿丁字成,黄金—作鸳鸯绣带短长轻—作馨。强遮天上花颜色,不隔云中语笑声。

帘

劳将素手卷虾须,琼室流光更缀珠。玉漏报来过半夜,可怜潘岳立踟蹰。—本作真珠文织持檐端,锦缘罗庭千万端。早把玉钩和月卷,神仙愁怕水晶寒。

阶

甃玉编金次第平,花纹隐起踏无声。几重便上华堂里,得见天人吹凤笙。

扇

宝扇持来入禁宫,本教花下动香风。姮娥须逐彩云降,不可通宵在月中。

解内人嘲

一作酬宫人。时内人以畅吴音才捷,作诗嘲之,畅酬诗云云。

粉面仙郎选圣朝,偶逢秦女学吹箫。须教翡翠闻王母,不奈乌鸢噪鹊桥。

成都赠别席夔

不值分流二江水,定应犹得且同行。三千里外情人别,更被子规啼数声。

游城东王驸马亭

城外无尘水间松,秋天木落见山容。共寻萧史江亭去,一望终南紫阁峰。

望 毛 女 峰

我种东峰千叶莲,此峰毛女始求仙。今朝暗算当时事,已是人间七万年。

送李山人归山

来从千山万山里,归向千山万山去。山中白云千万重,却望人间不知处。

长 安 新 晴

九重深浅人不知,金殿玉楼倚朝日。一夜城中新雨晴,御沟流得宫花出。

出蓝田关寄董使君

万里烟萝锦帐间,云迎水送度蓝关。七盘九折难行处,尽是龚黄界外山。

题悟公禅堂

临坛付法十三春,家本长城若下人。芸阁少年应不识,南山钞主是前身。

宿陕府北楼奉酬崔大夫二首

楼压黄河山满坐,风清水凉谁忍卧。人定军州禁漏传,不妨秋月城头过。

一别朱门三四春,再来应笑尚风尘。昨宵唯有楼前月,识是谢公诗酒人。

陕州逢窦巩同宿寄江陵韦协律

共出丘门岁九霜,相逢凄怆对离觞。荆南为报韦从事,一宿同眠御史床。

夜到泗州酬崔使君

徐城洪尽到淮头,月里山河见泗州。闻道泗滨清庙磬,雅声今在谢家楼。

送崔员外使回入京

金钩驿逢因赠 一本无下六字

六星宫里一星归,行到金钩近紫微。侍史别来经岁月,今宵应梦护香衣。

成都送别费冠卿

红椒花落桂花开,万里同游俱未回。莫厌客中频送客,思乡独上望乡台。

题 商 山 庙

商洛秦时四老翁,人传羽化此山空。若无仙眼何由见,总在庙前花洞中。

题独孤少府园林

四面青山是四邻,烟霞成伴草成茵。年年洞口桃花发,不记曾经迷几人。

送独孤秀才下第归太白山

逸翮暂时成落羽,将归太白赏灵踪。须寻最近碧霄处,拟倩和云买一峰。

下第后病中

献玉频年命未通,穷秋成病悟真空。笑看朝市趋名者,不病那知在病中。

送深上人归江南

留得莲花偈付谁,独携金策欲归时。江南无限萧家寺,曾与白云何处期。

题 自 然 观

剑阁门西第一峰,道陵成道有高踪。行人若上升仙处,须拨白云三四重。

疾愈步庭花

桃红李白觉春归,强步闲庭力尚微。从困不扶灵寿杖,恐惊花里早莺飞。

筹笔店江亭

九折岩边下马行,江亭暂歇听江声。白云绿树不关我,枉与樵人乐一生。

赠贺若少府

十日广陵城里住,听君花下抚金徽。新声指上怀中纸,莫怪潜偷数曲归。

太子刘舍人邀看花

年少风流七品官,朱衣白马冶游盘。负心不报春光主,几处偷看红牡丹。

蔷 薇 花

锦窠花朵灯丛醉，翠叶眉稠裹露垂。莫引美人来架下，恐惊红片落燕支。

句

蜀道易，易于履平地。 蜀道易

蝉噪入云树，风开无主花。 崔谏议林亭

全唐诗卷四七九

柳公权

柳公权,字诚悬,公绰之弟。精于书学。元和初,擢进士第。穆宗时,拜右拾遗、侍书学士,改弘文馆学士。文宗复召侍书,寻以谏议为学士、知制诰,转工部侍郎。咸通初,改太子少师。诗五首。

应制贺边军支春衣

去岁虽无战,今年未得归。皇恩何以报,春日得春衣。
挟纩非真纩,分衣是假衣。从今貔武士,不惮戍金微。

应制为宫嫔咏

《太平广记》云:武宗尝怒一宫嫔,久之。既而复召,谓公权曰:"朕怪此人,若得学士一篇,当释然矣。"公权略不仁思而成一绝,上大悦,赐锦彩二百匹,命宫人上前拜谢之。

不分前时忤主恩,已甘寂寞守长门。今朝却得君王顾,重入椒房拭泪痕。

题朱审寺壁山水画

朱审偏能视夕岚,洞边深墨写秋潭。与君一顾西墙画,从此看山不向南。

阊 门 即 事

耕夫占募逐楼船，春草青青万顷田。试上吴门看郡郭，清明几处有
新烟。

吴武陵

　　吴武陵，信州人。元和初，擢进士第。窦易直判度支，表
武陵主盐北边。入为太学博士。太和中，出刺韶州，寻贬潘州
司户参军。诗一卷，今存二首。

贡院楼北新栽小松

拂槛爱贞容，移根自远峰。已曾经草没，终不任苔封。叶少初陵
雪，鳞生欲化龙。乘春濯雨露，得地近垣墉。逐吹香微动，含烟色
渐浓。时回日月照，为谢小山松。

题路左佛堂

雀儿来逐飐风高，下视鹰鹯意气豪。自谓能生千里翼，黄昏依旧委
一作入蓬蒿。

韦处厚

　　韦处厚，字德载，京兆人。元和初登第，又擢贤良方正异
等，授秘书郎，兼史职，改咸阳尉，迁右拾遗，转考功员外，出为
开州刺史，入拜户部郎中、知制诰。穆宗召入翰林为侍讲学

士,改中书舍人。文宗即位,拜兵部侍郎,寻以中书侍郎同平
章事。集七十卷,今存诗十二首。

盛山十二诗

隐 月 岫

初映钩如线,终衔镜似钩。远澄秋水色,高倚晓河流。

流 杯 渠

激曲萦飞箭,浮沟泛满卮。将来山太守,早向习家池。

竹 岩

不资冬日秀,为作暑天寒。先植诚非凤,来翔定是鸾。

绣衣石榻 为温侍御置

巉一作岩巉雪中峤,磊磊一作落标方峭。勿为枕苍山,还当础清庙。

宿 云 亭

雨合飞危砌,天开卷晓窗。齐平联郭柳,带绕抱城江。

梅 谿

夹岸凝清素,交枝漾浅沦。味调方荐实,腊近又先春。

桃 坞

喷日舒红景,通蹊茂绿阴。终期王母摘,不羡武陵深。

胡 卢 沼

疏凿徒为巧,圆洼自可澄。倒花纷错秀,鉴月静涵冰。

茶 岭

顾渚吴商绝,蒙山蜀信稀。千丛因此始,含露紫英肥。

盘 石 磴

缭绕缘云上,璘玢甃玉联。高高曾几折,极目瞰秋鸢。

琵琶台

褊地难层土,因崖遂削成。浅深岚嶂色,尽向此中呈。

上士瓶泉 为柳律师置

绠汲岂无井,颠崖贵非浚。愿洒尘垢馀,一雨根茎润。

杨敬之

> 杨敬之,字茂孝。元和初,登进士第,擢累屯田、户部二郎中。坐李宗闵党,贬连州刺史。文宗向儒术,以敬之为国子祭酒。诗二首。

客思吟

禾黍正离离,南园剪白芝。细腰沉赵女,高髻唱蛮姬。路愧前冈月,梳惭一额丝。乡人不可语,独念畏人知。

赠项斯

几度见诗诗总好,及观标格过于诗。平生不解藏人善,到处逢人说项斯。

句

霜树鸟栖夜,空街雀报明。

碧山相倚暮,归雁一行斜。并见张为《主客图》

李虞仲

> 李虞仲,字见之,端之子。元和初,登进士第,累官中书舍

人、知制诰,终吏部侍郎。诗集四卷,今存一首。

初日照凤楼

旭日烟云殿,朝阳烛帝居。断霞生峻宇,通阁丽晴虚。流彩连朱槛,腾辉照绮疏。曈昽晨景里,明灭晓光初。户牖仙山近,轩楹凤翼舒。还如王母过,遥度五云车。

张又新

张又新,字孔昭,工部侍郎荐之子。元和中,擢第,历左右补阙,坐李逢吉党,贬江州刺史。后附李训,迁刑部郎中。训死,复贬申州刺史。诗十七首。

郡斋三月下旬作 以下三首一作崔护诗

春事日已歇,池塘旷幽寻。残红披独坠,初绿间浅深。偃仰倦芳褥,顾步爱新阴。谋春未及竟,夏初遽见侵。

五月水边柳

结根挺涯涘,垂影覆清浅。睡脸寒未开,懒腰晴更软。摇空条已重,拂水带方展。似醉烟景凝,如愁月露泫。丝长鱼误恐,枝弱禽惊践。怅别几多情,含春任攀搴。

三月五日陪大夫泛长沙东湖 一作李群玉诗

上巳馀风景,芳辰集远坰。彩舟浮泛荡,绣毂下娉婷。栖树回葱蒨,笙歌转杳冥。湖光迷翡翠,草色醉蜻蜓。鸟弄桐花日,鱼翻谷雨萍。从今留胜会,谁看画兰亭。

赠广陵妓

云雨分飞二十年,当时求梦不曾眠。今来头白重相见,还上襄王玳瑁筵。

牡　丹 一作成婚

牡丹一朵值千金,将谓从来色最深。今日满栏开似雪,一生辜负看花心。

游白鹤山 末句缺一字

白鹤山边秋复春,张文宅畔少风尘。欲驱五马寻真隐,谁是当初□竹人。

行田诗 一作白石岩

白石岩前湖水春,湖边旧境有清尘。欲追谢守行田意,今古同忧是长人。

罗　浮　山

江北重峦积翠浓,绮霞遥映碧芙蓉。不知末后沧溟上,减却瀛洲第几峰。

青障山 一作慈湖山

一派远光澄碧月,万株耸翠猎金飙。陶仙谩学长生术,暑往寒来更寂寥。

中界山

瑟瑟峰头玉水流，晋时遗迹更堪愁。愁人到此劳长望，何处烟波是祖州。

帆游山

涨海尝从此地流，千帆飞过碧山头。君看深谷为陵后，翻覆人间未肯休。

谢池

郡郭东南积谷山，谢公曾是此跻攀。今来惟有灵池月，犹是婵娟一水间。

华盖山

一岫坡陀凝绿草，千重虚翠透红霞。愁来始上消归思，见尽江城数百家。

吹台山

吹台山上彩烟凝，日落云收叠翠屏。应谓焦桐堪采斫，不知谁是柳吴兴。

青岙山

灵海泓澄匝翠峰，昔贤心赏已成空。今朝亭馆无遗制，积水沧浪一望中。

孤　屿

碧水逶迤浮翠巘,绿萝蒙密媚晴江。不知谁与名孤屿,其实中川是
一双。

春　草　池

谢公梦草一差微,谪宦当时道不机。且谓飞霞游赏地,池塘烟柳亦
依依。

封　敖

　　封敖,字硕夫,蓨人。元和中登第。会昌初,以左司员外
郎召为翰林学士、知制诰,迁御史中丞。大中中,历平卢、兴元
节度使,终尚书右仆射。翰蘟八卷,今存诗二首。

春色满皇州

帝里春光正,葱茏喜气浮。锦铺仙禁侧,镜写曲江头。红蕚开萧
阁,黄丝拂御楼。千门歌吹动,九陌绮罗游。日近风先满,仁深泽
共流。应非憔悴质,辛苦在神州。

题西隐寺

三年未到九华山,终日披图一室间。秋寺喜因晴后赏,灵峰看待足
时还。猿从有性留僧坐,云霭无心伴客闲。胜事倘能销岁月,已抛
名利不相关。

马　植

　　马植,字存之,扶风人。元和中进士擢第,历安南招讨、黔中观察使。宣宗朝,以户部侍郎同中书门下平章事,寻罢为太子宾客,分司东都,起忠武节度使,徙宣武卒。诗一首。

奉和白敏中圣道和平致兹
休运岁终功就合咏盛明呈上

舜德尧仁化犬戎,许提河陇款皇风。指挥貔武皆神算,恢拓乾坤是圣功。四帅有征无汗马,七关虽戍已弢弓。天留此事还英主,不在他年在大中。

李　廓

　　李廓,宰相程之子。登元和进士第,累官颍州刺史。大中中,终武宁节度使。诗十八首。

夏 日 途 中

树夹炎风路,行人正午稀。初蝉数声起,戏蝶一团飞。日色欺清镜,槐膏点白衣。无成归故里,自觉少光辉。

长 安 —作汉宫少年行

金紫少年郎,绕街鞍马光—作狂。身从左中尉,官属右春坊。划戴扬州帽,重薰异国香。垂鞭踏青草,来去杏园芳。

追逐轻薄伴，闲游不著绯。长拢出猎马，数换打球衣。晓日寻花去，春风带酒归。青楼无昼夜，歌舞歇时稀。

日高春睡足，帖马赏年华。倒插银鱼袋，行随金犊车。还携新市酒，远醉曲江花。几度归侵黑，金吾送到家。

好胜耽长夜，天明烛满楼。留人看独脚，赌马换偏头。乐奏曾无歇，杯巡不暂休。时时遥冷笑，怪客有春愁。

遨游携艳妓，装束似男儿。杯酒逢花住，笙歌簇马吹。莺声催曲急，春色送一作讶归迟。不以闻街鼓，华筵待月移。

赏春惟逐胜，大宅可曾归。不乐还逃席，多狂惯衩衣。歌人踏日起，语燕卷帘飞。妇好一作好妇唯相妒，倡楼不醉稀。

戟门连日闭，苦饮惜残春。开锁通新客，教姬屈醉人。倩一作请歌牵白马，自舞踏红茵。时辈皆相许，平生不负身。

新年高殿上，始见有光辉。玉雁排方带，金鹅立仗衣。酒深和碗赐，马疾打珂飞。朝下人争看，香街意气归。

游市慵骑马，随姬入坐车。楼边听歌吹，帘外见莺一作插钗花。乐眼从人闹，归心畏日斜。苍头来去报，饮伴到倡家。

小妇教鹦鹉，头边唤醉醒。犬娇眠玉簟一作鼻，鹰掣撼金铃。碧地攒花障，红泥待客亭。虽然长按曲，不饮不曾听。

鸡 鸣 曲

星稀月没入一作上五更，胶胶角角鸡初鸣。征人牵马出门立，辞妾欲向安西行。再鸣引颈檐头卜，楼中角声催上马。才分曙色第二应作三鸣，旌旆红尘已出城。妇人上城乱招手，夫婿不闻遥哭声。长恨鸡鸣别时苦，不遣鸡栖近窗户。

镜听词 古之镜听,犹今之瓢卦也。

匣中取镜辞灶王,罗衣掩尽明月光。昔时长著照容色,今夜潜将听
消息。门前地黑一作黑地人来一作未稀,无人错道朝夕归。更深弱体
冷如铁,绣带菱花怀里热。铜片铜片如有灵,愿照得一作得照见行
人千里形。

猛 士 行

战鼓惊沙恶天色,猛士虬髯眼前黑。单于衣锦日行兵,阵头走马生
擒得。幽并少年不敢轻,虎狼窟里空手行。

送振武将军

叶叶归边骑,风头万里干。金装腰带重,铁一作锦缝耳衣寒。芦酒
烧蓬暖,霜鸿捻箭看。黄河古戍道,秋雪白漫漫。

落 第

榜前潜制泪,众里自嫌身。气味如中酒,情怀似别人。暖风张乐
席,晴日看花尘。尽是添愁处,深居一作宫乞过春。

赠商山东于岭僧

商岭东西路欲分,两间茅屋一溪云。师言耳重知师意,人是人非不
欲闻。

上令狐舍人

名利生愁地,贫居岁月移。买书添架上,断酒过花时。宿客嫌吟
苦,乖童恨睡迟。近来唯俭静,持此答深知。